国家出版基金项目
NATIONAL PUBLICATION FOUNDATION

国家社会科学基金重大项目

战后世界进程与外国文学进程研究

王守仁　等　著

2

后现代主义文学研究

主编
胡全生　印芝虹

译林出版社

图书在版编目（CIP）数据

战后世界进程与外国文学进程研究. 第二卷，后现代主义文学研究 / 王守仁等著；胡全生，印芝虹主编. —南京：译林出版社，2019.6

ISBN 978-7-5447-7612-7

I.①战… II.①王… ②胡… ③印… III.①后现代主义－文学研究 IV.①I106

中国版本图书馆 CIP 数据核字（2019）第 008705 号

战后世界进程与外国文学进程研究　第二卷　后现代主义文学研究
王守仁等／著　胡全生　印芝虹／主编

责任编辑　刘　池
装帧设计　韦　枫
校　　对　孙玉兰　张　萍
责任印制　颜　亮

出版发行　译林出版社
地　　址　南京市湖南路 1 号 A 楼
邮　　箱　yilin@yilin.com
网　　址　www.yilin.com
市场热线　025-86633278
排　　版　南京展望文化发展有限公司
印　　刷　南京爱德印刷有限公司
开　　本　718 毫米 ×1000 毫米　1/16
印　　张　39.75
插　　页　2
版　　次　2019 年 6 月第 1 版　2019 年 6 月第 1 次印刷
书　　号　ISBN 978-7-5447-7612-7
定　　价　152.00 元

CONTENTS

目录

总　序

文学创作是对现实社会生活的反映与再现，也是对现实政治文化的反应，因此，对塑造一个国家的时代精神、树立其核心价值观、构建民族身份认同、传承民族文化传统，都具有重要作用。外国文学研究既是对异域文化的了解，更可以让本土文化得到借鉴，获得补充，使其得到更好的发展和弘扬。本书是国家社会科学基金重大项目“战后世界进程与外国文学进程研究”的成果，该项目坚持“以我为主、为我所用”，立足中国国情，旨在从国家发展战略需要出发去审视和研究战后外国文学，以促进对当代外国社会文化更深的理解，同时提升我国外国文学研究总体水平，深化中外文化交流，为促进社会主义文化建设做出贡献。

在20世纪即将结束之际，中国社会科学院名誉学部委员、时任社科院外国文学研究所所长的吴元迈研究员主持国家社会科学基金“九五”规划重大项目“20世纪外国文学史”，“描绘20世纪世界文学地图”[1]，呈现百年来外国文学发展全貌及其文学格局。五

1 吴元迈主编：《20世纪外国文学史》（第一卷），南京：译林出版社，2004年，第1页。

卷本《20世纪外国文学史》于2004年出版，获首届中国出版政府奖。“战后世界进程与外国文学进程研究”在一定意义上是“20世纪外国文学史”课题研究的延续，但在项目的目标规划、总体设计、内容安排、工作思路等方面都表现出明显不同的特点。“20世纪外国文学史”是“涵盖20世纪亚非国家和欧美国家文学即东方和西方文学的全景文学史”[1],“战后世界进程与外国文学进程研究”则承担着新的使命和任务，即本书不是追求完整系统、面面俱到的国别文学史，而是聚焦某些重要方面，深入研究关乎全局的重要流派、思潮和现象，揭示第二次世界大战后世界历史进程和文学进程相互之间复杂多样的互动关系。

一

20世纪是人类历史上经济社会进步最为显著、科学技术发展最为迅速、生活条件变化最为巨大的世纪。作为20世纪最为重大的事件，第二次世界大战深刻影响了随后七十多年的历史进程：二战使美国得以建立以其为主导的世界政治、经济和军事新秩序；二战后中国等一批欧亚国家走上了社会主义道路；二战加速了殖民主义体系的崩溃，殖民地国家纷纷独立；二战改变了资本主义以征服和掠夺的方式获得发展的旧模式，催生了以平等和互助求发展的新的和平发展模式，为各国的经济发展提供了机遇；二战后世界格局基本稳定，为科技革命提供了条件，也促进了世界文化艺术的繁荣发展。

1 吴元迈主编：《20世纪外国文学史》（第一卷），第18页。

第二次世界大战结束之后，以美国为首的西方资本主义国家和以苏联为首的社会主义阵营迅速进入冷战状态。50年代初国际舞台出现了美苏两大阵营的对峙和斗争，美国与苏联展开大规模军备竞赛，两个超级大国的争霸导致国际冲突不断。60年代冷战达到巅峰，美国出兵越南，激起国内反战民众的愤怒，引发了美国历史上有史以来最大规模的学生抗议活动。1968年法国爆发左翼学生运动，彰显变革的要求，影响波及大部分西方国家。进入70年代后，社会思潮影响下的社会运动逐渐转到关注性别、族裔和多元文化等方面的问题。与此同时，保守主义在美国重新崛起。1973年10月第四次中东战争爆发，石油输出国组织宣布石油禁运，石油危机标志着以石油能源为武器的阿拉伯国家在政治、经济和文化上开始成为被关注的对象。80年代苏联和东欧各国的社会矛盾激化，导致90年代初苏联解体、柏林墙倒塌及东欧社会主义国家的剧变，冷战宣告结束。1993年《马斯特里赫特条约》正式生效，欧盟诞生后不断向东欧扩展，欧洲一体化进程向纵深推进。在世界范围内，冷战的结束并不意味着和平时代的到来，美国仍在不断干涉别国内政，成为世界不安宁的根源，90年代爆发了海湾战争和科索沃战争。“9·11”恐怖袭击事件后，美国相继发动伊拉克战争和阿富汗战争。2008年美国爆发的次贷危机迅速引发全球的金融危机和经济衰退。在世界各国的共同努力下，全球经济缓慢地开始复苏。

战后是人类历史上前所未有的高速发展时期。西方社会从20世纪50年代后期开始由工业社会向后工业社会转变。根据丹尼尔·贝尔的理论，如果工业化社会是基于机械技术，资本和劳动是其主要结构特征，后工业化社会则是基于智能技术，信息和知识成为其主要结构特征。高新技术特别是信息技术的发展和互联网的普及应用使得整个世界的经济空前紧密地联系在一起，资本、信息、技术、劳动力、资源在全球范围内流动，各国经济呈现相互依赖、相互竞争的态势，全球化成为时代特征。科技进步极大地提高了生产力，也促进了社会经济结构和社会生活结构发生变化，互联网几乎覆盖了地球每个角落，各国相互依存、相互依赖、相互联系更加紧密，地球俨然变成了"地球村"，人类的生活发生了重大改变。与此同时，经济全球化加剧了全球气候变暖、局部生态环境恶化，人员流动的便利自由在欧洲也带来难民问题和恐怖主义的扩散，使欧洲一体化进程受阻，全球化受到来自部分国家本土的抵制，甚至出现逆全球化趋势。

马克思、恩格斯指出："人们的观念、观点和概念，一句话，人们的意识，随着人们的生活条件、人们的社会关系、人们的社会存在的改变而改变。"[1]一定时代的文学是在一定时代的社会生活和经济基础上形成和发展的。战后世界进程既为20世纪下半叶文学提供了丰富的创作题材，也给作家们提供了新的表现主题。文学作为人类掌握世界的方式之一，是对客观现实的能动性反映，而历史进程则是文学审美的基础，是推动文学进程的一个决定性因素。战后外国文学的发展经历了复杂的演变过程。在这个过程中，文学本体以外的各种力量对文学进程发生着影响，文学内部遵循着自身规律，呈现出各种文学思潮和流派此起彼伏、交融交

1 马克思、恩格斯：《共产党宣言》，中共中央马克思恩格斯列宁斯大林著作编译局译，北京：人民出版社，2009年，第47页。

织、相互推动的态势。另一方面，文学作为“事件”，是历史的参与者，又积极干预生活，促使社会发生变革和进步。战后外国文学具有与以往历史时期外国文学不同的艺术特征和时代风貌，要揭示战后外国文学的基本走向和特点，需要我们回到历史现场，回到历史具体情境，了解文学在当时是怎么产生的，它有一些什么样的条件，即把文学放在产生它的历史文化语境中加以考察和辨析。

本书坚持历史唯物主义，坚持马克思主义的立场、观点和方法，通过勾勒战后世界历史进程，分析战后政治、经济背景及重要社会文化思潮对文学创作的影响，在历史研究的基础上，解读具有重大影响的外国文学流派和作家作品，进而梳理和描述文学的产生、流通、变化与社会存在之间的复杂关系。在具体操作层面，本书采取两种内容呈现方式：一是按照文学思潮、文学流派发生发展脉络，揭示其社会、历史和思想文化的深刻背景，分析外国文学的特点；二是按照社会历史发展阶段和标志性事件的时间节点，阐述战后外国文学在不同时期的发展。两种方式既相互独立，又前后呼应，并有部分重合。“战后世界进程与外国文学进程研究”超越国别文学边界，把战后外国文学作为一个整体，将其划分为战后现实主义文学、后现代主义文学、全球化视域下的当代外国文学、新世纪外国文学发展趋势四个领域，整个项目按以上研究重点划分，分为四个子课题，点面结合，深入探讨当代外国文学的发展趋势及特点，阐述其演变的普遍规律和特殊规律，分析代表性作家的思想探索和艺术探索以及文艺思潮的嬗变，从而综合立体地展示战后外国文学演变的历程。

二

本书旨在从历史和审美的角度展示战后外国文学发展轨迹和变化趋势，以史带论，以论带史，一方面揭示社会历史进程对文学进程的影响，注重政治、文化、社会生活以及国际关系的风云变幻与文学创作的互动，另一方面聚焦重要文学思潮、文学流派，对重点作家作品典型个案加以深入研究，在充分论证的基础上提出论点，描述和分析战后世界历史进程与外国文学进程的复杂关系。

现实主义文学关注现实世界，以反映社会生活、追求真实为主要特征，因此，战后现实主义文学成为审视战后外国文学进程最好的切入点。在世界范围内，20世纪文学存在着现实主义和现代主义两大主流。从西方文学流派变迁来看，现代主义在20世纪二三十年代兴起，一度占据"20世纪文学的半壁江山"[1]。第二次世界大战结束后，伴随着世界历史的曲折进程和现实生活的巨变，现实主义文学的内容和形式也发生深刻变化。现实主义作家大都聚焦于人与环境，描写社会复杂关系，呈现生活的多彩画卷，广阔而深刻、真实而生动地反映时代变迁、社会风俗、人情、国民性，揭示人的精神世界，具有现实穿透力和人物刻画的深度。对二战战争惨况的记忆和反思、西方富足社会中产阶级的日常生活和精神世界、苏联社会主义革命和建设的实践、反殖民主义斗争和去殖民化进程对亚非拉国家的影响、少数族裔的历史生活、多

1 吴元迈主编：《20世纪外国文学史》（第一卷），第6页。

元文化时代的身份认同等，都成为现实主义文学的表现题材和内容。战后现实主义秉承以反映和再现现实生活为文学创作目的和宗旨的传统，同时自觉意识到文学作品的虚构本质和文本的建构性，面对后现代思潮，探索语言与真实世界之间的互动，对创作手法进行实验。在新的历史条件下，对现实的认知也发生了变化，如拉美魔幻现实主义将美洲土著传说、欧美现代派创作技巧和对拉美社会现实的指涉熔于一炉，展现了“神奇现实”。战后现实主义文学呈现出多种形态，“复数”的现实主义种类繁多，交相辉映。现实主义文学在与战后世界历史进程互动中不断发展、充实、深化，焕发出勃勃生机。

战后西方国家很快从战争造成的破坏中恢复过来，开始进入后工业化社会或信息社会时代。后现代主义作为一种文化思潮，在后工业化社会应运而生。詹明信曾从历史的进程考察后现代主义的兴起，将其视为晚近资本主义的产物，认为20世纪50年代末60年代初发生了一种断裂（break），后现代主义成为文化主导（cultural dominant）。[1]后现代主义的精神是解构中心、同一、总体和绝对，追求多元、差异和不确定性，其语言观切断了语言与现实的指涉关系，突显文本的建构性。后现代主义作家的创作受到后现代主义思潮的影响，后现代主义文学是这种思潮的一种表现和见证。体现后现代主义精神的文学在作品的内容、社会功用、读者作用、文本与现实世界的关系等方面都颠覆了传统的观念和实践。麦克黑尔认为：后现代主义是对现代主义的“继承”和

1 Fredric Jameson, “Postmodernism, Or the Cultural Logic of Late Capitalism,” *New Left Review* I/146 (July-August 1984): 53–54.

以传统的美学概念而言，后现代主义文学无美学可言，因为它不奉行“美的美学”而奉行“崇高的美学”，它表现“不可表现之物”。现代主义文学也奉行“崇高的美学”，可它的崇高美学“怀旧”，“许可不可表现之物只当作失去的内容来表现”，读者在它那里还能得到“安慰”。然而真正的崇高感是快乐与痛苦的内在结合。可是，现代主义文学只是寻找不可表现的快乐，却不接受寻找不到不可表现的痛苦。后现代主义文学则相反，“以表现来表现不可表现，拒绝好形式带来的安慰”，[1]接受寻找不到不可表现的痛苦。所以，二者虽然都奉行崇高的美学，但奉行的程度或说彻底性还是有别的：现代主义文学“是含沙射影地指向崇高”，而后现代主义文学“切断”与美的联系，用崇高“代替美”。[2]

后现代主义文学的美学原则是“什么都行”，而体现“什么都行”的是“双重编码”，即一手拿着传统的通俗编码，一手拿着超越传统的精英编码。“双重编码”的含义是“既继承又超越现代主义”，[3]即一面继承现代主义文学的先锋式实验，一面又超越现代主义文学的“精英主义”而奉行“折中主义”（或说兼收并蓄），故而精英通俗并存，崭新陈旧共处。后现代主义文学的精英编码主要包括元小说、改写、戏仿、拼贴画、碎片化、抹除法、叉式情节、影子人物等，其通俗编码则是借用或混用的通俗文类，如科幻小说、哥特式小说、侦探小说、西部小说、历史小说、校园小说、言情小

---

1 Jean-François Lyotard, “Answering the Question: What Is Postmodernism?” Régis Durand, trans. *The Postmodern Condition: A Report on Knowledge*, Geoff Bennington and Brian Massumi, trans. (Minneapolis: University of Minnesota Press, 1993), 81.

2 Paul G. Beidler, “The Postmodern Sublime: Kant and Tony Smith’s Anecdote of the Cube,” *The Journal of Aesthetics and Art Criticism* 53.2 (Spring 1995): 177.

3 Charles Jencks, *What Is Post-Modernism?* (New York: St. Martin’s Press, 1986), 7, 14–15.

说和色情小说。表面上，编织通俗密码是走老路，实则不然，因为后现代主义作家在借用或混用中必定会“釜底抽薪”，以求不让读者将它读成通俗文类，从而避免沾染通俗文类所透示的意识形态，如与后现代主义意识相悖的统一性、一致性、普遍性、绝对性。

本卷回顾和探究更多的是从第三方面入手，这是因为作为国际现象的后现代主义文学，由于各国的历史进程不一样，因而各国后现代主义文学的发展过程和所展示的形态也不一样。因此，要说后现代主义文学，最好不要拿一个国家的来说事，因为这有悖于后现代主义精神："后现代主义带给我们的思考之一，就是不要概全化（generalize），而应当从当时当地的具体情况引发理论思考。"[1]然而，在后现代主义文学的讨论中，却又偏偏存在“美国中心主义”（Americanocentrism）[2]：凡言后现代主义文学必言美国的，把美国的后现代主义文学现象当作了普遍现象，把其他国家的置若罔闻。比如，认为后现代主义文学始于二战后的观点就与美国批评家欧文·豪（Irving Howe）在其《大众社会与后现代小说》一文中所阐述的无有二至。再如，后现代主义文学作为一种“趋势”终结于柏林墙倒塌、标志冷战结束的1989年，或者消亡于2000年9月11日，因为“9·11”的一声爆炸炸醒了作家，“炸掉了美国文化氛围的偶然性、相对性和境遇主义（situationalism）”，[3]

1 这是哈琴的话。参见朱刚、刘雪岚：《琳达·哈钦访谈录》，《外国文学评论》1999年第1期，第125页。（此处“哈钦”即“哈琴”。——编者注）

2 “美国中心主义”是莫菲特提出的概念，他认为“美国中心主义”是一百多年前黑格尔称美国为“未来国土”的当代“回声”。参见Julian Murphet, "Fiction and Postmodernity," Laura Marcus and Peter Nicholls, eds. *The Cambridge History of Twentieth-Century English Literature* (Cambridge: Cambridge University Press, 2004), 716。

3 Robert L. McLaughlin, "After the Revolution: US Postmodernism in the Twenty-First Century," *Narrative* 21.3 (October 2013): 285–286.

使弗兰岑（Jonathan Franzen）这样的美国第二代后现代主义作家“最终要对后现代主义说‘不’”。[1]这一看法也是立足于美国的后现代主义文学。

“美国中心主义”的存在是有其客观原因的。其一，二战后，美国“文化上也成了老大”。[2]二战前，在世界占霸权地位的是欧洲，但“二战无疑结束了欧洲的霸权地位，先是军事上的，后是政治和经济上的”。[3]“二战之后，在文学艺术上，欧洲就没有产生过一个具有超越国家或语言界限之重大意义的什么主义。相反，标记20世纪下半叶的后现代主义、后殖民主义和魔幻现实主义这三个文学上的‘全球性’主义，都源于欧洲之外。”[4]“‘后现代的’和‘后现代主义’术语的出现，至少在英语界和文学领域，是与美国批评家密切相关的”，可以说，因为后现代主义，“美国成了新帝国”。[5]它的“反文化”，如60年代的学潮运动，不能说不影响英、法等西方国家的学潮运动，而反越战，原本算是美国的事，可反越战运动却不仅仅局限在美国，而是几乎见于整个西方世界。美国的消费主义（这被认为是影响后现代主义文学诞生的重要因素之一），其影响也是几乎遍布世界各地的。

其二，美国的后现代主义文学的热情和发展势头强大得无与

1 参见Robert Rebein, “Turncoat: Why Jonathan Franzen Finally Said ‘No’ to Po-Mo,” Neil Brooks and Josh Toth, eds. *The Mourning After: Attending the Wake of Postmodernism* (Amsterdam: Rodopi, 2007), 220。

2 George Brown Tindall and David E. Shi, *America: A Narrative History*. Vol. 2. (New York: W. W. Norton & Company, 1996), 1284.

3 Theo D’haen, “Empire’s Ebb,” Brian McHale and Len Platt, eds. *The Cambridge History of Postmodern Literature* (New York: Cambridge University Press, 2016), 53.

4 同上，55。

5 同上。

伦比。虽然美国的后现代主义文学的出现受拉美魔幻现实主义、法国新小说等影响，但其发展势头之强劲，却超过了这些国家，结果，借助其政治、经济、文化所占据的霸主地位的影响，美国成了反输入国，后现代主义反倒在"美国的推动下，经由巴黎和法兰克福迁移到欧洲"。[1]美国人之所以如此热心发展后现代主义文学，原因之一是它没有先锋派传统，而欧洲却正好相反，对漩涡派、达达派、超现实主义之类的先锋派，早在20世纪初已经见过了。换而言之，欧洲人见怪不怪的东西，美国人奉为至宝。于是60年代出现了"美国式先锋派"——美国人"企图复活欧洲先锋派传统，给它一种美国形态"。[2]

其三，"美国显然是第一个后现代主义国家"。[3]在后现代这个主题上，美国人走在前面，连"一向走在前面，对每个政治、社会和文化事件快速作理论探讨的法国人"，也被"落在后面"。[4]1979年，利奥塔（Jean-François Lyotard）发表《后现代状态：关于知识的报告》（*La Condition postmoderne: rapport sur le savoir*），安德森（Sherwood Anderson）称它为"第一部采用后现代（the postmodern）这一概念的哲学著作"，[5]可是此时，美国讨论后现代和后现代主义已经好些年了。

其四，在后现代主义和后现代主义文学的讨论中，美国的声音最大。早在50年代，奥尔森（Charles Olson）、欧文·豪和莱

1 Andreas Huyssen, "Mapping the Postmodern," *New German Critique* 33 (Fall 1984): 11.

2 同上，16。

3 Bennett Kravitz, "The Truth Is Out There: Conspiracy as a Mindset in American High and Popular Culture," *The Journal of American Culture* 22.4 (Winter 1999): 23.

4 Alfonso Berardinelli, "From Postmodernism to Mutation," Juliet Vale, trans. *Diogenes* 47.186 (1999): 97.

5 Perry Anderson, *The Origins of Postmodernity* (London: Verso, 1998), 24.

文（Harry Levin）就讨论起后现代主义小说和诗歌创作问题。到了60年代，postmodern一词已“进入美国人的生活词汇”，[1]桑塔格（Susan Sontag）、菲德勒和哈桑（Ihab Hassan）加入讨论，拥护后现代主义文学的声音高涨起来。70年代，斯帕诺斯（William Spanos）也积极加入讨论，并于1972年创办后现代主义文学杂志《疆界 2》（*Boundary 2: A Journal of Postmodern Literature*），他与《疆界 2》是“70年代初最积极的后现代主义推动者”。[2]八九十年代，麦克黑尔（Brian McHale）、哈桑的著述，展示了对后现代主义文学研究的深入和系统化，而此时关于后现代主义理论的讨论，詹明信（Fredric Jameson）、哈维（David Harvey）、贝斯特（Steven Best）和凯尔纳（Douglas Kellner）的声音又异常有力，可谓响彻世界，影响着后现代主义思想和后现代主义文学的阐释与研究。

其五，上述的这些理论家和批评家在讨论后现代主义思想和后现代主义文学时，立足点都在美国。欧文·豪的“大众社会与后现代小说”，说的是美国社会和美国小说；奥尔森说后现代主义诗歌，说的就是他自己的和其他美国诗人的；詹明信说“晚近资本主义的文化逻辑”，实际也是说美国的资本主义；哈维说“后现代性状态”，说的就是美国的“福特主义和后福特主义”；丹尼尔·贝尔（Daniel Bell）说“后工业社会”，也是立足于美国的社会，他说的“资本主义文化矛盾”，说的也是美国资本主义的文化矛盾；麦克黑尔所描写的后现代主义文学的“决裂、时代、缺位”的历史，讲的就是美国

1 Paula Geyh, Fred G. Leebron, and Andrew Levy, eds. *Postmodern American Fiction: A Norton Anthology* (New York: W. W. Norton & Company, 1998), xii.

2 Hans Bertens, *The Idea of the Postmodern: A History* (London: Routledge, 1995), 46.

的后现代主义文学史，他列举的代表这一历史三个阶段的代表作，就分别是品钦（Thomas Pynchon）的《拍卖第四十九批》（*The Crying of Lot 49*，1966）、《万有引力之虹》（*Gravity's Rainbow*，1973）和《葡萄园》（*Vineland*，1990）。由于这些理论家和批评家都是大师级的，加之都是用占世界语言霸主地位的英语来著述，再借以美国文化的强劲渗透力，其影响自然是巨大无比。结果，说后现代主义和后现代主义文学，无形中是以美国的后现代主义和后现代主义文学为主线，[1]不觉中陷入了"美国中心主义"，把美国做成了"输出国"。

然而，"美国中心主义"并不能否认这一事实，即后现代主义文学绝非美国的专利，世界上很多国家都或多或少地有后现代主义文学，而这或多或少除了与各国的文学传统不同有关外，当然还与各国二战后的历史进程有关。各国的历史进程不一样，伴随历史进程的文学进程或走向，也自然不一样，因为无论怎么说，文学是决然脱离不了其所处的历史背景的。

早在1997年，在国际比较文学协会（the International Comparative Literature Association）的组织下，由伯顿斯和佛克马主编出版了论文集《国际后现代主义：理论与文学实践》（*International Postmodernism: Theory and Literary Practice*）。[2]两人在文集的"前言"

1 这种影响甚至在中国学者的身上也能见到，如讨论"什么是后现代主义文学"讲到"小说篇"时，所列举的后现代主义小说家不觉中竟然全是美国的后现代主义小说家。参见周敏：《什么是后现代主义文学》，上海：上海外语教育出版社，2014年，第74—102页。

2 其实这里完全可以将Postmodernism译为"后现代主义文学"，因为伯顿斯和佛克马在论文集的"前言"中特别声明："我们或多或少地习惯性区分postmodernity（后现代性）和postmodernism（后现代主义）：前者指总体文化氛围或时代思潮（Zeitgeist），这种思潮被认为源于工业生产的变化，新信息技术的出现，以及产品市场和观念的全球化；后者指文学艺术上的后现代主义表现，此表现部分地反映了后现代性，部分地反对现代主义文学艺术。"参见Hans Bertens and Douwe Fokkema, "Foreword," Hans Bertens and Douwe Fokkema, eds. *International Postmodernism: Theory and Literary Practice* (Amsterdam: John Benjamins Publishing Company, 1997), vii。

里特别强调:“本书并不专门聚焦于美国后现代主义,尽管美国对后现代主义的解读很值得一提。……在这个世界上,不同的文学和文化状况,必定生产出无数个后现代主义。比如,当后现代主义到达俄罗斯或印度时,后现代主义这个概念就发生非常大的变化,以至于很难与早期[1]的后现代主义表现等同起来。正是这一原因使得我们决定选择本集的标题为《国际后现代主义》。”[2]为了展示国际后现代主义文学,伯顿斯和佛克马拿出论文集四部分中一部分,即第四部分“后现代主义的接受与进程”,以二十六章(共220页,占全集42%)的篇幅用于讨论各国的后现代主义文学。在这部分的“导言”中,伯顿斯和佛克马首先明确“国际后现代主义”这一概念的合理性和必要性,并就影响各国后现代主义不同进展的本土状况做了以下“粗略总结”[3]:

1. 或多或少缺失现代主义的国家还是可能引入后现代主义,只是此缺失会影响后现代主义的具体出现。

2. 现代主义迟到但却依旧生机勃勃的国家,后现代主义很难与之竞争和被迅速接受。

3. 历史上的先锋派传统强大会妨碍接受后现代主义。

4. 新马克思主义的传统强大也会妨碍接受后现代主义。

5. 在一些东欧、中欧国家,后现代主义成了反对官方文学教

---

1 伯顿斯和佛克马在“前言”中还区分了“早期后现代主义文本”和“晚期后现代主义文本”的分界线为1980年,1980年之前为“早期”,之后为“晚期”。他们认为早期的持“什么都行”的态度,晚期的有“政治和意识形态用意”(Hans Bertens and Douwe Fokkema: “foreword,” Hans Bertens and Douwe Fokkema, eds. *International Postmodernism*, viii)。笔者以为这只是一家之言。——引者注

2 Hans Bertens and Douwe Fokkema: “Foreword,” Hans Bertens and Douwe Fokkema, eds. *International Postmodernism*, viii–ix.

3 Hans Bertens and Douwe Fokkema, eds. *International Postmodernism*, 300–301.

条和政治教条的政治颠覆工具。

6. 独裁政府的倒塌，如在葡萄牙（1974）和西班牙（1975），有助于引入后现代主义。

7. 要问的是，主要引入什么样的后现代主义？比如，是通过讨论建筑来接受后现代主义？或者，辩论的焦点是北美的文学后现代主义还是利奥塔的哲学后现代主义？是詹明信的还是鲍德里亚（Jean Baudrillard）的？

8. 后现代主义的接受史说明，不同文化之间的关系不一样。有些文化更容易吸收某一文化。比如，葡萄牙主要借鉴于法国，西班牙欢迎意大利瓦蒂莫（Gianni Vattimo）的“微弱思想”(weak thought)，而意大利迅速吸收利奥塔的《后现代状态：关于知识的报告》。

9. 多数欧洲国家对美国的强大影响持保留态度；德国和荷兰比法国少些。但所有国家都视美国写作不同于自己国家的文学传统。美国作家的自我形象也证实了差异的确存在。如苏克尼克(Ronald Sukenick）注意到“欧洲文化和美国文化有很大不同”，巴思也让他笔下的某一人物说：“精力造就了美国实用主义和法国存在主义的不同，上帝啊，除了在美国，还有哪个鬼地方能够让你开心虚无主义?”

但是，美国的“开心虚无主义”并不能在其他国家开心，即各国实际都有自己的后现代主义和后现代主义文学的故事。如果把前面提到的那种后现代主义文学的“生”与“死”放到其他国家身上，就不行了，不要说第三世界的国家，就是放到英国、法国、德国、意大利身上也行不通。

英国在20世纪30年代末就由乔伊斯、奥布赖恩、贝克特(Samuel Beckett)点燃了英国后现代主义文学的"星星之火"。而法国人根本不说后现代主义小说而说"新小说"或"新新小说",可是"新小说"却是影响美国后现代主义小说诞生的原因之一,而且美国人也称它为后现代主义小说,以此推而论之,法国的后现代主义文学就不是始于二战后了,在法国"新小说"典型代表之一萨洛特(Nathalie Sarraute)的笔下,恐怕30年代就有了。二战后的德国情况恐怕更复杂:在西德,美国视为后现代主义的东西被看作现代主义的(如哈贝马斯就称现代性是"一项尚未完成的工程"),1968年菲德勒跑到德国弗莱堡去鼓吹后现代主义,不但响应者寥寥,反倒落了个"美国文学批评界的疯子"之名;[1]在东德,把后现代主义当作"有趣的外部现象"来讨论只是1984年之后的事。[2]意大利与德国和法国一样,也不愿意接受后现代主义这个标签;意大利人说得更多的是"微弱思想"。

在中欧和东欧国家(包括俄罗斯),后现代主义文学形成大气候之际,却是它在美国衰亡之时——假如认为它终结于柏林墙倒塌的1989年的话。有些西方批评家认为1989年标志着后现代主义结束,[3]然而在俄罗斯却开始了"以后现代主义文学为标志的""俄罗斯文学的'新时代'"。[4]与俄罗斯一样,波兰、丹麦、匈牙利和罗马尼亚的后现代主义文学的出现也较晚,而且或多或少与政治

---

1 Frans Ruiter, "Postmodernism in the German- and Dutch-Speaking Countries," Hans Bertens and Douwe Fokkema, eds. *International Postmodernism*, 362.

2 同上,366。

3 Brian McHale, "Break, Period, Interregnum," *Twentieth-Century Literature* 57.3–4 (Fall/Winter 2011): 333.

4 赵丹:《后现代主义文学在俄罗斯的命运》,《当代外国文学》2001年第4期,第80页。

因素牵连在一起。1991年，罗马尼亚后现代主义的“创始人”之一莱夫特（Ion Bogdan Lefter）参加在德国的斯图加特召开的、本想宣布后现代主义死亡的研讨会时，却反而宣布在罗马尼亚“后现代主义还完全活着”。[1]

西班牙和葡萄牙的后现代主义文学多半是20世纪70年代中期后形成的，因为它们在30年代至70年代中期都经历了独裁专制。西班牙是在佛朗哥独裁专制1975年结束后才“从后佛朗哥主义走向后佛朗哥后现代主义”；[2]而葡萄牙是在独裁者萨拉查1970年死后四年，在他的所谓“新国家”被“康乃馨革命”推翻后，“才开始听到‘后现代状态’之辩论的回响”，[3]且“葡萄牙人对后现代主义文学创作，认识上既不清晰也不公开表白”，即使在创作了后现代主义文学作品的作家那里，“依然有可靠的证据证明其作品存有属于现代主义倾向的元素”。[4]

拉丁美洲的魔幻现实主义小说被认为是现代主义小说，尤其是在提出“后现代主义小说”这个概念之前，但也有研究者发现，它与后现代主义小说“有不可忽视的近似”，[5]“最好理解为一种后现代主义的地区种类”。[6]出现这种状况的原因之一，是在阅读拉美后现代

---

1 Stefania Mihalache, “The Romanian Side(s) of Postmodernism,” *Anthropology of East Europe Review* 22.2 (2004): 31–32.

2 Ulrich Winter, “From Post-Francoism to Post-Franco Postmodernism: The ‘Powers of the Past’ in Contemporary Spanish Narrative Discourse (1977–1991),” Eloy E. Merino and H. Rosi Song, eds. *Traces of Contamination: Unearthing the Francoist Legacy in Contemporary Spanish Discourse* (Lewisburg: Bucknell University Press, 2005), 177–198.

3 Maria-Alzira Seixo, “Postmodernism in Portugal,” Mick Greer and Graça Margarido, trans. Hans Bertens and Douwe Fokkema, eds. *International Postmodernism*, 406.

4 同上，410。

5 Philip Stevick, “Literature,” Stanley Trachtenberg, ed. *The Postmodern Moment: A Handbook of Contemporary Innovation in the Arts* (Westport: Greenwood Press, 1985), 150.

6 Brian McHale, “Afterword: Reconstructing Postmodernism,” *Narrative* 21.3 (October 2013): 361.

主义作家作品时，会感到“现代主义和后现代主义的写作没有截然的分界线”。[1]此外，拉美小说“政治倾向大”，“受到具体事件和环境的影响”，[2]且拉美有些国家尚未进入现代状态，或有些国家某些领域（如政治、经济）是现代的，在另一些领域（如文学、艺术）却是后现代的。如此，拉美的后现代主义文学是截然不同于美国的后现代主义文学的，尽管它们同属于美洲。

在亚洲，日本是一个进入了后现代状态的国家，是个地地道道的“后福特主义”和“后工业社会”国家，但政治上它又受美国影响，因而日本的后现代主义文学存有“美国阴影”，对此阴影，日本的后现代主义小说家不甘于接受，还想“超越”。[3]韩国的后现代主义文学悄然出现于80年代末，90年代初、中期备受关注、广受议论，但是其影响力却并不强大，也未能持续长久。

至于非洲，其后现代主义文学“交织于”后殖民状态，“融入了后殖民时代的建国精神”。[4]非洲是用英语、法语和葡萄牙语创作后现代主义文学的。用英语创作的非洲后现代主义文学表现出六种形式：(1) 重访英国现代主义；(2) 修正历史；(3) 修正父权制；(4) 魔幻现实主义；(5) 后结构主义；(6) 反精英主义。[5]显然，在这六种形式中，我们看到了现代主义与后现代主义的并存。相

---

1 Raymond L. Williams, “Modernist Continuities: The Desire To Be Modern in Twentieth-Century Spanish-American Fiction,” *Bulletin of Spanish Studies* 79.2/3 (March 2002): 392.

2 参见 Joel Hancock, “Review on *The Postmodern Novel in Latin America: Politics, Culture, and the Crisis of Truth*,” *Symposium* 52.1 (Spring 1998): 60–61。

3 Kodama Sanehide and Inoue Ken, “Postmodernism in Japan,” Hans Bertens and Douwe Fokkema, eds. *International Postmodernism*, 514–515.

4 Chantal Zabus, “Postmodernism in African Literature in English,” Hans Bertens and Douwe Fokkema, eds. *International Postmodernism*, 463.

5 同上，463—466。

对于其他用英语写作的非洲国家，南非恐怕是后现代主义文学最有建树的国家，但其文学由现代主义朝后现代主义的转向，却“巧合于”殖民主义向后殖民主义的转向。[1]影响非洲用法语创作后现代主义文学的有三个途径：(1) 西方文学理论直接影响非洲文学；(2) 通过大学后现代主义理论注入非洲文学批评理论；(3) 通过作家自己愿意走后现代主义之路。[2]至于用葡萄牙语写作的非洲现代主义和后现代主义文学，有学者认为单从“现代主义的”或“后现代主义的”角度来研究“是不对的”，即使“拉美文学的‘魔幻现实主义’容纳了哥伦布前的文化传统，从类别上说，[也]不合黑非洲世界的黑色要求”。[3]

本卷内容的核心，旨在阐明后现代主义文学是战后世界历史进程中的产物，是伴随着世界历史的进程而变化的，后现代主义文学创造与历史创造一样，“不是随心所欲地创造，并不是在他们自己选定的条件下创造，而是在直接碰到的、既定的、从过去继承下来的条件下创造”，[4]而作为一种国际现象，后现代主义文学在各国也因其历史进程不一样，所呈现的形态也有异。在一定程度上，本卷是一长篇“后现代主义曾为何物”，只是它是从战后世界历史进程的角度来回答这个问题。

---

1 André Brink, “South Africa: Postmodernism in Afrikaans and English Literature,” Hans Bertens and Douwe Fokkema, eds. *International Postmodernism*, 484.

2 Eric Sellin, “Postmodernism and African Francophone Literature,” Hans Bertens and Douwe Fokkema, eds. *International Postmodernism*, 471.

3 Alberto Carvalho, “Modernism and Postmodernism in African Literature in Portuguese,” Hans Bertens and Douwe Fokkema, eds. *International Postmodernism*, 478.

4 马克思：《路易·波拿巴的雾月十八日》，中共中央马克思恩格斯列宁斯大林著作编译局译，《马克思、恩格斯全集》第8卷，北京：人民出版社，1961年，第121页。

第一章
后现代主义文学的诞生背景

任何事物绝非诞生于真空，皆因其具体背景所使然。文学也一样，无论什么文学，处在什么时代，“都必定与那个时代紧密相连，既被世界事件所影响，又影响我们如何理解这些事件”。[1]毋庸置疑，后现代主义文学的诞生，也是其所处历史时期的社会经济、现代哲学、现代语言学、现代科学技术、现代心理学、现代美学等共同影响的结果。而且，后现代主义文学的诞生，还因为是继现代主义文学之后的事，有根源于现代主义文学的一面，因此，讨论后现代主义文学诞生的背景，就不得不先来研究现代主义文学的诞生背景。

第一节　现代主义文学的诞生背景

尽管要界定现代主义有难度，但它还是“被广泛用于表示20

1 Paula Geyh, Fred G. Leebron, and Andrew Levy, eds. *Postmodern American Fiction: A Norton Anthology* (New York: W. W. Norton & Company, 1998), xi.

世纪初期几十年……具有新颖独特的主题、形式、理念和风格的文学和其他艺术作品”。[1]就现代主义文学来说，其开始时期可追溯到19世纪90年代，其“高潮时期”（即所谓的high modernism）始于第一次世界大战后，[2]1928年至1945年则是其晚期（即所谓的late modernism）。[3]现代主义文学的诞生是有多方面原因的。在开拓性的研究现代主义小说的专著《小说的转向》（*The Turn of the Novel*，1966）一书中，弗里德曼（Alan Friedman）说道："小说的变化深深盘根于现代经验。除文学领域的原因外，无疑还有其他领域的原因——心理学的、哲学的、科学的、社会的、经济的和政治的——共同交汇在一起，有它们的类似情况和解释。"[4]

一、科技背景

19世纪中叶前，宇宙被视为封闭的、可知的、可测量的、由因而果的宇宙。但在19世纪末和20世纪初，这种看法受到了挑战，转而视宇宙为开放的、相对的、变化的、陌生的，因为这个时候，科学“越来越相对主义，越来越想探究不确定性和混沌，

---

1 M.H.艾布拉姆斯：《文学术语词典》（中英对照），吴松江译，北京：北京大学出版社，2009年，第335页。

2 同上。

3 Cheryl Hindrichs, “Late Modernism, 1928–1945: Criticism and Theory,” *Literature Compass* 8.11 (November 2011): 840–855. 这里需要说明的是，关于high modernism 和late modernism的具体年代，批评家有不同的说法，比如就high modernism，贝尔认为它是在1910—1925（参见Michael Bell, “The Metaphysics of Modernism,” Michael Levenson, ed. *The Cambridge Companion to Modernism*，上海：上海外语教育出版社，2000年，第9页），而奥哈拉认为它在1910—1930［参见Daniel T. O'Hara, “And All the Ceremonies to Come: Of High Modernism and Visionary Violence,” *Boundary 2* 38.3 (Fall 2011): 147］。就late modernism，米勒认为它约始于1926年［参见Tyrus Miller, *Late Modernism: Politics, Fiction, and the Arts between the World Wars* (Berkeley: University of California Press, 1999), 10］，但奥哈拉却将它等同于初始后现代主义（proto-postmodernism）［参见Daniel T. O'Hara, “And All the Ceremonies to Come,” *Boundary 2* 38.3 (Fall 2011): 147］。我们在这里采用艾布拉姆斯和欣德里希斯（Cheryl Hindrichs）的说法，即把现代主义文学看作20世纪上半叶的事。

4 转引自Randall Stevenson, *Modernist Fiction: An Introduction* (New York: Harvester Wheatsheaf, 1992), v。

认为现实并非客观存在的，而是经由意识主观领悟的”，[1]科学家也开始“不断争论、询问宇宙的基本物质运动像波还是像粒子”，他们开始说，“科学不‘解释’宇宙的运行，科学只描述特定条件下发生的事”。[2]在这些科学家中，爱因斯坦（Albert Einstein）和海森堡（Werner Heisenberg）是最突出的代表。

在相对论中，爱因斯坦提出没有哪个定律或观察可以行之四海而皆准，而是依赖于具体观察者的位置等因素。海森堡1923年提出不确定性原则，强调科学并不能绝对精密地、绝对逻辑地、绝对确定地解释物质世界。这两位大科学家的看法，不仅其他科学家感兴趣，而且小说家和诗人也感兴趣。相对论和不确定性原则让人认识到人对宇宙的知是有限的，而这一认识又让人明白，在科学反映世界之前，科学首先是人脑的构造物。

伴随新科学的是新技术。1893年发现X射线，1898年发现镭，汽车成了“每小时100公里的噩梦”，人们发现自己“生活在机器陈列馆里”。这些发现和发明，与20世纪头十年的技术一道，意味着“旧的宗教式世界，那个处女世界，已经结束了；新的势力统治着现代存在”。它们“影响所有社会”，驱使“现代社会进入无序，现代大脑进入混乱”，迫使现代人认为现代世界与过去相断裂。[3]1907年，美国历史学家和小说家亨利·亚当斯（Henry Adams）在其1907年的自传《亨利·亚当斯的教育》中深有体会地写道：“生于1900年的孩子意味着生于一个新世界，这个世界

1 Malcolm Bradbury, *The Modern American Novel* (Oxford: Oxford University Press, 1984), 31.

2 Michael Bell, “The Metaphysics of Modernism,” Michael Levenson, ed. *The Cambridge Companion to Modernism*, 11.

3 Malcolm Bradbury, *The Modern American Novel*, 20–21.

不是统一的而是多元的。”[1]现代主义作家生活于这个世界，感受着“无序”和“混乱”，书写现代人的绝望、异化、自我失落，以及物质世界的非人化。

二、哲学背景

“宇宙里无绝对”，小说家D. H. 劳伦斯（D. H. Lawrence）如是说，[2]科学家爱因斯坦和海森堡是这么看，哲学家尼采也这么认为。

毫无疑问，尼采是19世纪最后25年最独特的思想家。他的独特在于陈述其思想的方式。他自称为“疯子”，别人也这样称呼他。1882年，他宣布“上帝死了”。当然，此话并不是说尼采不相信上帝；他只是想说人应当明白，控制生活的不是理性原则，生活充满残酷、不公、不确定和荒诞，善与恶无绝对标准，只有赤裸裸的人孤独地生活在这个无神的荒诞世界。

尼采的“上帝死了”可追溯到克尔凯郭尔（Søren Kierkegaard）。克尔凯郭尔曾经说过：“生活就是说黑话。”[3]他是第一个宣称自己为存在主义者，故而被普遍视为现代存在主义哲学的创始人。他批判黑格尔的纯理性体系，认为该体系企图将人放在上帝的位置。在他眼里，第一位的是意志（will），是没有理性和因由所限的自由选择。他强调人的生存意义不明、荒诞不经，人因此须自己做选择，根本不用管什么普遍客观标准。

跟克尔凯郭尔一样，海德格尔反对以绝对理性为哲学的基础。

---

1 转引自Malcolm Bradbury, *The Modern American Novel*, 20。

2 转引自Randall Stevenson, *Modernist Fiction*, 71。

3 转引自Davis Dunbar McElroy, *Existentialism and Modern Literature: An Essay in Existential Criticism* (New York: Philosophical Library, 1963), 2。

他认为，人是在不可理解的冷漠世界里发现自己，从未希望能理解何以自己存在这里，而每个人要做的，就是选择一个目标，并带着激昂的自信追求这个目标，意识到死亡的必然和人生最终的毫无意义。

萨特（Jean-Paul Sartre）赞同海德格尔的这一看法，也视现代生活无意义、荒诞。他认为生活需要有个理性基础，但却不能获得这个基础，因此生活空有激情。他提出“存在先于本质”这个基本前提，认为我们作为人类没有既定本质（given essence），因此必须在这个无意义或说荒诞的存在世界里，制造我们自己的价值和意义。

存在主义带来的影响很大，不仅仅在哲学界，也在文学界。事实上，许多存在主义哲学家就以文学形式来传达其思想，而萨特则是个典型。在他的小说［比如《恶心》（*La nausée*，1938）］和戏剧［比如《苍蝇》（*Les mouches*，1943）］中，他就表现出他的存在与虚无思想。现代主义作家，如奥地利的卡夫卡（Franz Kafka），法国的加缪（Albert Camus），英国的戈尔丁（William Golding），美国的贝娄（Saul Bellow）、阿瑟·米勒（Arthur Miller）和艾里森（Ralph Ellison），他们的作品散发出浓厚的存在主义气息。我们在他们的作品里，看到被异化的反英雄愤怒地反抗理性主义的盲目乐观，看到世界的冷漠、生活的荒诞和无意义。

三、心理学背景

尼采像个诗人赞赏非理性，而弗洛伊德则想以科学的方式来说明非理性。他的科学方法就是心理分析。作为心理分析医生，弗洛伊德看病采用两种方式：一是自由联想，即心里想到什么就说什么。这是自发的、无拘无束的。二是释梦。梦揭示隐蔽的愿望，有时能揭示反常行为。弗洛伊德相信非理性是可以用科学来认识的。行医中，他发现人的行为受驱于内驱力，所以有时是非理性的，由此认定人不是理性动物。这一思想产生的影响不亚于尼采宣布“上帝死了”。事实上，对文学的影响，弗洛伊德的思想似乎比尼采的更直接。比如英国的现代主义作家康拉德、乔伊斯和伍尔夫（Virginia Woolf），他们的小说，笔墨所向最多的是展示现代人的黑暗心灵，孤独、焦虑和恐惧的“自我”，混沌模糊的意识，以及人性的改变。这种力求全面考察心灵的冲动，伍尔夫认为“很可能源自心理分析发展呈现的新程度，即刚刚令人惊奇地变成了一个既‘自觉主动’研究又‘人人感兴趣’的领域”。[1]弗洛伊德1896年开始发文探索梦和潜意识，将作家的创作与白日梦联系起来，他的《释梦》（*The Interpretation of Dreams*, 1899）等著作被译成英文，很快影响着英语世界。1909年，他还受邀到美国就其理论作讲座，尽管在当时对大众来说，讲座的直接效果“不大”，但1920年后，“成千上万的退役军人和妇女所受的影响……为信息分享的全面胜利铺平了道路”。[2]正如安德森笔下的一个人物所言，“生活中有什么不懂的，就去读弗洛伊德博士的书吧”。连著名的批评家布拉德伯里也说：“他的关于潜意识、受抑驱力和性革命的思想，传播得像大众报刊那般

---

1 转引自Randall Stevenson, *Modernist Fiction*, 62。

2 Rod W. Horton and Herbert W. Edwards, *Backgrounds of American Literary Thought* (New York: Appleton-Century-Crofts, Inc., 1952), 358.

深远。”[1]

四、语言学背景

作家都用语言操作。但什么是语言？语言的功能如何？语言透明吗？能反映或表现客观世界吗？19世纪之前，作家、语言学家和哲学家好像都说或同意说，语言是一表现载体。这种语言观视语言为一工具，用来描述或表现世界。但在20世纪20年代初，出现了后来说的“语言论转向”:“语言并非描述或反映世界，如今反而被视为构成世界。”[2]

语言论转向本质上怀疑语言这个工具的可靠性和有效性。语言论转向虽不源自索绪尔语言学理论，但却正是他引导人们，尤其是哲学家，如罗素（Bertrand Russell）和维特根斯坦，去思考语言的本质以及语言作为工具的可靠性和有效性。

19世纪末，语言学家倾向对语言作历时性思考，把目光放在语言之源和语言发展上。但自索绪尔以来，语言的共时性和结构方面得到强调，索绪尔视语言为符号系统。为了展示语言符号和外部指涉物如何处于武断关系，他提出符号是能指与所指的结合，并解释说语言意义是由语言系统自身内因差异关系而生成。他的名言是:“语言本身只有差异。”[3]此外，索绪尔还把语言运用比喻为“下棋”游戏。因此，他的语言理论破坏了符号与物、语言与现实

1 Malcolm Bradbury, *The Modern American Novel*, 44.

2 Michael Bell, “The Matephysics of Modernism,”Michael Levenson, ed. *The Cambridge Companion to Modernism*, 16.

3 Ferdinand de Saussure, *Course in General Linguistics*, Roy Harris, trans. 北京：外语教学与研究出版社，2001年，第118页。着重号为原文所有。

之间的牢固契约。

维特根斯坦似乎响应索绪尔，也提出其“语言游戏”论。他的“语言游戏”论是指文字的意义在参与特定的语言游戏中产生。他的逻辑是：不同的游戏有不同的规则，但都叫“游戏”，因此使用语言也有不同方式，有不同的规则，然而意义是在规则内产生，而非规则之外。因此，语言运用决定语言意义。道理很清楚：我们不能从外部来理解语言意义，而是必须参与游戏，以便明白怎么回事，唯有这样才可决定文字的意义。

语言论转向对普鲁斯特（Marcel Proust）、乔伊斯和D. H. 劳伦斯这样的现代主义作家影响很大。由于语言作为可靠工具的功能受到怀疑，那么对他们来说，语言——作家艺术的载体——就成了“一个真正的问题”。[1]在这些作家的作品里，语言不是面镜子，也不是一扇直接面对世界的窗户。就像乔伊斯笔下的人物斯蒂芬说的，语言是面棱镜（prism）。读这样的作品，读者仅仅从这窗口看还不够；他或她还必须考察这面棱镜。因此，现代主义作家作品中的语言已经历了一种革命：语言给做成了陌生的或说不熟悉的。

五、艺术背景

1882年，尼采首次宣布“上帝死了”，次年在《查拉图斯特拉如是说》（*Also sprach Zarathustra*）中又重复提到。1890年，量子理论建立，弗洛伊德发表《释梦》。1905年，爱因斯坦完成论文《论动体的电动力学》（*On the Electrodynamics of Moving Bodies*），

1 Randall Stevenson, *Modernist Fiction*, 168.

完整地提出他的“狭义相对论”（Special Theory of Relativity）。此后有索绪尔的《普通语言学教程》（*Cours de linguistique générale*, 1916）和海森堡的“不确定性原则”（Uncertainty Principle, 1927）发表。所有这些思想，加上语言论转向，实际是在做一件事，即提供新的思想以思考心灵与世界、语言与现实的关系。

伴随这些新思想出现的，是一个接一个的先锋派艺术，如印象主义、未来主义、立体主义、达达主义、漩涡主义、超现实主义等。1909年，马里内蒂（Filippo Marinetti）在《未来主义宣言》（*Manifesto of Futurism*）中，号召艺术重视现代科学技术，不要相信进步、知识、道德、逻辑、记忆。这些艺术家至少有两点相同之处。一是都注重艺术形式，对于他们来说，20世纪的世界是个全新的世界，要描述这个全新的世界，艺术家就得有新的艺术技能。这便是何以在19世纪末，艺术家便开始用色彩、线条、形状、空间来进行形式实验，批评家和艺术史学家开始多从形式着手，讨论写作和艺术，而对意义和目的几乎置之不闻。二是他们认为现实是个人的、个别的，因而是主观的，故而他们不太在意表现现实，更多的是关心艺术家如何改变现实。换言之，他们企图深入潜意识。对他们来说，潜意识乃是创造力的真实源泉，因此他们力求在自己的作品中描述自己的心灵。

现代主义作家与先锋派艺术家同处一个时代，自然不会不受到他们的影响。比如1913年先在纽约市、后在芝加哥和波士顿等地举办的“现代艺术展”[史称“军械库展览”（Armory Show）[1]]，

1 之所以称“军械库展览”，乃是因为此展览是在纽约69兵团的军械库举行的。

让“美国人首次目睹20世纪头十年欧洲继印象派之后的绘画实验运动，如漩涡主义、立体主义和表现主义，画家中有梵高（Van Gogh）、塞尚（Paul Cézanne）、毕加索（Pablo Picasso）、布朗库西（Constantin Brâncuşi）和杜尚（Marcel Duchamp）”。[1]三万美国人观看了这个“震撼心灵的”展览，其中有些人“感到，欧洲的新艺术形式真正表达了当代经验，触及美国生活的复杂性和可能性”。[2]布拉德伯里认为，这种反应也可在美国现代派作家身上见到。斯泰因（Gertrude Stein）即是一例。她生活在巴黎，与毕加索一道工作、交谈和游戏。渐渐地，她在当时人们的眼中成了“美国人在巴黎的文学‘军械库展览’”。[3]斯泰因写作如同毕加索绘画：毕加索通过同时多视角地表现一个客体，力求展示一维的画布和三维的现实世界之间的相互作用，而斯泰因以松散的句子和重复，用现在分词和动名词，以“同时的现在”，来进行写作。她的名句——“玫瑰是玫瑰是玫瑰是玫瑰”——的确就是一幅拼贴画。

六、两次世界大战的影响

第一次世界大战摧毁了人们的理性主义。对于现代主义作家来说，第一次世界大战使传统遭受灾难性的失败。人们曾经相信科学技术是通往更好的世界之途径，如今的一次世界大战将这一信仰推翻；它让现代人迷失自己，让世界变成了一个荒原。

第一次世界大战的灾难也渗入艺术创作的内核。它不仅给了

1 Malcolm Bradbury, *The Modern American Novel*, 42.

2 同上，43。

3 同上，45。

作家和画家创作主题，而且还给了他们创造形式，那是由工业机器、汽车的轰鸣声，甚至令人恐怖的战争尸体所暗示的形式。“黑暗的心灵”、“荒原”、堕落和绝望，在现代主义小说、诗歌和戏剧中旋转。在现代主义作家笔下流露出来的，是信仰的丧失，自我的失落，传统价值和道德根基的荡然无存，战争的残暴和异化的肆虐，以及无端、莫名的焦虑如铅般的沉重。斯泰因的“迷茫的一代”说，指的就是一战的后果。事实上，一战后数年，许多人相信欧洲真正的问题并未得到解决，尤其是现代派艺术家和作家，都感到一战无故剥夺了数以百万计的人的生命。这种思想也反映在那个时代的艺术和写作当中。比如毕加索，他的画结构不固定，视觉混乱，这些反映了艺术家在其世界中的所见：混乱、困惑、无固定价值观。还有诗人，如庞德（Ezra Pound）和艾略特（T. S. Eliot），他们的作品也开始出现了我们在毕加索画中见到的固定结构的缺失。再有戏剧和小说，比如奥尼尔（Eugene O'Neill）、海明威、安德森和福克纳（William Faulkner），他们笔下的人物都挣扎在现代的混乱世界，没有生活目的，感到传统关注的东西如宗教、家庭、工作等，都毫无价值可言。

第二次世界大战带来的恶性后果与第一次世界大战的一样，而且破坏程度更大。艺术上，第二次世界大战还把现代主义推向超越，即我们如今说的后现代主义。

第二节　后现代主义文学的诞生背景

以上是现代主义文学诞生的背景，之所以先说它们，不仅因为后现代主义文学与现代主义文学有渊源之系的一面，还因为现代主义文学诞生的背景同样也影响后现代主义文学的诞生。像海德格尔和萨特这样的哲学家，索绪尔和维特根斯坦这样的语言学家，爱因斯坦和海森堡这样的科学家，继影响现代主义文学的诞生之后，依旧影响后现代主义文学的诞生。然而，除了上述各种背景外，第二次世界大战后的种种背景，对后现代主义的诞生和发展，也起了很大的作用。

首先从哲学上说，二战后发展至顶峰的存在主义哲学，曾经影响了现代主义作家，如今继续影响后现代主义作家。比如英国后现代主义作家福尔斯（John Fowles）就承认自己受到存在主义哲学的影响。[1]另一个例子是默多克（Iris Murdoch）。尽管她说过“我从来就不是存在主义者”，但她依旧承认“我对存在主义感兴趣”。[2]存在主义强调个人主义，强调选择的体验，强调不能理性理解世界而导致人生的荒诞感和恐惧感。如前所述，存在主义的基本前提是“存在先于本质”，这意味着作为人类，我们没有既定的本质，在这个原本毫无意义、原本荒诞的存在世界里，我们必须自己创造自己的价值和意义。存在主义反对视宇宙为一个封闭、连贯、可知的体系。

存在主义和后现代主义文学关系密切，有的批评家如克罗韦尔甚至认为，“存在主义既是种哲学现象又是种文学现象”。[3]实际

1 史蒂文森认为，当福尔斯在他的《法国中尉的女人》（*The French Lieutenant's Woman*，1969）中提到“存在主义哲学课程”时，他就受到了存在主义哲学的影响。参见Randall Stevenson, *The British Novel since the Thirties: An Introduction* (London: B.T. Batsford, 1986), 210。

2 William Slaymaker, “An Interview with Iris Murdoch,” *PLL* 18 (1983): 425.

3 Steven Crowell, “Existentialism,” Edward N. Zalta, ed. *The Stanford Encyclopedia of Philosophy* (Winter 2010 Edition) <http://plato.stanford.edu/archives/win2010/entries/existentialism/>.

上，从一定程度上说，批评家讨论后现代主义文学，是以存在主义的话题来开始讨论的。比如伯顿斯就有“存在主义的后现代主义文学”[1]之说。早在20世纪70年代初，在“后现代主义”这个名字还不那么响亮时，美国批评家就开始讨论二者的关系了。其展开讨论的阵地就是《疆界2：后现代主义文学》。1972年，斯帕诺斯在他创立的《疆界2》的首期发表《侦探与疆界：后现代主义文学想象札记》（“The Detective and the Boundary: Some Notes on the Postmodern Literary Imagination”），首次提出“后现代主义想象……是存在主义想象”。[2]1976年，斯帕诺斯在当年《疆界2》第四期发表《海德格尔、克尔凯郭尔和阐释学界：走向作为揭示的后现代阐释理论》（“Heidegger, Kierkegaard, and the Hermeneutic Circle: Towards a Postmodern Theory of Interpretation as Dis-Closure”），认为后现代主义的“根在克尔凯郭尔和海德格尔”，而它的“出现，大致说来，是与法国的30年代的存在主义文学同步”。[3]存在主义的核心概念，如焦虑（Angst）、自由（Freedom）、绝望（Despair）、他者（the Other）、荒诞（the Absurd）等，是后现代主义作家笔下的常见话题。如海勒（Joseph Heller）的《第二十二条军规》（*Catch-22*，1961）图解的是荒诞，福尔斯的《法国中尉的女人》（*The French Lieutenant's Woman*，1969）图解的就是“自由”。

其次从社会的角度来说，20世纪50年代末和60年代是个动荡不安、变化不止的年代。19世纪末，尼采宣布“上帝死了”。半

1 Hans Bertens, *The Idea of the Postmodern*: A History (London: Routledge, 1995), 46.

2 转见Hans Bertens, *The Idea of the Postmodern*, 47。

3 同上，49。

个世纪后，上帝不仅死了，陪葬上帝的还有对上帝的信仰，理性思维，以及从文艺复兴到启蒙运动再到19世纪所培植的道德与伦理，取而代之的是怀疑历史本身就是部荒诞小说，抛弃完全自治的个人，怀疑语言的透明性和语言意义的确定性，相信复数的现实，怀疑大写的现实，相信相对主义，相信不确定性原则。20世纪五六十年代的文化现象，如垮掉的一代和愤怒的青年的社会激进主义、黑人运动、女权运动、反越战运动、性革命[1]等，所有这些都可谓之“反文化”（counterculture）。[2]

1959年，美国批评家欧文·豪发表《大众社会与后现代小说》（“Mass Society and Post-Modern Fiction”）一文，阐述美国已进入大众社会，随之出现了一种新的小说，即后现代小说。他说：“如果想想过去15年在美国写的一些小说，那些令人感兴趣的少数派写的小说，那么将它们视为‘后现代的’是绝对有利的。”[3]他同时还指出：

> 过去的20年里，美国生活发生了一系列变化，其程度、持久度和意义，没有人计算过，也没有人计算得了。我们说一个“大众社会”出现了。……在这个大众社会，人消极、冷漠、人格分裂，传统的忠诚、亲情、友谊都

1 有人认为可以将性历史划分为四个时期：19世纪80年代，性敏感是社会健康的基础；20世纪30年代，性计划是家庭政治的基础；60年代，性自由是青年表达自由的方式；90年代，同性恋和非传统新家庭已见怪不怪了。参见Fernando Flores Morador, *Postmodernism and the Digital Era* (Tryck: Lund University, 2007), 66。

2 “反文化”是罗斯扎克创造的一个术语。在《创造反文化》一书中，他解释道：“的确，几乎毫不夸张地，可以称在年轻人身上所见到的东西为‘反文化’。我的意思是，这种文化如此彻底地背离了社会的主流看法，以至于在很多人看来，它几乎就不是种文化了，而是一副野蛮人入侵的模样，令人吃惊。”参见Theodore Roszak, *The Making of a Counter Culture: Reflections on the Technocratic Society and Its Youthful Opposition* (New York: Doubleday & Company, Inc., 1969), 42。

3 Irving Howe, “Mass Society and Post-Modern Fiction,” *Partisan Review* 26 (1959): 422.

> 疏松了，或彻底消失了，兴趣、观点明确的公众渐渐分崩离析，人变成了消费品，自己也像大规模生产的产品，成了自己吸收的多样化和价值。[1]

欧文·豪还给这个“大众社会”画了一幅画，内容包括：“社会阶级依然存在，但阶级的可见标志却不像先前那么明显，阶级身份和个人状况的关联模糊难辨”；“传统权威中心，如家庭等，渐渐失去了凝合力”；“求‘因果’、分善恶的时代已结束”；“物质需求的压力明显减少，但却感到被社会抛弃，没有个人快乐”。[2]

与社会的变化一样，战后经济上的变化同样巨大。比如在美国，它的经济增长在20世纪40年代末进入黄金时期。希拉里·克林顿在其回忆录《亲历历史》（*Living History*，2003）中写道：“中产阶级的美国经济繁荣如日中天，与此相随的是崭新的房子、漂亮的学校、居民公园和安全社区。”[3]五六十年代美国经济持续增长，出现了全球经济和跨国公司，这些“加剧了美国经济由制造业转向服务业和信息技术”。[4]为描述这一转变，各学科的理论家创造了一些崭新的词汇：丹尼尔·贝尔创造了“后工业”（post-industrialism）一词，用来指称“由重工业生产财富的社会向日益消费主义、‘程

---

1 Irving Howe, “Mass Society and Post-Modern Fiction,” *Partisan Review* 26 (1959): 426.

2 除这些外，内容还包括：传统礼仪如今要么被忽视，要么被贬低为作秀场合；人人消极，个个感到生活飘忽不定，难以控制，人即使都有自治主张也不能共同付之于行动；与过去不同，如今舆论是被系统地、“科学地”制造出来的；舆论倾于单向流通，由上而下，数量受控，被做成了市场商品；视争议、争论、争吵为品位差，问题用“熨斗”“熨平”或用“糨糊”“糊掉”；人似乎躲避亲身体验，虽然依旧忙得不可开交、活动增多的速度令人困惑。见Irving Howe, “Mass Society and Post-Modern Fiction,” *Partisan Review* 26 (1959): 427–428。

3 转引自Martin Halliwell, *American Culture in the 1950s* (Edinburgh: Edinburgh University Press, 2007), 2。

4 Paula Geyh, Fred G. Leebron, and Andew Levy, eds. *Postmodern American Fiction*, xiv.

序化’和官僚主义的社会过渡”；哈维创造了“后福特主义”（post-Fordism）一词，以指涉一种“新的、灵活的、去规则的管理方式（影响了劳工市场、产品、消费模式和地域移动性等等）”；詹明信则创造了“晚期资本主义”（late capitalism）一词，用来指涉基于全球资本主义的跨国消费经济。[1]战后社会经济发生的巨大变化，是后现代主义文化现象的重要产生根源。

经济上的变化必定影响阶级的变化。早在1961年，雷蒙·威廉斯（Raymond Williams）就在《漫长的革命》（*The Long Revolution*）一书里指出："临近60年代，阶级体系明显在崩溃。"他认为显示这崩溃的符号是“物质因素”，而到了80年代，“在撒切尔执政期间，传统的阶级划分继续转向或弱化”。[2]此外，赫希科普也认为，“进步的大众化和大众媒体的出现……向一些人暗示，阶级区分在消失，或者说工人阶级在‘资产阶级化’（embourgeoisement）”。[3]

从艺术上说，现代主义的高度发展为后现代主义的出现铺平了道路。麦卡弗里指出："所谓的后现代主义美学革命的基础，很多早在本世纪（即20世纪。——引者注）初就奠定好了。"[4]后现代文学的铺路者，在戏剧方面的有1934年获诺贝尔文学奖的意大利作家皮兰德娄（Luigi Pirandello），德国的著名戏剧家布莱希特

---

1 Bran Nicol, ed. *Postmodernism and the Contemporary Novel: A Reader* (Edinburgh: Edinburgh University Press, 2002), 13.

2 转引自Randall Stevenson, *The Last of England? Vol. 12 1960–2000*, 北京：外语教学与研究出版社，2007年，第37—38页。

3 Ken Hirschkop, "Culture, Class and Education," Laura Marcus and Peter Nicholls, eds. *The Cambridge History of Twentieth-century English Literature* (Cambridge: Cambridge University Press, 2004), 456.

4 Larry McCaffery, ed. *Postmodern Fiction: A Bio-Bibliographical Guide* (New York: Greenwood Press, 1986), xv.

(Bertolt Brecht)，1969年获诺贝尔文学奖的英国作家贝克特，法国作家热内（Jean Genet），美国作家怀尔德（Thornton Wilder）。小说方面的则更多，除了阿根廷的博尔赫斯（Jorge Luis Borges）外，还有对新小说影响甚大的法国作家鲁塞尔（Raymond Roussel），法国象征派作家雅里（Alfred Jarry），1947年诺贝尔文学奖得主法国作家纪德（André Gide），奥地利著名作家卡夫卡，1949年诺贝尔文学奖得主美国作家福克纳，以及有着“后现代主义小说亡父”之称的英国作家乔伊斯。[1]从这些作家身上也能看到，后现代主义文学的根源就在现代主义文学；没有现代主义文学，就没有后现代主义文学。的确，正是现代主义文学的高度发展，才有可能产生后现代主义文学。而且，这也是何以二者间没有清晰的界限，何以贝克特、纳博科夫（Vladimir Nabokov）、富恩特斯（Carlos Fuentes）、卡尔维诺（Italo Calvino）有时标以现代派标签，有时又标以后现代派标签。

前面我们已经谈到，索绪尔、维特根斯坦和海德格尔的语言观，以及语言论转向，都影响着现代主义文学的诞生。这些影响延续到二战后，也成为后现代主义文学诞生的根源之一。特别是索绪尔的结构主义语言学，是构成后结构主义的起点和基础。德里达、福柯、克丽斯蒂娃、拉康等后结构主义理论家从索绪尔那里拿来一种观点为自己所有，即语言意义是通过其相互间的关系而非通过与语言之外现实的关系而产生。

索绪尔为结构主义之父。他视文字为符号，就像具有两面的

1 Larry McCaffery, ed. *Postmodern Fiction*, xv.

硬币，一面是声像，一面是概念，前者为能指，后者为所指。索绪尔的符号公式如下：

$$符号=\frac{能指}{所指}$$

尽管索绪尔区分了二者，并意识到能指与所指均为独立体系，但他并未意识到两个体系走到一起时，语言单位的意义是如何基本不确定。认为意义本质上是不确定的是后结构主义者。德里达用“延异”（différance）一词来指涉所指迟迟不出场的现象。这好比要找一个单词（即能指）的含义（即所指），于是就去查词典，但是词典只告诉意义的“延异”：我们查一个单词（能指），却得到几种含义（所指），而且，每个所指都可能是另一个指涉系列所指的能指。因此，意义是不稳定的，即是说，意义不可确定。意义不可确定，那么语言怎能用来表现现实？这样推断下来，语言与世界之间就不存在一对一的关系，而语言所反映的现实也就不可靠，因为这里的现实是由文字建构的。很明显，后结构主义者正是踩着索绪尔语言学的步子，宣称意义不可确定，断定现实是在语言中通过语言构成的，故而推崇意义的“自由游戏”，强调文本的不确定性。对后结构主义者来说，意义被视为因差异而构成，而不是因“出场”（即对等于意义的客体）。比如在拉康眼中，符号意味其所指的缺场；符号并不直接表现其所指涉的现身，而是在概念框架（concept set）中，通过与其他文字的不同而产生意义。所有的意义只是指涉其他意义的意义，并区别于其他意义；没有稳定的或绝对的意义。意义是多种的、变化的、语境的。后结构主义的这种语言观深深地影响着后现代主义作家，尤其是元小说家，促使他们思考小说的本质是语言的建构物。

新技术的发展对后现代主义文学的出现，也起了不可忽视的作用。电视、计算机、录像、手机、CD–ROM、互联网等不仅使人际交流变得快捷方便，在资本、消费和通俗文化全球化中起了重要作用，而且在仿真创造视觉现实和超文本时，还大大影响和控制人的视觉世界。以“改变了一切”[1]的电视为例。电视机销售始于20世纪50年代，60年代是它的“成人期”，[2]并大大影响人们的生活和文化发展。70年代初，彩色电视问世带来更大的影响。依据史蒂文森的研究，在英国，“50年代有台电视是令人垂涎的‘特权之物’，但到了1969年，72%的家庭拥有电视，到了1980年，98%的家庭拥有电视，使得全世界的新闻、娱乐同时同质地可在其他国家的家庭里看到”。[3]而且，电视的日常收视时间也“稳步上升”，从1962年的“每天平均两个半小时”增加到“80年代末的每天平均三个半小时”。[4]至于美国，依据布鲁克的研究，“普通美国人现在被认为每天看七个多小时的电视”。[5]事实上，新技术和媒体的发展，导致了韦尔贝利所说的“文化交流的控制论化和媒体化”（cybernetization and medialization）。[6]

同样，新科学对后现代主义文学的出现也非常有影响。最

1 Perry Anderson, *The Origins of Postmodernity* (London: Verso, 1998), 87.

2 Sharon Monteith, *American Culture in the 1960s* (Edinburgh: Edinburgh University Press, 2008), 27.

3 Randall Stevenson, *The Last of England?*, 38.

4 同上，126。

5 Peter Brooker, ed. *Modernism/Postmodernism* (New York: Pearson Education, 1992), 61.

6 David E. Wellbery, “Postmodernism in Europe: On Recent German Writing” (as Appendix I), Stanley Trachtenberg, ed. *The Postmodern Moment: A Handbook of Contemporary Innovation in the Arts* (Westport: Greenwood Press, 1985), 229.

好的例子是控制论。正如韦尔贝利所指出的，“在维纳（Norbert Wiener）等人的著述中，广义控制论（信息论）的出现，计算机技术发展到当今的高精程度，给社会、文化、智力带来了变化，而这些变化又决定性地改变了我们的生活性质”。[1]因为新科技的缘故，“我们的文化简直就是媒体文化”。[2]而且，媒体文化作为“意象文化”、“工业文化”、“高科技文化”和“消费文化”，“正生产新的全球文化”，“有助于影响人们看待世界、看待根深蒂固之价值观（deepest values）的流行观念：它确定什么是好的，什么是坏的，什么是积极的，什么是消极的，什么是道德的，什么是邪恶的”。[3]

到了80年代，我们“见证了数码革命”，[4]而数码时代是“后现代主义的继续”。[5]正是在这个数码时代，我们看到小说写作与赛博空间（cyberspace）结合起来产生了赛博朋克小说（cyberpunk novel），[6]并于80年代末开始，“引发了另一发展”，即产生了超文本小说（hypertext fiction），而由于“超文本小说注重读者与作者或读者与文本（或读者与机器）的关系，创立了各种各样的互动发生的空间”，故而“超文本小说似乎严格遵循后现代主义写作的基本原则”。[7]

---

1 David E. Wellbery, “Postmodernism in Europe,” Stanley Trachtenberg, ed. *The Postmodern Moment*, 230.

2 Douglas Kellner, *Media Culture: Cultural Studies, Identity and Politics between the Modern and the Postmodern* (London: Routledge, 1995), 35.

3 同上，1。

4 Graham Thompson, *American Culture in the 1980s* (Edinburgh: Edinburgh University Press, 2007), 26.

5 Fernando Flores Morador, *Postmodernism and the Digital Era*, 16.

6 Doris Teske, “Beyond Postmodernist Thirdspace? — The Internet in a Post-Postmodern World,” Klaus Stierstorfer, ed. *Beyond Postmodernism: Reassessments in Literature, Theory, and Culture* (Berlin: Walter de Gruyter, 2003), 109.

7 同上，112, 114—115。

综上所述，我们可以说，由于后现代主义文学有脱胎于现代主义文学的一面，所以影响现代主义文学诞生的各种背景，也继续影响后现代主义文学的诞生。此外，二战后的各种新的背景，尤其是社会经济的与科学技术的，也影响后现代主义文学的诞生，正是现代主义时期和后现代主义时期的各种背景，共同影响着催发了后现代主义文学。借用科学术语来说，后现代主义文学的诞生是“老三论”（系统论、控制论和信息论）和“新三论”（耗散结构论、协同论和突变论）共同作用的结果。

第二章
后现代主义的定义和大辩论

在前一章，我们了解到后现代主义文学的诞生是各种因素作用的结果。在我们深入讨论后现代主义文学其他方面之前，我们先来探究一下后现代主义的定义和大辩论、后现代主义的基本观念（第三章），以及后现代主义政治（第四章），因为理清了这些问题我们才能更深入地研究后现代主义文学。

第一节　后现代主义的定义及其内涵

“什么是后现代主义？”很多人都回答了这个问题，甚至是用过去时，希冀用时态的变换，以回顾的目光，来探索什么是后现代主义，[1]但是没有人能给出一个大家都接受的定义。正如费瑟

1 比如参见：(1) Jean-François Lyotard, “Answering the Question: What Is Postmodernism,” Régis Durand, trans. *The Postmodern Condition: A Report on Knowledge*, Goeff Bennington and Brian Massumi, trans. (Minneapolis: University of Minnesota Press, 1993), 71–82; (2) Charles Jencks, *What Is Post-Modernism?* (New York: St. Martin's Press, 1986), 7–15; (3) John Frow, “What Was Postmodernism?” *Time and Commodity Culture: Essays in Cultural Theory and Postmodernity* (Oxford: Clarendon Press, 1997), 13–63; (4) Steven Wandler, “What Was Postmodernism?” *Twentieth-Century Literature* 55.3 (Fall 2009): 416–422; (5) Brian McHale, “What Was Postmodernism? or, The Last of the Angels,” *Thamyris/Intersecting: Place, Sex & Race* 15.1 (2007): 39–56; (6) Brian McHale, “Introduction: What Was Postmodernism?” *The Cambridge Introduction to Postmodernism* (New York: Cambridge University Press, 2015), 1–7。

斯通所指出的，“这个术语既时髦又滑溜溜的难以界定，令人恼火”，[1]或者用哈桑的话来说，“我们几乎不知道什么曾是后现代主义”，[2]再或者如麦基尔韦恩所说，“什么是后现代主义？唯一真正的答案，好像是任何答案都依然还在问这个问题”。[3]的确，“后现代主义”这一术语成了德里达说的“延异”。

也许，界定这一术语的难处在于这么一个事实，即它首先不仅难以捉摸，而且还包罗万象；其次它是个“混合物”(hybrid)，生于现代主义又超越现代主义。依据鲍尔迪克的看法，“后现代主义”这一术语包含两层意思：(1) 它是个“具有争议的术语，自80年代初以来，关于当代文化的争论多与它有关。从其最简单但却最难令人满意的意义上说，它通常指继20世纪精英现代主义盛行之后的西方文化，因此暗示50年代后‘空间时代’之产物”；(2) 它也“用于文学和其他艺术，但其含义异常模糊，既可指现代主义被超越，也可指现代主义继而进入一个新阶段”。[4]换而言之，“后现代主义”一词既可指一种文化思潮，又可指一场文学艺术运动。我们以为，这两层含义是符合后现代主义的实际所指的。

当然，也许说“运动”不那么确切，因为在现代主义与后现代主义之间没有一条明确的界限。我们只是知道“后现代主义”这一术语始于“现代主义”流行之际，它不源于欧洲和美国，而是源于拉美，就像“现代主义”这一术语一样。“现代主义”出现于

---

1 Mike Featherstone, *Consumer Culture and Postmodernism* (London: SAGE Publications, 2007), 1.

2 Ihab Hassan, “Beyond Postmodernism: Toward an Aesthetic of Trust,” *ANGELAKI* 8.1(April 2003): 3.

3 Charlton D. McIlwain, “Time, Timing and Being On Time: The Play of Race and Ideology in the Postmodern Political Organization,” *Tamara* 3.1 (2004): 18.

4 Chris Baldick, *Oxford Concise Dictionary of Literary Terms*, 上海：上海外语教育出版社，2000年，第174—175页。

1890年，较之它出现于英语世界，早了30年。“后现代主义”这一术语首次见于说西班牙语的国家，时间在20世纪30年代，较之它在英国或美国的出现，同样早了30年。有些学者，比如科勒（Michael Kohler）和哈桑，认为“后现代主义”这一术语“首次在30年代被德奥尼斯（Federico de Onís）使用，以表示对现代主义的小小反抗”。[1]伯顿斯说得更详细些：“沃尔夫冈·韦尔施（Wolfgang Welsch）告诉我们，‘后现代’（postmodern）一词用于19世纪70年代初，而‘后现代主义’一词首次见于1926年的一本书的标题，1934年、1939年和20世纪40年代，‘后现代’一词再次浮现。从此以后，它便不断地进入我们的视野了。”[2]

后现代主义作为一场“运动”，其诞辰也有不同说法。麦卡弗里认为，后现代主义诞生于“1963年11月22日（约翰·肯尼迪的逝世日），这一天后现代主义正式入世，至少在美国是这样，因为正是这一天象征着我们集体意识中那种天真和乐观主义终结了，曾几何时，那种有助于影响我们对小说为何物之见解的真和自信，在这一天被终结了”。[3]詹克斯却说，后现代主义始于“1972年7月15日下午3点32分”，而基伦（Andreas Killen）却“喜欢将1973年视为后现代主义的开始年，其他文化史家也赞同”。[4]“还有其他的主张，视后现代主义始于其他年份，这些主张多少都有

---

1 Mike Featherstone, *Consumer Culture and Postmodernism*, 7. 又：佩里·安德森（Perry Anderson）也讲了同样的故事，参见其 *The Origins of Postmodernity* (London: Verso, 1998), 3–4。

2 Hans Bertens, *The Idea of the Postmodern: A History* (London: Routledge, 1995), 20.

3 Larry McCaffery, ed. *Postmodern Fiction: A Bio-Bibliographical Guide* (New York: Greenwood Press, 1986), xii.

4 Brian McHale, “1966 Nervous Breakdown; or, When Did Postmodernism Begin?” *Modern Language Quarterly* 69.3 (2008): 391–392.

其说服力，比如贝恩斯（Sally Banes）认为始于1963年，赫尔曼（John Hellmann）认为始于1967年，库兰斯基（Mark Kurlansky）认为始于1968年，等等。”[1]而麦克黑尔则认为，“不早不晚，就在1966年”。[2]

尽管对后现代主义的具体诞生时间说法不一，有一件事却是没有疑问的，即当“后现代主义”一词用来描述始于20世纪50年代末、盛行于60年代的“反文化”或曰“文化革命”时，它一开始就涉及艺术、建筑、舞蹈、音乐等，它们反抗和/或超越现代主义的艺术、建筑、舞蹈、音乐等，同时也包含60—80年代出现、发展的社会科学理论，如后结构主义、解构主义、接受美学或接受理论、读者反应批评、新历史主义、女性主义、新马克思主义、东方主义、后殖民主义等。就本书而言，我们关注的是用来描述文学现象的后现代主义。

也许有人认为“后现代主义”（或“后现代”）很容易理解，因为他们已经很熟悉“现代主义”（或“现代”），又因为“后现代主义”（或“后现代”）有一前缀post-，意为“……之后”，因此他们据此认为“后现代主义”即是“现代主义之后”（或“后现代”即是“现代之后”）。这是种误解。对此，麦克黑尔曾质疑道：“如果‘现代’意味‘系于当下’，那‘后-现代’（post-modern）就只意味‘系于将来’了，如此说来，后现代主义小说岂不就是指尚未写的小说了？”[3]

---

1 Brian McHale, “1966 Nervous Breakdown; or, When Did Postmodernism Begin?” *Modern Language Quarterly* 69.3 (2008): 411.

2 同上，413。

3 Brian McHale, *Postmodernist Fiction* (New York: Methuen, 1987), 4.

在很大程度上，post-这个前缀是种种后现代主张和引发论战的根源，这从作家和批评家关于“后现代”的论述中可以反映出来。美国小说家加德纳（John Gardner）说：“事实上‘后现代’意味新！意味改善！”英国小说家布鲁克-罗斯（Christine Brooke-Rose）说：“它只意味更现代的现代（最现代）[moderner modern (most-modernism)]。”英国批评家克默德认为（后现代主义是）“新现代主义”（neo-modernism）。[1]

哈桑曾将“后现代主义”拼写成POSTmodernISM。这一独特的拼写形式不仅强调前缀post-，而且还强调后缀-ism。就此拼写，麦克黑尔是这样解释的：

> 这个ISM（始于末端）一箭双雕，既道明此处的所指不单是一时间划分，而是一个有机体系——事实上是一种诗学——同时还恰当地确定了后现代主义之后的确切所指。后现代主义无论包含什么含义都绝不是在现代之后的（post modern），而是在现代主义之后的（post modernism）；它并非现在之后的出现（因为文理不通），而是现代主义运动之后的出现。因此，“后现代主义”一词，照字面意义看，意指一种诗学，这诗学继承或亦可能反叛20世纪初现代主义诗学，而非某种猜测中的未来写作。
>
> 至于这个前缀POST，我在这里想强调的成分，是逻辑的和历史的后果，并非只是时间先后顺序。后现代

1 Brian McHale, *Postmodernist Fiction*, 4.

主义源自现代主义，从某种意义上说，远非只步现代主义的后尘。[1]

可以说，麦克黑尔把“后现代主义”一词的含义说得很清楚，但也有其局限性：他是在讨论后现代主义小说时提出以上观点的，因此，他所说的只是文学上的后现代主义，而且，就后现代主义文学而言，他的观点也只算一家之言。“后现代主义”是个比较笼统的“大伞概念”（umbrella concept）[2]，其包含的意义丰富而复杂，以至于引发了许多讨论和争议。

第二节 后现代主义大辩论之概念及其发生的时间

“辩论”一词通常是指“彼此用一定的理由来说明自己对事物或问题的见解，揭露对方的矛盾，以便最后得到正确的认识或共同的意见”。[3]首先，这里说的“后现代主义大辩论”有所不同，因为它最后得不到“正确的认识或共同的意见”，没有赢输之分或对错之辨；它是一种学术争论，“代表面对后现代主义时超越辩论赛论坛本身的特定语境”。也就是说，所谓“后现代主义大辩论”并非指专就后现代主义进行的某一场次辩论，而是通指围绕后现代主义一直存在的诸种争论，“大”在这里是复数含义，用英语来表达，则是the debates around postmodernism，而

---

1 Brian McHale, *Postmodernist Fiction*, 5.

2 Mike Featherstone, *Consumer Culture and Postmodernism*, 1.

3 见《现代汉语词典》（第6版），北京：商务印书馆，2014年，第83页。

不是the debate on postmodernism。其次，这里说的辩论除了面对面的辩论之外（如后面将提及的利奥塔与哈贝马斯之争），更包括非面对面的辩论。再次，这里的“后现代主义”不仅包括postmodernism，还包括postmodern，the postmodern以及postmodernity，也就是说，这里的“后现代主义大辩论”也包括后现代辩论和后现代性辩论。在国外的英语文献中，我们常看到如下措辞：the debates around the issue of the postmodern；[1] the postmodernism debate；[2] the debate about postmodernism；[3] the postmodern debate；[4] the debate on postmodernism，the debate on the postmodern；[5] the debate around the postmodern, the debates around the postmodern；[6] the postmodernist debate；[7]debating postmodernism, postmodernism in debate；[8] the modern-postmodern debate；[9] postmodernity debate；[10] the debate about postmodernity。[11]所有这些表述都纳入这里说的“后现代主义大辩论”。

---

1 Thomas Docherty, ed. *Postmodernism: A Reader* (New York: Harvester Wheatsheaf, 1993), 15.

2 见(1) Martin Hopenhayn, “Postmodernism and Neoliberalism in Latin America,” *Boundary 2* 20.3 (Fall 1993): 93; (2) Andreas Huyssen, *After the Great Divide: Modernism, Mass Culture, Postmodernism* (Bloomington: Indiana University Press, 1986), 182; (3) Fredric Jameson, “The Politics of Theory: Ideological Positions in the Postmodernism Debate,” *New German Critique* 33 (1984): 53。

3 见(1) Martin Hopenhayn, “Postmodernism and Neoliberalism in Latin America,” *Boundary 2* 20.3 (Fall 1993): 94; (2) Andreas Huyssen, *After the Great Divide*, 199。

4 Martin Hopenhayn, “Postmodernism and Neoliberalism in Latin America,” *Boundary 2* 20.3 (Fall 1993): 107.

5 Hans Bertens, *The Idea of the Postmodern*, 7, 185.

6 Thomas Docherty, ed. *Postmodernism*, 1, 5.

7 Zygmunt Bauman, “The Fall of the Legislator,” Thomas Docherty, ed. *Postmodernism*, 133.

8 Roy Schwartzman, “Debating Postmodernism,” *Contemporary Argumentation and Debate* 17 (1996): 1, 3.

9 Wayne Gabardi, *Negotiating Postmodernism* (Minneapolis: University of Minnesota Press, 2001), xi.

10 Douglas Kellner, “The Postmodern Turn: Positions, Problems, and Prospects,” George Ritzer, ed. *Frontiers of Social Theory: The New Synthesis* (New York: Columbia University Press, 1990), 276.

11 Linda Hutcheon, *The Politics of Postmodernism* (London: Routledge, 1989), 24.

依据多彻蒂的看法，“后现代主义大辩论有着悠久的历史”，可追溯到启蒙运动。他说：“要开始讨论后现代（the postmodern）就得讨论始于启蒙运动的整个欧洲哲学发展轨迹。”[1]然而，就这辩论何时开始，他没有明确。

实际上，问“后现代主义大辩论何时开始？”无疑是问“后现代主义何时开始？”，这当然是因为后现代主义大辩论与后现代主义的诞生密不可分：没有后现代主义的诞生，何来围绕它的辩论？同时也因为这两问都得不到统一的答案。就“后现代主义何时开始？”，除上节提到的看法外，还有汤因比（Arnold Toynbee）认为始于1875年，[2]哈贝马斯（Jürgen Habermas）认为始于尼采，[3]夏尔马和肖德哈利认为1941年有时用作后现代主义的开始日，因为这一年乔伊斯和伍尔夫逝世，并指出还有人以文学作品或论著的发布日期或文学事件发生日来判断，如认为始于霍克斯发表《食人者》（*The Cannibal*）的1949年，或贝克特的《等待戈多》（*Waiting for Godot*）首次上演的1953年，或金斯堡的《嚎叫》（*Howl*）首版的1956年，或巴勒斯的（William Burroughs）《裸体午餐》（*Naked Lunch*）发表的1959年，或德里达的《结构、符号与人文科学话语中的游戏》（“Structure, Sign, and Play in the Discourse of the Human Sciences”）发表的1966年，或哈桑的《肢解俄耳甫斯：走向后现代文学》（*The Dismemberment of Orpheus: Toward a Postmodern Literature*）发表的

1 Thomas Docherty, ed. *Postmodernism*, 35–36.

2 Douglas Kellner, “The Postmodern Turn: Positions, Problems, and Prospects,” George Ritzer, ed. *Frontiers of Social Theory*, 258.

3 Jürgen Habermas, “The Entry into Postmodernity: Nietzsche as a Turning Point,” Thomas Docherty, ed. *Postmodernism*, 51–61.

1971年。[1]这里，我们看到理论家与批评家“各自为政”，从不同角度和领域给出不同答案。

对“后现代主义大辩论何时开始?”，理论家与批评家也是“各自为政”。这里，我们仅以加巴迪和伯顿斯为例。加巴迪在其专著《商榷后现代主义》的第一章开篇便指出，现代-后现代辩论经历了两次浪潮，第一次始于1969年，发生在法国的后现代主义思想家如德里达、德勒兹（Gilles Deleuze)、利奥塔与德国的哈贝马斯之间，争论的主题是“何谓后现代主义?”。第一次浪潮在70年代势头逐渐增强，到80年代中期登上顶峰，法国的后现代主义理论家与德国的批评理论家之间的辩论，可谓针尖对麦芒，词语对立异常犀利。第二次浪潮发生于80年代中期止于90年代中期，超出了现代性与后现代性的对立主题，迈向“后现代主义批评对话”。[2]加巴迪称第二次浪潮为“批评后现代主义”（critical postmodernism)，视“批评后现代主义”不仅是后现代辩论的结果，而且还是“对我们当下的晚期现代/后现代过渡做出的理论和意识形态的反应，也是能用来商榷这一过渡的实用工具”。[3]加巴迪认为，在第一次浪潮中，“凡是现代的都给无情地解构了”，而在第二次浪潮中，这种无情的解构“让位于新的重构企图”，后现代性不再被认为是与现代性断裂，而是被视作“过渡”，辩论之词语对立不再那么犀利，更多的是“对话”。[4]加巴迪在书中开篇

1 Ramen Sharma and Dr. Preety Chaudhary, “Common Themes and Techniques of Postmodern Literature of Shakespeare,” *International Journal of Educational Planning & Administration* 1.2 (2011): 191.

2 Wayne Gabardi, *Negotiating Postmodernism*, xx.

3 同上，xxi。

4 同上，10。

就声明，“本书讨论现代对立后现代的辩论，以及进入21世纪之际它对当代社会理论、政治哲学和民主思想所具有的含义”。[1]显然，加巴迪说的两次浪潮，内容上主要涉及现代性与后现代性之争，而不甚涉及文学上的后现代主义之争。在时间上，他将辩论定为始于1969年，也不符合文学创作意义上的后现代主义的实际情况，因为文学创作意义上的后现代主义，在美国至少出现于50年代，而在法国应当更早，在“新小说”里就能见到，尽管整体上说，文学创作意义上的后现代主义，法国的不比美国的强。

涉及文学创作意义上后现代主义大辩论的，是伯顿斯的《后现代理念：一段历史》。伯顿斯声明“本研究旨在描述据说始于（tentative beginnings）50年代的后现代主义辩论史”。[2]请注意，伯顿斯的“据说始于”用的是复数，加上tentative这一形容词，其含义当然是指这“始”是多种不确定的、猜测性的说法。伯顿斯虽然基本同意这一看法，但还是认为“真正的开始是在60年代初”，[3]而且在第二章“各种反现代主义”（“Anti-Modernisms”），他就是从文学批评家评论文学创作的角度切入讨论的。如前所提到的，他认为“后现代的”（postmodern）一词早在19世纪70年代就使用过，而“后现代主义”（postmodernism）一词，在1926年的一本书的标题中就首次出现。1934年、1939年和20世纪40年代，postmodern再次出现。此后便开始大量出现。但是，在这些术语的使用与60年代进行的后现代主义辩论之间却无持续性可言，人们能在其中发现

1 Wayne Gabardi, *Negotiating Postmodernism*, xi.

2 Hans Bertens, *The Idea of the Postmodern*, 14.

3 同上。

真正的持续性的唯一学科是文学批评，至少是从50年代初开始即如此，那时美国诗人奥尔森拾起这一术语，将它用来描述当代（主要是他自己的以及其他黑山派诗人的）诗歌中反现代的特征，确定具体的反理性态势。[1]因此，我们可以认为，伯顿斯说的后现代主义辩论，尤其是其开始，是指文学后现代主义意义上的辩论。

在他的辩论史中，伯顿斯首先提到奥尔森作为诗人是积极倡导后现代主义创作的，他在50年代就在其写作和讲课时不断使用“后现代”（post-modern）一词。接着，伯顿斯提到“早期的另一贡献”，即欧文·豪1959年发表的《大众社会与后现代小说》。不过，欧文·豪却不像奥尔森那般“乐观”，他“不高兴”看到当时的社会和文学创作的变化。[2]不过，欧文·豪的这篇文章毕竟是“力求界定‘后现代主义’的企图之一”。[3]

到了60年代，桑塔格、菲德勒和哈桑也加入讨论美国文坛上出现的新变化，虽然除菲德勒外，桑塔格和哈桑尚未使用“后现代”一词，桑塔格只说“新感受力”（new sensibility），哈桑只说“沉默的文学”（literature of silence），但却都是为后现代主义文学唱赞歌的。至此，我们看到辩论首先是在文学领域展开。到70年代，情况略有所变化：一方面，辩论还在文学领域进行；另一方面，辩论又扩展到建筑领域。在文学领域，我们看到斯帕诺斯等人步奥尔森的后尘，在《疆界2》上发文，“发展了后现代主义观念”。在建筑领域，我们看到詹克斯等人讨论建筑中的后现代主义。他在《后现代建筑的崛

1 Hans Bertens, *The Idea of the Postmodern*, 20.

2 同上，22。

3 Bran Nicol, ed. *Postmodernism and the Contemporary Novel*, 134.

起》（“The Rise of Post-Modern Architecture”，1975）一文中“呼吁后现代多元主义”，在其专著《后现代建筑语言》（*The Language of Post-Modern Architecture*，1977）里陈述了自己的后现代主义观，尤其是在第二版（1978），陈述更见清晰。[1]

到80年代，辩论之内容大大超出文学、建筑领域进入艺术、哲学、社会、经济、政治领域，对西方文化几乎无所不及，几乎成为“人文科学的意义‘万花筒’”。[2]

如果说六七十年代是后现代主义文学的鼎盛时期，那么80年代就是后现代理论的鼎盛时期。不过，凡事一旦到达顶峰，之后便要开始走下坡路了。后现代主义亦然。到80年代，后现代主义文学已显衰退之势，至少实验已不如先前那么张狂，但是后现代主义理论却呈鼎盛之势，理论上对后现代主义的辩论也热起来，最明显的见证便是利奥塔和哈贝马斯之争。到80年代末至90年代，宣称后现代主义死了——先是后现代主义文学的，后是后现代理论的——的声音高涨起来。然而，围绕后现代主义的辩论却似乎未结束，至少就后现代主义死还是没死，何时死了，死了之后又是什么主义，得辩论一番。可以说，这种情景至今未变。

应该说，伯顿斯的辩论史还是比较客观的，然而他提出的辩论“始于60年代初”，恐怕只是囿于这一事实：50年代末和60年代初，欧文·豪1959年写的《大众社会与后现代小说》一文和次年莱文写的《现代主义曾为何物?》（“What Was Modernism?”）一文，都是

---

1 Hans Bertens, *The Idea of the Postmodern*, 58, 60.

2 Patricia Waugh, *Practising Postmodernism, Reading Modernism* (London: Arnold, 1992), 5.

“站在现代主义一边反对新的文学发展，把这些新发展视为文学衰弱的表征”，[1]也就是说对后现代主义他们都持否定态度；而后，桑塔格提出“新感受力”，哈桑提出“沉默的文学”，菲德勒提出“新突变体”和“跨越界限”，三人对后现代主义文学创作，如前提到的，都是持肯定的态度，从而无形中形成了一场辩论。固然，从这一事实出发，伯顿斯将辩论定在“始于60年代初”有其道理，但他所提到的奥尔森在50年代以褒扬的态度再三使用“后现代”一词这一事实，岂不给排除在外？（况且，70年代还有步奥尔森之后尘者。）虽然不能断定，欧文·豪和莱文撰文表示否定态度是否针对奥尔森，但客观上却是一种对立，即构成了一种辩论。据此则完全有理由说，后现代主义大辩论是始于50年代，甚至更早，即二战后初期，因为欧文·豪的1959年的文章所说的“后现代小说”就是“过去十五年的小说”。[2]虽然前面提到，不少人将后现代主义的开始定在60年代，不过用麦克黑尔的话来说，我们是在60年代见到后现代主义的“大爆发”（“big bang”），[3]而非伯顿斯说的后现代主义的“微澜”；他说的“微澜”始于50年代[4]而不是60年代。说开始当以“微澜”开始，否则，没有微澜，如何开始？再说，冷战与后现代主义关系密切，亚当斯就将后现代主义“理解为冷战时期文学的主要先锋实验形式”。[5]冷战是二战后的冷战，后现代主义也是

1 Andreas Huyssen, *After the Great Divide*, 161.

2 Irving Howe, “Mass Society and Post-Modern Fiction,” *Partisan Review* 26 (1959): 422.

3 Brian McHale, “1966 Nervous Breakdown; or, When Did Postmodernism Begin?”, *Modern Language Quarterly* 69.3 (2008): 398.

4 Hans Bertens, *The Idea of the Postmodern*, 11.

5 Rachel Adams, “The Ends of America, the Ends of Postmodernism,” *Twentieth-Century Literature* 53.3 (Fall 2007): 250.

二战后的后现代主义；1989年柏林墙倒塌，标志着冷战的结束，[1]也标志着后现代主义结束；[2]而且1989年12月22日贝克特死了，有人也据此认为后现代主义必死无疑。[3]因此我们有理由说，后现代主义一诞生围绕它的辩论就开始了。

第三节　后现代主义大辩论的根源

为什么后现代主义一诞生围绕它的论战就开始而且经久不息呢？原因有种种，归结起来有如下五大主要根源。

一、后现代主义界定困难

关于后现代主义的定义，有中国学者指出，[4]"国外学界""大体存在"四种"较具代表性的界说"：(1)"将后现代主义鲜明定位于对宏大（元）叙事的质疑、批评与超越上"，代表人物是利奥塔；(2)"将后现代主义鲜明定位于反对宏大叙事后所带来的碎片格局这一点上"，代表人物有哈桑、伊格尔顿（Terry Eagleton）和鲍德里亚；(3)"将后现代主义鲜明定位于晚期资本主义的文化逻辑"，代表人物是詹明信；(4)"从修辞角度界定后现代主义，把它看作一种特殊的情感"，代表人物是大卫·雷·格里芬（David Ray Griffin）。从这种描述中，我们可以看到定义后现代主义之努力与艰难。

---

1 次年戈尔巴乔夫说："冷战如今在我们的身后。" 参见George Brown Tindall and David E. Shi, *America: A Narrative History*, Vol. 2 (New York: W. W. Norton & Company, 1996), 1524。

2 Brian McHale, "Break, Period, Interregnum," *Twentieth-Century Literature* 57.3–4 (Fall/Winter 2011): 333.

3 Josh Toth and Neil Brooks, "Introduction: A Wake and Renewed?", Neil Brooks and Josh Toth, eds. *The Mourning After: Attending the Wake of Postmodernism* (Amsterdam: Rodopi, 2007), 2.

4 朱立元主编：《后现代主义文学理论思潮论稿》（上），上海：上海人民出版社，2015年，第2—6页。

实际说来，对后现代主义进行界定是极其困难的。2001年，泰勒和温奎斯特编辑出版《后现代主义百科全书》（下文简称《全书》），旨在“帮助数种研究层次的读者，为其继续研究提供释疑、分析和方向”，然而查阅《全书》，竟然没有postmodernism这一词条。他们没有明确解释是何缘故，只说后现代主义的定义有种种，它“自相矛盾，时常被误用，且用于不同领域”，而《全书》“并不信守某一个后现代主义定义”。[1]然而，所谓“并不信守”实际是无法信守：定义既然有种种，怎能信守一种？

就后现代主义的定义，批评家不能达成共识，可是就后现代主义的不能定义，他们却异口同声。除了本章开头提到的费瑟斯通、哈桑和麦基尔韦恩外，还有其他的批评家，如伯顿斯认为“Postmodernism是个令人气恼的术语”；[2]尼科尔说，“后现代主义是个极其滑溜、不可界定的术语”；[3]施瓦茨曼声称，“界定后现代主义是一难事，因为后现代主义不描述方法论，也不描述教条或者静态的理论”。[4]

定义后现代主义似不可为，然不可为而为之者大有人在：他们从各自的角度给出各自的定义。比如，对后现代（the postmodern），哈桑界定为一种新美学的形成，利奥塔和哈维界定为一种状况，康纳（Steven Connor）界定为一种文化，詹明信界定为一种文化主旨，哈琴（Linda Hutcheon）界定为一套运用戏仿

1 Victor E. Taylor and Charles E. Winquist, eds. *Encyclopedia of Postmodernism* (London: Routledge, 2001), xiii.

2 Hans Bertens, *The Idea of the Postmodern*, 3.

3 Bran Nicol, *The Cambridge Introduction to Postmodern Fiction* (New York: Cambridge University Press, 2009), 1.

4 Roy Schwartzman, “Debating Postmodernism,” *Contemporary Argumentation and Debate* 17(1996): 1.

式的自我意识表现的艺术运动，鲍曼（Zygmunt Bauman）界定为一种伦理或政治规则，鲍德里亚、福山（Francis Fukuyama）和瓦蒂莫界定为一个我们走到“历史尽头”的时代，拉克劳（Ernesto Laclau）界定为一种“我们的文化、哲学和政治体验的新视野”，伊格尔顿界定为一种“幻想”，卡林尼科斯（Alex Callinicos）界定为一种造反政治的形成，诺里斯（Christopher Norris）甚至界定为一种不幸的错误。[1]凡此种种，不一而足，但站在各自的角度看，却各有各的道理。霍彭海恩指出：

> 批评家和理论家在做各自的后现代叙事时，是从各种不同的学科里汲取资源。从人类学和人种学那里，它汲取了文化相对论和种族中心主义批判。从哲学那里，它汲取了人文主义批判和（普遍/特殊、自由/意识）主题中心性批判；从符号学那里，它汲取了结构第一、符号超越主体性论；从反精神病学和激进的精神分析那里，它汲取了多元欲望高雅论和“亲基因简化论”（philogenetic reductionism）；从政治理论那里，它汲取了社会由繁复的、相互交织的微观权力和“局部的”而非普遍的权力游戏来构成的观念。从美学那里，它汲取了异质与异时风格相结合的情趣（即古典的与浪漫的、巴洛克式的与功能的、洛可可[2]的和未来派的相结合）；从社会学那里，

1 参见Simon Malpas, *The Postmodern* (London: Routledge, 2005), 6–7。

2 洛可可（rococo或Rococo），始于法国18世纪初的艺术运动，故又称“路易十五式”，艺术上追求外形富丽堂皇，装饰精巧奇特。——引者注

它学会了承认社会动力的异质与复杂性。[1]

对什么是后现代主义，即使在它死后的今天，依然没有定论，而没有定论便有辩论，这当是后现代主义大辩论的首要根源。

二、后现代词语使用混乱

后现代主义大辩论的第二大根源是后现代词语使用混乱。如前所述，涉及后现代主义的词语有“后现代”“后现代的”“后现代性”“后现代主义的”“后现代主义”等，而相关作家、学者、批评家在使用时也不严谨，缺乏应有的规范性。这在一定程度上与其相对应的“现代的”（modern）一词有关。就造成后现代词语使用混乱的原因，托多罗夫曾归结出两种：一是在英语、法语、德语中，“现代的”（modern）一词的含义不一样，由它延伸出来的“后现代的”（postmodern）的含义亦如此，加之“后现代的”这一术语又“意在跨学科”，其含义取决于是否用于历史、哲学或艺术；二是“现代的”和“后现代的”两词虽为形容词，但实际并非用于描述，而是常常用作召唤行动或用作批评，因此内容含混，“把话题弄得越来越不可捉摸”，以至于“人们不再读利奥塔论杜尚，或读詹明信论利奥塔论杜尚，而是读康纳论詹明信论利奥塔论杜尚”。[2]可惜托多罗夫没有提到中文。中文的“现代”和“后现代”所包含的意义可能更广，因为它们既可以

---

1 Martin Hopenhayn, “Postmodernism and Neoliberalism in Latin America,” *Boundary 2* 20.3 (Fall 1993): 97–98.

2 Tzvetan Todorov, “Postmodernism, a Primer,” Carol Cosman, trans. *The New Republic* (May 21, 1990): 32.

是名词，又可以是形容词。比如“后现代小说”，译成英文可以是postmodern fiction，也可以是postmodernist fiction，或fiction of postmodernism。

尼科尔也谈到后现代词语使用混乱的状况。他认为“后现代主义”（postmodernism）一词是用来“捕捉”西方二战后对发生的社会、经济、文化、生活等变化的“感觉”，由于该词词义“模糊和多面”，所以“后现代主义被创造、采用、界定和再界定”。尼科尔没有提到，他说的“社会、经济、文化、生活等变化”，经由50年代至90年代也会有变化，所以人们对它们的感觉也会不一样，如此，用来“捕捉”变化之“感觉”的postmodernism，含义上自然也会不一样。不过，尼科尔还是提到，“在我们读到postmodernism一词时，我们实际得与三个派生词打交道——不仅仅是postmodernity，还有postmodernism和postmodern，这就使得postmodernism 一词的问题更加复杂”。[1]尼科尔还特别指出：“‘postmodern’虽为形容词，却既可指始于50年代、延续至90年代（——但是否止于90年代肯定还有争议，有些人认为我们现在依然处在后现代时代——）这段文学或文化历史时期（……），又可指一整套美学风格和美学原则，这些风格和原则体现了这个时期的文学创作特征，也受到后现代主义和后现代性的影响。而postmodernity指称这一时期因政治、社会、经济和媒体领域的发展而引发世界改变的方式，postmodernism（以及其形容词postmodernist）指称哲学、理论和与之相联系的美学创作的一整套思想。”[2]

1 Bran Nicol, *The Cambridge Introduction to Postmodern Fiction*, 2.

2 同上。

面对“后现代主义”难以甚至不可界定，理论家“迂回作战”，不谈“什么是后现代主义”，而谈“什么不是后现代主义”，就像蔡尔兹当年谈到界定现代主义之艰难时所提议的那样，“可以通过它不同于什么来理解现代主义，比如现代主义不是现实主义”。[1]于是我们看到，有些理论大家好像是接受了蔡尔兹的提议似的，为了说清什么是postmodernism或postmodernity而立足于什么不是postmodernism或postmodernity。那么什么不是postmodernism或postmodernity呢？当然是modernism或modernity。于是在哈桑那里，我们见到modernism与postmodernism的33点对立表；[2]在哈维那里，我们看到modernity与postmodernity的12点对立表。[3]然而，并非所有人都接受这种对立表。比如布鲁克-罗斯和苏蕾曼（Susan Rubin Suleiman）就批评哈桑的对立表在范畴和置位上不一致，如隐喻与转喻的对立和叙事与反叙事的对立不一致，能指与所指的对立和读者的与作者的不一致。[4]又比如齐马，他对哈桑视“偶然”“游戏”“反讽”“不确定性”等为后现代主义的突出特征提出了两个看法：一是如果接受这些标准，那就很难区分后现代主义与浪漫主义，更不用说区分后现代主义与现代主义了；二是“偶然”和“游戏”在马拉美（Stéphane Mallarmé）和瓦莱里（Paul Valéry）的文本中，跟在任何后现代作家的文本中一样，也

1 Peter Childs, *Modernism* (London: Routledge, 2000), 2.

2 Ihab Hassan, *The Postmodern Turn: Essays in Postmodern Theory and Culture* (Columbus: Ohio State University Press, 1987), 91–92.

3 David Harvey, *The Condition of Postmodernity: An Enquiry into the Origins of Cultural Change* (Oxford: Basil Blackwell, 1990), 340–341.

4 参见Peter Brooker, ed. *Modernism/Postmodernism* (New York: Pearson Education, 1992), 12。

很重要。“因此，哈桑所选择的风格特征难以起到突出的作用。”[1]其实蔡尔兹所提倡的，哈桑和哈维所做的，实际就是二元对立。二元对立虽然看似一清二楚，但带来的危险是容易让人褒一方贬一方（比如在哈桑和哈维的对立中，褒扬的是后现代主义和后现代性），这就是德里达说的二元对立“建构了一种非常有害的价值等级体系”。[2]此外，二元对立作为一种方法还过于简单甚至片面，它只求不是1就是0，说到底是种排他性的“非此即彼”，而非具有包容性的“既……又……”，被后结构后现代主义视为“过时”的东西，[3]而且，就像齐马批评的那样，容易忽视事物的复杂性。

造成混乱的另外一个原因，是理论家在使用后现代词语时，时常不觉中由一个词滑向另一个词，仿佛成了德里达说的“延异”。这当中最为典型的恐怕是詹明信。他在自己的著述中，“经常有意由postmodernity滑向postmodernism”。[4]众所周知，詹明信根据曼德尔的理论，对资本主义作了文化时期三分法，即市场资本主义、垄断资本主义和跨国资本主义三个历史时期，分别对应于现实主义、现代主义和后现代主义三种文化形式。据此，他把后现代主义定义为“晚期资本主义的文化逻辑”。这里我们就看到postmodernity滑向了postmodernism，因为他开始讲的是历史时期，而后讲的是文化形式，从而使postmodernity包含了postmodernism的所指，反之亦然。哈琴注意到詹明信在后来的著

---

1 Peter V. Zima, “Why the Postmodern Age Will Last,” Klaus Stierstorfer, ed. *Beyond Postmodernism: Reassessments in Literature, Theory, and Culture* (Berlin: Walter de Gruyter, 2003), 21.

2 参见道格拉斯·凯尔纳，斯蒂文·贝斯特：《后现代理论——批判性的质疑》，张志斌译，北京：中央编译出版社，2011年，第23页。

3 Peter Brooker, ed. *Modernism/Postmodernism*, 12.

4 Linda Hutcheon, *The Politics of Postmodernism*, 25.

作中一再强调，将后现代主义同时界定为“一整套美学和文化特征及程序”和“我们的、通常称为晚期资本主义社会的社会经济建构”。[1]

通常来说，postmodernism和postmodernity是各有所指的。伊格尔顿在其《后现代主义幻想》一书中开篇就解释这种现象：

> Postmodernism一词通常意指一种当代文化形式，而Postmodernity则意指一个具体的历史时期。Postmodernity是种思想风格（a style of thought），这种思想风格怀疑传统概念，如真理、理性、身份和客观性，怀疑全民进步或解放，怀疑单一准则、宏大叙事或解释的终极基础……。Postmodernism是种文化风格，这种文化风格用无深度的、去中心的、虚假的、自我反射的、游戏的、派生的、折中的、多元的艺术，来反映这个时代的变化，且模糊“精英”和“通俗”文化之界限，模糊艺术与日常经验之界限。[2]

这里，伊格尔顿一开始就指明postmodernism和postmodernity一般各有所指，接着意指历史时期的postmodernity又变成了一种思想风格，这岂不是滑入postmodernism。对这种通常的做法，伊格尔顿以为不甚妥当，所以马上说道：

---

1 Linda Hutcheon, *The Politics of Postmodernism*, 26.

2 Terry Eagleton, *Illusions of Postmodernism* (Oxford: Blackwell, 1996), vii.

> 这样区分postmodernism和postmodernity在我看来好像有用，但它不是我在本书特别喜爱的。我一向趋向更为熟悉的postmodernism，用它来包含这二者，因它们明显密切联系在一起。[1]

显然，伊格尔顿看到了postmodernism和postmodernity这样的后现代词语的复杂性，提出要关注它们之间的“密切联系”。伊格尔顿的这种开明之见，哈琴七年前注意到詹明信混用“后现代主义”和“后现代性”时就指出：“无疑，二者无法不联系在一起。但是我还是主张在话语语境中将二者分开。后现代性和后现代主义语言上相似，这标示其关系显而易见，用一词包含二者不会令人困惑，以某种明显的因果而合成二者也不算规避。二者的关系应该辩论，而不应借用魔术之手设想。”[2]这里，我们看到后现代主义理论大家心中对“后现代主义”和“后现代性”有个大致的区分，但又注意到二者密不可分，如马尔帕斯，他一方面注意到，“后现代主义被描写为一种风格或文类，而后现代性则被说成用来指涉一个时代”；另一方面又说，“严格地将后现代主义区分为一种风格，将后现代性区分为一个时代，是不可能的”。[3]这称得上是后现代词语使用混乱的典型案例。

---

1 Terry Eagleton, *Illusions of Postmodernism*, viii.

2 Linda Hutcheon, *The Politics of Postmodernism*, 26.

3 Simon Malpas, *The Postmodern*, 9–10. 请注意马尔帕斯将此专著冠名为*The Postmodern*，而不是我们更常见的Postmodernism或Postmodernity，专著的“导言”的副标题是“复数的后现代”（“The Plurality of the Postmodern”），专著的第一章讨论“现代主义和后现代主义”，第二章讨论“现代性和后现代性”。可见马尔帕斯用心良苦：他用the postmodern来包括postmodernism和postmodernity，既指一种风格又指一种时代。就其原因，恐怕与他认为“不可能”“严格”区分二者有关。

三、后现代主义是复数

后现代主义难以定义，可是却有很多人不可为而为之，又因为定义者立场不同，角度不同，甚至所处的时代或国度不同，结果把后现代主义做成了复数，用钱佼汝先生的话来说，做成了“一个必须用复数形式‘后现代主义们’来表示的多元的概念”。[1]

实际上，西方不少理论家在自己的著述中就使用复数。如尼科尔在《剑桥后现代小说导论》中就用postmodernisms来表述后现代主义，[2]马尔帕斯在《后现代》开篇提出的“后现代的多元性”使用了postmodernisms来表述，[3]此外他和伯顿斯还提到“许多后现代主义们和后现代性们”，[4]还有施蒂尔托法（Klaus Stierstorfer）在他主编的论文集《超越后现代主义：重估文学、理论和文化》（*Beyond Postmodernism: Reassessments in Literature, Theory, and Culture*，2003）中，他和纽宁（Vera Nünning）也使用postmodernisms来表述，甚至詹明信的著述里也有postmodernisms这样的表述。[5]

就何以“必须用复数形式”，钱佼汝给出了四个理由：(1) 后现代主义是一种国际社会文化现象，且各国的情况不同，发展也不平衡；(2) 后现代主义涉及领域广泛，“其内涵和外延是因领域而异的，也不能一概而论”；(3)“对后现代主义的界定和解释也不尽相同”；(4)“后现代主义不是一个静止的，而是不断发展的

1 钱佼汝：《小写的后现代主义：点点滴滴》，《外国文学评论》1991年第4期，第59页。

2 Bran Nicol, *The Cambridge Introduction to Postmodern Fiction*, xiv.

3 Simon Malpas, *The Postmodern*, 1, 5.

4 Simon Malpas, *The Postmodern*, 41; Hans Bertens, *The Idea of the Postmodern*, 12.

5 Fredric Jameson, *Postmodernism, or, The Cultural Logic of Late Capitalism* (Durham: Duke University Press, 1991), 9.

概念”。[1]这是既客观又全面的见解，西方学者能如此全面者似乎没有。如马尔帕斯认为："对文学专业的学生来说，后现代主义的含义，在方式上与神学家、哲学家、政治科学家、历史学家和社会学家所使用的，常常非常不同，因为每一学科将自己的后现代主义和后现代性的含义引入自己领域的辩论当中……导致了各种不同的后现代主义和后现代性。”[2]又如纽宁从麦克黑尔那里得到启发，提出“没有单数的postmodernism”，应该用复数的postmodernisms。（麦克黑尔说，“postmodernism存于我们谈论它和使用它的话语里”。而我们是不同的，因此我们的话语也是有异的，这样便有了不同的postmodernisms。）纽宁甚至认为："根本就没有postmodernism这样的东西，因为这样的现象本身就不存在，而是从一开始就是构建的。…… postmodernism是个构建物，而不是‘客观地’命名一个实体，或者‘存在那里’的物种。”[3]再如伯顿斯，他说："后现代主义对不同的人，在不同的概念层次，意味着不同的东西，在50年代，它起源于谦卑的文学批评，到80年代上升至全球概念化。结果过去是，现在还是，弄了个大的、令人兴奋的困惑，此困惑具有所有重要的新的冲动，去打开新的知识探索领域。”[4]这里，他们拿出的理由，显然只分别为钱先生所说的第（2）、（3）、（4）条。

1 钱佼汝：《小写的后现代主义：点点滴滴》，第59—60页。

2 Simon Malpas, *The Postmodern*, 6.

3 Vera Nünning, “Beyond Indifference: New Departures in British Fiction at the Turn of the 21st Century,” Klaus Stierstorfer, ed. *Beyond Postmodernism: Reassessments in Literature, Theory, and Culture* (Berlin: Walter de Gruyter, 2003), 235.

4 Hans Bertens, *The Idea of the Postmodern*, 10–11.

四、难以确定谁是后现代主义作家

由于不同的人对后现代主义有不同的界定，使用相关术语时表现出一定程度的随意性，所以在确定谁是后现代作家时就失去了统一的裁定标准。欧文·豪1959年写《大众社会与后现代小说》时，他眼中的后现代作家包含塞林格（Jerome David Salinger）、梅勒（Norman Mailer）、贝娄和马拉默德（Bernard Malamud）。尼科尔认为这种说法“现在看来有些过时”。[1]尼科尔的话是有道理的：毕竟欧文·豪的目光所及，只是二战结束至50年代末而已。

在西方文论中，有些作家，尤其是那些所谓的“过渡性的”作家，被视为既是现代又是后现代作家。最典型的是英国的贝克特和墨西哥的富恩特斯。如肯尼（Andrew Kenny）的文章《贝克特与现代/后现代辩论》（“Beckett and the Modern/Postmodern Debate”，1997）和雷蒙·威廉斯的文章《现代的富恩特斯和后现代的富恩特斯》(“Fuentes the Modern; Fuentes the Postmodern”，2002)，连标题都分别标明贝克特和富恩特斯既是现代又是后现代作家。即便是同一部小说，也可以既是现代主义的又是后现代主义的。麦克黑尔阅读乔伊斯的《尤利西斯》，读出的便是这番风味，认为它的前半部为现代主义，后半部为后现代主义。[2]但是乔伊斯的《芬尼根的守灵夜》，无论谁来读，读到的恐怕只是后现代主义的风味。所以一个作家或一部小说，不可轻易归类，说这个

---

1 所谓“过时”，即指现在对上述作家的看法已并非如此了。参见Bran Nicol, ed. *Postmodernism and the Contemporary Novel*, 134。

2 Brian McHale, *Constructing Postmodernism*, Chapter 2 (New York: Routledge, 1992).

作家或小说是什么主义的。托多罗夫告诫说，这种做法是“因小失大，甚至断章取义”。[1]所以，说某个作家是什么主义的，应当依据其具体作品来裁定。品钦毫无疑问是后现代主义作家，但在麦克黑尔看来，他1990年的《葡萄园》就不是后现代主义小说。[2]施瓦茨曼告诫我们："不能，也不应当提倡将后现代主义视作（有赢有输的）投票问题。”[3]

五、难以区分现代主义和后现代主义

这恐怕是后现代主义大辩论最主要的根源。可以想象，如果能够区分现代主义和后现代主义，就像能够区分现实主义和现代主义那样，辩论自然要少许多。前面提到，现代主义难以界定，但若以什么不是现代主义来阐述，即以现实主义不是现代主义来阐述，那界定现代主义就容易多了，也能分个一清二楚，因为现实主义客观上就不是现代主义，换言之，现代主义反的就是现实主义，二者有着本质的区别。其实，现代主义的渊源并不是现实主义，而是浪漫主义，这是西方学者已经达成的共识。但是，以现代主义不是后现代主义来阐述后现代主义，却不能取得这样的效果，因为现代主义与后现代主义的关系非常密切，二者的关系可谓父子关系，没有本质之别，只有程度之差，充其量是“代沟”

1 Tzvetan Todorov, “Postmodernism, a Primer,” Carol Cosman, trans. The New Republic (May 21, 1990): 33.

2 麦克黑尔认为品钦的《拍卖第四十九批》和《万有引力之虹》分别为后现代主义的爆发和鼎盛时期的代表作，而《葡萄园》是冷战结束、后现代主义衰亡之后、旧王已死新王尚未就位时期的代表作，即由后现代主义向什么新主义过渡的代表作（详见Brian McHale, “Break, Period, Interregnum.”）。

3 Roy Schwartzman, “Debating Postmodernism,” *Contemporary Argumentation and Debate* 17 (1996): 8–9.

之异，难以分个一清二楚。虽然我们可以说现代主义不是后现代主义，但是这种“不是”，程度上并不像现实主义那样不是现代主义，因为（1）后现代主义和现代主义同根同源，二者合用一个词根，都反现实主义，渊源都在浪漫主义；[1]（2）后现代主义“源于（follow from）现代主义而非趋步于（follow after）现代主义”；[2]（3）“后现代无疑是现代的一部分”，而“一个作品只有先是后现代的才能成为现代的”；[3]（4）“没有哪个叙事技巧标识为后现代主义所独有”，[4]“现代主义的态度和技巧可以在与后现代步调一致的当代作家身上见到”；[5]（5）“就在我们进入21世纪的时候，现代/后现代之分显示出来的与其说是真实的不如说是表面的”。[6]

第四节　后现代主义大辩论之核心内容

所谓没有定论，便有辩论，而且辩论“一直”在进行。[7]围绕后现代主义之所以有那么多的争论，乃是因为就后现代主义有诸

1 沃认为利奥塔“定义后现代主义，用的术语却最明显地源自浪漫主义的自治论”。（见Patricia Waugh, *Practising Postmodernism, Reading Modernism*, 31。）又：哈桑在一次接受采访时说过类似于由浪漫主义而现代主义而后现代主义的话。他说：“浪漫主义想象变成了现代主义意识变成了后现代主义语言，……浪漫主义个性（Self）变成了现代主义自我（Ego）变成了后现代主义空虚主体（empty Subject）。”［参见Frank L. Cioffi, “Postmodernism, Etc.: An Interview with Ihab Hassan,” *Style* 33.3 (Fall 1999): 359。］

2 Brian McHale, *Postmodernist Fiction*, 5.

3 Jean-François Lyotard, *The Postmodern Condition: A Report on Knowledge*, Goeff Bennington and Brian Massumi, trans. (Minneapolis: University of Minnesota Press, 1993), 79.

4 Theo D'haen, “European Postmodernism: The Cosmodern Turn,” *NARRATIVE* 21.3 (October 2013): 272.

5 Bran Nicol, *The Cambridge Introduction to Postmodern Fiction*, 18.

6 Marjorie Perloff, *21st-Century Modernism: The “New” Poetics* (Massachusetts: Blackwell Publishers, 2002), 164.

7 见Paula Geyh, Fred G. Leebron, and Andrew Levy, eds. *Postmodern American Fiction: A Norton Anthology* (New York: W.W. Norton & Company, 1998), xvi。又见Meryem Ayan, “Weaving Modernist and Postmodernist Intertextual Narrative,” *BULETINUL* 62.1 (June 2010): 134。

多的问题不能达成共识，如后现代主义的定义，后现代主义的时期划分（何时诞生与消亡），后现代主义的诗学，后现代主义的政治，后现代主义的判断标准，等等。但是，争论最核心的内容，应该是后现代主义与现代主义的关系问题，因为所有的这些问题，几乎都与它有关。正如马尔蒂所说，postmodernism中的前缀post-就“意味着与现代主义的关系”。[1]倘若没有现代主义就没有后现代主义，那么就不能撇开现代主义来谈后现代主义。就这最核心的内容，西方学者的讨论主要从三方面展开：(1) 从美学的角度；(2) 从社会经济的角度；(3) 从哲学的角度。三者并非绝然分开，有交叉，有渗透，有相互联系。

美学角度的讨论是最早展开的，它见于美国，始于20世纪50年代，盛于60年代，持续于70和80年代乃至当今。前面已提到，50年代奥尔森和欧文·豪提出“后现代”（post-modern）这一概念，态度上前者待之以“乐观”，后者待之以“不高兴”。[2]进入60年代，菲德勒、桑塔格和哈桑也加入讨论美国文坛上出现的新变化。菲德勒提出“后现代主义可视作与现代主义决裂”，[3]桑塔格将后现代主义界定为“拒绝和抛弃表层下深度的现代主义模式”，认为“现代主义要求解释，而后现代主义却反驳解释的可能性”。[4]哈桑于1971年发表《肢解俄耳甫斯：走向后现代文学》一书，明确使用了postmodernism一词，而且还展示了影响甚广的现代主义

1 Paul Maltby, “From Dissident Postmodernists,” Bran Nicol, ed. *Postmodernism and the Contemporary Novel*, 371.

2 Hans Bertens, *The Idea of the Postmodern*, 22.

3 转引自 Patricia Waugh, *Practising Postmodernism, Reading Modernism*, 406。

4 参见 Meryem Ayan, “Weaving Modernist and Postmodernist Intertextual Narrative,” *BULETINUL* 62.1 (June 2010): 134。

与后现代主义对立表。1986年麦克黑尔提出“两个命题”，即“现代主义是认识论的”和“后现代主义是本体论的”。[1]“两个命题”在次年发表的《后现代主义小说》中得到重申和强调。所有这些讨论，基本都是围绕文学上现代主义与后现代主义之关系或区别而展开的。

从70年代开始，有学者从社会经济的角度讨论后现代主义。如1976年丹尼尔·贝尔发表《后工业社会的来临》（*The Coming of Post-Industrial Society: A Venture in Social Forecasting*），书中预测“后工业社会”的到来；詹明信1984年《后现代主义，或晚期资本主义的文化逻辑》（“Postmodernism, or, the Cultural Logic of Late Capitalism”）一文，提出垄断资本主义的文化表现形式是现代主义，而晚期资本主义的文化表现形式为后现代主义；或许受到詹明信的启发，哈维1989年发表《后现代性状态：对文化变迁之缘起的探究》（*The Condition of Postmodernity: An Enquiry into the Origins of Cultural Change*），提出“福特主义”的文化表现形式是现代主义，而“后福特主义”的文化表现形式为后现代主义。他们的讨论虽然也涉及美学（文学、建筑、艺术），但主要还是立于社会经济的角度。

1979年，利奥塔在巴黎发表了“第一部采用后现代这一概念的哲学著作”[2]《后现代状态：关于知识的报告》；次年，哈贝马斯在法兰克福作了题为《现代性，一项尚未完成的工程》（“Die Moderne,

1 Brian McHale, “Change of Dominant from Modernist to Postmodernist Writing,” Douwe Fokkema and Hans Bertens, eds. *Approaching Postmodernism* (Amsterdam: John Benjamins Publishing Company, 1986), 58–60.

2 Perry Anderson, *The Origins of Postmodernity* (London: Verso, 1998), 24.

ein unvollendetes Projekt"）的演讲。两位哲学家围绕现代性与后现代性展开论争，表现出明显不同甚至对立的立场。在《后现代状态：关于知识的报告》中，利奥塔具有反对现代性、褒扬后现代性的趋向，认为后现代即是"怀疑元叙事"。[1]在他眼中，用历史进步、科学至上、绝对真理等宏大理论或哲学——一言以蔽之，知识——来解释这个世界，就是"元叙事"。"元叙事设定叙事和语言游戏规则。这就意味元叙事组织语言游戏，决定每句话或每下一语言棋子的成功与失败。"[2]叙事即是讲故事，而讲故事就是将诸种事件组成一个序；元叙事就是这样讲故事，其"可怖和残暴"之处是它"虚假地给一套不同的东西强行添加了'统一性'和'普遍性'感觉。换言之，就像文学中的叙事那样，元叙事提供了一种形式，一系列互不相干的元素都可塞进去形成一个序"。[3]利奥塔主张不再去相信这种叙事，因为所谓的知识乃是因叙事而合法，是语言游戏的结果，不再足以解释这个充满差异、多元的后现代社会。在利奥塔的眼中，现代性也是一种元叙事，所以他反对。与利奥塔相反，哈贝马斯却维护现代性，称现代性是"一项尚未完成的工程"，认为此工程形成于启蒙运动，目的在于"努力依据各自内在的逻辑来发展客观科学、普遍道德与法律以及自主艺术"。[4]这里的"客观""普遍""自主"对利奥塔来说是刺眼的，因为立在它们背后的是"普遍性""统一性"，是利奥塔要"发动

---

1 Jean-François Lyotard, *The Postmodern Condition*, xxiv.

2 Simon Malpas, *Jean-François Lyotard* (New York: Taylor and Francis, 2005), 24.

3 Bran Nicol, ed. *Postmodernism and the Contemporary Novel*, 16.

4 Jürgen Habermas, "Modernity — An Incomplete Project," Thomas Docherty, ed. *Postmodernism*, 103.

战争来反对”的，[1]远非后现代性或后现代主义愿意接纳的东西。然而，哈贝马斯却将利奥塔等斥为“青年保守分子”，批评他们把成功的资本主义社会经济的现代化当作“令人不安的负担转嫁到文化现代主义”，“混淆了受人欢迎的社会现代化过程与叫人悲伤的文化发展二者间的关系”。[2]哈贝马斯主张：“我们不要把现代性及其工程视为失败的事业而放弃，相反应该从过分努力否定现代性的工程之失误中吸取教训。”在他眼中，“青年保守分子”“在现代主义态度的基础上，将不可调和的反现代主义合理化”。[3]平心而论，哈贝马斯的见解有一定道理：毕竟，现代化过程的弊端不是现代性的过错，而艺术不能脱离于生活世界。尤其是后者，至少在21世纪的今天，我们看到后现代主义之后文学回归至生活世界。

有人称利奥塔与哈贝马斯之争为“兄弟之争”，[4]也有人认为它“具有启发性，因为交火突显了双方所持的基本不同的现代性看法”。[5]这些话也适合后现代主义大辩论。辩者之间没有谁赢谁输的问题，但却因为采用二元对立的分析方法，对现代性（主义）和后现代性（主义）各自表达的是一正一负的看法，陷入海森告诫不可取的、后现代主义辩论中“常见的思维模式”——非此即彼论。比如，要么说后现代主义延续于现代主义，要么宣称后现代主义彻底决裂于现代主义，这种做法就不妥，因为“这

1 Jean-François Lyotard, *The Postmodern Condition*, 82.

2 Jürgen Habermas, “Modernity — An Incomplete Project,” Thomas Docherty, ed. *Postmodernism*, 102.

3 同上，106—107。

4 道格拉斯・凯尔纳、斯蒂文・贝斯特：《后现代理论——批判性的质疑》，第272页。

5 Andreas Huyssen, *After the Great Divide*, 203.

种非此即彼的术语绝然不足以讨论历史的延续或断裂问题”。[1]不过，从另一角度看，如果综合彼与此的观点，我们或许能看清后现代主义的庐山真面目。这当是后现代主义大辩论带给我们的裨益。

1 Andreas Huyssen, *After the Great Divide*, 182.

第三章
后现代主义的语言观、现实观、历史观、真理观和主体观

前一章提到，在鲍尔迪克看来，尽管“后现代主义”是个“具有争议的术语”，“其含义异常模糊”，但还是包括了两个层面，即后现代主义文学和后现代主义文化思潮。从哲学的角度说，后现代主义是种思维方式，[1]而作为一种思维方式，后现代主义是开放的、逆向的，在诸多方面冲击着传统的思考世界的方式，比如在对待语言、现实、历史、真理和主体的观念上。

第一节　后现代主义的语言观

后现代主义的语言观当与五个人的关系最大：即索绪尔、维特根斯坦、海德格尔、拉康和德里达。可以说，正是他们的语言观构成了后现代主义语言观的内核。

索绪尔是语言学家，他给语言学带来的革命，是以描述性语

1 王治河：《作为一种思维方式的后现代哲学》，《中国社会科学》1995年第1期，第145—147页。

言学研究方式打破规约性语言学研究方式，区分了语言（langue）与言语（parole），视语言为符号（sign）而非标志（symbol），又视符号由能指和所指合成，二者没有一对一的关系。他将语言运用比拟为下棋，赋予语言以自治力。

维特根斯坦是位分析哲学家，与其他分析哲学家一样，他做哲学分析“主要在做语言的研究”，[1]将语言运用比拟为游戏，不过这是他后期的思想观点。反映他前、后期思想的是《逻辑哲学导论》（*Logisch-Philosophische Abhandlung*，1921）和《哲学研究》（*Philosophische Untersuchungen*，1953）。这两部著作分别代表传统的语言观和后现代主义语言观，“在很多方面，从《逻辑哲学导论》到《哲学研究》，我们可以界定为由现代主义过渡到后现代主义的思想风格”。[2]在《逻辑哲学导论》中，维特根斯坦持语言镜子论，视语言为一面反映现实的镜子，认为语言的功能是描述现实。这显然是把语言当作一种工具，肯定语言与现实的一对一的对等关系。但他的这一语言观受到了拉姆齐（Frank P. Ramsey）和史拉法（Piero Sraffa）的批评，促使他反思自己的这一观点。反思的结果是在《哲学研究》中，他将前期的“意义对应说”修正为“意义即用法”，语言镜子论修正为语言游戏论。在他此时的眼里，问文字是什么就好比是问棋子是什么。这种比拟实际是“描述语言的自治，解释语言活动是规约活动，超出了单个言者的能力之外”。[3]

---

1 陈荣波：《哲学分析的天才：维根斯坦》，台北：允晨文化实业股份有限公司，1982年，第24页。（此处“维根斯坦”即“维特根斯坦”。——编者注）

2 Allen Thiher, *Words in Reflection: Modern Language Theory and Postmodern Fiction* (Chicago: University of Chicago Press, 1984), 8.

3 同上，21。

海德格尔虽未将语言比拟为棋子，但却将它比拟为网，以此“来举例说明语言自治”。[1]海德格尔有两句名言——“语言是存在的家”和“语言自己说话”，[2]将语言的自治推上至高无上的地位。另外还有一句话——“词语破碎处，无物可存在”——虽非海德格尔原创，而是源于诗人格奥尔格的《词语》，海德格尔却很喜欢，因为它道出了海德格尔的语言观。所谓“词语破碎处”，“就是命名物的词语缺失之处。词语缺失，无物可存在。是词语使物成其为物，让物存在”。[3]就这一诗句，海德格尔自己解释道：“词语破碎处，无物可存在。这就是说，始终有一件莫名其妙的事情：语言的词语和词语对物的关系，词语对任何存在者——它所是和如何是——的关系。”[4]孙周兴对这段“令人莫名其妙”的话做了这样的解释：“按海德格尔的理解，这个诗句实际上就意味着：‘任何存在者的存在都寓居于词语中。所以才有这样一个命题：语言是存在之家。’”[5]美国的著名后现代主义理论家詹明信认为结构主义者所持的语言观就是海德格尔的“语言自己说话”：“在过去的语言学中，或是在我们的日常生活中，有一个观念，以为我们能够掌握自己的语言。……结构主义宣布：说话的主体并非控制着语言，语言是一个独立的体系，‘我’只是语言体系的一部分，是语言说我，而不是我说语言。”[6]如果说维特根斯坦是“语言游戏论的

1 Allen Thiher, *Words in Reflection*, 21.

2 转见陈嘉映：《海德格尔哲学概论》，北京：生活·读书·新知三联书店，1995年，第306、314页。

3 孙周兴：《语言存在论——海德格尔后期思想研究》，北京：商务印书馆，2011年，第289页。

4 转见孙周兴：《语言存在论——海德格尔后期思想研究》，第289—290页。

5 孙周兴：《语言存在论——海德格尔后期思想研究》，第291页。

6 杰姆逊：《后现代主义与文化理论》，唐小兵译，西安：陕西师范大学出版社，1986年，第28—29页。

首倡者”，[1]那么海德格尔就是语言游戏论的接受者和发展者。“在他们的晚期思想中，他俩都把语言当成问题核心：对维特根斯坦来说，语言构造世界，对海德格尔来说，语言给我们提供了接近存在的途径。”[2]可以说，正是他俩从哲学的角度奠定了后现代主义语言观的内核：语言游戏论和语言本体论。

直接接受并发展索绪尔的能指与所指非一对一关系说的是拉康，他用大写的S表示能指，用小写的s表示所指，这好像是说，大写的S永远大于小写的s，即能指永远大于所指，因为一个能指可能导致多个所指。为了说明这层意思，拉康用下图来表示：

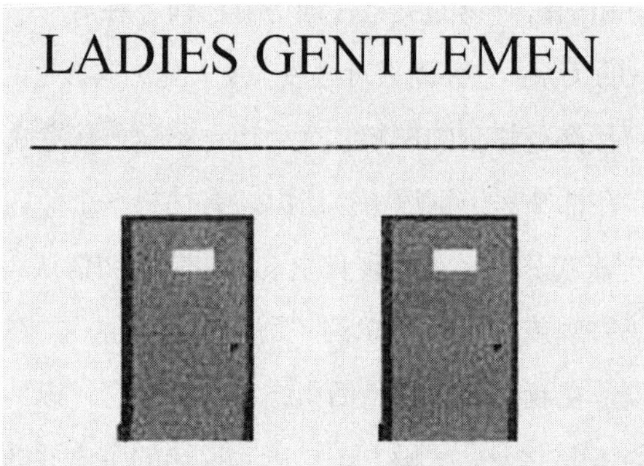

巴克沃尔特对拉康的这幅图作了一番解读：(1) 此图含有两个术语：横线之上的术语拉康系之于能指，横线之下的系之于所指。一眼看去，此语言单位意义清清楚楚。能指“女士”（ladies）和“男士”（gentlemen），伴以两扇门，表达的具体含义即是“女厕”

1 David Harvey, *The Condition of Postmodernity: An Enquiry into the Origins of Cultural Change* (Oxford: Basil Blackwell, 1990), 46.

2 Allen Thiher, *Words in Reflection*, 35.

与“男厕”。(2) 但是想象一下，要是“女士”和“男士”未伴之以门来表现所指内容，那么“女士”和“男士”可能意味着任何与这两个能指相关的东西，比如男女听众。“因此，意义主要取决于主体对所指的解读，而不取决于说话主体操控能指的能力。”在拉康那里，说话主体是不能控制能指的，因为能指先于主体而存在，人生下来就被抛入能指世界，何以是主体生产能指？所以当是“能指决定主体，而非相反”。[1]

在索绪尔那里，语言的意义是在差异中形成，但德里达在此基础上向前跨出了一步，认为语言的意义处于“延异”之中，所见的只是能指的滑动，所指不出场。这无疑是主张语言不指涉自身之外的东西，在语言与现实之间竖起一道不可逾越的高墙。虽然有人指出这是“误读索绪尔”，但还是有人依然重复语言不能指涉自身以外的东西。[2]

这种“误读”影响很大，尤其是对那些元小说作家，他们中不少人用作品来表现语言自身。元小说又称之为“自我意识小说”(self-conscious fiction) 或“自我反射小说”(self-reflexive novel)，其“意识”和“反射”的就是“自我”，而这里的“自我”即是语言本身。应当指出，语言的模糊性，语言的言不达意，用语言做成的现实绝非客观存在的现实，这些是不能否定的，抹杀不了的，也是近现代科学所支持或利用的。霍奇的《走向后现代语言

1 Elvis Buckwalter, “Lacan: An Adapted Approach to Postmodern Language,” *Essays in Philosophy* 8.1 (January 2007): 2–3.

2 比如认为误读的有塔里斯（Raymond Tallis）、埃利斯（John Ellis）和杰克逊（Leonard Jackson），而依然重复的有斯皮格尔（Gabrielle Spiegel）、阿普尔比（Joyce Appleby）和卡普兰（Jane Caplan）。参见 Perez Zagorin, “History, the Referent, and Narrative: Reflections on Postmodernism Now,” *History and Theory* 38.1 (1999): 8。

科学》一文就后现代语言学与科学问题做过一番探讨。[1]他认为“庞加莱（Henri Poincaré）对三体问题（Three-Body Problem）的分析与后现代语言学尤为相关”，该分析证明，假如三个或更多的物体极度独立，比如太阳、月球和地球，那么牛顿定律不能解决（因而不能预测）涉及两个以上物体的动态问题。通常，语言被分成二元对立，比如语言与思维，语言与现实，语言与社会，但它们都像庞加莱的天体星球一样，同样相互依存，其轨迹不可能长期预测。霍奇指出：语言也是个三体系统（three-body system），即语言、思维和现实，或者语言、社会和文化，它们最好地图解了非线性物体问题。[2]依据他的看法，“萨丕尔-沃尔夫假设”就是“精心构想用来描述复杂的动态系统，在此系统中，语言起了决定性作用，而不是线性作用。萨丕尔本人用的词语是‘预先处置’（predispose），而不是决定（determine）”。[3]霍奇还提到，1977年获得诺贝尔奖、被称为混沌理论之“父”[4]的普里高津（Ilya Prigogine）的混沌理论（chaos theory）“为后现代语言学提供了好的框架”。[5]此外还有查德（Lotfi Zadeh），他1965年提出模糊逻辑（fuzzy logic）概念用于工程和控制系统理论，认为工程和科

1 参见Robert Hodge, “Towards a Postmodern Science of Language,” *Social Semiotics* 13.3 (2003): 241–262。

2 同上，244。

3 Robert Hodge, “Towards a Postmodern Science of Language,” *Social Semiotics* 13.3 (2003): 245.

4 也有人认为真正的混沌理论之父应该是庞加莱。海王星于1846年被发现，在这之前它的存在已经通过天王星运行轨道的偏离被预测出来。挪威国王奥斯卡二世就此悬赏论证“太阳系到底是不是静止的”。庞加莱提供了他的方法，赢得了该奖金。不幸的是，他的好友在他的计算里发现了一个错误，奖金又一度被收回，直到他又拿出了新结论：在这个问题上根本没有结论，甚至连牛顿定律也不能解决这一难题。庞加莱打算从这个系统中找出一定的秩序来，但是无功而返。到了20世纪60年代，混沌理论基本成形。在这一时期，洛伦兹完成了大量的实证工作，美国马里兰大学的应用数学家约克（Jim Yorke）最终将这一理论定名为混沌理论。［参见《混沌理论》（*chaos theory*）<http://www.12manage.com/methods_lorenz_chaos_theory_zh.html>。］

5 Robert Hodge, “Towards a Postmodern Science of Language,” *Social Semiotics* 13.3 (2003): 247.

学需要包容而不是抛弃内在于语言和思想中的含混（fuzziness）。[1]霍奇认为模糊思维内在于后现代科学，尤其是后现代语言学，因为模糊与复杂程度存有内在关系。[2]霍奇还提到了曼德布罗特（Benoit B. Mandelbrot）的分形理论（Fractal Theory）和洛伦兹（Edward Lorenz）的"蝴蝶效应"（butterfly effect）。[3]霍奇的结论是："在科学和语言学里，围绕不确定性和不可预测性有许多相关的思想。"[4]

上述五位大师措辞虽然有异，但都不同程度地赋予了语言本体地位，将语言运用比拟为游戏，视语言意义难以确定，把语言当成了一个建构者。他们的这种语言观构成了后现代主义语言观内核，影响到后现代主义的现实观、历史观、真理观和主体观。

第二节　后现代主义的现实观

金斯堡（Allen Ginsberg）有诗云：

现实是个认识
已存世界
如何真的问题。

---

1 Robert Hodge, "Towards a Postmodern Science of Language," *Social Semiotics* 13.3 (2003): 249.

2 同上，250。

3 二者都属非线性科学（或曰复杂性科学），关注混沌现象，关注事物发展的复杂性和不确定性。世界原本就是个非线性的世界，是个相互影响、相互制约、相互依存的世界，这是非线性本质使然。语言也存有非线性现象，所以二者也可用来分析语言及其相关现象的非线性问题。

4 同上，256。

他说他就是以这样的方式来思考现实。[1]此诗句可谓后现代主义现实观的一种写照，道出的含义是现实在心中，不是指已存的世界，因为来“认识已存世界如何真”的是人，而“真”有多少，呈何形态，没有太初之示，须有“如何”的判断——还是在心中。

传统中，现实总是对等于外部的客观世界，英文单词reality用大写加以定冠词表述之，即the Reality。然而画家、诗人或小说家，面对这个大写的现实用色彩或文字描绘它时，把它做成了一个小的现实。所谓“小”，是因为不可能把那个“大”的完完全全、一模一样地描绘出来，似乎有多少人描绘，就有多少个“小”的现实。因此，the Reality就变成了realities。毕加索的立体画，金斯堡的诗，描绘下来的就是这种现实。

齐泽克（Slavoj Žižek）将“现实”分为“标准的”和“第二位的”两种。他认为标准的现实是“唯一的”，“完全确定的和本体构成的”，其他的现实是“第二位的”，是它的“影子、复制品、映象”，“因此‘现实’成倍增加，给做成了种种虚幻的现实，隐藏在这些虚幻现实之下的，是那个前本体的原始现实”。[2]齐泽克的这种见解无疑传达了两层意思：一是肯定现实的复数形态；二是“第二位的”现实包容于“标准的”现实之中，即它们是“标准的”现实的组成部分。齐泽克没有使用大写加定冠词的现实和小写的复数现实这两个概念，但他说了“标准的”现实是“唯一

1 这是金斯堡在《我思考现实的方式》（“The Terms in which I Think of Reality”）中写下的诗句。参见Ihab Hassan, “Realism, Truth, and Trust in Postmodern Perspective,” *Third Text* 17.1 (2003): 1。

2 Slavoj Žižek, “From Proto-Reality to the Act: A reply to Peter Dews,” *ANGELAKI* 5.3 (December 2000): 147.

的”现实，这实际就是the Reality，因为它就是唯一的，而那些“第二位的”现实，那些“给做成了种种虚幻的现实”，就是画家、诗人等笔下的现实。

著名科学哲学家库恩（Thomas Kuhn）就“强调有一种科学不能描述的现实”，认为“现实概念无意义可言”。[1]而爱因斯坦认为，说“物理世界是真实的”好比是说“物理世界是喔喔喔公鸡打鸣”。他说：“‘真实’是个内在空虚、毫无意义的概念（一个不能反映实际复杂情况的分类而已）。”[2]爱因斯坦“嘲讽很多科学家毫无批判性接受的现实‘对应’论。他完全认识到，世界不会两次表现在我们面前——第一次如它所是，第二次如理论所描述，以便我们能够比较我们的理论‘复制品’和‘真实物’。世界在我们面前只表现一次——通过我们最好的科学理论”。[3]这无疑是认为，所谓的“真实”乃是种理论表述。可以想象一下，假如一位物理学家和宇宙面对面地谈论各自的“现实”，那是一番怎样的情景？有幸的是，大物理学家、“黑洞”的命名者惠勒（John Wheeler）有过这样的描写：

> 宇宙：我提供空间和时间让你生存。在我存在之前没有之前，在我停止存在之后没有之后。你不过是沧海一粟，存于微不足道的银河。
>
> 惠勒：[就此]我们该如何回答呢？我们是否该说：没错

---

1 转引自Mara Beller, “The Sokal Hoax: At Whom Are We Laughing,” *Physics Today* 29 (September 1998): 31。

2 同上，31。

3 Mara Beller, “The Sokal Hoax,” *Physics Today* 29 (September 1998): 32.

宇宙，没有你我不可能存在。可是你，伟大的体系是由现象做成的，而每一现象都依赖观察行为。没有真心关注这基本行为，比如像我这样，你甚至不能存在。[1]

“现实”的含义发生过几次由外及内的“内倾”演变：第一次发生在浪漫主义那里，作家强调“表现”而相对淡化“模仿”，“现实”中多了主观成分；第二次发生在现代主义那里，较之浪漫主义作家推崇想象，现代主义作家偏重幻想、无意识和本能驱动，这些成了现代主义作品的主题。到了20世纪60年代，“现实”的含义已彻底发生了变化，“现实”纯粹成了“虚构物”（fiction）。“现实”的含义由客观世界到主观世界再到被视为“虚构物”的演变，是有种种原因的，有自然科学的（如相对论、量子理论、计算机科学、数码技术等），有社会科学的（如哲学、心理学、社会学、语言学等），但是最直接的影响恐怕是现代语言学和现代哲学。

在上一节我们提到，后结构主义者在索绪尔的差异决定意义的基础上向前迈出一步，干脆视语言的意义不能确定，而在维特根斯坦那里则完成了语言论由现代主义向后现代主义的过渡。索绪尔和维特根斯坦都视语言运用好比下棋，这便赋予语言自治力，而这种自治力不是人能控制的，所以在海德格尔那里，我们便见到了不是人说语言，而是语言言说自身。语言的这种“霸

1 Mara Beller, “The Sokal Hoax,” *Physics Today* 29 (September 1998): 32.

道”，语言哲学家似乎看得很清楚，于是便有哲学上的“语言论转向”(linguistic turn) 一说。虽然这一概念出现于1967年，[1]但“语言论转向”却是发生在“20世纪20年代初”，其基本思想是“语言并非描写或反映世界，如今反而被视为构造世界”。[2]杜托特认为，“语言论转向”这一术语如今“成了命名后现代主义看待语言问题的方法”，而宣扬“语言论转向”，其核心“是否认语言具有指涉特征”。[3]

索绪尔认为能指和所指之间不存在一对一的关系，语言的意义难以确定，这实际就是怀疑语言能用来再现现实的功能。他率先从语言学角度怀疑“心灵与心灵企图理解‘现实’脱了节”，认为“我们对世界的知，无法摆脱旨在表现世界之语言的塑造和限约”。虽然意义是在关系和差异的体系中体现的，但是这种体系却“有力地决定了我们思想和感觉的习惯”。在他看来，“语言远不能提供窥见现实的窗口，也不是一面忠实的镜子，它带来的，只是一个完整的、已确立的错综复杂的网络”。[4]相比于索绪尔怀疑语言表现或反映现实的能力，“萨丕尔-沃尔夫假设”则企图推翻语言反映论；萨丕尔和沃尔夫干脆认为语言先于存在并决定存在。

语言学家和哲学家是这样看待语言与现实（或说存在）的关

1 有学者认为，“语言论转向”这一术语是罗蒂（Richard Rorty）于1967年创造的，见Stephanus F. Du Toit, “Revelation or Reveilation? Barth and Postmodernism,” *The Heythrop Journal* 40.1 (1999): 1。

2 Michael Bell, “The Metaphysics of Modernism,” Michael Levenson, ed. *The Cambridge Companion to Modernism*, 上海：上海外语教育出版社，2000年，第16页。

3 Stephanus F. Du Toit, “Revelation or Reveilation? Barth and Postmodernism,” *The Heythrop Journal* 40.1 (1999): 2.

4 Christopher Norris, *Deconstruction: Theory and Practice* (London: Methuen, 1982), 4–5.

系。那么作家是如何说的呢？下面是部分小说家的观点：

索伦缇诺（Gilbert Sorrentino）：

> 小说是一发明物，被创造出来的东西；它不表现“自我”，它不反映现实。

苏克尼克：

> 当代作家——真正与他为其中一部分的生活接触的作家——被迫从头开始：现实不存在。

加斯（William Gass）：

> 文字具有一个远远超越其命名的物的现实。

格雷（Alasdair Gray）：

> “你已经验的和正在经验的一切……都是由一样东西构成的。”
>
> “原子。”拉纳克说。
>
> “不对。印刷。有的世界由原子构成，但你的世界由小小的符号构成，它们以净洁的线条行进，像一群群昆虫，穿过一页又一页的白色纸张。”[1]

以上四位作家都是后现代主义小说家，所言代表着后现代主义小说家（尤其是元小说作家）的现实观。他们与前面提到的语言学家和语言哲学家是一个腔调。在他们的元小说中，他们想说的就是小说是个虚构物、人工品，若是它反映什么，那反映的也

---

1 转见于胡全生：《英美后现代主义小说叙述结构研究》，上海：复旦大学出版社，2002年，第61—62页。

不是客观世界，而是非现实（unreality），以此来消解那个大写的现实，斩断小说与客观世界的直接联系。

现代科学技术，如计算机、数码技术，人工智能，更是把“现实”做成了“超现实”（hyperreality）。所谓“超现实”实际就是人工创造的现实，是“与客观世界完全脱节的”。[1]“超现实”这个概念与鲍德里亚的“幻象”（simulacrum）和“仿真”（simulation）密切相关。“仿真”指现实与表现的混合，而“幻象”是指复制品，用德勒兹的话来说，是“没有相似的意象”。[2]在《幻象和仿真》中，鲍德里亚开篇就用地图和领土之比喻来谈“幻象先行”。通常说来，有领土才有地图，也就是说领土先行于地图。但是在幻象那里，“领土不再先行于地图”，反倒是地图“先行于领土”，此所谓“幻象先行”，因此在鲍德里亚的界定中，幻象是“先行于领土的地图”。[3]关于“仿真”，鲍德里亚用“仿真”的对立面“去真”（dissimulate）来解释。他说：“去真即是假装没有具有的东西，而仿真却是假装具有没有的东西。一个意味出场，一个意味缺场。但是更为复杂的是，仿真不是假装：‘无论谁假装（fake）生病，只要躺在床上，让人相信他生了病就行。但是无论谁仿真（simulate）生病，则会在自己身上弄出些症状来。’因此，假装，或者说去真，未伤现实原则分毫，差异还是清晰可见，只是戴了个假面具而已，但是仿真却

1 盛宁：《人文困惑与反思——西方后现代主义思潮批判》，北京：生活·读书·新知三联书店，1997年，第264页。

2 Gilles Deleuze, *The Logic of Sense*, Mark Lester, trans. (New York: Columbia University Press, 1990), 257.

3 Jean Baudrillard, “The Precession of Simulacra,” Sheila Faria Glaser, trans. Bran Nicol, ed. *Postmodernism and the Contemporary Novel: A Reader* (Edinburgh: Edinburgh University Press, 2002), 91.

威胁到‘真’与‘假’之间、‘真实的’与‘想象的’之间的差异。假如仿真者具有‘真实的’症状，他是生病还是没生病？客观地说，不可视他要么生病要么没生病。”[1]鲍德里亚还认为仿真实际是“反对”表现。表现“源自符号对等真实原则”，仿真却相反，它“源自这一对等原则的乌托邦，源自激进地否定符号有意义，源自符号为指涉的逆转和死刑。当表现企图将仿真读为假表现，以此来吸收仿真时，仿真却将表现整座大厦当作幻象包裹起来”。[2]在鲍德里亚看来，从表现到幻象，意象要连续经历四个阶段，直至最后“意象不再与现实发生任何联系；它纯然成了自己的幻象”。[3]所以，依据鲍德里亚的这些论述，超现实是经由仿真而做成幻象的东西，如美国的迪士尼乐园就是一个典型的超现实。小说，尤其是后现代化了的朋克小说，创造出来的也是超现实。

从上面的讨论可以看到后现代主义现实观的两个关键要点：(1) 现实不是大写的、单一的，而是复数的；(2) 语言所描写的现实并非真正客观的现实，而是它创造的现实。

第三节　后现代主义的历史观

何谓历史？历史学家何为？有人用一幅画来回答这两个问题：

1 Jean Baudrillard, “The Precession of Simulacra,” Bran Nicol, ed. *Postmodernism and the Contemporary Novel*, 92–93.

2 同上，95。

3 前三个阶段为：(1) 意象是深奥现实的反映；(2) 意象掩饰现实并使之非自然化；(3) 意象掩饰深奥现实的缺场。见 Jean Baudrillard, “The Precession of Simulacra,” Bran Nicol, ed. *Postmodernism and the Contemporary*, 95。

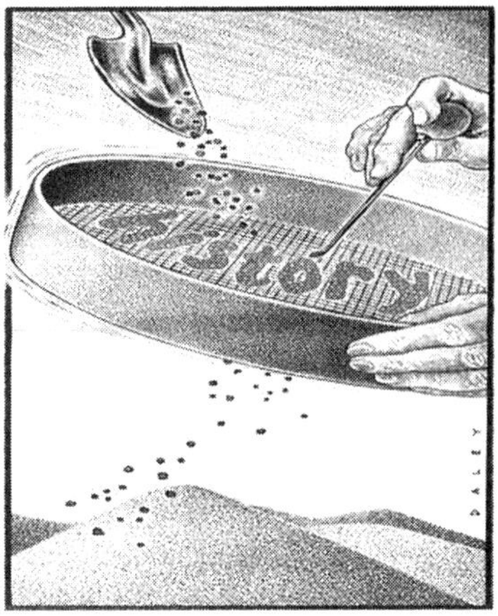

图中的历史就像那有漏孔的筛子，历史学家拿着它做筛选，“选择作为‘历史’当包含什么、排斥什么”。[1]这也就是说，所谓历史或所谓撰写历史实际是某种选择的结果。众所周知，凡是历史的都是过去的，它不再是我们现在目睹的东西了。现在所能见到的“历史”，都是口传或笔记的东西。换言之，它是种叙事。因此，历史与叙事密切相关，或者说历史因叙事而展示。叙事就是讲故事，而讲故事即是将事件做成故事，或喜剧，或悲剧，或悲喜剧，以此来“提供故事意义”，这就是海登·怀特说的“情节化解释”。这是历史学家撰写历史所做的事情之一。此外，历史学家还做了一件事，即“形式主张解释”。对此，海登·怀特解释说：

> 历史学家对“发生的事”做叙事情节编排，除了在此概念化层次之外，他还在另一层次，可能力求解释“其目

1 此画转见于Oliver J. Daddow, “The Ideology of Apathy: Historians and Postmodernism,” *Rethinking History* 8.3 (September 2004): 422。它原为Michael Daley的作品，见于*Times Higher Education Supplement* (13 June 2003): 20。

的”或其最终“想说什么”。在这一层次上，我能见到一种我称为解释的工序，它作明晰的形式或曰话语主张。这种主张解释故事中发生的事……。在这个概念化层次上，历史学家通过推理—演绎的主张，来解释故事中的事件（或者事件形式，这形式是他以某种特殊模式通过对事件情节化而强加上的）。[1]

海登·怀特还特别强调："重要的是，由于历史学家在其叙事中以推理—演绎的方式解释事件结构，因此这些解释须有别于他将其故事情节上编排成某种故事而获取的解释作用。"[2]海登·怀特警示我们："表现'发生过的事'和'它为何这样发生'是一回事，以叙事形式提供语言模式，以此借助普遍因果法则来解释由一态势向另一态势的发展过程则是另一回事。"[3]

因此，从这幅画和海登·怀特的解释中，我们看到历史学家所做的，一是筛选事件；二是将事件情节化，做成故事；三是"以推理—演绎的主张来解释故事中的事件"。显然，这与写小说没有什么区别了。所以索思盖特认为，历史与小说关系密切而持久，其原因之一是，"二者本质上都关心同一个任务，即关心意义构造，关心从看似混乱的、组成人类生活的资料堆里弄出某种意义。换言之，二者都需要讲述故事——构造叙事"。[4]索思盖特

1 Hayden White, *Metahistory: The Historical Imagination in Nineteenth-Century Europe* (Baltimore: Johns Hopkins University Press, 1973), 11.

2 同上，12。

3 同上。

4 Beverley Southgate, *History Meets Fiction* (Harlow: Longman, 2009), 12.

还指出："历史学家与小说家的知识主张没有任何区别：二者创作的故事都是故事，这些故事源自其对资料的想象编排，理想地以吸引人的形式表达之，以强有力的方式再现之。"[1]这样的认识和主张，构成了扎戈林说的后现代主义历史理论的两大主题：

> 第一个主题是反现实主义的，认为过去不是历史认识的客体，或者说得更具体些，过去并非是也不能够是历史陈述和表现的指涉物。因而这样的表现所指的不是过去，而只是其他的、一向为当下的历史陈述、话语和文本。后现代主义割断历史认识主张与真正的过去的关系，故而将历史消解为文学片断，只把过去做成文本。第二个主题是叙事主义（narrativism）的，在历史叙事创作中更注重语言规则和内在于语言使用中的修辞。依据这一主题，作家创作的虚构故事和历史学家编排的叙事没有本质的区别，因为二者都是用语言做成的，在修辞实践和叙事构造中都受制于创作者的规则。历史叙事情节化的方式，叙事之间形成的关系，提出的解读和解释，因而都被视为强加于过去的结构，而非立于、受制于和对应于事实，并非证据揭示的东西。从叙事角度看，历史学家采用的修辞和文类，预示并决定了对事实的见解、解读和意义。同样，历史叙事与小说家、艺术家的虚构话语同属一类，以至于不可能区分历史和小说，或者说不

1 Beverley Southgate, *History Meets Fiction*, 32.

可能依据事实或证据裁决不同的历史解读。[1]

其实，历史之所以给做成了小说，是因为历史难以再现。无怪乎德国浪漫主义作家诺瓦利斯（Novalis）[2]说，“历史的不足处便生长出小说”。[3]“历史是其所属，但也是我们所造。我们成为‘历史’的东西不是一个物，一个研究客体，而是我们选择讲述事物的故事。”[4]

在对待历史的问题上，“后现代主义一般被认为原则上反历史。历史或历史意识是后现代主义声称要消除的‘偏见’之一”。[5]与后现代主义的现实观一样，后现代主义的历史观也受到后现代主义语言观的影响，认为语言在历史中起了很大的作用，所谓历史，无论是口传的还是笔记的，都是用语言叙述出来的，成了种叙事行为，而为了叙事，又把历史中原本的某些东西筛选掉，再因叙事增加了些叙述者的东西，这样下来，讲出来或写出来的历史（history）就成了“他的故事”（his story）。

第四节　后现代主义的真理观

说到真理便会想到“真理符合论”，因为“真理的本质就是符

1 Perez Zagorin, “History, the Referent, and Narrative,” *History and Theory* 38.1 (1999): 13–14.

2 诺瓦利斯是笔名，原名为格奥尔格·菲利普·弗里德里希·封·哈登贝格（Georg Philipp Friedrich von Hardenberg，1772—1801）。

3 参见Richard Slotkin, “Fiction for the Purposes of History,” *Rethinking History* 9.2/3 (June/September 2005): 221。

4 同上，222。

5 Ewa Domanska, “Universal History and Postmodernism,” *Storia della Storiografia* 35 (1999): 129.

合”，这是“传统真理的核心”。[1]

就“符合论”和“真理”，有人解释说，“符合论在其最初的意义上，表达的是一种认识与对象、思想和实在之间的契合关系”，并指出，“真理的通常定义是：‘真理是观念和对象的符合。’”[2]就“真理符合论”的主张，亚里士多德说得清清楚楚：“把不是说成是，或者把是说成不是，即为假；把是说成是，把不是说成不是，即为真。”[3]

然而，对象和实在可以不变，认识、思想、观念却必定随着人的不同、社会的不同而变。

传统上，人们总是认为真理好像永远在科学那里，但是科学的真理也永远是相对的。海德格尔曾说过“科学不思维”。就此，意大利后现代主义理论家瓦蒂莫解释说：“我想海德格尔这么说是抛砖引玉吧，但却有其道理。科学这个学科并不自己提出历史确立真理的问题。科学在一定的历史语境中操作，其本质是要证明或揭穿一些命题，其准则基础是它并不发明自己本身，而只是完善和改变。”[4]

牛顿的理论放在牛顿那里是对的，但放在爱因斯坦那里就未必。“没有一个统一的真理。真理是个人的，主观的。”[5]况且，真

---

1 黄裕生：《真理的本质与本质的真理——论海德格尔的真理观》，《中国社会科学》1999年第2期，第105页。

2 曾志：《真理符合论的历史与理论》，《北京大学学报》（哲学社会科学版）2000年第6期，第53—54页。

3 郭贵春、殷杰：《论真理观的后现代走向》，《自然辩证法研究》1998年第7期，第13页。

4 Gianni Vattimo and Santiago Zabala, "'Weak Thought' and the Reduction of Violence: A Dialogue with Gianni Vattimo," Yaakov Mascetti, trans. *Common Knowledge* 8.3 (Fall 2002): 454.

5 Robert E. Webber, *The Younger Evangelicals: Facing the Challenges of the New World* (Grand Rapids: Baker Books, 2002), 98.

理也会"衰变"，科学也有"半衰期"。"科学成果是尝试性的(tentative)，可以修补，需要解读和分析，其方法可从可靠性上来改善。"[1]有研究表明，"医学论文在出版后45年，约有50%的论文实际上过期了——也就是其半衰期为45年"，而"物理学领域的知识半衰期大约是10年"。[2]数学算是最"硬"的科学，[3]但"数学的真理性具有鲜明的社会、历史和文化特征"，数学真理也有"从唯一性、终极性向多样性、谱系性的转向"，"具有不同层级的、开放的、动态的理论体系"。[4]哥德尔（Kurt Gödel）1931年发表的不完全性定理（Incompleteness Theorems），就否定了真理的永恒不变说。"在海森堡看来，古典科学从不放之四海地真，而只是延伸至其基本概念可运用的范围之内。因此，牛顿的宇宙只在自说自话当中是完整的，真实的"；"牛顿力学只给我们一个世界，但不说任何关于这个用量子物理构成的世界"。[5]

在福柯那里，权力产生现实，也产生真理。在他看来，真理不是一个独立、单一的知识点，而是一个"体系"，或者说一个"完整的客体场"，这个场包含了"知识库、技术、'科学'话语"。[6]观者观看客体场中的客体，不可能全部都观看，是有选择

1 此为芬兰哲学家兼数学家尼尼罗托（Ilkka Niiniluoto）的观点。参见Emma Ruttkamp, "On Truth and Reference in Postmodern Science," *South African Journal of Philosophy* 22.3 (2003): 233。

2 萨缪尔·贝斯曼：《真理的衰变：事实也有半衰期》，马猛编译，《世界科学》2012年第11期，第47—48页。

3 科学有所谓"硬科学"（hard science）与"软科学"（soft science）之分，分别指自然科学和社会科学。

4 黄秦安：《论数学真理观的后现代转向》，《南京大学学报》（哲学·人文科学·社会科学）2003年第5期，第70—72页。

5 Patricia Waugh, "The New Prometheans: Literature, Criticism, and Science in the Modern and Postmodern Condition," *European Journal of English Studies* 1.2 (1997): 154–155.

6 Michel Foucault, *Discipline and Punish: The Birth of the Prison*, Alan Sheridan, trans. (New York: Vintage, 1979), 22–23.

性的，即选择他所感兴趣的客体，这样，他便有意或无意地排除了其他的客体，这些其他的客体原本可能影响所观看的客体，这就改变了客体间的相互关系。即所谓“你不抬头看，天上的月亮就不存在”。[1]因此，布拉斯认为，“真理受到视角场的限制”，而观察者就所观看的客体做的陈述，即所谓的真理，“依据的是知识，运用于观看客体的技术，以及构造、限制一切——知识、技术、客体——的话语”。[2]

从上面的讨论中我们看到，后现代主义反对传统的真理观，主张真理的相对性、多样性和非确定性，强调真理与话语（或权力）密切相关。

第五节　后现代主义的主体观

主体是什么？主体化如何进行？在拉康那里，新生儿不是生而就有主体意识的。他是在对着镜子并说“这就是我”时，在与“他者”的分辨中，才意识到自己。这无疑是说，主体是在语言中，在与“他者”的分辨中形成的。主体化是新生儿变成有能力的主体——有能力思维、仔细考虑和行动——的过程。拉康自己也问“主体在哪里？”，他给出的答案是：主体是“运行于能指链下渐然隐退之物”。[3]如果主体是在语言中形成，何以变成了“运

1 参见 Mara Beller, “The Sokal Hoax,” *Physics Today* 29 (September 1998): 32。

2 Paul R. Brass, “False Dichotomies: Truth, Reason, and Morality in Nietzsche, Foucault, and the Contemporary Social Sciences,” *Ritsumeikan Annual Review of International Studies* 7 (2008): 5.

3 参见 Gabriele Schwab, *Subjects without Selves: Transitional Texts in Modern Fiction* (Cambridge: Harvard University Press, 1994), 1。

行于能指链下渐然隐退之物”？究其原因，主体固然不能分离于它所说的语言，但是语言却非主体控制得了，因为语言先于主体而存在。当语言（或说能指）运行时，主体便隐退。能指链是一个接一个的过程，因此，主体就在过程中。

拉康是从语言的角度来谈主体的，福柯本质上也是，只是福柯不说语言、能指，而说“权力”，而权力在福柯那里实际源自“话语”，[1]话语实际成了“权力”的代名词。福柯和从社会角度来谈论主体的哈贝马斯有一场争论。福柯认为，在现代，个人成为主体是因受制于学科权力和规约力量。哈贝马斯则认为“通过社会化而个人化”，[2]即是说主体通过社会化过程而产生，走的是“由外而内的途径”，但他也同时认为，社会化过程不决定主体，而且社会化过程是发生在交际活动的媒体当中。[3]（哈贝马斯说的“交际活动”实际也是离不开“他者”的，因为交际总是与他人交际的。）福柯同意“由外而内的途径”说，但不同意哈贝马斯对“外”（without）的看法，认为“外”即主体借以在其中构成的社会关系，是由权力关系构成的，个人主体只是那些无处不在的权力关系的效果。[4]哈贝马斯并不否认权力在主体化过程中起了作用，他只是对这种作用乐观待之，其理由有二：(1) 必须内在化的社会制约是理性的，强行实施社会制约的父母的权威是合法的，因此规范地看，社会制约并非令人生厌；(2) 主体

1 比如威登就依据福柯的理论，认为“权力在话语内实施，以此构成和控制个人主体”。见Chris Weedon, *Feminist Practice and Poststructuralist Theory* (Oxford: Blackwell, 1987), 113。

2 Amy Allen, “Discourse, Power, and Subjectivation: The Foucault/Habermas Debate Reconsidered,” *The Philosophical Forum* 40.1 (2009): 14.

3 同上，15，17。

4 同上，17。

化的这一过程的结果是带来自治能力，这一能力使得个人主体能批判地思考和评价规范、关系、实践等的效力，个人由此而社会化。[1]福柯认为权力之外别无他物，且权力在社会关系中无所不在。由于主体化是个社会化过程，因此必定也受到权力的影响。[2]

女权主义对传统主体性的批评，可谓最激烈。有感于自己在社会上被看成“对象”，尤其是“性对象”，自己“不是天生的而是做成的”[3]次等性别，女权主义者不仅从语言、社会还从文化角度来看待主体性。她们“描述主体性和我们的主体性概念的许多产生方式”，认为“我们的性别概念和性别习俗都是历史的产物，它们并非由某种前定的、不可更改的生物学依据所决定，而是权力、语言、社会实践的结构的反映”，“所强调的主体性概念都是流动的而非牢固的，是过程性的而非画地为牢的”。[4]比如著名的法国女权主义批评家西克苏认为，男女的对立在文化上意义重大，因为对立导致了一种权力关系场，而这个权力关系场剥夺了女人的声音、身份和行动能力。就“女人在哪里？”这一问题而言，人们看到女人总是在负面，而男人总是在正面。[5]在这样的男权文化中，女人的主体性何处可见？女人当然不可能用男性身份来同男人竞争平等，而是要另寻出路，而这个出路西克苏就认

1 Amy Allen, “Discourse, Power, and Subjectivation,” *The Philosophical Forum* 40.1 (2009): 18.

2 同上，22。

3 这是波伏娃的话。她在《第二性》中说，“女人不是天生的而是做成的”。见 Simone de Beauvoir, *The Second Sex*, H. M. Parshley, trans. (New York: Vintage, 1989), 267。

4 J. 弗拉克斯：《后现代的主体性概念》，王海平译，《国外社会科学》1994年第1期，第12页。

5 Simon Malpas, *The Postmodern* (London: Routledge, 2005), 71.

为在于探索多元身份，在于拥抱双性身份概念。[1]

这里，我们看到，虽然拉康、福柯、哈贝马斯、西克苏措辞上和切入的角度有所不同——拉康从语言的角度，福柯从权力/话语的角度，哈贝马斯从社会的角度，西克苏从女权主义的政治角度，但从他们那里，我们看到后现代主义所持的主体观认为：(1) 主体是相对于客体而言的，失去了客体也就无所谓主体；(2) 主体是在语言中产生的；(3) 主体化是过程化的结果，而且这个过程化是复数的，因此主体不是单一的、固定的，而是不断变化的。

总结以上的讨论，我们看到后现代主义在挑战、质疑甚至批评传统的语言观、现实观、历史观、真理观和主体观，而最为核心的，则恐怕是它的语言观。因为正是在它那里，语言取得了本体地位，而语言观的改变，又必定影响到现实观、历史观、真理观和主体观的改变。人是语言的动物，没有了语言，人就不成其为人。人对事物的认识，人的思维，都离不开语言。人对现实的认识或描述，人对历史的叙述或捕捉，人对真理的阐述，人的主体观的形成，没有哪一样能少得了语言。

传统上，语言是种有用的工具，人可用它来为自己服务，但是后现代主义思想家却说语言是自治的，它有自己的操作方式，它先行存在，人是不能控制语言的，人说话时，实际说的是语言说的东西。更何况，能指大于所指，言不能达意，只见能指在滑

1 Simon Malpas, *The Postmodern*, 72.

动，意义不出场。

传统上，现实对等于外部客观世界，而外部客观世界只有一个，所以是“唯一的”，大写加定冠词的。但人面对现实思考、表述或反映现实时，所得的现实只是他所思考、所表述或反映的现实，是小写的、“第二位的”现实，而且思考、表述或反映都得在语言中进行，所以在这个意义上说，现实是由语言构成的，是种“非现实”。(这一点在元小说中看得分外明显。)

传统上，历史对等于过去，但是过去不复再现，要想见到过去，只有去看对过去的记载——又是非语言而不成。这也就是说，所谓的历史实际都是撰写出来的，与叙事密切相关，与讲故事无异。从这层含义上说，无故事不成历史——历史就是他的故事。

传统上，真理孕育于科学，科学凝结出真理。但是知识都有一个半衰期，科学一向是动态的，总是在被推翻或被否定中前进、发展。所以真理没有绝对的，只有相对的。

对于主体，笛卡尔认为主体思而有之，但拉康却认为主体言而有之，唯有说“这就是我”时才意识到自己的存在。而且这个“我”不是固定不变的；“我”的形成，即主体化，处于数个社会化过程之中。所以主体永远处于变动之中。

作为一种思维方式，后现代主义好像只破不立：它不说语言的实际作用在何处，不说怎样才能获得完整的现实，不说如何做历史，不说怎样确认真理，不说怎样拥有主体。或许，在目前的状态下，这些是尚不能回答的问题。因此，后现代主义的功与过现在还难以评说。尽管作为旧国王，它已经死了，成了过去，但是新国王尚未即位，缺失具有“审父”意识的什么主义（有如后现代主义之于现代主义），诸多事情尚不能看得分明。然而，事物总是在反叛中前进、发展。文学因浪漫主义反叛古典主义、现实主义反叛浪漫主义、现代主义反叛现实主义而发展。以此推而论之，后现代主义的反叛，当有它的积极意义。

第四章
后现代主义政治

英语中的politics可以指“（作为一种职业或作为政府控制手段的）政治活动”，也可以指“政治学”，还可以指“政论、政见”甚至“派别之争”（见《朗文当代高级英语辞典》）。加拿大著名文论家哈琴甚有影响的*The Politics of Postmodernism*，有人将它译为《后现代主义政治》，[1]也有人将它译为《后现代主义的政见》，[2]还有人将它译为《后现代主义的政治学》。[3]从这些解释和翻译中，我们可以看到politics具有丰富的含义。

就politics的词源而言，英语politics来自法语politique，法语来自拉丁语politicus，而拉丁语来自希腊语πολιτικός（politikos）。

1 参见：（1）朱刚、刘雪岚：《琳达·哈钦访谈录》，《外国文学评论》1999年第1期，第124—128页；（2）袁洪庚：《后现代主义文学：琳妲·哈琴笔谈录》，《当代外国文学》2000年第3期，第122—126页。（此处“哈钦”即“哈琴”，“琳妲”即“琳达”。——编者注）

2 参见：（1）段炼：《后现代主义艺术的政治观》，《世界美术》1996年第2期，第44—48页；（2）段炼：《艺术的解构与重建——读琳达·哈琴〈后现代主义的政见〉》，《外国文学评论》1992年第2期，第130—135页；（3）戴建忠：《后现代主义艺术的政治观——评琳达·哈琴的艺术政治思想》，《社会科学战线》2005年第2期，第190—192页。

3 参见莲达·赫哲仁：《后现代主义的政治学》，刘自荃译，台北：骆驼出版社，1996年。（此处“莲达·赫哲仁”即“琳达·哈琴”。——编者注）

希腊语πολίιης（polites）意为“市民”（citizen），而πόλις（polis）意为“城市”（city）。因此，在politics一词的词源里，它有“为市民或与市民相关”的含义，在使用politics一词时，通常它指涉社会治理行为，主要是政府、立法机关或社会团体围绕维护统治、统治方式、监督与管制的活动，包括policy和government两个层面。除此以外，politics还表示团体或组织内成员之间为了权力和利益的明争暗斗。汉语中的“政治”由“政”和“治”构成，“政”为“政令、政策”，“治”为“治理”，相当于英语中的policy和government。在汉语的使用中，“政治”指“阶级对阶级的斗争”，“其表现形式为阶级、政党、社会势力和社会集团关于国家生活和国际关系的活动”（《辞海》）。讨论后现代主义时，人们经常提及politics这个词，但后现代主义政治中的“政治”并非一般意义上的政治，而是有丰富特殊的内涵。本章对后现代主义政治进行梳理辨析，并围绕后现代主义政治的相关议题展开深入讨论。

第一节　后现代主义是政治的还是非政治的

尼科尔2002年编辑出版了《后现代主义和当代小说》论文集，该文集分“后现代主义状态”、“后现代主义转向”、“后现代主义诗学”和“后现代主义政治”，共收录了詹明信、利奥塔、艾柯（Umberto Eco）、巴思、麦克黑尔等31人的文章。在文集的第四部分“后现代主义政治”的“导言”里，尼科尔开宗明义地解释了politics一词的含义：“这最后部分的文章和节选，较之前几个部分，涉及的问题更广泛。然而，它们却全是以不同的方式讨论政治问题，即从广义上说，政治（politics）不只局限于管理事务（matters of government），而且还指话语、权力、权威和伦理这样的问题。”[1]紧接着，尼科尔解释道：

> 这并不是说应当视政治为一独立的问题，只在那些意欲讨论的后现代主义小说或批判著作中讨论。本读本的节选，到目前为止，反映出后现代主义理论家趋于被分为——很大程度上是甘愿被分为——两大阵营："赞同"后现代主义的理论家（如哈琴、麦克黑尔、桑塔格、艾柯、菲德勒）和不赞同后现代主义的理论家（如詹明信、海森、格拉夫、欧文·豪）。最终，这提醒我们，后现代主义总是要归结到政治的，哪怕理论家未明确表示甚或意识到自己理论背后的政治动机。这一点，在我们评价每个理论家对整个后现代主义辩论的贡献时，是要铭记在心的。[2]

尼科尔举的理论家的例子是哈贝马斯评价丹尼尔·贝尔对后工业的界定。哈贝马斯认为丹尼尔·贝尔是“新保守主义者”。尼科尔认为哈贝马斯的这一见解揭示了一个事实："迄今为止，我们所遇到的任何对后现代主义的定义，没有哪一个能摆脱利益立场。”[3]在尼科尔看来，许多后现代主义理论家都“明显地企图将自己对后

---

1 Bran Nicol, ed. *Postmodernism and the Contemporary Novel: A Reader* (Edinburgh: Edinburgh University Press, 2002), 331.

2 同上。

3 同上。

现代主义的讨论与更广泛的政治目的联系起来”。[1]很显然，尼科尔的这些话表明他认为后现代主义是政治的，只是在这里政治的含义已非其传统上的意义了。

尼科尔的话是完全有道理的。从文学的本质来说，文学是人学，而“人从本质上说是政治动物”，[2]由此说来，从事文学创作岂不就是种政治作为或称政治活动?

然而后现代时代绝非一言堂时代。“在今日西方文艺界，有相当一部分人不承认后现代主义的政治性，甚至根本反对艺术的政治化。”[3]哈琴在《后现代主义政治》一书中提到，“当代批评中有一大倾向，这倾向断言后现代文学无资格参与政治，因为它在借用现存的意象和故事上，是自恋的和反讽的，而它的可及能量，对了解滑稽模仿用法之源泉且理解理论背后之动机的人来说，似乎是有限的”。[4]不过，对谁持有这种立场，哈琴却只字未提。

此外，马尔帕斯也指出，在后现代主义是否具有富有成效的后现代主义政治性这一问题上，“许多后现代主义的诋毁者就极力主张没有”。[5]马尔帕斯的理由是，后现代主义诋毁者将后现代主义视作“被宠坏了的十多岁的小孩，念念不忘的是充当新时尚裁判的自我形象”，“脱离日常现实，不关注平民大众”，而“后现代性由于漠视真实世界的问题，玩弄互文游戏，超现实游戏，不确定游戏，以及模仿中的模仿游戏等，因此在面对着全球化和越

1 Bran Nicol, ed. *Postmodernism and the Contemporary Novel*, 332.

2 Aristotle, *The Politics*, Carnes Lord, trans. (Chicago: University of Chicago Press, 1984), 37.

3 段炼：《艺术的解构与重建——读琳达·哈琴〈后现代主义的政见〉》，《外国文学评论》1992年第2期，第131页。

4 Linda Hutcheon, *The Politics of Postmodernism* (London: Routledge, 1989), 3.

5 Simon Malpas, *The Postmodern* (London: Routledge, 2005), 105.

来越大的穷富差异时，就传统群体的崩溃，它说不出任何有价值的东西”。“尽管后现代有复杂的行话，高超的修辞，但对当今世界面临的最为紧要问题，却是不能做出反应的。”于是，这些诋毁者就“可能宣称，当世界在燃烧时，后现代主义者却在乱弹琴”。[1]然而，就哪些人是这样的诋毁者，马尔帕斯同样只字未提。

中国学者陈俊松也认为有人不承认后现代主义的政治性，而且就谁持有这种立场，说得较为具体。在他的《当代美国编史性元小说中的政治介入》(2013）中，陈俊松认为“许多著名文学理论家，无论是保守派还是激进派，都对后现代主义进行了批判，将其认定为‘非历史’和‘去政治’”。[2]他首先指出，“精英现代主义和新先锋派，因其美学和技巧上的关注更狭隘，故而放弃或贬低曾经认为尤为重要的政治问题”。[3]他将“精英现代主义”解释为“20世纪二三十年代现代主义大师所创作的作品，如乔伊斯、福克纳、普鲁斯特、伍尔夫等”，而将“新先锋派”解释为“当代先锋派”“20世纪60年代兴起的后现代写作”。[4]批判精英现代主义去政治倾向的代表有卢卡契（G. Lukács)。在其《现代主义意识形态》(“The Ideology of Modernism”）一文中，卢卡契批判了现代主义，认为“现代主义一心致力于精英文化，生怕其污染于大众文化和当下现实，故而多半是‘去历史的’(ahistorical）和

1 Simon Malpas, *The Postmodern*, 106–107.

2 陈俊松：《当代美国编史性元小说中的政治介入》，天津：南开大学出版社，2013年，第5页。

3 同上，第67页。

4 同上，第70—71页。

'去政治的'（apolitical）"；[1]同时卢卡契还"指责支持现代主义的批评家搞'形式主义'，说：'通过强调形式标准，将技巧分离于内容，夸大技巧的重要性，这些批评家不敢去裁决主题的社会或艺术意义。'"[2]批判新先锋派去政治倾向的代表，有费德曼。费德曼"对当代先锋派小说的去政治立场做了很好的概括"："文学之所以常常被认为具有文化上的意义，乃是因为它表现了外部世界，或通过描绘社会/历史环境，或通过言说心理状态。但很多当代小说，却不将读者与外部世界（即现实）直接联系起来，或者不向读者提供曾经有过的体验（即真实）感，相反，当代小说只关注自身的可能环境，只关注叙事习俗，只关注语言的开放会导致多种意义、矛盾、悖论和讥讽。"[3]就哈琴所提到的当代批评中"断言后现代文学无资格参与政治"的一大倾向，这当中的代表，陈俊松列出了詹明信和伊格尔顿这两位后现代主义的"重要发言人"。他认为，詹明信在其《后现代主义，或晚期资本主义的文化逻辑》（*Postmodernism, or, The Cultural Logic of Late Capitalism*）一书中主张，后现代主义的特征之一，就是抹杀先前的精英文化与所谓大众或商业文化的区别，此抹杀的结果是导致了后现代主义的"平面化或无深度"。陈俊松将此结果描述为"堕落"，并说这"堕落"可见于詹明信描述的当代西方社会实况，即"美学生产已经完全普遍地与商品生产融为一体"。就后现代主义的创造手法，詹明信特别提到拼凑法（pastiche），并将它区分于另一创作手法

1 陈俊松：《当代美国编史性元小说中的政治介入》，第67—68页。

2 同上，第69页。

3 同上，第71—72页。

即滑稽模仿（parody），认为拼凑法“采取这种模仿的中立态度”，是种“空洞的滑稽模仿”，而正是由于缺乏滑稽模仿的那种嘲讽的冲动、幽默感和嘲笑，拼凑法才失去了其意识形态的力量。陈俊松认为詹明信就是在这个推理的基础上，认定“后现代主义的特征就是缺乏后现代性的政治参与”。[1]

陈俊松还认为伊格尔顿“分享着詹明信对后现代主义的这一批评”。在《资本主义、现代主义和后现代主义》（“Capitalism, Modernism, and Postmodernism”）一文中，伊格尔顿视后现代主义为“一种既激进又保守的文化，它既从现代主义也从先锋派那里吸取养分”，认为后现代主义“模拟了先锋派意欲从形式上解决艺术与社会生活问题，同时又无情掏空了其政治内容”，“因此，伊格尔顿指责后现代主义‘无深度、无风格、去历史、漠然’以及——这是最为重要的——没有政治内容”。[2]

除了陈俊松之外，还有陈后亮也有类似的观点。在《琳达·哈琴论后现代艺术的政治性——兼与新马克思主义论点作对比》一文中，陈后亮也指出詹明信和伊格尔顿认为后现代主义有去政治化的倾向，其依据与陈俊松的基本完全一样。[3]

因此，从上述讨论中，我们已清楚地看到，在后现代主义是具有政治性还是非政治性的这个问题上，陈后亮、陈俊松、马尔帕斯和哈琴，其实都是肯定派的——假如就此问题有肯定派和否

---

1 陈俊松：《当代美国编史性元小说中的政治介入》，第73—74页。

2 同上，第74—75页。

3 详见陈后亮《琳达·哈琴论后现代艺术的政治性——兼与新马克思主义论点作对比》一文的第一部分“后现代主义的去政治化：詹姆逊与伊格尔顿的视角”，《湖北大学学报》（哲学社会科学版）2011年第3期。（此处“詹姆逊”即“詹明信”。——编者注）

定派之分的话，他们都认为后现代主义具有政治性。其中，哈琴的肯定回答最响亮、最有力也最具影响。[1]

在《后现代主义政治》一书中，哈琴开宗明义："后现代主义是一种现象，此现象的模式不仅绝对地自相矛盾，而且还不可避免地具有政治含义。"[2]她引用德国著名后现代剧作家穆勒（Heiner Müller）在1979年说的话："在谈论后现代主义这个问题时，我无法回避政治。"哈琴还特别指出，穆勒"不应该回避。这些年来，我们看到政治与后现代主义结成了奇怪的、不可避免的盟友"。[3]哈琴认为，无论是在精英艺术里或大众媒体中，"所有的文化表现形式——文学的、视觉的和听觉的——都建立在意识形态之上，回避不了其与社会和政治的关系，回避不了充当机器的角色"。[4]正是说到这里，哈琴才道出了我们前面引用的话："我这么说时意识到自己在反对当代批评中的一大倾向，这倾向断言后现代文学无资格参与政治。""但是"——哈琴立即指出，"本书对后现代表现目的的形式和政治的研究表明，这样的主张在政治上可能是幼稚的，而且依据后现代主义的真实艺术来说，实际上是不可能有的。**后现代艺术不可能脱离政治**，至少从其表现方式上说是这样，因为其表现方式——其意象和故事——绝非中性的，无论它们在其戏仿的自我反射中如何显得'美学化'"。[5]

其实，在出版《后现代主义政治》之前，哈琴就发表了一篇文

1 段炼和陈后亮的文章本身就是对哈琴《后现代主义政治》一书的解读。

2 Linda Hutcheon, *The Politics of Postmodernism*, 1.

3 同上，2。

4 同上，3。

5 同上。着重号为引者所加。

章，题为《后现代主义政治观：戏仿和历史》。文中她指出，鲁西迪（Salman Rushdie）的《午夜之子》（*Midnight's Children*，1982），多克托罗（E. L. Doctorow）的《但以理书》（*The Book of Daniel*，1971），格林纳威（Peter Greenaway）的《绘图师的合约》（*The Draughtman's Contract*，1982），以及道格拉斯·戴维斯（Douglas Davis）的录像带和伯克特（Heribert Berkert）的摄影等，"所有这些艺术作品（以及其他被称为后现代主义的艺术作品）都有一个共同的特点：即它们都绝对是历史的和不可避免地政治的，因为它们都是戏仿的"。[1]哈琴还在该文指出，伊格尔顿曾经希望有"能以更明显的政治依据来观照现代主义矛盾的艺术"，但他若是能用心"看看今天真正的后现代主义艺术，就会发现他呼吁的这种艺术已经存在了"。[2]换言之，哈琴认为后现代主义艺术作品是有政治性的。

实际上，哈琴在《后现代主义政治》一书里明确地指出：

> 本书本当冠名为《表现后现代主义》，因为它实际上再一次将后现代主义的一些核心概念提了出来，这些概念我首先在不同的语境里，在先前的两个研究中作了不同的强调，这两个研究就是《后现代主义诗学：历史、理论和小说》（*A Poetics of Postmodernism: History, Theory, Fiction*，1988）和《加拿大后现代主义：当代

1 Linda Hutcheon, "The Politics of Postmodernism: Parody and History," *Cultural Critique* 5 (Winter, 1986–1987): 180.

2 同上，181。

> 英加小说研究》(*The Canadian Postmodern: A Study of Contemporary English-Canadian Fiction*, 1988)。但是这两本书缺少的正是本书的主题:即全面介绍后现代主义及其政治性,并研究文学和视觉艺术中它们对表现这一概念发起的挑战。[1]

在此后的正文里,哈琴又明确了“政治”一词的含义:“但正恰恰是后现代表现之政治——即影响表现的意识形态价值和利益——构成本书的重点。”[2]这里,我们看到,哈琴实际是将“后现代主义的政治”(politics of postmodernism)解释为“后现代表现的政治”(politics of postmodern representation)。

从上面的讨论中我们可以看出,其实在“一切都是政治”的后现代社会,后现代主义,一如哈琴所言,“是逃离不了政治的”,只是各后现代理论家对“政治”有不同的解释。詹明信和伊格尔顿的否定看法,细究起来,倒不是说詹、伊二人认为后现代主义没有政治性,而是一如陈后亮所言,他们认为“后现代主义者们表面上是在谈论政治,但他们实际上对真正的政治实践毫无兴趣”。[3]换言之,詹、伊说的后现代主义的“去政治”,是指后现代主义去掉的是他们认定的政治。因此,后现代主义具有政治性还是非政治性的这个问题,实际涉及后现代主义政治的内涵问题。

---

1 Linda Hutcheon, *The Politics of Postmodernism*, ix.

2 同上,7。

3 陈后亮:《琳达·哈琴论后现代艺术的政治性——兼与新马克思主义论点作对比》,《湖北大学学报》(哲学社会科学版)2011年第3期,第29页。

第二节　后现代主义政治的内涵

和“后现代主义”这个概念一样，“后现代主义政治”也很难界定。正如阿拉克所言，“政治的明晰需要我们说清我们讲政治的含义，可就在这里，无论从概念还是从历史上说，都不是轻易就能理解的”。[1]然而，我们谈论政治，还是可以像贝斯特和凯尔纳那样，将政治分为两类：“宏观政治”和“微观政治”。在《后现代主义政治和为将来而战》（1998）一文中，他们一开始就指出，“过去的二十年，现代主义政治的主张受到后现代视角的挑战。……为大众提供普遍权利和自由主义宏伟工程受到了个别群体的挑战，他们为自己的权利而奋斗，为自己谋取特别利益，努力捍卫自己的文化和身份。全世界、全球范围的马克思式的革命工程，在有些地方被更为局部化的斗争和更为谦恭和改良主义的目标所替代”。[2]而“在20世纪60年代，当种种新的政治群体和斗争出现时，后现代主义政治就开始成形了”，[3]“这样，20世纪60年代就从宏观政治转向了微观政治，宏观政治强调改造经济和国家结构，而微观政治旨在颠覆个别机构的权力和等级，旨在释放被资产阶级社会的现实原则所压抑的情感、力比多和创造力”。[4]

贝斯特和凯尔纳写此文的目的之一，是“说说现代主义政治

1 Jonathan Arac, ed. *Postmodernism and Politics* (Minneapolis: University of Minnesota Press, 1986), xxviii.

2 Steven Best and Douglas Kellner, “Postmodern Politics and the Battle for the Future,” *New Political Science* 20.3 (1998): 283.

3 同上，285。

4 同上，290。

和后现代主义政治的差异”（见该文“摘要”）。在他们的描述中，现代主义政治是一项工程，其目的是“界定并完成诸如自由、平等和公正这样的普遍目标，以求改造统治机构的结构”。在他们看来，“现代主义政治源自启蒙运动这一大工程，这个工程借助种种理性准则来批判各种权威和一切现存机构”，它“企图辨认基本人权、大众利益和普遍价值，力求提供承认民主权利、允许辩论和达成共识的机构保证”。[1]“然而，现代政治的许诺和愿望却难以实现。”于是，如上所述，到了20世纪60年代，后现代主义政治就开始出现了，而且后现代主义政治并非只有一种，而是“有多种形态”。现代主义政治强调集体奋斗、团结和联盟，因其不能实现，就“让步给极端零碎化，比如20世纪60年代的‘运动’，就分化成各种各样的竞争，为各自的权利和自由而奋斗”。[2]于是，亦如上所述，宏观政治就转向微观政治了。

贝斯特和凯尔纳写此文的另一目的，是主张寻求一种新的后现代主义政治。在文章的结论部分，他们指出“在当代环境里，我们处在现代的与后现代的、旧的与新的、传统的与当代的、全球的与局部的、普遍的与个别的之间”。我们身处这等处境，加之现代政治和后现代政治又“各有其长短”，故而应当“创造性地结合它们最好的元素”，把现代政治的概念如团结、联盟、共识、大众利益、宏观政治和后现代政治的概念如差异、多元、多视角、个别身份、微观政治结合起来，创造一种新的后现代政

1 Steven Best and Douglas Kellner, “Postmodern Politics and the Battle for the Future,” *New Political Science* 20.3 (1998): 284.

2 同上，285。

治。[1]用伯顿斯的话来说，“他们主张将宏观政治与微观政治结合起来”。[2]

除了贝斯特和凯尔纳之外，伯顿斯也讨论“宏观政治”和“微观政治”。他在《后现代这个概念》（1995）一书中用了一章的篇幅（即第九章）来谈“后现代主义政治”。在该章，他首先提到“宏观政治的终结”，在说贝斯特和凯尔纳之前，[3]言及赫勒（Agnes Heller）和费赫（Ferenc Fehér）的《后现代主义政治状态》（1988）。伯顿斯认为，“他们视当代政治舞台人人可以粉墨登场，不受制于（相关）秩序，这个秩序过去往往是由现代性的支配一切的宏大政治构想施加的，体现于传统的政党政治和工会组织。对于赫勒和费赫来说——但也可以引用不少他人就此观点发表的见解，后现代主义政治状态（political condition）‘是以接受多元文化和话语为前提的’”。[4]伯顿斯指出，后现代主义政治的背景就是：“人们普遍不相信政党政治，因此也不相信西方民主的操作性，即不相信传统的宏观政治。”[5]在描述宏观政治时，伯顿斯不仅将它描写为“传统的”，而且认为“后现代主义同时还削弱所有的传统宏观政治，因为后现代主义拒绝宏大叙事，而宏大叙事是所有宏观政治——无论是左派的还是右派的宏观政治——的典型基础”。[6]

---

1 Steven Best and Douglas Kellner, “Postmodern Politics and the Battle for the Future,” *New Political Science* 20.3 (1998): 289.

2 Hans Bertens, *The Idea of the Postmodern: A History* (London: Routledge, 1995), 195.

3 伯顿斯的《后现代这个概念》一书出版于1995年，所以他在这本书言及的不是本文前面提到的贝斯特和凯尔纳1998年发表的论文《后现代主义政治和为将来而战》，而是他们于1991年出版的专著《后现代理论——批判性的质疑》（*Postmodern Theory: Critical Interrogations*）。

4 Hans Bertens, *The Idea of the Postmodern*, 186–187.

5 同上，187。

6 同上，188—189。

欧阳谦在《福柯的新政治观：一种微观权力的谱系学建构》一文中讨论了宏观政治和微观政治的关系，认为微观政治是在“以阶级和国家为核心的宏观政治概念遭到质疑”的状态下诞生的，它是一种“‘日常生活的政治’或者‘后现代的政治’”，而“福柯的新政治观就是这样一种典型的微观政治构想”（“摘要”）。福柯在解释他为什么要转向日常生活的政治时说：

> 我认为60年代和70年代初发生的一些变化是值得我们关注的。其中，我认为应该关注的一个事实是政治的变革、政治的创新和政治的实验，而这些运动都发生在重要的政党之外，也没有什么正式的政党纲领。事实上，从60年代初期发展到今天，普通人的日常生活，也包括我自己的生活都已经发生了变化。可以肯定地说，这些变化并不是起因于政党的作为，而是由许多运动所带来的。这些社会运动确实改变了我们的整个生活，改变了我们的精神和态度，也改变了那些并没有参与这些运动的人的态度和精神。这些变化是非常重要和具有积极意义的。[1]

从福柯的话中，我们看到：(1) 福柯描述的日常生活的政治的诞生，与贝斯特和凯尔纳所描述的后现代主义政治的诞生，在时间上是一致的：二者所描述的政治也是同一种，因此可以说，后现代主义政治就是一种日常生活政治；(2) 福柯的话，典型地反映出

1 欧阳谦：《福柯的新政治观：一种微观权力的谱系学建构》，《中国人民大学学报》2012年第2期，第58页。

莫谢迪扎德的话是对的："许多后现代主义思想家相信，权力不再是自上而下压下来，而是分散于社会的不同部分。因此，我们实践于日常生活的，不是宏观政治，而是微观政治。"[1]

因此从上述学者和理论家的描述和主张中，我们实际看到他们是在将现代主义政治和后现代主义政治分别对等于宏观政治和微观政治。依据他们的描述，我们大体可以将这两种政治表述为如下表：

现代主义政治	后现代主义政治
宏观政治	微观政治
政党政治	日常生活政治
旧的	新的
传统的	当代的
全球的	局部的
普遍的	个别的
团结	差异
联盟	多元
共识	多视角
大众利益	个别身份
宏大叙事	微小叙事

第三节　后现代主义政治的核心

如前所示，伯顿斯认为"后现代主义拒绝宏大叙事，而宏大叙事是所有宏观政治——无论是左派的还是右派的宏观政治——

1 Ali Morshedizad, "A Review on Postmodernism Ideas and the Political Development," <www.Int-politics.com>.

的典型基础”。显然，伯顿斯在讨论后现代主义和后现代主义政治时，运用的是利奥塔的理论，因为正是利奥塔将后现代主义界定为“怀疑宏大叙事”，[1]而后现代主义之所以怀疑宏大叙事，乃是因为“宏大叙事失去了其公信力”。[2]

巴特勒有类似的看法。在《后现代主义简论》第二章“看待世界的新方式”的第一节“对抗宏大叙事”里，他首先指出“很多后现代主义理论维系于怀疑态度，而这里哲学家让-弗朗索瓦·利奥塔的贡献是最最重要的”。接着，巴特勒解读了利奥塔的“宏大叙事”论，认为利奥塔在《后现代状态：关于知识的报告》里主张，当今时代，“‘宏大叙事’的合法化已处于危机、衰败之中”，“自二战后失去了其公信力”，所以简而化之，利奥塔将后现代主义界定为“怀疑宏大叙事”。[3]

关于什么是宏大叙事，马尔帕斯做了非常好的解释。他说：“如该术语所暗示的［——其前缀meta-表明有一更高的序(order）……］，宏大叙事设定叙事和语言游戏规则，这意味宏大叙事组织语言游戏，决定发生其中的每一陈述或语言‘行动’(move）是成功还是失败。”[4]这里，马尔帕斯的解释指出了宏大叙事的本质：宏大叙事之所以“宏大”或说“超越”或说“元”，

1 Jean-François Lyotard, *The Postmodern Condition: A Report on Knowledge*, Geoff Bennington and Brian Massumi, trans. (Minneapolis: University of Minnesota Press, 1993）, xxiv. 法文métarécits在英文中通常译为metanarratives，汉语中常译为“元叙事”。由于西方文论中常有这样的表述：metanarratives — sometimes “grand narratives”（见Wikipedia, the free encyclopedia），将metanarrative解释为grand narratives（宏大叙事），故这里将metanarrative译为“宏大叙事”。

2 同上，37。

3 Christopher Butler, *Postmodernism: A Very Short Introduction* (Oxford: Oxford University Press, 2002), 13.

4 Simon Malpas, *Jean-François Lyotard* (New York: Taylor and Francis, 2005), 24.

乃是因为是它设定游戏规则，它说了算，因而它是排他的、单一的、极权的。无怪乎，在当代的西方文论中，我们时常看到有人用totalizing（极权的）来描述它，如布克就说“极权的宏大叙事”（totalizing metanarratives）。[1]还有哈琴，她认为“对利奥塔来说，后现代性的特征是没有宏大极权叙事”（grand totalizing narrative）。[2]哈琴还解释totalizing的含义，说它“指的是一过程（因而有了笨拙的‘ing’形态），历史学家、小说家甚或理论家，借此过程来使其素材一致、连贯和统一，而且总是用心控制其他素材，甚至不惜对它们施以暴力”。[3]此外，我们还时常看到，“宏大叙事”还常给说成是“现代主义的宏大叙事”，如马尔帕斯。[4]赫布蒂奇（Dick Hebdige）在1988年就提出后现代主义有三大“否定法”，这第一否定法就是“从理论上和政治上否定极权主义”（totalitarianism）。[5]由上面的这些描述，再联想到伯顿斯说的“后现代主义拒绝宏大叙事”，我们就看到，后现代主义政治的核心就是否定宏大叙事，就是否定宏大叙事所带来的“统一性”（totality）。在《回答问题：什么是后现代主义？》[6]一文中，利奥塔甚至发出号召：“让我们向统一性宣战。”[7]

1 M. Keith Booker, "Postmodern and/or Postcolonial?: The Politics of *At Swim-Two-Birds*," <www.dalkeyarchive.com/resources/download.cfm?.Booker>.

2 Linda Hutcheon, *The Politics of Postmodernism*, 24.

3 同上，62。

4 Simon Malpas, *The Postmodern*, 121, 128.

5 另外两个否定法分别为“否定目的论和基本原理主义”（foundationalism）和“否定乌托邦”。参见David Harris, *From Class Struggle to the Politics of Pleasure: The Effects of Gramscianism on Cultural Studies* (London: Routledge, 1992), 28。

6 此文发表于1983年，译者为Régis Durand，作为附件收录于本章所引用的《后现代状态：关于知识的报告》一书，即1993年的第九次印刷的英文版。

7 Jean-François Lyotard, *The Postmodern Condition*, 82.

就此，马尔帕斯评论道："倘若有后现代主义政治的定义，或许这就是最接近我们能得到的了。"[1]而麦金利也有类似的评论。他说："利奥塔对后现代状态的解释之核心，是将政治与差异联系起来。面对黑格尔思辨宏大叙事的极权化（totalization），利奥塔倡导表现不可表现之物（the unpresentable），始终关注差异和异质性（heterogeneity）。"[2]多尔蒂也说过："后现代主义在政治上试图超越现代主义，欢迎多样性，赞扬差异。"[3]托德·梅谈到宏观政治和微观政治的关系时说道："有宏观政治，也有微观政治，但微观政治是第一位的。它是首要的。"梅还解释说："微观政治是对差异做出反应的政治思想。传统的政治思想已经硬化了。"[4]

为了"从理论上和政治上否定极权主义"，为了"在政治上试图超越现代主义，欢迎多样性，赞扬差异"，后现代主义在诸多问题上，例如除了上一章所谈到的语言、真理、历史、现实、主体性这些问题外，还在身份问题上，也反对单一论力求多元论，反对绝对论力求相对论，即反对宏大叙事奉行微小叙事。

就身份问题，传统上认为"人的身份是固定的、纯一的、不变的"，"身份的功能是表现其预先确立的社会角色"，"生为某个宗族成员，死也是某个宗族成员"。在前现代社会，"个人不经受身份危机"。但在现代社会里，"身份相对多变"，可"依然由社

---

1 Simon Malpas, *The Postmodern*, 132.

2 Patrick F. McKinlay, "Postmodernism and Democracy: Learning from Lyotard and Lefort," *The Journal of Politics* 60.2 (May 1998): 483.

3 J. 多尔蒂：《后现代政治学》，纪万斌译，《国外社会科学》1994年第5期，第40页。

4 Todd May, *Gilles Deleuze: An Introduction* (New York: Cambridge University Press, 2005), 128–129.

会和与他者的关系来确定”，“所以依然相对固定”。可是在后现代社会，即“在二战后出现的消费和媒体社会，身份就越来越与风格、塑造意象和模样如何联系在一起了”。[1]“从前，构成个人身份的，是你是谁、你做了什么、你是什么样的人——你的道德、政治和生存选择与努力。但今天，构成身份的是你的长相如何、你的形象如何、你的风格如何、你看上去如何。而正是媒体文化越来越多地提供构成身份的物质和资源。”[2]这里，凯尔纳不仅在说，在后现代社会身份因人而异，而且也指出之所以有此变化乃是因为“我们的文化是媒体文化”。[3]亦如伯顿斯所指出的，一些后现代主义理论家，比如拉克劳和墨飞（Chantal Mouffe），就“利用后结构主义的理论，尤其是德里达和福柯的贡献，来主张身份不来自阶级地位，从来就不是固定不变的，而是永远相关的”。[4]还有些西方理论家，比如布朗（Doug Brown），看到了阶级身份经受了危机，即所谓的“阶级身份危机”（class identity crisis）。先是“福特主义”和郊区化的增长，使得阶级黯然失色：人人变得均一，“虽然工作不同工资有异，但生活方式和思想意识却越来越一样，在生活方式上都是中产阶级，在思想意识上都是消费者”。[5]后是七八十年代的高科技革命，“这场革命实际颠倒了先前的潮流，创造了异质性、多元

1 Douglas Kellner, *Media Culture: Cultural Studies, Identity and Politics between the Modern and the Postmodern* (London: Routledge, 1995), 322–323.

2 同上，259。

3 同上，35。

4 Hans Bertens, *The Idea of the Postmodern*, 191.

5 Doug Brown, “Institutionalism and the Postmodern Politics of Social Change,” *Journal of Economic Issues* 26.2 (June 1992): 547.

性、个性化、差异性和碎片化”。这两重身份危机一下来，“不仅我们的生活碎片化了，拉向了无数不同的方向，而且我们理解这一危机的能力也降低了”。[1]

从以上的讨论中，我们看到后现代主义的政治实践中奉行的是“什么都行”。诚如赫勒和费赫所言，“后现代主义作为一场文化运动（而不是作为一种意识形态、理论或纲领），只有一个非常简单的主题思想，即什么都行”。[2]“什么都行”是后现代主义的一个口号。就此口号，他们解释道：

> 后现代主义的的确确允许各种造反。但是却没有集体综合造反的单一伟大目标。可以这样解读“什么都行”：你可以向一切你想造反的东西造反，但请让我向我特别想造反的东西造反。或换言之，请允许我不向任何东西造反，因为我感到自己完全舒适自在。[3]

这里，赫勒和费赫实际是在说，后现代主义政治不是追求某个具有单一的宏大目标的政治，而是在提倡多元化政治。就像我们在前面看到伯顿斯解读他们的那样，“他们视当代政治舞台人人可以粉墨登场，不受制于（相关）秩序，这个秩序过去往往是由现代

1 Doug Brown, “Institutionalism and the Postmodern Politics of Social Change,” *Journal of Economic Issues* 26.2 (June 1992): 549, 551.

2 Agnes Heller and Ferenc Fehér, *The Postmodern Political Condition* (New York: Columbia University Press, 1988), 139.

3 同上。

性的支配一切的宏大政治构想来施加的，体现于传统的政党政治和工会组织。对于赫勒和费赫来说……后现代主义政治状态‘是以接受多元文化和话语为前提的’”。[1]其实赫勒和费赫他们自己也讲得非常清楚：

> 后现代政治状态就是以接受多元文化和话语为前提的。（各种各样的）多元主义作为一工程含蓄于后现代性之中。宏大叙事的衰竭即是直接邀请各种各样的（局部的、文化的、族裔的、宗教的、“意识形态的”）微小叙事和平共处，只是它们的共存的形式可以非常不同。各种文化之间看上去有可能全然毫不相干，也可能不完全真正敬慕“他者”［即表现出第一世界知识分子的“第三世界情怀（third-worldism）”］，与之相伴的倒可能是对普遍性的绝然拒绝和相对化。[2]

那么，后现代主义应该有怎样的政治？贝斯特和凯尔纳在其《后现代主义政治和为将来而战》一文中有过建议，即我们前面提到的他们写此文的另一目的：既然现代主义政治和后现代主义政治“各有其长短”，那就应当“创造性地结合它们最好的元素”，把现代政治的概念（如团结、联盟、共识、大众利益、宏观政治）和后现代政治的概念（如差异、多元、多视角、个别身份、微观政治）结合起来，创造一种新的后现代政治，也就是伯顿斯说的，

1 Hans Bertens, *The Idea of the Postmodern*, 187.

2 Agnes Heller and Ferenc Fehér, *The Postmodern Political Condition*, 5.

“将宏观政治与微观政治结合起来”。可是，这恐怕只是他们的一厢情愿，因为后现代主义本质上反对宏大叙事，如果给它注入宏大叙事的东西，那它就不是后现代主义了。

第五章
后现代主义文学的时期划分与发展形态

在第一章，我们已指出社会经济、现代哲学、现代语言学、现代科学技术、现代心理学、现代美学等，既影响现代主义文学的诞生，又影响后现代主义文学的诞生。同时，无论是社会经济，还是科学技术或美学，无一不在历史的进程中不断发展和变化，正是这些发展和变化促成后现代主义文学呈现不同的发展时期和形态。本章将就后现代主义文学的时期划分和发展形态，做一初步探讨。

第一节　划分的必要和难处

后现代主义已是过去时，成了历史，既然如此，那就该给后现代主义来个时期划分，回顾一下它的历史，理清它的发展轨迹，用詹明信的话来说，“我们不能不做时期划分”，[1]因为在他看来，

---

1 转引自 Jennifer Summit and David Wallace, “Rethinking Periodization,” *Journal of Medieval and Early Modern Studies* 37.3 (Fall 2007): 447。

“时期划分对于回顾历史很有必要：没有标明不同时期的界线，就不可能思考或表述历史的变化”。[1]

然而这并非易事。卡罗尔曾撰文讨论其难处。他首先用问号来标记该文的标题——《给后现代主义做时期划分?》（“Periodizing Postmodernism?”），显然是质疑其可能性。其次，文中他“探索了企图以后现代主义之名来给当下时刻划分时期的几个难处”。[2]卡罗尔指出：(1)“后现代主义”一词早在20世纪三四十年代就出现了，于五六十年代开始流通，至70年代才成为一个标签词；(2)我们所处的时代是不是一个不同的、可以称为后现代主义的时代，也就是说，后现代主义是否本质上有别于前一个被称作“现代主义”的时期。卡罗尔将难处或“问题”分成三类，一是协调问题（coordination problems），二是延续问题（continuation problems），三是叙事问题（narrative problems）。所谓“协调”是指时期上的协调和主题上的连贯一致。在时期问题上，后现代主义多半被认为始于20世纪60年代左右，“这个时期划分却不符合所谓的后现代理论的时期划分”，因为如果“后现代理论的标记是反基础主义（antifoundationalism）[3]和怀疑宏大叙事”，那么反基础主义早在60年代之前就有了，实用主义、相对主义和存在主义都是，“戴维·休姆（David Hume）就是

1 Jennifer Summit and David Wallace, “Rethinking Periodization,” *Journal of Medieval and Early Modern Studies* 37.3 (Fall 2007): 447.

2 Noël Carroll, “Periodizing Postmodernism?”, *CLIO* 26.2 (1997): 143.

3 基础主义认为人类文化或知识有其固有的基础，凭此基础可以寻得终极、永恒的真理等。反基础主义则认为根本不存在什么固有的基础，它宣扬的是相对主义和不确定性。如罗蒂就说过：“我们应当摒弃西方特有的那种将万事万物归结为第一原理或在人类活动中寻求一种自然等级秩序的诱惑。”（见理查德·罗蒂：《哲学和自然之镜》，李幼蒸译，北京：商务印书馆，2003年。）——引者注

位反基础主义者，更不用说尼采了”。因此，后现代主义在时期上“存有许多时间间歇”。另一方面，“后现代主义是否主题连贯呢？它所谓的后现代主义实践是否互相一致呢？”，卡罗尔的答案是：“我们也发现了不一致。”[1]他举例说，“无论从哪一重要方面说”，后现代主义建筑、后现代主义舞蹈和后现代主义绘画（以及雕塑和摄影），“相互间有异，不能一致”。[2]

卡罗尔说的延续问题是指“后现代主义是否基本有别于现代主义，或者它只是延续已见于现代主义的主题或过程”。[3]对于这个问题的答案是：是又不是。但问题也就出现在这里：既然是延续，何以要称它为后现代主义？既然不是延续，那么那些所谓的后现代主义特征早就见于现代主义又如何解释？说到叙事问题时，卡罗尔认为后现代主义“一开始就是个概念错误，因为它企图对当下进行历史描写，而这是无法办到的”，因为缺少了他所说的“历史距离”。[4]就此，他解释道：

> 今天[5]的历史学家写前天的事件表现了前天事件的意义，但此意义要在昨天发生的事中方能见分晓。对前天事件的真正历史描述不可能在前天就写好，因为昨天的事件是前天事件之未来，前天的作者是不可获得昨天的事件的。……因此，历史学家必须立足于今天才能够依照昨

1 Noël Carroll, “Periodizing Postmodernism?”, *CLIO* 26.2 (1997): 150.

2 同上，152。

3 同上，155。

4 同上，160—161。

5 卡罗尔措辞里只说 time t1、time t2 和 time t3，这里分别译为“前天”、“昨天”和“今天”。

> 天来写前天的意义所在。这仅仅因为历史学家只有知道昨天发生的事件才能够从前天发生的事件的杂乱无章中，提取那些与故事相关的细节。[1]

显然，在卡罗尔的逻辑中，后现代主义是发生在今天的事件，故而我们尚没有足够的“历史距离”来叙述它。

如前所述，后现代主义并没有一个确切的、大家都能接受的定义。它是个“大伞概念”，“其定义存于变化和机遇之中，与人如何解读现在和过去密不可分”。[2]实际上，后现代主义的定义可以因人而异，比如利奥塔和哈贝马斯两人的定义就完全不同；后现代主义可以因时而异，比如进入新世纪后哈桑讨论“什么是后现代主义”与他20世纪80年代时说的就不一样；[3]后现代主义可以因地而异，比如英国的后现代主义就不像美国的那么强烈；[4]后现代主义还可因艺术的类别甚至文类而异，比如前面提到卡罗尔就认为后现代主义建筑、后现代主义舞蹈和后现代主义绘画（以及雕塑和摄影）主题上“相互间有异，不能一致”，还比如麦克黑尔认为后现代主

---

1 Noël Carroll, “Periodizing Postmodernism?”, *CLIO* 37.3 (Fall 2007): 162.

2 Suresh Wakchaure, “What is Postmodernism?” *Proceedings of National Seminar on Postmodern Literary Theory and Literature* (Jan. 27–28, 2012, Nanded), 4.

3 2003年，哈桑发表《超越后现代主义：走向信任的美学》一文，用一节的篇幅专门讨论“后现代主义曾为何物？”，文章说：“后现代主义曾为何物？我没有把握来回答这个问题，因为关于它我今天所知道的比我30年前知道的要少。当然，这是因为我变了，后现代主义变了，世界变了，历史概念不像柏拉图思想和几何形状，它们要经受时间的暴虐。”见Ihab Hassan, “Beyond Postmodernism: Toward an Aesthetic of Trust,” *ANGELAKI* 8.1 (April 2003): 3。

4 英国文学史家史蒂文森就说过，“一如约翰逊、布拉德伯里和许多其他作家所表明的，后现代主义在英国不是最强的，……与国外的发展相比，英国的‘实验传统’处于下风”。见Randall Stevenson, *The British Novel since the Thirties: An Introduction* (London: B. T. Batsford Ltd., 1986), 223。此外，我们还看到，英国的“愤怒的青年”不如美国的“垮掉的一代”实验性那么强，他们没有谁能超过巴勒斯。

义诗歌与后现代主义小说的发展“不平衡”。[1]后现代主义可以从美学角度来界定，也可以从哲学、经济、政治、社会历史的角度来界定。正因为如此我们才有种种后现代主义。如果只有一个的话，那这个后现代主义就是个“大伞概念”，涵盖了很多很多。

既然连“什么是后现代主义”都争论不休，那么要给后现代主义做时期划分就难了。给后现代主义做时期划分，首先得知道它始于何时，终于何时。然而理论家（包括史学家）就此也不能有统一的看法。就始于何时，有人认为postmodern始于1870年，postmodernism始于1926年；[2]而作为“主义”（-ism），后现代主义的诞生或说出现，麦克黑尔认为始于1966年，德科文（Marianne DeKoven）认为始于“长久的60年代”，詹克斯认为始于1972年7月15日，基伦认为始于1973年；[3]作为一个“时代”（era），后现代主义始于1960年12月；[4]作为一个“理念”（idea），后现代主义首先出现于西班牙语（postmodernismo），由德奥尼斯于1934年首先使用。[5]就终于何时，有家报纸早在1975年就宣布“后现代主义死了”。[6]1989年，贝克特去世，柏林墙倒塌，有人观察：“到1989年，后现代主义之死好像几乎是不可避免的事。”[7]后现代主义小说

1 布莱恩·麦克黑尔：《后现代主义曾为何物？》，胡全生译，《上海交通大学学报》2009年第7期，第81页。

2 Craig Bartholomew, “Post/Late? Modernity as the Context for Christian Scholarship Today,” *Themelios* 22.2 (January 1997): 25.

3 参见Brian McHale, “1966 Nervous Breakdown; or, When Did Postmodernism Begin?” *Modern Language Quarterly* 69.3 (September 2008): 391–392。

4 Arthur Asa Berger, “The Day the World Changed: A Pomo Primer,” *Society* 49.4 (July 2012): 317.

5 Perry Anderson, *The Origins of Postmodernity* (London: Verso, 1998), 4.

6 参见Mike Featherstone, *Consumer Culture and Postmodernism* (London: SAGE Publications, 2007), 1。

7 Josh Toth and Neil Brooks, “Introduction: A Wake and Renewed?” Neil Brooks and Josh Toth, eds. *The Mourning After: Attending the Wake of Postmodernism* (Amsterdam: Rodopi, 2007), 5.

家和批评家费德曼在1993年宣布“后现代主义的确死了”,[1]还有人说“后现代主义给埋葬在（世贸中心大楼的）瓦砾里”。[2]理论家（和史学家）对后现代主义的生与死给出了如此不同的日期，因此要确定后现代主义时期就难以“兜圈子”，即不知道从什么时候开始至什么时候结束来做成一个“周期”(cycle)。[3]

可是尽管如此，毕竟还有很多人注意到后现代主义“结束”了，“死”了，甚至还有“讣告”。现在有人要问什么是后现代主义，恐怕多半会像麦克黑尔等人那样用过去时，即问“后现代主义曾为何物?”。[4] 2011年，《20世纪文学》杂志发表题为《后现代主义，然后呢》(*Postmodernism, Then*)特刊，此标题本身就告诉人们，后现代主义“不仅可以被认为是当下的事，而且也可以被认为是刚刚过去的事”。[5]其实，该杂志在2007年就出版了特刊《后现代主义之后》(*After Postmodernism*)，探讨后现代主义完结之后的事。而早在1991年，在德国的斯图加特召开的第一届斯图加特文化研究研讨会（First Stuttgart Seminar in Cultural Studies)，其主题即是《后现代主义的终结：种种新方向》(*The End of Postmodernism: New Directions*)，出席这次研讨会的有著名的后现

---

1 Raymond Federman, “Before Postmodernism and After,” Heide Ziegler, ed. *The End of Postmodernism: New Directions* (Stuttgart: M & P Verl. für Wiss. und Forschung, 1993), 153–170.

2 Akbar S. Ahmed, “Postmodernism and Islam; Where to After September 11?”, Pelagia Goulimari, ed. *Postmodernism: What Moment?* (Manchester: Manchester University Press, 2007), 140.

3 period一词源于希腊语periodos，原本意指“周期”(cycle)，从词的结构看，*peri-* around + *hodós*, a going, a way，就有“兜圈子”(a going around)的意思了。

4 前面提到，哈桑在2003年用一节的篇幅讨论过“后现代主义曾为何物?”。早在1997年，弗劳发表《时间与商品文化：文化理论与后现代主义》，第一章便讨论“后现代主义曾为何物?”。此外，麦克黑尔（2007）和万德勒（Wandler，2009）也撰文专门讨论此话题，文章的标题均为“后现代主义曾为何物?”。

5 Jason Gladstone and Daniel Worden, “Introduction: Postmodernism, Then,” *Twentieth-Century Literature* 57.3–4 (Fall/Winter 2011): 292.

代主义理论家和小说家，其中包括哈桑、巴思、费德曼、加斯和布拉德伯里。此次研讨会后，“批评家便开始正式肯定美学即理论焦点中出现的明显转移，从此以后，我们便似乎进入了一个见证我们（最后）与后现代主义决裂的哀悼过程”。[1]

第二节 时期划分的三个尝试

虽然詹明信说过时期划分面临“危机”，但他同时又“觉得从教学上说很有必要”。[2]实际上，就后现代主义的时期划分已经有人做了尝试，比如凯尔纳和贝斯特，还有伯顿斯和麦克黑尔。如果说文学历史如克罗奇（Robert Kroetsch）所言“根本就是讲故事”，[3]那么他们的所为实际就是讲了三个后现代主义历史故事。

1991年，凯尔纳和贝斯特在其《后现代理论——批判性的质疑》（*Postmodern Theory: Critical Interrogations*）一书中的第一章第一节便对后现代主义话语进行了粗略的“考古”，“探索后现代这一术语在不同理论领域中的非平衡发展史”。[4]在他们的“考古”中，他们提到1870年英国画家查普曼（John Watkins Chapman）使用过“后现代绘画”（postmodern painting）一词，而作为“同现代时期决裂的‘后现代’概念，出现在第二次世界大战后萨默维

1 Josh Toth and Neil Brooks, “Introduction,” Neil Brooks and Josh Toth, eds. *The Mourning After*, 3–4.

2 转引自 Leonard Orr, “Modernism and the Issue of Periodization,” *Comparative Literature and Culture* 7.1 (March 2005): 2。

3 转引自 Linda Hutcheon, *The Canadian Postmodern: A Study of Contemporary English-Canadian Fiction* (Toronto: Oxford University Press, 1988), vii。

4 道格拉斯·凯尔纳、斯蒂文·贝斯特：《后现代理论——批判性的质疑》，张志斌译，北京：中央编译出版社，2011年，第6页。

尔（D. C. Somervell）为英国历史学家汤因比的《历史研究》之前六卷所撰写的一卷本的概论中”。[1]“直到六七十年代，它才被广泛地引入到文化理论领域，用来描述同现代主义相对立的或取而代之的那些艺术作品。”[2]“到了70年代中期，在美国出现了更多用后现代一词来指称一个新历史时期的书籍。”[3][其中最为著名的恐怕是丹尼尔·贝尔1976年发表的《资本主义文化矛盾》（*The Cultural Contradictions of Capitalism*）。]“80年代后现代话语得到迅速扩散之前的一段时间里，存在两个相互矛盾的后现代话语源头”，一种是“肯定”的，另一种是“否定”的。但“到了80年代，后现代话语分裂成了谴责新发展的文化保守主义和颂扬新发展的前卫主义两个派别”。[4]凯尔纳和贝斯特的“考古”到80年代就结束了。

1995年，伯顿斯发表《后现代这个概念》，其副标题是“A History”（历史之一），显然是想讲述后现代主义作为一个理念的历史。值得注意的是，History前用的是不定冠词，而不是定冠词，其用意当然是说这只是后现代主义的历史之一。在伯顿斯的讲述中，后现代主义“首先是指出现于50年代的反现代主义的艺术策略并在60年代持续发展的综合体”。“在70年代，后现代主义逐渐被纳入后结构主义的轨道。”[5]伯顿斯认为可在后结构后现代主

---

1 道格拉斯·凯尔纳、斯蒂文·贝斯特：《后现代理论——批判性的质疑》，张志斌译，北京：中央编译出版社，2011年，第6页。

2 同上，第11页。

3 同上，第14页。

4 肯定性的代表有德鲁克、桑塔格、哈桑、菲德勒等。他们“再现了50年代的乐观主义，认为技术和现代性进程将使我们有可能同陈旧的过去决裂”。否定性的代表有汤因比、豪、贝尔等，他们“看到了西方社会和西方文化由于受到来自变化和不稳定性的威胁，以及来自新的大众社会和大众文化发展的威胁，正在走向衰落”。同上，第16—17页。

5 Hans Bertens, *The Idea of the Postmodern: A History* (London: Routledge, 1995), 3, 5.

义中区分出“两个时期”（two moments）：一是“70年代末80年代初源自巴特和德里达以语言即文本为导向的时期”；二是“源自福柯也涉及点拉康”的“80年代而非70年代”的时期。[1]后现代主义“在50年代只是平静的文学批评池中泛起的涟漪，但在80年代，它则变成了汹涌大潮”。[2]伯顿斯写此书的目的，用他自己的话来说，是“企图描述”50年代至90年代初的“后现代主义大辩论”。[3]这里，我们也看清了何以伯顿斯要强调“A History”。伯顿斯的故事讲到90年代初就结束了，因为此书发表于1995年，他未能预见90年代末和21世纪初的事。

进入21世纪讲述后现代主义历史故事的是麦克黑尔。2004年，麦克黑尔在讨论后现代主义长诗时，还认为“后现代主义之死的报道大为言过其实”，说到“即便后现代主义不再存在”时，他用虚拟语气来表述（even if postmodernism were defunct），[4]可见那时他对后现代主义之死的说法还是持保留态度。但时隔七年，在思考了“后现代主义曾为何物”（2007）与“后现代主义何时开始”（2008）的基础上，麦克黑尔发表了《决裂、时代、空位》一文。他开篇就说：“如果我们尚不能肯定我们是否真的走过了后现代主义，那么最清楚不过的，是我们已经告别了后现代主义的顶峰期。”[5]此文的标题明白地标示了他思考的后现代主义的发展过程。所谓“决裂”（break），是指后现代主义与现代

1 Hans Bertens, *The Idea of the Postmodern*, 6–7.

2 同上，11—12。

3 同上，14。

4 Brian McHale, *The Obligation toward the Difficult Whole: Postmodernist Long Poems* (Tuscaloosa: University of Alabama Press, 2004), ix.

5 Brian McHale, “Break, Period, Interregnum,” *Twentieth-Century Literature* 57.3–4 (Fall/Winter 2011): 328.

主义的决裂，文中麦克黑尔重申了他在《1966年精神崩溃：后现代主义何时开始》一文中的观点，将后现代主义的诞生或说决裂期定在1966年，而后现代主义发展到顶峰阶段，真正进入自己的“时代”（period），是在70年代。他说：“70年代初至80年代末代表后现代主义文化的顶峰期，就此见解，我以为很少有人反对。”[1]任何事情一旦进入顶峰期便开始衰退，后现代主义亦然。而麦克黑尔将后现代主义的衰退定在1989年，他称这是“国王空位期”（interregnum），意指后现代主义不再是国王了，可后现代主义之后的国王却还未确定，因此是“（旧王已死新王尚未即位的）空位期”。所以，“决裂”“时代”“国王空位期”是后现代主义发展所经过的三道门槛。入第一道门槛“决裂”，后现代主义诞生，由此门槛而入第二道门槛“时代”，后现代主义发展至顶峰，至顶峰后便开始衰落，就此进入第三道门槛“国王空位期”。“此时要问的问题是：进入什么门槛？过渡到何处去？”[2]麦克黑尔认为，时间上标示这三道门槛的，分别为品钦的三部小说，即1966年的《拍卖第四十九批》、1973年的《万有引力之虹》和1990年的《葡萄园》，因为他认为品钦是“后现代主义各时期的领头羊”。由第三道门槛而进入的时期，有人称为“后后现代主义”（post-postmodernism）或“附加后现代主义”（more postmodernism），麦克黑尔却赞同韦格纳（Philip Wegner）说的“长久的90年代”（long Nineties）。在他看来，1989年是“文化历史过渡与世界历史过渡巧合在一起”：柏林墙的倒塌、苏联的解

1 Brian McHale, “Break, Period, Interregnum,” *Twentieth-Century Literature* 57.3–4 (Fall/Winter 2011): 332.
2 同上，333。

体等事件，“标志着后现代主义结束和别的什么东西的出现”。[1]至于那个“别的东西”是什么，那就言人人殊了。比如前面提到的“后后现代主义”“附加后现代主义”“长久的90年代”，还有世界现代主义（cosmodernism）等。“大约在1989年，后现代主义的许诺或说威胁最终全都实现了（用詹明信的话来说，是‘文化……成了经济的，而经济学……成了文化的’）。”[2]跨过第三道门槛后，后现代主义已不再是国王了：如果它曾是国王，此时却死了，因此没了国王的时期是“空位期”。[3]这即是说，后现代主义的“大势”（trend）已去，其顶峰期已完结。麦克黑尔的这种描述还是比较客观的，这从2005年与2007年《现代语言协会会刊》（*PMLA*）发表的论文中也能窥见一斑，标题中有“后现代主义”、“后现代性”或“后现代”字样的文章，2005年只有两篇，2007年只有一篇。从1989年到1999年这十年期间，总共才七篇。[4]

第三节　后现代主义文学的三个时期

20世纪已经过去了，如果我们要写20世纪文学史，的确有必要将这部文学史划分成若干时期，否则这史写不成，对后现代主

1 Brian McHale, "Break, Period, Interregnum," *Twentieth-Century Literature* 57.3–4 (Fall/Winter 2011): 332.

2 同上，333—334。

3 麦克黑尔《决裂、时代、空位》一文的中心思想，重申于他2015年出版的专著《剑桥后现代主义导论》，散见于其第二、三、四章（参见Brian McHale, *The Cambridge Introduction to Postmodernism*, Chapters 2–4. New York: Cambridge University Press, 2015），也成了他和普拉特主编《剑桥后现代主义文学史》论文集的主线（参见Brian McHale and Len Platt, *The Cambridge History of Postmodern Literature*. New York: Cambridge University Press, 2016）。

4 Hillary Chute, "The Popularity of Postmodernism," *Twentieth-Century Literature* 57.3–4 (Fall/Winter 2011): 354.

义亦是如此。一如珀金斯（David Perkins）所主张的，“如今，我们往往视时期为必要，因为……不将史划分成若干时期，就无法写历史或文学史”。[1]

依据奥尔的研究，写文学史“至少有四种不同的模式”：(1) 过程式，这里又可分为兴衰周期式和出生—成熟—死亡或出生—死亡—复活三段式；(2) 寻找文学主流式，比如寻找现实主义、自然主义；(3) 力图避免随意依据时间式，比如只以哪个世纪、哪个年代为线索而置文学之本质于不顾；(4) 以事件或政治领袖为基础的历史时期划分式，比如一战或二战，伊丽莎白时代或维多利亚时代。[2]下面，我们就以第一种中的出生—成熟—死亡式来描述后现代主义历史，这是因为它似乎更符合后现代主义的发展过程。毕竟，后现代主义作为一种“势”（trend），已经完结了，用麦克黑尔的话来说，是“我们已经告别了后现代主义的顶峰期”，也就是说后现代主义已经走完了它的历史过程，因此可用这一过程式把它的发展过程呈现出来。尽管“划分时期多少有些武断”，[3]但我们还是可以依照这种模式将后现代主义文学史划分成三个时期：50年代过渡期，60—70年代鼎盛期，80—90年代颓势期。后现代主义文学是战后世界历史进程中的产物，因而它的每一个时期都伴随着世界历史的进程。

---

1 转引自Leonard Orr, “Modernism and the Issue of Periodization,” *Comparative Literature and Culture* 7.1 (March 2005): 2–3。

2 Leonard Orr, “Modernism and the Issue of Periodization,” *Comparative Literature and Culture* 7.1 (March 2005): 2.

3 Roger Burbach, *Globalization and Postmodern Politics: From Zapatistas to High-Tech Robber Barons* (London: Pluto Press, 2001), 22.

一、50年代——渗透存在之思的过渡时期

第二次世界大战后，人们刚从战争的噩梦中醒来，需要重新思考和认识人的生存和其生存其中的世界，而当时迎合这种需要的，就是存在主义哲学。正如布拉德伯里所言，“毫无疑问，二战后早些年最有影响地表达了西方思想和感觉的是存在主义哲学：克尔凯郭尔、海德格尔、雅斯贝斯（Karl Jaspers）、胡塞尔（Edmund Husserl），特别是萨特的思想”。[1]因此，存在主义哲学就成了当时思考和认识的工具，而思考的结果，是认为这个世界是荒诞的，人的生存是孤独的、无意义的。

二战后的那些年，不仅哲学是存在主义的哲学，而且人也是存在主义的。依照赫勒和费赫的分析，西方“现代文化运动”经历了“三个浪潮”或“三代人”，每个浪潮或一代人相隔大约20年。第一个浪潮（存在主义代）为二战一结束至50年代初达到顶峰；第二个浪潮（异化代）始于60年代中期，1968年达到顶峰，但持续发展至70年代中期；第三个浪潮（后现代主义代）始于80年代，但尚未达到顶峰。[2]存在主义代“一心追求自由”，“虽然发现异化”但却“较为乐观”。“异化代一开始就绝望”，但同时又“主张自己的生活要有意义和价值”，[3]要求闯入先前的禁区，如吸毒、同性恋、性解放等。至于后现代主义代，赫勒和费赫在这

1 Malcolm Bradbury, *The Modern British Novel 1878-2001*, 北京：外语教学与研究出版社，2005年，第263页。

2 Agnes Heller and Ferenc Fehér, *The Postmodern Political Condition* (New York: Columbia University Press, 1988), 136. 应该指出，之所以“尚未达到顶峰”恐怕是因为赫勒和费赫1988年写此书时尚未看到。

3 同上，138。

本1988年出版的书中对其认识有限，故而语焉不详，只说“后现代主义是异化代创造的东西，他们失望于自己对世界的认识”，而“失望的原因是1968年革命的失败”。[1]

除了哲学和人是存在主义的之外，二战后的那些年文学也是存在主义的。布拉德伯里说：

> 战后那些年存在主义是极为重要的哲学，萨特、加缪和贝克特对新的写作产生了很大的影响，在英国、美国和欧洲其他国家都一样。……存在主义是种哲学又是种文学（许多很有影响的小说、诗歌和戏剧都受它的影响，不只是“荒诞派戏剧”）；它也是一种意识形态，一种风气，一种生活方式。其写作所传达的是忧郁，荒诞，本质的遗失，自我的分裂，他者地狱，存在之虚无。……如今，作家的行应该像个自由人，作家的言应对自由人而发，作家的“主题只有一个——自由”，唯一的任务就是发现文字本身：恢复意义。……为此萨特号召“更新符号”。[2]

将哲学上的存在主义思考表现在文学上，就有了荒诞派文学，如贝克特的《等待戈多》，“垮掉一代”文学，如凯鲁亚克（Jack Kerouac）的《在路上》（*On the Road*，1957）和巴勒斯的《裸体午餐》。还有像艾里森的《看不见的人》（*Invisible Man*，1952）、理查德·赖特（Richard Wright）的《局外人》（*The Outsider*，1953）、塞

1 Agnes Heller and Ferenc Fehér, *The Postmodern Political Condition*, 138.

2 Malcolm Bradbury, *The Modern British Novel 1878–2001*, 264–265.

林格的《麦田里的守望者》(*The Catcher in the Rye*，1951）和梅勒的《鹿苑》(*The Deer Park*，1955）等，这些黑人和犹太作家的作品也透示出“存在主义的自我界定”。[1]“悲喜剧可被视为战后写作的主要模式”，[2]作品中的主人公往往是位“反英雄”人物，如《麦田里的守望者》中的霍尔登，《看不见的人》中的“看不见的人”，《局外人》中的克罗斯，《在路上》中的迪安。“这些主人公的标志是焦虑不安，身份没有根基。”“50年代的小说，密切相关的主题是没有根基和身陷困境”，[3]其突出的特征是内容上的愤世，主人公对所处社会的愤然不满，然而其批评却往往是在嘻嘻哈哈的冷嘲热讽中完成。

到50年代，现代主义大师不少已去世：叶芝于1939年，菲茨杰拉德于1940年，伍尔夫、乔伊斯、安德森于1941年，斯泰因于1946年。虽然海明威、福克纳和斯坦贝克（John Steinbeck）在50年代和60年代初获得诺贝尔文学奖，但“三人都流露出已过最佳时期的痕迹，难以代表战后一代美国人的精神面貌”。[4]菲德勒甚至认为“福克纳和海明威都是‘死后’得到诺贝尔文学奖的（意指他们已落伍了，其最好的作品留在了身后）”。[5]这些都说明，现代主义已终结，文学已转入一个新的时期——后现代主义时期。在海森的观察中，“理论上最早探讨由现代主义向后现代主义过渡的批评家之一是欧文·豪”，他于1959年写下《大众社

1 Malcolm Bradbury, *The Modern American Novel* (Oxford: Oxford University Press, 1984), 131.

2 Martin Halliwell, *American Culture in the 1950s* (Edinburgh: Edinburgh University Press, 2007), 60.

3 同上。

4 Malcolm Bradbury, *The Modern American Novel*, 127.

5 转引自 Martin Halliwell, *American Culture in the 1950s*, 52。

会与后现代小说》一文，post-modern这一词汇在当时的文学批评界非常新颖，但豪在这篇文章中并非赞扬后现代主义这一新生事物，相反，却“站在现代主义一边，视文学中的新发展为衰退的征兆”。[1]

相对十六七十年代来说，50年代是“平静的”。然而正是在这个“平静的50年代”，[2]我们见到了“批评家首次使用‘后现代主义’这一术语来描绘新的文学实验”。[3]但是如豪那样，他们多半不是以赞赏的态度来对待后现代主义。可是这并不说明50年代的事件不重要，相反，如马威克所言，“50年代小而意义不大的运动，在60年代却变得重大和意义非凡了；50年代触摸不到的理念，到60年代就成了有影响的实践了”。[4]正是因为他如此看待50年代，所以马威克才称60年代为50年代末（1958）至70年代初（1974）的“长久的60年代”（long decade）。[5]

二、60—70年代——大兴形式实验的鼎盛时期

在50年代，后现代主义“只是平静的文学批评池中泛起的涟漪”。[6]60年代就不那么“平静”了，有人称它为“摇晃的60年

---

1 Andreas Huyssen, “The Search for Tradition: Avant-Garde and Postmodernism in the 1970s,” *New German Critique* 22 (Winter 1981): 24.

2 Martin Halliwell, *American Culture in the 1950s*, 56.

3 Patricia Waugh, “Postmodernism,” Christa Knellwolf and Christopher Norris, eds. *The Cambridge History of Literary Criticism, Vol. 9: Twentieth-Century Historical, Philosophical and Psychological Perspectives* (Cambridge: Cambridge University Press, 2001), 293.

4 Arthur Marwick, *The Sixties: Cultural Revolution in Britain, France, Italy and the United States, c.1958–c.1974*(London: Bloomsbury Reader, 2012), 6.

5 Arthur Marwick, *The Sixties*, 6.

6 Hans Bertens, *The Idea of the Postmodern*, 11.

代”（Swinging Sixties）。[1]“摇晃”主要见于以下几个方面：

第一，到了60年代，“有很多人谈论新趋向——后现代主义”。[2]50年代末，“后现代主义”一词在米尔斯（Wright Mills）和欧文·豪手里还是个“负面标记”，表示“不那么现代”。[3]但进入60年代，情况就发生了变化，该词在菲德勒手里，则是用来“赞赏美国年轻人身上的新感觉，这些年轻人是‘历史的抛弃者’，文化的突变体，其所持的价值观是冷漠、离群索居，幻觉剂和民权是新出现的后现代文学喜好表现的东西”。[4]但“后现代主义”一词的广泛传播，要到70年代才见到，“真正的转折点是在1972年秋，在宾汉顿出版了《疆界2》，其副标题就是《后现代主义文学》”[5]。刊物的创刊人斯帕诺斯本人就是个“造反派”，反对当时的尼克松政府，因游行而被拘留过。刊物初期的撰稿者中就有哈桑。《疆界2》“本质上是文学刊物”，但“开始时偏爱萨特的存在主义，渐渐越来越倾向海德格尔的存在主义”。[6]《疆界2》对后现代主义的传播起了很大作用，伯顿斯称它为“70年代初后现代主义的积极促进者”。[7]

第二，到了60年代，各种政治运动风起云涌，“反文化”之风劲吹。首先是民权运动。民权运动实则始于50年代，其中最著

---

1 Malcolm Bradbury, *The Modern British Novel 1878–2001*, 416.

2 Malcolm Bradbury, *The Modern American Novel*, 160.

3 Perry Anderson, *The Origins of Postmodernity*, 12.

4 同上。

5 同上，15。

6 Perry Anderson, *The Origins of Postmodernity*, 16–17. 这里，我们也可以看到后现代主义文学的发生与存在主义哲学关系密切，斯帕诺斯甚至于1972年在《疆界2》上刊文称：“后现代主义想象……是种存在主义想象。”（参见 Hans Bertens, *The Idea of the Postmodern*, 46。）

7 Hans Bertens, *The Idea of the Postmodern*, 46.

名的是布朗案和罗莎·帕克斯案。二者的结果是：美国最高法院于1954年5月17日就布朗案做出判决，宣布公立学校的种族隔离违反第十四条宪法修正案；亚拉巴马州蒙哥马利市黑人为反对种族歧视开始了1955—1956年的长期抵制乘坐公共汽车运动。这些是50年代民权运动的“萌动”。[1]但是，到了1968年，民权运动领袖马丁·路德·金在孟菲斯被暗杀时，美国黑人爆发了暴风雨般的愤怒。60年代的民权运动被艾泽曼和卡津描述为“20世纪60年代的内战”:“对北方和南方的支持者来说，民权运动是‘第二次内战’，或者说‘第二次重建’。对南方的反对者来说，它是第二次‘北方人的侵略战争’。”[2]

其次受黑人运动的鼓舞，“新女权主义从民权运动中得到灵感与策略”，[3]争取妇女解放和平等权利。在动荡的60年代，“女权主义有了新的变化，成了所谓的‘妇女解放’运动”。[4]在美国，当时“领导妇女运动之主流的是弗里丹（Betty Friedan），其非常有影响的著作《女性的奥秘》（*The Feminine Mystique*，1963）开起了全国范围的女权抗议新阶段”。[5]她所谓的“女性的奥秘”，是指“妇女‘陶醉于卧室、厨房、性、婴儿和家庭’，是对妇女的一种囚禁。弗里丹认为，美国中产阶级家庭实际变成了‘舒适的集中营’，在这集中营中，妇女在愚蠢的消费和富有的陈腐中窒

---

1 George Brown Tindall and David E. Shi, *America: A Narrative History*. Vol. 2. (New York: W. W. Norton & Company, 1996), 1377.

2 Maurice Isserman and Michael Kazin, *America Divided: The Civil War of the 1960s* (New York: Oxford University Press, 2000), 3.

3 George Brown Tindall and David E. Shi, *America*, 1447.

4 Thomas C. Reeves, *Twentieth-Century America: A Brief History* (New York: Oxford University Press, 2000), 189.

5 George Brown Tindall and David E. Shi, *America*, 1447.

息而死”。[1]此书一出版就畅销，对妇女提高觉悟[2]影响很大。1966年，弗里丹等人还创立了全国妇女组织（National Organization for Women，简称“NOW”），为妇女争取平等权利起到了积极的作用，比如1964年修正民权法时考虑了性别问题。60年代的“性革命”，虽然不是女权主义的产物，但与妇女解放运动还是有些联系的。“从很大程度上说，它是一次造反，根植于如下一个信念，即性欲应当被视作完全正常的生活部分来赞美。”[3]而60年代的同性恋运动，则是“60年代和极端平等主义的产物”。[4]

再次，学生运动席卷世界各地。“垮掉的一代帮助种下的种子在60年代和60年代之后生长茂盛，尤其是在十几、二十岁的白人青年当中。”[5]早在1960—1961年就有白人学生参加黑人的静坐运动。到1968年时，生育高峰期出生的孩子，此时进入成熟期，成了成年人、大学生。与其前辈不同的是，他们未经历经济大萧条和世界大战。他们成长于繁荣的消费文化和电视的统一效果之中。再者，他们视冷战主要为口水之战，手势之战，他们看不到直接结果。由于大学“越来越官僚化和等级森严，所以大学是在不知

1 George Brown Tindall and David E. Shi, *America*, 1448.

2 “提高觉悟”（consciousness-raising，简称“CR”），类似于中国的“忆苦思甜”，十来个女人聚在一起，诉说自己在社会上和家庭里的遭遇（比如工作上遭受的歧视，家中承受过的暴力等），然后对众人的诉说进行归纳，从中看到某种“反映压迫结构的模式”。因此，“提高一个人的觉悟就是让她意识到自己所受的压抑（即所谓的顺从）”。其实，“提高觉悟”很像心理分析疗法，不可忍受之物因被压抑而给排斥在意识之外，处在潜意识里，故而不被意识，要经与心理医生述说，才渐然被意识。实际上，英文consciousness-raising亦可译为“提高意识”，从心理分析疗法的角度看，我们甚至可作这样的理解，即所谓“提高意识”就是从潜意识状态上升到意识状态，从未意识上升至意识。这么一来，“提高觉悟”就是种“政治实践了，因为它揭示了性别关系是种集体行为，既非纯粹个人的，也非完全取决于社会关系”。参见Maggie Humm, *The Dictionary of Feminist Theory* (Columbus: Ohio State University Press, 1990), 35–36。

3 Maurice Isserman and Michael Kazin, *America Divided*, 150.

4 Alan Sinfield, *Literature, Politics and Culture in Postwar Britain* (London: Continuum, 2004), 89.

5 Maurice Isserman and Michael Kazin, *America Divided*, 150.

不觉中邀请不愿卷入艾森豪威尔说的‘军事工业复合体’的大学生来造反”。1958年时，加利福尼亚大学伯克利分校的校长克尔（Clark Kerr）发现大学校园的问题是三大行政问题：“学生的性问题，校友的体育运动问题，教师的停车场问题。”但是到了1964年，在他宣布不许游行示威时，偏偏有几个学生静坐，而且很快就增加到2 000人，在“僵持了32小时之后，学校当局只好服软。此后学生便组织了‘言论自由运动’”。[1]此运动很快就波及全国各校。1968年校园骚乱在哥伦比亚大学达到高潮，发展到占据校长办公室和教室，还绑架学院院长，停课，学校最后叫来了警察，警察伤了很多旁观者，结果激起了大罢工，在余下的学期时间关闭了大学。英国的学生运动虽然看似没有美国的那么激荡、高昂，但1960年甲壳虫乐队的成立，1963年滚石乐团的成立，1960年D. H.劳伦斯《查泰莱夫人的情人》（*Lady Chatterley's Lover*，1928）的解禁，1967 年和1969年分别通过的堕胎法案和离婚改革法，以及1971年《奥兹》杂志的官司事件，[2]使得对性的态度更为开放。在60年代，法国学生也掀起了反对当时大学环境和教育性质的运动，其中最著名的当属1968年的“五月风暴”。

还有反越战运动。实际上，反越战运动对学生运动起到了推

---

1 George Brown Tindall and David E. Shi, *America*, 1438–1440.

2《奥兹》（*Oz*）杂志被认为是“迷幻嬉皮士”（“psychedelic hippy”）杂志，1963年创立于澳大利亚的悉尼，因淫秽而吃了两次官司，第一次是1964年在澳大利亚，第二次是1971年在英国，即这里说的《奥兹》官司。1970年，《奥兹》受到不关注青年的批评，作为回应，《奥兹》发出邀请，请“在校儿童”（“school kids”）来编辑一期即第28期《奥兹》，曰“在校儿童奥兹”（“Schoolkids Oz”），封面有数位裸女在舞蹈，加之内容“淫秽”，次年被指控淫秽、破坏公共道德而吃了官司，于是引来了游行示威，甲壳虫乐队的约翰·列侬（John Lennon）也参加了，并组织录制了歌曲《上帝拯救我们》。列侬曾解释说此歌原名为《上帝拯救奥兹》，后改为《上帝拯救我们》。此事件实是整个“反文化”的插曲之一。

波助澜的作用。曾经受到美国总统肯尼迪激励“为美国做点什么”的学生，如今认识到越战是一场“悲剧”。1963年肯尼迪被暗杀时，美国在南越的军事“顾问”只有1.6万人。1964年约翰逊竞选总统时还说反对在越南使用军队，但到1965年底，美国派往南越的军队就增加到18.4万，1966年达到38.5万，1969年为54.2万，至1973年3月，美国在越南的阵亡者为5.8万，伤30万，耗费了1 500亿美元。[1]美国在越南战争的这种逐步升级，“很快就改变了学生的议事日程”。他们除了上街游行抗议越战外，还千方百计逃避越战。约有20万人干脆拒绝被征兵，其中约4 000人还因此而被判入狱。有几千人逃离到加拿大或瑞典，“最常用的逃避征兵的办法是有意不通过体检。很多人吃得胖胖的超过体重要求，有的大量喝咖啡超过血压要求，还有的假装是瘾君子或酒鬼，少数假装同性恋”。难怪有位大学校长悲叹：“昨天的象牙塔成了今天的狐狸洞。”1967年春，50万越战抗议者聚集在曼哈顿的中央公园，高喊：“嗨，嗨，约翰逊，你今天杀了多少个孩子？”有些人还当场烧了征兵卡。[2]反越战的声音如此之大，以至约翰逊1968年宣布不再竞选连任总统。的确，如里夫斯所言，反越战给学生的造反“增添了燃料，将它变成了一种改变美国文化的力量”。[3]詹明信干脆称越南战争为“第一场可怕的后现代主义战争”。[4]

罗斯扎克用“反文化”一词来描绘20世纪60年代年轻人的造

1 George Brown Tindall and David E. Shi, *America*, 1425.

2 同上，1441—1442。

3 Thomas C. Reeves, *Twentieth-Century America*, 186.

4 Fredric Jameson, *Postmodernism, or, the Cultural Logic of Late Capitalism* (Durham: Duke University Press, 1991), 44.

反行为，他说："的确，称我们看到年轻人当中出现的东西为'反文化'似乎并不夸张。这意思是说，它是一种如此激进地脱离我们社会主流意识的文化，以至于对很多人来说，它看上去根本就不像是种文化，倒是像种表面令人震惊的野蛮入侵。"[1]他之所以称是"野蛮入侵"，是因为他觉得这让人"脑子里出现了半人半马的怪物形象"。这些"半人半马的怪物"首先是那些"嬉皮士"，他们是"垮掉的一代"的后裔，"对于他们来说，长头发、牛仔裤、扎染衬衫、拖鞋、让人想入非非的吸毒、摇滚乐以及群居，比革命思想还重要"，而"对有组织的政治活动不感兴趣或感到失望"。[2]最大的户外摇滚乐集会是在1969年8月，约50万年轻人汇集于600英亩的农场，连续三天"陶醉于音乐、廉价大麻和自由爱"。有记者报道说，"人人赤身露体在湖里游泳"，美国从未"见到过如此没有压抑的社会"。[3]

伴随这种"摇晃"的，是文学上前所未有的实验性。60年代，作家和批评家惊呼"小说家走到了十字路口"，文学已经"枯竭"，需要"补充"。此时，那些"将被称为第一代'后现代派'的作家明确地质疑叙事传统，尤其是那些创作连贯与封闭的叙事传统"。[4]他们从现代主义文学那里继承着碎片化、非线性叙述、语言的漂浮不定、异样排版、拼贴画、滑稽模仿等实验技法，但在运用这些技法时，程度上更趋极端和张狂，用心上更趋凸显不确定原

1 Theodore Roszak, *The Making of a Counter Culture: Reflections on the Technocratic Society and Its Youthful Opposition* (New York: Doubleday & Company, Inc., 1969), 42.

2 George Brown Tindall and David E. Shi, *America*, 1445.

3 同上，1446。

4 Paula Geyh, Fred G. Leebron, and Andrew Levy, eds. *Postmodern American Fiction: A Norton Anthology* (New York: W.W. Norton & Company, 1998), xii.

则，如库弗（Robert Coover）运用叉式情节和碎片布局的《保姆》（*The Babysitter*，1969），福尔斯赋予了数个结尾的《法国中尉的女人》（1969），加斯玩弄排版花样的《威利·马斯特寂寞的妻子》（*Willie Masters' Lonesome Wife*，1968）；或凸显文学创作的虚构性（这一点充分表现在元小说的创作里），如巴思的《迷失在开心馆》（*Lost in the Funhouse*，1968）和霍克斯的《第二层皮》（*Second Skin*，1964）；或凸显读者的作用，卡尔维诺的《如果在冬夜，一个旅人》（*Se una notte d'inverno un viaggiatore*，1979）和约翰逊（B. S. Johnson）的活页小说《不幸的人们》（*The Unfortunates*，1969）。

与“摇晃的”60年代相对照，70年代被布拉德伯里描写为“干瘪的”年代，“更无特色的”年代，“枯燥无味中度过的”年代。[1]也有人将70年代描写为“非年代”（undecade），只不过是“60年代之后的年代”（the aftermath of sixties），“一个很容易忘记的年代”，“‘穿糟糕的衣服，留糟糕的头发，听糟糕的、不会有人认真听的音乐’的年代”。[2]在70年代，后现代主义文学发生了些许变化：一方面，我们看到实验依然存在；但另一方面，实验内容却有了些许变化，借用和混用通俗文类似乎多了起来，且实验性上似乎也不像60年代那么“摇晃”而是显得有些“干瘪”。用汤普森的话来说，“后现代主义在70年代末已经没有大气势了”。[3]这当中的原因之一，是发生于60年代的“平装本革命”（paperback revolution）把平装本做

1 Malcolm Bradbury, *The Modern British Novel 1878–2001*, 416.

2 Will Kaufman, *American Culture in the 1970s* (Edinburgh: Edinburgh University Press, 2009), 4.

3 Graham Thompson, *American Culture in the 1980s* (Edinburgh: Edinburgh University Press, 2007), 49.

成了一种时尚，使先前明确的小说分类，如经典的与惊险的，不再分得清清楚楚，而是“常常并肩而坐或说并架而居”。[1]“从70年代开始，旧的明显的文类特征开始不清晰，畅销小说往往是杂交文类。这些杂交文类，比如走红小说（blockbuster），‘性与购物’小说（‘sex-and-shopping’ novel）或者‘生活方式’小说（‘lifestyle’ novel），反映了当时的文化形成。”[2]在萨瑟兰（John Sutherland）眼里，“70年代是‘畅销大机器出现’的年代”。[3]

三、80—90年代——更见倾向通俗的颓势时期

1979年撒切尔当选英国首相，次年里根入主白宫，整个80年代，“两个政府奉行新的、顽固的保守政策”，[4]不仅是经济上的，而且也是文化上的。文化上的“保守”表现在精英文化与通俗文化的关系发生的变化：受到现代主义文学极度推崇的精英文化不再那么受推崇了，“因为文化技术已发生了变化”。[5]此时，作家“将形式创新与语境、格调、读者的转换结合起来，创作那种有时看似陈旧读起来却新鲜的小说”，[6]其目的是打破精英与通俗的界限，而打破的目的又是为了求得更多的读者，这一点尤其在年轻一代（或说第二代）后现代主义作家身上更为明显。他们或借

---

1 Randall Stevenson, *The Last of England? Vol. 12 1960–2000*, 北京：外语教学与研究出版社，2007年，第503页。

2 Scott McCracken, “The Half-Lives of Literary Fictions: Genre Fictions in the Late Twentieth Century,” Laura Marcus and Peter Nicholls, eds. *The Cambridge History of Twentieth-Century English Literature* (Cambridge: Cambridge University Press, 2004), 632.

3 同上，619。

4 Malcolm Bradbury, *The Modern British Novel 1878–2001*, 441.

5 Paula Geyh, Fred G. Leebron, and Andrew Levy, eds. *Postmodern American Fiction*, xviii.

6 同上，xix。

用通俗文类，或混淆文学文类，或改写经典作品，其用心就是吸引更多的读者，努力将作品做成畅销书（实际上这类后现代主义小说多半都成了畅销书）。后现代主义文学经常借用的通俗文类有侦探小说，如艾柯的《玫瑰之名》（*Il nome della rosa*，1980）和奥斯特（Paul Auster）的《纽约三部曲》（*The New York Trilogy*，1987）；有科幻小说，如吉布森（William Gibson）的《神经漫游者》（*Neuromancer*，1984）和马丁·艾米斯（Martin Amis）的《伦敦场地》（*London Fields*，1989）；有色情小说，如卡特（Angela Carter）的《新夏娃的激情》（*The Passion of New Eve*，1977）和霍克斯的《弗吉妮：她的两生》（*Virginie: Her Two Lives*，1982）；有西部小说，如麦瓜恩（Thomas McGuane）的《不是谁的天使》（*Nobody's Angel*，1981）和巴勒斯的《死路之处》（*The Place of Dead Roads*，1983）；有历史小说，如鲁西迪的《午夜之子》和德里罗（Don DeLillo）的《天秤星座》（*Libra*，1988）；有经典作品改写，如阿特伍德（Margaret Atwood）的短篇小说集《蓝胡子的蛋》（*Bluebeard's Egg*，1983）和阿克（Kathy Acker）的《远大前程》（*Great Expectations*，1983）；等等。后现代主义文学对通俗文类的借用、混用、改写如此之普遍，以至有评论家讨论是否存有后现代主义文类。[1]就80年代大肆借用或混用通俗文类，格雷贝斯曾评论道："80年代已很明显：借用大众文化的文类和意象和以概念艺术理论为主导，赋予了后现代主义文学和艺术某种新颖，但同时这种借用又不再新奇了，以至于批评家甚而开始谈论后现

1 参阅Ralph Cohen, "Do Postmodern Genres Exist?", *Genre* 20.3–4 (Fall-Winter 1987): 241–258。

代主义终结了。”[1]

应该说借用、混用或改写的倾向在鼎盛期（甚至过渡期）就有，如多克托罗1960年借用西部小说的《欢迎到哈德泰姆斯来》（*Welcome to Hard Times*），品钦1966年借用侦探小说的《拍卖第四十九批》，巴塞尔姆（Donald Barthelme）1967年改写的童话《白雪公主》（*Snow White*），埃丽卡·容（Erica Jong）1973年借用色情小说的《怕飞》（*Fear of Flying*），但是80年代以后，尤其是在新一代后现代主义作家身上这一倾向更为明显。

所谓新一代后现代主义作家是就第一代后现代主义作家而言的。然而就第一、二代后现代主义作家的称谓，西方评论家措辞有异。但从下面的批评家的讨论中，我们大致可以看到，第一代后现代主义作家通常是指60年代发表作品的后现代主义作家，第二代后现代主义作家是指80年代发表作品的后现代主义作家。

2007年，汤普森在他的《20世纪80年代的美国文化》一书中提到“新一代后现代主义作家”（the New Postmodernists），指的是创作生涯“始于70年代”或“在80年代呈顶峰期”的作家，[2]其中包括德里罗、莫里森（Toni Morrison）、麦卡锡（Cormac McCarthy）、阿克、马梅（David Mamet）、安扎尔杜亚（Gloria Anzaldúa）、威尔逊（August Wilson）、吉布森、梅森（Bobbie Ann Mason）、卡佛（Raymond Carver）、西利曼（Ron Silliman）和赫吉尼恩（Lyn Hejinian）。汤普森强调说，“将这些作家放在‘新后

1 Herbert Grabes, *Making Strange: Beauty, Sublimity, and the (Post) Modern "Third Aesthetic"* (Amsterdam: Rodopi, 2008), 102.

2 Graham Thompson, *American Culture in the 1980s*, 38.

现代主义’的标题之下并不是提议这是场新的运动，而是提示后现代主义写作的主导模式自70年代末以来发生了变化”。[1]除了汤普森外，还有布拉德福德也提到“新一代后现代主义作家”。他在《今日小说：当代英国小说》一书中用了一章的篇幅（第四章）来讨论这些作家，如马丁·艾米斯、米切尔（David Mitchell）和史密斯（Ali Smith）。布拉德福德认为，新一代后现代主义作家“已经与多数人视为不齿的文化结构串通一气；他们的激进主义趋于迎合市场的需求”。[2]

其实2005年格林在他的《晚期后现代主义：新世纪的美国文学》一书中明确提到了“第一代后现代主义作家”（the first generation of postmodernists），其代表有品钦、加迪斯（William Gaddis）、加斯、巴思和库弗。[3]他没有明确提到“第二代后现代主义作家”，只提到90年代德里罗的作品“在两代后现代主义小说之间架起了一座桥梁”，同时也提到“晚期后现代主义作家”，其中包括鲍尔斯（Richard Powers）、华莱士（David Foster Wallace）、斯科特（Joanna Scott）、安特里姆（Donald Antrim）、达拉（Evan Dara）、斯蒂芬·赖特（Stephen Wright）、肖尔茨（Carter Scholz）和格罗斯曼（Richard Grossman）。[4]从格林的这些措辞中，我们可以看出德里罗和那些晚期后现代主义作家实际就是第二代后现代主义作家了。这一点也可以在雷宾（Robert Rebein）和霍布里

1 Graham Thompson, *American Culture in the 1980s*, 39.

2 Richard Bradford, *The Novel Now: Contemporary British Fiction* (Oxford: Wiley-Blackwell, 2007), 48.

3 Jeremy Green, *Late Postmodernism: American Fiction at the Millennium* (New York: Palgrave Macmillan, 2005), 3.

4 Graham Thompson, *American Culture in the 1980s*, 4.

克（Andrew Hoberek）那里得到印证：他们都明确地提到“第二代后现代主义作家”，前者将德里罗、弗兰岑、沃尔曼（William Vollmann）视为其代表，[1]后者所列的代表有莫里森和德里罗。[2]

既明确提到“第一代后现代主义作家”又明确提到“第二代后现代主义作家”的，是葆拉·盖赫（Paula Geyh）、利布伦（Fred G. Leebron）和利维（Andrew Levy）。他们在《美国后现代主义小说：诺顿选集》的“前言”中，先明确提到“被称为第一代‘后现代派’的作家”，[3]后明确提到“第二代后现代主义作家”，且对二者略作了些区别：前者指20世纪60年代“明确地质疑叙事传统，尤其是那些创作连贯与封闭的叙事传统”的后现代主义作家；后者指“最近一代后现代作家”，对于他们来说，“后现代主义不突出形式困难，而是将形式创新与语境、格调、读者的转换结合起来，创作那种有时看似陈旧读起来却新鲜的小说”。[4]英国的第二代后现代主义作家马丁·艾米斯曾有“后现代狡猾”（postmodern trickiness）一说，以此来区别于第一代后现代主义作家。布拉德伯里解释说，“后现代狡猾”是马丁·艾米斯“认为他这一代人的作品有别于他父亲一代的作品之质”，“实际就是当今风行于严肃作品的年轻作家中的普遍习俗”，“艾米斯这里所说的，是指风格、文类、文化层次和等级的混合与合并”。[5]

1 Robert Rebein, “Turncoat: Why Jonathan Franzen Finally Said ‘No’ to Po-Mo,” Neil Brooks and Josh Toth, eds. *The Mourning After: Attending the Wake of Postmodernism* (Amsterdam: Rodopi, 2007), 220.

2 Andrew Hoberek, “Introduction: After Postmodernism,” *Twentieth-Century Literature* 53.3 (Fall 2007): 243.

3 Paula Geyh, Fred G. Leebron, and Andrew Levy, eds. *Postmodern American Fiction*, xii.

4 同上, xviii, xix。

5 Malcolm Bradbury, *The Modern British Novel 1878–2001*, 454–455.

从这些批评家和作家对第一、二代后现代主义作家的讨论来看，我们可以知道第一代显然就是老一代的后现代主义作家，他们对元小说这一类形式实验异常热心，追求的是“篇篇怪”；相比之下，第二代后现代主义作家似乎更热心于“什么都行”，而体现这“什么都行”的则是通俗文类的借用和混用。这一点在洛奇（David Lodge）1992年写的文章《今天的小说家：还处在十字路口吗?》（“The Novelist Today: Still at the Crossroads?”）中看得出来。该文的标题使我们想起洛奇1967年写的《处在十字路口的小说家》（“The Novelist at the Crossroads”）。标题中的问号显然是质疑20世纪末英国小说家是否依然还处在十字路口，而答案是否。洛奇认为，20世纪90年代小说呈现“美学的多元”，这一点如今成了“被广泛接受的文学生活事实”。[1]洛奇注意到，“20世纪80年代，文学小说（literary novel）[2]需要商业成功（commercial significance）已成常见的事”，“80年代之前，布克奖作品与销售毫无牵连，如今却突然有了获得畅销的力量”，“小说家正发现自己……难以以卖文为生”，“文学小说的成功销售依赖于作家、出版商和媒体的通力合作”。[3]洛奇的这种从“美学方面”和“机构方面”对英国文学的观照，反映的正是八九十年代英国文学的现状，也说明了英国文学在八九十年代“越来越兼收并蓄”。

在80年代，老一代后现代主义作家多处休闲之势，以蓄势待发于90年代，比如品钦，他在80年代根本无小说发表。然而与

---

1 David Lodge, “The Novelist Today: Still at the Crossroads?”, *The Practice of Writing* (Auckland: Penguin Books, 1997), 11.

2 指相对于通俗小说的严肃小说。——引者注

3 David Lodge, “The Novelist Today,” *The Practice of Writing*, 12–13.

此同时，新一代后现代主义作家的声音大了起来，如德里罗、莫里森、阿克和吉布森。[1]到了80年代，“后现代主义写作在美国文坛绝然不是什么新鲜玩意了”，[2]出现了我们可以称作“变形的回归”，比如80年代的美国文坛就出现了所谓的“肮脏现实主义”。此术语初见于1983年《格兰塔》（*Granta*）复刊[3]后第八期，名为《肮脏现实主义：美国新写作》（*Dirty Realism: New Writing from America*）。主编比福德（Bill Buford）在其“导论”中指出，“肮脏现实主义”“不同于英国现在的写作”，“也很不同于通常理解的美国小说”，它“没有贝娄、梅勒传统中的英雄，也没有巴思、加迪斯和品钦这样的后现代主义作家的游戏风格”。在比福德看来，肮脏现实主义“专注于地方色彩和细微差别，语言平稳，举止平缓，故事朴素，不装饰，讲的是平常悲剧”。[4]“肮脏现实主义”的代表人物有卡佛、菲利普斯（Jayne Anne Phillips）、梅森、福特（Richard Ford）和托拜厄斯·沃尔夫（Tobias Wolff）。这些作家“在很多方面是文学极简主义者，他们反对过度的和支离破碎的后现代主义叙事，但却吸取美国讲故事的传统，综合了不同风格的作家，比如从海明威、斯坦贝克、奥康纳（Flannery O'Connor）到硬派侦探小说家”。[5]依据利波德的看法，雷宾早在2001年就写下《后现代主义之后的美国小说》（“American Fiction

1 Graham Thompson, *American Culture in the 1980s*, 38.

2 同上，39。

3 《格兰塔》这一刊物19世纪80年代创立于剑桥大学，1979年复刊，第一期便曰《美国新写作》（*New American Writing*），但除了讨论保罗·奥斯特的《红色笔记本》（*The Red Notebook*）外，实际是回看霍克斯、加斯、巴塞尔姆和苏肯尼克这些老一代后现代主义作家的作品，他们实际与20世纪80年代无甚关联了。

4 Graham Thompson, *American Culture in the 1980s*, 48.

5 同上，49。

after Postmodernism"）一文，"认为自90年代初以来，文学市场上实际见不到实验后现代主义，其根源主要是认识论的重新定向：就'70年代后结构派提出的语言与模仿说的问题'，80年代以来的当代作家，较之其后现代主义前辈，做出反应的方法更沉着、成熟；他们已决定'接受现实主义的模仿局限，……显然是脱离实验后现代主义，从而走向汤姆·沃尔夫（Tom Wolfe）所坚持的更大、更好的现实主义'"。[1]利波德说，雷宾"再三坚持认为，当代现实主义作家'不是简单地回到'先前幼稚的现实主义，而是'吸纳后现代主义最永久的贡献，继而创造出一种新的现实主义'，这种新现实主义既'描述'（reportorial）又'反思'（self-conscious）语言与模仿局限"。[2]

在90年代，文学出版状况发生了变化，即在书籍与视频的激烈竞争中，视频——电视、电影和计算机——越来越占据主导地位，而书籍被迫退至边缘。这就是弗兰岑所说的"平衡的最终倾斜"，[3]而倾斜的结果是，"许多小说家担心严肃小说读者群会下滑"。与此相随的，是"有些新科技在90年代得到开发和应用，如因特网，手提电脑，电子书，超文本小说，似乎在预示一个没有书籍的未来"。[4]格林在他的《晚期后现代主义：新世纪的美国文学》中，将20世纪90年代和21世纪的后现代主义称作"晚期后现代主义"，并解释说，"也许，形容词'晚期'（late）必定有

---

1 Günter Leypoldt, "Recent Realist Fiction and the Idea of Writing 'After Postmodernism'," *Amerikastudien* 49.1 (Winter 2004): 21–22.

2 同上，22。

3 转引自Jeremy Green, *Late Postmodernism*, 5。

4 同上。

颓废、衰败之义”，但同时却“抵制或至少修正第一代后现代主义者大胆宣布的东西”。[1]

第四节　后现代主义文学的形态：由实验性走向通俗性

实际上，从前面对后现代主义文学的时期划分中，从其诞生、发展和衰退的历史进程中，我们已然看到，后现代主义文学在历史进程中所表现出的形态是由实验性走向通俗性。

后现代主义文学诞生时，是传统文学处于“枯竭”之时，处于“十字路口”之际。依照巴思的看法，先前的文学，传统的，包括现代主义的，都已写尽，文学技巧都已“用尽”，[2]如此则需要开辟新途径，而开辟的结果则是后现代主义文学的诞生。于是，常与“小说之死”联系在一起的元小说，与后现代主义相关[3]的实验性小说，几乎是一拥而上，做成了后现代主义小说的代名词。在元小说“爆炸期”的60年代，[4]我们在英美就看到：霍克斯的《酸橙树枝》（*The Lime Twig*，1961）；纳博科夫的《微暗的火》（*Pale Fire*，1962）和《阿达》（*Ada*，1969）；约翰逊的《旅行人》（*Travelling People*，1963）和《艾伯特·安杰洛》（*Albert Angelo*，1964）；品钦的《V.》（1963）和《拍卖第四十九批》；布

1 转引自Jeremy Green, *Late Postmodernism*, 13。

2 John Barth, “The Literature of Exhaustion,” *The Friday Book: Essays and Other Non-Fiction* (London: Johns Hopkins University Press, 1984), 64.

3 Laura María Lojo Rodríguez, “Parody and Metafiction: Virginia Woolf’s ‘An Unwritten Novel’,” *Links & Letters* 8 (2001): 71.

4 Larry McCaffery, *The Metafictional Muse: The Works of Robert Coover, Donald Barthelme, and William H. Gass* (Pittsburgh: University of Pittsburgh Press, 1982), 23.

劳提根（Richard Brautigan）的《来自大瑟尔的南部联邦将军》（*A Confederate General from Big Sur*，1964）和《在美国钓鳟鱼》（*Trout Fishing in America*，1967）；库弗的《布鲁诺教派之由来》（*The Origin of the Brunists*，1965）和《符号与旋律》（*Pricksongs and Descants*，1969）；巴塞尔姆的《白雪公主》；巴思的《迷失在开心馆》；加斯的《威利·马斯特寂寞的妻子》和《在中部地区的深处》（*In the Heart of the Heart of the Country*，1968）；苏克尼克的《向上》（*UP*，1968）和《小说之死短篇故事集》（*The Death of the Novel and Other Stories*，1969）；福尔斯的《法国中尉的女人》；冯内古特（Kurt Vonnegut）的《五号屠场》（*Slaughterhouse-Five*，1969）。

可以说，元小说是实验性最强的小说之一。作家在创作元小说时，几乎把一切实验手段都用上了，而且往往用到极致。比如加斯的《威利·马斯特寂寞的妻子》。此小说分成四部分，每部分标以不同的颜色和厚度不一的纸张。前8页为第一部分，蓝色，纸薄，机织少；接下来的12页为第二部分，橄榄色，纸厚，机织丰满，排版和文字书写变化最大；再接下来8页为第三部分，红色，纸之机织与前8页相同；最后是第四部分，白色，纸厚而高度光滑。此外还有不同的排版方式，不同的字体（如黑体、斜体和罗马体），照片，页边注释，拼贴画，等等。依据麦卡弗里的看法，[1]蓝色（第一）部分暗示性交的缓慢开始，芭布丝游戏式的思想和回忆漫不经心；橄榄色（第二）部分，排版和文字书写变化

1 关于麦卡弗里对加斯的《威利·马斯特寂寞的妻子》的精细解读，请参阅Larry McCaffery, “The Art of Metafiction,” *Critique* 18.1 (1976): 21–35。

最大，对应于芭布丝性兴奋的上升阶段，她的思想极度散乱；红色（第三）部分暗示性交高潮，芭布丝的语言思想也呈直接、剧烈智力高潮；白色（第四）部分对应于芭布丝性交后空虚、孤独的感觉。此外，不同的排版方式、字体、照片、页边注释等，迫使读者上下前后来回阅读，而不是由上而下、由前而后地作线性阅读，这也就迫使读者积极参与小说创作。

然而到了70年代末，“畅销大机器出现”，后现代主义小说的那种疯狂实验已呈颓废之势，到了八九十年代，通俗之势大涨，如前所述老一代后现代主义作家处休闲之势，作蓄势待发状，品钦70年代下半叶和80年代根本没有发表小说，直到1990年才出版《葡萄园》。然而《葡萄园》全然不像先前的《拍卖第四十九批》（1966），更不像《万有引力之虹》（1973），而是如麦克黑尔所说的，是标志后现代主义“旧王已死新王尚未即位”的小说。[1]与此同时，新一代后现代主义作家的声音大了起来，如华莱士认为小说不可以只说“元小说的”，还得涉及书页之外的世界，而“这可能是一种开始谈论早期的、五六十年代的后现代主义作家与他们的新一代后来者何处不同的方式”。[2]在他眼里，元小说到70年代中期，它“一切有用的东西都枯竭了”，到80年代，“它成了个该死的陷阱”。元小说“试图揭示”所谓的现实主义小说的“幻想”（illusions），而他写了中篇小说《帝国西进》（*Westward the Course of Empire Takes Its Way*，1989），“试图揭示元小说的幻

1 Brian McHale, “Break, Period, Interregnum,” *Twentieth-Century Literature* 57.3–4 (Fall/Winter 2011): 333, 338–339.

2 参见Larry McCaffery, “An Interview with David Foster Wallace,” *The Review of Contemporary Fiction* 13.2 (Summer 1993): 129。

想”。[1]又如弗兰岑在《困难先生》（2002）一文中表示，要“公开放弃他曾经羡慕的后现代主义小说，拥抱更为常见的和更容易读懂的小说”，因为他认为加迪斯的小说“多数枯燥无味、荒谬可笑和自视清高，同时还抨击巴思、品钦和库弗等人”。[2]再如尤金尼德斯（Jeffrey Eugenides），他根本就不认为自己是个后现代主义作家，尽管他自己也在自己的作品里看到一些后现代主义的东西。[3]在一次采访中，当谈到自己获得普利策奖的畅销小说《中性》（*Middlesex*，2002）结合了传统小说叙述和自我意识叙述传统时，他说：

> 我不想老是挫败读者，把他们带到死路，带到文学的死路或类似的什么，对此我不感兴趣。我想我的书有点儿经典模样，形式有趣、优雅，但不陈腐。但在这种形态中，我还可以玩很多后现代主义游戏，却停止给人以相对主义的感觉，……我已经厌恶相对主义。[4]

这种厌恶，在雷姆斯基（Matthew Remski）的1998年的小说《银子》（*Silver*）里看得更清晰：这部小说竟然“戏仿品钦的《V.》和《万有引力之虹》”，为此，麦克劳林说，“这是一个用意更

---

1 参见Larry McCaffery, “An Interview with David Foster Wallace,” *The Review of Contemporary Fiction* 13.2 (Summer 1993): 142。

2 Rober L. McLaughlin, “Post-postmodernism,” Joe Bray, Alison Gibbons, and Brian McHale, eds. *The Routledge Companion to Experimental Literature* (London: Routledge, 2012), 213, 216.

3 参见Samuel Cohen, “The Novel in a Time of Terror: *Middlesex*, History, and Contemporary American Fiction,” *Twentieth-Century Literature* 53.3 (Fall 2007): 386。

4 转引自Samuel Cohen, “The Novel in a Time of Terror,” *Twentieth-Century Literature* 53.3 (Fall 2007): 386。

深、更佳的弑［后现代主义文学之］父之例”。[1]这些新一代的后现代主义作家真可谓“反造反者”，[2]的的确确应了本雅明（Walter Benjamin）的一句话："每一个时代，都须企图从墨守成规那里拿走传统，以求超越传统。”[3]

后现代主义文学由实验性走向通俗性的这种形态变化的原因有种种。

首先是社会上，进入80年代，则进入相当的保守时期。1979年撒切尔夫人入主唐宁街10号，1980年里根入主白宫，二者推行保守政治。这种保守态势必定影响到文学创作。学生运动已偃旗息鼓，民权运动不再如火如荼，越战结束也就无所谓反越战，反文化好像再难见到其火花，更不要说先前的那种燎原之势。这些好像都熄灭了实验的狂热。正如麦克劳林所指出的，“随着钟摆摆向政治保守主义，美国文化也反对后现代主义小说”。[4]

其次经济上，相对于五六十年代的蓬勃发展，从70年代开始，尤其是石油危机之后，至八九十年代，乃至新世纪，见到的是经济衰退，为之努力的是经济复兴。经济上与文学直接相关的，当然是出版业。这期间的出版商“不断拒绝抽象、碎片化、非线性的艺术”；[5]他们“极不愿意冒险，不愿意鼓励新作家提出陌生

---

1 Rober L. McLaughlin, “Post-postmodernism,” Joe Bray, Alison Gibbons, and Brian McHale, eds. *The Routledge Companion to Experimental Literature*, 217.

2 同上。

3 转引自 Andreas Huyssen, “The Search for Tradition,” *New German Critique* 22 (Winter 1981): 23。

4 这里说的“后现代主义小说”主要是指第一代后现代主义作家的作品，因为麦克劳林接下来说的这些小说的实践者是品钦、库弗、阿克、里德（Ishmael Reed）、加迪斯和巴思。参见 Rober L. McLaughlin, “Post-postmodernism,” *The Routledge Companion to Experimental Literature*, 212。

5 John M. Unsworth, “The Book Marketplace II,” Emory Elliott, et al. eds. *The Columbia History of the American Novel*, 北京：外语教学与研究出版社，2005年，第695页。

风格”，[1]眼睛盯着的是利润。以小说为例，能给出版商带来利润的当然是畅销小说，而畅销书必须有大众读者，也就是要有通俗因子。阳春白雪，和者必寡。因此，要让后现代主义小说糅进通俗性，就不得不借助通俗文类。对此，出版商倾力关注，连作品之文类标示也不放过：据说《女勇士》（*The Woman Warrior*，1976）出版之际，出版商建议标之以“自传”因而畅销。当然，任何作家都不想做个纯粹的通俗作家，他或她还想吸引学者或批评家的眼球，但又不得不考虑自己的生计，因此需要二者兼顾，弄出个“双重编码”作品，如意大利的艾柯，倘若他使用起初设想的书名《修道院的谋杀》，而不是现在的《玫瑰之名》，恐怕他就不是大师级作家了。

再者，元小说之类的实验做了二三十年后，所谓的“新”也就变成了旧，那些实验都被大家所熟悉，也成了“经典”，再玩已不见“怪”。实验性的文学想象，“60年代盛开如鲜花，70年代开始凋零，此后，随着撒切尔夫人的钱包咔嚓一声关上，也就关闭了”，[2]而“自90年代以来，文学市场上实际见不到实验后现代主义”。先前的小说可以专注于小说技巧之实验，“两耳不闻窗外事”，然而“9·11”一声爆炸，似乎将作家炸醒了。有批评家认为，“9·11”恐怖袭击“炸掉了美国文化氛围的偶然性、相对性和境遇主义（situationalism），但却复活了西方与东方、基督教与伊斯兰教、善与恶的‘宏大叙事’”。[3]于是新一代后现代主义作家

1 Randall Stevenson, *The Last of England?*, 32.

2 同上，35。

3 Robert L. McLaughlin, “After the Revolution: US Postmodernism in the Twenty-First Century,” *Narrative* 21.3 (October 2013): 285–286.

（比如弗兰岑）“要放弃后现代主义小说的实验性”，“呼吁回到社会小说那里去”。[1]“自70年代末以来，艺术和文学至少部分地不再以如此极端的形式表现它们的陌生，形式上不再像20年前那样，那时他们想到的是现代主义初期的先锋派。……文学上明显回归现实主义传统（比如美国的‘肮脏现实主义’）。”[2]甚至连曾经宣称“历史终结”和“超现实性”（hyperreality）的鲍德里亚，也认为“9·11”事件的象征意义，是标志“历史复活”和“真实再现”之可能。[3]

此外，读者的阅读趣味也发生着变化。读者阅读趣味的改变，首先与“平装本革命”有关。这场“革命”至少带来了两大变化：(1) 经典作品与通俗作品“平起平坐”[4]；(2)（像企鹅这样的出版社）“成功地使阅读习惯扩大和多样化”。[5]由于“精英”与“通俗”、“文化”与“商业”越来越难以区分，甚至不作区分，通常意义上，读者就是文化的消费者，在这种情形下，读者的趣味和阅读形式就“趋向更多样”，连大学的英语系也努力“培养新的杂交型的文化消费者”。[6]

---

1 Robert L. McLaughlin, “After the Revolution: US Postmodernism in the Twenty-First Century,” *Narrative* 21.3 (October 2013): 286.

2 Herbert Grabes, *Making Strange*, 128.

3 转见 Carlos Gallego, “Coordinating Contemporaneity: (Post) modernity, 9/11, and the Dialectical Imagery of *Memento*,” *Cultural Critique* 75 (Spring 2010): 33。

4 Randall Stevenson, *The Last of England?*, 502.

5 Steven Connor, *The English Novel in History 1950–1995* (London: Routledge, 1996), 14.

6 同上，23—24。

第六章
后现代主义文学的崇高美及其审美特征

第一节　后现代主义文学有无美可言

后现代主义小说既不像现实主义那样将人物塑造为人，也不像现代主义那样将人物塑造成人格，而是将人物塑造成一个影子，表现出“无理无本无我无根无绘无喻”的“六无”特征，[1]那么，后现代主义文学有无美学可言？在人物究竟是人（people）还是文字（words）或符号（signs）的争论中，[2]后现代主义显然是持人物是文字或符号的观点，因此，若以人物为人或人格为基准，那么后现代主义人物塑造则无美可言。

毫无疑问，美学自然关注美。然而什么是美？《美学大辞典》

1 胡全生：《后现代主义小说中的人物与人物塑造》，《外国语》（上海外国语大学学报）2000年第4期，第52—58页。

2 依据里蒙-凯南的看法，在这场争论中，写实派的主张（realistic argument）视人物为人，纯粹派的主张（purist argument）视人物为文字，前者的理论基础是模仿说，后者的理论基础是符号学（详见Shlomith Rimmon-Kenan, *Narrative Fiction: Contemporary Poetics*. London: Methuen Publishing, 1983, Chapter 3）。另依据博特卢西和迪克逊的看法，传统理论视人物为人，近当代理论视人物为符号（详见Marisa Bortolussi and Peter Dixon, *Psychonarratology: Foundations for the Empirical Study of Literary Response*. Cambridge: Cambridge University Press, 2003, Chapter 5）。

将美定义为“人在实践中发现、创造的体现人的本质力量、令人愉悦的事物形象”。[1]这个定义，最最要紧的是“人”，因为说快乐不快乐的是人。然而，麻烦也就在“人”，因为人不是千篇一律的，而是各有不同的。世界上人有几十亿，每一个都是独特的，没有哪两个完全一模一样。因此，能“令人愉悦”的标准，在各人看来就会不一样。西方的古谚语“美在视者眼里”[2]和中国的老话“情人眼中出西施”，说的就是这一层意思：美因人而异。将人物塑造为人或人格，使之在行为或心理上像你的朋友或邻居，在一些作家看来，是能“令人愉悦”的，能让读者心情舒畅，甚至等同于人物，乃至情不自禁地表现出狄更斯期待于读者的“哭”或“笑”，但在另一些作家看来，就未必如此了。加德纳和加斯在一次辩论中谈到人物，说：“当我创作人物时，我想创作活生生的人，实际中的人。”[3]但加斯却说：“对于我，人物是书中的语言定位，该文本的其他部分，大多是作为修饰语而存在。这好比句子的主语由谓语来修饰，人物——比如爱玛·包法利——就常常被当作书中的核心人物，因为很多语言基本上最终都来修饰、述说爱玛·包法利。”[4]加德纳立刻反驳：“我显然不同意比尔[5]的这种说法。我认为，人物好比作家头脑中的幽灵，这个幽灵非常清晰，它的基础是作家通过想象，对很多自己熟悉的人进行再构造或说

---

1 朱立元主编：《美学大辞典》（修订本），上海：上海辞书出版社，2014年，第35页。

2 Patricia M. Matthews, “Kant's Sublime: A Form of Pure Aesthetic Reflective Judgment,” *The Journal of Aesthetics and Art Criticism* 54.2 (Spring 1996): 165.

3 转引自Tom LeClair, “A Debate: William Gass and John Gardner,” Tom LeClair and Larry McCaffery, eds. *Anything Can Happen: Interviews with Contemporary American Novelists* (Urbana: University of Illinois Press, 1988), 22。

4 同上，28。

5 指加斯。——引者注

融合。”[1]显然，加德纳和加斯的人物观大相径庭：加德纳视人物为人，而加斯视人物为文字。因此，若以加德纳的人物观来审视，那么加斯的人物塑造则无美可言；反之，若以加斯的人物观来审视，那么加德纳的人物塑造则也无美可言。于是我们就碰到了另一个问题：美存于何处?

传统上，美与善、真、公正、最终价值为伍。在古代和中世纪，美被认为存于个人感受之外，即存于客体之中。比如在毕达哥拉斯学派那里，宇宙的有序结构因和谐而至，因此被当作完整和谐的一统体系（即the Cosmos）。他们提出“美在和谐”的观点，认为“所有物体之美均存于和谐”，[2]“主张人体美来自身体各部分间的比例对称”。[3]继承此学派美学观的古罗马作家和建筑师维特鲁威（Marcus Vitruvius Pollio）就曾在其名著《建筑十书》中，详细阐述人体各部分之间怎样的比例才算美：比如脸部“为身高的十分之一”，头部“为八分之一”，如此等等。[4]达·芬奇（Leonardo da Vinci）依据这种比例，绘出了完美比例的人体，即“最好地解释了毕达哥拉斯学派的美学观”[5]的《维特鲁威人》（*Vitruvian Man*，1485），图中人体立于代表宇宙秩序的方和圆之中。维特鲁威的这种“设计”可能至今还在影响我们，比如小学的美术老师教学生画人头像时，就可能要求学生画嘴巴、鼻子、

1 转引自 Tom LeClair, “A Debate,” Tom LeClair and Larry McCaffery, eds. *Anything Can Happen*, 28。

2 Krzystof Piotr Skowroński, “Facial Images as a Way for the Articulation of Values in the Avant-garde's Aesthetics of Deformation,” *Value Inquiry Book Series* 264 (2013): 74.

3 朱立元主编：《美学大辞典》，第451页。

4 Krzystof Piotr Skowroński, “Facial Images as a Way for the Articulation of Values in the Avant-garde's Aesthetics of Deformation,” *Value Inquiry Book Series* 264 (2013): 75.

5 同上，76。

眼睛时各取其与整个头部的多少比例，因为他们认为只有这样画出来的人头像才好看。在这里，我们看到了美存于物而显于形。

美在物中的观点一直持续到17世纪。到18世纪，在英国的经验主义者那里，这种观点受到了反驳。其中的典型代表，当是哈奇森（Francis Hutcheson）和休谟（David Hume）。哈奇森受洛克（John Locke）的影响，“视美的理念（idea）为第二质（secondary quality）理念”，认为“美仅仅作为理念而存在，不是作为固有于客体的品质”。[1]显然，哈奇森是绕着圈子说美存于心中。休谟也受到洛克的影响，只是较之哈奇森，话说得更直白；他干脆认为“美不是物身上的品质”，而只是一种存于“思考物之大脑中的情绪”。[2]当然，说美存于心中并不是要否认物体所具有的质，而是强调审美活动是种心理活动。休谟把审美分为两个阶段：一是感知阶段（perceptual stage），在这个阶段我们察觉到客体身上的质；一是感受阶段（affective stage），在这个阶段我们在察觉到这些质时感受到美带来的愉悦情绪或畸形带来的不悦情绪。[3]从这两个阶段看，客体身上的品质完全没有被忽视。这在康德那里看得更清楚。

康德被认为是作为独立学科的现代美学的奠基人，[4]他的《判断力批判》（*Kritik der Urteilskraft*，1790；亦称《第三批判》）是

---

1 James Shelley, “Empiricism: Hutcheson and Hume,” Berys Gaut and Dominic McIver Lopes, eds. *The Routledge Companion to Aesthetics* (London: Routledge, 2001), 42.

2 同上，43—44。

3 同上，44。

4 Joseph Margolis, “Medieval Aesthetics,” Berys Gaut and Dominic McIver Lopes, eds. *The Routledge Companion to Aesthetics*, 27.

现代美学的开山之作，[1]构成“康德主要美学理论”。[2]在《判断力批判》的第一部分第一卷，康德将美学分为两种：美的美学和崇高的美学。在第一卷第一章“美者的分析论”中，我们能直接感受到哈奇森和休谟的“美在心中”的观点在影响着康德。康德开篇就说：“为了区分某种东西是不是美的，……它的规定根据只能是主观的。”[3]此后，康德将审美分析分为“四个时刻”，[4]或依照蒋孔阳的看法，是从“质、量、关系和情状四个方面”来进行分析，即“无利害感”“没有概念的普遍性”“没有目的的合目的性”“没有概念的必然性”。[5]在克劳福德（Donald W. Crawford）和蒋孔阳的解读中，康德说的必然性是“范式性”的，是“一切人对于一个判断的赞同的必然性”，[6]而这赞同又源于“共通感”。[7]

回到本章开头的提问“后现代主义文学有无美可言?”，我们可以说，从毕达哥拉斯学派意义上的美来说，后现代主义文学显然无美可言，因为在后现代主义文学中，各元素间的比例对称、和谐有序可能荡然无存，什么“三一律”，什么“一头一身一尾”，都可能被统统抛之脑后。如英国的奥布赖恩在其《双鸟嬉水》（*At Swim-Two-Birds*，1939）中开篇就借叙述者之口说：“我不赞成一

---

1 Donald W. Crawford, “Kant,” Berys Gaut and Dominic McIver Lopes, eds. *The Routledge Companion to Aesthetics* (London: Routledge, 2001), 51.

2 蒋孔阳：《德国古典美学》，北京：商务印书馆，2014年，第77页。

3 康德：《康德著作全集第5卷：实践理性批判；判断力批判》，李秋零主编，北京：中国人民大学出版社，2006年，第210页。

4 Donald W. Crawford, “Kant,” Berys Gaut and Dominic McIver Lopes, eds. *The Routledge Companion to Aesthetics*, 52.

5 蒋孔阳：《德国古典美学》，第81—93页。

6 同上，第93页。

7 Donald W. Crawford, “Kant,” Berys Gaut and Dominic McIver Lopes, eds. *The Routledge Companion to Aesthetics*, 57. 蒋孔阳：《德国古典美学》，第93页。

个开头一个结尾。好书可有三个开头，它们可以完全不同，只有作者预先知道它们相互关联，或者因此缘故甚至可多达一百个结尾。”显然，传统意义上的美在后现代主义文学中难以见到。“杜尚之后，艺术不再与鲍姆加登（Alexander Baumgarten）的美学定义相联系。”[1]有人问著名的后现代主义理论家福柯：“美对你有什么特殊吗？”福柯答道：“我想美对任何一个人都有特殊的意义。（笑）对于美，我是近视的，但是还没有到瞎了眼睛看不见的地步。……我对美是不敏感的。”[2]福柯的这一回答实际道出了这么一层意思：后现代主义不是没有美学（“美对任何一个人都有特殊的意义”），只是没有传统意义上的美学（“对于美，我是近视的”，“我对美是不敏感的”）。那么，后现代主义文学奉行什么样的审美观呢？

第二节　后现代主义文学的崇高美

在回答这个问题之前，我们先来看看现代美学的奠基人康德是怎么谈论美学的。

如前所述，在《判断力批判》的第一部分第一卷，康德把美学分为美的美学和崇高的美学。在第一章讨论美的美学时，康德受到了哈奇森和休谟的影响；在第二章“崇高者的分析论”中，康德受到了博克（亦译柏克）（Edmund Burke）的影响。在西方美

1 Fernando Flores Morador, *Postmodernism and the Digital Era* (Tryck: Lund University, 2007), 81.

2 福柯：《权力的眼睛——福柯访谈录》，严锋译，上海：上海人民出版社，1997年，第9—10页。

学史中，正是博克“第一次把崇高与美明确区分开来”。[1]1757年，博克发表《论崇高与美两种观念的根源》（*A Philosophical Enquiry into the Origin of Our Ideas of the Sublime and Beautiful*），书中“区分了崇高和美，认为崇高与美这两个观念的起源完全不同，崇高来源于人类的自我保存欲，美来源于人类的社会交往欲，崇高感是痛苦和危险所造成的一种夹杂着快感的痛感，美感则是爱所引起的快感”。[2]在博克那里，“崇高之物虽非绝对但一般都有令人敬畏的量，尤其是自然世界中的巨大与宏伟”，“爱笛生所注意到的‘受挫’焦虑变成了敬畏和恐怖”。[3]博克曾写道：“无论何物，凡是能引发痛苦和危险之念的，即是说，凡是令人可怕的，或者熟悉可怖客体的，或者以类似于恐怖的方式操作的，就是崇高之源。”[4]这就是说，引发崇高感的是量而不是质。

在博克的《论崇高与美两种观念的根源》发表七年之后，康德发表《论优美感和崇高感》（*Beobachtungen über das Gefühl des Schönen und Erhabenen*，1764），“基本上是运用博克的观点，来分析美和崇高这两种美学现象的”。[5]受博克的影响，康德将高尚的情感（finer feelings）分为美的和崇高的两种，提出“崇高感动人，美迷惑人。崇高向来须伟大；美也可以微小。崇高须简单，美可以被装饰和点缀”。[6]1790年，《论优美感和崇高感》发表

---

1 朱立元主编：《美学大辞典》，第487页。

2 同上。

3 William Donoghue, “Pynchon’s ‘Hysterical Sublime’,” *Critique* 52.4 (2011): 446.

4 转引自William Donoghue, “Pynchon’s ‘Hysterical Sublime’,” Note 2, *Critique* 52.4 (2011): 457。

5 蒋孔阳：《德国古典美学》，第99页。

6 Mary Mothersill, “Sublime,” Stephen Davies, et al. eds. *A Companion to Aesthetics* (Hong Kong: Wiley-Blackwell, 2009), 549.

二十六年之后，康德发表《判断力批判》，“再次将美与崇高区分开来，不过这次更加系统”。[1]文中，康德虽然“批判了博克的经验主义和感觉主义的观点”，“但是，在把美学范畴主要分成美和崇高，并认为崇高感是克服了痛感之后的快感这些方面，他仍然是继承了博克的看法的”。[2]依据蒋孔阳的解读，康德一方面认为，美与崇高“有许多共同的地方。第一，它们都以快与不快的感情作为判断的宾语，都能引起快感。第二，它们都不是感官上的判断，也都不是逻辑上的判断，……它们是反省判断。……第三，康德根据理解力的四组范畴，对于美所做的分析，同样适用于崇高”。[3]另一方面，康德也认为美与崇高存有三方面的不同：(1)“美的对象有形式和限制，崇高的对象则既无形式也无限制”；(2)“美是直接的单纯的快感，崇高则是间接的由痛感转化而来的快感”；(3)“美可以在对象的形式中找到，而崇高则只能在主观的心灵中找到”，因为“崇高的对象，如大海，是无限的，没有固定的形式。它既超越了理解力的范围，也超越了想象力的范围，我们在想象中无法全部再现大海的形象。正因为这样，所以我们没有办法从感觉上来把握崇高对象的表象形式”。[4]

在康德那里，崇高与“大”密切相关。他说：“我们把绝对地大的东西称为崇高的。”[5]康德把美与质联系起来，把崇高与量联系起来。他说：“愉悦在前者［美］是与质的表象相结合，在后

1 Mary Mothersill, “Sublime,” Stephen Davies, et al. eds. *A Companion to Aesthetics*, 550.

2 蒋孔阳：《德国古典美学》，第99页。

3 同上，第102页。

4 同上，第103—104页。

5 康德：《康德著作全集第5卷》，第257页。

者［崇高］则与量的表象相结合。”而且康德还认为，“对崇高者的愉悦与其说包含着积极的愉快，不如说包含着惊赞和敬重，也就是说，它应当被称为消极的愉快”。[1]显然，康德是继承了博克的引发崇高感的是量而不是质的观点。康德说的“大”是“伟大”(greatness)的大，与“无限”(infinite)密切相关。物因为无限大而超出了我们的理解力。我们面对喜马拉雅山的无限大而感到无力，极力用想象来理解，即“把一个量纳入想象力”，然而却不能把握它，因为理解中“有一个它不能超越的最大的东西”，[2]于是想象受挫而感到不适，于是就有了不悦感，因此这无力成了不悦之源。用克劳福德的话来说，“认识到我们的能力天生有限是令人沮丧的，这便导致了不悦感”。[3]或者如贝德勒说的：“犹如美是无利害关系的愉悦，崇高是无威胁的恐惧：崇高就是‘企图引发（害怕）’。崇高是我们理解某物时所感到的不舒服，比如大山或大风暴，这山或风暴太大，大得使我们的大脑无法将它归类。”[4]美国著名批评家海森说：“有什么比核屠杀更崇高、更不可表现，原子弹本身就是极限崇高的能指。”[5]

也许，美与崇高之别可用两幅画来说明：达·芬奇的《蒙娜丽莎》和杜尚的《带胡须的蒙娜丽莎》(*L. H. O. O. Q*，1919)。依据康德对美与崇高的分析，我们可以认为达·芬奇的《蒙娜丽莎》

1 康德：《康德著作全集第5卷》，第254页。

2 同上，第261页。

3 Donald W. Crawford, “Kant,” Berys Gaut and Dominic McIver Lopes, eds. *The Routledge Companion to Aesthetics*, 59.

4 Paul G. Beidler, “The Postmodern Sublime: Kant and Tony Smith’s Anecdote of the Cube,” *The Journal of Aesthetics and Art Criticism* 53.2 (Spring 1995): 178.

5 Andreas Huyssen, *After the Great Divide: Modernism, Mass Culture, Postmodernism* (Bloomington: Indiana University Press, 1986), 215.

体现的是美的美学，而杜尚的《带胡须的蒙娜丽莎》体现的是崇高的美学。前者是因“形”的和谐而美，后者是因“去形”而崇高，或者说，原先达·芬奇的美“出现了矛盾、分裂的不和谐的近代形态”。[1]我们看达·芬奇的《蒙娜丽莎》，感到的是一种和谐，令我们感到安慰和快乐，一种由形式优美带来的愉悦。可我们看杜尚的画中所添加的胡须和缩写字母的题名时，看到的不是和谐而是矛盾和分裂，不是“美”而是“丑”。它们令我们感到一种“极大的压迫”，[2]感到吃惊、不安，甚至可怕或说痛苦。杜尚的《带胡须的蒙娜丽莎》因去形而无形，“超越了理解力的范围，也超越了想象力的范围”，故而我们无法想象蒙娜丽莎的形象。这里，利奥塔就先锋派说的话也适合用来讨论杜尚的《带胡须的蒙娜丽莎》：“作为绘画，它当然‘表现’什么，尽管是消极的表现，因此它将避免形象或者再现。……它将唯有不让我们看来使我们看见；它将唯有制造痛苦让我们快乐。”[3]

康德不仅继承了博克的崇高论，而且还有詹明信说的“深化”：

> 在康德的美学观里，“崇高”的观念又进一步得到深化。康德把“崇高”美感延伸到“再现”的问题上，认为“崇高”所表现的一方面是自然界的神奇力量，以及人身处于大自然中相形之下而呈现的渺小感觉。此外，“崇高”在

---

1 牛宏宝：《现代西方美学史》，北京：北京大学出版社，2014年，第56页。

2 同上。

3 Jean-François Lyotard, “Answering the Question: What Is Postmodernism?” Régis Durand, trans. *The Postmodern Condition: A Report on Knowledge*, Geoff Bennington and Brian Massumi, trans. (Minneapolis: University of Minnesota Press, 1993), 78.

康德的美学观里指涉的更是艺术喻意的一种极限——因为以人类智力既有的限制实在无法把大自然无可比拟的力量予以表现。[1]

康德的这种美学观，他对美与崇高的区分与分析，尤其是对崇高的美的分析以及对它的“深化”，深深地影响了一些后现代主义理论家，如詹明信和利奥塔。他俩都“主张崇高是绝对的后现代范畴，标志着在后现代艺术中被超越的表现局限”。[2]尤其是利奥塔，他关注崇高达二十年之久，[3]且讨论崇高时主要参考的就是康德，比如从《后现代状态：关于知识的报告》（1979）到《歧异》（1983）再到《后现代主义：国际交流学会文献》（1989），莫不如此。[4]

其实，说到后现代主义的美，理论家常会提到崇高的美，而说到后现代主义崇高，有的理论家，如恩斯特龙，就会联想到两个人：在“崇高”那里会联想到康德，在后现代主义那里会联想到利奥塔。[5]康德将崇高定义为“绝对地大”，并提出崇高具有无形、间接的愉悦、不可把握、可怖的特征。利奥塔就是在这里切入他的对后现代主义美学的讨论。第一，利奥塔接受康德就崇高

1 詹明信：《后现代主义，或晚期资本主义的文化逻辑》，张旭东编《晚期资本主义的文化逻辑：詹明信批评理论文选》，陈清侨等译，北京：生活·读书·新知三联书店，1997年，第481—482页。

2 Marc C. Conner, “Postmodern Exhaustion: Thomas Pynchon’s *Vineland* and the Aesthetic of the Beautiful,” *Studies in American Fiction* 24.1 (Spring 1996): 65.

3 同上，Note 1, 67。

4 Timothy H. Engström, “The Postmodern Sublime?: Philosophical Rehabilitations and Pragmatic Evasions,” *Boundary 2* 20.2 (1993): Note 1, 191.

5 同上，197。

提出的特征，视这些特性为不可表现的表现，认为后现代主义崇高与不可表现密切相关。他说：

> 崇高发生于想象力不能表现原则上与概念一致的客体……。我们可以想象无限的伟大或无穷的有力，但要表现注定“展示”这绝对伟大或绝对有力的客体，我们还没有足够的能力，这是痛苦的事。那些是不可能表现的理念（Ideas）。因此，它们不传授关于现实的知识，也阻碍可导致美感的能力自由融合，阻碍趣味形成和稳定。可以说，它们是不可表现的。[1]

利奥塔认为，康德将“‘无形即缺乏形式’命名为不可表现的可能标志”，实际是“证明”了有不可表现之物。利奥塔由此推断先锋派绘画是“消极地表现”，就像俄国画家马列维奇（Kazimir Malevich）的《白中白》（1918），画中只是一倾斜的白色正方形。利奥塔认为这说明先锋派是在“尽力通过可见的表现手段来暗示不可表现”。[2]

第二，在接受康德的崇高论的基础上，利奥塔提出崇高是现代主义和后现代主义都奉行的美学，但二者存有区别：(1) 现代主义崇高美学“怀旧”，“许可不可表现之物只当作失去的内容来表现”，读者在它那里还能得到“安慰”，但却得不到“快乐与痛苦的内在结合”的真正崇高感，因为它只有寻找不可表现的快

---

1 Jean-François Lyotard, “Answering the Question: What Is Postmodernism?”, *The Postmodern*, 78.
2 同上。

乐，但不接受寻找不到不可表现的痛苦；(2) 后现代主义崇高美学却接受寻找不到不可表现的痛苦，它不“缅怀不可获取之物”，而是“以表现来表现不可表现，拒绝好形式带来的安慰，拒绝趣味共识”，虽然它也“寻求新的表现”，但目的“不是为了欣赏这些新的表现，而是为了增强不可表现的意识”。而且，利奥塔还认为，现代主义“为了缅怀整体和统一”而“付出了足够的代价”，为此，他号召：“让我们向统一性开战；让我们见证不可表现。”[1]在阐述二者的区别时，利奥塔列举普鲁斯特和乔伊斯来说明问题，虽未明言他们的哪些作品，但内容却分明是指《追忆似水年华》（*À la recherche du temps perdu*，1913–1927）和《芬尼根的守灵夜》（*Finnegans Wake*，1939）。利奥塔认为，《追忆似水年华》虽然“唤起不可表现”，但“统一连贯，即意识的冒险旅程”，“却没有受到严重的挑战”，而《芬尼根的守灵夜》却“允许不可表现在能指中让人感受得到”，整个叙事甚至风格都“置于游戏之中，根本不管是否统一连贯”。[2]所以，从利奥塔的区别中我们看到，现代主义和后现代主义虽然都奉行崇高的美学，但奉行的程度或说彻底性还是有区别的：现代主义的崇高有点“犹抱琵琶半遮面”，对美的美学它还藕断丝连。用贝德勒的话来说即是：“如果现代主义是含沙射影地指向崇高，那么后现代主义本身就是崇高。在后者，一切与美的联系都被切断——崇高代替了美。”[3]

---

1 Jean-François Lyotard, “Answering the Question: What Is Postmodernism?”, *The Postmodern*, 81–82.

2 同上，80。

3 Paul G. Beidler, “The Postmodern Sublime,” *The Journal of Aesthetics and Art Criticism* 53.2 (Spring 1995): 177.

第三节　后现代主义文学的崇高内涵及其审美特征

那么后现代主义如何用崇高来代替美？即它的崇高体现在哪里？虽然在形式实验方面，也就是说在"寻求新的表现"方面，后现代主义文学所用的创作技法在现代主义文学中均可见到，[1]但二者只存"代沟"或说程度之差。在"以表现来表现不可表现"时，后现代主义文学尤为注重以下几个方面：

一、高歌反抗的艺术

作为一种艺术行为，后现代主义文学是为反抗而存在的，它不像现实主义那样是为再现而存在，也不像现代主义文学那样是为救世而存在。在后现代主义文学那里，再现世界或拯救这个荒诞的世界不是它要做，也不是它做得了的事。既然不是艺术模仿生活而是生活模仿艺术，既然不是人在说话而是话在说人，那么用语言做成的文学何以能再现或拯救世界？再说，后现代主义文学是在文学已"枯竭"、小说家"站在十字路口"之际，在呐喊造反、掀起革命风暴的反文化浪潮中做出来的，要紧的是高歌反抗，反抗所谓的传统，反抗所谓的"精英"，反抗所谓的"终极意义"。"结果，美学上的先锋主义继续与政治激进主义结为同盟。"[2]这种

1 比如格雷贝斯注意到：在后现代主义的文学艺术那里，"除了运用新媒体外，所有的艺术生产和文学都拾起了在现代主义中发现和发展的概念和表现模式"。［Herbert Grabes, *Making Strange: Beauty, Sublimity, and the (Post) Modern "Third Aesthetic"* (Amsterdam: Rodopi, 2008), 67.］又如达恩也注意到："没有哪一个叙事技巧被标为后现代主义所独有。"［Theo D'haen, "European Postmodernism: The Cosmodern Turn," *NARRATIVE* 21.3 (October 2013): 272.］

2 Joe Bray, Alison Gibbons, and Brian McHale, eds. *The Routledge Companion to Experimental Literature* (London: Routledge, 2012), 1.

反抗的艺术追求的不是那种古典的美，也不是那种“为艺术而艺术”的唯美，而是以“丑”代“美”的美，或者如斯科龙斯基说的，是“一种去形美学”。[1]《带胡须的蒙娜丽莎》实际是杜尚在一张印有达·芬奇的《蒙娜丽莎》的明信片上，给达·芬奇画的蒙娜丽莎添加了胡须，并写上L.H.O.O.Q来命名该画。（据说这几个字母是法语Elle a chaud aucul的快读谐音，意为“她有一个热屁股”。）显然，与达·芬奇的《蒙娜丽莎》相比，杜尚的画绝然不是“美”“好看”，相反是不好看，把达·芬奇的“美”通过“变形”或说“去形”弄成了“丑”。因此，杜尚的画与达·芬奇的画的对立实际就是去形与造形的对立。依据斯科龙斯基的解释，“造形通常意味有序、规范、习俗和系统。这样理解形的话，形便是指美学的规范方面：要么是指形而上、强制性的东西，要么是社会接受的、正常的、大家欣赏的东西。而去形则是抛弃形，是种挑衅，是对强制性因素和现有的常规进行造反”。[2]

二、只求怎么讲不问讲什么

后现代主义文学只求怎么讲不问讲什么。假如你问杜尚“《泉》（*Fountain*，1917）讲的是什么?”，他可能只说“为这个物体创造一种新思想”，[3]至于这个“新思想”究竟是什么，他是不

---

1 斯科龙斯基称“先锋派画家在其作品中运用去形的脸部（或躯体）”为“去形美学”(an aesthetics of deformation)。Krzystof Piotr Skowroński, “Facial Images as a Way for the Articulation of Values in the Avant-garde’s Aesthetics of Deformation,” *Value Inquiry Book Series* 264 (2013): 72.

2 Krzystof Piotr Skowroński, “Facial Images as a Way for the Articulation of Values in the Avant-garde’s Aesthetics of Deformation,” *Value Inquiry Book Series* 264 (2013): 72.

3 杜尚拿来一只尿斗，命名为《泉》，署名“理查德·马特先生”，然后送去纽约展览，被拒绝。据说后来杜尚解释说：“是否真是马特先生亲手所做无关紧要。重要的是他选择了它。他将一件日常生活用品，放在这样的环境里，给它一个新标题和新视角，它原先的使用意义消失了，但却为这个物体创造一种新思想。”（参见Herbert Grabes, *Making Strange*, 36。）

会说的。假如你看不懂莫里森的小说而去问她“讲的是什么?”，她会说:“宝贝，这就是我们说的阅读（Honey, that’s what we call reading）。”[1]假如你问品钦“V究竟是什么?”，他可能会说是人又是物。讲的是什么（What’s it about?）已经不那么重要了。实际说来，一个作品或说文本，就它“讲的是什么”，每个人会有不同的理解。现代主义者会认为意义就在作品里，解释可以“真”(true)，因而有唯一、正确的解释，此谓求统一，张扬的是非此即彼（neither/or)。而后现代主义者会反驳，说不是这么回事。如德里达就主张文本之外别无他物，每一个符号通过其与别的符号的关系从而在语境中获得意义，因此是“符号游戏”，符号间的关系不断变化，意义也就不断变化。在德里达那里，可以建构和发现别的意义，提出不同的但同样是科学的解释。此谓存分歧（both/and)，高呼的是“差异万岁”。终极意义只是一种理想，可言而不可求。在概念艺术那里，像杜尚的“现成物”，讲的其实不是艺术了，而是理念。一如基兰所言，“概念艺术常被认为显然缺乏美学之质”。“当概念艺术没有美学价值时，它充其量类似艺术批评，其本身不具备艺术价值。”[2]文学上也有像杜尚那样利用“现成物”来创作，比如巴勒斯，他的“剪拼法”(the cut-up technique)，将现有的文本，通常是乔伊斯、艾略特或卡夫卡的，拿来剪碎然后任意拼贴起来，算是再书写（rewriting)。又比如安德鲁斯（Bruce Andrews)，他收集独立的短语与句子，有些是现成的，有些是

---

1 转见林玉珍、胡全生:《后现代主义小说中的通俗性——通俗小说类型在后现代主义小说中的使用》，《当代外国文学》2006年第3期，第57页。

2 Matthew Kieran, “Value of Art,” Berys Gaut and Dominic McIver Lopes, eds. *The Routledge Companion to Aesthetics* (London: Routledge, 2001), 219.

新写的，然后将它们组成新的文本。尼伦（Jeffrey Nealon）称这样的写作为“概念写作”（conceptual writing）。[1]概念写作与概念艺术本质上是一样的，我们读阿克的《远大前程》和巴塞尔姆的《白雪公主》，无异于看杜尚的《带胡须的蒙娜丽莎》和《泉》，明白的恐怕是他们怎么讲，感受的恐怕是费德曼描述的、他们玩的“玩剽窃”[pla(y)giarism]。[2]

三、尊奉不确定性为第一审美原则

不知道讲的是什么乃是因为后现代主义文学推行的第一审美原则是不确定性。[3]什么都不确定，如何能知道讲的是什么？一头一身一尾将故事引向（统）“一”，讲的是什么就在这“一”里。但多头数尾这等故事就见不到“一”了。福尔斯的《法国中尉的女人》多头结尾，不见“一”只见“多”或说“既……又……还……”：萨拉既是贞女又是荡妇，你能见到“一”吗？巴塞尔姆的《看见我父亲在哭泣》（“Views of My Father Weeping”，1969）以“等等”（Etc.）来结尾又能见到“一”吗？库弗的《保姆》因“身”为Y式结构也只落了个“既……又……还……”，保姆既死了又安然无恙，还与户主塔克私奔了。可见不确定性包含在“多

1 转引自Brian McHale, *The Cambridge Introduction to Postmodernism* (New York: Cambridge University Press, 2015), 179。

2 转见Ulrich Broich, “Intertextuality,” Hans Bertens and Douwe Fokkema, eds. *International Postmodernism: Theory and Literary Practice* (Amsterdam: John Benjamins Publishing Company, 1997), 252。

3 不少批评家认为不确定性是后现代主义的特征、标准或标志。如达恩认为“‘不确定性’是哈桑以降被认为是经典后现代主义的基本标准”。（Theo D'haen, “European Postmodernism,” *NARRATIVE* 21.3 (October 2013): 277.）又如哈维视不确定性为“后现代思想”三大标志之一，另外两个标志是“碎片化”和“强烈怀疑通用或说‘统一’话语”。[David Harvey, *The Condition of Postmodernity: An Enquiry into the Origins of Cultural Change* (Oxford: Basil Blackwell, 1990), 9.]

元”当中，它展现的是自然中的或然性：事物的发展本来就可能这样也可能那样。唯有在有限的范围内或说在具体的语境中，才可以断定是一还是二，也就是说唯有在相对的情况下，才知道是一还是二。实际上二战后，美学中“相对主义占上风：人们认为美学的价值在于其现实与地方文化和历史条件相关。因此，一个好的艺术品只‘好’在一个特定的文化当中”。[1]

四、“差异万岁”

“差异万岁”（Vive la différence）是菲拉特和多拉基亚提出的概念；他们观察到人们在企图界定后现代主义时有“三个方面很突出”，第一个便是“不唯单一工程、法则、存在方式是从，因而欢迎差异”。[2]他们认为后现代主义就是“号召人们认清现代性这一单轨宏大工程的本质”，即利奥塔说的“宏大叙事”，把它“从高高在上、受人尊敬的位置上拉下来”，而这实际就是号召人们去“接受差异”。[3]他们解释说，差异意味“开放”，意味“容忍”（“认识和尊重他者的信仰和行为”），意味“敬意”（“敬重他者的情感、愿望、意见和判断”），意味“多元性”和“多样性”。[4]后现代社会是后工业社会，其生产模式已是灵活、多样的后福特主义生产模式，其经济是后福特主义经济，“这种经济创造了一种新的、推崇

---

1 Denis Dutton, “Aesthetic Universals,” Berys Gaut and Dominic McIver Lopes, eds. *The Routledge Companion to Aesthetics*, 212.

2 A. Fuat Firat and Nikhilesh Dholakia, “Theoretical and Philosophical Implications of Postmodern Debates: Some Challenges to Modern Marketing,” *Marketing Theory* 6.2 (2006): 125.

3 同上，126—127。

4 同上，130。

差异、多样性和短暂性的后现代文化”。[1]后现代主义文学作为后现代文化的一部分，同样也推崇差异、多样性和短暂性。可以说，后现代主义文学的创作技巧，全都是为求“不同”或说“陌生”而存在，无论是碎片化、断裂叙述、Y式情节结构、多元开头或结尾，还是借用或混用通俗文类，莫不如此。拥抱差异即是利奥塔所号召我们的：“让我们向统一性宣战，让我们见证不可表现。”[2]

五、在极端和折中当中获取陌生

为追求陌生化效果，现代主义高喊“日日新”（Make It New），后现代主义高歌“篇篇怪”（Make It Strange），[3]虽一词之差，本质上却相同，只是“篇篇怪”更趋激进。现代主义文学为了要“新”，大搞形式实验，且在追求陌生化效果的过程中，只走“精英主义”路线，排斥传统的或通俗的东西。而后现代主义文学却“两条腿走路”。一方面，对现代主义文学中的创新手法，后现代主义文学也用，只是程度上更趋张狂，因为要是照着现代主义文学那般用，那就不新了，因此，为了“新”上加新，须把那些创新手法做成“怪”，而为了要“怪”，就须让此时已不那么“新”的东西呈现极端的形态。也就是说，后现代主义文学要在“新”的基础上更加新，只有“怪”才行。于是我们见到后现代主义文学的形式实验，花样更加张狂、频繁、极端，较之现

1 David Gartman, “Postmodernism; Or, the Cultural Logic of Post-Fordism?”, *The Sociological Quarterly* 39.1 (1998): 121.

2 Jean-François Lyotard, “Answering the Question: What Is Postmodernism?”, *The Postmodern Condition*, 82.

3 中国学者赵毅衡认为“日日新”是现代派高举的旗帜，而“篇篇怪”是后现代派高举的旗帜（见赵毅衡：《后现代派小说的判断标准》，《外国文学评论》1993年第4期，第17页），窃以为很有见地。

代主义文学更加新而变得“怪”了，如B. S. 约翰逊的活页小说《不幸的人们》，加斯的大搞排印实验的《威利·马斯特寂寞的妻子》，库弗的全然由碎片做成的《保姆》。它们在极端中获取陌生化效果。另一方面，后现代主义文学还通过使用传统的、“旧”的东西来获取陌生化效果。这就是说，它既使用现代主义文学中的“新”的创作手法，也使用传统中的“旧”的创作手法，依靠走折中主义的道路来获取陌生化效果。体现这折中主义的是它的另一口号：“什么都行”（Anything Goes）。“什么都行”是针对现代主义文学所奉行的精英主义而言的；后现代主义文学不要精英主义，而要“折中主义”，即英文中的eclecticism，也就是“兼收并蓄”。后现代主义文学推行折中主义美学时，采用的策略之一就是借用和/或混用通俗文类，但使用中必定“釜底抽薪”，改变它的一些面貌，即施以“去形”之术，让旧瓶装上新酒，在似曾相识中呈现“怪”或说“陌生”。按照格雷贝斯的说法，这种陌生是种“委婉陌生”，“由微妙差异构成，在已然熟悉中显出变化”。[1]格雷贝斯称这种美学为“微妙差异美学”（aesthetic of subtle difference）。[2]在这种美学里，接受者的任务不是去发现先锋派式“激进陌生”，“而是在看似熟悉或类似现有物中发现微妙差异。这绝非易事，因为视者或读者须熟悉现存的形式和主题，以便注意到微妙差异处在新创的变化之中，或者认识到通俗元素相互组合导致一种对应或有趣的对照”。[3]这种在折中当中追求陌

1 Herbert Grabes, *Making Strange*, 103.

2 同上，114。

3 同上，114—115。

生化效果的策略在20世纪70年代中期后越演越烈，以至到了80年代，有评论家“开始谈论后现代主义终结”。[1]

六、在调整期待中获取愉悦

阅读后现代主义文学的愉悦，不像阅读现实主义或现代主义文学那样，是在期待的完成中获取。比如我们阅读通俗小说，只要知道其归属的类别，便会按此类别来期待作品。读侦探小说，最后会有“谁是真凶”谜题的“释然”（solution）；读童话，结尾有“此后他们便幸福地生活在一起”；读西部小说，必定是“好汉”战胜“恶棍”；读罗曼司，最终必有浪漫之结局。但是读后现代侦探小说，却常常见不到“谁是真凶”谜题的释然，即使有也不是靠理性的推断胜出，抑或靠偶然所至，一如《玫瑰之名》。读后现代西部小说，“好汉”未必战胜“恶棍”，有如多克托罗的《欢迎到哈德泰姆斯来》中的布卢之于特纳。读库弗的Y式情节结构的《保姆》也一样，读者期待一次次，受挫一次次。读者读这类后现代主义小说，因期待未果而得不到安慰，于是感到沮丧，感到康德说的痛苦，但痛定后再调整期待，一次次痛苦一次次地调整期待，趣味和愉悦便由此而生。因此，阅读后现代主义小说的愉悦不在期待的完成之中，而在不停地调整期待里，因为调整期待意味积极参与作品意义的创造，有如阅读《保姆》那样，愉悦只有在读者一次次期待一次次调整，明白这不确定性背后所召唤的参与时才有。

1 Herbert Grabes, *Making Strange*, 102.

天地太高太大，高大得超越了我们的理解力和想象力，故而是崇高的、不可表现的。与天地一样，现实也是不可表现的，一如布朗所言，“现实不可用人类的文化形式来表现”，而“由于不能表现现实，也就不存在任何权威叙述”，这是后现代主义的“两大核心原则”。[1]如果说后现代主义的表达有什么价值的话，这价值“就在于企图命名不可命名”，这是詹明信所相信的。[2]后现代主义“倡导”的是“和肯定标准结构、秩序和现代性规范的表现模式决裂，转而实践暗示潜力和可能性的表现模式，这些可能性包含着‘他者’、‘不可表现’和‘陌生’”。[3]“简而言之”，以传统的美学观来衡量，“没有后现代主义美学，因为后现代主义不知道如何谈论自己的美”。没有哪一个后现代主义艺术家“能够对其同仁或学徒说：‘它就应该这样做，因为这样做使得它美。’”[4]因此，后现代主义文学的审美不是以传统美学观来衡量，它的美是在表现不可表现中寻找快乐和痛苦。

1 Callum Brown, *Postmodernism for Historians* (New York: Longman, 2005), 6–7.

2 参见 Patricia Waugh, “Postmodernism,” Christa Knellwolf and Christopher Norris, eds. *The Cambridge History of Literary Criticism, Vol. 9: Twentieth-Century Historical, Philosophical and Psychological Perspectives* (Cambridge: Cambridge University Press, 2001), 290。

3 A. Fuat Firat and Nikhilesh Dholakia, “Theoretical and Philosophical Implications of Postmodern Debates,” *Marketing Theory* 6.2 (2006): 132.

4 Curtis White, “I Am an Artist; I Make Beautiful Things: A Credo of Sorts Concerning the New Beauty,” *The Review of Contemporary Fiction* 18.2 (Summer 1998): 38.

第七章
后现代主义文学的实验手法与文类借用

后现代主义文学在表现不可表现中采用了诸多的实验手法与文类借用，但在我们探讨这一话题之前，让我们先来探讨后现代主义奉行的美学原则。

第一节 后现代主义文学的美学原则："什么都行"和"双重编码"

后现代主义文学奉行的美学原则是"什么都行"。应该说，这一原则针对的是现代主义文学只求"精英"不要"通俗"而言的。戴比兹认为，后现代主义文学"天生的就是一副'什么都行'的态度"。[1]"什么都行"是在70年代提出来的。[2]概括地说，"什么都行"表现在两个方面，即实验性和通俗性，也就是詹克斯和艾

1 Philip Dybicz, "Anything Goes? Science and Social Constructions in Competing Discourses," *Journal of Sociology & Social Welfare* 38.3 (September 2011): 102.

2 Andreas Huyssen, *After the Great Divide: Modernism, Mass Culture, Postmodernism* (Bloomington: Indiana University Press, 1986), 202.

柯说的“双重编码”。詹克斯是在1977年在他的《新建筑范式》（*The New Paradigm in Architecture*）一书中提出“双重编码”这个概念，在1986年的《什么是后现代主义?》中又详细地解释了这个概念。所谓“双重编码”，即是一手拿着传统的通俗编码，一手拿着超越传统的精英编码。他说:“双重编码名称上是种杂交，其含义是既继承又超越现代主义。”他还指出:“双重编码的要点是双重本身。……既精英通俗并存，又崭新陈旧共处。”[1]

艾柯就“双重编码”多处做过解释。首先是《玫瑰之名》（1980）出版后他写了个“后记”，为解释“双重编码”，他打了个比喻，说：

> 我认为，后现代主义态度好比一个男人爱上一位很有教养的女人，知道自己不能对她说“我爱死你了”，因为他知道她知道（而且她也知道他知道），这种话芭芭拉·卡德兰[2]已经写过了。但是还是有别的办法。他可以说:“就像芭芭拉·卡德兰说的，我爱死你了。”他这样说，既避免了虚假幼稚，又明显说了不再幼稚的话；他到底还是说了他想对那女人说的：他爱她，但是他是在失去了幼稚的时代爱她。如果这女人接受这种做法，那她还是得到了爱的宣言。两个说话的人都不会感到幼稚，都会接受过去和所言发出的挑战（——曾经的事和已说过的

1 Charles Jencks, *What Is Post-Modernism?* (New York: St Martin’s Press, 1986), 7, 14–15.

2 芭芭拉·卡德兰（Barbara Cartland, 1901—2000）为英国著名罗曼司小说家（romance novelist），有“真正的罗曼司女王”之称，一生著有723部小说。——引者注

话是无法消除的)，双方都有意识地、愉快地玩讽刺游戏。……但是双方却都再次成功地说了爱。[1]

其次，艾柯在系列讲座"一个年轻小说家的自白"中，也就"双重编码"做了具体的解释：(1) 有批评家注意到他的小说"有一典型的后现代主义特征，即双重编码"；(2) 他列举的"双重编码"的典型例子就是他的《玫瑰之名》；(3) 他承认"通过运用双重编码技巧，作者与读者建立一种默契"，并"认为双重编码不是贵族冲动，而是尊重读者智力和良好意愿的方式"。[2]读过《玫瑰之名》的都知道，它的通俗编码是其侦探小说的外壳，它的精英编码是其对语言意义的关注。[3]

尼科尔将詹克斯的"双重编码"解读为"精英与大众、陈旧与崭新的结合"，同时指出，"双重编码这一概念对文学批评家哈琴提出的后现代理论也很重要"，哈琴认为后现代主义的诗学是"既……又……"，而非"非此即彼"。[4]她"坚持认为后现代主义生来就有双重性"。[5]如果落在意大利著名作家卡尔维诺身上，"双重编码"则是"一只脚踩在叙事的过去，另一只脚——有人可能说——踩在巴黎结构主义的现在"。[6]

---

1 转见Charles Jencks, *What Is Post-Modernism?*, 18。

2 Umberto Eco, *Confessions of a Young Novelist* (Cambridge: Harvard University Press, 2011), 29, 30, 32.

3 小说"序"开篇即《圣经》所云"太初有道，道与神同在，神就是道"；小说结尾借用12世纪一拉丁语诗句，曰："昨天之玫瑰以名而长存，今日之我们只获其虚名（stat rosapristina nomine, nominanudatenemus)。"

4 Bran Nicol, *The Cambridge Introduction to Postmodern Fiction* (New York: Cambridge University Press, 2009), 15–16.

5 同上，31。

6 Hans Bertens, *The Idea of the Postmodern: A History* (London: Routledge, 1995), 70.

第二节 后现代主义文学的实验性

文学没有实验便没有发展。可以说，一切新文学都是实验的结果，浪漫主义之与古典主义，现代主义之与现实主义，后现代主义之与现代主义，无一不是如此。“实验是文学变化和更新的发动机之一；它是文学创新的方式。”[1]

既然是实验，那就有多种。从小说方面看，后现代主义文学的实验形态，概括起来主要有如下几种：

一、元小说

元小说作为一种小说形式早就有之，几百年前塞万提斯（Miguel de Cervantes）的《堂吉诃德》（*Don Quixote*，1605，1615）和斯特恩（Lawrence Sterne）的《项狄传》（*Tristram Shandy*，1769—1767）就是如此，不过那时还没有元小说一说，没有后现代主义小说之称谓。元小说的“爆炸期”是在20世纪60年代。[2]与其他形式的实验文学一样，元小说也具有“所有文学实验的共有特征”，即“致力于就语言艺术的本质和存在提出基本问题”。[3]元小说试图提出并回答的问题是：什么是小说？读者何为？它给出的答案是小说本身就是虚构物（fiction），是用文字或

---

1 Joe Bray, Alison Gibbons, and Brian McHale, eds. *The Routledge Companion to Experimental Literature* (London: Routledge, 2012), 1.

2 Larry McCaffery, *The Metafictional Muse: The Works of Robert Coover, Donald Barthelme, and William H. Gass* (Pittsburgh: University of Pittsburgh Press, 1982), 23.

3 Joe Bray, Alison Gibbons, and Brian McHale, eds. *The Routledge Companion to Experimental Literature*, 1.

说符号做成的东西，这是它的“自我意识”（self-conscious），它的“自己说自己”或说“自我反射”（self-reflexive）。因此，凡是可称为“元小说”的，都是或明或暗地说语言，道写作，论阅读。艾柯的《玫瑰之名》、福尔斯的《法国中尉的女人》（1969）、卡尔维诺的《如果在冬夜，一个旅人》（1979），无一不是。加之戏仿、碎片化、拼贴画、排版实验、色彩、照片等非线性的写作手法，如加斯的《威利·马斯特寂寞的妻子》（1968）那样，迫使读者意识小说的本质，并积极参与小说意义创作。我们完全可以说，元小说是集实验之大成者。

二、改写和戏仿

后现代主义作家在其实验中，改写也蔚然成风。卡特的《染血之室与其他故事》（*The Bloody Chamber and Other Stories*, 1979），巴塞尔姆的《白雪公主》（1968），阿克的《远大前程》（1983）和《堂吉诃德》（*Don Quixote: Which Was a Dream*, 1986），看标题就知道是改写。在后现代主义作家的改写中，改写成了一种游戏。小说家兼评论家费德曼称后现代主义改写为“玩剽窃”。[1]改写是在原文本上改写，自然涉及互文性。作家改写实际是将原文置于一个新的语境，让它产生新的意义。如前一章所提到的，杜尚就将一只尿斗命名为《泉》，再署“理查德·马特先生”之名，于是这只尿斗就“创造一种新思想”。[2]或者像他把

---

1 参见Raymond Federman, “Critifiction: Imagination as Plagiarism,” *New Literary History* 7 (1976): 563–578。

2 杜尚语，见Herbert Grabes, *Making Strange: Beauty, Sublimity, and the (Post) Modern "Third Aesthetic"* (Amsterdam: Rodopi, 2008), 36。

达·芬奇的画《蒙娜丽莎》拿来，给画上的蒙娜丽莎添上几根胡须，再加上几个字母。如此“改”来，《蒙娜丽莎》就不是原来的《蒙娜丽莎》，而是带有“新意”的《蒙娜丽莎》。这实际是戏仿带来的效果，因为说到底，改写的目的就在讽刺原文本：表面上，它在模仿原文本，实际上却用了滑稽的手法，带着讽刺的目的，对原文本进行了批判。下面，我们来看看卡特是如何将佩罗（Charles Perrault）的童话《蓝胡子》改写成《染血之室》。

首先在情节上，《染血之室》中救女主人公于“蓝胡子”刀下的不是她的兄弟，而是她的母亲。这一改动意味深长。曾几何时，童话里的“救世主”都是男人，然而《染血之室》却说女人也可以是“救世主”。这一改变，不仅反驳了“英雄救美”是男人这一充满父权意识的世俗之见，而且还挫败了男人征服女人的企图：“蓝胡子”先后杀死他的三个妻子，而正当他要杀死第四个时自己却被杀。他的被杀意味着故事中的父权意识的终结，而终结者正是受父权意识压迫的女人，象征着女性反抗父权意识的胜利。

其次，《染血之室》中女性人物刻画大有变化。依据德沃金（Andrea Dworkin）的研究，传统童话只“定义了两种女人。一种是好女人，然而往往是牺牲品；另一种是坏女人，因此必须被摧毁。好女人应该被占有，坏女人必须被杀害或惩罚”。[1]佩罗的《蓝胡子》[2]中的女人就未超出这个定义。它一共出现了三个女

1 转引自Robin Ann Sheets, “Pornography, Fairy Tales, and Feminism: Angela Carter's ‘The Bloody Chamber’,” *Journal of the History of Sexuality* 1.4 (April 1991): 649。

2 本章《蓝胡子》所引均见于Charles Perrault, “Bluebeard,” *Little Red Riding Hood, Cinderella, and Other Classic Fairy Tales of Charles Perrault*, Angela Carter, trans. (New York: Penguin Books, 2008), 5–10。

人：女主人公、母亲和姐姐。母亲和姐姐都是一笔带过，无所谓好或坏，但女主人公显然就是那种所谓好但却遭殃的女人。她“漂亮”（5）、善良但却脆弱：她对“蓝胡子”始终言听计从；在她兄弟将“蓝胡子”杀死时，她“脆弱得无力站起来亲吻他们”（9）。但是在《染血之室》里，女主人公和她母亲却发生了很大的变化。在《蓝胡子》里，“母亲”这一人物可有可无，只在故事开头介绍她是“蓝胡子”的“邻居”，有“两个漂亮的女儿”（5），此后便不再露面。但在《染血之室》[1]里，“母亲”不再可有可无，而是个举足轻重的人物了。她首次出场，便被描写为“面目如鹰、不屈不挠”，寥寥数笔便把“母亲”全然写成了女勇士。当“蓝胡子”要杀女主人公的千钧一发之际，“母亲”出现了：她“仿若美杜莎转世”，“毫不犹豫，举起我父亲的手枪，瞄准，将一颗正义的子弹射进了我丈夫的脑袋”（39—40）。就这样，卡特粗线条的几笔便将“母亲”描绘成一位具有女权意识的女战士。但对女主人公的刻画，卡特并非一开始就将她写成一个具有女权意识的年轻妇女，相反，我们反倒看到她起初十分“传统”。她漂亮却又带点“虚荣”（12）。《染血之室》第一段，作为少女，她新婚前的兴奋跃然纸上：“无法成眠”，“处在温柔而甜蜜的兴奋之中”。新婚之夜，在“蓝胡子”像剥洋蓟似的剥她的衣服时，她竟然以他的眼神来看自己的肉体，还“感到自己情欲荡漾”（15）。可以说，在她打开密室之前，她完全被“蓝胡子”的诱惑和假象所俘虏。这也就是说，女主人公在变得具有女权意识

1 本章《染血之室》所引均见于 Angela Carter, “The Bloody Chamber,” *The Bloody Chamber and Other Stories* (London: Penguin Books, 1981), 7–41。

之前，卡特赋予她的形象还是不曾跳出伊丽格蕾（Luce Irigaray）所说的三大女性原型，即母亲、贞女和妓女。然而这是卡特的“欲擒故纵”之笔，即在把她写成具有女权意识的女性之前，先把她写成传统童话中常见的、父权意识压迫下的女性。但是女主人公最终的觉悟提高却完全颠覆了她初时的“传统”形象。这便是戏仿。戏仿带来的效果是模仿中有讽刺和嘲弄，而这里所讽刺和嘲弄的，就是伊丽格蕾想说的：对女人并非只有一种描写。[1]卡特《染血之室》中的母女绝对不属于这三种女性原型，而是都被塑造成具有女权意识的新女性，最终只是所用的笔墨多少各有不同罢了：母亲被粗线条地塑造成了天生的女权主义战士，而女儿却是通过细腻地展示其渐然觉醒的过程，最终被刻画成一名后天培养的女权主义者。

再次，《染血之室》改写中最具颠覆性的当是叙述角度的改写。佩罗《蓝胡子》中的叙述者是一位无名的、全知全能的第三人称叙述者，他以“从前……”开头，以两条训谕结尾，规劝女人要听丈夫的话。可见，《蓝胡子》的叙述者实际上就是典型传统童话中的男性叙述者。而且，在他的叙述中，叙述者完全以自己的目光来叙述女主人公，完全把她当成他聚焦的客体。换言之，《蓝胡子》的叙述者完全是个充满父权意识的叙述者。

卡特的《染血之室》却以“我……”开始，采用的是“与传

---

1 伊丽格蕾认为对女人不应只有一种描写，并以此为题写下《非一之性》一书。在她看来，界定和限制女人社会行为的有三大女性原型：“母亲、贞女和妓女，这些是压在女人头上的社会角色，源于她们的（所谓）女性性欲如下特征：维系生育与抚养；忠贞；端庄，不知甚至缺乏对性快乐的兴趣；被动以待男人‘主动’；有诱惑力。”转引自Gregory J. Rubinson, "'On the Beach of Elsewhere': Angela Carter's Moral Pornography and the Critique of Gender Archetypes," *Women's Studies* 29 (2000): 720。

统民间故事毫不相干的第一人称叙述角度”，[1]这一改写意义非同寻常。首先，这意味着话语权力的转移。依据罗兰·巴特的观点，谁说话谁就掌握话语权力：“当老爷的是那个说话的人，是那个掌控语言的人；那个不说话的，被隔离的，就是下人了。”[2]在《染血之室》里，说话的即叙述者由无名的、全知全能的“他”变成了“我”，而由于“我”又是女主人公，话语权实际就由男人手里转到了女人手里。女人有了话语权，也就由客体转变为主体，是一个说者而非听者，借此女人可以宣扬自己的意识，提出自己的主张。其次，正因为“我”是说话主体，“我”对读者的影响就越大，正如苏珊·兰瑟（Susan S. Lanser）所指出的，“一个人物越是‘主体化——被做成了一个主体’，‘被赋予积极的人的意识’，那么读者就越会等同于那个人物”。但传统童话对读者却“保持中立、非人称化和远离的态度”，其叙述因“取全知全能与权威之势”，“读者就处被动之势，不参与解读故事”。[3]

《染血之室》的整个故事是由女主人公来讲述的，聚焦也是她的聚焦。虽然第一人称叙述可能不可靠，但其“叙述构成的方式是文本只表现一种声音和视觉，……读者便没法用‘其他合法视觉’来审视或质疑通过主导意识（dominant consciousness）而表现的世界观”。[4]因此，尽管读者可能怀疑“我”的可靠性，但

---

1 Kari E. Lokke, “*Bluebeard* and *The Bloody Chamber*: The Grotesque of Self-Parody and Self-Assertion,” *A Journal of Women Studies* 10.1 (1988): 8.

2 转引自 Robin Ann Sheets, “Pornography, Fairy Tales, and Feminism,” *Journal of the History of Sexuality* 1.4 (April 1991): 649。

3 参见 Hilary S. Crew, “Spinning New Tales from Traditional Texts: Donna Jo Napoli and the Rewriting of Fairy Tale,” *Children's Literature in Education* 33.2 (June 2002): 78。

4 同上，79。

读者除此之外听不到别的声音，见到的也只能是“我”所见到的。正如巴尔（Mieke Bal）所言，“如果聚焦者与人物巧合为一，那么该人物叙事技巧的优势胜过其他人物。读者会用该人物的眼光来观看事物，原则上会接受由该人物表现的视觉”。[1]故而，读者读《染血之室》时，他或她看到的“蓝胡子”只是女主人公所看到的：他的脸苍白、多肉，他的书房充满色情，他的城堡就是个“谋杀城堡”（33），他的密室是个屠场。总之在她眼里，“蓝胡子”“是野蛮的象征，是变态和破坏力的象征，是死亡的象征。他的脸总是戴着一张面具，从不流露一点情绪”。[2]读者若要知道“蓝胡子”的“真实面目”（24），就得跟着女主人公，拿着那把钥匙走进那间密室。而且也只有在入室之后，读者方能看清“蓝胡子”的“真实面目”，感受到女主人公的觉悟在提高。而在此之前，读者也与女主人公一样，“经受女主人公屈服于侯爵的可怕后果”，[3]直到打开密室才如梦初醒，完成觉悟提高。

三、拼贴画、碎片化、抹除法

杜尚的《泉》是将一只现成的尿斗整个拿来改造，但有些实验性作品是拿部分来拼贴，如从报纸上剪下些句子、广告画等，这便是典型的拼贴画了。拼贴画原本用于绘画，但被移植到文学创作中也屡见不鲜。现代主义作家和后现代主义作家都使用拼贴

---

1 转引自Göran Nieragden, “Focalization and Narration: Theoretical and Terminological Refinements,” *Poetics Today* 23.4 (Winter 2002): 688。

2 Kari E. Lokke, “*Bluebeard* and *The Bloody Chamber*,” *A Journal of Women Studies* 10.1 (1988): 9.

3 同上，11。

画，但二者使用中追求的效果还是有差异的。在前者手里，它“只是一种表现手段或方式，它最终有所指有所言”；但在后者手里，“它从头到尾、从上到下只是孤零零的拼贴画”，“时空上没有彼此的相互联系，没有整体与部分的联系”，“它无所指亦无所言，只成了没有所指的能指，因为这里物还原为物，而此时的物就是语言，就是符号——自显（self-apparent）符号，我们面对着它，或者说它‘傲慢地凝视我们’时，‘我们感觉的是这媒体本身，而不是媒体所表现的东西’”。[1]

后现代主义拼贴画的核心效果，是破除整体性和一致性。传统上，维系整体性和一致性的是有头有身有尾的线性结构，无论是情节结构、人物塑造和叙事方式，都讲究一个“圆满”。求“圆”则是求一个中心，没有中心何谓“圆”？在文字式的拼贴画里，尤其是由文字构成的独立叙述单位的拼贴画，[2]它已经成碎片化了，如库弗的《保姆》。《保姆》共分108部分（包括其标题），每一部分都可构成一个独立的叙述单位，是个典型的碎片化作品。与使用拼贴画一样，现代主义也使用碎片化，它也是“现代主义文学和后现代主义文学的核心特征”[3]之一，只是在现代主义那里，拼贴画和碎片化“给人以共时感”，而在后现代主义那里，它们“引出的效果是多样性而非共时性。因此，后现代主义拼贴画

---

1 胡全生：《英美后现代主义小说叙述结构研究》，上海：复旦大学出版社，2002年，第144页。

2 文学拼贴画可分图画式和文字式两种，而文字式又可分两种：一种“是直接或间接引用他人语录、广告词、报告书、标语等——总之是捡来的‘现成物’——做成的”；另一种“是由文字构成的独立叙述单位”。（参见胡全生：《英美后现代主义小说叙述结构研究》，第147页。）

3 Ramen Sharma and Dr. Preety Chaudhary, “Common Themes and Techniques of Postmodern Literature of Shakespeare,” *International Journal of Educational Planning & Administration* 1.2 (2011): 196.

与碎片化、多元性和相对性紧密相连”。[1]比如，在库弗的《保姆》里，作者呈现出多种可能事件同时发生：保姆可以被谋杀，也可以安然无恙，甚或私奔。碎片化带来的效果是：(1) 碎片艺术给作家带来无限想象空间；(2) 碎片艺术否定了“现实”的确定性；(3) 碎片艺术显现“语言言说”；(4) 碎片艺术打破了线性叙述结构；(5) 碎片艺术有利于读者的积极参与。[2]

抹除法是指将先前说的、写的加以否定。比如，刚说了“屋外阳光明媚”，接着说“屋外正下着雨”。又如，说保姆死了，又说她安然无恙，还说跟男主人私奔，这也是抹除法。再如，卡尔维诺的《如果在冬夜，一个旅人》，刚描述“读者”读完一部小说，又说此小说不是此小说而是彼小说，如此反复九次，结果读的是十部小说，这还是抹除法。麦克黑尔称此现象为“叙述自我抹除法”(narrative self-erasure)，并视此法并非为后现代主义小说所独有，现代主义叙事里也出现过。但是，在现代主义小说中，被取消的事件只见于某一或其他人物的主观世界，而不在该文本所描绘的世界里。[3]依照他的看法，这是一个涉及本体论的问题。前者，涉及本体论的“不稳定性少些”，而在后现代主义作品中，“不是稳定该文本飘浮不定的世界，而是进一步恶化它的本体论不稳定性”。[4]其实，抹除是抹除一种可能，从而呈现了别的（种种）可能，也就是说，它呈现多元，从叙事效果来说，它与碎片化没有太大差别。

---

1 Jaroslav Kušnír, “Postmodern Literature and Its Background,” *Postmodernism in American and Australian Fiction*, 39–40. <http://www.pdfdrive.net/3-postmodern-literature-and-its-background-e25719.html>.

2 参见胡全生：《英美后现代主义小说叙述结构研究》，第13章。

3 Brian McHale, *Postmodernist Fiction* (New York: Methuen, 1987), 101.

4 同上，101—102。

四、叉式情节和影子人物

后现代主义作家在创作中，情节编排上常实验叉式结构。情节因事件而生。传统上，情节常按早上的事件到中午的事件再到下午的事件作线性编排。读者读到这样的编排，往往将前一个事件视为因，后一个事件视为果，似乎这样才符合理性思维。但现实中，一个因常能引发数种果。保姆去做保姆，事后可能安然无恙回家，但也可能被杀，或跟男主人私奔，这些可能，库弗都写进了《保姆》。实际上，《保姆》对每个“因”都呈现数种“果”，可列表如下：

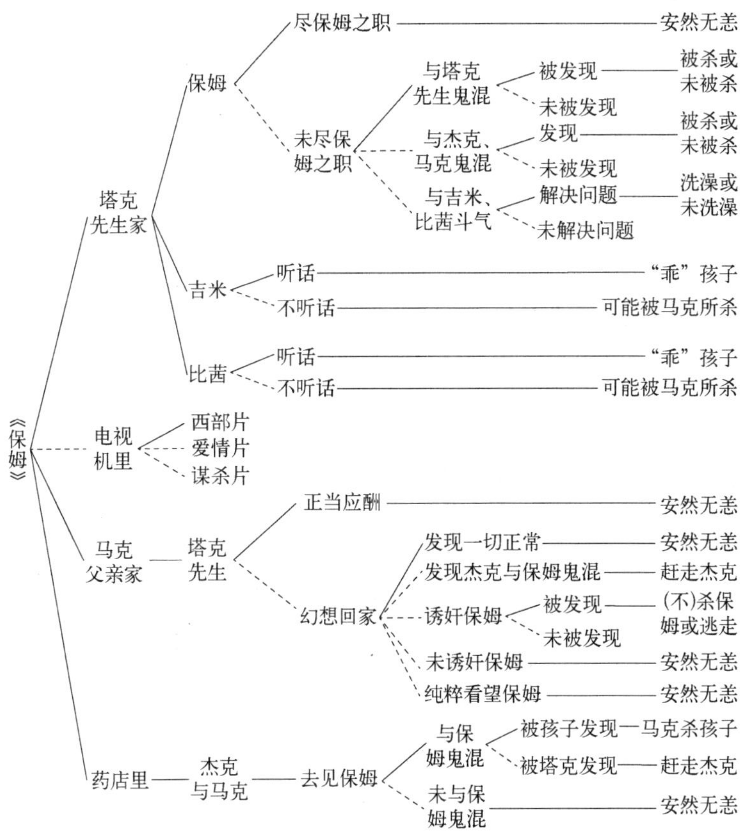

《保姆》的情节线索有三条：主人塔克先生家，马克父亲家，药店；外加电视机（播放的内容）。这些场景中所发生的事件，作为“因”都可能呈叉式引发数种“果”，表中虚实线所示，标示的是多种可能性，通常是“是”与“否”。因此，叉式结构实践的也是一种抹除法了。它所展示的，是或然性或说不确定性，说到“真”（the real）的话这是真正的“真”了：事物本来就充满不确定性，谁说一因只可能带来一种果呢？[1]

后现代主义作家塑造人物时，已不仅仅是“丰满人物”和“扁平人物”那么简单。人物在后现代主义小说中不见人味但见鬼气，成了“无理无本无我无根无绘无喻”的“六无”影子。在将人物塑造成影子或符号时，后现代主义小说家似乎很注意以下几点：(1) 切断小说人物与现实中的人的直接联系；(2) 否认人物的可知性；(3) 否定人物的固定本体；(4) 主张人物塑造须有读者参与；(5) 凸显人物塑造的互文性。[2]

上述的这些实验形态只是“双重编码”之一重，另一重则是通俗性。

第三节　后现代主义文学的通俗性

应该说，大搞实验的精神是后现代主义文学从现代主义文学那里继承下来的，不同者只是就程度而言，非本质也。然而，倘

1 关于《保姆》使用叉式情节结构的艺术效果，请参阅胡全生：《英美后现代主义小说叙述结构研究》，第12章。

2 关于后现代主义人物塑造，请参阅胡全生：《英美后现代主义小说叙述结构研究》，第6章。

若后现代主义文学只有这实验性的一面，那它就不是后现代主义文学了；它之所以是后现代主义文学，乃是因为它还有超越现代主义文学的一面，即打破“精英”与“通俗”的界限，而打破此界限以体现通俗性之手法的，则是借用或混用通俗文类。这是“后现代主义的典型特点”，[1]是种“跨文类策略”。[2]

为什么后现代主义小说家喜欢使用这一策略呢？在回答这个问题之前，让我们先来看看文类的本质。

从其本质上说，文类是开放的。这种开放性主要表现在以下几个方面。

第一，文类并非僵化不变。“文类即过程”（genre as process），尼尔如是说。他认为，“文类最好理解为过程”，且指出“文类过程式的本质（process-like nature）表现为三个层面上的互动：期待层面，文类库层面，以及支配这两个层面的‘规则’（rules）或‘准则’（norms）层面”。[3]他列举了一些例子，并解释道：“这些例子不只是表明文类即过程的本质，而且还表明这么一个程度：单个文类不仅仅构成文类王国的一部分，而且它们自身也变化，也发展，也因相互借用、重叠而不同。”[4]

主张“文类即过程”的还有其他批评家。如卡罗琳·威廉斯，她认为“文类问题从来就不是一个界定或分类问题，而是个动态

---

1 Anssgar Nünning, “Crossing Borders and Blurring Genres: Towards a Typology and Poetics of Postmodernist Historical Fiction in England since the 1960s,” *European Journal of English Studies* 1.2 (1997): 232.

2 Linda J. Holland-Toll, “From Disturbance to Comfort Zone: Cross-Generic Strategies in Dean R. Koontz,” *The Journal of Popular Culture* 37.4 (2004): 662.

3 Steve Neale, “Questions of Genre,” *Screen* 31.1 (Spring 1990): 56.

4 同上，57。

形成问题”。[1]又如克鲁，她说：“文类习俗在不断地进化。它们是‘社会构造物’，由‘社会赞同’来操作，‘受制于社会压力和社会调解。社会变了，先前被接受的习俗变为不可接受或被修正’。”[2]再如迪莫克，他则借用解构主义大师德里达的文类理论，提出不宜将文类视为“法规”（law）。他认为，“文类与之打交道的，是种易变物体，依然在发展，依然处于变化之中，随时准备逃逸，朝着不可知和不可预测的方向”。[3]

第二，文类推陈出新。持这种观点的典型人物当属托多罗夫。他说：“一种新文类向来是由一种或几种旧文类变换而来，方法是或逆转、或取代、或组合。”[4]早在1971年，托多罗夫就在他的《散文诗学》里提到，“人们可能会说，每一部优秀作品，都证实了存有两种文类，确有两种规范：一种是曾经主宰过先前文学的、如今却被其超越的文类，另一种是其创造的文类”。[5]

托多罗夫的这种文类观影响了不少批评家。如钱德勒和斯韦尔斯。钱德勒依据托多罗夫的“推陈出新”说，认为文类变化会带来新的文类。他说：“传统上，文类（尤其是文学文类）倾向于被认为是固定的形式，但现代理论强调，文类的形式和功能都是动态的。……随着文类库的不断增大，文类（以及各文类之间的关系）也随着时间的推移而变化；每一文类的习俗在变动，新的

1 Carolyn Williams, “Genre Matters: Response,” *Victorian Studies* 48.2 (Winter 2006): 295.

2 Hilary S. Crew, “Spinning New Tales from Traditional Texts,” *Children’s Literature in Education* 33.2 (June 2002): 77.

3 Wai-Chee Dimock, “Genre as World System: Epic and Novel on Four Continents,” *NARRATIVE* 14.1 (January 2006): 86.

4 转引自John M. Swales, *Genre Analysis: English in Academic and Research Settings* (Cambridge: Cambridge University Press, 1990), 36。

5 Tzvetan Todorov, *The Poetics of Prose*, Richard Howard, trans. (Oxford: Basil Blackwell, 1977), 43.

文类和亚文类在出现，其他文类被‘中断’（尽管我们注意到某些文类似乎特别长命）。……某一文类的新作品，每部都有潜力影响该文类的变化，或影响新的亚文类的出现（这亚文类有可能后来开花，结果为一种成熟的文类）。”[1]斯韦尔斯虽是从语言学的角度来探讨文类，但他也引用了托多罗夫的推陈出新说：“一种新文类向来是由一种或几种旧文类变换而来，方法是或逆转、或取代、或组合。”他依据托多罗夫的文类理论，提出文类具有社会属性，属于交际事件类别，与一套共同分享的交际目的联系在一起。他说：“整个文类习俗问题，以及文类习俗的重新组合(realignment)，对创作艺术——电影、音乐、艺术和文学——的进化至关重要。”他也认为“文类变化是内部压力的结果”。[2]另一位著名文类学家菲谢洛夫也持有文类推陈出新的观点。他说：“新文类诞生的解释之一，是每当一个新的、原创性的作品——即一个不符合现存文类种类的作品——出版时，就得有一个新的种类为它而敞开，于是新的文类就诞生了。”[3]

第三，文类因其时时处于发展、变化之中，故而具有不稳定性和多元性。这里，小说即是最好的例证。小说被视为文学的三大文类之一，但小说的诞生远远晚于诗歌和戏剧。以英国文学史而论，从严格的小说意义上说，它诞生于17世纪末和18世纪初，18世纪之前尚没有novel一词。况且，小说一开始就是种杂文类。卡罗琳·威廉斯就认为，“小说不仅仅是种混合文类，它还是种

1 Daniel Chandler, "An Introduction to Genre Theory," (WWW document, 1997) URL 1–15 <http://www.aber.ac.uk/media/Documents/intgenre/intgenre.html>.

2 John M. Swales, *Genre Analysis*, 37–38.

3 David Fishelov, "The Birth of a Genre," *European Journal of English Studies* 3.1 (April 1999): 52.

现代化混合物。通过包容、嘲讽和扬弃，小说使其他文类和世界观臣服于自己，考量它们，将它们降为陈旧、破烂或不完整、破碎之物，放入自己既贪婪又全面的新秩序里”。[1]“小说这一文类最易使自己适应新的环境，也最乐意跨越自己的界限。”[2]在巴赫金那里，小说是种“狂欢化”的东西，与“多声部”（polyphony）、“杂语变异”（heteroglossia）联系在一起。[3]从小说的历史看，小说的诞生可谓诗歌和/或戏剧的变异。后来小说又分出亚文类，比如言情小说和侦探小说。言情小说在英国出现于19世纪，到20世纪下半叶，它又出现了变种，有了“新言情小说”（neo-sensation novel）。[4]德拉布尔（Margaret Drabble）的《绚丽的方式》（*The Radiant Way*，1987）及其姐姐拜厄特（A.S. Byatt）的《占有》（*Possession: A Romance*，1990），就是其中的两例。而侦探小说，从爱伦·坡的奠基，到英国的温柔派和美国的硬汉派，再到反侦探小说（或说玄学侦探小说），其间发生的变化真可谓沧海桑田了。

第四，由于文类处在变化中，因而研究、解读文类的方法和对待文类的态度也发生变化。文类的历史告诉我们，文类在浪漫主义出现之前是相当固定的，但之后，文类这概念就受到了挑战。罗斯马里认为“文类的淡化始于浪漫派”，“此后便一直如

1 Carolyn Williams, “Genre Matters,” *Victorian Studies* 48.2 (Winter 2006): 295.

2 Luis de Juan Hatchard, “Generic Multiplicity in Alasdair Gray’s *Lanark: A Life in 4 Books*,” *Revista Alicantina de Estudios Ingleses* 15 (2002): 120.

3 参见Ihab Hassan, *The Postmodern Turn: Essays in Postmodern Theory and Culture* (Columbus: The Ohio State University Press, 1987), 171。

4 关于“新言情小说”的讨论，请参见Kelly A. Marsh, “The Neo-Sensation Novel: A Contemporary Genre in the Victorian Tradition,” *Philological Quarterly* 74.1 (Winter 1995): 99–121。

此”。[1]达夫也注意到，在歌德等人那里，“亚里士多德式文类划分学说——文艺复兴和新古典主义诗学的奠基石——首次受到了严肃质疑,文类这个概念也首次受到了细究”[2]。或许是受了达夫的影响，辛丁也认为，“浪漫主义时期之后，文类被视为是‘方便却武断地划分文学类别的方式’”。[3]到了20世纪下半叶，人类进入后现代时期，研究文类的方法和对待文类的态度更是大有改变。阿尔瓦罗就认为，“20世纪七八十年代，文类的形式与结构研究和意识形态研究共存，但至80年代末和90年代，它们又让步给文类的历史性研究”。另一方面，“文类这一概念本身也发生突变，脱离了先前新古典主义的文类观，即认为文类具有牢固、稳定的文本肌质。而如今，文类被看成了后现代主义的多维度现象，表现出易变、具有弹性和异质的特征”。[4]阿尔瓦罗的讨论虽然主要立足于电影文类，但其描述同样也适用于文学文类研究。我们知道，从70年代到90年代，西方盛行的是结构主义、解构主义、新历史主义、文化研究等，这些文学批评理论必然影响文类研究，影响对待文类的态度。德里达即是一典型例子。他在《文类之法》(1981) 一文里，就表现出他质疑（纯）文类的解构主义态度：“文本不归属于任何文类……。每一个文本都参与一种或几种文类，不存在无文类的文本；一向有一种文类或几种文类，但这样

1 Adena Rosmarin, *The Power of Genre* (Minneapolis: University of Minnesota Press, 1985), 7.

2 David Duff, ed. *Modern Genre Theory* (London: Longman, 2000), 3.

3 Michael Sinding, “Framing Monsters: Multiple and Mixed Genres, Cognitive Category Theory, and *Gravity's Rainbow*,” *Poetics Today* 31.3 (September 2010): 477.

4 Constanza del Río-Álvaro, “Genre and Fantasy: Melodrama, Horror, and the Gothic in Martin Scorsese's *Cape Fear* (1991),” *Atlantis: Revista de la Asociación Española de Estudios Anglo-Norteamericanos* 26.1 (June 2004): 61.

的参与向来不等于归属。”[1]这里，我们看到德里达亲近的是文本而不是文类。巴特在他的著述中也是只谈文本不讲文类的。正如拉尔夫·科恩所观察到的，“后现代主义批评家企图不要文类理论。像‘文本’和‘书写’（écriture）这样的术语避免了文类级别划分。这个中的理由，是企图废除文类所引入的等级，避免想象中的文类固定性，避免这些局限施加的社会和文学权威，抛弃类别划分中的社会因素和主观因素”。[2]

既然文类即过程，既然文类推陈出新，既然文类因变化而具有不稳定性和多元性，且影响解读它的方法和态度，那么对于追求“篇篇怪”、崇尚不确定性和相对性、欢迎读者积极参与的后现代主义小说家来说，文类的混用就是必定的、不可避免的。他们好用文类混用，[3]使之成了“后现代主义的典型特点”。这个中原因，从文类混用带来的效果来说，主要有以下几种：

1. 文类与生产和发行有联系，因此关乎作家的名与利。里德曾撰文讨论确立文类所带来的影响，说：“正如我们所讨论的，建立文类类别首先是干预文本接受——其出版、其发行、其解读、其学术评价和批评。”[4]这方面，汤亭亭（Maxine Hong Kingston）的《女勇士》（*The Woman Warrior: Memoirs of a Girlhood Among Ghosts*，1976）即是一个很好的例子。“关于《女勇士》的文类，

1 Jacques Derrida, “The Law of Genre,” Avital Ronell, trans. *Critical Inquiry* 7.1 (Autumn 1980): 65.

2 Ralph Cohen, “Do Postmodern Genres Exist?”, *Genre* 20.3–4 (Fall-Winter 1987): 244.

3 尤其是从20世纪70年代开始，文类越发呈杂交状。详见Scott McCracken, “The Half-Lives of Literary Fictions: Genre Fictions in the Late Twentieth Century,” Laura Marcus and Peter Nicholls, eds. *The Cambridge History of Twentieth-Century English Literature* (Cambridge: Cambridge University Press, 2004), 618–634。

4 John Rieder, “Life Writing and Science Fiction: Constructing Identities and Constructing Genres,” *Biography* 30.1 (Winter 2007): xv.

中美评论界却众说纷纭，莫衷一是。”[1]据说，汤亭亭把《女勇士》作为小说交给出版社，然而出版社却建议她以“自传”之名出版，因为小说难卖，评论家也不愿撰文评论年轻作家的第一部小说，但非小说类却有吸引力。汤亭亭接受了此建议，结果《女勇士》成了畅销书，赚了钱，还获得了非小说类大奖，出了名。实际上，读过此小说的都知道，它并非传统意义上的“自传”（顶多算部虚构性自传），实则是一小说加自传的杂交品。然而，正是这种文类上的“杂交”给作者带来了名与利。

2. 文类混用是一种巴思说的“补充”。巴思认为后现代主义小说是“文学枯竭”之后的“文学补充”。在《枯竭的文学》一文里，他开篇就声明自己“要讨论三件事”，第一件便是“新的‘综合’艺术（intermedia arts）所提出的问题”。[2]讨论中，他用“mixed-means”（混合手段）来解释“intermedia”一词。由此可见，所谓“综合”其实就是在混合中“综合”。就“综合艺术”，巴思解释道：“我想说，综合艺术也倾于居间（intermediary），处于美学的传统领域与艺术创新这两方面之间。”巴思认为，“博尔赫斯可用来说明三者间的差异：技术陈旧的艺术家，技术新潮的非艺术家，以及技术新潮的艺术家”。[3]这无疑是说，博尔赫斯是“综合艺术”的大师，因为他身上同时兼有这三种艺术家的东西，混合着“陈旧”

1 姚君伟：《小说，抑或传记？——〈女勇士〉文类之辨析》，《外国语》（上海外国语大学学报）2001年第4期，第57页。

2 Intermedia arts通常译为“跨媒体艺术”，但我们在这里译为“综合艺术”。从巴思在文中对intermedia的解释来看，intermedia还指intermediary（居间的）。再者，中文中的“跨媒体”让人想到的是媒体之间如电影、电视、（纸质）小说之间的跨越，而这并非巴思的唯一所指。见John Barth, “The Literature of Exhaustion,” *The Friday Book: Essays and Other Non-Fiction* (London: Johns Hopkins University Press, 1984), 64。

3 John Barth, “The Literature of Exhaustion,” *The Friday Book*, 66.

与“新潮”、“艺术家”与“非艺术家”。正是这种“混合着”的东西做成了“补充的文学”。巴思视小说这一文类的历史根源在中产阶级（——又是一“居间”之物——）通俗文化。在《补充的文学》一文里，他指出，“理想的后现代主义小说将超越现实主义与超现实主义（irrealism）、形式主义与‘内容主义’、纯文学与应承文学（committed literature）、小圈子小说（coterie fiction）与廉价小说（junk fiction）之争”[1]。因此，文类混用不仅仅模糊文类界限，而且还模糊了高雅与通俗之分；它“跨越界限，填平鸿沟”。[2]

3. 文类混用体现了后现代主义“什么都行”（anything goes）的精神。文类混用的直接效果是导致“杂质文本”，而“异质性”是后现代主义小说所热衷、追求的东西。文类混用本身也是种实验，它用“什么都行”来获取“篇篇怪”。文类混用无定数、无规矩，混用多少文类，混用什么样的文类，全都由小说家说了算；小说家想怎么做就怎么做。阿克自己就说过：“一切都扔进了我的写作里。”[3]她的《远大前程》，就给扔进了“叙事、自传、小说、戏剧、书信体小说、历史、文学批评和诗歌中”，[4]就是这种“什么都行”使得《远大前程》“怪”兮兮的。另一部奉行“什么都行”以求“怪”的小说是霍克斯的《枣红马》（*Whistlejacket*，1988）。书中的主人公迈克尔是哈罗德收养的。

---

1 John Barth, “The Literature of Replenishment: Postmodernist Fiction,” *The Friday Book: Essays and Other Non-Fiction*, 203.

2 Leslie Fiedler, “Cross the Border — Close that Gap: Post-Modernism,” Marcus Cunliffe, ed. *American Literature since 1900* (London: Sphere Books, 1975), 344–366.

3 Kathy Acker, “A Few Notes on Two of My Books,” *The Review of Contemporary Fiction* 9.3 (Fall 1989): 117.

4 Sam McBride, “Un-Reason and the Ex-Centric Text: Methods of Madness in Kathy Acker’s *Great Expectations*,” *Critique* 40.4 (Summer 1999): 344.

哈罗德莫名其妙地死了，迈克尔去调查，调查中与三个女人卷在一起，即哈罗德的妻子亚历克丝、哈罗德的女儿弗吉和哈罗德的情妇布斯。故事情节至此像部侦探小说。但最后，迈克尔竟然成了亚历克丝、弗吉和布斯的情人。这么一来，《枣红马》又不像部传统的侦探小说了；它有点“怪”了。其实，“因其作为文本的性质使然，《枣红马》不能包含于任何特定文类之中，它实际就是部由不同文类‘编织而成的语录’”。这“由不同文类编织而成”实际就是奉行“什么都行”。诚如凯奴莱南所言，“盛行于《枣红马》中的不确定性，说到底是其文类的不确定。它至少有八种不同文类的痕迹”。[1]

4. 文类混用是种能指滑动。文类实际就是种符号：说某部小说属于哪类小说只是给它贴上一个标签而已，只说到了作品（work），却未指明其世界（world），其内在含义依然不可确定。半个世纪前的侦探小说与半个世纪后的侦探小说不是一回事，因为如前所述，文类本身会随着时间的推移而变化，批评家与读者对待文类的态度也会有变化。文类自身带有不确定性和多元性，再加上混用，其所指就更难出场。此时要去寻找其所指，确立文类混用的小说是部什么样的小说，寻找得到的不会是所指——明确是部什么样的小说，而是能指的滑行。文类混用的效果有点像拼贴画。有些批评家“将拼贴画看作可供游戏的符号。这种看法的依据是拼贴画本身所带有的互文性：它是被捡来的（或称被移用的）现成物，因此它带有他文性，由于它被置于一个新的语境

1 Teppo Kainulainen, “Deconstruction of Genre in John Hawkes’s *Whistlejacket*,” *Critique* 37.4 (Summer 1996): 297.

里，故而产生新、旧文本的‘对话’，在这种对话中，写作失去了指涉功能，拼贴画成了没有所指的能指”。[1]文类混用也涉及“被捡来的（或称被移用的）现成物”，因为被混用的文类就是现存的文类，因此文类混用也带有互文性，被混用的文类也进行“对话”。正如约翰斯顿评论德里罗用文类混用作成的小说时所言，用文类混用作成的小说，“并非真正的、如阿道斯·赫胥黎说的‘思想小说’，而是‘语言小说’，在这样的语言里，话语种类，尤其是行话，碰撞着进入对话和竞赛”。[2]

5. 文类混用带来独特的叙事功能。文类与作者和读者，与习俗和期待，关系非常密切。前面已经提到，尼尔认为文类涉及三个层面，即期待层面，文类库层面，和支配这两个层面的“规则”或“准则”层面。我们依据尼尔这一理论以及文类与作者和读者的关系，提出它们的关系可图示如下[3]：

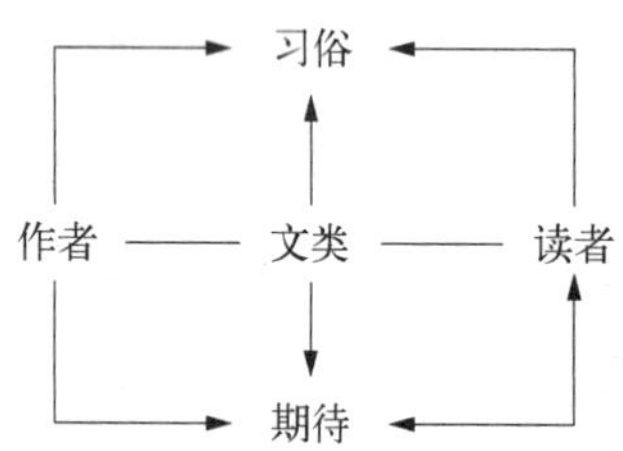

图中，我们看到习俗层面“高高在上”，“支配其他两个层面”，因此“最为重要”。然而，文类习俗“不是法律”，所以作家创作时就可以抛弃某些习俗而增加一些新的东西，使这一文类发生一些变化，甚至产生出该文类的亚文类，即推陈出新，如由侦

1 胡全生：《英美后现代主义小说叙事结构研究》，第149页。

2 John Johnston, “Generic Difficulties in the Novels of Don DeLillo,” *Critique* 30.4 (Summer 1989): 265.

3 胡全生：《文类、读者与后现代小说》，《英美文学研究论丛》2008年第2期，第302页。

探小说产生“反侦探小说”或“玄学侦探小说”，由言情小说产生“新言情小说”，由历史小说产生“后现代历史小说”。

由于“文类建立在习俗的基础之上”，[1]而文类习俗又“在不断地进化”，[2]所以，当习俗发生变化时，文类也就发生了变化，那么读者的期待就必定也有变化。一方面，由于作者抛弃了一些旧的文类习俗，增加了一些新的东西，使作品的文类发生了变化，作者所期待于读者的，也就有了变化，比如作者若是写了部玄学侦探小说（如艾柯的《玫瑰之名》，或如奥斯特的《纽约三部曲》），就不希望读者将它读成传统的侦探小说。另一方面，由于文类发生了变化，读者的期待也必定有所调整，因为他或她若是抱着对传统的侦探小说的期待来读，多半是读不成的。比如，读者若是期待“谁是真凶”谜题的释然，他或她是期待不成的，因为在反侦探小说或玄学侦探小说那里，释然已经不重要了；它或许根本就没有。这种情景，麦克布赖德在解读阿克的《远大前程》时有过描述，说：“阿克大肆混用文类，这使得读者不能舒舒服服地将《远大前程》置于预先确定的类别，读者因而被迫面对数种选择，其中之一便是要重新界定已存的文类。……阿克［对自己作品］的界定是建立在读者的作为之上，而不是作者的作为（即作品形式或内容）之上。”[3]凯奴莱南解读《枣红马》时，也有过类似的评论：“将作品放入某一文类，读者就可以预测某些期待的满足。但

1 Barbara Puschmann-Nalenz, *Science Fiction and Postmodern Fiction: A Genre Study* (New York: Peter Lang Publishing Inc., 1992), 30.

2 Hilary S. Crew, “Spinning New Tales fromTraditional Texts,” *Children's Literature in Education* 33.2 (June 2002): 77.

3 Sam McBride, “Un-Reason and the Ex-Centric Text,” *Critique* 40.4 (Summer 1999): 346.

是后现代小说，尤其是约翰·霍克斯的小说，颠覆了传统的文类划分并挫败读者的期待。”[1]期待被挫败，或说期待不成，读者就会调整自己的期待，而且文类的改变也迫使读者调整，抱着新的期待来读这作品。而期待在，读者的兴趣就在，作品也就吸住了读者。此可谓文类混用带来的独特叙事功能。

就后现代小说中的文类混用现象，美国著名批评家帕洛夫曾说过这样的话："后现代文类的特征是挪用其他文类，既有阳春白雪的，又有下里巴人的，办法是渴望既有又有而不是非此即彼。”[2]真是一语中的。文类混合实践的正是这种“既有又有”的后现代主义美学，它意味着多元的文类带来了多元的期待，吸引更多的读者，在“什么都行”中跨越了界限，填平了鸿沟，求得了“篇篇怪”。[3]

上面讨论了文类的本质和文类混用带来的效果。下面我们来粗略地探讨一下后现代主义作家在“什么都行”的指导下借用或混用的通俗文类。

一、科幻小说和哥特式小说

麦克黑尔多次撰文讨论科幻小说与后现代主义小说的关系。1987年，在《后现代主义小说》的第四章第二、三节，分别讨论了“后现代主义科幻小说化”和“科幻小说后现代主义化”问

---

1 Teppo Kainulainen, "Deconstruction of Genre in John Hawkes's *Whistlejacket*," *Critique* 37.4 (Summer 1996): 289.

2 Marjorie Perloff, ed. *Postmodern Genres* (Norman: University of Oklahoma Press, 1989), 8.

3 本节以上部分，原见于胡全生:《后现代主义小说的文类混用》,《江西社会科学》2014年第10期，这里文字略有删改。

题，认为科幻小说与后现代主义小说的发展轨迹“存在这样的趋向，即后现代主义写作从科幻小说写作中寻找主题，挖掘其素材”，[1]因为有大量的证据表明，后现代主义写作得益于科幻小说写作，而科幻小说写作也受益于后现代主义写作。[2]他的这种观点，在1992年的《建构后现代主义》（*Constructing Postmodernism*）一书和1997年的《论科幻小说》（“Science Fiction”）一文中得以重申。二者之所以能互借互利，是因为科幻小说和后现代主义小说一样，其主旨（dominant）都是本体论，[3]提出的问题是“这个世界是哪一种世界?”，而不是“我如何理解这个我为其中部分的世界”。其实从一定程度上说，科幻小说的发展史也是个后现代主义化史。科幻小说发展到赛博朋克小说，就已经是后现代主义小说了。维基百科就说，“赛博朋克小说是一种后现代主义科幻小说，以专注‘高科技俗生活’而闻名”。在赛博朋克小说里，人物不叫人物而叫“赛博客”（cyborg），依据哈拉威的解释，“赛博客”一半为人一半为机器，“是个人机杂种，是社会现实里的生物，也是小说中的生物”。[4]比如在吉布森的《神经漫游者》[5]中，女主人公莫莉就是个半人半机器的杂种：她“戴着黑色手套，穿着皮革紧身牛仔裤”（25），“指甲看起来像是人造的”（24），身上却“装有电线”，“白色手指微微张开，‘咔’的一声，十把四公分长的两刃手

1 Brian McHale, *Postmodernist Fiction*, 65.

2 同上，68。

3 同上，59。

4 Donna Haraway, “A Cyborg Manifesto: Science, Technology, and Socialist-Feminism in the Late Twentieth Century,” *Simians, Cyborgs and Women: The Reinvention of Nature* (New York: Routledge, 1991), 149.

5 本章《神经漫游者》的引语均见于 William Gibson, *Neuromancer* (New York: Ace Books, 1984)。

术刀片就从紫红指甲里滑了出来”(25)。这里，真实的与想象的混淆了。这种混淆使得读者很难确定他们所处的世界是真实的还是想象的。这种不确定性正是赛博朋克小说的特点，也是后现代主义小说的特点，因为“赛博朋克小说明显地进入后现代主义的批评日常议程”，而“詹明信又好像将朋克小说当作后现代主义的文学宣言”。[1]

后现代主义作家在借用科幻小说的同时不忘哥特式小说。哥特式小说与科幻小说只有一步之差。玛丽·雪莱（Mary Shelley）的《弗兰肯斯坦》(*Frankenstein*，1818)，当是英国文学史上第一部科幻小说，可还是常有人视之为哥特式小说。[2]哥特式小说的出现比科幻小说早；它始于18世纪末，到20世纪80年代，赛博朋克小说风行之际，我们就见到了赛博哥特式小说（Cybergothic），[3]也就是说，哥特式小说也可以后现代主义化。比如加迪斯的《木匠的哥特式古屋》(*Carpenter's Gothic*，1985）就是部后现代主义哥特式小说。小说的标题就显示这是部哥特式小说，但却非传统意义上的哥特式小说。哥特式小说又称“哥特式传奇”(Gothic romance)[4]（或曰“哥特式罗曼司”)。小说中的女主人公莉茨是个受害者，她最终消失在这个有90年历史的、常闹鬼的旧宅里，这就颠覆了“罗曼司”中皆大欢喜的喜剧结尾。而且小说的终点没

1 Brian McHale, “Elements of a Poetics of Cyberpunk,” *Critique* 33.3 (Spring 1992): 149.

2 如劳埃德-史密斯和范埃尔费伦就作如是观。分别见Alan Lloyd-Smith, *American Gothic Fiction: An Introduction*, 上海：上海外语教育出版社，2009年，第134页；Isabella van Elferen, “Dances with Spectres: Theorising the Cybergothic,” *Gothic Studies* 11.1 (2009): 105。

3 详见Isabella van Elferen, “Dances with Spectres: Theorising the Cybergothic,” *Gothic Studies* 11.1 (2009): 99–112。

4 M. H.艾布拉姆斯：《文学术语词典》（中英对照），吴松江译，北京：北京大学出版社，2009年，第223页。

有句号，如此则把读者抛入困惑与不确定之中。整部小说几乎全由对话构成，可对话却不用引号而用破折号，话语也常碎片化，尤其是莉茨的，这就加强了这种不确定感。这些是“对经典哥特式小说情节做后现代主义的改编”。[1]

二、侦探小说和西部小说

其实我们也可以说，侦探小说也有后现代主义化的趋向。在所有借用的通俗文类中，侦探小说恐怕最为盛名，以至于有学者干脆称后现代主义化的侦探小说为“后现代主义侦探小说”，或者更为熟悉的“反侦探小说”或“玄学侦探小说”。传统侦探小说在解开“谁是真凶”谜题的过程中强调推理（即理性）的重要性，而读者的期待是以因果为主的期待，所以认识论是它的哲学基础。后现代主义侦探小说却往往没有“谁是真凶”谜题的释然，以此来质疑理性，“拒绝满足以因果为主的期待”，[2]呈献给读者的不是理性的光辉，而是不可知性和不确定性。比如艾柯的《玫瑰之名》，它具备侦探小说的基本条件：接二连三的谋杀和对凶手的追查。但它的结尾没有“释然”，凶手也没有得到应有的惩罚。虽然福尔摩斯式的人物威廉博学多才，到达修道院的第一天就表现出高深的推断能力，但他却败在了凶手佐治手里：佐治最终竟然从威廉手中，将他犯罪的证据，即涂有毒药的《诗学》，拿过来付之一炬。从这点上说，佐治是胜利者：在侦探与反侦探、犯罪与

---

1 Misty L. Jameson, “The Haunted House of American Fiction: William Gaddis’s *Carpenter’s Gothic*,” *Studies in the Novel* 41.3 (Fall 2009): 314.

2 Hans Bertens, “The Detective,” Hans Bertens and Douwe Fokkema, eds. *International Postmodernism: Theory and Literary Practice* (Amsterdam: John Benjamins Publishing Company, 1997), 197.

惩罚犯罪的较量中，佐治最终打败了威廉。可见理性是多么的脆弱，世事又多么难料。

西部小说虽然借用得不如侦探小说那么广泛，却也借用得有声有色。传统的西部小说与传统侦探小说一样，都是以无序开始，以有序结束：侦探小说，以凶杀开始，以凶手受到惩罚结束；西部小说，以恶棍猖獗开始，以好汉战胜恶棍结束；二者伸张的都是正义。从文化编码的角度看，这种侦探与凶手之争，好汉与恶棍之争，便成了守法与违法、正义与邪恶、有序与无序之争。在多克托罗的《欢迎到哈德泰姆斯来》中，[1]恶棍特纳杀人、强奸、无恶不作，而好汉布卢面对恶棍的无恶不作，却像个胆小鬼：埃夫里请他赶走恶棍，他却说："也许他很快就离开；""好了埃夫里，我现在都49岁了。"就他的话，埃夫里说了一句："混账！"（6）当布卢与特纳面对面时，他想伸手去摸枪，结果手却伸向酒杯，并"在此刻感到自己想讨好他，几乎很高兴自己在喝酒"（18）。两人面对面枪战，第一次特纳占上风；第二次布卢占上风，但却是靠耍阴谋诡计——在传统的西部小说中，此乃小人所为，非丈夫所为。最后，布卢将恶棍带到自己的情人身边，以示恶棍如今对她无害，可她却用刀刺伤恶棍，而吉米（好汉收养的孩子）看到这幅情景吓坏了，开枪打死了她和恶棍，布卢虽奋力制止却未成功，反倒受了重伤。吉米最终离开了哈德泰姆斯镇，任由布卢孤独而死。他的离开，一者讽刺了小说的标题——《欢迎到哈德泰姆斯来》，二者他可能将变成另一个恶棍蹂躏西部。在这样的结局里，

1 本章《欢迎到哈德泰姆斯来》所引均见E. L. Doctorow, *Welcome to Hard Times* (New York: Random House Trade Paperbacks, 2007)。

读者当然见不到秩序的恢复，而是看到公正、守法、有序被嘲弄。

三、历史小说和校园小说

历史小说也是后现代主义作家借用最广的通俗文类之一。它被借用得如此之广，以至有“后现代主义历史小说”之谓。鲁西迪的《午夜之子》(1982)，库弗的《公众的怒火》(*The Public Burning*，1977）都是如此。这些小说都有历史做其背景，《午夜之子》有印度独立的背景，《公众的怒火》有尼克松任职副总统的背景。后现代主义历史小说是建立在新的历史观的基础之上的。如我们在第二章第四节所看到的，“历史本身依赖于叙事、语言、意识形态的习俗，以便叙述‘真正发生过的事’”。[1]《公众的怒火》共三十章，分为六个部分，即“序幕”，“周三—周四”，“周五上午”，“周五下午”，“周五晚上”和“尾声”，外加三个“间奏曲”，或诗歌或戏剧场景，与四个主体部分分开，逢双的那章以尼克松的视角来叙述。尼克松的尴尬是当众“脱裤子”，但梅热克分析认为，[2]此举一者暗指1952年竞选副总统时他请史蒂文森和斯帕克曼走到人民面前，说说他们的个人私有财产之道，[3]宣称“如果不这样做，他们就是承认自己隐瞒了什么”；二者指小说中尼克松最后呼吁大众贡献爱国之心：“今晚大家都向前走一步，……为美国脱

1 Raymond A. Mazurek, “Metafiction, the Historical Novel, and Coover’s *The Public Burning*,” *Critique* 23.3 (Spring 1982): 29.

2 同上。

3 指民主党总统和副总统的竞选人史蒂文森（Adlai Stevenson）和斯帕克曼（John Sparkman）。1952年，共和党的艾森豪威尔（Dwight Eisenhower）竞选总统，尼克松竞选副总统。9月23日，尼克松发表著名的“跳棋演讲”（“Checkers Speech”，亦称“基金演讲”），陈述自己在竞选基金问题上没有“污点”，说：“我的美国同胞们，作为副总统的竞选人，我站在你们面前，”“[就所谓的污点]来讲真话，”“[我]提议史蒂文森先生和斯帕克曼先生……也应做我现在做的。”

裤子。”[1]这里我们看到，相对于传统的历史小说来说，《公众的怒火》的“新”是新在它“将历史处理为一种话语形式”。[2]

借用校园小说这一文类来创作后现代小说的，最负盛名的恐怕是洛奇。他是文学教授，对大学生活很熟悉，对西方文类也很熟悉，写了一系列后现代主义校园小说，其中最为大家所熟悉的是他的“卢密奇学院三部曲”（*The Campus Trilogy*）：《换位》（*Changing Places: A Tale of Two Campuses*，1975），《小世界》（*Small World: An Academic Romance*，1984）和《好工作》（*Nice Work*，1988），最后两部还列入布克奖候选名单。作为文学教授和文学批评家，洛奇对叙事技巧自然有种自我意识，因此他的小说与他的文论一样，对语言特别敏感，结果他的小说常表现出元小说的特征。比如《小世界》。[3]此小说的副标题是《校园罗曼司》，这一副标题就显示此小说不仅仅是部校园小说，实际它还是部高度自我意识或说自我反射小说，也就是元小说了。其一，小说里的人物几乎没人不谈罗曼司，而且常以奚落的口吻。如文学学生安杰丽卡居然在学术研讨会上说：“最伟大、最典型的罗曼司常常没有结局；它们只在作者筋疲力尽时结束，就像女人的性高潮能力只限于其身体耐力。罗曼司是种多元性高潮。”（323）连机场验票台小姐谢丽尔也竟然说：“用心理分析的话来说，罗曼司是寻找力比多，或者说渴望实现自我，这种实现发源于现实的焦虑，但

1 Robert Coover, *The Public Burning* (New York: Viking Press, 1977), 482.

2 Raymond A. Mazurek, “Metafiction, the Historical Novel, and Coover’s *The Public Burning*,” *Critique* 23.3 (Spring 1982): 29.

3 本章《小世界》的引语均见于David Lodge, *Small World: An Academic Romance* (London: Penguin Books 1985)。

依然包含着那个现实。”(259)其二，小说中有很多典故与罗曼司或罗曼司作家或作品相关。其实，小说的结构就像寻找圣杯，男主人公帕斯担当的角色是圣杯骑士帕斯瓦尔。小说第一章女主人公安杰丽卡就问他的名字帕斯（Persse）是否是（Percival）的缩写，他回答说“有可能”(9)。就此，霍姆斯评论说，这就“准备让读者”“与中世纪圣杯罗曼司联系起来”。[1]而且，安杰丽卡说她的博士论文就是研究罗曼司。小说一开始描述帕斯对安杰丽卡一见钟情，此后便是描写他寻找他所爱的女人，但他与之做爱的，却是她的孪生妹妹丽丽。至末尾，他意识到自己其实是“爱上了一个梦”(326)。他转而去追求谢丽尔，但结果如何小说却无下文。显然，寻爱结果成了寻求可能性或不确定性。小说中的罗曼司典故和对罗曼司的讨论，都是“元小说的特征，这些特征揭示技巧背后的现实幻想，最终混淆了艺术与生活的区别”。[2]当洛奇让他的人物，如安杰丽卡和谢丽尔等，评论罗曼司时，他其实是暴露他写作中的叙事技巧，将读者的注意力引向《小世界》立于这些技巧之上的虚构性。

四、言情小说和色情小说

英语中的romance（罗曼司）若不是言情小说的代名词至少也是言情小说之一。在英国维多利亚时期，言情小说之风大吹，福尔斯似乎认为此风不可长，于是写下《法国中尉的女人》来戏

1 Frederick M. Holmes, “The Reader as Discoverer in David Lodge’s *Small World*,” *Critique* 32.1 (Fall 1990): 49.

2 同上，47。

仿。言情小说都道“有情人终成眷属”，可那个所谓的法国中尉的女人莎拉却得不到这样的好结局。然而莎拉究竟是贞女还是妓女，能否“终成眷属”，唯有读者自己知道或裁定。如果去掉像十二章的末尾和十三章的开头那样的“元评论”，去掉三个结尾中的二个，只保留莎拉和查尔斯结为眷属的结尾，那么《法国中尉的女人》就是部地地道道的维多利亚式的言情小说了。现在，正因为它有了这些东西，评论家认为它是部元小说。福尔斯不是只讲一个爱情故事，更多的是想借助爱情小说的外壳，让读者意识到小说的虚构本质以及世事的多变或说不确定性。

色情小说这一文类的借用中，最出名的可能是埃丽卡·容。她的名著《怕飞》[1]出版于1973年，此时女权主义的第二次浪潮如火如荼，高歌的是其口号“私人的也是政治的”，“提高觉悟”是其目的之一。小说表现的是一个29岁的女人，叫伊莎多拉。她渴望冒险，性快乐，自由和创造力，或用她自己的话来说，渴望“无拉链性交”（zipless fuck）[2]，并为此而备受煎熬。小说中有一个故事中的故事反映“无拉链性交”（19—21）。故事里只有两个主角，一个是寡妇，一个是士兵。寡妇还在节哀当中，士兵挑逗寡妇，寡妇始终不动声色。最后士兵见寡妇下了火车，就跳下去追赶她。（就此情境，奥布里评论道：“他被尚未逝去的欲望压倒了；她走了；传统的性别角色被颠覆了。”[3]）叙述者（即伊莎多拉）讲

1 Erica Jong, *Fear of Flying* (New York: Berkley Books, 2003). 本章所引均源自此版本。

2 zipless fuck因*Fear of Flying*而生，现已进入一些英语词典，意指两个陌生男女纯而无权欲之偶然性交，类似汉语中“一夜情”。

3 Timothy Aubry, “Erica Jong’s Textual Bulimia: *Fear of Flying* and the Politics of Middlebrow Consumption,” *The Journal of Popular Culture* 42.3 (2009): 424.

完这个故事后立即解释道："无拉链性交绝对纯洁。它无别有用心。没有权力游戏。男的不'索取'，女的不'给予'。没有谁企图与某个丈夫通奸，或者羞辱某个妻子。没有谁企图证明什么，或者从他人那里得到什么。无拉链性交是人间最纯洁的东西，比独角兽还少见。"（21—22）伊莎多拉也遇到自己的"无拉链性交"：她去英国开会遇见一个男人，叫古德洛夫，[1]此君外表堂皇，暗地里却是个自私自负、恃强欺弱之徒。后来他在巴黎与她不期而遇，但她最后终于鼓起勇气回到旅馆丈夫身边。在小说末尾，我们看到伊莎多拉躺在旅馆的浴池里："我低头看自己的身体，与原先的一样。……漂亮的身体。我的。我决定继续拥有它。"（423—424）这显然是说，伊莎多拉结束了自己"无拉链性交"的冒险，认识到先前幼稚的"无拉链性交"之幻想消失了："我的害怕消失了，此顽石压在我心里达29年之久，如今消失了。不是突然之间。或许不是永久消失，但到底是消失了。"（424）这表明"无拉链性交"的冒险导致了伊莎多拉的新生。整部小说都是伊莎多拉在叙述，是她在讲故事，仿佛她正面对一群提高觉悟的女人（CR group），实践提高觉悟。因此从这个意义上说，《怕飞》是一首"提高觉悟"之歌，而非色情故事。

应该特别指出的是，后现代主义作家借用通俗文类有一个共同特点，即在借用中必定"釜底抽薪"，如侦探小说没有"谁是真凶"谜题的释然，西部小说未必好汉战胜恶棍，言情小说未必

1 名叫Goodlove，意为"好的爱情"，实具讽刺用心。

"终成眷属"。"釜底抽薪"的用意，是不让读者将它读成通俗文类，不让读者沾染通俗文类所透示的意识形态，如通俗文类所维护的确定性、一致性等；它要让读者读到的是不确定性、多样性、相对性，让读者意识到小说的虚构性。在这层意义上，此作为与实验有异曲同工之妙。从某种程度上说，借用或混用也是一种实验——谁说"釜底抽薪"不是呢？——只是这种实验给装上了旧瓶。

第八章
美国后现代主义文学

马克思说过，“人们自己创造自己的历史，但是他们并不是随心所欲地创造，并不是在他们自己选定的条件下创造，而是在直接碰到的、既定的、从过去继承下来的条件下创造”。[1]文学创作又何尝不是如此。美国的后现代主义文学就是美国二战后历史进程的结果，从未脱离过其“直接碰到的、既定的、从过去继承下来的条件”。

第一节　1945—1957年：在“敲打”中孕育

“二战盟军胜利，欢呼声四起，此时有人宣布：‘美国时代来到了。’”[2]此话虽有些大国沙文主义，然而第二次世界大战的确使美国成了暴发户，“军事、经济之力在世界舞台上占据霸主地

1 马克思：《路易·波拿巴的雾月十八日》，中共中央马克思恩格斯列宁斯大林著作编译局译，《马克思、恩格斯全集》第8卷，北京：人民出版社，1961年，第121页。

2 George Brown Tindall and David E. Shi, *America: A Narrative History*. Vol. 2 (New York: W. W. Norton & Company, 1996), 1284.

位。……军事上有原子弹，国际贸易中又可发号施令”。[1]二战主要在欧洲、亚洲、非洲进行，远离美国成千上万公里，它给美国带来的创伤相对而言只是皮毛上的，而英、法、俄（苏联）和中国等，却是伤筋动骨，因此二战后，当这些国家忙着恢复其经济基础设施时，美国却因其经济基础的未损而愈加发达、高效。“到1955年，只占世界人口百分之六的美国，却生产了世界的一半产品”，它不仅是经济上的巨头，“文化上也成了老大”，[2]或者用海森的话来说，“紧随二战战场上胜利的，是美国文化上的胜利”。[3]

美国的这种文化上的胜利，在文学上亦可见一斑。虽然马克·吐温是美国文学之父，但美国文学要被美国之外的世界所知，更多的恐怕还是二战后，因为在战后不到十年的时间里，美国有了三位诺贝尔文学奖得主，即艾略特（1948年）[4]、福克纳（1949年）、海明威（1954年）。[5]虽然如此，这三位作家却不是战后，尤其是50年代美国文学的代表。菲德勒就认为，“福克纳和海明威都是‘死后’得到诺贝尔文学奖的（意指他们已落伍了，其最好的作品留在了身后）”。[6]布拉德伯里也以为，“三人都流露出已过最佳

---

1 George Brown Tindall and David E. Shi, *America*, 1284.

2 同上。

3 Andreas Huyssen, “Mapping the Postmodern,” *New German Critique* 33 (Fall 1984): 17.

4 艾略特1927年加入英国国籍，但他最重要的作品《荒原》发表于1922年，美国文学史和英国文学史均视他为本国作家。

5 美国迄今有十二位诺贝尔文学奖得主，除此三位外，还有路易斯（《巴比特》，1930年）、奥尼尔（《天边外》，1936年）、赛珍珠（《大地》，1938年）、斯坦贝克（《人鼠之间》，1962年）、贝娄（《赫索格》，1976年）、辛格（《魔术师·原野王》，1978年）、布罗茨基（《从彼得堡到斯德哥尔摩》，1987年）、莫里森（《宠儿》，1993年）和“在美国的歌曲传统中创造了新的诗性表达”的鲍勃·迪伦（2016年）。

6 参见Martin Halliwell, *American Culture in the 1950s* (Edinburgh: Edinburgh University Press, 2007), 52。

时期的痕迹，难以代表战后一代美国人的精神面貌”。[1]哈利韦尔说：“50年代，美国的这三位诺贝尔文学奖得主意味现代主义作为一历史模式，已经机构化了。”[2]他同时还认为，“许多人认识到，威斯康星和原子弹之后，艺术再也不能一成不变”。[3]这就要求美国文学若要继续其进程，则必须有新的动作。事实也证明，50年代的美国文学的确有其新的东西，表现出新的进程。这新的东西就是哈利韦尔说的“不安的小说”（fictions of unease），[4]而这“不安”的主要象征便是50年代的小说普遍地出现了反英雄（anti-hero），如塞林格《麦田里的守望者》中的霍尔顿，艾里森《看不见的人》中的无名氏，赖特《局外人》中的克罗斯，凯鲁亚克《在路上》中的迪安，纳博科夫《洛丽塔》（*Lolita*，1958）[5]中的亨伯特。这些“反英雄”的共同特征是他们都是边缘化人物（黑人、犹太人、欧洲移民，或美国南方人），[6]无根、孤独、不安，苦苦思索存在的意义，思索福克纳说的“我哪天给炸飞了？”，而表现这种思索的重要代表要属“垮掉的一代”。

“垮掉的一代”（the Beat Generation）中的“垮掉”（beat）一词让人想起“迷惘的一代”。前者指二战后成长起来的年轻人，后者指一战后成长起来的年轻人。在“迷惘的一代”（如海明威）的笔下，这些年轻人孤立于社会，迷惘而困惑，对生活失去信念，

1 Malcolm Bradbury, *The Modern American Novel* (Oxford: Oxford University Press, 1984), 127.

2 Martin Halliwell, *American Culture in the 1950s*, 189.

3 同上。

4 同上，60。

5 纳博科夫的《洛丽塔》初为禁书，在美国不能出版，直至1955年在巴黎出版后三年，即1958年才在纽约出版。

6 Martin Halliwell, *American Culture in the 1950s*, 61.

但对人性却依然持有渴望之心，鱼给吃了，但人的精神还在。而“垮掉的一代”（如凯鲁亚克）的笔下，这些年轻人同样孤立于社会，他们不仅对生活同样失去信念，而且对人性的渴望之心也丧失，只挣扎着以异样的方式（如吸毒、乱交等）反抗压迫他们的社会。如果说“迷惘的一代”的文学是现代主义的，那么“垮掉的一代”的文学则具有更多的后现代主义特征。

早些时候，“垮掉的一代”的确多被批评家读成现代派，可如今却被不少批评家视为后现代派。比如《大学文学》（*College Literature*）杂志2000年推出讨论“垮掉的一代”的冬季专辑，旨在“提供一些指导，以便在21世纪教授垮掉的一代”。斯凯尔在“前言”中写道：“对于学生来说，垮掉一代是个‘入境港口’，可让人看清文化战争和理论战争，以及理解经典问题，时期划分问题和现代主义/后现代主义争论问题。”[1]专辑至少有三篇文章将“垮掉的一代”归纳于后现代主义阵营，其中约翰逊认为“垮掉之父”凯鲁亚克是一位“前后现代主义者”（pre-postmodernist），[2]一位由现代主义向后现代主义的过渡式人物。而鲍德温（Douglas G. Baldwin）和墨菲（Timothy S. Murphy）的文章讨论巴勒斯，都明确视巴勒斯为后现代主义作家。此外，盖赫等人编的《诺顿美国后现代小说选集》也收录了巴勒斯的作品。至于金斯堡，他入选了《诺顿后现代主义诗歌选集》。可见，“垮掉的一代”的三位代表性人物——凯鲁亚克、巴勒斯和金斯堡——在学界已被看作后现代主义作家了。

1 Jennie Skerl, “Introduction: The Unspeakable Visions of the Individual in Academe,” *College Literature* 27.1 (Winter 2000): 4.

2 Ronna C. Johnson, “‘You’re Putting Me on’: Jack Kerouac and the Postmodern Emergence,” *College Literature* 27.1 (Winter 2000): 22.

客观地说，至少从时间上和其创造实践上看，他们的确表现为由现代主义向后现代主义过渡的产物。凯鲁亚克的经典之作《在路上》的自动式写作风格，呈现着“垮掉式造反”（beat rebellion），也“暴露宏大叙事的分裂”。[1]《在路上》还“通过突出种族身份的习俗和局限挑战现存社会秩序”，[2]描写中将旅途事件串成无情节的系列，“实验他自称的‘自发性小说写法’，企图在纸上尽可能直接和即时（不作文学思考）地记录大脑的表面和美国的表面”。[3]小说末尾有“启示”色彩，[4]凯鲁亚克自己说“寻找未找到的东西，在路上就迷失了自己，但回家却希望得到别的东西”。[5]这也是何以有人称此小说“既使宏大叙事合法化又挑战宏大叙事”。[6]

对于巴勒斯，批评家讨论较多的是他的“切分技法”（the cut-up technique），即将短语甚至单词切分开来以创造新的句子。巴勒斯在《裸体午餐》（1959）中开始运用这一技法，此后便一发不可收，尤其是在《软机器》（*The Soft Machine*，1961）、《爆炸的车票》（*The Ticket that Exploded*，1962）和《新星快车》（*Nova Express*，1963）这三部小说中，用得分外精彩。切分技法类似于绘画中的拼贴画，据说巴勒斯是从他的画家朋友吉森那里学来的。其基本操作如下：将文本写在纸上，然后用剪刀将纸剪成碎片，

---

1 Ronna C. Johnson, "'You're Putting Me on'," *College Literature* 27.1 (Winter 2000): 24.

2 Robert Holton, "Kerouac Among the Fellahin: On the Road to the Postmodern," *Modern Fiction Studies* 41.2 (1995): 266.

3 同上，272。

4 同上，277。

5 参见 Dan Napelee, "*On the Road*: The Original Scroll; Or, We're Not Queer, We're Just Beats," *The Explicator* 69.2 (2011): 72。另据纳佩利在此文中所说，凯鲁亚克是用打字机写《在路上》，在一卷长长的电传打字纸上写了三周而成。

6 Robert Holton, "Kerouac Among the Fellahin: On the Road to the Postmodern," *Modern Fiction Studies* 41.2 (1995): 266.

再用这些碎片组成文本。切分的结果，是文本“不能通往单一意义”，“因而阅读切分技法的过程含有碎片化，因为文本给碎片化了，阅读习惯也就给分裂了”，于是读者就得选择：“要么力排艰难强行施加意义”，“要么调整阅读结构”，“把自己置于意义不断旋转的漩涡里”。[1]显然，切分技法是一种后现代主义技法，因为它否定单一意义而肯定读者建构意义。无怪乎莱登伯格（Robin Lydenberg）认为巴勒斯是“解构运动的先驱”。[2]

如前所述，战后美国进入富足社会，但是，这种富足犹如1955年建于加州、后来被鲍德里亚看作让人怀疑美国真正的“真实”的迪士尼乐园，在其背后隐藏着“另一个美国”。哈林顿（Michael Harrington）1962年发表的《另一个美国》（*The Other America*）揭示的就是美国贫民的贫穷状况，而丹尼尔·贝尔1960年出版的《意识形态的终结：论50年代政治思想的枯竭》（*The End of Ideology: On the Exhaustion of Political Ideas in the Fifties*）则揭示了美国50年代政治思想枯竭的状况。里夫斯写20世纪美国史时这样描写它的50年代：“冷战紧张到危险的地步，麦卡锡主义肆虐全国，少数民族继续承受种族歧视，一些妇女恼怒当时盛行的‘全职母亲’，贫富之距继续拉大，很多知识分子嘲笑多数美国人表面欣赏的顺从和尊奉权威。”[3]美国的50年代，如廷德尔和希所描述的，是“一个充

---

1 John G. Watters, “The Control Machine: Myth in *The Soft Machine* of W. S. Burroughs,” *Connotations* 5.2–3 (1995/1996): 290.

2 参见Alex Wermer-Colan, “Implicating the Confessor: The Autobiographical Ploy in William S. Burroughs's Early Work,” *Twentieth-Century Literature* 56.4 (Winter 2010): 493。

3 Thomas C. Reeves, *Twentieth-Century America: A Brief History* (New York: Oxford University Press, 2000), 155.

满悖论的时代”。[1]奥克瑞（J. Ronald Oakley）也将它描述为“一个令人困惑、充满悖论的时期”，并解释说：“一方面无限乐观，另一方面却担心原子弹带来世界末日；一方面空前富有，另一方面却贫穷未除；一方面大谈平等，另一方面却种族和性别歧视猖獗。”[2]实际上，美国的有识之士，如加尔布雷斯（John Kenneth Galbraith），就看到了战后那些年伴随美国经济成功的“是深深的不安”。[3]而“垮掉的一代”写的就是反映这种不安的、哈利韦尔说的“不安的小说”。他们的作为，一如巴拉卡（Amiri Baraka）和爱德华兹（Debra L. Edwards）所说，是“明显的反抗，……反抗反动政治，反抗美国统治阶级和中产阶级的生活方式，反抗保守主义和麦卡锡主义”。[4]“垮掉的一代正是不满于美国资本主义制度对个人的压抑以及麦卡锡主义造成的政治高压，才起而否定美国社会的价值标准，寻求新的生活方式。他们与大众社会相脱离，弃富贵而求贫困，弃成功而求失败，弃物质而求精神。”[5]因此我们可以说，“垮掉的一代”的创作是根植于美国战后十多年的土壤，“是在直接碰到的、既定的、从过去继承下来的条件下创造”的。有学者指出，将the Beat Generation译为“垮掉的一代”是“明显的误译”；[6]他们“在精神上都从未‘垮掉’”。[7]beat一词还有“敲打”的意思，“台湾学者

1 George Brown Tindall and David E. Shi, *America*, 1353.

2 参见Martin Halliwell, *American Culture in the 1950s*, 4。

3 参见Allan Johnston, “Consumption, Addiction, Vision, Energy: Political Economies and Utopian Visions in the Writings of the Beat Generation,” *College Literature* 32.2 (Spring 2005): 105。

4 同上，107。

5 刘绪贻、杨生茂主编：《战后美国史1945—1986》，北京：人民出版社，1989年，第144页。

6 肖明翰：《序言》，文楚安著《“垮掉一代”及其他》，成都：四川大学出版社，2002年，第4页。

7 同上，第2页。

就称之为‘敲打一代’”。[1]美国批评家霍尔姆斯认为，“一个‘beat’无论到什么地方都总是全力以赴，精神振奋，对任何事都很专注”。[2]如果真如莫拉马科所说，“事实上可以主张将后现代时期追溯到艾伦·金斯堡发表《嚎叫》的1956年，或者追溯到凯鲁亚克发表《在路上》的1957年”，[3]那么我们可以说美国的后现代主义文学是在“敲打”中孕育的。

第二节　1958—1974年：在形式实验中登上顶峰

美国的60年代不是从1960年开始至1969年结束，而是从1958年开始至1974年结束，这就是马威克说的“长久的60年代”(the long sixties)。[4]在这个年代，美国的政治、经济、社会、文化发生了急剧的变化。如果如洛威尔（Robert Lowell）所说，美国的50年代是个“平静的年代”，[5]那么60年代就是个“动荡”得被艾泽曼和卡津视为“美国分裂”而处于“内战”的年代。[6]象征美国

1 参见文楚安：《“垮掉一代”及其他》，第27页。

2 同上，第123页。

3 Fred Moramarco, “Postmodern Poetry and Fiction: The Connective Links,” Larry McCaffery, ed. *Postmodern Fiction: A Bio-Bibliographical Guide* (New York: Greenwood Press, 1986), 131.

4 Arthur Marwick, *The Sixties: Cultural Revolution in Britain, France, Italy and the United States, c.1958–c.1974* (London: Bloomsbury Reader, 2012), 7. 此外，还有其他学者也都提到“长久的60年代”，但对其始点与终点各有说法，如麦克黑尔认为是1957—1973年［参见Brian McHale, “1966 Nervous Breakdown; or, When Did Postmodernism Begin?” *Modern Language Quarterly* 69.3 (2008): 391］，詹明信认为60年代的“尾声”或“决定性终点”可以“划在1972年至1974年间”（参见詹明信：《60年代：从历史阶段论的角度看》，张旭东编《晚期资本主义的文化逻辑：詹明信批评理论文选》，陈清侨等译，北京：生活·读书·新知三联书店，1997年，第350、388页），而阿加则提出大致为50年代中期至70年代中期［参见Jon Agar, “What Happened in the Sixties?” *BJHS* 41.4 (December 2008): 567］。本文采用马威克的说法。

5 参见Martin Halliwell, *American Culture in the 1950s*, 56。

6 如他俩2000年出版的专著的标题所示：《分裂的美国：60年代的内战》，参见Maurice Isserman and Michael Kazin, *America Divided: The Civil War of the 1960s* (New York: Oxford University Press, 2000)。

政治动荡的是约翰·肯尼迪总统的被杀，黑人政治领袖马丁·路德·金的被杀，以及罗伯特·肯尼迪议员的被杀。的确，“谋杀成了一种可以接受的政治话语”。[1]经济上，由于科学技术上取得了巨大发展（如1969年的登月等），美国“进入高度繁荣时期”，[2]但是如哈林顿在《另一个美国》里说的，“对科技进步的满足是导致很多美国人生活在贫穷线以下的因素之一”。[3]据美国经济顾问委员会1964年的统计，“有930万户美国家庭，约占全国人口的20%，生活在‘贫穷线’以下，即一家四口年总收入低于3 000美元”。[4]60年代的美国，社会动荡更为剧烈，50年代的星星之火，如反种族隔离[5]和“垮掉的一代”的造反[6]，到60年代则成了燎原之势。这就是马威克说的，“60年代的发展受到40、50年代发生的事情的影响，……50年代小而不起眼的运动，在60年代就变得大而有意义了，50年代摸不着的观念，在60年代就变得有力了”。[7]60年代是

---

1 Sharon Monteith, *American Culture in the 1960s* (Edinburgh: Edinburgh University Press, 2008), 1.

2 刘绪贻、杨生茂主编:《战后美国史1945—1986》，第198页。

3 参见Sharon Monteith, *American Culture in the 1960s*, 8。

4 George Brown Tindall and David E. Shi, *America*, 1415.

5 美国50年代的黑人反种族隔离活动，最有名的恐怕是布朗案和罗莎案。就布朗案，美国最高法院于1954年5月17日判决公立学校的种族隔离违反第十四条宪法修正案。就罗莎案，美国最高法院于1955年12月1日判决公交车上种族隔离违反宪法。这两个事件“触发了民众对民权的关注”[Jill Karson, ed. *The Civil Rights Movement* (New York: Greenhaven Press, 2005), 13]，可谓民权运动的先声。

6 垮掉分子（Beats）对60、70年代的反文化影响很大，其“直系后裔”就是嬉皮士（hippies）（George Brown Tindall and David E. Shi, *America*, 1445），而嬉皮士是“美国最大的反文化群体”。英文中，我们常见到“反文化的嬉皮士”（countercultural hippie）和“嬉皮士的反文化”（hippie counterculture）这样的措辞，甚至有人将hippie culture视为counterculture的同义词，可见嬉皮士与反文化是不可分离的。因此，如果“嬉皮士运动是‘垮掉分子的继续’”[Allan Johnston, “Consumption, Addiction, Vision, Energy,”*College Literature* 32.2 (Spring 2005): 122]，如果hippies原本为beatniks[Theodore Roszak, *The Making of a Counter Culture: Reflections on the Technocratic Society and Its Youthful Opposition* (New York: Doubleday & Company, Inc., 1969), 37]，那么可以说垮掉分子就是反文化的始作俑者。

7 Arthur Marwick, *The Sixties*, 7.

个反文化时代，学生运动、民权运动、妇女解放运动、反越战运动风起云涌、如火如荼。此外，60年代也是美国科技大发展的年代，社会开始进入丹尼尔·贝尔说的后工业社会，哈维说的“后福特主义”社会，马克卢普（Fritz Machlup）说的信息社会。正是在这个年代，我们见到电视的大普及，见到因特网（1969年）的诞生，见到控制论的建立，见到由生产产品转向提供服务，蓝领让位于白领，物质经济让位于知识经济，“知识成了生产的主力”。[1]

伴随这种动荡的是文学实验的如火如荼，所谓“政治变了，文学趣味也变了”。[2]50年代，postmodernism一词“首次”用来“描绘源自且超越现代美学术语的文学实验”，[3]然而批评家对待这种“新发展”却多持否定态度。如欧文·豪和莱文就是“站在现代主义一边反对新的文学发展，把这些新发展视为文学衰弱的表征”。[4]可到了60年代，postmodern一词“进入美国人的生活词汇”，出现了“第一代后来被称为‘后现代主义者’的作家，他们明显质疑叙事习俗，尤其是那些创造连贯性或封闭性的习俗”。[5]这些作家大兴实验之风，实验程度呈极端之势。在

1 Jean-François Lyotard, *The Postmodern Condition: A Report on Knowledge*, Geoff Bennington and Brian Massumi, trans. (Minneapolis: University of Minnesota Press, 1993), 5.

2 Kathryn Hume, *American Dream, American Nightmare: Fiction Since 1960*，北京：外语教学与研究出版社，2006年，第5页。

3 Patricia Waugh, “Postmodernism,” Christa Knellwolf and Christopher Norris, eds. *The Cambridge History of Literary Criticism, Vol. 9: Twentieth-Century Historical, Philosophical and Psychological Perspectives* (Cambridge: Cambridge University Press, 2001), 293.

4 Andreas Huyssen, “The Search for Tradition: Avant-Garde and Postmodernism in the 1970s,” *New German Critique* 22 (Winter 1981): 24.

5 Paula Geyh, Fred G. Leebron, and Andrew Levy, eds. *Postmodern American Fiction: A Norton Anthology* (New York: W.W. Norton & Company, 1998), xii.

他们看来，“日日新”（Make It New）尚不够新颖，应该“篇篇怪”（Make It Strange）、“什么都行”（Anything Goes）才好。一时间，元小说[1]风行天下：如纳博科夫的《微暗的火》（1962）和《阿达》（1969），巴勒斯的《软机器》，巴塞尔姆的《回来吧，卡里加利博士》（*Come Back, Dr. Caligari*，1964）、《难以启齿的行为，不自然的行动》（*Unspeakable Practices, Unnatural Acts*，1968）和《城市生活》（*City Life*，1970），布劳提根的《来自大瑟尔的南部联邦将军》（1964）、《在美国钓鳟鱼》（1967）和《西瓜糖中》（*In Watermelon Sugar*，1968），霍克斯的《第二层皮》（1964），品钦的《V.》（1963）和《拍卖第四十九批》（1966），巴思的《烟草经济人》（*The Sot-Weed Factor*，1960）、《羊孩贾尔斯》（*Giles Goat-Boy*，1966）和《迷失在开心馆》（1968），冯内古特的《猫的摇篮》（*Cat's Cradle*，1963）和《五号屠场》（1969），加斯的《在中部地区的深处》（1968）和《威利·马斯特寂寞的妻子》（1968），库弗的《布鲁诺教派之由来》（1966）和《符号与旋律》，苏克尼克的《小说之死短篇故事集》（1969），费德曼的《加倍或一无所有》（*Double or Nothing*，1971）。他们的这些创作实践证明，“60年代

---

1 这种实验性的小说并非一开始就被称为“元小说”（metafiction），而是有种种别称，如“实验小说”（experimental work）、“反小说”（antifiction或antinovel）、“超小说”（surfiction，parafiction，superfiction）、“自我意识小说”（self-conscious fiction）、“自我反射小说”（self-reflexive fiction）、“自恋小说”（narcissistic fiction）、“寓言式小说”（fabulistic fiction）。依据劳曾的看法，“有一连串修饰语在元小说身边徘徊”，如“实验创新的”（experimental and innovative）、“先锋派的”（avant-garde）、“非现实的”（areal，irreal）、“反”（anti-）、“新”（neo-）、“超”（para-, sur-）、“后现实主义的”（post-realistic）、“自我生成的”（self-begetting）等[Sarah E. Lauzen, "Notes on Metafiction: Every Essay Has a Title," Larry McCaffery, ed. *Postmodern Fiction: A Bio-Bioliographical Guide* (New York: Greenwood Press, 1986), 94]。Metafiction是加斯在1971年描述博尔赫斯、巴思和奥布赖恩（Flann O'Brien）的作品时提出的概念，他说：“的确，很多所谓的反小说实际是元小说”[William H. Gass, *Fiction and the Figures of Life* (Boston: Nonpareil Books, 1971), 25]。如今，说到这类小说，一般都称metafiction，其次是self-conscious fiction和self-reflexive fiction。

的文学主题（motif）之一是新的、自我审视的超现实主义（hyper-realism），这种现实主义将小说家拉向新闻报道，又从新闻报道拉向虚构性，故而挑战‘幼稚的’现实主义。但是远离现实主义的另外重要的一步，是通向批评家斯科尔斯（Robert Scholes）说的‘寓言化’（fabulation）、其他人视为小说的新‘虚构性’的东西。……结果出现了小说‘自我反射’（self-reflexiveness）的时代”。[1]对这些文学的新发展，批评家在60年代态度上有了180度的转变。他们“争论小说的文化地位，争论是否要开始写一种新的、后现代主义的小说”，[2]如巴思提出的“枯竭的文学”，菲德勒提出的“新突变体”和“跨越界限”，桑塔格提出的“新感受力”，以及哈桑提出的“沉默的文学”，其共同之处是肯定实验性小说。

美国的这些作家热衷于形式实验的热情及手段，很像欧洲20世纪头30年的先锋派，故有批评家称其为“美国式先锋派”。比如海森，他曾两次撰文讨论一个主张：在“长久的60年代”美国后现代主义文学大搞形式实验，这实际可看作欧洲早期先锋派在美国的复兴。第一次是1981年，他写了《寻找传统：70年代的先锋派和后现代主义》。文中，他就60年代的美国后现代主义文学提出这样一种观点，即在美国，先锋派像凤凰“死灰复燃”，之所以如此，乃是因为美国人与欧洲人在经历先锋派的感受上，以及在看待先锋派的态度上，存有差异：对欧洲人来说，他们早在20世纪初就熟悉先锋派，所以现在“愈加意识到所有现代主义艺术

1 Malcolm Bradbury, *The Modern American Novel*, 159.

2 Sharon Monteith, *American Culture in the 1960s*, 105.

和先锋派艺术越来越被文化工业所同化”，[1]而美国人20世纪初却没有那么幸运，虽然当时纽约有杜尚等人的先锋艺术活动，但纽约的达达主义或超现实主义“公众知之甚少，在美国文化中还处于边缘”，[2]因此，对先锋派，“欧洲人可能有似曾经历的不快之感，美国人却可能有新鲜感、激动感和决裂感”。[3]海森的这一观点在他1984年写《图示后现代》一文时得以重复和加强。就美国的后现代主义，此文较之前的文章有三点更为明确：(1) 他认为“在美国的推动下，‘后现代主义’经由巴黎和法兰克福迁移到欧洲。在法国，捡起‘后现代主义’的是克丽斯蒂娃和利奥塔，在德国是哈贝马斯”。[4]他的这种见解，与克拉维茨如出一辙，克拉维茨认为“美国显然是第一个后现代国家”。[5]（2）他正式提出“美国式先锋派”这一概念，指出“60年代的后现代主义反对前几个年代的、业已编码化的精英现代主义，因而企图复活欧洲先锋派传统，给它一种美国形态”。[6]（3）他分析说，“从美国的视角来看，60年代的后现代主义有几分真正的先锋派运动素质”，而艺术先锋派的破除偶像之精神特质，“在60年代的美国文化里还不像在60年代的欧洲那样枯竭”。[7]

海森对待美国后现代主义的这一看法，时隔20多年后在佛克

1 Andreas Huyssen, "The Search for Tradition," *New German Critique* 22 (Winter 1981): 29.

2 同上，30。

3 同上。

4 Andreas Huyssen, "Mapping the Postmodern," *New German Critique* 33 (Fall 1984): 11.

5 Bennett Kravitz, "The Truth Is Out There: Conspiracy as a Mindset in American High and Popular Culture," *Journal of American Culture* 22.4 (Winter 1999): 23.

6 Andreas Huyssen, "Mapping the Postmodern," *New German Critique* 33 (Fall 1984): 16.

7 同上，23—24。海森的这两篇文章后收入他1986年出版的论文集《大分界之后：现代主义，大众文化，后现代主义》(*After the Great Divide: Modernism, Mass Culture, Postmodernism*, 1986)，为该书最后两章，即第8、9章。

马那里得到回响。他在《中国后现代主义小说》一文中指出：

> 欧洲后现代主义与美国后现代主义有几个方面的不同。首先，欧洲作家曾一度相信自己不受北美出现的激进后现代主义的影响。有些后现代主义习俗先前的先锋派早就有了——未来主义、表现主义、漩涡派，尤其是荒诞派、达达主义和超现实主义——这些在欧洲于两次世界大战之间就表现出勃勃生机，但在北美却很少见。美国后现代主义的"什么都行"的态度，或说巴思说过的"开心虚无主义"，欧洲作家的确早已熟悉，因为欧洲二三十年代就有达达主义和荒诞派戏剧了。先前的先锋派的实验，有些被美国后现代主义重新拾起，欧洲人因而绝然断定：这些我们早已见过了，如荒诞派对意义的质疑，达达派的随意建构，超现实主义的非理性。其次，在法国，新小说也早就有了美国后现代主义的习俗，比如聚焦于外部描写，聚焦于表面，避免心理分析。……完全可以说，新小说和后现代主义小说有很多相同之处。后现代主义不仅仅是后—现代主义，而且还是后—存在主义，这是一个和新小说共同分享的特点。[1]

从美国50—70年代的文学史中我们也能发现，批评家对实验性小说的认识，也是随着时间的推移而变化的。批评家对

1 Douwe Fokkema, "Chinese Postmodernist Fiction," *Modern Language Quarterly* 69.1 (March 2008): 144–145.

上述这些作家并非一开始就称他们为后现代主义作家，而是存在主义作家、荒诞派作家、黑色幽默作家，比如哈里斯（Charles B. Harris）1971年发表的《当代美国荒诞派小说家》（*Contemporary American Novelists of the Absurd*），就将海勒、冯内古特、品钦和巴思列为荒诞派作家来讨论。这一点在巴思身上体现得非常典型。巴思自己曾数次提到，[1]他50年代被称为存在主义者，60年代先被称为黑色幽默者，后被称为寓言式作家（fabulist），到70年代被称为后现代主义者。他说："我的第一部小说50年代中期出版时，批评家莱斯特·菲德勒说它是'朴素的美国式存在主义'的典范。……几年后发表的第二部小说，普遍视它属一新种类，叫黑色幽默。……第三、第四、第五部小说发表于60年代，此时不再被称为存在主义小说或黑色幽默小说，而叫寓言式小说。……到70年代，就在我刚清楚什么叫寓言派（Fabulism）的时候，这东西又开始被称为后现代主义的。"[2]对他作品称呼的这种变化，实则反映了美国战后文学现象的变化。而这些发展，一是"部分地反映了国际上小说实验的倾向"，二是"证明了"法国新小说和拉美魔幻现实主义"对美国作家的影响"。[3]

如前所述，美国后现代主义的习俗法国新小说"早就有了"，

1 这一点，巴思在他的《补充的文学》（"The Literature of Replenishment: Postmodernist Fiction"，1980）一文，《再谈后现代主义》（"Postmodernism Revisited"，1988）一文，以及他接受普拉姆利的采访［William Plumley, "An Interview with John Barth," *Chicago Review* 40 (1994): 6–18.］和查理·莱利的采访（查理·莱利：《讲不完的故事——约翰·巴思访谈录》，沈黎霞、王育平译，舒程校，《当代外国文学》2002年第2期，第144—156页）中都提到过。

2 John Barth, "Postmodernism Revisited," *The Review of Contemporary Fiction* 8.3 (1988): 18–19.

3 Malcolm Bradbury, *The Modern American Novel*, 160.

这也就是说，美国后现代主义从法国新小说那里借来了一些东西。最具影响的新小说理论家和实践者罗伯-格里耶（Alain Robbe-Grillet），在他的论文集《论新小说》(*Pour un Nouveau Roman*，1963）里提出先前的小说家聚焦于情节、人物、行动已经过时。新小说的新，是相对于旧的或传统的小说而言的。依据里卡尔杜（Jean Ricardou）的看法，新小说“试图颠覆暗示小说是现实的摹本的习俗，以求表现新小说的构成主要是写作本身，而这写作实际是创造而非模拟现实”。[1]这里我们看到，新小说与元小说几乎如出一辙，因为元小说就是“关于小说的小说”，它的笔墨所向也是写作本身，揭示的是小说的虚构性。

美国人对拉美文学一直存有“误解，直到20世纪下半叶，尤其要到拉美文学‘大爆炸’的60年代，方才结束”。[2]“大爆炸”延续到70年代，其主要代表作家有诺贝尔文学奖得主马尔克斯（Gabriel García Márquez）和墨西哥作家富恩特斯，“大爆炸”的标记式作品是马尔克斯的《百年孤独》(*Cien años de soledad*，1967)，然而影响“大爆炸”的作家却是博尔赫斯，有批评家称他为魔幻现实主义的“先驱”。S.莱文（Suzanne Jill Levine）称博尔赫斯的短篇小说“的确是个新的文类大杂烩，既挑战又深切融合侦探小说、科幻小说、理论性论文和魔幻诗歌，混淆了文学范围内现实与小说的精细界限”。[3]然而在美国，“博尔赫斯起初受到忽

---

1 参见Ann Jefferson, *The Nouveau Roman and the Poetics of Fiction* (Cambridge: Cambridge University Press, 1980), 4。

2 James Remington Krause, “Translation and the Reception and Influence of Latin American Literature in the United States.” (PhD diss., Vanderbilt University, 2010), 24.

3 同上，43。

视和冷落”，[1]尽管他的《小径分岔的花园》（“El jardín de senderos que se bifurcan”，1941）在40年代初就给译成英文在美国发表。但法国人却“拥抱”这位后来对法国新小说家“影响尤其巨大”、对后现代主义小说具有“首创之功”的博尔赫斯。[2] 1946年，卡洛伊（Roger Callois）从阿根廷首都布宜诺斯艾利斯回到巴黎，翻译出版博尔赫斯的《杜撰集》（*Ficciones*），获得文学批评和商业上的双丰收。这引起了美国出版商的注意，于是大量地翻译了博尔赫斯的作品。此外，博尔赫斯1961年在美国得克萨斯大学做了一学期访学教授，而后还在哈佛、耶鲁、哥伦比亚大学作过讲座。到60年代中期，博尔赫斯成了美国学界的“宝贝”，厄普代克、巴思、阿什贝利（John Ashbery）、加斯、德曼（Paul de Man）等对他都有好评。巴思视他为“美国作家的灵感之源”，[3]坦纳说他的作品“大大影响了近代美国作家”。[4]甚至有人认为，1967—1970年是美国文学史上“典型的‘博尔赫斯阶段’”。[5]

另一个影响美国60年代的后现代主义文学的是纳博科夫。他是博尔赫斯的“崇拜者，很多方面与他相似，包括在影响方面”，被视为“美国后现代主义的俄国大叔。事实上，纳博科夫在美国的时期几乎与美国后现代主义的上升巧合在一起……。纳博

---

1 James Remington Krause, “Translation and the Reception and Influence of Latin American Literature in the United States.” (PhD diss., Vanderbilt University, 2010), 44.

2 王钦峰：《谁是后现代主义小说之父？——论博尔赫斯对后现代主义小说的首创之功》，《国外文学》2011年第1期，第41、47页。

3 James Remington Krause, “Translation and the Reception and Influence of Latin American Literature in the United States.” (PhD diss., Vanderbilt University, 2010), 46–47.

4 Tony Tanner, *City of Words: American Fiction 1950–1970* (London: Jonathan Cape Ltd., 1971), 39.

5 王钦峰：《谁是后现代主义小说之父？——论博尔赫斯对后现代主义小说的首创之功》，《国外文学》2011年第1期，第47—48页。

科夫的小说与后现代主义作家的小说存有不可否定的相似”。[1]且不说他的半诗半文的《微暗的火》，即使是他1955年在巴黎出版的《洛丽塔》，也可视为后现代主义小说。《洛丽塔》说的是老夫少妻的故事，但纳博科夫本人也曾“暗示它说的也是作者与英语的恋情”，[2]仅此一点——对语言的关注，即所谓的自我意识或自反性——《洛丽塔》就有后现代主义小说因子了。

因此我们可以说，法国的新小说、拉美的魔幻现实主义和博尔赫斯，实际是美国文学处于“枯竭”之际的兴奋剂，可以想象，没有它们的影响，美国在“长久的60年代”的后现代主义文学会是一番怎样的情景。

第三节　1974年至20世纪末：在通俗化迈进中衰弱

1973年1月27日，美国签署了《关于在越南结束战争、恢复和平的协定》；1975年4月23日，福特宣布越战结束。被詹明信称为“第一场可怕的后现代主义战争”的越战，[3]它的这种“不体面的结束，除去了一个对抗和造反的主要根源”，[4]而曾经在60年代高举造反之旗的学生（即婴儿潮一代）70年代开始参加工作，到80年代步入中年，他们的“成熟和对现实的关注，如养家、购房等，有助于解释何以80年代政治保守突然汹涌起来”。[5]此外，

1 Maurice Couturier, “Nabokov in Postmodernist Land,” *Critique* 34.4 (Summer 1993): 247.

2 Tony Tanner, *City of Words*, 18.

3 参见Lucas Carpenter, “‘It Don’t Mean Nothin’: Vietnam War Fiction and Postmodernism,” *College Literature* 30.2 (Spring 2003): 35。

4 Richard Gray, *A History of American Literature* (West Susses: Wiley-Blackwell, 2012), 527.

5 George Brown Tindall and David E. Shi, *America*, 1559.

1973年爆发的“石油危机”大大削弱了美国的经济，使美国至1975年“进入了30年来最糟糕的经济萧条”，“失业率超过9%”，[1]也使“越来越多的美国人的视野缩小了，把精力和注意力放在积存个人财富上。因此有人称70年代为‘我的年代’”。[2]尼克松之后，政治上的保守愈发明显，福特、卡特和里根所致力的，“都有别于60年代的激进主义政策。如卡特强调限制增长和权力，鼓励新的往回看的道德主义”。他1977年就职演说时说道：“你的强大可弥补我的弱小，你的智慧可减少我的错误。”里根也往回看，因为他觉得“美国的责任就是恢复”。[3]所谓的“里根经济学”，其实“并非仅仅是种经济目光，还是种道德目光”，而且还是种“保守的道德目光”。[4]“作为保守分子的领袖和发言人”，里根与很多保守分子一样，认为“长久的60年代”的激进主义不可取，相反，“美国须把自己从60年代中拯救出来”。[5]

70年代下半叶至80年代的这种保守，也影响到这期间的文学。美国后现代主义文学的形式实验，到70年代中期“枯竭”了，[6]不再像60年代那样如火如荼了，相反却加快了通俗化的脚步。应该说，后现代主义文学一开始就有通俗化倾向，比如冯内古特的《自动钢琴》（*Player Piano*，1952）就有科幻小说的因子，多克托罗的《欢迎到哈德泰姆斯来》（1960）就是部西部小说。即便是在后现代主义文学形式实验的顶峰时期，也存在通俗化的倾向，

1 Thomas C. Reeves, *Twentieth-Century America*, 220.

2 Richard Gray, *A History of American Literature*, 527.

3 同上。

4 Graham Thompson, *American Culture in the 1980s* (Edinburgh: Edinburgh University Press, 2007), 8.

5 同上，8—9。

6 同上，39。

如巴勒斯的《软机器》就借用了科幻小说的形态，巴塞尔姆的《白雪公主》（1967）是对童话的改写，布劳提根的《霍克莱恩怪物：哥特式西部小说》（*The Hawkline Monster: A Gothic Western*，1974）连标题都像部哥特式小说，埃丽卡·容的《怕飞》（1973）披上了色情小说的外衣，这些现象引起了菲德勒的注意，并于1975年写下《跨越界限，填平鸿沟》一文。但是，后现代主义文学越来越通俗化，却是始于70年代中期以后，因为此时通俗文类的借用和混用愈加广泛，严肃文学与通俗文学的界限愈加模糊。这一点，我们仅从后现代主义作家80年代，尤其是其下半叶的创作实践中即可见一斑：如加迪斯的《木匠的哥特式古屋》（1985）是哥特式小说，冯内古特的《蓝胡子》（*Bluebeard*，1987）是童话改写，阿克的《远大前程》（1982）和《堂吉诃德》（1986）是经典改写，吉布森的"神经漫游者三部曲"（*Neuromancer*，1984；*Count Zero*，1986；*Mona Lisa Overdrive*，1988）为科幻小说，奥斯特的《纽约三部曲》为侦探小说。

到80年代，美国文坛又出现了汤普森说的"新后现代主义作家"，[1]或盖赫等人说的"第二代后现代主义作家"。而这两代后现代主义作家的区别在于：第一代"明确地质疑叙事传统，尤其是那些创作连贯与封闭的叙事传统"，第二代"不突出形式困难，而是将形式创新与语境、格调、读者的转换结合起来，创作那种有时看似陈旧读起来却新鲜的小说"。[2]上段末尾所列的作家中，除了冯内古特和加迪斯之外，其余均为第二代后现代主义作

1 Graham Thompson, *American Culture in the 1980s*, 37.

2 Paula Geyh, Fred G. Leebron, and Andrew Levy, eds. *Postmodern American Fiction*, xii, xix.

家。与此同时，一些非常有影响的老一代后现代主义作家“进入了休闲期，直到90年代才重新活动”。[1]这当中的典型是品钦，他1973年发表《万有引力之虹》之后，便未发表长篇小说，直到十多年后的1990年发表《葡萄园》。然而，依据麦克黑尔的看法，《葡萄园》不可与他的《拍卖第四十九批》和《万有引力之虹》同日而语：后二者分别为美国后现代主义文学之崛起和呈顶峰之势的代表作，而《葡萄园》为“空位期”（即美国后现代主义文学的旧王已死、新王尚未即位时期）的代表作。[2]

《葡萄园》是品钦发表《万有引力之虹》之后“用了17年来发现后现代主义美学之局限”的力作，[3]是品钦讲的“第一个以幸福结尾”的故事。[4]《葡萄园》中，恶棍受到了惩罚，结尾呈现的是一幕幕家人沉浸于宽恕、和好、再生的场景，“家”（home）是小说的最后一个字。这些与品钦的前三部小说《V.》、《拍卖第四十九批》和《万有引力之虹》中所描写的令人心碎的孤独和陌生“形成了明显的对照”。在这三部小说中，品钦“努力表现不可表现”，但在《葡萄园》里，“字里行间宣告重大美学转向”，“建构了一个躲避崇高的港湾”，“由崇高的美学转向了美的美学”，表现出“后现代主义的枯竭”，[5]或者说“弱化的后现代

1 Graham Thompson, *American Culture in the 1980s*, 38.

2 关于麦克黑尔对美国后现代主义文学的崛起（onset）、呈顶峰之势（peak）和空位期（interregnum），请参见其文《决裂期、顶峰期、空位期》[Brian McHale, "Break, Period, Interregnum," *Twentieth-Century Literature* 57.3–4 (Fall/Winter 2011): 328–340]。

3 David Cowart, "Attenuated Postmodernism: Pynchon's *Vineland*," *Critique* 32.2 (Winter 1990): 67.

4 Francisco Collado Rodríguez, "Pynchon's *Vineland*: From the Text to the Story and Back Again," *Atlantis* 12.2 (November 1991): 105.

5 Marc C. Conner, "Postmodern Exhaustion: Thomas Pynchon's *Vineland* and the Aesthetic of the Beautiful," *Studies in American Fiction* 24.1 (Spring 1996): 65, 70.

主义”。[1]

所有这些都说明，“美国80年代，后现代主义写作当然无新鲜可言了”，[2]相反却出现了“回归”。当然，这种“回归”不是走老路。比如肮脏现实主义，它还是现实主义，但却加了个形容词“肮脏的”（dirty）。肮脏现实主义“既非贝娄或米勒传统中的英雄史诗，也非巴思、加迪斯或品钦的后现代主义游戏”，[3]其代表人物是卡佛，其作品有海明威的简约之风，人物多为孤独、边缘化的中产阶级。

从上述的讨论我们看到，70年代中期至80年代末，美国后现代主义文学进入了愈加通俗化、形式实验趋于平缓的时期。或许真的可以那么说，“后现代主义守灵好像早在80年代中期就开始了”。[4]

然而，“后现代主义理论与后现代主义小说实践之间存有一些差距”。[5]在后现代主义文学创作呈衰弱之势的同时，后现代主义文学批评却呈强盛之势。前面提到，在50年代，当后现代主义文学作为文学的“新发展”而出现时，欧文·豪和莱文分别于1959年和1960年发文表示不欢迎这一“新发展”。但很快，菲德勒、桑塔格、哈桑和巴思却以更多的文章表示欢迎。[6]可“真正

---

1 David Cowart, “Attenuated Postmodernism: Pynchon’s *Vineland*,” *Studies in American Fiction* 24.1 (Spring 1996): 67.

2 Graham Thompson, *American Culture in the 1980s*, 39.

3 同上，48。

4 Josh Toth and Neil Brooks, “Introduction: A Wake and Renewed?” Neil Brooks and Josh Toth, eds. *The Mourning After: Attending the Wake of Postmodernism* (Amsterdam: Rodopi, 2007), 2.

5 Paula Geyh, Fred G. Leebron, and Andrew Levy, eds. *Postmodern American Fiction*, xix.

6 如：哈桑的“The Dismemberment of Orpheus”(1963),“The Literature of Silence”(1967); 桑塔格的“Notes on ‘Camp’”(1964),“Against Interpretation”(1964); 菲德勒的“The New Mutants”(1965),“Cross the Border — Close the Gap”(1969); 巴思的“The Literature of Exhaustion”(1967)。

的转折点是在1972年秋创立《疆界2》”。[1]可以说，这是个专为后现代主义文学摇旗呐喊的刊物，其副标题便是《后现代主义文学》。该刊第一期的主旨文章《现代主义和后现代主义：探究当下美国诗歌》由安廷（David Antin）执笔，除了讨论艾略特和奥登等人外，还探讨了黑山派诗歌，尤其是奥尔森。一年后，《疆界2》刊发双期专辑《查尔斯·奥尔森：回忆、文章和评论》。安德森说，“这是自奥尔森去世后第一次对他的全面赞赏”。[2]其实，《疆界2》对“后现代主义”一词的普及，以及对后现代主义文学的推动，是起了很大的作用的。待到进入80年代，后现代主义文学批评更是如火如荼，研究后现代主义的文章急剧增多，有人统计，“使用‘后现代主义’一词的文章，1980年有21篇出现在美国的主流报纸，如《纽约时报》《华盛顿邮报》《洛杉矶时报》，1984年有116篇，1987年有247篇”。[3]研究后现代主义的专著和论文集也大量问世，形成了后现代主义研究热。如80年代下半叶我们看到詹克斯1986年的《什么是后现代主义?》(*What Is Postmodernism?*)，哈桑1987年的《后现代转向》(*The Turn of Postmodernism*)，麦克黑尔1987年的《后现代主义小说》(*Postmodernist Fiction*)，哈维1989年的《后现代性状态：对文化变迁之缘起的探究》，以及詹明信1991年汇编的论文集《后现代主义，或晚期资本主义的文化逻辑》(*Postmodernism, or, the Cultural Logic of Late Capitalism*)。

---

1 Perry Anderson, *The Origins of Postmodernity* (London: Verso, 1998), 15.

2 同上，16。

3 Hans Bertens, *The Idea of the Postmodern: A History* (London: Routledge, 1995), 12.

1989年，贝克特死了，柏林墙倒了，苏联解体了。次年，戈尔巴乔夫说："冷战如今在我们的身后。"[1]于是，"后现代主义之死好像几乎是不可避免的事"。[2]

不少批评家认为是"9·11"袭击炸死了后现代主义，如马尔帕斯认为"9·11"恐怖袭击"最后埋葬"了后现代主义；[3]齐泽克认为"'9·11'以某种方式终结了后现代主义"。[4]也有些批评家认为"9·11"袭击警示我们须重新思考后现代主义，如布朗（Bill Brown）说，"9·11"事件"向我们发出了一个信号：我们除了安逸地想象后现代性之外还有别的东西"；[5]艾里奥特说，"2001年9月11日，对世贸中心大楼和五角大楼的袭击，以很少有人预见的方式，突然地改变了美国的社会和文化"，并指出，"这可怕的一天里发生的袭击事件，以及美国政府就此做出的反应方式，将影响21世纪美国文学"；[6]科恩说"'9·11'让人意识到还有别的叙事种类"；[7]甚至连曾经大谈"历史终结"和"超真实"（hyperreal）的鲍德里亚在"9·11"之后，反倒认为"9·11"标志着"历史性的复活"和"真实的再现"。[8]除了批评家之外，还

1 参见George Brown Tindall and David E. Shi, *America*, 1524。

2 Josh Toth and Neil Brooks, "Introduction," Neil Brooks and Josh Toth, eds. *The Mourning After*, 5.

3 Simon Malpas, *The Postmodern* (London: Routledge, 2005), 105.

4 参见Hillary Chute, "The Popularity of Post modernism," *Twentieth-Century Literature* 57.3–4 (Fall/Winter 2011): Note 3, 361。

5 参见Carlos Gallego, "Coordinating Contemporaneity: (Post) modernity, 9/11, and the Dialectical Imagery of *Memento*," *Cultural Critique* 75 (Spring 2010): 32。

6 Emory Elliott, "Society and the Novel in Twentieth-Century America," Christopher Bigsby, ed. *The Cambridge Companion to Modern American Culture* (Cambridge: Cambridge University Press, 2006), 446.

7 Samuel Cohen, "The Novel in a Time of Terror: *Middlesex*, History, and Contemporary American Fiction," *Twentieth-Century Literature* 53.3 (Fall 2007): 374.

8 参见Carlos Gallego, "Coordinating Contemporaneity," *Cultural Critique* 75 (Spring 2010): 33。

有作家，他们面对“9·11”袭击也不得不重新思考自己的写作。当代作家麦金纳尼（Jay McInerney）“9·11”当天逃到他朋友埃利斯家。四天后，他接受采访，回忆道：

> “很高兴我这个月没有发表小说。”我［对埃利斯］说——对这场灾难我这么反应是自私、浅薄的，但我想他理解的。这个星期没有人会讨论小说的。……“我不知道我将如何回到我正在写的那部小说。”我说。当然，该小说的背景是纽约，从此后便有所改变的纽约。“我知道你说的是什么意思。”他说。[1]

就麦金纳尼的这种反应，伍德解释说，“麦金纳尼担心自己在‘9·11’后不能回到他正在写的小说，这种担心是建立在如下的假定之上的：作为一个小说家，他的任务就是要表现社会、政治和文化的真实性”。[2]

麦金纳尼的这种反应让我们想起，早在1989年，沃尔夫（Tom Wolf）就为“新社会小说”写了宣言。迪贝评论说，文中他“埋怨当代美国小说家没有关注自己时代的紧迫社会问题”，而是“躲进唯我论的自我反射实验里”，他还“号召回归到社会现实主义”。[3]依据利波德的看法，雷宾在2001年写下《后现代主义之后的美国小说》一文，“认为自90年代初以来，文学市场上实际见

1 Daniel Davis Wood, “Rebirth of the Nouveau Roman: 9/11 as a Crisis of Confidence in American Literary Aesthetics,” *Altre Modernità* (9/11/2011): 134.

2 同上，135。

3 Madhu Dubey, “Post-Postmodern Realism?” *Twentieth-Century Literature* 57.3–4 (Fall/Winter 2011): 364.

不到实验后现代主义，其根源主要是认识论的重新定向：就‘70年代后结构派提出的语言与模仿说的问题’，80年代以来的当代作家，较之其后现代主义前辈，做出反应的方法更沉着、成熟；他们已决定‘接受现实主义的模仿局限，……显然是脱离实验后现代主义，从而走向汤姆·沃尔夫所坚持的更大、更好的现实主义’”。[1]

进入新世纪后，人们开始对后现代主义文学进行重新认识。《20世纪文学》杂志于2007年和2011年分别刊出专辑《后现代主义之后》和《后现代主义，然后呢》，前者旨在“提出理解后现代主义影响衰弱后的当代小说的新模式”，[2]后者试图回答“后现代主义当下对我们意味什么？今天后现代主义中有什么还活着，又有什么已经死亡?”。[3]当然，答案不可能统一，但有一点是比较明确的，即“90年代后现代美学终结了或枯竭了的同时，既像在批判又有别于后现代美学的当代文学风格出场了”。[4]

---

1 Günter Leypoldt, “Recent Realist Fiction and the Idea of Writing ‘After Postmodernism’,” *Amerikastudien* 49.1 (Winter 2004): 21–22.

2 Andrew Hoberek, “Introduction: After Postmodernism,” *Twentieth-Century Literature* 53.3 (Fall 2007): 233.

3 Jason Gladstone and Daniel Worden, “Introduction: Postmodernism, Then,” *Twentieth-Century Literature* 57.3–4 (Fall/Winter 2011): 302.

4 同上，294。

第九章
英国后现代主义文学

后现代主义文学既脱胎于又超越现代主义文学，这一点理论界似乎已达成共识，至少有相当多的理论家是这么看的。如哈桑将postmodernism写成POSTmodernISM，麦克黑尔就此解释说："后现代主义更多的是指它源于现代主义，而非趋步于现代主义。"[1]利奥塔虽然在1979年将后现代主义界定为"怀疑宏大叙事"，[2]但在1991年《重写现代性》("Rewriting Modernity")一文中，他又说："现代性本质上永无止境地孕育了后现代性。"[3]而一贯主张后现代主义文学源自现代主义文学的美国著名批评家帕洛夫(Marjorie Perloff)在一次接受中国学者的访谈中明确指出，"就现代派和后现代派，我们当中许多人做的区分似乎不再有效"。[4]她

---

1 Brian McHale, *Postmodernist Fiction* (New York: Methuen, 1987), 5.

2 Jean-François Lyotard, *The Postmodern Condition: A Report on Knowledge*, Geoff Bennington and Brian Massumi, trans. (Minneapolis: University of Minnesota Press, 1993), xxiv.

3 转引自Kenneth Gloag, "Situating the 1960s: Popular Music—Postmodernism—History," *Rethinking History* 5.3 (2001): 404。

4 Lianggong Luo, "Poetics, Poetry, Language Poetry: An Interview with Professor Marjorie Perloff," *Foreign Literature Studies* 29.3 (2007): 7.

认为，“现代派和后现代派之间存有深层联系和共鸣”。[1]帕洛夫的这一主张在她的多部著作中都有所体现，如1981年的《不确定的诗学：从里姆鲍德到凯奇》（*The Poetics of Indeterminacy: Rimbaud to Cage*），1985年的《智力之舞：庞德传统诗歌研究》（*The Dance of the Intellect: Studies in the Poetry of the Pound Tradition*），1986年的《未来派时刻：先锋派、战前派和破碎的语言》（*The Futurist Moment: Avant-Garde, Avant-Guerre, and the Language of Rupture*），1999年的《诗的破格：现代主义和后现代主义抒情诗论文集》（*Poetic License: Essays on Modernist and Postmodernist Lyric*）。尤其是在2002年的《21世纪现代主义："新的"诗学》（*21st-Century Modernism: The "New" Poetics*），她的“现代派和后现代派之间存有深层联系和共鸣”的主张更为突出。她说，“就在我们进入21世纪之际，现代/后现代之分显示出来的，与其说是真实的不如说是表面的”。[2]其实，帕洛夫这部著作的标题就包含了这一主张，它让人思索这样的问题：21世纪还有现代派吗？这种（21世纪的）诗学是所谓的“新的”吗？该书最后一章的标题是“千年之际的‘现代主义’”（"Modernism" at the Millennium）。请注意，这里“现代主义”还用了引号，就是这引号的使用“传达出这样的一层意思：所谓的21世纪的‘新的’诗学，其根源就在20世纪的现代派那里，在庞德、W. C. 威廉斯（William Carlos Williams）、斯泰因那里，而所谓的新千年的‘现代主义’，原来根系于旧的、

---

1 Peter Barry, "Biography and Influence of Marjorie Perloff," Chris Murray, ed. *The Encyclopedia of Literary Critics and Criticism* <http://epc.buffalo.edu/authors/perloff/articles/encyclopedia.html>.

2 Marjorie Perloff, *21st-Century Modernism: The "New" Poetics* (Massachusetts: Blackwell Publishers, 2002), 164.

刚刚过去的千年中的现代主义”。[1]这里我们看到，帕洛夫等理论家虽然措辞有异，但却都认为后现代主义文学脱胎于现代主义文学。这一点，英国后现代主义文学的实际状况展示得更加清晰。较之美国文学，英国文学的后现代主义没有那么强烈。正如史蒂文森所说，“一如B. S. 约翰逊、布拉德伯里和许多其他作家所表明的，后现代主义在英国不是最强的，……与其他国家的发展相比，英国的‘实验传统’处于下风”。[2]何以如此呢？究其原因，这恐怕与英国的国情和英国的文学传统有关。

第一节　英帝国的衰落和英国的文学传统

第二次世界大战后，英帝国迅速没落、风光不再。曾几何时，英帝国强如“不落的太阳”。按照史蒂文森的说法，英帝国在两次世界大战中，经历了“最后的繁荣、随之而来的衰退和最终的帝国权力丧失”。[3]对于英国来说，二战后的两大事件是冷战和其殖民地的纷纷独立，出现去殖民化浪潮。冷战中，坐老大交椅的是美国，英国只是美国的一个小弟弟罢了，或者如有些批评家所怀疑的，“是美国的第51个州”。[4]这在1956年的苏伊士运河危机中见得清清楚楚，它“最终表明在未来的国际关系中，英国可能

---

1 Quansheng Hu, “Marjorie Perloff’s View on Postmodernist Poetry and Her Critical Formula: An Interpretation of *Poetic License*,” *Foreign Literature Studies* 33.4 (2011): 5.

2 Randall Stevenson, *The British Novel since the Thirties: An Introduction* (London: B. T. Batsford Ltd., 1986), 223.

3 同上，143。

4 Dominic Strinati, “The Taste of America: Americanization and Popular Culture in Britain,” Dominic Strinati and Stephen Wagg, eds. *Come On Down?: Popular Media Culture in Post-War Britain* (London : Routledge, 1992), 46.

只成为美国的一个同盟国，或者（它最终在60年代加入的）欧洲经济共同体的附属品，而不是一个完全独立的霸主”。[1]“到了1962年，帝国实际上不存在了。”[2]

苏伊士运河的地理位置，无论在军事上还是经济上，都是非常重要的。1875年，埃及迫于债务和财政危机，将苏伊士运河公司44%的股份卖给英国。1882年英国入侵埃及，1888年苏伊士运河定为中立地区，受英国保护。1956年7月26日，当时的埃及总统纳赛尔宣布将苏伊士运河公司收为国有，英国（以及法国和以色列）出于自己的利益——英法两国对苏伊士运河都曾有管理权和贸易利益，而以色列则想打开运河使自己的船只可以在运河航行——秘密结盟向埃及发动战争。埃及曾是英国的殖民地，所以从这点上说，这是一场殖民国向被殖民国发动的战争。英、法、以三国虽然打赢了这场战争，但他们的联盟行动在国际上被认为是殖民主义的再现行为，故遭到世界各国的反对，包括美国和当时的苏联。美国虽是三国的盟友，但三国的行动未得到美国的许可，甚至未告知美国，而美国当时在那里的势力尚未渗透，故出于自己的利益，要求三国停战、撤军。美国甚至还在经济上对英国施加压力，故意抛售英镑，导致英镑汇率浮动并贬值15%。与此同时，苏联也未袖手旁观，同样积极插手苏伊士运河危机，赫鲁晓夫甚至威胁要动用核武器。这么做一是为了将国际目光从其干预匈牙利事件上引开，二是想将自己的势力渗入中东。最终英、

1 Randall Stevenson, *The British Novel since the Thirties: An Introduction*, 143.

2 Randall Stevenson, *The Last of England? Vol. 12 1960–2000*，北京：外语教学与研究出版社，2007年，第27页。

法、以三国接受联合国的要求，停火并全部撤军。运河于1957年4月2日重新开运。苏伊士运河危机之后，我们看到艾登政府垮台，英国庞大海外殖民帝国迅速倒塌，苏伊士运河危机以英国蒙受耻辱而告终。此外，我们也看到，美国和苏联取代了英法，成了主宰中东的霸主。在苏伊士运河危机中，美苏两霸的卷入与较量，实际也是二战后冷战的一个缩影。另一方面，我们也看到，苏伊士运河危机之后，英国的殖民地，尤其是在非洲的，数年内接二连三地宣布独立，以至有人认为，苏伊士运河危机“加剧了去殖民化过程”。在布拉德伯里看来，美国实际“推动了欧洲的去殖民化”。[1]所以，帝国雄风不再是英国文学的后现代主义不那么强烈的重要原因之一。

英国文学的后现代主义不那么强烈的另一个重要原因，当与英国的文学传统有关。从英国文学的发展历史看，英国文学的传统包含着两方面：一是现实主义传统，一是实验性传统。英国的现实主义传统至少可追溯到乔叟和莎士比亚，追溯到笛福和菲尔丁，而到维多利亚时期，现实主义文学的成就则可能比任何国家都更辉煌。即使到了20世纪下半叶，英国的作家和批评家对“篇篇怪”的后现代主义文学，有的还是保留一点现实主义的意识。比如小说家德拉布尔1967年接受采访，谈到她喜欢现实主义时她回应道：“我宁愿走在我羡慕的传统之后也不愿走在我鄙视的传统之前。”[2]又比如批评家卡利尼科斯（Alex Callinicos）、诺里斯和

1 Malcolm Bradbury, *The Modern British Novel 1878–2001*，北京：外语教学与研究出版社，2005年，第315页。

2 转引自Carol McGuirk, “Drabble to Carter: Fiction by Women, 1962–1992,” John Richetti, ed. *The Columbia History of the British Novel*, 北京：外语教学与研究出版社，2005年，第942页。

伊格尔顿，他们的三本书，即卡利尼科斯的《反对后现代主义：马克思主义的批判》（*Against Postmodernism: A Marxist Critique*, 1989），诺里斯的《后现代主义怎么啦：批评理论和哲学的终结》（*What's Wrong with Postmodernism: Critical Theory and the Ends of Philosophy*, 1990），以及伊格尔顿的《后现代主义幻想》（1996），其标题都散发着质疑后现代主义的气息，这说明"很少有英国人护卫那样的美学"——"美国文化的轻薄形式"。[1]

英国文学的实验性传统至少可追溯到18世纪斯特恩的《项狄传》。20世纪二三十年代，乔伊斯、伍尔夫等人对小说形式进行实验，他们创作的意识流小说成为英国现代主义盛期的经典作品。爱尔兰"三圣"，即乔伊斯、奥布赖恩和贝克特，[2]是英国文学实验性传统中的优秀作家，在现代主义向后现代主义过渡中起到重要作用。乔伊斯是英国20世纪文学的实验先锋，他在1922年发表《尤利西斯》（*Ulysses*），该小说被著名美国后现代主义文论家麦克黑尔、意大利符号学家和小说家艾柯视为一半为现代主义一半为后现代主义；[3]而他在1939年发表的《芬尼根的守灵夜》，则"已经是后现代了，或者说它至少开了后现代话语的先河"。[4]与《芬尼

1 Julian Murphet, "Fiction and Postmodernity," Laura Marcus and Peter Nicholls, eds. *The Cambridge History of Twentieth-Century English Literature* (Cambridge: Cambridge University Press, 2004), 716.

2 称他们为爱尔兰"三圣"（"Holy Trinity"）的是霍珀（Keith Hopper）。参见Carlos Villar Flor, "Flann O'Brien: A Postmodernist Who Happens to Be a Thomist," *The Review of Contemporary Fiction* 31.3 (Fall 2011): 62。

3 Brian McHale, *Constructing Postmodernism*, Chapter 2 (New York: Routledge, 1992); Umberto Eco, "Postscript to *The Name of the Rose*," Paula Geyh, Fred G. Leebron, and Andrew Levy, eds. *Postmodern American Fiction: A Norton Anthology* (New York: W.W. Norton and Company, 1998), 623.

4 Umberto Eco, "Postscript to *The Name of the Rose*," Paula Gegh, Fred G. Leebron, and Andrew Levy, eds. *Postmodern American Fiction*, 623.

根的守灵夜》同年发表的是奥布赖恩的《双鸟嬉水》。此小说开篇就说："我不同意一本书只有一个开头和一个结尾。好书可能有三个完全不同的开头。"接着小说就提供了三个开头，而到小说末尾时，我们看到了三个"书的结尾"：先是倒数第三个，接着是倒数第二个，最后是最终的一个。[1]这显然是在玩后现代游戏。也正因为如此，麦克黑尔在其《后现代主义小说》里，将它视为典型的后现代主义小说。而贝克特的第一部长篇小说《莫菲》（*Murphy*），虽然比《芬尼根的守灵夜》早一年出版，但细究起来，应算是乔伊斯对贝克特影响的结果。贝克特曾于1928—1930年在法国一所大学里做了两年的交换讲师，其间结识了乔伊斯，并发表自己的第一篇论文《但丁……布鲁诺、维科…乔伊斯》（"Dante ... Bruno. Vico .. Joyce"），展示出乔伊斯对自己的影响。一如皮林所言，贝克特将乔伊斯视为自己的"导师和终身楷模"。[2]爱尔兰"三圣"不仅是实验传统的代表，他们实际还点燃了英国后现代主义星星之火。

第二节　点燃后现代主义星星之火的30年代

爱尔兰"三圣"的这三部小说虽然都写于二战之前的30年代末，但却都是"象征性的"，标示着"现代主义盛期几乎不知不觉地漂进了后现代主义的时刻"。[3]这三部小说的共同特点之

1 Flann O'Brien, *At Swim-Two-Birds* (New York: Walkner and Company, 1966), 301–316.

2 John Pilling, ed. "Preface," *The Cambridge Companion to Beckett*, 上海：上海外语教育出版社，2000年，第xiii页。

3 Carlos Villar Flor, "Flann O'Brien," *The Review of Contemporary Fiction* 31.3 (Fall 2011): 62.

一，是都关注语言。贝克特指出：在乔伊斯那里，“形式即是内容，内容即是形式……他的作品不是关于什么；他的作品本身就是这个什么”。[1]乔伊斯和贝克特的小说都关注语言，意识到“语言的自治”。在半现代半后现代的《尤利西斯》中，乔伊斯就“探索了文字与世界之间的张力，考察了文学形式和语言”。“《尤利西斯》中不断地戏仿、风格模仿和语言创新，一次次地审视了现存小说形式的本质和有效性，暗示着小说的主题是语言、风格和小说技巧。”[2]对语言的这种自我意识，《芬尼根的守灵夜》表现得更加赤裸裸。乔伊斯在《芬尼根的守灵夜》中的真正兴趣“不是要‘拍摄’‘反映’或表现什么，也不是‘巨大的梦幻世界’，而是文字‘问题’”。[3]批评家认为《芬尼根的守灵夜》一书中所做的小说技巧和语言上的创新实验“已到了难以为继的程度”，[4]“把写作实验推到作家力所能及之极限”。[5]正因为《芬尼根的守灵夜》具有这样的实验性，所以才被批评家视为“后现代主义文学的先声”。[6]

贝克特是乔伊斯的崇拜者和追随者。当人们读不懂乔伊斯的小说，看不明白乔伊斯的创作技巧时，贝克特写下了他的《但丁……布鲁诺、维科…乔伊斯》，为乔伊斯喝彩。不仅如此，贝

1 转引自Rupert Wood, “An Endgame of Aesthetics: Beckett as Essayist,” John Lipping, ed. *The Cambridge Companion to Beckett*, 3。

2 Randall Stevenson, *The British Novel since the Thirties*, 195.

3 同上。

4 王佐良、周珏良：《英国二十世纪文学史》，北京：外语教学与研究出版社，1994年，第395页。

5 同上，第651页。

6 李维屏：《乔伊斯的美学思想和小说艺术》，上海：上海外语教育出版社，2000年，第230页。

克特还身体力行，在实践中学习乔伊斯，"在自己的小说中重新调遣乔伊斯的创作方法"。[1]贝克特的第一部长篇小说《莫菲》也"继续了"对语言的"自我意识"。[2]他50年代发表的三部曲，即《马洛伊》(*Malloy*，1951)、《马龙之死》(法文*Malone meurt*，1951；英文*Malone Dies*，1958)和《无法称呼的人》(法文*L'nnommable*，1953；英文*The Unnamable*，1960)，"最清楚地表现出贝克特在沿着乔伊斯所建立的方向发展"。[3]而且，即使从贝克特的小说发表的时期看，我们也能看到贝克特的作品横跨了现代主义盛期和早期后现代主义这一时间段，他是一个"由现代主义向后现代主义美学过渡的关键人物"。[4]

奥布赖恩对语言同样给予高度关注。《双鸟嬉水》除了提供三个开头和三个结尾外（包括小说自身的开头和结尾，实际上我们可以说是四个开头四个结尾），还有一种我们可以称为"戏剧式的自反性评论"的东西。这种评论形式上像剧中说明，内容实质上涉及就人物话语或行为的自我意识、自反性评论。如：

例一（叙述者的"叔叔"首次出场时，小说写道）：

描写我叔叔：脸色红润，眼睛如珠，肚皮如球。肩膀肥胖，臂长，行路时臂挥摆如猿。小胡子浓浓的。拥

1 Randall Stevenson, *The British Novel since the Thirties*, 196.

2 同上。

3 同上，197。

4 Patricia Waugh, "Postmodernism," Christa Knellwolf and Christopher Norris, eds. *The Cambridge History of Literary Criticism, Vol. 9: Twentieth-Century Historical, Philosophical and Psychological Perspectives* (Cambridge: Cambridge University Press, 2001), 296.

有三等啤酒职员资格。[1]

例二（叙述者“我”与“叔叔”对话时）：

我知道你在房间里做的研究，我叔叔说道。该死的你在房间里做的研究。

我否认这一点。

否认性质：发音不清晰，犹如打手势。[2]

例三（叙述者反思凯利的“建议”时）：

我从他的不经意的建议中得到很多快乐，也注意到这对我们可能没有坏处，于是就借用一修辞表达了自己的由衷赞同。

修辞名称：反叙法（或称曲言法）。[3]

三例中的戏剧式说明，实际是就叙述者的叙述或人物的对话所作的评论。其所带来的美学效果，无异于它的多种开头与结尾：这种多种开头与结尾，展示的是“精心地讲述一个人写一个关于一个人写几个讲故事的人的故事”，[4]而戏剧式的自我反射评论，突兀地评论小说创作，二者都迫使读者去切断小说与现实的联系，将他们的注意力引向小说的虚构性。

从上述讨论中我们可以看到，爱尔兰“三圣”于20世纪30

1 Flann O'Brien, *At Swim-Two-Birds*, 11.

2 同上，13。

3 同上，26。

4 Randall Stevenson, *The British Novel since the Thirties*, 201.

年代在自己的小说中进行的实验，所展示的语言自我意识，已经是后现代主义了。在解读乔伊斯的《芬尼根的守灵夜》时，麦克黑尔和艾柯都视乔伊斯为后现代主义者；霍珀早在1995年发表专著，其书名即视奥布赖恩为“年轻的后现代主义者”；[1]弗洛2011年发表的文章，其标题就明确他是一位“后现代主义者”。[2]基于这些批评家对爱尔兰“三圣”的评论，“三圣”创作中的实验性（尤其是那种浓厚的语言自我意识），以及《芬尼根的守灵夜》、《双鸟嬉水》和《莫菲》所发表的年代，我们可以认为：(1) 爱尔兰“三圣”是英国后现代主义文学的先驱；(2) 英国后现代主义文学在20世纪30年代已见端倪，我们甚至可以说，英国后现代主义文学在某种意义上始于20世纪30年代。当然，乔伊斯等人的后现代主义特征主要表现在实验性上，但缺乏解构主义的思想基础。正如史蒂文森说的，“至20世纪30年代末，在《芬尼根的守灵夜》和其他几部小说中，实验已经回来了。这些小说标志着由现代主义向日后更彻底的自我意识的‘实验传统’过渡”。[3]

尽管爱尔兰“三圣”在20世纪30年代就给英国文学带来了后现代主义气息，但却只是“星星之火”，英国后现代主义文学在接下来的发展中远不如美国、法国那样如火如荼。在英国后现代主义小说家约翰逊看来，“绝大多数英国小说家都已丢掉了创新的接力棒”，这使得英国的后现代主义文学显得“劲头不足”。[4]

---

1 Keith Hopper, *Flann O'Brien: A Portrait of the Artist as a Young Post-Modernist* (Cork: Cork University Press, 1995).

2 Carlos Villar Flor, “Flann O'Brien: A Postmodernist Who Happens to Be a Thomist,” *The Review of Contemporary Fiction* 31.3 (Fall 2011): 62–77.

3 Randall Stevenson, *The British Novel since the Thirties*, 222.

4 转引自 Randall Stevenson, *The British Novel since the Thirties*, 203。

第三节　既批判又怀旧的50年代

这种“劲头不足”在40年代自然是不言而喻的，因为英国忙于战争，忙于保卫自己的家园。到了50年代，与美国或法国兴盛的后现代主义文学形成反差，英国几乎没有后现代主义文学创作。前面提到的贝克特的三部曲，虽然以法文发表于50年代初（《马洛伊》和《马龙之死》都发表于1951年，《无法称呼的人》发表于1953年），第二部和第三部的英文版是发表于1958年和1960年，但这三部曲多少像贝克特的另一部小说《瓦特》（*Watt*）那样，在50年代出版，实际却写于40年代（贝克特动笔于1941年，完成于1945年，至1953年出版）。因此，贝克特的三部曲难以算作英国50年代文学风景的代表作。对于英国人来说，50年代是表现愤怒和怀旧的时代，能展现英国50年代文学风景的，当是现实主义的“愤怒文学”和邦德系列小说。

如前所述，二战后英帝国迅速衰败。1956年的苏伊士运河危机是衰败的象征，而1956年在伦敦宫廷剧院上演奥斯本（John Osborne）的《愤怒的回顾》（*Look Back in Anger*），则是对衰败了的帝国社会表示愤怒和批判。实际上，愤怒的声音两年前就很高了，如金斯利·艾米斯（Kingsley Amis）的《幸运的吉姆》（*Lucky Jim*，1954），韦恩（John Wain）的《每况愈下》（*Hurry on Down*，1953）。两年后有西利托（Alan Sillitoe）的《星期六晚上和星期天早上》（*Saturday Night and Sunday Morning*，1958）和沃特豪斯（Keith Waterhouse）的《说谎者比利》（*Billy Liar*，

1959)。这些“愤怒的青年”的作品，表现的是“大英帝国的‘辉煌’史篇已是陈迹，未来难卜，现实堪忧”。[1]奥尔索普（Kenneth Allsop）称50年代为“愤怒的年代”。在《愤怒的年代》（*The Angry Decade*，1958）一书中，他解释说，“‘愤怒的青年’这一短语带有多种弦外之音，很可能意指傲慢，炫耀，厌烦传统，朝气蓬勃，但粗俗，暗恨斯文”。[2]奥尔索普甚至觉得用“唱反调”（dissentient）比“愤怒”（angry）更能描绘这个年代，但也认为“愤怒的青年”这一标签还是“让很多人明白20世纪50年代英国出现的新的心理状态，明确了战后英国出现的‘无用’感”。[3]

在创作技巧上，“愤怒的青年”“亲传统派疏现代派”，[4]与前面提到的30年代末相比，英国50年代文学实验性要弱得多。与美国50年代的“垮掉的一代”相比，英国的“愤怒的青年”的实验性也弱了许多：“愤怒的青年”中根本没有巴勒斯这样的实验性非常强的作家；英国整个50年代也没有纳博科夫这样的作家。爱尔兰“三圣”，乔伊斯已作古，奥布赖恩根本就没有长篇小说发表，而贝克特，如我们前面所揣测的，其三部曲基本不是50年代的作品了。然而，尽管写作技巧上，英国的“愤怒的青年”不如美国的“垮掉的一代”实验性那么强，但其对当时社会的批评，却难说逊色于美国的“垮掉的一代”。

在“愤怒的青年”对50年代的衰败的英帝国表示出批评态

1 王佐良、周珏良主编：《英国二十世纪文学史》，北京：外语教学与研究出版社，1994年，第593页。

2 转引自Randall Stevenson, *The British Novel since the Thirties*, 124。

3 同上。

4 王佐良、周珏良主编：《英国二十世纪文学史》，第603页。

度的同时，英国的50年代文学，也对衰败的英帝国表现出怀旧的情愫。这当中的突出代表便是弗莱明（Ian Fleming）的邦德系列小说。

弗莱明的系列小说包含十二部长篇小说和两部短篇小说集。邦德是英国特工，他英俊潇洒，武艺高强，智慧过人，无论身陷何种险情，都能以胜利告终，是完美的化身。邦德系列小说中的美国中央情报局特工，往往是邦德的帮手，而苏联克格勃却是他的对手。因此邦德的战斗，实际是冷战的一个侧面。邦德所代表的，是英国人理想中的英帝国，而邦德系列小说，实际是对昔日威风八面的英帝国的怀念，折射的是对英帝国的怀旧情愫。邦德系列小说主要写于二战后的50年代，此时的英国虽还是个帝国，但已失去往日的辉煌，显然是个衰败中的帝国了。史蒂文森认为弗莱明的小说"代表着那个时代的部分精神状态"。[1]库克曾评论道："邦德迎合了英国自视过高却越来越没底气的自我形象，阿谀奉承我们，幻想大英帝国依然可以挥出重拳。"[2]在迪克斯眼中，"英国20世纪50年代的小说，远未预示60年代的社会和政治革命，而是求助于一种舒适的怀旧情愫。……《幸运的吉姆》和邦德系列小说是那个时代的象征。它们企图用想象来解除英国在世界舞台上面对的挑战，将愤怒和否认联合作为主要策略，来应对英国社会因去殖民化而带来的变化"。[3]

1 Randall Stevenson, *The British Novel since the Thirties*, 145.

2 William Cook, "Novel Man," *New Statesman* (28 June 2004): 40.

3 Hywel Dix, *Postmodern Fiction and the Break-Up of Britain* (New York: Continuum, 2010), 20–21.

第四节 实验性最强的六七十年代

英国30年代的实验性几乎是戛然而止。这从爱尔兰“三圣”的写作和出版状况也可窥见一斑。乔伊斯1941年去世，《芬尼根的守灵夜》成了他的绝笔之作。奥布赖恩的《第三个警察》（*The Third Policeman*）的实验性可与《双鸟嬉水》等量齐观，写于1939—1940年，却出版于1968年。20世纪四五十年代没有见到奥布赖恩有小说出版——至少长篇如此，直到六七十年代方有所改观。其实，《第三个警察》的出版状况也能说明问题。奥布赖恩于1940年将它交给出版《双鸟嬉水》的朗文出版社，但被拒绝出版。美国人萨洛扬（William Saroyan）认识奥布赖恩，想帮他在美国找一家出版社，但未成功。“三圣”中最年轻的贝克特在40年代也没有长篇小说出版（尽管有长篇的创作），只见三部中篇即《被驱逐的人》（*The Expelled*，1946）、《镇静剂》（*The Calmative*，1946）、《结局》（*The End*，1946）和一部短篇小说集《初恋》（*First Love*，1945）发表。他50年代出版的三部曲，如前面提到的，有两部的英文版分别出版于50年代末和60年代初。因此，从爱尔兰“三圣”的写作和出版来看，也可看出英国30年代的实验性是戛然而止的，四五十年代实验性相对沉默，要到六七十年代才重新见到实验性的高潮。这一点奥布赖恩小说的出版就说明得清清楚楚：《第三个警察》直到他死后才于1968年出版，而《双鸟嬉水》1939年出版时卖得不好（这也是何以朗文出版社后来拒绝出版《第三个警察》的原因），但1960年再版时却很畅销，这显然与60年代是实验年代有关。

布拉德伯里曾称英国的60年代为“摇晃的”年代，70年代为“萎靡的”年代。[1]六七十年代是一个“文化革命”或“反文化”时期，在这个时期英国社会各方面发生了变化：

1. 经济收入停止增长甚至减少。整个20世纪50年代至60年代初，工资稳定增长。单是1955年到1960年就增长了34%。但在70年代，这种富足就衰退了。

2. 在国际舞台上，到了1962年，英帝国实际不复存在了。英国的殖民地，多数获得了独立，而且速度快得惊人。

3. 文化上已发生了“文化革命”或说“反文化”。具体表现有：

1）流行音乐的出现。1960年甲壳虫乐队成立；1963年滚石乐团成立；华丽摇滚70年代初出现，中期达到高峰。

2）大众媒体的出现，尤其是电视，它的普及对通俗娱乐、广告和时尚流行起到了大力推动的作用。50年代电视还是人们觊觎的“特权物品”，但到1969年，72%的家庭有电视机，而到1980年则增加到98%。

3）经济上的富有使得人们可以追求新的生活方式和时尚，如“或蓄长发穿奇装，或吸毒群居实行性开放”，[2]且这些“新风格和时尚越来越表示拒绝传统社会”，“将反抗变成了一种时髦”。[3]

4）性/同性恋解放运动及相关法案的通过。1960年《查泰莱夫人的情人》解禁，1967年堕胎法案通过，1969年离婚改

1 Malcolm Bradbury, *The Modern British Novel 1878–2001*, 416.

2 侯维瑞：《B. S. 约翰逊与战后英国小说的极端创新》，《外国文学》1998年第1期，第60页。

3 Randall Stevenson, *The Last of England?*, 23–24.

革法通过，还有1971年《奥兹》杂志的官司事件，这些使得人们对性的态度更为开放。

4. 阶级差别发生变化或变弱，出现新的类别划分和族裔划分。雷蒙·威廉斯在他的《漫长的革命》（1961）一书里指出："临近60年代，阶级体系明显在崩溃。"他认为显示这崩溃的符号是"物质因素"，而到了80年代，"在撒切尔执政期间，传统的阶级划分继续转向或弱化"。[1]此外，赫希科普也认为，"进步的大众化和大众媒体的出现……向一些人暗示，阶级区分在消失，或者说工人阶级在'资产阶级化'"。[2]

伴随着这摇晃、时尚的六七十年代的是文学的实验性的再次抬头。英国40年代的文学关注的是战争，正如伯吉斯（Anthony Burgess）在他的《当今的小说》（*The Novel Now*，1971）中所言，"所有将背景放在1939—1945年的小说，无论从哪种意义上说，都是关于战争的小说"。[3]但是"到50年代中期，第二次世界大战本身就不那么迫切受人即时关注了"。[4]如我们在前面所提到的，在50年代，"愤怒的青年"关注的是抨击当下的英国社会，而另一些作家则怀念英帝国往日的辉煌。然而，这些作家在表达自己的愤怒或怀念时，走的还是"反现代主义"（antimodernist）或现实主义的路子。一如拉比诺维茨所言，"20世纪50年代期间，此时法国出现了新小说，而美国出现了后现代主义小说，但许多英

1 转引自Randall Stevenson, *The Last of England?*, 37–38。

2 Ken Hirschkop, "Culture, Class and Education," Laura Marcus and Peter Nicholls, eds. *The Cambridge History of Twentieth-Century English Literature*, 456.

3 转引自Randall Stevenson, *The British Novel since the Thirties*, 120。

4 同上，117。

国小说家却朝另一不同方向迈进，回归到小说创作的传统模式”。[1]但是“到了60年代，尤其是在60年代末70年代初，‘愤怒–狭隘–新现实主义的’（angry-provincial-neorealist）写作就慢慢地被视野更广阔、复杂的小说所取代”。[2]

这种小说的典型之一便是福尔斯的《法国中尉的女人》。依据贝尔西（Catherine Belsey）的看法，经典现实主义的叙述形态有三大特征，即“虚幻性，叙事上的封闭性，以及设定故事之‘真’的话语等级”。[3]在《法国中尉的女人》中，福尔斯对此三大特征都进行了颠覆。小说的前12章将萨拉塑造得栩栩如生，然而在第12章的末尾叙述者却突然发问：“谁是萨拉？她从哪个阴影里跑出来的？”紧接着13章开篇即说：“我不知道。我讲的这个故事全是想象出来的。我创造的这些人物从未存于我的大脑之外。”这就把小说的“虚幻性”给赤裸裸地暴露出来。《法国中尉的女人》有多个结尾，颠覆了经典现实主义小说的一头、一身、一尾，变“封闭性”为开放性。有人曾撰文说此小说的手稿原本只有一个幸福的结尾，但史密斯对此进行了反驳。他经询问福尔斯本人和小说的编辑，确认手稿原本就有两个结尾，只是原本不幸福的结尾在前，幸福的结尾在后，后在其夫人的劝导下，福尔斯将不幸的结尾放在最后。[4]多种结尾最有益的效果，是将读者从封闭中解放出来，

---

1 Rubin Rabinovitz, “The Reaction against Modernism: Amis, Snow, Wilson,” John Richetti, ed. *The Columbia History of the British Novel*, 895.

2 Randall Stevenson, *The British Novel since the Thirties*, 193.

3 参见 Mahmoud Salami, *John Fowles's Fiction and the Poetics of Postmodernism* (London: Associated University Press, 1992), 18。

4 参见 Frederik N. Smith, “The Endings of *The French Lieutenant's Woman*: Another Speculation on the Manuscript,” *Journal of Modern Literature* 14.4 (Spring 1988): 579–584。

让他或她有选择的自由，而将不幸福的结尾放在最后，一者可以“更令人记忆犹新”，二者“更符合小说的存在主义框架”，[1]凸显人生的荒诞和人生的意义在于选择的存在主义要义。小说的叙述主要由具有现代意识的第三人称来完成，但作者后来也出现在小说中直接与读者见面，加之各章篇首出现的各种语录这样的互文，有哈代的、坦尼森的、达尔文的、马克思的等等，涉及维多利亚时代的文化背景，这就打破了具有话语特权的第三人称叙述的一统天下，使得话语不再呈等级方式而呈平面方式，文本的意义也因互文的加入而变得多元。

《法国中尉的女人》是1969年发表的，它证实了六七十年代是英国文学实验性最强的时期。在谈到影响英国实验传统时，史蒂文森认为有三大影响源泉，其中之一是来自爱尔兰“三圣”的影响。[2]所以，英国人要想实验就会想到他们，学习他们，模仿他们。比如约翰逊，史蒂文森认为他的小说多数都流露出他在情感上“痴迷”于“三圣”。[3]他甚至认为，英国“二战后的实验性写作，其有力、清晰的根源是在30年代，经过战后的发展用了一些时间”。[4]

史蒂文森说的另外两个影响英国实验传统的是法国和美国，他用“法国化”（Frenchified）[5]来描写法国的影响。首先是贝克特，他的荒诞戏剧显然受法国存在主义哲学的影响。其次是福尔

1 Mahmoud Salami, *John Fowles's Fiction and the Poetics of Postmodernism*, 80.

2 Randall Stevenson, *The British Novel since the Thirties*, 193.

3 同上，201。

4 同上，204。

5 同上，209—210。

斯，如前所示，他的《法国中尉的女人》也有存在主义的印记。福尔斯本人就认为自己的作品"与法国文学相近"。[1]在这部小说中，他还提到新小说的领袖罗伯-格里耶以及后现代主义文论家巴特。受法国存在主义哲学影响的还有默多克等。尤其是1961年罗伯-格里耶和另一位法国新小说领袖人物萨洛特访问过英国后，"有几位英国作家受到罗伯-格里耶的小说和理论的激励"。[2]比如布鲁克-罗斯，她就读于巴黎大学，1968年将罗伯-格里耶的《在迷宫里》(*Dans le Labyrinthe*，1959）译成英文，其小说《出去》(*Out*，1964）就模仿了罗伯-格里耶的《嫉妒》(*La Jalousie*，1957)，而此前她的小说都较为传统。卢卡斯（John Lucas）认为，"在英国的实验性作家中，最为突出的是约翰逊和布鲁克-罗斯"，而"二者中，布鲁克-罗斯无疑是从法国模式那里得到的更多"，他引用著名评论家克默德的话说，"应该到她那里去感受法国的实验"。又比如赫彭斯托尔（Rayner Heppenstall)，他也在法国读过大学，"深受法国新小说的吸引"，[3]其《相通的门》(*The Connecting Door*，1962）就能见到罗伯-格里耶和萨洛特新小说的影子。

英国作家不仅受到当时法国文学的影响，也受到当时美国文学的影响。如科特（David Caute）在自己的作品中提到萨特，言及他羡慕萨特"超过其他任何人"，[4]但在他的作品里，同时还能看到美国小说的影响。他的《占领》(*The Occupation*，1971）就"可能是他承认羡慕罗斯（Philip Roth）的《波特诺伊的埋怨》

1 Randall Stevenson, *The British Novel since the Thirties*, 210.

2 同上，212。

3 参见 Randall Stevenson, *The British Novel since the Thirties*, 213。

4 同上，214。

（*Portnoy's Complaint*，1969）的结果”。[1]受此影响更为明显的是辛克莱（Andrew Sinclair），在他的《戈格》（*Gog*，1967）中，我们可以看到海勒、巴思、冯内古特和品钦的创作技巧。[2]

当然，英国实验性文学虽然受到法国或美国的影响，但仍坚持自己的英国特色。马丁·艾米斯曾在美国受教育，这一生活经历使他的小说创作受益不浅，他“被认为是英国的成熟后现代主义的代表人物，尤为尊重纳博科夫和贝娄”。[3]一方面，他“重新包装”狄更斯的小说；另一方面，他又重新包装后现代主义作者反思的或说元小说的自我意识。[4]但他毕竟是英国作家，他虽有美国的口语化、粗俗和狂热的安然，也继承了欧洲的文学概念，但在这二者中他找不到他需要的永久文化价值源泉，于是还是转向了英国本身。他的作品风格上具有狄更斯的力度。“马丁·艾米斯的后现代主义与‘英国性’（Englishness）存有联系。”[5]

马丁·艾米斯的这种“折中的”后现代主义折射出英国的后现代主义的特征：英国作家无论是受法国影响还是美国影响，都还保留些英国人的传统（无论是现实主义传统还是实验传统）。在福尔斯、洛奇、布拉德伯里、马丁·艾米斯、德拉布尔、拜厄特或莱辛（Doris Lessing）的作品里，都可以见到一些似曾相识的东西。如福尔斯的《法国中尉的女人》使人想到英国维多利亚时期的小说，读洛奇的校园小说可能见到金斯利·艾米斯的校园

1 参见Randall Stevenson, *The British Novel since the Thirties*, 214。

2 同上。

3 Julian Murphet, “Fiction and Postmodernity,” Laura Marcus and Peter Nicholls, eds. *The Cambridge History of Twentieth-Century English Literature*, 724.

4 同上，723。

5 同上。

小说对他的影响。在实验性最强的约翰逊那里，我们看到的更多的不是法国新小说的东西，或者美国的纳博科夫这样的后现代主义作家的东西，而是爱尔兰“三圣”对他的影响，尤其是奥布赖恩。比如约翰逊《来自家庭的丰富思想》的开篇：

> 罗伯特说：诗歌是诗歌是诗歌是大杂烩。
>
> 描写罗伯特：
>
> 身高：6英尺8英寸
>
> 体重：206磅
>
> [……]
>
> 陈述的本质：探索性的咄咄逼人
>
> 塞缪尔：废话
>
> 描写塞缪尔：大个儿
>
> 描写的描写：更精辟
>
> 回答的本质：有些诲淫
>
> 罗伯特说：诗歌是诗歌是诗歌是废话。[1]

这里，虽然“诗歌是诗歌是诗歌……”让读者想起斯泰因的“玫瑰是玫瑰是玫瑰……”，但更多的是想起奥布赖恩的《双鸟嬉水》。在小说末尾，约翰逊提供了四组结尾：宗教式的（含有三种）；世俗式的（含有三种）；不可能的（含三种可能四种理由）；可变式的（读者受邀自己写一个）。显然，这些都表明该小说与奥

1 B. S. Johnson, “Broad Thoughts from a Home,” 胡全生编《英美后现代主义小说选读》，上海：上海外语教育出版社，2014年，147页。

布赖恩的《双鸟嬉水》是一脉相承的。

在英国六七十年代的文学中，约翰逊是实验性最强的作家，可谓这期间“小说极端创新”的最佳代表，“是形式革新派小说最重要的创作实践者和理论阐述者”。[1]他50年代后期在伦敦大学读书期间，攻读的是18世纪英国小说，对斯特恩情有独钟。他1973年自杀身亡前不久发表的《你写回忆录是否还嫌太年轻了?》被认为是“战后现实主义主宰文坛年月里与传统文学论战、为实验小说张目的檄文”。[2]在小说创作上，约翰逊是爱尔兰“三圣”的崇拜者和继承人。在他的《拖网》（*Trawl*，1966）里，读者可以看到贝克特的《无法称呼的人》的影子；在他的《来自家庭的丰富思想》里，可以看到奥布赖恩的《双鸟嬉水》的影子；在他的小说《不幸的人们》里，可以看到其活页实验性的形式也具有乔伊斯的《芬尼根的守灵夜》那样前无古人、后无来者的开创性效果。

然而，像约翰逊这样的小说家在英国却是少数。整体上，英国六七十年代的文学实验性并不像美国的那么强烈。按照洛奇的说法，“在形式实验和形式自我的方向当中，……现实主义也没有被抛弃，但不是幼稚地、无知地运用现实主义”。[3]洛奇声称，他自己写《大英博物馆倒塌》（*The British Museum Is Falling Down*，1965），有时脱离“传统现实主义”只是因为“受了美国经验的大大刺激和解放的影响所致”。[4]布拉德伯里也持有这种看法，他

---

1 侯维瑞:《B. S. 约翰逊与战后英国小说的极端创新》，第61页。

2 同上。

3 Randall Stevenson, *The British Novel since the Thirties*, 190.

4 参见Randall Stevenson, *The British Novel since the Thirties*, 192。

说："到60年代结束时，英国小说成了个什么都收的教堂。现实主义绝然没有消亡，许多非常有趣的、在这个年代施展手脚的作家，以这种或那种方式依赖现实主义及其传统。"[1]布拉德伯里甚至认为，英国小说要进行形式实验时，"它们还常常从国外进口"。[2]

美国批评家卡尔（Frederick Karl）说，"英国小说跟它的国家一样，将会局限在这个密封的小岛上"。[3]卡尔的意思当然是说英国人保守，地窄视野小，所以其小说若是不开发视野就会显得狭隘。这种担心自然有其道理。英国人虽然有"实验传统"，但与其现实主义的传统相比，就要弱许多。英国虽有爱尔兰"三圣"，他们在30年代的实验，美国人恐怕难以望其项背。但他们的这种实验，在英国的读者那里，却是遭受冷遇的。这从约翰逊的体验中看得清清楚楚，这位60年代中实验性最强、最彻底的作家（他的活页小说即说明了这一点）曾诉苦，埋怨英国读者"拒绝善待乔伊斯和贝克特这样的作家"，"一贯敌视与先锋写作关系亲密的东西"。[4]

70年代英国的经济衰退，其文学也变得"干瘪"，尤其是70年代的后半叶。这里说的"干瘪"是指文学上的后现代主义不那么强劲，它的实验性不像60年代至70年代上半叶那么强烈。按照布拉德伯里的说法，是写作中的重要主题出现了"新形式、新话语种类和新冒险"。[5]这在英国的女性写作中更为突出。比如卡特在70年

1 Malcolm Bradbury, *The Modern British Novel 1878–2001*, 412.

2 Randall Stevenson, *The British Novel since the Thirties*, 193.

3 转引自 Randall Stevenson, *The British Novel since the Thirties*, 193。

4 Rubin Rabinovitz, "The Reaction against Modernism: Amis, Snow, Wilson," John Richetti, ed. *The Columbia Historary of the British Novel*, 916.

5 Malcolm Bradbury, *The Modern British Novel 1878–2001*, 431.

代发表了长篇和短篇小说，如《霍夫曼博士的魔鬼欲望机器》(*The Infernal Desire Machines of Doctor Hoffman*，1972)，《新夏娃的激情》(1977)，《染血之室与其他故事》(1979) 等。在这些作品中，卡特或改写童话，或戏仿色情小说，或借用哥特式小说，来表现其女权主义意识。实际上，70年代是个"我的年代"("Me Decade")，[1] 正是在这个年代，女权主义的口号"个人的是政治的"叫得响亮。[2]"20世纪70年代尤其赞同传记和自传写作"，在英联邦和美国，妇女解放和同性恋运动引发了许多传记写作和小说创作，它们强调"提高觉悟"[3]的过程。也正是从70年代开始，旧的文类明显特征开始不清晰，畅销小说往往是"杂交文类"。这些杂交文类，比如"走红小说"(blockbuster)，"性与购物"小说("sex-and-shopping" novel) 或"生活方式"小说("lifestyle" novel)，反映了当时的文化形成，"到20世纪末，这个过程更为剧烈"。[4]

第五节　兼收并蓄和国际化风格的八九十年代

史蒂文森曾依据英国的具体状况，将1960年到2000年这段时期分成两个部分："第一个部分的特征是富有，经济上的、生活方式上的，以及想象上的富有，在60年代得到增长，到70年代却

1 Malcolm Bradbury, *The Modern British Novel 1878–2001*, 421.

2 Patricia Waugh, "Feminism and Writing: the Politics of Culture," Laura Marcus and Peter Nicholls, eds. *The Cambridge History of Twentieth-Century English Literature*, 603.

3 Alison Light, "Writing Lives," Laura Marcus and Peter Nicholls, eds. *The Cambridge History of Twentieth-Century English Literature*, 754–755.

4 Scott McCracken, "The Half-Lives of Literary Fictions: Genre Fictions in the Late Twentieth Century," Laura Marcus and Peter Nicholls, eds. *The Cambridge History of Twentieth-Century English Literature*, 632.

凋谢；第二个部分的特征是70年代后社会的失望和分裂。文学在这个时期，再生了其中的一些不同。”[1]如果我们接受这种划分，那么这段时期的英国文学也可以分成两个部分：六七十年代是它的实验性巅峰期，八九十年代是它的实验性衰退期，即史蒂文森所说的“一些不同”。体现前者的是后现代主义的“篇篇怪”这个口号，如怪到写活页小说这等地步；体现后者的是后现代主义的另一口号“什么都行”，一切旧的文类也都可以拿来使用。上节末尾麦克拉肯（Scott McCracken）说的始于70年代的“过程”，即旧文类的明显特征越来越不清晰，文类越发呈杂交状，其实就是“什么都行”的体现。表面上，“什么都行”与“篇篇怪”好像相互矛盾，因为前者趋向通俗化，后者趋向实验性，但二者骨子里却是相通的。实际上，“什么都行”说到底也是种实验，因为借用或混用通俗文类不是照搬通俗文类，不是照葫芦画瓢，而是在借用或混用当中有变通，往往釜底抽薪，使旧的文类发生变化。所以说到底，“什么都行”就是将传统与实验混合起来，它是一种传统加实验的实验，体现的是兼收并蓄精神。

“什么都行”所带来的结果就是风格上的“多元”。史蒂文森指出：

> 正如布拉德伯里和洛奇所提示的，各种风格的新组合在20世纪末常常越发明显，证明在英国写作的岔路口出现了越发的文化多元或说“文化多种”。“文学小说”[2]与

1 Randall Stevenson, *The Last of England?*, 32. 着重号为引者所加。

2 指相对于通俗小说的严肃小说。——引者注

> 所谓的“文类小说”——通俗的罗曼司，惊险小说，侦探小说，间谍小说，科幻小说——的界线也越发相互渗透，这是对市场和销售压力做出的部分反应。整个世纪，市场曾一直为旨在“通俗文类”的写作而发展。但是文学评论家，多数书店和图书馆图书上架时，通常都将它们与“严肃”小说分开。然而到了20世纪末，事情渐渐有了变化，这也证明了这个时期的文化越发民主的趋势。[1]

史蒂文森认为这种变化与60年代发生的“平装革命”有关：先前小说分类明确，经典的与惊险的分得清清楚楚，如今却常常并肩而坐或并架而居。[2]布拉德伯里曾就他的《现代英国小说1878—2001》末尾所列的作家及其作品标题评论道：“战后小说的多种类、多元和综合意义，以及它在战后五十年的变化方式，都说明它在看待世界的视野上，越来越少狭隘，越来越兼收并蓄，对社会的、政治的、性爱的、族裔的和世界的变化，越来越开放。”[3]

类似布拉德伯里的这种见解与描述在洛奇那里也能见到。1992年，洛奇回看他二十多年前写的一篇文章《处在十字路口的小说家》（“The Novelist at the Crossroads”，1967），并在他1990年的一次研讨会的发言的基础上，写下《今天的小说家：还处

1 Randall Stevenson, *The Last of England?*, 502.

2 同上，503。

3 Malcolm Bradbury, *The Modern British Novel 1878-2001*, vii.

在十字路口吗?》(“The Novelist Today: Still at the Crossroads?”, 1997),[1]显然是想看看20世纪末英国小说家是否依然还处在十字路口。文中,洛奇提出可以从“美学方面”(aesthetically)或“机构方面”(institutionally)来探讨“当代小说家的处境”,前者涉及的是文学作品本身的问题,如其文类、主题、形式和风格的选择,后者涉及的是“写作的物质状态问题”,如怎样创作、发行、接受、评奖。[2]洛奇认为,当代小说家并非只选择他前文就提到的“问题小说”,“二十年后,……我还惊奇地看到,顽强的传统现实主义如何还活着”,“在过去的二十年里,寓言化当然风光,但并未独霸整个文学风景,寓言化小说依然是种边缘形态的小说,至少在英国是这样”。[3]如今回头看当年的那篇文章,洛奇觉得他说的十字路口这个模式或说比喻“好像还不够,主要是因为它没有考虑到单个文本中有多种文类或风格混合。这样的混合可以称为‘交叉’小说(‘crossover’ fiction),在我看来,它是当今写作的突出特征。这也就是说,相当少的小说家会完全地、心无旁骛地致力于寓言小说或说非虚构小说或说元小说。相反,他们将这些模式之一种或多种与现实主义结合起来”。[4]这就是洛奇说的“美学方面”。这种“美学的多元”如今成了“被广泛接受的文学生活事实”。[5]随之而行的是“机构方面”,即出版、销售、评奖等

1 该文1992年刊于布拉德伯里(Malcolm Bradbury)和库克(Judy Cooke)主编的文集《新写作》(*New Writing*)中。本章所引为有所扩充的1997年的再版本。

2 David Lodge, “The Novelist Today: Still at the Crossroads?”, *The Practice of Writing* (Auckland: Penguin, 1997), 4.

3 同上,6—8。

4 同上,9。

5 同上,11。

方面。洛奇注意到，“20世纪80年代，文学小说需要商业意义已成常见的事”，“80年代之前，布克奖与销售毫无牵连，如今却突然有了获得畅销的力量”，“小说家正发现自己……难以以卖文为生”，“文学小说的成功销售依赖于作家、出版商和媒体的通力合作”。[1]洛奇的这种从“美学方面”和“机构方面”对英国文学的观照，反映的正是八九十年代英国文学的状况，也说明了英国文学在八九十年代“越来越兼收并蓄”。

这种“越来越兼收并蓄”我们从四部小说也可见一斑。一部是阿克罗伊德（Peter Ackroyd）的《王尔德的最后证词》（*The Last Testament of Oscar Wilde*，1983），另外三部是巴恩斯（Julian Barnes）的《福楼拜的鹦鹉》（*Flaubert's Parrot*，1984）、《10 1/2章世界史》（*A History of the World in 10 1/2 Chapters*，1989）以及马丁·艾米斯的《时间箭》（*Time's Arrow*，1991）。

《王尔德的最后证词》发表于1983年，是部日记小说，但小说中的一些人物却是真实的，小说里有典故，有诗歌，还有颇具王尔德之风的童话。日记假借王尔德之手，叙述王尔德流亡巴黎的故事。小说的最后几页由王尔德的仆人莫里斯书写。于是问题来了：它是部自传、传记，还是部小说？若说是小说，可其中的日记却又好像出自王尔德之手，始于1900年，止于他去世，很像部自传，有如卢梭式《忏悔录》或者昆西的《一个吸食鸦片者的自白》。可是这个王尔德却又是阿克罗伊德创造的王尔德，而文本又的确是阿克罗伊德写的，因此它又像部传记了。此外，小说

1 David Lodge, "The Novelist Today," *The Practice of Writing*, 12–13.

中王尔德除了叙说他的生活与性之外，还谈论他的文学创作，读起来就像是读文学批评。通常读者读日记、自传、传记都以为所言为“真”，但当他或她见到日记、自传、传记糅入小说，就禁不住要对这“真”存有疑问了。所以，《王尔德的最后证词》实际上混淆了界限：它不仅表面混淆文类，而且深层里还混淆“真”与“非真”、事实与幻想、文学与批评。读者面对这种混淆就面对了小说的虚构本质。阿克罗伊德是80年代初开始写小说的。他创作小说惯常借用通俗文类，如哥特式小说、侦探小说等，那时“兼收并蓄”之道盛行，阿克罗伊德真可谓借用通俗文类的大师了。

另一位借用通俗文类的大师是巴恩斯。他的《福楼拜的鹦鹉》发表于1984年，获布克奖，正值“越来越兼收并蓄”之际。小说在传统的叙事之中夹杂多种文类，如年代表、动物寓言、游记、文学传记、文学评论等，以至于有人说它“不能称为小说”，有人说它“是当之无愧的小说”，也有人称之为“准小说”。[1]不过，巴恩斯并不是B.S.约翰逊，他并不想在《福楼拜的鹦鹉》中只讲一个“小说已死”的故事。“他毕竟有比约翰逊聪明得多的中庸之道，虽然明显地在玩技巧，却并未使技巧压倒一切，虽然没有讲出一个正儿八经的故事，但仍然在众多‘非故事’因素中插进了一些故事性。”[2]有人问巴恩斯：“你是否认为自己属于正统的现实主义传统？”他回答说：“我一向认为标签毫无意义，也让人生

1 美国小说家厄普代克认为它“不能称为小说”，英国文论家克默德认为它是“当之无愧的小说”（参见罗媛：《追寻真实——解读朱利安·巴恩斯的〈福楼拜的鹦鹉〉》，《当代外国文学》2006年第3期，注释4，第120—121页），中国学者阮炜称之为“混合文类的准小说”（参见阮炜：《巴恩斯和他的〈福楼拜的鹦鹉〉》，《外国文学评论》1997年第2期，第52页）。

2 阮炜：《巴恩斯和他的〈福楼拜的鹦鹉〉》，《外国文学评论》1997年第2期，第52页。

气。……如果小说一心关注理论（看看新小说吧）或者语言游戏（看看《芬尼根的守灵夜》吧），它可能不是现实主义的，但也就不再兴趣盎然了。”[1]显然，他主张的是既关注现实主义也关注小说的虚构本质和语言游戏，奉行兼收并蓄之法。

在他1989年发表的《10 1/2章世界史》中，巴恩斯赋予不同的章以不同的文类，如寓言、政治惊险小说、法庭喜剧、科幻小说、书信体小说、文艺批评、历史叙事、论文。小说英文标题的前半部“世界史”（“A History of the World”）让人想起罗里爵士（Sir Walter Raleigh）的《世界史》（*The History of the World*），然而不定冠词与定冠词之别却告诉读者，此“世界史”只是“世界史”的一种书写而已，而且只有十又二分之一章，而所谓的“二分之一章”只是个“圆括号”（Parenthesis），其余各章叙述的都是一个独立的故事，如第一章讲的是诺亚和灭世洪水，第二章展示现代恐怖分子劫持一游艇；第三章讲的是法国16世纪的一个法案；第四章描述一位女人的逃生；第五章分两部分，一部分叙述1816年法国护卫舰“美杜莎号”触礁，另一部分叙说杰里科1819年画的《美杜莎之筏》；第六章说一个爱尔兰女人1840年去朝拜亚拉腊山；第七章题为三个小故事，讲述“泰坦尼克号”的一位幸存者以及约拿和一位水手的故事；第八章讲一位现代电影男演员定居委内瑞拉的丛林的故事；接着是二分之一章（即“圆括号”），是篇论述爱情的文章；第九章讲述一位宇航员1977年朝拜亚拉腊山的故事；第十章描绘了一个梦幻般的现代天国。这里，

---

1 Shusha Guppy, “Julian Barnes: The Art of Fiction No. 165,” *The Paris Review* 157 (Winter 2000): 70.

我们见到所谓的历史原本只是由一个个故事编织而成。巴恩斯说，《10 1/2章世界史》要探讨的问题就是《福楼拜的鹦鹉》的主人公布雷思韦特苦苦思索的问题："我们如何抓住过去?"他认为，"我们用创作故事来包含我们不知道或不能接受的事实；我们只保留点滴事实，然后用它们来编造一个新的故事"。[1]但是这些故事却是碎片化的，充其量是些"拼凑物"（bricolage）。所以，历史就成了筛选的故事的组合。

艾米斯的《时间箭》发表于1991年，获布克奖提名。艾米斯自发表《金钱》（*Money*，1984）以来，他的小说"越来越具'科幻气息'"。[2]《时间箭》即是他"利用'科幻小说般'思想"[3]以时间倒流叙事之法创造的小说。小说中，时间倒退，叙述者一次次追问前一天发生了什么，最后追问到大屠杀，读者跟随叙述者在一次次追问中看到了大屠杀背后的现代道德观。时间倒退在物理学上是不可能的，荒诞的，然而却正是在这种荒诞中将大屠杀的荒诞给揭示出来。倒流叙事不只是个风格问题，艾米斯本人就认为"风格不是中性的；风格指出道德方向"。[4]他还认为，"时间与道德是相互关联的"。[5]对他来说，风格或形式和道德是"艺术创作的必要方面"。[6]在《时间箭》中，艾米斯实际是借用倒流叙事来

---

1 Brian Finney, "A Worm's Eye View of History: Julian Barnes' *A History of the World in 10 1/2 Chapters*," *Papers on Language & Literature* 39.1 (Winter 2003): 50.

2 David Moyle, "Beyond the Black Hole: The Emergence of Science Fiction Themes in the Recent Work of Martin Amis," *Extrapolation* 36.4 (1995): 306.

3 同上，313。

4 转引自Carlos Silva Campañón, "Through the Looking Glass: America in Martin Amis's *Money: A Suicide Note*," *Atlantis* 26.2 (December 2004): 87。

5 参见张和龙：《颠覆性的后现代游戏——论马丁·艾米斯的"后现代招式"》，《外国文学》2006年第2期，第19页。

6 Carlos Silva Campañón, "Through the Looking Glass," *Atlantis* 26.2 (December 2004): 87.

“瓦解”大屠杀背后的现代道德观。[1]尽管《时间箭》70%为艾米斯的灵感，但毕竟还有30%为他的调查研究，“要匆匆地看几眼真实世界”。[2]

英国文学在“越来越兼收并蓄”的同时，还出现了新的“其他声音”。这种“其他声音”在八九十年代更加清晰和响亮。伍兹指出：

> 20世纪70年代和80年代见证了英国文化中“其他”声音的全面繁荣，对英国文学传统和形式发起了持续的挑战。英国有许多作家住在国内，但其文化背景却源自曾经的殖民地——西印度群岛，非洲国家，如南非、尼日利亚、肯尼亚，或印度次大陆，如印度、巴基斯坦。很难想象，当代英国写作没有埃米德赫塔（Buchi Emecheta）、库雷西（Hanif Kureishi）、石黑一雄（Kazuo Ishiguro）、莫（Timothy Mo）、奈保尔（V.S. Naipaul）、奥克瑞（Ben Okri）、菲利普斯（Caryl Phillips）、鲁西迪、史密斯（Zadie Smith）和赛尔（Meera Syal）这样的作家会是怎么样的情景。这些作家创作的小说不仅质疑其原文化家园的殖民地遗产，同样也质疑和探索英国出现多元化的含义，

1 张和龙：《颠覆性的后现代游戏——论马丁·艾米斯的“后现代招式”》，《外国文学》2006年第2期，第19页。

2 沃尔夫（Tom Wolfe）撰文认为，作家如今在忽视真实世界，对此他很不以为然，提出文学创作应70%为调查研究（research），30%为灵感，但艾米斯不赞同，将它颠倒过来：70%为灵感，30%为调查研究，因为“从某种意义上说，调查研究在脑子里做更好”，“你要匆匆地看几眼真实世界，然后就需在脑子里转它几圈，再想象它。不要翻写它，而是再想象它”。［参见Francesca Riviere, “Martin Amis, The Art of Fiction No. 151,” *The Paris Review* 146 (Spring 1998): 129。］所以，《时间箭》里的大屠杀不是艾米斯的“翻写”，而是“再想象”。

或者说当代多元化中成为非英国人或非白人的文化、社会、政治效果。[1]

伍兹所说的这种现象，金称之为“英国文学国际化”。金1994年发表的专著就以此为名。他开篇就说，“20世纪下半叶，英国文学发生了一个大变化。……这一变化过去常常被称为后殖民主义文学，尽管英国已不是一个殖民国很久了，然而称为后帝国文学会更好些，可我还是认为最好称为国际化（Internationalization）文学”。[2]

英国文学国际化的重要原因之一是二战后大量的移民进入英国，有非洲的，中美洲的，印度的，日本的。二战后英帝国迅速衰败，英国的本土作家对当下衰败的帝国，一方面表示愤怒，另一方面又表现出怀旧的情结。然而几十年后，那些移民及其在英国成长的子孙将新的视野——多元文化或称后殖民的视野——带进了英国文学。依据麦吉尔克（Carol McGuirk）的看法，这种视野还带进了1969年设立的、英国最受人注目的文学奖——布克奖——的评委：“自布克奖1969年设立以来，评委（每年一换）越来越倾向挑选带有多元视野或说后殖民主义视野的小说”，[3]获奖小说作者包括鲁西迪（1981），石黑一雄（1989），休姆（Keri Hulme）（1985），凯里（Peter Carey）（1988），以及奥克瑞

1 Tim Woods, “Postcolonial Fictions,” Laura Marcus and Peter Nicholls, eds. *The Cambridge History of Twentieth-Century English Literature*, 741.

2 Bruce King, *The Internationalization of English Literature*, 北京：外语教学与研究出版社，2007年，第1页。

3 Carol McGuirk, “Drabble to Carter: Fiction by Women, 1962–1992,” John Richetti, ed. *The Columbia History of the British Novel*, 942.

(1991)。[1]

迪克斯认为，“英联邦大量移民进入英国，导致英国作家族裔上多元，这些移民中，第二、三代移民作家时间上与在苏格兰和威尔士发生的政治转移，以及与在北爱尔兰发生的政治风景变化，巧合在一起。移民和政治转移使得70年代后英国出现了一种新的小说：二者都涉及后殖民困境和对身份新叙事的要求”。[2]迪克斯说的这一新的小说就是后殖民主义小说。迪克斯用“航行”（voyage in）理论来解释英国文学的这一现象。他说，“航行这一思想于我们如何理解后殖民文化和当代英国二者间的关系来说含义非凡”。[3]毋庸置疑，“航行”说是萨义德（Edward Said）的理论，他有一篇文章就叫《航行》（“The Voyage in”）。迪克斯认为在萨义德看来，“由边缘向中心移动，是种交流或说相遇，在这当中，各元素混淆起来，共同改造。换言之，原先的殖民地社会文化工作者，不仅有能力改造他们自己的社会成员的意识，而且还有能力改造欧洲和美国大都市成员的意识”。[4]萨义德自己说：“因此，航行构成了一种尤为有趣的杂交文化工作。而且它的确存在，这就标示着在依旧存在的帝国结构时代里出现了对抗性的国际化。”[5]从迪克斯的解释和论述中，我们看到英国的大量移民带来了文学上的大“航行”。

这种大“航行”在迪克斯称为“新一代英国后现代主义小说

1 获奖小说分别为鲁西迪的《午夜之子》，石黑一雄的《长日留痕》（*The Remains of the Day*），休姆的《骨人》（*The Bone People*），凯里的《奥斯卡和露辛达》（*Oscar and Lucinda*），奥克瑞的《饥饿的路》（*The Famished Road*）。

2 Hywel Dix, *Postmodern Fiction and the Break-Up of Britain*, 12.

3 同上，43。

4 Hywel Dix, *Postmodern Fiction and the Break-Up of Britain*, 44.

5 转引自Hywel Dix, *Postmodern Fiction and the Break-Up of Britain*, 45。

家”[1]的身上看得更加清楚。在他列举的名单上，新一代英国后现代主义小说家包括了鲁西迪和石黑一雄。

鲁西迪1947年生于印度，14岁被送到英国读书，1964年其父母移居巴基斯坦，他继续在剑桥读书，1968年毕业，毕业后在英国工作。1975年发表第一部小说《格里马斯》(*Grimus*)，1981年发表第二部小说《午夜之子》，在文坛获得国际声誉。小说讲的是主人公兼叙述人赛奈的个人经历与家史，将印度的历史引入其中。赛奈开篇就说，“我出生于孟买市”(此话与鲁西迪本人的出生完全相符)。赛奈午夜出生，适逢印度独立，是“午夜之子”之一。赛奈讲的不仅是他个人的故事，也是印度的故事或说印度的历史。如此的叙事就成了詹明信说的“国家寓言”。詹明信在他的《多国资本主义时代的第三世界文学》一文中提出这个概念，用它来指涉第一世界和第三世界文化或文学的具体区别：前者强调个人之个性，张扬个性，后者则非常专注集体性，视个性具有条件性，主张公私交融。詹明信认为，对于第三世界来说，“个人私下命运的故事一向是则寓言，讲述的是第三世界公众文化与社会的战斗情景”。在小说第七章篇首，叙述人赛奈说，“你的生活从某种意义上说，是我们的生活的一面镜子”。在小说的最后一章，叙述人将写个人生活或国家历史比喻为腌制酱菜，说“我得改了又改，完善了又完善”。他将小说的三十章比喻为三十个腌菜缸，这显然是将历史撰写比喻为腌制酱菜。在他的讲述中，我们看到的是可能性，可行性，记忆，犹豫，修改，歪曲和希望，但是没有确定性，没有绝对性，没有真实性，只有潜在性

1 Hywel Dix, *Postmodern Fiction and the Break-Up of Britain*, 155.

和相对性。金认为，“《午夜之子》出版之后，英国出版商越加可能接受非英语人名的小说家的手稿”。[1]

石黑一雄1954年出生于日本，1960年随家庭移居英国，孩童时还以为总有一天会回到日本，但却没有。他的第一部小说《远山淡影》（*A Pale View of Hills*，1982）和第二部小说《浮世画家》（*An Artist of the Floating World*，1986）以日本为背景，但第三部小说《长日留痕》（*The Remains of the Day*，1988）的历史背景是英国的30年代，叙述者史蒂文斯是位男管家，其当下叙事时间是苏伊士运河危机的1956年。就《长日留痕》，石黑一雄接受过很多采访，言谈中“强调它的虚构基础”，承认史蒂文斯是“一种比喻”，“一种夸张”，“一个怪人”。[2]小说中，叙述者一次次想把自己叙述成一个伟大的管家，但与此同时，石黑一雄却又展示史蒂文斯叙述的不可靠，比如掩饰其主人达林顿亲纳粹的倾向，这种效果无异于福尔斯的叙述者在《法国中尉的女人》第十二章的末尾和第十三章的一问一答。因此，从这个意义上说，《长日留痕》就像部后现代元小说了。实际上，它也“常被解读为后现代主义文本，这种解读也好像得到石黑一雄的认可，因为他坚持认为，解读小说所构想的虚构世界不应以现实主义或表现论的方式，而应将它读为‘一部拼凑品’（a pastiche），而‘拼凑’是后现代主义虚构性（fictionality）理论的核心术语之一”。[3]但是《长日留痕》毕竟不是《法国中尉的女人》：

1 Bruce King, *The Internationalization of English Literature*, 164.

2 Monika Gehlawat, “Myth and Mimetic Failure in *The Remains of the Day*,” *Contemporary Literature* 54.3 (Fall 2013): 495.

3 Graham MacPhee, “Escape from Responsibility: Ideology and Storytelling in Arendt’s *The Origins of Totalitarianism* and Ishiguro’s *The Remains of the Day*,” *College Literature* 38.1 (Winter 2011): 178.

石黑一雄没有让他的叙述者像福尔斯那样公然跳出来向读者挑明小说的虚构性，他只是让他的叙述者的不可靠叙述折射其虚构性。这就是石黑一雄说的“找个介于正统的现实主义和赤裸裸的虚构之间的地方”。[1]换而言之，石黑一雄的现实主义——如果有的话——不是传统的现实主义，[2]而石黑一雄的后现代主义——如果有的话——不是哈琴说的“历史元小说”。石黑一雄曾明确表示，《长日留痕》中的英格兰“不是我认为存在的英格兰”，他力图要创造的是个“神话般的英格兰”。[3]他笔下的“存在的英格兰”，就像1956年苏伊士运河危机中的英格兰一样，已不再是“日不落”、往昔威风八面的帝国，如同小说中的达林顿乡村府邸，已易手他人。石黑一雄2017年获诺贝尔文学奖，用瑞典皇家学院的颁奖词来说，“他用激情四溢的小说，揭示了人类幻想与现实世界之关系的深渊”。

从鲁西迪和石黑一雄这类少数族裔作家讲述的大“航行”的故事中，我们看到的不仅是地理位置上的“航行”，更多的是文化上的、意识形态上的“航行”。他们的大“航行”的故事是英国“国家叙事”中一个重要而绚丽的组成部分。

综上所述，英国后现代主义文学更为明显地既脱胎于又超越

---

1 Graham MacPhee, “Escape from Responsibility: Ideology and Storytelling in Arendt’s *The Origins of Totalitarianism* and Ishiguro’s *The Remains of the Day*,” *College Literature* 38.1 (Winter 2011): 178.

2 佩特里认为，如果我们“接受”英国批评家沃（Patricia Waugh）对现实主义写作的界定，即“[现实主义小说再现的]这个现实是有序的（情节完整、按时序叙事、作者无所不知、人物的‘行’与‘是’合情合理、‘表面’细节与存在的‘深层’‘科学法规’构成因果）”，那么我们完全可以说，“石黑一雄的小说肯定——如果不是激进地——在很多方面脱离了这种写作模式”。[参见Mike Petry, *Narratives of Memory and Identity: The Novels of Kazuo Ishiguro* (Frankfurt a. M.: Peter Lang Publishing Inc., 1999), 20。]

3 Graham MacPhee, “Escape from Responsibility,” *College Literature* 38.1 (Winter 2011): 193.

现代主义文学，但因为其强大的现实主义传统，其后现代主义实验性相对于美国和法国不那么强烈，它的后现代主义文学火花始于20世纪30年代末，见于爱尔兰“三圣”，但在接下来的四五十年代，并未见到燎原之势，其后现代主义实验性反倒相对沉寂，直到六七十年代才出现呈巅峰状的燎原之势，然而，到70年代下半叶，实验性却开始下滑，倾向通俗化，主张兼收并蓄，与此同时，其文学出现“国际化”现象。

第十章
法国后现代主义文学

20世纪50年代后，法国文坛进入“怀疑的时代”，罗伯-格里耶、布托、萨洛特、西蒙（Claude Simon）等新小说派作家在二战后新的历史条件下凭借对人类生存境遇的持续关注和不断创新的叙事艺术在西方后现代主义文学版图上独树一帜，他们一方面继续反对传统现实主义传统，另一方面力图把文学创作转变成通俗的语言游戏和语义的生产机制，呈现出杂糅性、迷宫性和虚幻性等后现代主义诗学特征。60—70年代，后结构主义、解构主义等思潮席卷法国文坛，以新小说为旗帜的法国后现代主义文学完成了对现代主义深度意义写作模式的反拨，从“写什么”转向“怎么写”，以“叙述的冒险”代替“冒险的叙述”，反对具有预设意义的整体化写作，体现了消解、质询、开放、差异的精神。

70年代之后，尽管新小说派作家仍在创作，但仍难挽衰落和解体的趋势。西蒙于1985年获得诺贝尔文学奖，其小说《农事诗》（*Les Géorgiques*，1973）、《植物园》（*Le jardin des plantes*，1997）等以并置、戏仿、拼贴、文字游戏、反应参照等后现代主义文本形式呈现了他感觉与记忆中的历史与世界，女作家杜拉斯（Marguerite Duras）的《情人》（*L'amant*，1984）也赢得大量读者，该小说用后现代主义叙事手法描写了一个发生在法国殖民地的具有异国情调的初恋故事。这些文学现象意味着形式的标新立异不再成为后现代主义小说引人注目的唯一焦点，主题亦能引起人们的重视。事实上这个时期世界范围内的后现代主义小说重心也逐渐由叙事转向主题，转向对普遍抽象的人类生存状态的揭示。后现代主义小说由“怎么写”，又开始让位于“写什么”。但这并非简单的回归，因为主题的表达仍需要后现代的叙述和表现形式，二者已经合而为一。

当新小说逐渐沉寂，法国后现代主义文学已经进入后现代多元文化共存时代，后殖民主义、女权主义、新历史主义、全球主义以及后工业社会的消费环境成为当代文学创作的土壤，既有新新小说、新寓言小说的萌芽和持续发展，也有反战文学、生态文学、传记文学的多元绽放。“原样派”作家索莱尔斯以及新生代作家图森、埃什诺兹等人站上新小说派的肩膀，粉碎了小说消亡的妄语，其创作手法体现出了新小说几十年来的变化和革新，被誉为“新新小说”作家，他们用各自实验性的先锋式创作表现着后现代人类复杂的生存经验、心理矛盾和存在意识，使得后现代文学被推向新的高度，但最终在世纪末被通俗文学超越。新小说的衰落促进了同时期小说形式的演变，由图尼埃、莫迪亚诺、勒克莱齐奥等作家共同发展的新寓言小说开辟了一条与注重繁琐描写的新小说相反的、兼顾诗性寓言文体和文本可读性的写作道路，他们发表于六七十年代的一些小说作品亦呈现出解构、戏仿、颠覆、虚幻、元小说、零散化叙事等后现代诗学特征，成为法国后现代主义文学花园中的独特风景。

第一节 法国后现代主义文学的诞生背景

20世纪是一个信仰和理性精神衰落的时代，同时也是怀疑和分析精神复起的时代。在它的上半叶，随着资本主义的经济发展到鼎盛时期，资本主义的政治、经济、思想和社会领域的诸多问题愈加凸显。一战和经济危机的阴影刚刚过去，敏感的思想界就察觉到整个欧洲面临着一场严重的精神危机。恰如法国诗人、学者瓦莱里在《精神的危机》（“La crise de l’esprit”，1919）一文中所说，“异常的战栗渗透欧洲的骨髓。欧洲，在它所有的思维中枢里，感到再也认不清自己，再也不像它自己，感到就要失去意识”。[1]二战期间，法国面临的危机更为严重，面对的不仅仅是工业经济的萧条和大片国土的沦丧，还有比一战规模更大也更为残酷的战场和屠杀。如果说，第一次世界大战使当时的法国知识分子意识到“我们的文明是可以死亡的”，[2]那么，第二次世界大战则促使他们进行更为深刻的反思，以一种前所未有的清醒来怀疑和审视自身。

到20世纪50年代，法国和西欧其他发达国家一样，进入了资本主义生产迅速发展、社会急剧变革动荡的时期。社会财富的迅猛增长和日益丰富的消费活动，无法弥补人们心灵的空虚，反而使物质与精神的对立日益加剧。两次世界大战使人们感受到集体

---

1 瓦莱里：《瓦莱里散文选》，唐祖论、钱春绮译，天津：百花文艺出版社，2006年，第223页。

2 同上，第223页。

灾难与死亡的威胁，几乎摧毁了一切传统的宗教信仰、道德准则和理性良知，取而代之的，是多元文化价值观的形成。60年代中期以后，各种学生运动、工人运动风起云涌，由激进青年学生掀起的1968年“五月风暴”更是以摧枯拉朽之势席卷全国。随着各种解放运动的蓬勃发展，激进主义、自由主义、无政府主义、女性主义、后结构主义、后殖民主义等思潮你方唱罢我方登场，勾勒出一幅没有权威、丧失中心、纷乱动荡的精神图景。

精神上的困惑和危机迫使作家对生命的存在方式不断进行探寻，与之相应的，旧的文学形式和文艺理论由于无法跟上时代日新月异的步伐，亟待改造与革新。在这种社会历史条件下，后现代主义文学思潮应运而生。在文艺理论领域，“后现代主义宣告了人的死亡（德里达），作者的死亡（巴特），主体的死亡（福柯）以及在场形而上学的终结（德里达、罗蒂），至此，对世界人生的终极看法成为永远无法企及的梦境，任何以一驭万的中心同一性企图和任何建构本体论构架的要求都被认为是过时的”。[1]这种倾向具体反映在文学创作领域，则是作家笔下的人物主体被消解，文本的深度被削平，作品呈现出不确定性、平面化、零散性或片段化的趋势。法国的荒诞派戏剧，以其鲜明的反传统姿态，对以往的戏剧艺术加以彻底颠覆，充当了由现代主义向后现代主义转型的先声。从人物主体的消解，到对不确定性的表达，从戏仿和反讽的使用，到摒弃隐喻而注重“直喻”，荒诞派戏剧的这些革新，也体现出后现代主义的美学特征。

---

1 陈黎：《后现代语境下的“新小说”》，《吉林大学社会科学学报》2000年第4期，第54页。

新小说是继荒诞派之后，以反传统姿态出现的又一文学革新。法国文学史专家马松在《20世纪法国文学概观》中总结道："新小说拒绝对世界提出某种看法。它主张文学应当是一种极端的客观，旨在对事物进行描写而不加入任何的阐释，从不赋予事物什么'深刻的含义'。"[1]在新小说的作者看来：(1) 后现代社会已经不同于以往，事物的发展错综复杂、瞬息万变，生活在其中的人们无从把握，无所适从，无可奈何，而作家的任务，就是要将当代人这种荒诞不经、捉摸不定的存在方式，以不带任何感情与价值判断的手法客观展现出来，倘若小说的情节和人物塑造都带有明确的逻辑和理性，则反而违背了生活的真实，无法揭示当代人真正的生存现状；(2) 嘈杂喧嚣的意识形态与政治纷争，各种思潮的频繁更替，后工业时代里物质生活的丰富，消费社会中普遍存在的贪婪和物欲……，这些人类自身创造出来的社会文化环境，无形之中成了一种束缚和枷锁，时时刻刻侵扰、压迫和吞噬人们，使之一度迷失自我，犹如置身于一座永远找不到出路的迷宫，人们茫然四顾，多方求索，然而又一无所得。新小说的创作实践，也客观地反映了西方后现代社会这种怅然若失的普遍心态，其对人物主体的彻底解构、迷宫式的叙述手法以及碎片化的写作艺术，无一不与当代人自身的处境和命运息息相关。恰如新小说的代表作家布托所言："小说是绝妙的现象学的领地，是研究现实以什么方式呈现在我们面前，或者可能以什么方式呈现在我们面前的绝妙的场所。"[2]

1 Nicole Masson, *Panorama de la littérature française* (Paris: Marabout, 1991), 515.

2 转引自柳鸣九编选：《新小说派研究》，北京：中国社会科学出版社，1986年，第89页。

第二节　法国人对待“后现代主义”和“新小说”的态度

说起法国的后现代主义就会想起拉康、巴特、德勒兹、利奥塔、福柯、鲍德里亚、德里达、克丽斯蒂娃，他们都是名震江湖的后现代主义大思想家，可奇怪的是，他们却不太说“后现代主义”，他们主要著述的标题，也没有出现“后现代主义”（或“后现代”与“后现代性”）这一术语。利奥塔当然是例外，不过此例外也有其例外：他1979年写的《后现代状态》还带了个副标题“关于知识的报告”，况且这“关于知识的报告”还是加拿大魁北克政府大学委员会（the Conseil des Universités of the Government of Québec）委托他来写的。当然他后来也不时地回到后现代主义这个话题，写了些文章，其中被翻译成英语的有《解释后现代：1982—1985年通信集》、《走向后现代》和《后现代寓言》。[1]然而，“‘后现代主义’这一术语在法国文化中所起的作用相对较小”，[2]究其原因，恐怕是“法国人不愿使用后现代主义这个概念”。[3]真正说来，法国人写后现代主义小说比美国人早，可法国人却不称它为后现代主义小说，而称“新小说”（nouveau roman）。在美

---

1 Julian Pefanis and Morgan Thomas, eds. *The Postmodern Explained: Correspondence, 1982-1985*, Don Barry et al, trans. (Minneapolis: University of Minnesota Press, 1993) ; Robert Harvey and Mark S. Roberts, eds. *Toward the Postmodern* (Atlantic Highlands, NJ: Humanities Press, 1993) [Essays composed 1970-1991] ; *Postmodern Fables*, Georges Van Den Abbeele, trans. (Minneapolis: University of Minnesota Press, 1997). 不幸的是，1998年他正准备参加“后现代主义和媒体”研讨会时却突然去世。

2 Geert Lernout, “Postmodernism in France,” Hans Bertens and Douwe Fokkema, eds. *International Postmodernism: Theory and Literary Practice* (Amsterdam: John Benjamins Publishing Company, 1997), 353.

3 Hans Bertens and Douwe Fokkema, eds. *International Postmodernism*, 302.

国人那里，比如巴思，就明确地将法国的新小说作家和《原样》(*Tel Quel*) 杂志作家群列为后现代主义作家。[1]后者中的杰出代表是索莱尔斯，他写的完全是典型的后现代主义小说，时间上也完全与美国含义上的后现代主义小说相符，可是法国人硬是不愿称之为后现代主义小说，而是称为“新新小说”(nouveau nouveau roman)。“这可能是令人吃惊的事。”[2]莱瑙特认为，“法国作者只有在讨论法国以外的世界时，才感到需要使用‘后现代主义’这一术语”，在国内，“使用‘现代的’(modern) 就足够描写这一相同的、别处称为后现代的现象”。[3]因此有理由认为，法国的“新小说”实际就是后现代主义小说的代名词，谈论它就是谈论法国的后现代主义文学。

例如早在1980年，杰斐逊就从叙事学的角度，用四章分析了新小说的情景结构、人物塑造、叙述策略和语言表达，认为新小说属于“非自然叙事”，人物“由有名转为匿名”，叙述“突出聚焦人”，语言表现“自我关注”，[4]这显然说明新小说就是后现代主义小说了，尽管杰斐逊在书中从头至尾没有使用“后现代主义小说”这一术语，甚至连与“后现代”相关的术语都未使用。“新小说”这一术语是亨里厄特 (Émile Henriot) 1957年创造的，也有用“反小说”(anti-roman)、“目光派”(école du regard)、“午夜派”

1 John Barth, “The Literature of Replenishment: Postmodernist Fiction,” *The Friday Book: Essays and Other Non-Fiction* (London: Johns Hopkins University Press, 1984), 195.

2 Geert Lernout, “Postmodernism in France,” Hans Bertens and Douwe Fokkema, eds. *International Postmodernism*, 353.

3 同上。

4 Ann Jefferson, *The Nouveau Roman and the Poetics of Fiction* (Cambridge: Cambridge University Press, 1980), 9, 73, 108, 164.

(école de Minuit) 来命名这种小说的，但唯独亨里厄特的“新小说”沿用至今，[1]尽管亨里厄特说的“新小说”带有蔑视之意。

在50年代的法国，超现实主义、达达主义和存在主义文学的耀眼光芒已经相继黯淡，随着人们对先前几个流派的兴趣逐渐冷却，新小说的出现也就格外引人注目。新小说的作家既有旗帜鲜明和成体系的理论观点，又有一批数量可观的优秀作品，同时还成立了自己的独立出版社。加上著名文论家巴特的极力推崇，使新小说成为20世纪法国影响力最大、成就最高的一个后现代主义文学流派。

围绕新小说的一系列创新与实验，集结了一个较为松散的作家团体。其中，贝克特[2]的地位较为特殊，他相继参与了荒诞派戏剧和新小说的创作，是从现代主义迈入后现代主义的一位过渡性作家；罗伯-格里耶为奠定新小说的理论基础做出了重要贡献，在作品中致力于探索一种“物的文学”；萨洛特通过运用“对话与潜对话”，进一步开拓了小说对心理意识领域的探索；西蒙借鉴电影、绘画等造型艺术的剪辑和拼贴手法，力图在看似散乱的画面中重建一种内在秩序；布托则对小说的时间与空间主题展开探索，以小说的多重复杂结构作为现实生活的一种投射。新小说的风潮虽在70年代逐步趋于平静，但它的影响并未完全消失，西蒙于1985年获得诺贝尔文学奖，足以证明新小说在文学史上的地位已经确立。

---

1 Ann Jefferson, *The Nouveau Roman and the Poetics of Fiction*, 1.

2 贝克特出生于爱尔兰首都都柏林，成年后大部分时间多在巴黎度过，二战期间参加了法国的地下反法西斯斗争，为此还获得法国政府颁发的“抵抗勋章”。他用英、法两种语言创作。他当然是英国作家，但有时又被列为“法国作家”（如百度百科便是这么看的）。

第三节 新小说的发展与“新新小说”的继承创新

新小说是“一种受到地理限制（仅限巴黎地区）和历史限制（主要是50年代和60年代）的社会学和文化现实”。[1]作为一种对传统小说语言与形式的颠覆和革新，新小说的诞生与当时社会历史背景有着密切的联系。两次世界大战的爆发，使19世纪建立在实证主义基础上的价值体系与理性秩序最终崩塌。柏格森、尼采、弗洛伊德等人的理论观点有力地动摇了理性主义在思想界的统治地位，也使小说摆脱了实证主义的枷锁，开始重新发现“曾被实证思想排斥的某些价值”，包括“非理性主义、想象、直觉、感觉错位、神秘主义等所有构成‘新’小说的成分”。[2]时代的怀疑精神迫使文学冲破旧传统的局限和束缚，对生命的存在价值与意义不断进行探讨和追问。

作为一种创新的文学实验，新小说在20世纪30年代便已在萨洛特的笔下产生，到了20世纪中叶，则发展为继存在主义文学之后、法国战后文坛的又一主流。50年代期间，以罗伯-格里耶、萨洛特、西蒙和布托为代表的小说家，创作了大批与传统小说风格迥异的作品。从萨特说的“反小说”到莫里亚克（Claude Mauriac）说的“反文学”，再到巴特说的“目光派”，新闻界、评论界以及读者用来命名这些作品的术语可谓层出不穷，且褒贬不一。最终，罗伯-格里耶选择了“新小说”这一称呼，并撰写文章

1 克洛德·托马塞:《新小说·新电影》，李华译，天津：天津人民出版社，2002年，第17页。

2 同上，第1—2页。

捍卫自己的理论观点，这些文章之后汇成了一部堪称宣言的作品集——《论新小说》。在巴黎午夜出版社的影响之下，贝克特、杜拉斯、潘热（Robert Pinget）、索莱尔斯等当时的著名作家都被纳入这场声势浩大的文学风潮之中。虽然这些作家在写作风格和手法上各有千秋，但他们在拒绝传统、追求小说艺术革新方面的态度是一致的。70 年代，新小说在文坛上掀起的风潮已逐渐趋于平静，但其影响并未消失，甚至得到了西方学院派的官方认可。一些作家和作品已经奠定了其在文学史上的地位，西蒙1985年获得诺贝尔文学奖便是有力的佐证。

20世纪70年代法国新小说逐渐沉寂，然而一批更年轻的先锋作家继承和发展了新小说的叙事技巧，再一次发起了对传统小说的挑战。索莱尔斯和里卡尔杜（Jean Ricardou）、波德里（Jean-Louis Baudry）等作家汇集在巴黎瑟伊出版社，于1960年创办先锋文学理论杂志《原样》，所以他们被称为“原样派”。这些作家比之前的新小说作家更为激进，对传统小说的陈规旧习打破得更加彻底，他们一方面按照惊世骇俗的创新方式进行文学创作，另一方面在批评和理论方面也颇有建树。从1964年开始，《原样》杂志汇集了巴特、德里达、克丽斯蒂娃和拉康等人的文章，宣扬超现实主义、结构主义、达达主义、精神分析这些前沿观点。1983年《原样》更名为《无限》（*L'Infini*），在伽利玛出版社定期出版，延续至今。该杂志继续向传统习俗挑战，为不断地否定和创新开辟了无限的空间，“无限的形式，个性化的特征”始终是它的宗旨，索莱尔斯通过主编和作家的双重身份宣扬着自己的文学主张。

70—80年代以来，巴黎午夜出版社的另一批新生代作家，例如图森、埃什诺兹、弗朗索瓦·邦（François Bon）、加伊（Christian Gailly）、谢维拉尔（Eric Chevillard）等作家和索莱尔斯一起继承和发展了新小说的创作主张，因此被称为“新新小说派”。作为20世纪中后期影响深广的一种文学思潮，法国新小说（含“新新小说”）是整个欧洲后现代主义文学不可忽视的重要组成部分。“新新小说”作家们写作手法各具特色，但大多继承发展了新小说作家的无倾向叙述、反人物性格描写和情节淡化等手法，人和物不再有具象性，而是作为文字符号参与到碎片化的文本游戏中，体现了后工业社会中人的主体性丧失、自我意识混乱、精神分裂的生存状态，以及面对世界时无法捉摸的荒诞感和疏离感。

第四节　新小说的后现代主义特征

一、人物主体性的丧失

现代主义文学以荒诞和反讽的方式揭示人的异化，展现人对自我的怀疑、焦虑与迷茫。而在后现代社会中，“个人不再有反抗异化和逃避痛苦的承诺，现实异化和精神分裂成为人的本然处境，个人既不需要反抗异化的能力，也没有抵御痛苦的必要”。[1]因此，在后现代主义文学作品中，人的主体性进一步被消解，人物彻底丧失了其在作品中的中心地位。新小说家笔下的人物反映了后工业时代

1 王岳川:《后现代主义文化美学景观》,《北京大学学报》1992年第5期，第46页。

法国社会中那些小人物的面目，他们毫无个性，随波逐流，与个人价值到达顶峰的19世纪相比，他们是丧失了主体价值的一代。在《怀疑的时代》（*L'Ère du soupçon*，1956）中，萨洛特指出了传统小说人物所面临的危机："现在，小说人物却源源不断地日益失去了所有的特性和全部的特权了……他的祖宗、他精心建造的房子（从地窖一直到顶楼，塞满了各式各样的东西，甚至最细小的小玩意）、他的资财与地位、衣着、身躯、容貌。特别严重的是他失去了最宝贵的所有物：只属于他一个人所特有的个性。有时甚至连他的姓名也荡然无存了。"脱离中心位置的人物变得无所作为、无所适从，他们丧失了主体身份，成为没有过去、没有未来、"除了现在什么也没有的懒散的存在物"。[1]

巴尔扎克式的小说试图通过细致入微的刻画，为小说中的每个人物制作一张"户籍卡"，从而打上清晰的社会历史印记。而在新小说中，这种鲜明的人物形象与典型的人物性格已经消失得无影无踪，取而代之的是一种平面化的、内心空虚的、不确定的人物。新小说家运用各种策略来破坏人物的主体性身份：有时，作家采取将人物"匿名"（l'anonyme）的手法，用一种类型化的职务名称代替个性化的人名（如《在迷宫里》的"士兵"），或将一个名字简化为一个起首字母（如《嫉妒》中的"A""X"）；有时，作者虽然命名了他的人物，但却利用名字的选择来破坏现实感，凸显写作的虚构性，如贝克特故意挑选读音相近的几个名字（马洛伊、莫菲、马洛纳）来命名其作品中的主人公。新小说的

1 伍蠡甫、胡经之主编：《西方文艺理论名著选编》，北京：北京大学出版社，2000年，第238页。

叙述中展现的都是一些不完整的人物形象，读者只能通过拼凑碎片，尝试着把握一个人物。此外，人物行动的前后矛盾，也使其性格与心理变得暧昧不明。“人物，作为各种相反的符号推动下兼收并蓄的复合体（暴戾/温柔，正直/投机，勇敢/懦弱），变得无法捉摸、无法分类。缺乏独特性、碎裂、行动矛盾、角色的可逆性、解体、抽象化，这些手法都影响了人物的统一性和意义上的协调。”[1]人物从传统小说的典型化走向了类型化，甚至被抽象为一个文字符号。

在新小说中，人物虽然失去了其在传统小说中的重要地位，但并未完全被取消，而是由作家赋予了新的意义。在罗伯-格里耶的小说《嫉妒》中，作为叙述者的那个“嫉妒的丈夫”从未真正出场，是一个没有名字，甚至没有面孔的“隐形”人。然而，作者通过对第三把椅子、第三只杯子等物件的描写，巧妙地暗示出这一主人公的存在。虽然在罗伯-格里耶的小说里，“物”的膨胀日益驱逐了“人”的存在，“物”取代了“人”的中心位置，但这种“物化”的倾向并未将“人物”真正地排除在小说之外。正如罗伯-格里耶所说：“由于在我们的小说中没有传统概念中的人物，人们匆匆下结论说我们的小说没有人物，而实际上，人物在每页、每行甚至每个字中都出现。尽管在我们的小说中有诸多的物体描写，但它总是通过人的眼光和人的思想来凝视、思索着它，也是通过人的情欲来改变着它。小说中物体从来没有离开过人的幻觉和直觉而单独存在着。”[2]无独有偶，萨洛特也认为，新小说中存在一个中心人物，

1 克洛德·托马塞：《新小说·新电影》，第130页。

2 转引自夏春丽：《浅谈法国新小说》，《外交评论》1985年第3期，第75页。

只是作家用一个无名无姓的“我”取代了小说主人公的地位：“主要人物是一个无名无姓的‘我’，他既没有鲜明的轮廓，又难以形容，无从捉摸，形迹隐蔽。这个‘我’篡夺了小说主人公的位置，占据了重要席位。这个人物既重要又不重要，它是一切，但又什么也不是；它往往只不过是作者本人的反照。这位主人公周围的人物，由于失去独立存在的地位，或者成为这万能的‘我’的附属品，或者只是一些幻象、梦境、噩梦、幻想、反照、模态等。”[1]

二、迷宫式叙述

新小说打破了传统小说的线性叙述结构，把过去、现在与未来的时空颠倒错置，将现实、幻觉与回忆纷呈杂糅。通过对传统叙事模式的消解，新小说家建立了一种迷宫般的艺术结构，而使读者再也无法在阅读时得到意料中的发展。新小说家拒绝理性化的时间观，不再像传统小说家那样井然有序地遵从时间的渐进，反倒转而描写时间的无序性与不可捉摸性。西蒙在其作品中频繁地使用现在分词、未完成体，强调动作之间的同时性与延续性，由此体现了心理意识对时间感知的不确定性。在索莱尔斯《威尼斯的节日》（*La Fête à Venise*，1991）中，作家围绕两个城市——威尼斯和纽约，展现了两组不断重叠交叉的时空序列。当叙述者身处威尼斯时，他叙述的心理时间却是纽约的；当他讲述纽约的事件时，威尼斯的场景又穿插其中。在布托的《变》（*La Modification*，1957）中，我们发现叙述者“身处巴黎心在罗马”

1 转引自伍蠡甫、胡经之主编：《西方文艺理论名著选编》，第238页。

或“身处罗马心在巴黎”，过着颠颠倒倒的双重生活。这种迷宫式的时间游戏与空间的颠倒交替，在文本中塑造了一种既没有中心，也没有起点和终点的现代迷宫。

在新小说中，虚构的空间同时也是一种“迷失”的空间，人物总是陷入没有出路的回旋往返中。罗伯-格里耶的《在迷宫里》便是部典型之作。小说讲述了一个士兵打扮的人在一个陌生城市的小巷中游荡，寻找几个不知道姓名和地址的人，他徘徊了三天三夜却一无所获，最后被突如其来的子弹结束了生命。小说中汇聚了大量使人迷失的因素：陌生的城市、冷清可疑的街道，以及不断掩埋足迹的雪，抹消了任何可能的提示。“传统的迷宫暗示了一种掩藏在表面的杂乱无章之下的深层秩序，这种寻觅最终将揭示一种秩序。这种秩序暗含着的‘别处’给了此处意义，属于一种形而上学的思想，因此它具备了高度启发性价值，使人能解释和理解世界”，[1]而后现代迷宫却彻底打乱了秩序，无限循环，没有出口，变成了既隐晦又神秘、既无法驾驭又无法解释的一幅空间图景，使人物无意义的寻觅最终成为一种迷失。

新小说好用异文、词语嵌套等手法，使某些主题、场景和形象得以在小说中循环复现，制造出一种回环往复的效果。在罗伯-格里耶的作品中，迷宫借用了多种表现形象，反复呈现一个又一个的循环。从《橡皮》（*Les Gommes*，1953）中的环形大道到《弑君者》（*Un Régicide*，1949）中的一片“黑暗的隧道”，再到《纽约革命计划》（*Projet pour une révolution à New York*，

1 克洛德·托马塞:《新小说·新电影》，第138页。

1970）中的地铁走廊，以及《在迷宫里》陌生的城市街道，小说中这些令人迷失的景象无不显示出“迷宫”的隐喻性：“人们开始模糊地看到某种东西，并且以为这某种东西就要变得明晰起来。可是，那些轮廓线自我积累，自我涂描，自我否定，自我移动，以至于随着那个形象的自我构建，它益发令人怀疑了。”[1]《橡皮》中的侦探一次又一次地在迷宫般的街道上游荡，先后到商店买了五次橡皮，对这一动作的重复显得莫名其妙。作者在文中不厌其烦地反复描述同一街道的外貌，对橡皮的用途、式样和型号的描写也近乎雷同。潘热的《帕萨卡里亚舞曲》（*Passacaille*，1969）通过不断复制同一个场景——邮递员被发现死于贫困，建立了一种循环往复的结构。同一场景、相同词句的重复出现，打破了传统小说中因果推论的连续性，干扰了故事的发展，叙述因此出现了停滞，甚至倒退。作家以此来破坏小说的可信性，凸显文本的虚构性。

新小说家用一种零碎而分散的叙述取代了因果连续性支配下的线性叙述，塑造了一座小说的“后现代迷宫”，尽管如此，表面的散乱和迷惑性却并不代表没有结构。与此相反，新小说的叙事往往很讲究结构：罗伯-格里耶的《橡皮》在表面的侦探小说结构之下，实际上采用了螺旋结构，通过倒叙手法使小说中的时间以螺旋方式向前推进；杜拉斯的《广岛之恋》（*Hiroshima mon amour*，1959）采取一种音乐结构，它由视觉主题、声音主题、音乐主题相互交织而构成；而西蒙的小说则更多地借鉴了绘画、

---

1 Alain Robbe-Grillet, *Pour un Nouveau Roman* (Paris: Minuit, 1963), 128.

雕塑等造型艺术的手法，《弗兰德公路》（*La Route des Flandres*，1960）和《三折画》（*Triptyque*，1973）就是具有代表性的作品。

三、碎片化写作

新小说派的创作是对小说和“叙述”本身的一种反思、解构和颠覆，因此，碎片化和断裂化的叙事艺术，不仅意味着叙述方式上的革新，还构成了对传统小说体裁的一种挑战。“反体裁”已成为新小说的主要特色。“新小说”家不仅试图打破小说与诗歌、戏剧、音乐之间的界限，将绘画、建筑、电影等多种视觉艺术的因素融入作品，甚至将复制的广告、招贴画、单据、地铁车票、标语、传单等引入小说实验。多种艺术形式的拼贴与融合，意味着对传统小说体裁的变异和瓦解，从而使“新小说”成为一种“副文学”（La paralittérature）的仿作杂烩。西蒙谈到《农事诗》时说道：“如果说我所占有的支离破碎的材料中确实存在着**不连续**的地方，那么依我看，它们同样有着一种惊人的**持续**性。我所遵循的创作方法是将所有分散的材料集合成为一篇**作品**，像在一首赋格曲中发展变奏那样，将主旋律联系在一起。”《农事诗》是以作者家族中的一位真实人物（法国大革命和第一帝国时期的一名将军）为原型创作的。作家巧妙地将一些真实的历史片段加工、排列和组合，以回忆的形式讲述了三个人物在不同时期经历的三场战争。复调般的主题，以及三个人物相似的命运，使小说呈现出三折画一样的效果，将看似零散的回忆和历史碎片组合为一幅记忆拼图。小说冒着可能被读者厌烦的风险，保留了许多空白、矛盾、疑点和未知数，作者使用了大量“也许”之类的言辞，许多问题始终悬而未决。西蒙认为，在自己的这部作品中，既不会出现道德的说教，也不会宣扬希腊悲剧式的宿命论，更不会有什么讽刺的寓意，大量留下的空白需要读者通过对碎片进行拼贴和组合来解读。

四、读者积极参与

上述的三种特点均可谓是对传统小说的“颠覆和强暴”。依据新小说作家里卡尔杜的看法，“正是这颠覆和强暴，使我们在新小说里看到的不是‘冒险的写作’，而是‘写作的冒险’”。[1]而这种“写作的冒险”给了读者积极参与的空间。一如文学评论家布吕奈尔（Pierre Brunel）所认为的，新小说带来了一种“新的阅读”，它使阅读不仅仅止于“接受”和“看”一个世界，而是还须“承担一种责任，分担一项工作”。因此，小说需要的是一种“类似手术的阅读”，它不是满足于浅尝辄止的浏览，而是深入文本内部的一种“警觉和创造”。[2]新小说家通过对小说形式上的探索，为读者带来了前所未有的阅读体验。语言的重复，时空的紊乱，叙述的中断和跳跃，以及随处可见的文字游戏，这些小说技巧上的革新打破了传统小说内在的封闭结构，促使读者参与文本的创作。作品的目的不再是吸引人、说服人或进行论证，而是赋予文本一个广阔的意义空间，使读者在作品中发现更多的可能性，并从中进行选择和阐释。从表达的含蓄到结构的空白再到叙述的多义和意义的空置，一部作品营造出的空白或盲点越多，读者就越能够

---

1 转引自Ann Jefferson, *The Nouveau Roman and the Poetics of Fiction*, 164。

2 布吕奈尔等：《20世纪法国文学史》，郑克鲁译，成都：四川文艺出版社，1991年，第308页。

在阅读中发现多种阐释的潜在因素，也就越能深入地参与作品艺术的再创造。罗伯-格里耶认为："今日的作者远远不能忽视读者，而是绝对需要读者的积极、认真、创造性的参与。他所要求于读者的是，不再接受一个完美的、完整的、封闭的世界，相反，参与创造，轮到他创作作品——和世界——并因此学会创造他自己的生活。"[1]

第五节　新小说代表作家及其创作特色

一、阿兰·罗伯-格里耶：人与物的新关系

罗伯-格里耶初登文坛之际，正值20世纪50年代，这也是法国现象学在语言、文化的各个领域引发强烈反响的时期。"没有一门哲学能像现象学那样强烈地作用于四五十年代的法国思维"，[2]因此，"新小说"也将现象学视为自身的理论渊源。正如罗伯-格里耶本人所说："50年代，我们一同起步时有一种共同的想法，就是要用全新的形式，即接近胡塞尔、海德格尔和柏格森的形式来反映社会的关系。"[3]胡塞尔提出现象学的目的是"回到事实本身"，"要描述，不要解释，也不要分析"。[4]罗伯-格里耶深受这种观点影响，在《未来小说的一条道路》（"Une voie pour le roman futur"）中，他指出："我们必须尝试着构筑一个更坚实、更直观的

1 转引自郑克鲁：《现代法国小说史》，上海：上海外语教育出版社，1998年，第584页。
2 倪梁康主编：《面对实事本身——现象学经典文选》，北京：东方出版社，2000年，第2页。
3 廖星桥：《荒诞与神奇——法国著名作家访谈录》，深圳：海天出版社，1998年，第47页。
4 转引自倪梁康主编：《面对实事本身——现象学经典文选》，第713页。

世界，来代替充满意义（心理学的、社会学的、功能上的）的这一宇宙。首先，让物体和动作以它们的在场来起作用，随后，让这种在场继续凌驾于所有解释性理论之上。”[1]

法国哲学家、社会学家鲍德里亚曾在《消费社会》（*La Société de consommation*，1970）一书中对后工业时代的社会加以批判，他指出，“今天，在我们的周围，存在着一种由不断增长的物、服务和物质财富所构成的惊人的消费现象。它构成了人类自然环境中的一种根本变化。恰当地说，富裕的人们不再像过去那样受到人的包围，而是受到物的包围”，一言以蔽之，“我们生活在物的时代”。[2]罗伯-格里耶抓住了这一基本特征，并将后工业时代人与物的新关系作为其探索的中心主题。评论界将罗伯-格里耶的作品称作“物的文学”，认为他的小说是“物的清单”，而人在小说中被驱逐、被物化，“物”的存在已经凌驾于“人”之上。实际上，对“物”的大量描写并非罗伯-格里耶的独创，在法国传统文学中，巴尔扎克的许多小说也可以称为“物的清单”。巴尔扎克往往对人物的衣着、首饰、屋内的陈设家具不厌其烦地加以描绘，这些被细致描绘的事物有一个共同特征，即它们都是人的“财产”和“所有物”（la propriété）。小说家在描写一个物品时，它的特征已经被所有者的性格和社会地位决定了，描写“物”就相当于描写“拥有物的人”。因此，在巴尔扎克作品中，人与物之间的关系具有某种一致性。而在罗伯-格里

1 参见阿兰·罗伯-格里耶：《快照集：为了一种新小说》，余中先译，长沙：湖南美术出版社，1998年，第85页。

2 波德里亚：《消费社会》，刘成富、全志钢译，南京：南京大学出版社，2001年，第1—2页。（此处“波德里亚”即“鲍德里亚”。——编者注）

耶的作品中，人与物的关系不再具有一致性，相反，二者之间相互脱节，物对人来说是“陌生”的。这种陌生关系反映了现代社会中，人与世界之间的一种新关系，即现代人与其周围世界不断加剧的脱节现象。

在小说《橡皮》中，作家让橡皮这一物象反复出现，并多次强调侦探瓦拉斯要买一块“既轻又柔软，脆而易碎，用力压下不变形，只会变成粉末”[1]的橡皮，但总也买不到。物象的重复出现干扰了小说的线性发展，打断了叙述的连贯，使小说的线索时隐时现。作者巧妙地借用“橡皮”这一物象来来回回地穿插，将已有的情节线索擦去，使得一个看似寻常的物品不再属于人们熟悉的那个“物”，它变得令人不安。作者借此来提醒读者：“含义在物的上面不停地滑动，于是叙述者的意思和世界的关系就成为一种逐渐变化的关系。”[2]罗伯-格里耶认为：“从20世纪初开始的整个现代时期，从卡夫卡、福克纳到萨特、加缪，直至新小说，人们越来越感到要对付的是一个含义不停地摇摆、颤动的世界。这种颤动会使读者永远感到手足无措。”[3]作家敏锐地察觉到这一点，并致力于在其作品中，将人与物之间那种曾经的确定关系彻底颠覆。

二、娜塔莉·萨洛特：“对话与潜对话”

萨洛特是较早提出对巴尔扎克式的传统小说进行革新的新小

1 阿·罗布-格里耶：《橡皮》，林青译，上海：上海译文出版社，1981年，第136页。（此处阿·罗布-格里耶即阿兰·罗伯-格里耶。——编者注）

2 阿兰·罗伯-格里耶：《人和物的两种不同关系》，张连奎译，《国外文学》1987年第4期，第122—123页。

3 同上，第123页。

说家之一。她的创作深受普鲁斯特、伍尔夫和乔伊斯的影响，并沿着20世纪心理现代主义的道路不断探索。她将心理现代主义的技巧与巴赫金的复调理论相结合，从而为新小说找到了一条独创性的道路，即“对话与潜对话”。萨洛特的小说以人物的内心独白、内心独白的前奏与潜对话构成主体，细致入微地展现了人物内心那些凌乱混杂、难以察觉的心理活动，并借此描绘当代人日趋平庸、琐碎的精神图景。

在传统作家笔下，人物的内心独白主要通过作者转述或旁注的形式体现，作者的说明带有明显的斧凿痕迹，而独白的内容是经过思考、分析和推理的理性产物，本身具有逻辑连贯性。萨洛特抛弃了传统小说中的间接转述或旁注的形式，排除了作者的干预，作者因此退居到人物内心独白的幕后。而独白展现的，也不再是逻辑思考的产物，而是夹杂着想象、回忆、猜测种种不确定的成分，更忠实于意识本来就不断流动、杂然纷呈的形态。“隐藏在内心独白后面的东西，那是一团数不尽的感受、形象、感情、回忆、冲动，任何内心语言也表达不了的小动作，它们拥挤在意识的门口，组成一个个密集的群体，突然冒出来，又立即解体，以另一种方式组合起来，以另一种形式再度出现。”[1]萨洛特将这种隐藏于内心独白之后、“拥挤在意识的门口”的心理边缘，称之为“内心独白的前奏”，这也是她不断挖掘和表现的一个新领域。在小说《一个陌生人的画像》（*Portrait d'un inconnu*，1949）里，萨洛特模仿巴尔扎克笔下的葛朗台父女，塑造了类似的形象，即一

1 柳鸣九编选：《新小说派研究》，第48页。

个吝啬的父亲和他并不年轻的女儿。作家着力探讨的，是人与人之间既相互吸引又相互排斥的心理，对于人与人之间这种难以言明的感应关系，萨洛特借用了科学术语“向性”一词加以命名。这种思想上的窃窃私语，无法外化为语言或动作的意识活动，只能以人物内心的“潜对话”形式来表现。

萨洛特认为，“小说的兴趣中心已不再是列举境遇和性格，也不再是描述风俗，而是揭示一种新的心理材料”，[1]包括“那些几乎难以觉察的、微妙的、转瞬即逝、前后矛盾的、逐渐消失的内心活动，轻微的心灵的颤抖，隐隐约约的、勉强显露的心灵的呼唤或退缩，掠过心头的淡淡的虚无缥缈的念头。正是这些东西不断变化，构成了全部人与人关系上肉眼看不见的网络，也构成了我们生活的真谛本身”。[2]作家的关注中心应从外部转向复杂的内心世界，否则将难以揭示潜藏于生活表象之下、处于灵魂深处的真实。萨洛特小说描写的都是一些平庸乃至病态的小人物，一群既无雄心壮志也缺乏生活热情的人，如小说《马尔特罗》（*Martereau*，1953）就采用典型的心理分析手法，以日记体的形式，剖析了一位肺病患者多疑、神经质的心理状态。但其成功之处，还在于通过这些平凡人的内心自白，揭示当代社会中的人们千姿百态的心理，从而进一步开拓小说对无意识领域的探索。

三、克洛德·西蒙：文学拼贴画

1985年，西蒙（Claude Simon）获诺贝尔文学奖时，瑞典文

1 柳鸣九编选：《新小说派研究》，第46页。

2 同上，第13页。

学院的颁奖词写道："在描写人类的生活状况中，将诗人与画家的丰富想象力与他对时间的深刻理解紧密地结合了起来。"[1]西蒙在青年时代曾经热衷于绘画，并参加过西班牙内战，作家将年轻时的经历融入了小说的创作与思考。西蒙并不赞同传统小说的人物塑造，因为他们带有"太浓厚的宿命味道"。他十分欣赏陀思妥耶夫斯基的作品，认为这位俄国作家创造了许多与"单义小说"截然相反的作品，展现了令人不安的图景。西蒙借鉴了塞尚等印象派画家的美学思想。印象主义认为绘画不再是对现实的一种简单临摹，而是再现画家个人视觉中的形象，正如马奈所提出的"画我所见"。西蒙认为，塞尚不能生产出一个苹果，却能够用一层薄薄的油彩创造出一个苹果的形象。与之相应的，作家虽不能还原现实（la réalité），却可以表现出某种"真实"（la vérité）。小说家也应当像画家那样，从个人的主观感受出发，再现个人从现实世界中所得到的"印象"。他因此提出："从今以后，作品只是通过我所观察到的世界，是我对世界局部的、畸形的和个人的想象描述。"[2]

在西蒙的代表作《弗兰德公路》中，作家试图通过小说重建"巴洛克式装饰屏"的艺术效果。小说并未以宏大的场面来正面描写战争，而是截取了战争中的一个小小侧面，讲述几个士兵在溃退时的遭遇。读者只能通过人物的主观回忆，甚至想象来重现战争的灾难场面。断断续续的回忆，模糊不清的印象，时而跳跃时

---

1 参见：诺贝尔奖官方网站，1985年授予克洛德·西蒙诺贝尔文学奖的评语。Source: Site officiel de la Fondation Nobel, sur le Prix Nobel en littérature consacrée à Claude Simon (1985) <http://www.nobelprize.org/nobel_prizes/literature/laureates/1985/index.html>.

2 克洛德·西蒙：《论新小说——1982年西蒙在纽约大学的讲话》，戴侃译，《国外社会科学》1986年第4期，第51页。

而闪回的画面，犹如一帧帧飞快转换的电影镜头，把对现实的观感交织成一幅色彩丰富的拼贴画。多种情感同时交织，多种情节同时发生，读者像观察一幅绘画作品那样，可以不断变换视角，将一个个纷繁交错的片段慢慢拼凑成一幅完整的巨型油画。因此，西蒙成功地使小说这种文字艺术同绘画艺术一样具有了共时性和多面性。

美国学者奥顿（Anna Otten）认为，对于西蒙来说，“迅速变化的生活反映在他的内在之眼的注视中。外表之眼看到现实并将其形象传送给内在之眼。外表的视觉只能反映在记忆中，但那时它已经被内在之我的感觉加上了色彩。由于内在之眼与外在之眼的交替运用，外部世界与内在情感便是不可分的了”。[1]西蒙打破小说家讲故事的传统法则，他不遵循线性的时间发展，而是颠倒时序；他不仅观察眼前之物，还不断联想和回忆；小说的语言因此呈现出片段性和跳跃性，主题显得支离破碎。但在散乱无序的表象背后，作家以一种观察与写作的连贯性，将“有序”与“无序”、“现实”与“非现实”、“外部世界”与“内在情感”等众多矛盾，实现了巧妙的统一。因此，正如奥顿所说，西蒙在拼贴画般的文字和不断变换手法的表演中，完成了一次精神上的自我发现之旅。[2]

四、米歇尔·布托：崭新的时空观

对时间与空间的探索是布托（Michel Butor）的作品反复呈现的

1 奥顿：《克洛德·西蒙的我（眼睛）》，戴侃译，《国外社会科学》1986年第4期，第53页。
2 同上，第53页。

主题。他的小说，往往经过精心的编排和构思，将一些没有联系的事件和混杂的片段联系起来，在迷宫式的结构中蕴含着多角度、多层次的时空交错，从而摆脱了传统小说的线性叙述方式，营造出崭新的叙述效果。

《米兰巷》（*Passage de Milan*，1954）描写了在巴黎一幢七层公寓里，每层住户从晚上七点到早上七点之间的生活。作家以十二个章节描写了十二个小时里同一地点发生的故事，每一章都与一个小时相对应。每家房客的叙述都做成平行发展，用一个生日舞会作为故事的中心线索，将原本平行的叙述联结起来，在时间的横向发展中，构成了"垂直关系"，从而赋予小说的时间和空间以立体结构。布托曾在《小说的空间》（"L'espace du roman"）一文中指出："只要把那些静止的场所并列起来，就可以构成十分有趣的'主题'。音乐家把曲子写在五线谱上，横向是时间的进展，纵向确定不同的乐器。同样，小说家也可以把不同人物的故事安排在一个分层的建筑物里，比如在巴黎的一座大楼里，不同事物或事件之间的垂直关系可以同笛子与提琴之间的关系一样具有表现力。"[1]小说中，布托还借鉴了作曲家的一些音乐技巧，从而使文本的叙述不再是线性和平面化的，多个故事的合奏使文本呈现出立体结构，犹如"声音的建筑"。

布托的小说《变》描写了一次从巴黎到罗马的旅行。为使读者感同身受，作家以第二人称"您"来取代传统小说的叙事人称"他"或"我"，从而为读者带来崭新的阅读体验。作者将主人公

1 转引自柳鸣九编选：《新小说派研究》，第118页。

的一生通过片段式的回忆穿插于十几个小时的旅途中，而主人公的心理变化与火车的行驶路线则呈现逆向运动的趋势，人物的心理距离和现实中的空间距离也形成巧妙的对比——随着火车从巴黎驶向终点罗马，主人公在空间上离妻子越来越远，离情人越来越近，然而在感情的变化上，他却感到与情人逐渐疏远，与妻子更为亲近。借助巧妙的穿插、跳跃与回溯，小说为读者展示了一个多维立体空间，展现了多重时间与空间的组合。叙述的地点在火车车厢、巴黎、罗马之间不断转换，真实的空间与人物的想象空间相互交错，小说的时间也像一个复杂的迷宫，过去、现在、未来随着人物的思绪来回跳跃。时间和空间的交织重叠，形成一张精心编织、错综复杂的网。郑克鲁先生指出，布托的小说具有封闭性和循环性，故事往往在一定的时间和地点中进行，而且能够首尾相接，回环往复。[1]在布托的小说里，“事物的表象与本质之间的区别、历史与现在之间的延续以及符号的所指与能指之间的依存关系被消解了。……故事往往可以任意地从其中一个片段跳到另一个片段，而且故事的发展常常不断地回到前一个故事的灰烬里”。[2]这种封闭式和循环式的结构，加上多义性的词汇和长句，使布托的小说具有迷宫般的艺术魅力。在有限的时间和确定的空间里，他以别开生面的叙述方式，展现了时间与空间的无限张力。

总而言之，在创作实践方面，新小说家“打破了传统小说的

1 郑克鲁：《现代法国小说史》，第652页。

2 刘成富：《影响未来，观照过去——试论米歇尔·布托的创作手法与艺术观》，《国外文学》2001年第2期，第110页。

既定规范，尤其是否定和摒弃了传统叙述结构的合理性、有机性、严密性和完整性。他们都致力于对传统小说写作风格的革新和新的艺术形式的探索与实验。'零散化'和'错乱感'是其重要的特征。但是他们的创作既有共性也有个性，而且随着时间的推移，个性越来越明显"。[1]如果说，对传统小说的反叛构成了新小说家的共性，那么，在具体的写作方法上，他们则是极具个性的一群作家。每个人在创作方面的尝试与建树各不相同，如罗伯-格里耶擅长写物，萨洛特则侧重于挖掘小说的潜对话。一方面，他们以新的写作技巧发展和丰富了小说艺术，诸如时空交错、穿插、跳跃、复现、镶嵌、设迷、文字游戏等；另一方面，这些标新立异的变革又对读者提出了新的挑战，新小说不再是"欣赏的小说"，而变成了"研究的小说"。[2]读者因此要打破固有的阅读习惯，变被动的阅读为积极的再创作。

在理论建树方面，回顾20世纪下半叶，西方文坛上没有哪个文学流派能像新小说那样引起广泛而激烈的论争，在法国的《费加罗报》(*Le Figaro*)、《文学报》(*La Littérature*) 以及索莱尔斯主办的《原样》杂志上，围绕未来小说的命运问题，小说家和批评家掀起了一场声势浩大的笔战。以这些文学论争为契机，罗伯-格里耶、萨洛特、里卡尔杜、索莱尔斯等作家都留下了相当数量的理论文字，对他们的创作实验加以深入阐述，从而进一步加强了新小说在文学史上的地位和影响。恰如柳鸣九先生所说，正因为如此，"整个这个流派也就成为欧美文艺学研究的热门课题，并

1 刘成富：《20世纪法国"反文学"研究》，南京：江苏文艺出版社，2002年，第151—152页。

2 陈焘宇、何永康主编：《外国现代派小说概观》，南京：江苏文艺出版社，1996年，第498页。

且以它为基础平台之一，操演起时髦的‘后现代主义’的理论体系”。[1]的的确确，无论在理论发展还是在小说创作方面，法国新小说（含“新新小说”）无疑是世界后现代主义文学不可或缺的组成部分。

第六节 “新新小说”代表作家及其创作特色

总体上看，新新小说作为新小说派的极致化发展，其创作理念的革新与符号学、后结构主义、解构主义等批评方向是相辅相成的，无论在思想内容还是叙事形式上都有了更新的突破。新新小说派的作家耕耘着各自的园地，他们博学多才，勇于各种文学创新，继续与传统文学叙事决裂，运用虚实交织的文本表现后现代人类复杂的生存经验、心理矛盾和存在意识。

一、菲利普·索莱尔斯：文本写作与碎片化叙述

索莱尔斯（Philippe Sollers）的《逻辑》（*Logiques*，1968）、《极限体验与书写》（*L'Écriture et l'expérience des limites*，1968）、《论唯物主义》（*Sur le matérialisme*，1974）、《例外的理论》（*Théorie des Exceptions*，1985）等随笔杂文充分阐释了他的文学创作理念。索莱尔斯宣称：“我们以为，曾称为文学的东西是属于一个封闭的时代，它正让位于一门新生的科学，即文字科学。”[2]新新小说派的文学观就是以文字和文本创作为中心，用文字主义

1 柳鸣九：《从选择到反抗——法国二十世纪文学史观》，上海：文汇出版社，2005年，第7页。

2 转引自柳鸣九编选：《新小说派研究》，第656页。

(scripturalisme）来对抗现实主义，里卡尔杜的著名格言“小说不是历险的文字，而是文字的历险”意味着要用文字创造故事、情节和内容，在文本中进行语言的实验和符号的游戏。[1]以“原样派”和德里达为代表的法国解构主义思潮主张探索文本的多义性；巴特亦指出真正的“文之悦”在于“文本是一种生产力和增殖力”，它总在不停地工作，与读者之间的文字游戏永不终止。

索莱尔斯拒绝传统的叙事概念，提出了“文本写作”的概念，即文本与文本之间相互渗透、相互交叉，任何文本都是所有时代的产物，文本语言包含了意识形态和文化内涵。[2]索莱尔斯小说的革命性写作取消了传统意义上的情节或人物，文本被切割成碎片，人物只是一种符号。小说《戏剧》（*Drame*，1965）和《数字》（*Nombres*，1966）的发表，正式标志着他“文本写作”的诞生。索莱尔斯在《戏剧》和《数字》里采用了“互文性”创作手法，引入了很多中国文化中的元素来建构叙事空间，《戏剧》是按照《易经》的结构来写的，共分六十四章，相当于六十四卦，单数和偶数、第三人称和第一人称分别对应于阳爻和阴爻，《数字》中不仅使用了大量的汉字，而且引用了《道德经》的引言。

索莱尔斯在进行“反文学”创作的时候，从根本上摆脱了文学创作的理性束缚。《天堂》（*Paradis*，1981）开创的全新叙述形式曾经震动法国文学界，该小说无任何断句标点符号，以革命性的、音乐式的复调文本写作呈现了世界的各种宗教以及哲学思想。之后索莱尔斯发表的小说《女人们》（*Femmes*，1983）一出版即

1 转引自张容：《法国新小说派》，台北：远流出版事业股份有限公司，1992年，第11—12页。
2 刘成富：《20世纪法国“反文学”研究》，第218页。

成为畅销书，小说通过一位美国记者的冒险生活来分析20世纪政治史和艺术史的巨变，将新小说的“碎片”艺术推向极致。小说的主题虽然是“女人们”，但叙述者“我”与女人们的关系与交往，只是一些不完整、不连贯的片段。书中充斥着各种丰富、庞杂的思想碎片，几乎涉及人类精神生活的一切领域，带有浓厚的哲理化色彩。正如柳鸣九先生所评论的，“似乎作者无穷无尽的思想，都要一涌而出，它们拥挤在一起，互相碰撞，互相堵塞，争先恐后，以急速的频率一一往外蹦跳。作者对自己的思想那么乐于表述、急于表述而且老是那么意犹未尽”。[1]种种碎片——思想观点的、感情体验的、社会见闻的——在小说中纷然杂呈，形成了作家对社会的一种百科全书式的解读。

索莱尔斯的《游戏者的肖像》（*Portrait du joueur*，1984）、《绝对的心》（*Le Cœur absolu*，1987）等作品的可读性较强，似乎对传统叙事有所回归。小说《居》（*Studio*，1997）纪念法国天才早逝的诗人兰波和德国19世纪著名诗人弗里德里希·荷尔德林。虽然其后期创作看似对传统文学有所回归，但仍然带有后现代文本色彩，虽然文本中有主人公也有情节，但它们的性质与传统意义的文本元素截然不同，人物形象不再有具象性，往往趋于模糊性和抽象性，情节之间也缺乏逻辑关联。新世纪以来索莱尔斯又创作了《恒定的激情》（*Passion fixe*，2000）、《恋之星》（*L'Étoile des amants*，2002）、《神的一生》（*Une Vie Divine*，2006）、《时光的旅人》（*Les Voyageurs du temps*，2009）等十余部小说。他将文

1 柳鸣九：《从选择到反抗——法国二十世纪文学史观》，第217页。

学写作转化成了一种语言符号的狂欢和文本的盛宴，读者需要通过语言文字创造的多元空间去把握和解读作品。

二、让-菲利普·图森：陌生化体验的写作

让-菲利普·图森（Jean-Philippe Toussaint）是“新新小说”的代言人，他1957年出生于比利时，1972年起定居法国，其小说均由法国著名的午夜出版社出版，主要有：《浴室》（*La Salle de bain*，1985）、《先生》（*Monsieur*，1986）、《照相机》（*L'Appareil-photo*，1989）、《迟疑》（*La Réticence*，1998）、《电视》（*La Télévision*，1998）、《自画像（在国外）》[*Autoportrait (à l'étranger)*，2000]、《做爱》（*Faire l'amour*，2002）和《逃跑》（*Fuir*，2005）。此外他还导演电影《先生》（改编自同名小说，1990年）、《塞维利亚人》（改编自《照相机》，1993年）以及《溜冰场》（1998年）。图森的小说既带有优雅、简约的欧洲城市生活格调，也带有电子化生活带来的秩序、文明、洁净、客观、技术和冷漠气息，深刻地揭示了人与世界的关系被陌生化的效果。

图森的第一部小说《浴室》展现了一个自我封闭、有时会有焦虑和暴力倾向的人物的日常生活，身处都市中的主人公宛如身处迷宫，胡乱游迹，急于寻找出口，却无所适从，不知自己要寻找什么。主体成了局外人，不参与世界的运行，即便参与其中，也无所适从。图森小说中的人物都或多或少存在逃离外界、隐遁到自我内心的倾向。他们很少走出户外与外界接触，一如《浴室》所描述的主人公的活动空间总是在室内，即使在更广阔的外部空间中，他们也更多是观察者，而不是参与者。图森的第二部小说

《先生》在小说一开始就表现出图森小说人物共同的倾向：倦怠。他在工作中尽量保持低调，从不多使一分力气，他的唯一目标是用尽可能少的力保持现状。除了陌生感和疏离感以外，图森小说传达了一种挥之不去的淡淡倦意，2005年图森在发表的小说《逃跑》中将此现象称为“本质的微小的不适应”。[1]《先生》也体现了“马赛克”式的碎片化叙事风格，各部分章节被取消，段落间用空白隔开，每个片段以松散的方式随意拼接组合，过去、现在、将来的界限不甚明显。细节化的叙事与抽象化的主题缔造了充满不确定性的小说世界，他的笔下充斥着与自身日益疏离、缺少生活激情的主人公，总体性的消失与主体的弱化正是后现代社会中愈演愈烈的现象，图森的小说正是描述了这样的现象。

三、让·埃什诺兹：不确定美学与体裁游戏

新新小说的另一代表作家让·埃什诺兹（Jean Echenoz）生于1947年，他一般被认为是继阿兰-罗伯·格里耶之后最为重要的先锋小说家之一，可是他的创作又区别于“新小说”，因为他将新小说之前抛弃的主题、情节、人物等重新纳入小说家的创作视野中，同时又用创新的叙事手法使这些作品不同于传统小说，来反映他所感受到的人和社会。他广泛涉猎黑色小说、侦探小说、冒险小说、地理小说和传记小说等不同题材，甚至不加区分地借用各种文学类型的特点，完全是一个体裁的跨界者和漫游者。他在午夜出版社出版的处女作《格林威治子午线》（*Le Méridien de*

---

1 Jean-Philippe Toussaint, *Fuir* (Paris: Minuit, 2005), 64.

Greenwich，1979）像黑色小说，《切罗基》（*Cherokee*，1983）像侦探小说，《我走了》（*Je m'en vais*，1999）融合了侦探小说和历险小说的风格，获1999年龚古尔奖。其他小说作品还有《出征马来亚》（*L'Équipée malaise*，1986）、《被占用的土地》（*L'Occupation des sols*，1988）、《湖》（*Lac*，1989）、《我们仨》（*Nous trois*，1992）、《高大的金发女郎》（*Les Grandes Blondes*，1995）、《一年》（*Un an*，1997）、《弹钢琴》（*Au piano*，2002）、《拉威尔》（*Ravel*，2006）、《跑》（*Courir*，2008）、《电光》（*Des éclairs*，2010）等。在当代法国文坛，埃什诺兹是一位举足轻重的作家，他在某种程度上甚至参与拯救了"濒死"的小说，他的作品总是在情节虚构与形式游戏、传统规则的遵守与颠覆、统一性的愿望与碎片化的倾向之间摇摆和转换，呈现出不确定美学、体裁游戏等风格。他还创作电影剧本，并在小说创作中试图引入一些电影叙述的技巧。其小说堪称一种"综合"艺术，就像电影、戏剧一样，形成了独树一帜的文学风格：小说体裁的偏离、电影叙事技巧的应用、移动的视角、出乎意料的语言组合等。

第七节　新寓言派文学的后现代书写

一、米歇尔·图尼埃：颠覆经典与解构式写作

在后现代主义、后殖民主义与生态主义的观照下，对经典文学作品，特别是殖民文学经典的代表作的改写成为文学后殖民写作的重要策略。新寓言派小说家米歇尔·图尼埃（Michel Tournier）是法国最重要的两个文学奖"法兰西学院小说大奖"和

“龚古尔文学奖”的双料得主，可谓是法国后现代小说家中大器晚成的作家，亦是“神话”写作的大家，如《礼拜五或太平洋上的灵薄狱》（*Vendredi ou les Limbes du Pacifique*，1967）、《桤木王》（*Le Roi des aulnes*，1970）和《流星》（*Les Météores*，1975）无一不是神话写作的范本。在这些作品中，他能娴熟地借用西方文化中的原型形象和文学题材作为自己创作的源泉，通过对西方经典作家和作品进行重新审视和改写，挖掘出隐含其中的逻各斯中心主义的意识形态，并采用后现代主义手法对其进行颠覆和解构，从而达到质疑殖民文本神话的目的，引导大众关注后殖民时代的种族问题以及西方后现代社会的民族融合问题，同时体现了生态环保意识和战争批判意识。

《礼拜五或太平洋上的灵薄狱》戏仿笛福名著《鲁滨孙漂流记》的题材，在主题上却反其道而行之。图尼埃通过对笛福经典殖民文本《鲁滨孙漂流记》的戏仿、改写、颠覆和解构，打造了一个全新的后现代神话故事。该小说颠覆了传统的殖民主义时代的“鲁滨孙式”写作模式，通过话语环境的置换、传统人物形象的颠倒等多种后现代写作手法颠覆了读者对于神话原型的认知，小说中的故事情节实现了大反转。鲁滨孙孤独一人被弃荒岛后，按西方文明社会的模式将荒岛治理得井井有条。礼拜五来到荒岛后，非但没有被驯化为鲁滨孙的奴隶，反而以其自然的天性将文明的迹象破坏得一干二净，同时也慢慢影响了鲁滨孙，使这个西方文明的代表逐步抛弃了原有的文化传统，变成了一个能与太阳进行直接交流的与大自然融合一体的人。鲁滨孙成为礼拜五的学徒，而礼拜五弃岛而去跟随船队投奔了西方文明社会，最终鲁滨孙自愿留在荒岛，拒绝返回文明社会。不言而喻，鲁滨孙代表着当代西方人，礼拜五代表着他乡的移民，而洞穴的破坏寓意着社会的变革以及西方当代社会的种族融入问题。图尼埃匠心独运地通过颠覆经典神话、重构后现代神话来审视异质文明与社会问题，旁敲侧击地批评西方中心主义以及西方社会对于移民的偏见与歧视。图尼埃以高超的艺术水平和蕴含隽永寓意的文笔令古老神话原型在后现代社会焕发出新的人文意义和生态意识。

二、帕特里克·莫迪亚诺：零散化叙事与元小说

具有犹太血统的莫迪亚诺（Patrick Modiano）在二战后的巴黎出生成长，其创作是基于法兰西民族集体记忆的文学想象。20世纪70年代，新小说的衰落促进了小说形式的演变，莫迪亚诺摈弃了新小说中烦琐描写、晦涩难懂的风格，保留了意识流、时空颠倒、情节淡化、虚实结合、碎片化叙事等现代性与后现代性叙事手法，其写作风格清新隽永、更具可读性。受后结构主义思潮的影响，他倾向于将小说叙述打造为诗性的讽喻体系，其叙述不仅呈现了意识流、意象流，而且以符号化文本和零散化叙事建构起关乎记忆、灵魂与意识的诗意境界，其文本能指的无限运动中激发出多元、开放、互文的所指意义，呈现出后现代诗学品格。

莫迪亚诺的首部小说《星形广场》(*La Place de l'étoile*, 1968）是最具后现代叙事特色的一部作品，不仅运用了象征主义、意识流等现代小说技巧，还采用了蒙太奇、语言游戏、元小说、黑色幽默、戏仿等后现代手法，其叙述的虚幻性、零散性、玄学

性、迷宫性、互文性和反讽性呈现出后现代诗学特征，引人遐思。整个小说由碎片化的记忆、分散性的场景和杂糅性的文本选段构成，好比一个光怪陆离的万花筒。四处寻找栖息地的犹太青年什勒米洛维奇处于多重生存空间与身份转换中，他在巴黎、维也纳、洛桑、以色列等地任意驰骋，忽而想去巴黎高师上学，幻想成为作家；忽而参加了走私帮，成为淫媒大亨，做了盖世太保的杀手，得到希特勒颁发的勋章，甚至成为爱娃的情夫。他拿古往今来的犹太人问题开涮，辛辣地折射出犹太种族的历史和命运，其言行具有反常、怪诞和犬儒主义色彩，例如他写了一篇《德雷福斯的精神分析》的文章，戏称由于法国不需要犹太人所以导致了这位爱国上尉背叛了她，甚至调侃左拉等人根本不理解这种不幸的爱，借此反讽犹太人的困境。最终他在巴黎星形广场被法西斯警察处决，紧接着另一个身份不明的叙述者“我”在小说末尾醒来了，他被弗洛伊德诊断为犹太式神经官能症和妄想症，似乎让全文故事转化为他谵妄的梦或幻觉。这契合了后现代元小说的特点，即在构筑幻象的同时又揭露和评价这种幻象，邀请读者参与作品意义的构筑。因而末尾叙述者“我”的介入强调了元小说文本将犹太人悲剧融于诙谐调侃之中的虚构性，这种黑色幽默式想象旨在用非理性的艺术形式去嘲讽社会的病态和混乱，天马行空式的荒诞想象和语言游戏体现了对历史素材的大胆戏仿和插科打诨式的改写。

莫迪亚诺不以叙事的有序性和整体性为目标，其笔下人物的面貌和身份大多被蓄意模糊，宛如暗影或幽灵。例如小说《暗店街》（*Rue des boutiques obscures*，1978）运用意识流、蒙太奇和碎片化叙事手法使现时与回忆随意交错，留下很多情节空白，每个记忆碎片带来的依然是碎片和片段，从而形成一个万花筒般的拼贴世界，引向更深的空白、更大的谜。支离破碎的记忆形态和时空错乱的迷宫式叙述反而令小说如朦胧诗一般意蕴无穷，主人公在德寇占领时期因受打击而失忆，多年后成为私家侦探的他试图走出记忆迷宫并找回自我身份，他通过巴黎不同街道的照片、人物、信件重构出二战时期的朦胧记忆，还要到罗马暗店街2号去破解身份谜团，留下未知的结尾，这个未完成的结局体现了后现代文学理念的开放性、多义性与不确定性，使得读者也参与其中，从而赋予文本多种解读的可能。

三、勒克莱齐奥：新小说风格与反体裁叙事

2008年诺贝尔文学奖获得者勒克莱齐奥（Jean-Marie Gustave Le Clézio）迄今仍活跃于法国文坛，他的作品扎根于社会现实，不停地在人类学、生态学和人道主义领域进行无限的探索，从而以本真去蔽的语言呈现人类生活的本质与理想，被誉为新寓言小说。他的主要作品有《诉讼笔录》（*Le Procès-verbal*，1963）、《大洪水》（*Le Déluge*，1966）、《可爱的土地》（*Terra Amata*，1967）、《物质的沉迷》（*L'Extase Materielle*，1967）、《逃之书》（*Le Livre des fuites*，1969）、《战争》（*La Guerre*，1970）、《巨人》（*Les Géants*，1973）、《他方游》（*Voyages de l'autre côté*，1975）、《沙漠》（*Désert*，1980）、《流浪的星星》（*Étoile errante*，1992）、《金鱼》（*Poisson d'or*，1997）等。勒克莱齐奥对后工业社会文明持反抗态度，同时对西方中心主义、人类中心主义、殖民主义给地球生态、

弱小民族、边缘人群造成的灾难进行了无情的批判与解构，对消费文化表达了极大的厌恶和拒斥，在空虚的后现代语境中体现了人文关怀意识。从总体上来看，他的小说兼具新小说的客观描绘与意识流心理描写、象征主义的深刻韵味以及荒诞派戏剧的怪诞效果，表现出冒险、童真和奇幻色彩，昭示人们重返自然的和谐，解开拜物的枷锁，建立地球意识、平等意识、后代意识。

勒克莱齐奥在60年代创作初期受到法国新小说派的影响，其叙述手法创新大胆，体现出反体裁、戏仿、游戏、消解、拼贴、杂糅、反讽等后现代诗学特点。70年代中期以后，新小说逐渐式微，勒克莱齐奥小说的叙事风格也逐渐发生了变化，他抛弃了实验文学，转而走向平和稳健的诗性寓言叙事方法，其小说中开始出现典型化的人物和环境、清晰的故事情节以及二元对立的叙事结构，其写作更加炉火纯青，语言简短却有深意，比喻奇特而神秘。1963年的《诉讼笔录》是勒克莱齐奥的成名之作，被认为是一部近似新小说的后现代寓言，它抛弃了传统的叙述形式，以惊世骇俗的跳跃式思维和零散化的后现代叙事策略描述了流浪汉亚当·波洛的神奇流浪生活方式和他的精神世界，缔造了各种梦境的、幻觉的、回忆的、意识的时空回旋。小说序言以幽默的方式引导读者把文本当成“游戏小说”或“谜语小说”进行阅读，而且每章用字母来标注，小说中还出现了书信体、诗歌体、歌词、告示、符号、表格等很多奇特的表达方式，体现了后现代文本的杂糅性和游戏性。小说故事的主人公名字叫作亚当，亚当在《圣经》里是上帝造的第一个人的名字，所以它也意指人类，这种互文的宗教隐射帮助作者完成了对人类中心主义的消解与解构，正如他在《物质的沉迷》中所说“所有的文学只是另外一种文学的拼贴”，[1]任何文学作品都是各种文本的互文交叠和映射。小说中的诉讼笔录，看似是针对疯了的亚当，实际上是针对所谓理性的社会，因为亚当看似疯狂，实则理智，而社会看似理智，实则疯狂，这部作品具有深刻的反讽意义。

对各种流派的僭越、无视写作的惯例构成了勒克莱齐奥鲜明的个人风格，也为多元解读提供了钥匙。勒克莱齐奥的作品很难归类，尤其在他初期的文学创作中，文学种类概念被弱化，各种文学体裁相互交融，而且他在小说中加入了很多字、图画、符号等元素，掺杂着各种文体，体现了后现代文学的实验性风格，《战争》就是一个鲜明的例子。该小说讲述的是Y姑娘和Z先生对城市文明和物化世界的审判，作者摈弃了传统小说的基本要素，通篇只是睹物，鲜见有人，人名、地名一概省去，读者跟随着那年轻姑娘穿街越巷，参观了机场、咖啡馆、车站、垃圾场，也看到了数不清的符号：文字、点、线、圈、淫画等。小说用很大篇幅来分栏列出日用消费品的清单，其目的在于揭示工业社会商品经济以及消费文化的侵略性，反复拼贴的纷繁词语展示给读者一个被物质占领了的、令人压抑窒息的可怕世界，表达了对消费社会的厌恶。这部小说依然拒绝巴尔扎克式的传统叙事，情节淡化零散，结构支离破碎，叙事充满了断裂和混乱的片段，给读者荒诞不经的感觉。小说充满了混杂的文本形式，充斥着很多图表符号等非叙事元素和各种文体如诗歌、信件、日记、广告、传说等，

1 Jean-Marie Gustave Le Clézio, *L'Extase matérielle* (Paris: Gallimard, 1967), 45.

叙事成了“写作的历险”，体现了后现代文本的杂糅性、游戏性与反体裁性。《战争》中意蕴丰富的副文本也成为重要的叙述技巧，标题、副标题、题词、序言、封底的作品介绍、排版等，都是作者有意为之的，需要读者进行多元的文本解读，体现了后现代文本的开放性、互文性和参与性。

第十一章
德国后现代主义文学

第一节　反思与批判现实：战后15年

相对于二战后后现代主义文学在美国的出现和发展，德国后现代主义文学的出现与发展要迟缓很多，这与德国在二战中的特殊历史地位是分不开的。二战结束后德国在政治经济方面都面临巨大问题。经济方面，德国如柏林、科隆、汉堡、德累斯顿等许多重要城市被战争严重摧毁，国家各行各业都基本停滞，可谓百废待兴。政治思想方面，德国由于法西斯的暴行而遭受世界舆论的谴责，这让德国在文化层面承受了巨大的负担。作为占领国之一的美国认为德国在二战中有“集体罪责”，即第三帝国的所有公民都或多或少对战争负有责任，美国基于此考量，对其控制下的德国进行了再教育改造，成立ICD（信息控制局），通过文学媒介传播民主思想的基本价值观。同样，在苏联管理的地区也大量出版反法西斯和宣扬社会主义价值观的文学作品。二战结束之初，作家尚可同时在美国占领区的《新报》（*Neue Zeitung*）和苏联占领区的《日报》（*Tägliche Zeitung*）发表文章，然而美苏关系的迅速恶化导致了德国文化的分裂。

在这样的大背景下，德国文学界也积极反思第三帝国统治及二战给德国文化带来的创伤和裂痕。针对这一主题，文学界的不同流派和组织表现出了不同的倾向。总体来说，战后15年的东西德文坛有四种主要潮流。第一种潮流带有明显的保守倾向，它将纳粹意识形态视为野蛮文化，试图恢复基督教人文主义传统来抵消其影响。第二种思潮宣扬绝对艺术，在文学内容上放弃所有与世界观相关的内容，只专注于形式创作，他们试图用这种方式从根本上断绝文学被政治宣传用作工具的可能。第三种潮流是在苏联占领区发表大量的反法西斯的社会现实主义文学作品。第四种潮流则是采取积极介入现实的态度。德国作家首先试图恢复被法西斯主义压迫已久的现代主义运动，因此，德国文学对现代主义的思考和讨论实际上是在二战后才集中开始的，其首要任务便是祛除以循规蹈矩的人文主义为导向的文学观，从而推进并实施社会和美学方面的现代主义方案。这一类的作品大多源自战争的直接经历；这类作家认为，正是文学先前的出世态度导致了自身被意识形态宣传所利用，因此在作品中倡导一种清醒的社会感知并将写作作为对当下社会的批判。其中最有代表性的文学团体便是1947年成立的“47社”（Gruppe 47）。其领军人物之一安德施（Alfred Andersch）在1948年发表的《处在抉择时刻的德国文学》（“Deutsche Literatur in der Entscheidung”）一文中，明确倡导一种积极参与政治和现实生活的文学观，也希望通过改造文学的方式使德国社会重新融入世界潮流，他表示目前的作家要建立自由和诚实的文学，认为“只有诚实才能让德国连接上世界其他国家的精英，才能让德国摆脱孤立的状态”。[1]“47社”作家以批判现实为己任，认为作家应成为一个国家的政治良心并通过文学影响社会政治发展。他们的作品或反思、清算二战对德国带来的悲剧，或着眼于现实社会，批判经济发展对人性的压抑。进入20世纪50年代的德国社会，思想上受到海德格尔的存在主义和德国传统批判理论回归的影响。海德格尔哲学中“被抛状态”的概念在一定程度上符合了当时刚经历过世界大战的德国民众的生命体验，这一主题在这个时期的很多作品（如战争小说）中得以展现，一些作家通过现实主义的表现手法，描绘战争经历和生存的边缘体验。同时，法兰克福学派的批判理论也影响着很多作家，如恩岑斯贝格（Hans-Magnus Enzensberger）的散文集《诗学与政治》（*Poesie und Politik*，1964），就体现出阿多诺辩证文化批判的思想。

不难看出，1945年到50年代末，德国文学的焦点落在刚刚过去的第二次世界大战，不管是内容还是表现形式上，都试图与纳粹统治划清界限并加以反思和改造，同时，德国哲学传统的批判思想的回归也加强了这一时期文学的现实批判性。

第二节　多元化时代的到来：后现代主义的萌芽期和准备期

一、呼吁多元化：1968年学生运动与文学政治化

进入20世纪60年代后，在英美发生的文化革新和政治自由化

1 Wilfried Barner, ed. *Geschichte der deutschen Literatur von 1945 bis zur Gegenwart* (München: Verlag C. H. Beck, 2006), 18.

潮流也影响到德国，政治自由运动正在酝酿，同时文学政治化的倾向进一步发展。1968年，在联邦德国发生的学生运动成了德国文化政治的转折点。具体引发“68学运”的因素有很多，比如越南战争，对消费社会的质疑，对教育体制的不满，对联邦德国政府的法西斯残留的批判，等等。而文学，特别是对社会思潮的影响上，在此期间起了推波助澜的作用。

正如前面提到的，二战结束后，德国作家便立即着手通过对纳粹政权的批判及反思的方式参与当下政治生活。到20世纪60年代，作家更加相信他们的作品对政治和社会发展的影响力，文学的政治化日益明显。吉泽尔（Helmuth Kiesel）和勒克施特（Roman Luckscheiter）在其《文学在1968——政治抗议与后现代推动》（“Literatur um 1968 — politischer Protest und postmoderner Impuls”，1998）[1]一文中指出，60年代文学出现了政治化趋向，并成为学生运动的主要推动力和宣传手段之一。1963年著名的西德苏尔坎普出版社推出“苏尔坎普系列图书”（*Edition Suhrkamp*），第一期出版了48本图书，带有明显启蒙色彩的布莱希特的《伽利略传》（*Leben des Galilei*，1948）被选为这个系列的开篇小说。“苏尔坎普系列图书”成了在那个时期先锋派艺术和知识分子批判社会的最重要的平台。值得注意的是，该系列的出版方式为简装书，售价为一本3马克，故在学生阶层传播量很广，这也间接造成此系列图书所代表的思维方式在很大程度上影响了一代人，即

1 Roman Luckscheiter, “Literatur um 1968 — politischer Protest und postmoderner Impuls,” Martin Klimke and Joachim Scharloth, eds. *1968 Handbuch zur Kultur- und Mediengeschichte der Studentenbewegung* (Stuttgart: J. B. Metzler), 151–159.

所谓的“68一代”。哈贝马斯在1979年该系列第一千本书的序言中就这样总结该系列丛书的影响：“此丛书主导了战后德国知识文化界的发展，即在美学和政治层面坚决恢复启蒙主义、人文主义、市民激进思想以及19世纪先锋主义。”[1]

20世纪60年代初，联邦德国政府被很多政治界、学术界以及日益政治化的文学界人士批评为“法西斯主义复辟”，他们指责联邦德国是一个集权国家，政府很多权力机构仍被之前的纳粹分子所掌控，而且民主思想也还未深入民心，政治的民主进程也被社会的消费化和物质化所阻碍。因此，“68学运”也可以看成是二战后四五十年代知识分子对纳粹政权批判的继续和延伸，他们之所以认为当时的政府有“复辟”的嫌疑，乃是因为一部分纳粹分子仍掌握权柄，而且社会思想层面的民主化还十分欠缺。另一方面，艺术家针对日益发展的资本主义经济以及文化工业也做出了批判。1968年秋天，很多“新左派”作家及批评家在各大报纸及杂志的文艺副刊相继发表文章，讨论文学与资本主义的关系，批判资本主义的文化工业，对“作为商品的艺术”（Kunst als Ware）展开大讨论。

虽然1968年学生运动中很多抗议的主题，如对纳粹德国的反思，对当时联邦政府的纳粹“复辟”的批判，以及对资本主义和文化工业的批评等，都是在五六十年代通过文学作品的媒介进入公众视野的。但是，风生水起的文学政治化运动最终却没有给出

1 Jürgen Habermas, “Über Titel, Texte und Termine oder Wie man den Zeitgeist reflektiert. Beim Lesen eines alten Prospekts der, edition suhrkamp,” Rebekka Habermas and Walter H. Pehle, eds. *Der Autor, der nicht schreibt. Versuche über den Büchermacher und das Buch* (Frankfurt a. M.: Fischer Taschenbuch, 1989), 3–6.

一个合理解决社会问题的方案。作为当时文学界核心团体的“47社”，其1967年10月的集会（同时也是其最后一次集会），遭遇到埃尔朗根的“社会主义民主学生社”游行示威的干扰，学生抗议“47社”在政治问题上的不作为和空谈。针对抗议，“47社”内部产生了两种截然相反的意见：一部分作家与抗议的学生保持距离，而另一部分作家则站在学生一边，批评“47社”拥护当时的体制，无反抗精神。作为这个高度政治化的文学世界的中心人物，恩岑斯贝格于1968年11月在《方向指南》（*Kursbuch*）杂志第15期上发表文章《空谈——关于当下的文学》，批评“47社”在政治上无所作为，是上层政治结构的辩护人。[1]他极具煽动性的“文学之死”一说，将批评“47社”推向顶点。也正是这次抗议，使“47社”内部分歧加剧，导致其分裂并最终瓦解。这个高举社会批判大旗并影响了战后德国几十年的文学、文化甚至政治思潮之走向的文学社团，就此淡出历史舞台。

战后十几年，德国社会以文学为重要媒介之一，对纳粹时期的集权政治进行了深刻的反思，社会自由和民主思想得以逐渐发展，学生运动的风起云涌可谓压抑已久的自由民主思想的大爆发和示威，当时的抵抗运动也吸收了已在英美国家燃起星星之火的后现代观念，学生运动在后现代思想中找到了有力的理论支持，其思想上的一致性主要体现在以下几个方面：(1) 批判保守的资产阶级传统生活方式；(2) 反对大一统的价值体系，关注非主流群体；(3) 倡导多元化的生活和思维方式；(4) 倡导大众文化，倡导

1 Hans-Magnus Enzensberger, “Gemeinplätze, die Neueste Literatur betreffend,” Hans-Magnus Enzensberger and Karl Markus Michel, eds. *Kursbuch 15* (Frankfurt a. M.: Suhrkamp Verlag, 1968), 197.

消除高雅文化和大众文化之分。

学生运动实际反映了当时社会思想中反对权威、倡导多元化和民主化的强劲潮流，而多元性正是后现代社会思想中的核心。德国哲学家沃尔夫冈·韦尔施从社会思想层面分析后现代社会多元化和民主化的根源，将现代向后现代的转变归因于人类认知方式的变化。他认为，对现代主义最核心概念“理性”的认识变化首先发生于自然科学界，[1]并强调20世纪自然科学界的变革对社会各方面（包括文学、艺术）的冲击和重新塑造。他将20世纪科学变革分为三个阶段。第一阶段以爱因斯坦的相对论、海森堡的不确定性原理和哥德尔的不完全性定理为代表，告别了垄断主义、整体性和专一性。第二阶段理论向研究社会中新出现的碎片化、不稳定等状态过渡，代表性理论有芒代布罗的不规则碎片理论，汤姆的灾变理论，普利戈金的耗散结构理论和哈肯对协同的混乱的研究。这些理论关注离散结构的形成，关注过渡和断裂。他们发现，“现实并不是均质的，而是异质的；不是和谐的，而是戏剧性的；结构上不是统一的，而是多种多样的”。[2]第三阶段是更新的科学理论，它限制科学的垄断要求，重视和承认除科学之外的其他互相理解形式的合法性。韦尔施认为，“后现代和20世纪现代科学的基础定理相一致。正如多元性、不连续性、对抗性和特殊性已侵入科学意识的核心一样，它在今天构成了后现代世界观的基本范畴”。[3]科学技术和社会经济的进一步发展使得人类的生

1 沃尔夫冈·韦尔施：《我们的后现代的现代》，洪天富译，北京：商务印书馆，2004年，第285页。

2 同上，第286页。

3 同上。

活和认知方式产生根本性改变，人们生活的流动性增加，信息交换速度加快，这使得人们可以同时接触到多种文化或亚文化，现代主义时期单一的权威意识形态受到挑战，多样并存开始成为日常形态。

韦尔施以“多元性”为出发点，将后现代的思想核心描述为以下几个方面：(1) 多元性是后现代最为核心的概念。元叙事的终结，主体的离散，意义的分散和不同时性的同时性，以及多种生活方式的不可综合性，只有从多元性角度出发才可被理解。(2) 后现代是彻底的多元性的构想，在后现代中，多元性作为社会的基本状态成为事实并得到承认。从政治角度来看，后现代的彻底多元性与真正的民主密不可分。(3) 后现代承认高度不同的知识形式，以及生活计划和行为模式所享有的不可超越的权利。[1]1968年的学生运动迈出了走向多元化社会的第一步，激烈甚至有些暴力色彩的抗议运动既可以说是大一统社会观念幻灭之后的彷徨，同时也可视为当时德国社会和思想界对现代主义强有力的批判之声。它对多样性的向往和对文化界、教育界以及政治权威的反抗是当时后现代社会民主化进程加深的体现。

二、后现代主义概念的引入：现代之后是什么？

以批判现实主义为主流的德国文学发展到20世纪60年代，已经有一些作家对“现代主义之后”这个问题进行了思考。恩岑斯贝格在1960年出版的《现代诗学博物馆》一书的序言中提到，

1 参见 Wolfgang Welsch, “Was war die Postmoderne — und was könnte aus ihr werden?” Ingeborg Flagge and Romana Schneider, eds. *Die Revision der Postmoderne* (Hamburg: Junius, 2009), 32–39。

“现代主义文学已经有一百年历史了，它是属于过去的了”，他认为“现代主义”这一概念已经“疲劳了，并且能量已经耗尽”。[1]然而恩岑斯贝格提出的这一问题并未得到文学界的回应，正如前面提到的，60年代的德国文学将精力更多地集中在了对现实社会的批评及政治运动的参与。直到1968年，“后现代”这个概念正式进入德国思想界。将“后现代”这个形成于北美文学辩论的概念引入德国的是菲德勒，他在弗莱堡大学的一个研讨会上作了题为“跨越界限，填平鸿沟”的演讲。1968年9月13日和20日《基督与世界报》（*Christ und Welt*）分两期刊登了菲德勒的文章《跨越界限，填平鸿沟》的德文版，标题为《新文学的时期》（“Das Zeitalter der neuen Literatur”）。他在文章中反驳欧文·豪使用“后现代”一词批评当时美国文学的观点，认为当下的文学只是与现代派经典作品指向有所不同，但同样值得肯定。他解释道：“我们经历了现代文学的垂死挣扎，也经历了后现代文学的分娩阵痛。自称为‘现代’（modern）的文学声称自己代表了感知和形式的最高级状态，自它之后再不会有‘新事物’（Neuheit），它在一战前开始胜利进军，在二战后结束进军，它已经死了（tot），也就是说，它属于历史，而不是现在。”[2]文章中菲德勒同时宣扬精英与通俗、极端先锋与平淡无奇、神话与现实、梦想世界与机械世界的结合。他将后现代作家比喻为“双料间谍”，“他们在技术的世界

1 Hans-Magnus Enzensberger, ed. *Museum der modernen Poesie* (Frankfurt a.M.: Suhrkamp Verlag, 1960), 8.

2 Leslie Fiedler, “Cross the Border — Close that Gap,” Wolfgang Welsch, ed. *Wege aus der Moderne: Schlüsseltexte der Postmoderne Diskussion* (Berlin: Akademieverlag, 1994), 57.

和在奇迹的世界中一样安然自在”。[1]由此菲德勒认为后现代主义文学的特点应为多层次的结构，至少是双层次的结构，此双层结构在社会学和语义学均是如此，即精英与通俗口味的结合，虚拟与现实的结合，一个后现代的作品本身就必须是复调的，它能满足不同的甚至对立的需求。[2]

针对菲德勒的文章以及“后现代”这个概念，德国作家和批评家展开了激烈的讨论。批评家博尔（Karl Heinz Bohrer）借机对德国知识界的狭隘地方主义和那些以批判社会为己任的所谓的作家“正义联盟”进行了全面的抨击。另一位后现代主义的坚决支持者是年轻作家布林克曼（Rolf Dieter Brinkmann）。他不仅在理论研究中吸取菲德勒关于后现代主义文学的思考，也尝试以自身创作将后现代主义引入德国文学。布林克曼的个人创作风格本身就极具反叛风格，被人们称为“战争贩子”（Kriegskind）[3]和愤怒青年。在他与雷古拉（Ralf-Rainer Rygulla）合著的诗集《酸。新美国景象》（*ACID. Neue amerikanische Szene*，1969）的后记中已经可以看到一些典型的后现代主义概念。布林克曼告别当时在德国文学界通行的美学思想，即现代主义风格，并反对“批判理论”，反对以“47社”为代表的战后文学，同时他也反对存在于议会外反对派中流行的文学政治化趋势。布林克曼在此后记中所阐述的文学理念倡导放弃“词语”而重视“图像性”，放弃

---

1 Leslie Fiedler, “Cross the Border — Close that Gap,” Wolfgang Welsch, ed. *Wege aus der Moderne: Schlüsseltexte der Postmoderne Diskussion*, 73.

2 同上，74。

3 Lutz Steinbrück, “Finger in den Wunden. Rolf Dieter Brinkmanns Spurensuche im Labyrinth der Städte,” *Die Berliner Literaturkritik* (08.02.2006).

反思性而重视后现代性质的感官性。虽然这位作家在1975年便英年早逝，但他的部分作品在其死后的80年代初直至90年代又陆续出版，对德国后现代主义文学有着持续影响。布林克曼创作的一个重要特点是混合各种文体和材料，采用了一种杂糅文体。他1979年出版的《罗马，目光》（*Rom, Blicke*，1979）就打破了小说的封闭架构，以碎片的形式出现，其中出现了日记式的观察，印象，散文式的反思，粗话与咒骂，情色幻想的描写，书信，明信片，照片，已读文本的节选，等等。这种体裁的拼接和组合无疑是后现代主义文学的典型特征。他的诗集《向西1&2》（*Westwärts 1&2*，1975）也对德国后现代主义诗歌的发展产生了深远影响。布林克曼诗歌的后现代主义特征首先体现在他将人类描述为空洞、无意义，认为人类是只能简单服从于社会规定的幽灵，一生只求满足最基本需求，而消费主义的膨胀以及媒体的泛滥，使人在社会中丧失了主体性和话语能力。布林克曼80年代发表的《词语电影》（*Der Film in Worten*，1982）又进一步解构语言的指涉功能，强调作品的图像性、直观性和多样性，作品展现的是一种非传统的、非封闭和非同化的阅读理解方式。可以说，布林克曼的理论和创作体现了对现代主义的反叛和对后现代主义开放性、不确定性以及去中心化的褒扬，他是德国文学开始进入后现代主义初期的典型代表。

争论中反菲德勒理念的也大有人在。其中代表人物便是当时已经成名的瓦尔泽。他在1970年发表的文章《关于西方的最新声音》中，就对以布林克曼为首的“文学暴力化”和“美国化倾向”进行了严厉抨击，这篇文章很长一段时间成了左派知识分子的经典之作。文中，瓦尔泽将以布林克曼的语言暴力为特征的新式语言风格斥为反政治的装腔作势和个人享乐，并认为这类文学风格是幼稚无知且不合时宜的："那些叫嚣着要使用炸弹和机关枪来反对同胞的作家，其作秀的效果相当于结了七次婚的电影明星。他实际上是在自我陶醉，或者说，如果没有人注意他的话，那么他的行为便可称为是消极的愤世嫉俗的。他过着堕落的生活。"[1]

可以看出，以布林克曼为代表的迎合国际通俗化潮流的作家，是受到瓦尔泽等左派知识分子蔑视的，他们认为那些是来自美国的粗野文化。而批评家鲍姆加特（Reinhard Baumgart）则认为，瓦尔泽的批评中透露出的是当时德国文学界反对美国文学侵蚀的意识。他还进一步指出，当时学界认为这一美国版本的后现代认知与越南战争以及对电影《现代启示录》（*Apocalypse Now*，1979）的兴趣相辅相成，因此有意识形态宣传甚至是法西斯主义"复辟"的嫌疑。[2]也正是因为当时社会乃至文学界的政治化倾向，使得围绕"后现代"这一概念的讨论始终受到政治影响，从而不能发展出纯粹的美学研讨。

总的来说，后现代主义这一新概念在被菲德勒引入德国并引起了一些波澜之后，迅速被当时学生运动的巨大浪潮所淹没，再加上缺乏文学理论和批评家的支持，德国在出现了以布林克曼为代表的实验性作品之后，后现代主义又沉寂下来。尽管如此，菲德勒将后现代概念和争论引入德国思想界，以及其后发生的激烈

---

1 Martin Walser, "Über die Neueste Stimmung im Westen," Hans-Magnus Enzensberger and Karl Markus Michel, eds. *Kursbuch 20.* (Frankfurt a.M.: Suhrkamp Verlag, 1970), 39–40.

2 参见Reinhard Baumgart, "Postmoderne Literatur — auf Deutsch?" Uwe Wittstock, ed. *Postmoderne in der deutschen Literatur. Lockerungsübungen aus fünfzig Jahren* (Göttingen: Wallstein Verlag, 2015), 174。

辩论为德国后现代主义文学作品的产生埋下了种子。

第三节 后现代主义文学

一、文学政治化之后：文学的去政治化尝试

当历史经过20世纪60年代的风起云涌渐渐回归平静之际，人们回首发现，宏大梦想已然宣告破灭。然而1968年学生运动的遗产绝非只是文学参与社会运动最终失败的一声叹息，其间的多元化和民主化浪潮得以广泛传播，在社会领域，弱势群体如学生和女性确实得到了更多的权利，相应地，政治、思想领域固有的权威话语则被削弱，社会变得更加包容及民主。另一方面，学生运动的没落也在客观上催醒了作家想利用文学参与政治生活的美梦，使他们转而走向内心，批判主义美学没落。其实，在整个60年代，反对文学政治化的声音一直都是存在的，正如上文提到的，即便是在“47社”内部也一直存在将文学与政治分离的呼声。“47社”另一位核心成员汉德克就是其中的代表人物。他与恩岑斯贝格分别代表了“47社”关于文学政治化问题的两种声音。1966年他发表的散文集《我是一个住在象牙塔里的人》（*Ich bin ein Bewohner des Elfenbeinturms*，1966），表达了他坚持文学艺术的独立性，反对文学直接服务于政治目的，认为文学作品的目的不应该是直接列出政治意图，而是应该将其抽象化，并表示对成为一个积极参与政治的作家“毫无兴趣”。他在1973年获“格奥尔格·毕希纳奖”（Georg-Büchner-Preis）时的领奖词中表示，比成为“政治的人”更重要的是，重视文学思维破除陈规的价值，并追求成为一个“诗意的

人”。[1]汉德克强调文学自主性和去政治化的美学追求是70年代文学的主流代表。70年代的文学不再在文本中直接提出政治口号，而是倾向于关注日常生活。这一时期的文学有很多标签，如“去政治化文学”“新主体文学”“存在主义转向”等。可以确定的是，这些不同的归类方式表明了70年代文学与60年代政治性文学相比更加多样化，更加注重文学本身的艺术诉求。

二战后两大阵营的冷战对峙格局直到70年代才开始有所缓和，80年代后这种缓和趋势更加明显。1981年和1983年分别在东西柏林召开的“和平聚会”为东西德知识分子提供了互相接触的机会。整个80年代德国社会注意的是保卫和平反对战争的问题，是环境污染和生态平衡问题。特别是以保护生态为宗旨的绿党渐成气候，反对核电站的抗议活动时有发生。生态环境的恶化迫使人们关注自然环境，这同时也挑战着自启蒙主义以来处于统治地位的人类中心主义，人们开始重新思考人类与世界、人类与周边环境的关系。相对宽松的社会环境有利于文学获得自主，不再是政治的附属或者宣传渠道。世界观和社会的多元化对于这时的作家来说是世界的常态，他们不再像现代主义作家那样悲伤于统一价值体系的瓦解。与“47社”一类作家不同，他们不再将自己视为国家民族的脊梁或良心，而是将自己视为多元社会和话语体系中的一员并参与其中。另一方面，70年代后期德国文学也受到外国后现代主义文学影响，许多其他欧美及拉美国家后现代主义作家如艾柯、卡尔维诺、昆德拉、博尔赫斯、马尔克斯的作品进入

1 参见Peter Handke, “Deutsche Akademie für Sprache und Dichtung,” 1973. <http://www.deutscheakademie.de/de/auszeichnungen/georg-buechner-preis/peter-handke/dankrede>。

德国文学界的视野，其后现代主义的新型叙述方式和美学审美为德国自身后现代主义文学的发展起到了模范作用。

二、80年代后现代主义文学代表作及文学批评

到80年代后期，后现代主义文学终于得到了德国文学界的重点关注。文学评论家奥特海尔（Hans-Josef Ortheil）、维特施多克（Uwe Wittstock）和韦尔施相继发表文章和出版书籍，以回溯的眼光来审视和梳理战后德国文学向后现代主义流变的过程，探讨德国后现代主义文学，试图找出带有后现代文学特征的作品，以此理清德国后现代主义文学的发展过程。研究发现，除了后现代主义在60年代的早期实践者布林克曼之外，80年代之后的作品越来越多地带有后现代主义元素和特征。[1]

施特劳斯是德国后现代主义文学研究经常提及的作家，其原因主要是施特劳斯1981年的小说《伴侣，路人》中透露出的对阿多诺美学构想中辩证法思维模式的告别：

> 当我再次阅读《最低限度的道德》[2]时，家乡出现（而它不曾是可居之所）。这里的思考多么认真和绚丽，还是在我的时代！仿佛自那之后已经过去了好几代人。（不要辩证法时我们会本能地想问题，显得比较傻；然而必须这

---

1 参见Hans-Josef Ortheil, "Postmoderne in der deutschen Literatur," Uwe Wittstock, ed. *Postmoderne in der deutschen Literatur* (Göttingen: Wallstein Verlag, 2015), 232–244。

2《最低限度的道德》（*Minima Moralia*）为阿多诺（Theoder W. Adorno）在其流亡期间完成，于1951年出版，为反思人类生存及资本主义和法西斯主义关系的哲学论文散文集。——引者注

样：不要它！）[1]

在这部作品中作家提出了告别现代主义，这一点类似于恩岑斯贝格提出的现代主义之后是什么的问题。而他最有后现代主义世界观和美学风格的作品，则是1984年的长篇小说《年轻人》（*Der junge Mann*，1984），它被一些研究者称为"后现代主义的成长小说"。[2]小说讲述了一个在后现代社会文化背景下的个体社会化的故事，叙述者兼主人公普拉赫特违背父亲意愿从事戏剧工作15年后，突然从艺术的醉梦中醒来，决定回归现实，最后发现个人意志和精神世界幻灭。小说由五部分组成，而这五部分只是通过故事情节的相似性被联系在一起，每一部分又插入各自独立的新故事和寓言。作品在故事情节和叙事结构上都没有一个共同的固定根基。比如小说第一部分以第一人称叙述者出现的主人公普拉赫特只在小说第四和第五部分以相同名字出现，而第三部分出现的第一人称叙述者的身份则是一位人类学家。小说第二部分则是以第三人称叙述，且主人公为一位银行女职员。在众多插入故事中又出现许多与主人公普拉赫特并无联系的新角色。可见小说的内容和艺术风格都具后现代主义特色，因此也算是一部以后现代主义美学为诉求写成的成长小说。

1985年，聚斯金德（Patrick Süskind）发表了轰动整个文坛的《香水：一个谋杀犯的故事》（*Das Parfum: Die Geschichte eines*

---

1 Botha Strauβ, *Paare, Passanten* (München: dtv Verlagsgesellschaft, 1984), 115.

2 Nikita Gladilin, *Postmoderne deutschsprachige Literatur: Genese und Haupttendenzen der Entwicklung* (Würzburg: Königshausen & Neumann, 2015), 211.

Mörders）。小说描述了少年格雷诺耶的传奇又诡异的故事。他是一个自身没有体味却拥有异常灵敏的嗅觉的人。为了制造世上最迷人的香水，他杀害年轻女子以占有她们身上的香味。制造成功后，他返回巴黎，将香水涂在自己身上，闻香而来的流氓、妓女、盗贼等将其剐而食之。小说奇幻神秘的构想，充满着新鲜感，极大地吸引了后工业社会读者。主人公杀人取香，虽逃脱死刑之惩罚，但成功制造出的香水最终导致了他的死亡，这一矛盾剧情体现出后现代主义对意义和目的的质疑。故事的背景为18世纪的法国，正是启蒙主义鼎盛时期，作家选择在这一社会背景下讲述一个宿命、神秘的奇幻故事，体现出反启蒙的后现代主义精神。[1]

《香水：一个谋杀犯的故事》极具互文性特征，可谓典型的"超文本"（hypertext），瑞恩（Judith Ryan）在《拼接与后现代》（"Patische und Postmoderne"）一文中指出，与其说《香水：一个谋杀犯的故事》是一部中世纪历史小说，不如说是一部德国文学发展史。[2] 小说还采用了类似于侦探小说式的叙述模式，这也正是其后现代性最突出的地方，因为这体现了菲德勒所倡导的精英文学与通俗文学的结合。在风格化叙述模式方面，这部小说也是典型的"多重编码"，既有历史小说的故事框架和背景，也有侦探小说和惊悚小说的叙述元素。比如小说以德国文学经典作品克莱斯特（Heinrich von Kleist）小说《米夏埃尔·科尔哈斯》（*Michael Kohlhaas*，1808）的方式开头，而对主人公格雷诺耶出生的描写

1 参见 Andreas Pfister, "*Der Autor in der Postmoderne: Mit Fallstudie zu Patrick Süskind.*" (PhD diss., Universität Fribourg, 2005), 99–102。

2 参见 Judith Ryan, "Patische und Postmoderne," Paul Michael Lützeler, ed. *Spätmoderne und Postmoderne* (Frankfurt a. M.: Fischer Verlag, 1991), 96。

显然带有格拉斯（Günter Grass）《铁皮鼓》（*Die Blechtrommel*, 1959）的影子，小说结尾对主人公死亡狂欢化般的描写，又巧合于古希腊酒神狄俄尼索斯的神秘风格。小说的叙述风格和叙述模式不能单一地归入常见的某派别；它是多种元素的组合和拼接。就此文学风格，许特这样评价：

> 这位作家很狡猾地集各家之所长：不管是尼采、巴塔耶还是福柯，从格拉斯到加缪，从卡内蒂到洛夫克拉夫特；作家在一部历史小说中装扮出了一个极具寓言性质的思想游戏，而其结合工作又做得天衣无缝（尽管使用的丝线并不是自己的语言）。[1]

如此的“双重编码”也让小说同时受到大众读者和精英知识分子的青睐。小说具有历史犯罪和传记小说的特点，加之故事本身的灰色及色情元素，这些足以吸引普通读者的关注并让他们在阅读中获得享受。小说的线性叙述方式以及对传统意义上“情节”与“人物”的重视显然容易被大众接受和消费。从思想内容上考察，小说摒弃了19世纪以及现代主义对宏大叙事的依赖，放弃了对意义与稳定框架的追求，可以说其通俗易懂的叙事外壳装载了一个深刻哲学的内涵，是“严肃”与“通俗”的结合。并且小说纷繁的互文性使其成为“关于文学的文学”，这些也让热衷于细读和深究的知识分子阶层满意。

---

1 Wolfram Schütte, “Parabel u. Gedankenspiel,” *Frankfurter Rundschau* (05.04.1985), 17.

《香水：一个谋杀犯的故事》将看似崇高的艺术追求拉下神坛，并对其进行无情的戏谑。小说主人公也是一位天才艺术家，拥有天才般的设想和技艺，但他对自身艺术执着的追求使其忽略了其他规范，而对人类的伤害只是完成他艺术理想的途径和手段。格雷诺耶杀害众多少女的初衷仅仅是为了夺取她们身上的香味，如同兰斯迈尔小说中纳索所描述的未来人一样，他不接受任何道德、艺术和政治价值："美妙之前是谋杀这一事实对他来说，如果他真能感觉到的话，是完全无所谓的（gleichgültig）。"[1] 当格雷诺耶因谋杀被捕，并将当众处以极刑时，他在故事开始时的愿望——用不可抗拒的香味吸引折服人类——终于实现了。受香水影响，人们变得极度兴奋和陶醉，在这个狂欢化的场景中人们宽恕了格雷诺耶的罪责，并将其崇拜为神灵和统治者："人们心头突然涌入一股强大的好感，温柔和孩童般的喜爱之情，是的，涌入了对这个年轻谋杀犯的爱，他们不想，也不能抵抗这种感觉。"[2] 强大的宿命感控制了在场的所有人："结果是，处决那个时代最令人厌恶的罪犯的计划变成了公元前两世纪以来绝无仅有的盛大酒神狂欢节。"[3] 在狂欢进程中所有的主体性都消失于上述的宿命决定论里。瑞恩对此评论道："聚斯金德在此并未创造新的主体性设想，而是将过去和当今众多已知的文学设想以戏谑的方式表达出来。"[4]

另一位80年代特点鲜明的德国后现代主义作家是纳多尔尼（Sten Nadolny）。他原本是一位历史学家，后于1983年因其

1 Patrick Süskind, *Das Parfum: Die Geschichte eines Mörders* (Zürich: Diogenes, 1994), 58.

2 同上，300。

3 同上，303。

4 Judith Ryan, "Patische und Postmoderne," Paul Michael Lützeler, ed. *Spätmoderne und Postmoderne*, 99.

小说《发现慢》(*Die Entdeckung der Langsamkeit*，1983)获得英格博格·巴赫曼文学奖(Ingeborg-Bachmann-Preis)，从此一举成名。小说《发现慢》有着典型历史小说的外表，因为作家选取了一位历史人物[英国海军军官和发现家约翰·富兰克林(John Franklin)]的生平作为故事基础。小说主人公生活于19世纪上半叶，为了寻找西北通道，两次到北极地区探险。虽然小说的骨架遵循真实历史人物的真实故事，但是叙事视角却是当下的，也是为了批判当下现代社会中信息加速和媒体泛滥所导致的人们认知上的急躁和对真实感的丢失。主人公所处的时代也是工业化加速和媒体大发展的时代，这些发展已经开始改变人类的生活速度。而主人公慢速的反应，迟缓的认知和看似笨拙的理解能力也是在表达一种反抗的态度。作家通过作品表现了对人类技术发展的敌对态度，他认为技术的发展渐渐腐蚀了人类自身认知能力，使其变得肤浅。小说另一方面也表现了意义的空洞性。主人公的探寻任务是对意义的讽刺，他最后虽然终于将西北走廊绘制成图，然而却由于这一地区冰川终年不化而不具备任何航海利用价值。主人公的追寻最终还是一场空，这是后现代小说中"英雄"的特点，他们努力追逐永不可能达到的目标："当意义本身就不存在时，对意义的追寻也就注定是失败的。"[1]

纳多尔尼在1981年发表的处女作《网络地图》(*Das Netzkarte*，1981)则集中体现了"去中心化"以及德勒兹和加塔利(Félix Guattari)的"根茎"理论。小说主人公罗伊特先后陷入工作和爱

1 Uwe Wittstock, ed. *Postmoderne in der deutschen Literatur*, 399.

情选择危机，然而面对迷失方向的生存危机，他并没有寻找宗教或者任何超越个体的意识形态来引导自己，相反却放任自己的闲散，在几星期时间里毫无目的地乘火车漫游了德国。他并不想沉醉于思考和冥想中以求获得人生答案、目的或者意义，而是简单地置身于多元、复杂的环境中。主人公乘坐的火车线路便是整本书的主题：它没有中心，却提供了几乎无限多的连接可能性。

三、抵抗美学与后现代叙事：社会主义民主德国文学的后现代主义痕迹

与施特劳斯、恩岑斯贝格等“68一代”的经历相对应，在没有发生过学生运动、远离“红军旅”恐怖活动震荡的社会主义民主德国，另一种非暴力的但同样深刻的革命也在潜行。如果说“68学运”的洗礼让联邦德国逐步磨炼出健康的民主肌体，那么暗涌的思想疑异和“抵抗美学”则推动了东德“89民运”乃至自我消亡。后者不能不提克里斯塔·沃尔夫（Christa Wolf）和海纳·米勒（Heiner Müller）这两位重要的民主德国作家以及他们的《追忆克里斯塔·T》（*Nachdenken über Christa T.*，1968，克里斯塔·沃尔夫著）和《哈姆莱特机器》（*Die Hamletmaschine*，1979，海纳·米勒著）。

战后，当德国西占区以内流亡文学、废墟文学、砍光伐尽及反战文学（即以前线和战俘营返乡士兵的创伤和废墟中的生存状态作为主要创作题材），逐渐从被第三帝国毁坏和蹂躏的语言和文学传统中复苏时，苏占区接纳了大批流亡作家，出版了他们在流亡期间已经开始的主题和题材的创作，西格丝（Anna Seghers）、

布莱希特均为其中最著名的代表。60年代初，当战争的后遗症化身为一道水泥高墙落实到德国的土地上时，伴随着德意志民主共和国从立到灭一路走来、享誉甚高、毁誉亦烈的克里斯塔·沃尔夫以一部《分裂的天空》（*Der geteilte Himmel*，1963）一夜成名。这是1961年8月13日柏林墙建造后克里斯塔·沃尔夫完成的典型的现实主义作品。

《分裂的天空》赋予了克里斯塔·沃尔夫超越国界的声名，而其在东西德树立的高尚的文学地位则更基于她1968年首先在西德出版的（东德只有节选）颇富后现代意味的小说《追忆克里斯塔·T》。这部小说在东德曾经遭遇出版困境，在西德及统一以后的德国却自始至终得到高度评价。小说回忆一位好友，可以说是某种程度上的"一部小说的小说，即它同时在反思这部小说的前提及其诞生"。[1] 小说似乎与不懂得适者生存之道的主人公克里斯塔·T暗合，叙述者抗拒结构，以拼凑日记和字条、用再现肢体动作代替直接叙述情节等方式，追忆进而重构朋友形象，以此抗拒遗忘。

对于克里斯塔·沃尔夫来说，质疑和追究语言、话语、文本与本来世界的关系，捕捉真实的自我、抵达真正的主体性，是她此生沉重而乐意为之的使命。为此，她改写神话，以长篇讲座和小说互文互补的形式，以让多重声音说话的方式，重塑直至翻案卡桑德拉、美狄亚、彭忒茜勒亚等女性"他者"形象，同时以其笔下的阿喀琉斯、埃涅阿斯等人物颠覆勇敢和懦弱等能指，并

---

1 Sonja Hilzinger, *Christa Wolf* (Stuttgart: J. B. Metzler, 1986), 42.

通过塑造原始山林和战场宫廷里的男女为社会性别理论提供了生动的案例。而她散文诗一般的小说《无处。绝地》（*Kein Ort. Nirgends*，1979），更是一篇凄美的克莱斯特和女诗人君德罗德之互文编织的艺术佳品。实际说来，“无处”“绝地”可谓预言了她本人的境遇：德国统一后，她被指为国家诗人，尽管她与丈夫盖哈尔特·沃尔夫（Gerhard Wolf，亦是作家）被东德秘密警察监视了多年，然而，或许正是这一点阻碍了人们认识其作品的另一面：无论是思想上还是艺术上都具有明显的后现代特征。

海纳·米勒的境遇却不同。他1995年去世时，德国举行的哀悼几十年未遇，几乎成了国家仪式。柏林剧院里不停地朗读他的作品，持续两个星期之久！关于他的创作特点，奥斯特海姆在他与克拉维特合著的《文学理论入门与实践》中介绍道：“海纳·米勒是一个狂热地再使用和继续使用其他的文本材料者。他的作品充满了文本加工、引文和暗指。将他人的文本、材料、动机为己所用是海纳·米勒终身文学创作的一个本质特征。几乎没有一个海纳·米勒的文本没有互文元素。海纳·米勒甚至声称，自己一生从来没有发明过一个材料。”[1] 他善于“游戏”这些材料，既插入引文又不停地戏谑。这在他1977年出版的剧作《哈姆莱特机器》里达到了一个高潮。借此戏剧，海纳·米勒想告诉人们：“古老的但如此经常的对于革命的失望，如今不过令人耸耸肩而已。”[2]

也许可以说，自60年代后期开始，在初期的革命热情遭遇东

---

1 Michael Ostheimer and Arne Klawitter, *Einführung in die Literaturtheorie*，北京：外语教学与研究出版社，2008年，第129页。

2 Uwe Wittstock, *Nach der Moderne: Essay zur deutschen Gegenwartsliteratur in zwölf Kapiteln über elf Autoren* (Göttingen: Wallstein, 2009), 42.

德严峻的现实社会之后，对于克里斯塔·沃尔夫、海纳·米勒、布劳恩（Volker Braun）等始终不能丢失自我和良知的东德作家而言，突破所谓“现实主义”创作之网日益成为他们绝处求生的一条路径，而后现代的一些思路和方法则不失为一种尝试。

四、90年代之后：后现代与其他流派的糅合

进入90年代，德国柏林墙拆除，东西德合并，冷战结束，这些巨变令德国乃至整个欧洲精神上有些茫然失措，不知未来驶向何方。1993年8月18日《法兰克福汇报》（*Frankfurter Allgemeine Zeitung*）中的一篇文章恰当地描述了当时的思想状态：

> 我们的时代是一个价值在嬗变、在消失、在产生的时代，是一个原有的乌托邦体系已告涣散，新的乌托邦理想还未产生的时代，是一个正在经历博怀和自我博怀的时代——这对于今天的作家来讲是个巨大的难题，是个巨大的挑战。[1]

东西德合并虽然揭开了德国历史的新篇章，“但是德国人既无法摆脱沉重的历史遗产，又不得不正视未来的困难”。[2]合并之后的德国面临的最大问题是内在的统一：四十年政治经济文化上的分隔不可能在一朝一夕克服，更何况在四十年中东西德并非以友

1 引自李昌珂：《德国文学史：第5卷》，南京：译林出版社，2008年，第457页。

2 玛丽·弗尔布鲁克：《德国史：1918—2008》，卿文辉译，上海：上海人民出版社，2011年，第289页。

好邻邦的姿态共存，而是相互隔离。虽然勃兰特（Willy Brandt）在东西德合并时的名言“共同拥有的，会共同增长”符合当时的现实，但这一目标的实现尚需时日。在旧制度提供的保障失去之后，许多东德人开始怀念之前社会体制中美好的东西，认为那个时代有一种社会团结或同甘共苦的精神。对此前东德洪堡大学的一位教授在德国《明镜周刊》（*Der Spiegel*）中这样评论道：

> 我们东德人希望有政治上的领导，即我们喜欢明确被告知下一步该怎么做。在东德有这样一句话：所有人一起做，却没人知道该做什么。在如今统一了的德国，情况虽非如此恶劣，因为我们本不是来自多么遥远的历史，但是我们仍然希望下一步的计划能更具体和明确。[1]

东西德政治文化的差异和由此造成的建设统一德国的困难，从这篇报道中可见一斑。在合并后的最初几年，德国社会首先遇到的重大挑战，是德国作为统一国家的身份认同危机。新的德国如何对待东西德的巨大差异，以一个新的完整的民族国家出现在国际舞台上，是统一后德国精神层面的一大难题。政治学家马丁·格莱芬哈根（Martin Greiffenhagen）与西尔维亚·格莱芬哈根（Sylvia Greiffenhagen）在文章中表示，“德国以新的方式变成了困难的祖国。旧的困难我们还要经历一遍（指东德的民主化。——引者注），而新的、与其他国家共有的困难又加速

1 Richard Schröder, “Sind wir ein Volk? ” , *Der Spiegel* (Dokument 2, 1994.03): 9.

而至”。[1]

东西德的政治统一问题也引起了文学界的激烈争论。起因是前东德女作家沃尔夫发表她写于1990年前的关于东德国家安全部（Stasi）的小说《何去何从》（*Was bleibt*）。此争论不仅涉及德国国内，也吸引了其他国家的文学家和批评家的关注。争论从对这部小说的评价“发展到对过去40年的东德文学的评价和整个战后联邦德国文学的再认识”。[2]争论的焦点实际上还是关于与过去所有价值的决断和重新审视。这场争论也影响到未来德国文学的发展，正如文学评论家卡姆勒（Clemens Kammler）所论述的那样，在德国统一后的十年，德国文学又转向“社会现实”，[3]即将社会现实或者对社会的反思作为文学创作的来源。因此有批评家提出德国后现代主义文学到了90年代是否还存在这个问题，毕竟人们在90年代已经很难再发现像《香水：一个谋杀犯的故事》和《年轻人》这样的无论在美学表达还是主题上都带有显著后现代解构和“无所谓”态度的作品了。有中国学者认为，德国后现代主义文学在90年代与其他文学形式“交织并存，或交混于一体”，[4]下文将举两部同为二战题材的小说加以分析说明。

虽然对二战的反思一直是德国战后文学的重要特点，但是自90年代以来对二战历史的回顾更加注重个体对历史的体验，注重内心世界。例如作家提姆（Uwe Timm）的《以我的兄弟为例》

---

1 Martin Greiffenhagen and Sylvia Greiffenhagen, “Der Schock der Vereinigung,” *Der Spiegel* (Dokument 2, 1994.03): 7.

2 高中甫、宁瑛：《20世纪德国文学史》，青岛：青岛出版社，1999年，第298页。

3 克莱门斯·卡姆勒：《转折期——90年代的德国文学》，安娅译，《外国文学动态》2002年第1期，第15页。

4 谢建文：《后现代写作之于德国文学》，《德国研究》2004年第4期，第49页。

（*Am Beispiel meines Bruders*，2003）和在全球范围内知名度较高的施林克（Bernhard Schlink）的《朗读者》（*Der Vorleser*，1995），都以历史进程中的个体为视角，试图从一个个真实体验的人的角度，而不是从宏大的社会历史角度，来叙述和反思那段历史。

《以我的兄弟为例》一般被视为作者的家史，叙述者即是作家自己，他与作家提姆一样，过了很多年的时间才开始写作这部回忆录，而且不是为了用文字记下口头流传的家史，而是为了寻找在他看来自相矛盾的两个问题的答案：哥哥为什么自愿报名参加党卫军，由此毁了一生？为什么尽管如此，他仍然被家里树为榜样？而小说的叙述及表现方式则极具后现代主义的“拼接”风格。小说可以说是一个抗拒结构的典型案例，没有通常的故事框架，而是平静地、似乎无序地“拼凑”着各种资料：哥哥的前线来信，他在东线战场六个多月的日记，叙述者弟弟的分析评论，同时穿插家人的叙说以及叙述者对家庭成员包括父母和大姐战后生活与精神状况的回忆等。

施林克蜚声全球的《朗读者》颇受市场青睐，但它却无法像《以我的兄弟为例》那样获得偏爱精英和高雅文学的德国批评界的首肯，尽管两部作品都有所突破，取得了不俗的成就，且在不同的方面体现了明显的后现代主义的风格，即便德国评论界并未将它们视作后现代作品。提姆和施林克都使用了相当朴实无华的语言，不是语言实验，完全是面向普通人的叙述，然而反响和收获却差别很大。《以我的兄弟为例》在结构上彰显了后现代意识，更多赢得德国精英人士的认同，而擅长写侦探小说、在走通俗路线方面更加后现代的施林克则在批评家那里难遇知音。不过，他本人很有自知之明，一开始就知道自己将在美国受到欢迎。事实也是如此，《朗读者》最后依托好莱坞电影走进了更广泛的普通人视野。

什么叫好的文学作品？这是一个问题。这里，专家和大众意见经常相左，专家虽然总是权威，大众的阅读取向或口味却并不随从权威。施林克自己明确倾向大众。他从文学、文化的民主意识出发，反对将文学分为"精英文学"和"娱乐文学"两种不同类型和高低档次。法学教授兼法官的施林克发表过很多法学论文，没有什么文艺理论著述。尽管如此，我们还是能在他的一些谈话中见识到他的文学主张。这个主张可以简单地用一个词来概括，那就是民主意识，也不妨说是一种后现代意识。德国小说虽然一向以思想见长，却也往往难免因枯燥艰涩而令人却步。施林克无意步传统的德国文学之后尘，而更属意于一种服务于百姓的、后现代的或者似乎也不妨说"后启蒙"的写作，认为文学应该面对普通民众而不是文化贵族或批评家。在接受《世界报》(*Die Welt*)记者克劳泽的采访时，施林克提出了这种强调民主意识的文学观。他批评"德语文学[1]将文学区分为所谓精英文学和娱乐文学的不幸传统"，并且分析说，"这种传统在很大程度上与滞后的德意志民族有关，与市民阶层和贵族之间的关系、艰难的经济的和政治的解放有关"。[2]在德国知识界，对美国文化持批评

1 "德语文学"常为"德国文学"的另一表述："在西德，人们自然而然地认为，奥地利和瑞士的德语文学（German-language literature）是整个德国文学（one single German literature）之部分"，尽管"在奥地利和瑞士人们更倾向于强调差异"。参见Frans Ruiter, "Postmodernism in the German- and Dutch-Speaking Countries," Hans Bertens and Douwe Fokkema, eds. *International Postmodernism: Theory and Literary Practice* (Amsterdam: John Benjamins Publishing Company, 1997), 359。——引者注

2 Tilman Krause, "In Berlin fehlt es an Bürgersinn: Interview mit Bernhard Schlink," *Die Welt* (14.10.1999).

甚至鄙薄态度的不乏其人，施林克却正相反，他十分赞赏并且羡慕美国文化中的“某种民主的东西”，指出：“美国人拒绝区分高雅文学与通俗文学，这充分表达了他们的文化民主意识。”[1]同时他还认为，好的、同样关注时代问题的娱乐文学在德国正处于上升的势头。[2]基于这种观点，他并不希望自己的作品成为高雅的需求，而乐意它们与通俗读物为伍。所以他表示，“理发师、警察、营业员都来读《朗读者》就尤为令我高兴”。施林克所希冀的，不是自己的著作迈上大学文学系的讲堂，成为教授们刻意宣讲的范本，而是走近大庭广众，为普通人随意地津津乐读：“我一直梦想我的书在火车站的书铺里摆放着，人们看见它们，买下它们，然后在火车上阅读。”[3]维特施多克认为，一部后现代的文学作品不应将自己限制在一个语言层面，一个话语体系中，而是既能满足文化精英对艺术的高要求，也能使作品被较大的群体所接受。[4]精英与大众的“双重编码”也使得后现代的作品在主题、风格和语言方面具有多层面的诉求，触及多角度的话语。从上述示例可以看到，其实“双重编码”不仅仅是对文学创作者的要求，也是对文学的阅读者和批评界的要求，人们是否准备好在一部作品中看到不同的层次，批评家们又是否能以“多元并存”的精神审视这些后现代作品，也是人们需要思考的问题。

90年代后，德国社会、政治环境经历翻天覆地的变化，民

---

1 Tilman Krause, “In Berlin fehlt es an Bürgersinn: Interview mit Bernhard Schlink,” *Die Welt* (14.10.1999).

2 同上。

3 转见Uwe Wittstock, ed. *Postmoderne in der deutschen Literatur*, 392。

4 同上。

主德国现实社会主义自我瓦解，东西德乃至东西方两大意识形态阵营对立消失。面对新的、更加纷繁复杂的社会现状，德国文学再次转向：德国战后文学“反思”的传统得以延续，而对社会的批判也得到重视。值得注意的是，从施林克和提姆的例证可以看出，所谓“高雅文学”与“通俗文学”的界限日益模糊。同时，在这些看似“现实主义”的作品中明显可以看到后现代主义的美学风格，此现象可视为德国批判现实题材作品借用后现代主义表现方法的新趋向。

第四节　德国后现代主义文学的美学特征：写在怀疑的时代

一、放弃“艺术追求”，代之以“无所谓”

由于文学批评家思维角度和侧重点的不同，“后现代主义”的定义也呈现出多样化和多元，并且80年代文学诉求的复杂性和多面性，致使很多作品难以归类。作家莫迪科对80年代的德国文学概括道：

> 当下的文学既是个人的，又是集体的，它受到一个集体性的意识影响，而这个所谓的集体却未形成；当下的文学是互文性的。在80年代开始出现、90年代充分发展的文学大背景，并不是某一种风格的背景，也不是某种意识形态的背景。它最为鲜明的特征，是存在全面的视角差异。每一个体，每一作家，都摒弃整体强加给

> 他们的视角，走向对细节的挖掘，走向现象背后的深刻意义。[1]

与此相比，作家兼批评家奥特海尔则更为明确地描述了德国文学从80年代开始的变化：

> 我与世界，主体与客体，特殊与普遍等二元对立再渐渐地瓦解。取而代之的是，一大批新的言语形式应运而生，它们并不用原有概念来描述各种话语。这些新的言语形式在这个后工业社会中可以分为三大类：后历史、后现代和后结构主义。[2]

他甚至认为，这三种类型的言语方式无法严格区分，它们相互交融，共同出现。

策玛在对后现代主义文学美学理念的分析中指出，德国后现代主义文学有别于现代主义文学的最主要变化是，作品不再流露出现代主义的“矛盾性”（Ambivalenz），而是表达了后现代的“无所谓”（Indifferenz）。在现代主义中占据重要地位的，是“对正确尺度的追求”，即对真理的追求和渴望，但在后现代主义那里，这却变得无关紧要。策玛说的“无所谓”，是指他认为后现代主义小说放弃了对解释世界和改造世界的美学政治要求，转而

---

1 Klaus Modick, “Gähnende Leere oder üppiges Tableau? 10 Thesen über Literatur und Kritik in der Gegenwart,” *Rheinischer Merkur* (04.05.1990).

2 Hans-Josef Ortheil, “Perioden des Abschieds. Zum Profil der neuen und jüngsten deutschen Literatur,” Hans-Josef Ortheil, ed. *Schauprozesse. Beiträge zur Kultur der 80er Jahre* (München: Piper, 1990), 199.

只反思自我碎片性。因此，艺术以一种“文本的兴趣”（Lust am Text）[1]的形式出现。而此兴趣正是“无所谓”的特征，因为它不再具有超越个体的、社会的意义，而是被独立的作家和独立的读者以各自独特的方式创造和消费。

二、始终纠缠批判理论

除去文学创作本身，德国后现代主义文学不同于英美或者法国文学界的最大特点，要数文学批评界对“后现代”概念的犹豫了。从上文对德国后现代主义的发展历程可以看出，这是一个极其缓慢的接受过程。“后现代”概念虽然在1969年就引入德国，然而德国文学批评研究界正式认真对待本国后现代主义文学现象是在20世纪80年代后期。即便在目前世界后现代主义文学研究的版图中，德国后现代主义文学研究也是处于边缘地位。

20世纪60年代后现代对现代美学观念的批评在美国展开，70年代在法国和意大利展开，后现代主义这一思潮在80年代初才在德国逐步为人所知，而后的发展历程也是缓慢而踟蹰。究其原因，一方面战后德国文学一直以现实主义视角反思和批判历史为主流和传统；另一方面德国思想界一直受法兰克福学派，特别是阿多诺的批判理论影响至深，而其弟子哈贝马斯在1980年领受阿多诺奖时的发言《现代性，一项尚未完成的工程》（“Das Moderne — ein unvollendetes Projekt”，1980）中，更是抨击后现代主义为新保守主义。这使得在很长的一段时间里，人们不愿意以开放的心

1 Peter V. Zima, *Moderne Postmoderne: Gesellschaft, Philosophie, Literatur* (Tübingen und Basel: A. Franke Verlag, 2001), 346.

态对待许多现代美学的观念，所以，文学里对现代的批评直到90年代才得以立足。德国批评家维特施多克在其近年出版的评述德国当代后现代文学的著作《现代之后》（*Nach der Moderne*，2009）中指出："德语文学在70和80年代还受到大都来自古典现代文学理论很多训诫的羁困。……文学研究者和批评家以一种令人惊异的热情和很少的乐趣看守着对那些规则的遵循，不允许与那些历史性的现代观念拉开哪怕一点点历史的距离。然而此间这里的情况也已经改变，对于现代观念的后现代批评已经成为很惯常熟悉的姿态。"[1]维特施多克在书中以"现代后的现代"命名其导入性的第一章。在他看来，"过去的十到十五年对于德语作家来说发生了很多变化。这一转变可以通过几个例子表明"。他强调："在一个自浪漫派以来文学被赋予了很大程度的艺术宗教观念，作家被认为或者自视为具有布道、警醒、赋予意义或者民族良心的牧师般作用的国度，一种较强的现实意识正在形成。"[2]

然而即便如此，德国的后现代主义也始终没有摆脱现代主义的纠缠。维特施多克将后现代主义在德国被如此缓慢接受，甚至至今仍被质疑的原因，归因为德国近代的特殊发展轨迹，他认为德国在近代史上一直扮演着现代主义中大一统理想的代言者和实践者，对外扩张和对内统一时所采用的武力便是最好的证明。[3]他同样认为后现代主义不应该被看成是对现代主义的反叛或全盘否定，它批判现代主义某些方面的同时，也承接并强调了现代主义

1 Uwe Wittstock, *Nach der Moderne*, 8.

2 同上，7。

3 参见Uwe Wittstock, ed. *Postmoderne in der deutschen Literatur*, 9。

的某些观点，因此他认为将后现代主义当成一个独立的学派或流派是错误的。[1]

正如哈伯斯在《德语中的后现代文学：一种反抗的美学?》中提出的："被称为后现代的主题范围，极端的观念批评、自我丧失，被视为后现代写作方法的自我反射技术、互文或大虚构的运用，在浪漫派和先锋文学中就有，如何可以说后现代文学是一个自身的范畴?"[2]哈伯斯认为有不同的方法回答这个问题：比如可以坚持严格的区分，把后现代标签仅仅局限在那些的确与现代文学传统背离的文本上。而在这种严格区分下，施特劳斯的作品就更属于现代观念的而非后现代的，虽然他们十分明显地运用了后现代技术。而另一种方略，也是更常用的、目前国际性的主导观点，则是把后现代文学看成文学现代的继续。

作为现代之延续的后现代与"后现代文学的道德转向"具有内在的逻辑联系，也是《德语中的后现代文学：一种反抗的美学?》这本书最重要的主题指向，即讨论后现代与社会批评的关系。美国的后现代主义文学在六七十年代以实验性游戏为特质，80年代重返社会批评；而德国文学有着另一种历史文化背景，但也表现出这种倾向。《德语中的后现代文学：一种反抗的美学?》中研究提出"抵抗的后现代"这个概念，以区别于非批评性的后现代，并得出结论："后现代写作方法不但不排除社会批评，而且可以是其一种适合的表达方式。"[3]这一点并非理所当然。

---

1 参见Uwe Wittstock, ed. *Postmoderne in der deutschen Literatur*, 9。

2 Henk Habers, ed. *Postmoderne Literatur in deutscher Sprache: eine Ästhetik des Widerstands?* (Amsterdam: Atlanta. GA, 2000), 10.

3 Henk Habers, ed. *Postmoderne Literatur in deutscher Sprache*, 10.

后现代文化和文学经常被视为将现代观的伦理、社会批评的和乌托邦的理念加以替换，成为虽然有趣和知性，但最终却是与体系相容甚至肯定体系的游戏。如果说后现代是继古典实在论、启蒙和20世纪现代性之后出现的，并且持一种平和态度，认为不存在一种被普遍接受的“行之四海而皆准”的判断和证实准则，而是多样的实在同时并存，那么这种态度同样适合这一文学现象本身。

可以说，近六十年的德国后现代主义文学的发展是个纠结而又缓慢的历程。二战后纳粹政权倒台，其对德国文学的长期压迫和管制不复存在。德国文学得以开始缓慢地接受和适应世界文学发展的大潮流。在战后最初十几年内以“47社”为代表的德国文学压倒性倾向于现代主义文学思想，关照社会现实，追求真理与价值。而60年代末70年代初德国社会政治运动浪潮高涨后开始衰减，加之国外后现代主义文学的影响和示范，以及菲德勒将“后现代主义文学”概念正式引入德国学界，70年代德国文学的关注点由社会批判转向个人内心世界，德国后现代主义文学开始萌发。到80年代德国文学终于贡献出如《香水：一个谋杀犯的故事》和《年轻人》这样的典型后现代主义文学作品。而90年代之后由于德国社会和世界格局再次遭遇巨变，德国文学再次转向现实与批判，对过去历史的清算和反思不断进行，但在新出现的所谓“现实主义”文学作品中，明显可以看到在美学诉求和表现方式上的后现代主义印痕，因此可以说，90年代之后的德国后现代主义文学更多地是与其他文学流派兼容杂糅。

德国后现代主义文学的式微应与其长期的“批判”传统不无关系。德国思想界深受“批判理论”的影响，以哈贝马斯为代表的学人始终对后现代主义概念抱有怀疑态度，因此，在“反叛”与“批判”方面，德国文学始终具有双重性，一部分作家采取彻底与传统文学方式决裂的态度，积极向美国后现代主义文学靠拢，否定艺术与真理追求，在美学上采取“无所谓”的态度，而另一部分作家则是虽使用后现代主义文学表达方式，但仍未放弃对社会的批判态度，以后现代主义的方式继续推进现代主义方案。正如维特施托克在《德语中的后现代文学：一种反抗的美学?》的后记标题所示，德国后现代主义文学可以说是“处于怀疑时代的书写”，[1]它既怀疑传统，也怀疑对传统的反叛，其“批判”的视角一直存在。

1 Uwe Wittstock, ed. *Postmoderne in der deutschen Literatur*, 379.

第十二章 意大利后现代主义文学

第一节 战后意大利文学的发展状况

二战结束时，意大利文学正处于新现实主义时期，虽然新现实主义“可追溯到20世纪20年代”，但因“受到法西斯统治压制达二十年之久”，直至二战结束后才“开始蓬勃发展”。[1]所以，从这层意义上说，新现实主义是二战后的产物。这也是何以新现实主义的作品多以反战，尤其是以反法西斯为主题。如普拉托利尼（Vasco Pratolini）的《苦难情侣》（*Cronache di poveri amanti*，1947）和《当代英雄》（*Un eroe del nostro tempo*，1949），勃朗卡蒂（Vitaliano Brancati）的《英俊的安东尼奥》（*Il bell'Antonio*，1949），以及卡尔维诺的早期作品《通向蜘蛛巢的小径》（*Il sentiero dei nidi di ragno*，1947）和《姗姗来迟的乌鸦》（*Ultimo viene il corvo*，1949），这些都是反法西斯专制的小说。

---

1 张世华:《意大利文学史》，上海：上海外语教育出版社，2013年，第343页。

新现实主义战后风光了十年，但“已暴露出它本身的局限性”，[1]加之意大利作家此时面对的现实不再是无休止的战争以及惨无人道的法西斯统治，而是“铁幕”落下的冷战。1956年，苏共召开第二十次代表大会，赫鲁晓夫公开批判斯大林，又爆发了匈牙利事件，“这使欧洲的左派知识分子队伍陷于严重的涣散状态，他们振兴社会和改革文化的积极性严重受挫”，[2]同时也迫使意大利作家认真审视新现实主义的局限性。也正是这一年，帕索里尼（Pier Paolo Pasolini）在其创办的《文艺创作室》杂志上发表文章，“首次采用了实验派（或新实验派）这一词汇，从而指明了文学创作研究和探索的新东西”。[3]次年，他又发表《风格的解放》一文，明确提出要有新的创作风格。这种新的创作风格便是新先锋派。有人认为，新现实主义与新先锋派的区别，乃是前者是“对现实的‘建设性批判’”，后者是“对现实的‘颠覆性批判’”。[4]而新先锋派的“新”是“为了区别于20世纪初传统的先锋派而言的”，它“摒弃传统文学”，主张“文学是‘不停断的更新行为’”，“提出采用一切区别于传统文学的崭新的语言形式”，“为了标新立异，在使用语言时摒弃语言规范，既没有语法结构，也排斥使用标点符号”。[5]新先锋派与“63学社”（Gruppo 63）紧密联系在一起，可谓生死与共。詹森认为“‘63学社’即是先锋派”。[6]但“63学社”不是一个统一的学派，到

1 沈萼梅、刘锡荣编著：《意大利当代文学史》，北京：外语教学与研究出版社，1996年，第302页。

2 张世华：《意大利文学史》，第357页。

3 沈萼梅、刘锡荣编著：《意大利当代文学史》，第303页。

4 同上，第383页。

5 同上，第385页。

6 Monica Jansen, “Postmodernism in Italy,” Hans Bertens and Douwe Fokkema, eds. *International Postmodernism: Theory and Literary Practice* (Amsterdam: John Benjamins Publishing Company, 1997), 387.

了60年代末，因“内部思想无法统一”，又因“西方文学逐步沦为一种高档消费商品，加之收音机、电视机、电影、期刊、图解小说日益普及”，新先锋派随着“63学社”的解体，而渐然“衰亡”。[1]

到了70年代，新先锋派衰亡之后，代之而起的“是‘多元化’，没有一个占主导地位的文学潮流指导作家们的创作思想，作家们各行其是”，同时意大利出版商的利润至上主义导致“美国的通俗文学作品充斥整个意大利小说市场”。[2]“一些美国的‘经典’后现代主义小说——那些佛克马认为构成‘后现代主义核心’的小说——60年代被译为意大利语，到70年代一般都被遗忘了。”[3]

但是到了80年代，情况发生了变化。“美国学者关于后现代主义的文章，如哈桑、斯帕诺斯、奥尔铁利（Charles Altieri）、帕尔默（Richard Palmer）和博韦（Paul Bové）等人的，1982—1984年被译为意大利语，这导致了文学学者对后现代主义的兴趣日益增加。”[4] 80年代初，意大利小说“复兴”，后现代主义小说呈蓬勃发展之势，其见证便是卡尔维诺1979年发表《如果在冬夜，一个旅人》（*Se una notte d'inverno un viaggiatore*）（以下简称《夜》），艾柯1980年发表《玫瑰之名》，影响意大利乃至世界文坛，两部小说都被“广泛视为‘后现代’叙事典范”。[5]在迪马蒂诺看来，

1 张世华：《意大利文学史》，第374页。

2 同上，第389页。

3 Stefano Rosso, "Postmodern Italy: Notes on the 'Crisis of Reason', 'Weak Thought', and *The Name of the Rose*," Matei Calinescu and Douwe Fokkema, eds. *Exploring Postmodernism* (Amsterdam: John Benjamins Publishing Company, 1990), 80.

4 同上。

5 Massimo Riva, ed. *Italian Tales: An Anthology of Contemporary Italian Fiction* (New Haven: Yale University Press, 2004), xviii.

在意大利，80年代即为“后现代主义年代”。[1]

意大利二战后至80年代的文学发展状况，在卡尔维诺身上体现得清清楚楚。他名叫Italo，意指“意大利”。二战中，当意大利遭受法西斯铁蹄蹂躏时，他和他弟弟1944年参加了当地的秘密共产党游击队的抵抗运动，他本人也参加了共产党，他的父母曾因他拒绝应征入伍而被纳粹扣押为人质，这些经历影响着他的文学创作，尤其是其早期创作，我们前面提到的那两部小说便说明他一者痛恨法西斯，一者把新现实主义当作表达痛恨的手段。1957年，卡尔维诺脱离了意大利共产党，理由是他不满苏联干预匈牙利和批评斯大林，但他仍表示“相信世界共产主义的民主观”。卡尔维诺感到冷战使得他精神分裂，因此他需要寻找能让他克服精神分裂症的作品。[2]为此，他曾一度承受着“创作危机”：1960年发表《我们的祖先》(*I nostri antenati*)之后，有三至四年没有发表作品，直至1963年才发表《观察者》(*La giornata d'uno scrutatore*)。他曾说过，“在自己努力把新现实主义的技巧用作叙事策略时，自己心中底气不足，而当新现实主义成了太多的创作沮丧时，自己终于放弃了新现实主义”。[3]一次采访中，他“公开批判美国对非军事基础的外交政策听而不闻，对第三世界的计划社会主义经济之需要视而不见”。[4]1967年卡尔维诺举家前往巴黎，次年受格诺

1 Loredana Di Martino, “Between ‘New Realism’ and ‘Weak Thought’: Umberto Eco's ‘Negative Realism’ and the Discourse of Late Postmodern Impegno,” *Quaderni d'italianistica* 33.2 (2012): 205.

2 Joseph Francese, “The Refashioning of Calvino's Public Self-image in the 1950s and Early 1960s,” *The Italianist* 27 (2007): 126.

3 同上，132。

4 同上，141。

(Raymond Queneau）之邀加入“乌力波”[1]。在那里，他结识了巴特、佩雷克（Georges Perec）和列维–斯特劳斯（Claude Lévi-Strauss）。这三人对他的后期创作影响甚大，从某种程度上说，正是他们，特别是巴特，把他引上了后现代主义小说的创作之路，“标志着”他创造生涯的“转折点”。[2]然而卡尔维诺对什么是后现代主义却并不太关注。即使在1981年，在他发表了《看不见的城市》（*Le città invisibili*，1972）和《夜》这两部后现代主义小说之后，对什么是后现代主义，“他也没有弄懂，因为在意大利没有‘现代主义’这个词，他们只用‘先锋派’和‘新先锋派’的概念。他说：‘我想所谓后现代主义，应当是指乔伊斯以后问世的现代主义。因此，首先得理解什么是现代主义，然后才能理解什么是后现代主义。’”[3]

1985年，正当卡尔维诺被提名授予诺贝尔文学奖时，他却不幸去世。他去世后，意大利文学开始朝着另一方向发展，至90年代，食人族文学（Giovani Cannibali）“应运而生”。[4]“食人族文学”这一术语始于1996年发表的小说选集《食人族》（*Gioventù cannibale*）。它产生于“对‘精英文学’与‘通俗文学’的传统观做出的反应”。[5]它的出现，说明意大利后现代主义文学到其晚期，通俗化倾向较之其他国家的更为突出。迪马蒂诺认为，“自90年

1 “乌力波”（OuLiPo）乃法国一实验作家团体，全称为Ouvroir de Littérature Potentielle（潜在文学工场）。

2 Brian McHale, *The Cambridge Introduction to Postmodernism* (New York: Cambridge University Press, 2015), 91.

3 吕同六：《在意大利文学的世界》，《新京报》，2005年3月5日（口述：吕同六；采写：本报记者刘晋锋）。

4 张世华：《意大利文学史》，第437页。

5 Kristina Rose Varade, “Reexamining ‘The Dancer and the Dance’: Postmodern Considerations in Contemporary Irish and Italian Literature.” (PhD diss., The City University of New York, 2012), 51.

代以来，意大利感受到文化气候的衰弱，故而晚期后现代主义的努力（impegno）克服了过度开放和痴迷，未用后现代主义的读者倾向伦理来换取作者中心论的政治”。[1]这里，所谓“未用后现代主义的读者倾向伦理来换取作者中心论的政治”，是指没有把读者放在第一位（如元小说所展示的那样），相反是依然保留作者的权威地位，这显然有悖于“作者已死，读者万岁”的后现代主义观点。

20世纪末和21世纪初，意大利有四本书讨论了意大利后现代主义文学，即切萨拉尼（Remo Ceserani）的《说说后现代》（*Raccontare il postmoderno*，1997），卢卡曼特德（Stefania Lucamante）主编的英文论文集《意大利通俗小说：食人族作家的新叙事》（*Italian Pulp Fiction: The New Narrative of the Giovani Cannibali Writers*，2001），拉波尔塔（Filippo La Porta）的《意大利新叙事小说》（*La nuova narrativa italiana*，2003），以及卡萨戴（Alberto Casadei）的《传统风格与小说》（*Stile e tradizione nel romanzo italiano contemporaneo*，2007）。

切萨拉尼的《说说后现代》是“首批”讨论意大利后现代主义文学的著述之一。他认为，让意大利读者见到后现代主义的两大“创立性影响”的是卡拉韦塔（Peter Carravetta）和斯佩迪卡托（Paolo Spedicato），正是他俩“通过解读海德格尔，对意大利人理解美国后现代主义有贡献”，而利奥塔与鲍德里亚对意大利“70年代的话语也影响很大”。[2]书中的最大亮点，是他提出“意大利

1 Loredana Di Martino, “Between ‘New Realism’ and ‘Weak Thought’,” *Quaderni d’italianistica* 33.2 (2012): 202.

2 Kristina Rose Varade, “*Reexamining ‘The Dancer and the Dance’*.” (PhD diss., The City University of New York, 2012), 36.

后现代主义得到的批评是负面的，其原因与意大利文学的传统表达风格，与后现代主义文学缺乏纯而不杂、实而不虚的风格，密切相关”，结果，意大利青年作家“羞于拥抱后现代主义风格，因为他们害怕负面批评，也害怕自己的文学风格‘失控’”，而意大利批评家又“死守文学表现生活‘现实’这一理念”；他认为完全可以将意大利的传统与后现代主义结合起来，并指出卡尔维诺的《夜》和艾柯的《玫瑰之名》即是明证。[1]

拉波尔塔的《意大利新叙事小说》继续了切萨拉尼的主题，同样证实了艾柯和卡尔维诺为意大利后现代主义文学前驱的中心地位。[2]拉波尔塔的最后一章讨论了食人族文学。

然而，专门讨论食人族文学的，是卢卡曼特德主编的《意大利通俗小说：食人族作家的新叙事》。此标题就告诉读者食人族文学与通俗文学紧密相连。传统上，“精英文学”和“通俗文学”截然分开，但食人族文学将二者结合起来。在这部“开拓性的研究”[3]中，作者之一安托内罗（Pierpaolo Antonello）考察了食人族文学与欧洲先锋派的关系，认为“新的通俗作家借用先锋派的风格元素，以此与其读者大众对话”；[4]《意大利新叙事小说》的作者拉波尔塔在此论文集中的文章则强调食人族文学的商业性；而巴利索（Marco Berisso）则讨论了食人族文学的三大元素，即陌生主义（foreignisms）的出场，青年人的语言运用，以及大量色情

---

1 Kristina Rose Varade, “*Reexamining ‘The Dancer and the Dance’*.” (PhD diss., The City University of New York, 2012), 38.

2 同上，41。

3 Susanna Scarparo, “A Review on *Italian Pulp Fiction: The New Narrative of the Giovani Cannibali Writers*,” *Italian Culture* 19.2 (2001): 156.

4 同上。

术语的使用。巴利索认为这些食人族作家不是发明一种新语言，而是将意大利口语用作文学语言。总而言之，这部论文集对食人族作家作了“综合和跨文化的”介绍和讨论，使读者“想要更多地发现让人好奇的、‘精英’文学与‘通俗’文学的混合”。[1]

卡萨戴的《传统风格与小说》从技术的角度，分析了当代意大利小说的状况，比如分析了20世纪80年代至21世纪初的意大利小说中的“综合协调”。在他看来，1994年对意大利当代小说的发展非常重要，这不仅是因为1994年是畅销书年，也因为1994年放映了电影《通俗小说》（*Pulp Fiction*），[2]正是因为这部电影，意大利通俗小说之名才得以流行。他认为“通俗小说支撑了消费者喜好平庸、怪诞的胃口，完全公然地玩起了文学的‘低俗’倾向”。[3]

从上述的战后意大利文学的发展状况以及四本书的讨论来看，关于意大利后现代主义文学，我们可以说：(1) 在60年代意大利就有后现代主义小说，呈现的是意大利后现代主义文学的初期阶段。“63学社”的成员中就有后现代主义作家，如其代言人曼加奈利（Giorgio Manganelli）即是其中之一，他的《希拉罗德拉哥埃迪亚》（*Hilarotragoedia*，1964）就是部后现代主义小说。不过，意大利的新先锋派与美国的后现代主义“同步”却是“晚些时候”（belated），[4]依据伯顿斯和佛克马的看法，“后现代主义”一词1982

1 Susanna Scarparo, “A Review on *Italian Pulp Fiction*,” *Italian Culture* 19.2 (2001): 157–158.

2《通俗小说》（又译《低俗小说》）由塔伦蒂诺（Quentin Tarantino）导演，曾获奥斯卡奖提名。因叙事怪诞不经，情节呈非线性状，加之人物对话高雅与低俗兼收并蓄，电影典故和大众文化暗示不时闪现，并大量使用拼凑技法（pastiche），它被称为后现代主义电影。

3 Kristina Rose Varade, “*Reexamining ‘The Dancer and the Dance’*.” (PhD diss., The City University of New York, 2012), 47–48.

4 Monica Jansen, “Postmodernism in Italy,” Hans Bertens and Douwe Fokkema, eds. *International Postmodernism*, 389.

年在意大利还不太为人所知。[1]（2）70年代末到80年代是意大利后现代主义文学"正常化"阶段，卡尔维诺的《夜》和艾柯的《玫瑰之名》标志着意大利后现代主义文学开始呈鼎盛之势。（3）90年代是意大利后现代主义文学愈加通俗化的阶段，在食人族作家手里，"精英"与"通俗"之别被彻底打破。（4）较之美国，意大利后现代主义文学整体上不那么激进。原因之一是，意大利作家的后现代主义意识不那么强烈，如卡尔维诺；原因之二是，意大利青年作家"羞于拥抱后现代主义风格"，且意大利批评家又"死守文学表现生活'现实'这一理念"；原因之三是，（卡尔维诺自己也认为）意大利作家与出版业联系更密切，而美国作家通常与学术界机构联系在一起，[2]而文学一旦与出版商联系密切，通俗的东西必定占上风。（5）意大利后现代主义文学与其他国家的后现代主义文学一样，也是以实验登场（如新先锋派），以通俗化退场（如食人族文学）。

第二节　意大利后现代主义文学思想意识

尽管意大利对"后现代"理论上讨论"不足"，[3]然而看看它的两个概念——"理性危机"和"微弱思想"——和一场关于回归现实主义的论战，我们还是能窥见一些意大利的后现代主义文学思想意识。

1 Hans Bertens and Douwe Fokkema, "Foreword," Douwe Fokkema and Hans Bertens, eds. *Approaching Postmodernism* (Amsterdam: John Benjamins Publishing Company, 1986), viii.

2 William Weaver and Damien Pettigrew, "Italo Calvino, The Art of Fiction No. 130," *The Paris Review* 34.124 (Fall 1992): 77.

3 Alfonso Berardinelli, "From Postmodernism to Mutation: How the Twentieth Century Draws to a Close," Juliet Vale, trans. *Diogenes* 47.186 (1999): 93.

“理性危机”这一概念首见于1979年由加加尼（Aldo Gargani）主编出版的论文集《理性危机》（*Crisi della ragione*）。它共收有十篇论文，篇篇都讨论经典理性的危机，都提出以“多元理性”来反对经典理性。[1]从名称来说，“理性危机”多少还带些现代主义的气息，尼采说“上帝死了”，弗洛伊德的心理分析理论，所指均是质疑理性，不过也只是质疑而已，尚未提出要替换它。但是，声言要以“多元理性”来对抗经典理性，以“多元”来代替“一元”，则是多走了一步：提出了后现代主义的理性观。曾几何时，至少从亚里士多德到启蒙运动，理性至高无上，理性是基础主义的基石，是形而上学的基石，是判断真与假、正义与邪恶、合法与非法的准则。一言以蔽之，理性就是真理。进入20世纪，至少从海德格尔开始，形而上学受到批判，德里达的炮火更猛烈，他不遗余力地批判逻各斯中心主义（logocentrism），也就是批判理性中心主义。[2]前面已经提到，正是卡拉韦塔和斯佩迪卡托“通过解读海德格尔，对意大利人理解美国后现代主义有贡献”，唤起了意大利人的后现代主义意识。

在意大利，“理性危机”是意大利和法国六七十年代哲学上辩论的中心主题。[3]除哲学家和批评家外，还有作家也面临“理性危机”问题。如卡尔维诺和艾柯，他们对理性就有自己独特的理解。

卡尔维诺的《夜》被一些人认为是“胡说八道”。一次采访

---

1 Stefano Rosso, “Postmodern Italy,” Matei Calinescu and Douwe Fokkema, eds. *Exploring Postmodernism*, 81.

2 “逻各斯”（logos）源自古希腊语 λόγος，其本身就含有“理性”（reason）之义。

3 Giovanna Borradori, “‘Weak Thought’ and Postmodernism: The Italian Departure from Deconstruction,” *Social Text* 18 (Winter 1987–1988): 39.

中，当被问到“胡说八道”时，他说：“胡说八道？……我一向有理性的。无论我写什么，我都要臣服于理性、清晰和逻辑。……也许我们一开始就该问，我将怎样的我放在自己的创作里。我的答案是，我将我的理性，我的意愿，我的情趣，我所属的文化放进去，但同时我又不能控制——比如说——我的神经官能症或者我们可称作胡说八道的东西。”[1]显然，在卡尔维诺看来，理性与“胡说八道”是可以共存的。

依据皮尔兹的看法，卡尔维诺视二战后的文学先锋派为两派：一是理性派，一是粗俗派。[2]对新的现实即新的工业化世界，理性派力求画一幅迷宫图以此来接受它，粗俗派聚焦于主体对这个新现实的反应，提倡消除主客体辩证关系的新个人主义，从而淹没于迷宫之中。二者都面对迷宫，然而却表现出两种可能态度：一是消极地接受迷宫，这是卡尔维诺所批评的；一是蔑视迷宫，这是文学先锋派的典型态度，卡尔维诺感觉自己与它同类。而在文学先锋派中，卡尔维诺又辨认出对待迷宫的两种可能，它们分别应对于现代主义方式和后现代主义方式。卡尔维诺认为最必要的方式是直面现代社会的复杂性，并努力描绘这迷宫以求逃避它。典型的现代主义态度是以相信理性主义为基础，因为理性主义有可能理解这迷宫，办法是将迷宫做成可能的全球模式。第二种可能表现出后现代主义文学特征，后现代主义文学接受复杂性，视此复杂性为不可减缩的多样性，不可置于理性控制之下。卡尔维

1 参见 William Weaver and Damien Pettigrew, “Italo Calvino, The Art of Fiction No. 130,” *The Paris Review* 34.124 (Fall 1992): 64。

2 Kerstin Pilz, “Italo Calvino: An Author between Modernity and Postmodernity,” Thomas J. Schoenberg and Lawrence J. Trudeau, eds. *Twentieth-Century Literary Criticism, Vol. 183* (Detroit: Gale, 2007), 242–243.

诺摇摆于这两种可能之中，一方面意识到它们的互补性，一方面又强调文学需要维持批评态度，力求确立离开迷宫的最佳方式，哪怕这是由一个迷宫转入另一个迷宫。

艾柯也明确过自己的理性观。在与罗素的书信中，他说：

> 人们说理性基础上的常规说得太久，好像只有一种“理性”似的，后来却发现并非只有一种“理性”。(比如在意大利）人们开始谈论理性危机（……)。不管怎么说，假如我们说的是笛卡尔、黑格尔和马克思的理性的话，的确存在理性危机。但是，如果我们接受这样的前提，即在这个世界，我们的行为不应该是出于理性的(rational)，而应该是有道理的（reasonable)，那么我就会说（而且很高兴地说)，如果存在理性危机（crisis of Reason)，那不是道理危机（crisis of Reasonability)。奇怪的事情是，大哲学家，比如亚里士多德，历来被认为是理性的创造者，他们实际提倡更人（文）性的道理价值。如果我这么看使我成了哲学领域的后现代主义者，那倒也不错。我的朋友瓦蒂莫就“软思想”(pensiero debolef)[1]这个概念讨论了一些时间，我也正在给他为此主题而准备的论文集写一篇文章，文中我追溯了“软思想”的根源，认为它源自某些“强大的”思维模式不能继亚里士多德之后依然继续古希腊和中世纪的语言理论。

1 这里，书信的英文译者斯普林格（Carolyn Springer）将意文pensiero debolef译为soft thought（软思想)，而不是通常的weak thought（微弱思想)。

这故事三言两语说不完。不管怎样，让我们说我小说中的Guglielmo[1]不是理性的而是有道理的，这便是他何以相信不存在唯一真理。[2]

如果说“理性危机”从名称上说还带些现代主义的气息，那么“微弱思想”却是百分之百的后现代主义了。“微弱思想”出自瓦蒂莫和罗瓦蒂（Pier Aldo Rovatti）1983年主编出版的《微弱思想》（*Il pensiero debole*）。此论文集“实际是部宣言，它把理性危机和法国的一些后结构主义，即德勒兹和福柯的后结构主义，看作否定语言的指涉功能”。[3]“在当代意大利的辩论中，如今人们可以看到越来越将‘后现代’与‘微弱思想’视为同根的倾向。”[4]罗索的行文中就有postmodern（weak）thought［后现代（微弱）思想］[5]这样的措辞，明确表示他将“后现代”与“微弱”等同起来。实际上，所谓“微弱”（weak），当然是针对“强有力”（strong）而言。“强有力的理性”是指经典理性，由它说了算的理性，但它却是利奥塔说的“宏大叙事”，推行的是统一性（totality），而统一性却是利奥塔号召我们向它“宣战”的东西。[6]

---

1 他是《玫瑰之名》中的福尔摩斯式的人物，意大利文为Guglielmo da Baskerville，英文为William of Baskerville。——引者注

2 转引自Stefano Rosso, “A Correspondence with Umberto Eco,” Carolyn Springer, trans. *Boundary 2* 12.1 (Fall, 1983): 4。

3 Stefano Rosso, “Postmodern Italy,” Matei Calinescu and Douwe Fokkema, eds. *Exploring Postmodernism*, 82.

4 同上，85。

5 同上，84。

6 Jean-François Lyotard, *The Postmodern Condition: A Report on Knowledge*, Goeff Bennington and Brian Massumi, trans. (Minneapolis: University of Minnesota Press, 1993), 82.

严格说来，“微弱思想”就是瓦蒂莫提出的。扎巴拉于2002年曾请教他“微弱思想”的具体含义，他回答说：

> 我想说，“微弱思想”现在可用更明确的术语来界定。……其内容是弱化的本体论（ontology of weakness）。“微弱思想”绝非指思维的弱化（weakness of thinking）；它是说因为思维不再是结论性的（demonstrative），而是启迪性的（edifying），所以思维在那有限的含义上变得更加微弱。[1]

扎巴拉当即回应道：

> 如此说来，“有力的”（strong）则是种负面描写了。……但我们是否可以想象有力的“微弱思想”？我们现在不需要一种这样的思想吗？

瓦蒂莫答道：

> 我想我们可以。在微弱的有力理论中，哲学家的作用不是从世界中获取“其所是”，而是从世界中获取视为整个人类文化历史中阐释史的产物。哲学上的这一努力强调阐释为一弱化过程，在这个过程中，客观结构之重降

1 Gianni Vattimo and Santiago Zabala, "'Weak Thought' and the Reduction of Violence: A Dialogue with Gianni Vattimo," Yaakov Mascetti, trans. *Common Knowledge* 8.3 (Fall 2002): 452.

> 低了。哲学不可视自己为关于存在（being）的外部万有（universal）结构的知识，也非关于认识（episteme）的外部万有结构的知识，因为这两种状况都被哲学的弱化过程所消解。[1]

在他俩的对话中，瓦蒂莫还解读了尼采说的“上帝死了”和海德格尔说的“科学不思维”。就前者，他说：“它并非指上帝不存在，而是指我们的体验改变到如此的地步，以至于我们不再想象终极客观真理。”就后者，他解释道：“我想海德格尔这么说是抛砖引玉吧，但却有其道理。科学这个学科并不自己提出历史确立真理的问题。科学在一定的历史语境中操作，其本质是要证明或揭穿一些命题，其准则基础是它并不发明自己本身，而只是完善和改变。”[2]

对话中，瓦蒂莫还谈到暴力。他认为暴力有两种，一种是兽性的，另一种是哲学的。当一个哲学家下结论说他抵达一切疑问的根源时，那就是哲学暴力，比如笛卡尔说“我思故我在”即是。而烧死异教徒则是种兽性暴力，形而上学地看，这种暴力被自认为拥有于终极真理的宗教所维护。所以，瓦蒂莫说：“至少从历史上看，形而上学与暴力密切相关。”[3]

从瓦蒂莫对“微弱思想”的解释，他对尼采和海德格尔的解读，以及他对暴力的分析中，我们看到在他眼里，“微弱的”实际强于

1 Gianni Vattimo and Santiago Zabala, "'Weak Thought' and the Reduction of Violence," *Common Knowledge* 8.3 (Fall 2002), 453.

2 同上，453—454。

3 同上，454—455。

“有力的”，因为其对立面“有力的”是种负面描写，而“微弱思想”要弱化的是“外部万有结构”，即所谓的客观结构。哲学家思考世界，将思考所得视为“万有的”，即放之四海而皆准的东西，这在瓦蒂莫看来不妥，因为哲学家所做的只是阐释而已，所得只是阐释之物，这样的东西岂能是有力的？换言之，瓦蒂莫实际是在用“微弱思想”来反对形而上学。用罗素的话来说，“唯有‘微弱思想’——一种企图放弃‘强有力的’理性概念，一种不视存在（being）为出场的思维方式——才能避免落入形而上学话语的陷阱”。[1]

“微弱思想”一开始不乏支持者，但后来渐渐地连支持者也有不同的看法，最显著者恐怕就是法拉利斯（Maurizio Ferraris）和艾柯。他俩都给论文集《微弱思想》写了文章，然而随着时间的推移，他们对“微弱思想”的看法，就像人们对后现代主义的看法那样，发生了变化。2012年，法拉利斯出版《新现实主义宣言》（*Manifesto del nuovo realismo*），号召回归现实，于是一场关于回归现实主义的争论正式浮出水面，将当代意大利思想家分成了两个伦理思想的对立双方。一方是所谓的微弱思想派（debolisti），他们显然是支持微弱思想的后现代主义哲学；另一方则是现实主义派（realisti），他们“主张克服后现代主义，发展现实主义的新哲学”。[2]前者的代表人物当然是瓦蒂莫（因他是“微弱思想”的创立者），后者的代表人物是法拉利斯。

法拉利斯在《新现实主义宣言》中提出，由于“后现代主义哲

1 Stefano Rosso, “Postmodern Italy,” Matei Calinescu and Douwe Fokkema, eds. *Exploring Postmodernism*, 82.

2 Loredana Di Martino, “Between ‘New Realism’ and ‘Weak Thought’,” *Quaderni d’italianistica* 33.2 (2012): 190.

学家当初期待的社会解放没有出现”，相反，后现代主义反倒成了“一工具”，被用来“建立新型的真理并使之合法化”，因此“今日的哲学应当克服后现代主义，恢复客观真理这一概念”；他还认为，“道德行为没有事实和客体而存于世是不可想象的”，而“重新相信事实和客观价值也有助于哲学客观地界定和改造社会世界”。[1]

就法拉利斯的批评，瓦蒂莫和罗瓦蒂予以反驳，认为这种批评是“基于一种错误，即混淆了后现代性和后现代主义”。他们承认后现代主义解放社会的工程未能付诸实施，但这是因为“客观真理这一暴君继续统治这个世界”。“瓦蒂莫宣称微弱思想不废除现实主义，只不过是支持‘次要形式的现实主义’，在这种现实主义中，存在，也就是现实，不再是形而上学的客体，而是民众参与并通过协商和宽容共识来影响和再影响的历史事件。”2011年，瓦蒂莫写下《告别真理》（*A Farewell to Truth*）一书，认为“真理不再是个客观概念，真假之别，依然立足于阐释之别：有些阐释民众接受与分享多些，有些则少些”。罗瓦蒂的观点与瓦蒂莫的保持一致：在他看来，“微弱思想虽未付诸实践，但却依然很‘有用’”，“是种‘积极思想’，因为它拯救被压迫者于客观的、被歪曲的真理的暴力之中”；它与新现实主义的不同，是它“宣称不可能客观地、不带任何独裁意义地解释这个世界”，但“像法拉利斯这样的现实主义者宣称，经验和常识即是建立真理的所有所需，他们未给人们提供必要的认知工具来抗拒统治，避免成为现状的受害者”。[2]

---

1 转见Loredana Di Martino, “Between ‘New Realism’ and ‘Weak Thought’,” *Quaderni d’italianistica* 33.2 (2012): 190–191。

2 同上，193—194。

说到这里，我们已经看到新现实主义与微弱思想，一个说可以解释这个世界，一个说不可能解释这个世界；一个要恢复客观真理，一个要“告别真理”；一个带有形而上学的“强”，一个展示后现代主义的“弱”。二者之争在法拉利斯之前，亦即在进入新世纪之前，就已有之，只不过进入新世纪之后更加表面化，即在后现代主义所谓的“死了”之后公然提出回归现实主义问题，这多少说明“强”者的“强有力”和“弱”者的“软弱无力”。

法拉利斯曾叫艾柯参加这场辩论。但艾柯“不赞成法拉利斯说的当代现实主义是完全‘崭新的’东西”；他主张“为防止阐释演变成纯粹的相对主义，哲学家必须承认存有先于并抗拒某些解释的‘现实的坚核’（hard core of reality）”。[1]这可是艾柯的一贯思想，他早在《读者的作用》（*The Role of the Reader: Exploration in the Semiotics of Texts*，1979）和《阐释的局限》（*The Limits of Interpretation*，1990）中，就提出阐释不可天马行空，读者在解读作品时当受到文本的局限。艾柯“开初支持微弱思想哲学，后来远离瓦蒂莫，认为自己较之瓦蒂莫更是个现实主义者”，但他也未完全走到法拉利斯的新现实主义理论那里；他所主张的，是“微弱思想与更高程度的现实主义结合起来，以便成为‘寻求别的微弱思想’”。[2]在《论理性危机之危机》（“On the Crisis of the Crisis of Reason”）一文中，艾柯提出，后现代主义理性的目标“不是杀死理性，而是让坏理性无伤害，让理性概念脱离真理概念”。[3]

---

1 转见Loredana Di Martino, “Between ‘New Realism’ and ‘Weak Thought’,” *Quaderni d’italianistica* 33.2 (2012): 195–196。

2 同上，196。

3 同上，198。

第三节　从《夜》和《玫瑰之名》看意大利后现代主义小说的经典特征

前面提到，卡尔维诺的《夜》和艾柯的《玫瑰之名》被视为后现代叙事典范。然而，典范于何处呢？我们先来看看《夜》。

卡尔维诺的《夜》讲的是故事中的故事或说小说中的小说。这种故事中的故事好比一个笑话：从前，山上有座庙，庙里有个和尚，和尚说，从前，山上有座庙，庙里有个和尚，和尚说，从前，……。《夜》的框架故事，是说（无名无姓的）“你”读卡尔维诺的《夜》，32页之后发现有重复页，于是到书店去换。这一“换”就换出另一本小说，而读换来的小说又发现有误，于是又换，结果如此地“换”出十部小说。这十部小说放在《夜》的前十章，每章分两部分，第一部分说“你”读，第二部分说“我”讲，同时，每章里都有“元评论”(metacommentary)。至《夜》的第十一章，开篇即说：“男读者，你这次颠沛的旅行早该靠岸了。”(292) [1]接着是七位读者谈自己的阅读感受或小说叙事策略。《夜》的第十二章即最后一章，总共三小段，只有一百来字，算是做成一个结尾：“男读者，女读者，现在你们成了夫妻，宽大的双人床允许你们同时进行阅读。”(300)《夜》的叙事等状况大致可列表如下：

1 本章中《夜》的引语均源自伊塔洛·卡尔维诺：《如果在冬夜，一个旅人》，萧天佑译，南京：译林出版社，2012年。

“你”阅读的小说	小说作者	小说国别	小说文类[1]	元评论	上下部小说转换因由
1《如果在冬夜，一个旅人》	伊塔洛·卡尔维诺	意大利	间谍小说	评作者、叙述者和读者（14）；评作者与人物（20）	读《夜》32页之后发现不断重复，回书店换书。
2《在马尔堡市郊外》	塔齐奥·巴扎克巴尔	波兰	世仇小说	评阅读（38）	读换来的书，发现给弄混了，是本波兰小说《在马尔堡市郊外》。
3《从陡壁悬崖上探出身躯》	乌科·阿蒂	辛梅里亚	阴谋小说（以日记形式）	评语言的含义与外界事物的含义（61）	读换回的波兰小说，发现是部辛梅里亚小说，于是请教辛梅里亚文学教授，教授推定此小说名为《从陡壁悬崖上探出身躯》。
4《不怕寒风，不怕眩晕》	沃尔茨·维利安第	钦布里	革命小说	评阅读注意事项（85）；评故事展开（93）	教授口译《从陡壁悬崖上探出身躯》，突然把书合拢说“没有了”，推测小说中断乃因作者自杀。然此时有人说它有后半部，用钦布里语写的，名曰《不怕寒风，不怕眩晕》。
5《望着黑沉沉的下面》	贝尔特朗·汪德尔维尔德（马拉纳译）	比利时	凶杀小说	评做书的人与看书的人（105）；评讲述故事（122，125）	想读这后半部，故前往该书出版社寻找，被告知译者马拉纳实际不懂钦布里语，译文内容实际是比利时小说《望着黑沉沉的下面》。
6《在线条交织的网中》	西拉·弗兰奈里	爱尔兰	心理小说	评作者与读者（143）	留在出版社读《望着黑沉沉的下面》，发现也“到此中断”，想读下文而查阅马拉纳的卷宗，发现马拉纳曾寄给出版社《在线条交织的网中》，便索取。

1 这里的小说文类的划分，除第8部《在月光照耀的落叶上》外，其余均引用杨黎红的划分（参见杨黎红：《论卡尔维诺小说诗学》，博士学位论文，山东师范大学，2008年，第79—80页）。

（续 表）

“你”阅读的小说	小说作者	小说国别	小说文类	元评论	上下部小说转换因由
7《在线条交叉的网中》	西拉·弗兰奈里	爱尔兰	哲理小说	评女读者（160—161，166，175—176）；评死的与活的书（166）；评男读者（167—168）；评男女读者（176—178）；评性交与阅读（179）	在女读者家读《在线条交织的网中》，未读完，混乱中小说不翼而飞，但发现一本“封皮相同的小说”，书名却是《在线条交叉的网中》。
8《在月光照耀的落叶上》	伊谷高久	日本	色情小说	评作者与读者（195）；评读者与吸血鬼（196）；评读与写（198，214）；评作者与批评家（213）；评阅读（217—218）；评叙事策略（234）	《在线条交叉的网中》尚未读完，去找作家弗兰奈里问个究竟的途中，小说被抢走，作家弗兰奈里安慰他说，那是一本日本小说，书名是《在月光照耀的落叶上》。
9《在空墓穴的周围》	卡利克斯托·班德拉	阿塔圭塔尼亚	魔幻小说	评（男读者的）阅读（151，252—253）	在飞机上阅读《在月光照耀的落叶上》，未读完，过海关被警察作为禁书没收。莫名被捕入狱，得知狱中即有《在月光照耀的落叶上》，但书名是《在空墓穴的周围》。
10《最后的结局是什么?》	阿纳托利·阿纳托林	伊尔卡尼亚	幻想小说	评（女读者的）阅读（176—177）；本章小说的标题也是（关于小说结局的）元评论	想读《在空墓穴的周围》，却只找到一堆拆散的书页，后得知，作者阿纳托林将《在空墓穴的周围》改写成《最后的结局是什么?》。

从上表中我们可以看到这十部小说的如下特点：(1) 所有小说的标题均是一句未完成的句子，要全部合在一起，才构成一个完整的句子，即“如果在冬夜，一个旅人，在马尔堡市郊外，从陡壁悬崖上探出身躯，不怕寒风，不怕眩晕，望着黑沉沉的下面，在线条交织的网中，在线条交叉的网中，在月光照耀的落叶上，在空墓穴的周围……最后的结局是什么?”。(2) 这些小说是国际小说。(3) 这些小说属于不同的传统文类。(4) 每部小说均因不同的原因戛然而止，其中多数甚至在情节高潮时中断，而各部的事件难以连成一连贯的故事。(5) 每章的“元评论”评的是阅读、写作、叙述等，涉及读者、作者、叙述者等的关系，其中关于阅读的评论分量最重。从这些特点中，我们可领悟到：(1) 每部后来的小说均是因前一部而引出，这暗示小说的互文性。(2) 小说中大量关于阅读的元评论，图解了巴特的文本狂喜理论，一如芬克所言，“卡尔维诺在《夜》中提出读者、作者和文本之间具有性爱交互之特点”。[1] (3) 每部小说都中途戛然而止，这当然是种开放结尾，是种“亲近读者的姿态”，[2]其用意是将创造空间留给读者，读者读《夜》好比在网上读超文本小说，读到一个地方，读者得从诸种选择中挑选一个“下文”，或者自己创造一个，如此方可续完小说。(4) 读者在跟着“你”读这些小说时，读到的是不同作者、不同国籍、中途“结尾”的小说，因此得不停地调整自己的期待（——如果阅读是个实现期待的过程的话）。(5) 前四点均体现《夜》的实验性或

1 Inge Fink, “The Power behind the Pronoun: Narrative Games in Calvino’s *If on a Winter’s Night a Traveler*,” *Twentieth Century Literature* 37.1 (Spring 1991): 102.

2 同上，94。

说创新性，但是我们还应看到，《夜》的框架却是传统的。所谓故事中的故事早已有之，意大利薄伽丘（Giovanni Boccaccio）的《十日谈》（*Decameron*，1349—1352）和英国乔叟（Geoffrey Chaucer）的《坎特伯雷故事集》（*The Canterbury Tales*，1387—1400）即是。这种叙事结构常被冠以"中国套盒"结构，故具有很强的吸引力，能吸住读者，换言之，它有很强的可读性。加之每部小说都给披上了通俗文类的外衣（如侦探小说、色情小说），令读者阅读时不乏（至少部分的）舒服感。这就是芬克说的《夜》"有两种文学话语"："传统小说"和"后现代主义自我意识小说"。[1]因此，综合起来说，《夜》是部双重编码小说。

艾柯的《玫瑰之名》也是部双重编码小说。他知道批评家"发现"他的小说"具有典型的后现代主义特征，即双重编码"，也承认自己"至少使用了两种典型的后现代主义技巧"，即"互文反讽"和"元叙事"，并认为"'双重编码'乃同时运用互文反讽和含蓄的元叙事感染"。他举的"双重编码"的例子就是他的《玫瑰之名》。他说："《玫瑰之名》开篇就讲作者如何偶然发现一部中世纪手稿，这便是互文反讽的明显例子……。这反讽是双重的，也是元叙事暗示，因为该文本宣称此手稿是一19世纪翻译原手稿的译本。"[2]他接着说："我承认，作者运用双重编码技巧和老练的读者达成一种默契，有些通俗读者不能理解用心很深的典故，这时便可能感到有些东西不能理解。但我相信，文学不只是用来取乐和安慰人。它还旨在赋予人以思想和灵感，使他们二次

1 Inge Fink, "The Power behind the Pronoun," *Twentieth Century Literature* 37.1 (Spring 1991): 94.

2 Umberto Eco, *Confessions of a Young Novelist* (Cambridge: Harvard University Press, 2011), 29–31.

甚或更多次地阅读同一文本，因为他们想更好地理解它。因此，我想双重编码不只是杂耍，而是一种展示敬重智力和亲善读者的方式。”[1]

“双重编码”原是詹克斯的概念，意指“既精英的又通俗的，既新的又旧的”，“作品中同时使用通俗符号和精英符号”。[2]依据此解释，可以说双重编码小说就是实验加通俗的小说。《玫瑰之名》的双重编码或说实验与通俗的体现，即是借侦探小说之虚行元小说之实。

表面上，《玫瑰之名》讲的是解开“谁是真凶”谜题的故事，披的外衣是“最为公式化、最保守的”侦探小说。[3]小说的两个主要人物，叙述者阿德索和他的老师威廉，一个像华生，一个像福尔摩斯，他俩一到修道院就碰上接二连三的凶杀事件，现按其先后罗列于下表：[4]

死　　者	身　　份	死　　因
阿德尔莫	图书管理员	自杀
维南帝乌斯	翻译，精通希腊文	毒死
贝伦加	图书馆助理管理员，懂希腊文	溺死？/毒死？
维里努斯	药草师	被（马拉其）杀
马拉其	图书管理员，懂希腊文	毒死

1 Umberto Eco, *Confessions of a Young Novelist*, 32.

2 Monica Jansen, “Postmodernism in Italy,” Hans Bertens and Douwe Fokkema, eds. *International Postmodernism*, 15, 19.

3 Robert A. Rushing, “From *Monk* to Monks: The End of Enjoyment in Umberto Eco’s *The Name of the Rose*,” *Symposium* 59.2 (Summer 2005): 117.

4 以下所论，部分见于笔者先前的文章——胡全生：《在封闭中开放：论〈玫瑰之名〉的通俗性和后现代性》，《外国文学评论》2007年第1期，第96—97、100—101页。

依据死者的死因和身份，威廉推断：(1) 几乎所有死者都与图书馆有关；(2) 多数死于毒药；(3)“所有死时手指发黑的人都懂希腊文”(401)。[1]最后，威廉断定：所有的死都与亚里士多德的第二本关于笑的《诗学》有关，而且也与佐治有关。正当威廉找到那本书要揭示真相时，佐治“用枯瘦的手开始慢慢地将那本手稿的纸页撕成一条一条的碎片塞进他的嘴里”，“带到坟墓里”(463)。最后，他本人连同那本书和整个修道院都给付之一炬。

但是，《玫瑰之名》的最后的“释然”(resolution) 不是传统侦探小说的“释然”法。传统上，侦探小说末尾都靠精密的推理而发现凶手，最后以“有序”(order) 纠正“混乱”(disorder)。的确，《玫瑰之名》充满悬念，转折突兀，跌宕起伏，但它不是要恢复原先的秩序。威廉是偶然发现凶手是佐治，用他自己的话说，“我是经由错误而发现的”(474)，而凶手佐治也没有得到应有的惩罚。

“谁是真凶”谜题的释然不是《玫瑰之名》的目的，其目的是讲“玫瑰的名字”。据说艾柯动笔之初，曾给小说取名为《修道院的谋杀》(*Murder in the Abbey*)。这书名就告诉读者这是部侦探小说了。但艾柯不想写一部封闭文本，因此踌躇再三后，最终定名为《玫瑰之名》。换言之，他想讨论“玫瑰”的意义。

千百年来我们说玫瑰，说来说去还是斯泰因说的“玫瑰是玫瑰是玫瑰是玫瑰”。然而一者，此玫瑰不是彼玫瑰，这是斯泰因想说的含义；二者，玫瑰给说来说去还是玫瑰，只剩下个名字罢了，

1 本章中《玫瑰之名》的引语均源自安伯托·埃柯：《玫瑰的名字》，谢瑶玲译，北京：作家出版社，2001年。(此处“埃柯”即“艾柯”。——编者注)

所留存的，仅仅是英文或意大利文中的四个字母而已，即rose或rosa。说到底，留存的只是符号，即语言。

《玫瑰之名》有不少篇幅涉及语言。小说“序幕”的第一句话：“太初有道，道与神同在，神就是道。”这实际是《圣经》上的一个典故。西方人知道，“太初有道，……”源自《新约》中《约翰书》第一章开篇所云（In the beginning was the Word, and the Word was with God, and the Word was God）。这里重要的是“太初”（beginning）和“道”（Word），即“开始”和“字”（语言）。上帝实际是用语言创造世界的。这在《创世记》篇首说得很清楚：上帝说光，于是就有了光。这是上帝做的第一件事。小说中，这句话也是故事的开始，也就是说艾柯也以“开始”来开始《玫瑰之名》。二者都是用语言。这当中就暗示着：写小说是用语言进行的；小说是个用语言做成的东西。这就是所谓的元小说了。艾柯在这里玩了一个基于语言的多层次游戏，暗示着小说世界就是用文字创造的世界。正如罗兰·巴特所言，“语言是文学之在”。[1]

除了在“序幕”外，小说在其他地方也有涉及语言的文字。如“第一天”的第三节，“第五天”的第三十六节，以及小说的末尾。在“第一天”的第三节，阿德索（叙述人）如此评论萨尔瓦托的话：“古巴比伦想要建立与天齐高的塔，上帝为他们的狂妄而责罚他们，使得每个人各操不同的语言，彼此不相了解，以致不能完成该塔——我觉得他的话大概就是其中的一种，不但难以达意，反而令人更加困惑。说起来，萨尔瓦托的话实在称不上是一

1 Ann Jefferson, *The Nouveau Roman and the Poetics of Fiction* (Cambridge: Cambridge University Press. 1980), 50.

种语言……”（35）这样的文字，显然影射圣经《创世记》第十一章上帝变乱人类口音使之言语彼此不同这一典故。

另外，小说中还出现许多拉丁语（包括希腊语等），甚至还有图示。这些都将读者拉向小说的（文字）属性，即文论家说的（对语言的）“自我意识”。语言固然有命名的功能，但作为符号，语言却不能与所命名的指涉物决然处于一对一的关系。这层含义，实际就是艾柯在小说的末尾借用一句拉丁语诗句所要表达的。诗曰：stat rosa pristina nomine, nomina nuda tenemus。就其含义，艾柯解释道：“昨天之玫瑰以名而长存，今日之我们只获其虚名。”[1]

说到这里，我们已经看到《夜》与《玫瑰之名》的经典之处，就在于它们是雅俗共赏的双重编码小说，它们有先锋的实验光芒，也有传统的通俗传唱，乐了读者，好了作者，喜了批评家，真可谓互惠互利。

1 参见Diego Fasolini, “The Intrusion of Laughter into the Abbey of Umberto Eco's *The Name of the Rose*: The Christian Paradox of Joy mingling with Sorrow,” *Romance Notes* 46.2 (Winter 2006): 120。

第十三章
俄罗斯后现代主义文学

俄罗斯后现代主义文学是20世纪六七十年代兴起的一股文化潮流，是当代俄罗斯文学不可缺少的组成部分。大量俄罗斯后现代主义作品以其鲜明的先锋观念和反抗意识赢得了学术界和评论界的褒奖，同时也获得了俄罗斯国内外读者的认同。从20世纪90年代以来俄罗斯各项文学奖获奖情况来看，俄罗斯后现代主义作家、作品始终占有一席之地，这都证明了俄罗斯后现代主义文学的艺术价值和社会价值。

第一节　俄罗斯后现代主义文学的产生

18世纪以来，俄罗斯文学一直紧跟西欧的文化和美学思潮，先后经历了感伤主义、浪漫主义和现实主义时期。当历史的脚步迈入20世纪时，俄罗斯的经济、政治、科技、文化等各方面都发生了巨大的变化。在社会生活变化的背后，作家的思维方式、文学理念乃至审美取向、艺术手法都在对传统的批判中得到更新和发展，促成了现代主义文学的产生。白银时代的诗歌创作就是俄罗斯现代主义文学的集中体现。20世纪20至30年代间，俄罗斯文学的自由发展便被无情地斩断，俄罗斯文学分化成三个分支：官方许可的社会主义现实主义文学、被耽搁的文学（地下文学）和侨民文学。俄罗斯后现代主义文学先后在侨民文学和被耽搁的文学中萌芽，前者以纳博科夫的创作为代表，后者以《大都会》（Метрополь，1978）文集以及一系列“异样文学”作品为代表。俄罗斯后现代主义文学的出现与俄罗斯文学历来反映现实的传统、创作知识分子对自由的精神诉求、现代主义文学的影响以及苏联文化的自身危机密不可分。

19世纪俄国作家们记录了俄国知识分子追求自由和民主的苦难历程，反映了俄国人民的真实生活，并对沙皇统治下的社会现实进行了无情的揭露和尖锐的批判。在文学批评方面，别林斯基强调艺术应该反映现实。车尔尼雪夫斯基从美的基本定义——“美是生活”——出发，认为“再现生活是艺术的一般性的特点，是它的本质”。[1]他们都肯定了现实生活是艺术的来源，而艺术则是对现实生活的审美的、创造性的再现，但同时也强调了艺术对生活的教诲和指导作用。

这种现实主义的美学观和现实观，在上个世纪之交，与更加注重表现人的内心世界的现代主义诗学展开彼此的对话。现代主义作家认为，艺术是一种创造性的劳动，不是再现，更不是模仿现实世界，对于艺术来说最重要的是形式。然而，社会主义现实

1 车尔尼雪夫斯基：《艺术与现实的审美关系》，周扬译，北京：人民文学出版社，1979年，第108页。

主义文学创作方法的提出，又是对现代主义文学和俄国形式主义文论的一种反驳。社会主义现实主义认为，在艺术与现实的关系上，艺术必须“在现实的历史发展中真实地、历史具体地描写现实”，描写意识形态许可的乌托邦现实。“艺术描写的真实性和历史具体性必须与用社会主义精神从思想上改造和教育劳动人民的任务结合起来。”[1]所以，制造英雄和神话成了社会主义现实主义文学的重要组成部分。自从文学“解冻”以来，爱伦堡、奥维奇金等作家尝试改变苏联文学界谎言充斥的局面，弗拉基米尔·波梅兰采夫也曾在《论文学的真诚》（Об искренности в литературе，1953）一文中斥责苏联文学的虚伪性。面对这种虚伪的文学，后现代主义尝试写出真相，因而采取了更加坚决和有效的手法。开后现代主义风气之先的概念主义诗歌流派极其重视文学与现实的关系，强调文学的真实性。在艺术与现实的关系这个问题上，概念主义提出，真正的艺术应该站在现实的最前列，是现实的第一反映。后现代主义作家认为，只有语言本身是真实的，文本就是现实，现实世界就是一个巨大的文本。他们用世界即文本这个后先锋派的美学公式消解了文学和现实之间的传统界限。艺术与现实之间的传统区分已经被抹杀，必须要在不确定性和内在性中获得普遍意义，因此，只有多元的意义、局部的零散化和碎片化的描述才能接近现实。谢·丘普里宁也曾指出，“异样文学”的根基和来源正是“现实，丑陋的、糟糕的、幻象的现实”。[2]而曼科夫斯卡娅也论述了俄罗斯后现代主义文学的这一特点，指出“后现代主义‘现

1 Ершов Л.Ф. История русской советской литературы. М., Высшая школа, 1988. С.187.

2 Чупринин С. Другая проза. Литературная газета, 8 февраля 1989. С.4.

实主义’具有内在的多义性，力图综合现实主义和过去的自然主义传统及‘新现实’艺术的形式”。[1]由此可见，俄罗斯后现代主义文学并不排斥文学与现实的联系。从这个意义上说，俄罗斯后现代主义文学还是承袭了现实主义文学对现实世界的关注，表现出强烈的现实主义色彩，这无论从它对苏联意识形态话语的颠覆与反叛，还是从它的创作实践对现实的真相的追寻中都可以发现。

十月革命后，俄罗斯大地上建立起了一个以工农政权为基础的社会主义国家。新型的国家呼唤新的文化、新的文学。苏俄官方通过制定文艺政策，设立书刊检查制度，组织并管理文艺团体等一系列手段，压制了作家的创作自由，那种发端于现代主义文学的具有革新性的艺术观念，很快就被苏俄官方意识形态冠名为“资产阶级腐朽的艺术”，受到压制。1930年以后，苏联官方钦定的社会主义现实主义成了唯一合法的文艺创作和文学批评原则，取消了其他一切不同于社会主义现实主义的创作方法的存在权利。苏联文学完全被政治化，文艺领域充斥着意识形态阴影下制度化、公式化的官方霸权话语。特别是经过斯大林一系列政策之后，这种霸权话语又被大大地强化了，甚至扩张到社会生活的一切领域。

斯大林去世后，苏联政坛领导人更迭，整个社会在政治、思想、文化等方面都出现了转变。苏美关系得到改善，并开展了文化交流；外国文学的翻译和研究工作得以恢复，社会各个方面都在孕育着新的变革。苏联体制的严冬结束了，出现了冰雪消融的新气象。这就是“解冻”时期，它以独特的社会学、文化学特征

---

1 Маньковская Н. Эстетика постмодернизма. СПб.: Алетейя, 2000. С.168.

成为许多学者的研究对象。

在这一时期，随着政治高压的缓和，书刊检查制度的宽松，俄罗斯创作知识分子尝试着用个性化、主观化的艺术形式去表现真实生活，比如爱伦堡、肖洛霍夫、奥维奇金、杜金采夫、特瓦尔多夫斯基、阿克肖诺夫等作家都尝试在创作上突破禁锢，并创作出了一批不同于苏联官方文学的作品。文学重新表现出了对人和人性的关怀，如《解冻》（Оттепель，1954）、《一个人的遭遇》（Судьба человека，1956）等；生活中的阴暗面也成为他们揭露和批判的对象，如《区里的日常生活》（Районные будни，1952—1956）、《不单是靠面包》（Не хлебом единым，1956）等；作家们真诚地抒发自己对社会、历史和生活的反思，如《生存与命运》（Жизнь и судьба，写于1950—1959，首次出版于1988）、《山外青山天外天》（За далью даль，1967）等。意识形态管制下的文学在宽松的语境中瞬间爆发出强大的冲击力，并变幻出多姿多彩的形态，逐渐呈现多元化发展的趋势。

60年代中后期，勃列日涅夫领导集团在经济、政治、文化领域加紧控制，他们对西尼亚夫斯基（Синявский）、达尼埃尔（Даниэль）、布罗茨基（Бродский）等持不同政见者的政治制裁并不亚于30年代的政治运动。官方统治的强化及政治实验的失败所引发的社会政治理念的贬值和渴望自由民主的情绪，都使苏联的意识形态统治及其思想价值体系面临危机。这种危机感势必引发社会思想的涌动，使一部分知识分子去探索其他出路。这也正是俄罗斯的后现代状态的表现之一。

翻阅60年代以来的俄罗斯后现代主义文学作品，我们可以得出结论：代表苏联官方话语的社会主义现实主义文化一直是俄罗斯后现代主义文学作品反叛的对象。对这种官方话语的反思和批判，不仅成为俄罗斯后现代主义文学的催生剂，还构成了俄罗斯后现代主义文学的内在要求和内在机制。因此，可以说，苏联意识形态化的文化和呆板的政治模式形成了意识形态统治的合法化危机，这是俄罗斯后现代主义文学产生的内因，而对俄罗斯现代主义文学经验以及外国文学、文论和哲学思想的借鉴也促使天性敏感、渴望自由的俄罗斯作家必然走向后现代主义。

俄罗斯后现代主义文学的出现是对现代主义传统的复现和发展，白银时代的现代主义诗歌传统对60到80年代的文学创作产生了巨大的影响。白银时代文化的精髓表现为自由、独立的哲理思考，审美感受力的强化，对人的内心世界非理性、无意识的关注，对权威和经典的反叛，等等。白银时代，或者说俄罗斯现代主义文学创作所具有的反传统、非理性特征，促使作家和诗人的思维方式和创作理念发生转变，同时也促进了文艺理论的更新和变革。以反霸权话语的面孔出现在苏联意识形态管制之下的俄罗斯后现代主义继承了白银时代的现代主义传统，吸取了其创新意识和颠覆力量。

从艺术形式的角度看，现代主义诗歌创作中的种种形式革新演变为多种艺术手法，且都运用到了俄罗斯后现代主义文学作品中，这正是现代主义传统延续的重要表现。俄罗斯后现代主义作家也试图以一种新型的文学写作来颠覆原有的、被意识形态管制的文学范式。于是，文本的各种形式因素被重视起来，形式上的独特创新变得尤为重要。现代主义诗人在诗歌形式上的革新都延续到俄罗斯后现代主义作家的创作理念中，更体现在他们的作品中。俄裔美国后现代主义作家纳博科夫曾经承认深受他的老师、别雷（Белый）研究家马·沃洛申（М. Волошин）的影响，与霍达谢维奇（Ходасевич）、布宁（Бунин）等人的交往也使他受益匪浅。而概念主义诗歌的各种新奇形式、小说叙述结构的多样化、叙述视角的多变、语言的陌生化等都已成为后现代主义小说的显著特征。这些形式特点既可以表明后现代主义的美学立场，又可以鲜明地揭示它与现代主义文学传统不可割裂的传承关系。因此，俄罗斯后现代主义的出现“固然受到西方的影响，但在俄罗斯文学中却也有其历史源头，即‘白银时代’的象征主义、阿克梅主义、未来主义……”。[1]

在文论领域，俄罗斯形式主义总结了白银时代诗歌的那种对传统进行质疑和反叛的文学理念。这种质疑和反叛精神后来又体现在巴赫金、洛特曼等文论家的思想和理论观点之中。文化哲学家、文论家巴赫金提出了以对话思想、时空体理论和狂欢化理论为代表的不同于官方文论的理论观点。这对欧美当代文艺理论的发展，乃至后现代主义理论的提出，都具有十分重要的意义。洛特曼则从符号学的角度出发，提出了文化空间的理论。他指出，文化基本上在空间中和时间中都是局部的，每个时代、每个地方都会产生大量新的风格特点、行为样式和文化特征。文本的多样性、阅读方法的多样性和重新编码就会建立一种开放的意义空间——文化。洛特曼把文化看作独立于意识形态之外的自足发展的空间，蕴含着人类美德和能为人类提供精神支撑的自由空间。

1 刁绍华编：《二十世纪俄罗斯文学词典》，哈尔滨：北方文艺出版社，2000年，第256页“后现代主义”词条。

这种观点不啻为精神解放的一种途径，就像巴特把写作作为反抗资产阶级意识形态束缚的形式一样。

因此，虽然俄罗斯后现代主义不是出现在现代主义之后，而是出现在社会主义现实主义之后，但是却“继承了而不是推翻了现代主义传统”。[1]马·利波韦茨基甚至认为俄罗斯后现代主义文学可以看作是现代主义艺术与一些后现代主义元素的组合。

俄罗斯后现代主义文学观念的形成还受到了来自外国现代主义文化传统的影响。早在20世纪初，白银时代作家、诗人就译介了大量的外国现代主义作品，如波德莱尔、马拉美、王尔德等作家的作品。自20世纪二三十年代之交开始，苏联实行了文化封闭政策，所以，借鉴外国文学文化营养的尝试大多被反世界主义的斗争所扼杀。在“解冻”后期，随着苏联和欧美文学文化交流的开展，西方文学与文化，卡夫卡等现代主义作家的作品走近苏联读者，甚至包括纳博科夫的小说在内的后现代主义文学作品也通过半公开或隐蔽的渠道进入了俄罗斯。

19、20世纪之交传入俄国的现代主义哲学美学主张，革命前出版的尼采文集，奥斯卡·王尔德的两卷本文集，及其“纯艺术”的美学思想等，也都深刻影响着俄罗斯后现代主义作家的思维模式和创作理念。正如维克多·叶罗菲耶夫所指出的，后现代主义文学构筑在20世纪初的俄罗斯哲学传统、世界艺术的存在主义经验和被苏联遗弃的20世纪的哲学人类学发现的基础之上。[2]

在20世纪六七十年代，一些文学青年和作家在苏俄体制下，

---

1 Липовецкий М. Русский постмодернизм. Екатеринбург: Урал. гос. пед. ун-т, 1997. С.314.

2 Ерофеев Вик. Поминки по советской литературе. Литературная газета, 4 июля 1990 г. С.4.

依然进行自由的思想与艺术探索，他们综合地继承了19世纪文学对现实的关注，白银时代的文学经验，广泛地吸收外国文化成果，创作了第一批俄罗斯后现代主义文学作品。他们还自发成立了自己的文学团体。于是一个新的文学流派，一个以新视角、新思维对传统和一元话语进行颠覆与解构的后现代主义文学潮流在俄罗斯出现了，并且在20世纪60年代末开始至21世纪的发展中，逐渐形成了自身的特点，一批批优秀的作家、作品脱颖而出。

第二节　俄罗斯后现代主义文学的分期

俄罗斯后现代主义文学的出现略晚于欧美，大约在20世纪60年代后期。后现代主义文学在俄罗斯一出现就具有颠覆单一的所谓“社会主义现实主义”创作方法的指向，所以奉行“停滞”政策的苏联当局把后现代主义文学视若洪水猛兽，加以压制。1979年，收入了大量后现代主义作品的《大都会》文集被禁事件就是一例。叶·波波夫（Е. Попов）、维涅季克特·叶罗菲耶夫（Венедикт Ерофеев）等参与《大都会》文集编纂的作家、诗人被作协开除，并受到跟踪、调查、恐吓。苏联官方对后现代主义文学的特别关注迫使俄罗斯后现代主义文学改变了发展状态，只能作为非主流文学而处于“地下”。60年代末到70年代末的十年左右时间是俄罗斯后现代主义文学的形成期，这时期出现了大量具有划时代意义的后现代主义作家作品，而《大都会》文集本身就是后现代主义文学业已在苏联出现的标志。

这一时期的主要作品有西尼亚夫斯基–捷尔茨（Синявский-

Терц）的《与普希金散步》（Прогулки с Пушкиным，1971）、安德烈·比托夫（Андрей Битов）的《普希金之家》（Пушкинский дом，1971）、维涅季克特·叶罗菲耶夫的《从莫斯科到佩图什基》（Москва-Петушки，1970）、约瑟夫·布罗茨基（Иосиф Бродский）的《献给玛利亚·斯图尔特的二十首十四行诗》（Двадцать сонетов к Марии Стюарт，1974），概念主义诗人德米特里·普里戈夫（Дмитрий Пригов）、弗谢沃洛德·涅克拉索夫（Всеволод Некрасов）等人的创作，等等。学界一般认为维涅季克特·叶罗菲耶夫的《从莫斯科到佩图什基》和安德烈·比托夫的《普希金之家》是俄罗斯后现代主义文学的开山之作。

《从莫斯科到佩图什基》讲述了与作者同名的主人公、工人维尼奇卡·叶罗菲耶夫的故事。维尼奇卡整日酗酒，总是处在似醒非醒、似醉非醉的状态。一日，他由莫斯科库尔斯克火车站乘车前往佩图什基与情人相会。在火车的行驶中，"酒鬼"维尼奇卡疯疯癫癫地自言自语，与周围的醉鬼大声交谈，时而与天使和上帝对话，时而与魔鬼交谈。但不知为什么，火车一直不能到达维尼奇卡的目的地——佩图什基。最后，他身上又发生了一系列不可思议的事情，最终惨死在莫斯科街头。作家维涅季克特·叶罗菲耶夫通过对一个"酒鬼"的见闻、回忆的描写，用疯癫与醉酒解构了苏联官方宣传的"发达的社会主义"的神话，揭露了苏联社会的种种丑恶现象：政客们的无耻权术，统计方面的弄虚作假，物资供应的极端缺乏，精神道德的普遍堕落，等等。

《与普希金散步》则颠覆了俄罗斯伟大诗人普希金的神圣化形象。这部作品是西尼亚夫斯基-捷尔茨在监狱中完成的，通过书信转给妻子，然后才结集成册的。作者对普希金作品及其评论的惊人记忆为这部作品提供了丰富的素材。西尼亚夫斯基以作者兼人物阿勃拉姆（阿勃拉什卡）·捷尔茨的名义，对普希金进行了深入的观察和分析。捷尔茨认为，普希金的作品在大众意识中早已成为经典，对普希金的评论早已演化为一种模式。于是，捷尔茨利用笑话、市井幽默、戏仿等手法，强化和突出了普希金的本质特点，尤其是作为自由诗人的主要特征，从而打破了苏联官方文学理论界对普希金的评论模式，为文艺克服极端意识形态化、摆脱思想禁忌、自由健康地发展提供了有益的经验。

1979—1989年是俄罗斯后现代主义文学的发展期。它在继承第一时期经验的基础上，在作家群体、艺术理念等方面又有了新的发展。西尼亚夫斯基–捷尔茨、比托夫、普里戈夫等很多后现代作家继续自己的创作路线和创作原则，而维涅季克特·叶罗菲耶夫、柳德米拉·彼特鲁舍夫斯卡娅（Л. Петрошевская）则把后现代主义的概念引入到戏剧创作之中。在这个时期一大批更年轻的俄罗斯后现代主义作家，如叶·波波夫、维克多·叶罗菲耶夫（Виктор Ерофеев）、萨沙·索科洛夫（Саша Соколов）、列·鲁宾斯坦（Л. Рубинштейн）、维切·皮耶楚赫（Вяч. Пьецух）、亚·卡巴科夫（А. Кабаков）等，在创作上也日趋成熟，这无疑给后现代主义文学注入了新鲜血液。80年代中后期，随着戈尔巴乔夫改革的开展和深化，苏联官方书刊检查制度的弱化，后现代主义作为一种文学思潮和美学思潮走出地下，登上俄罗斯文坛，更多的人开始了解后现代主义的美学主张和特色。

由于后现代主义本身的不确定性，钱佼汝先生曾指出，我们所面对的不是确定的单数的后现代主义，而是复数的后现代主义，即“后现代主义们”。[1]谢·丘普里宁也认为后现代主义文学是多元的创作。俄罗斯后现代主义文学的多样性在其发展的第二阶段就明显地表现出来。这时的俄罗斯后现代主义文学除了莫斯科的概念主义，又产生了列宁格勒的“米契基”（Митьки）小组，以伊万·日丹诺夫（Иван Жданов）为代表的元隐喻诗派，以维克多·叶罗菲耶夫和弗拉基米尔·索罗金（Владимир Сорокин）为代表的精神分析派，等等。

俄罗斯后现代主义文学第二时期出现了各种体裁的优秀作品。其中有叶·波波夫的长篇小说《爱国者的心灵，或致费尔菲奇金的信》（Душа патриота, или Различные послания к Ферфичкину，1983）、弗·索罗金的《玛利娜的第三十次恋爱》（Тридцатая любовь Марины，1984）、亚·卡巴耶夫的《叛逃的人》（Невозвращенец，1989）等。这里最为突出的是叶·波波夫的《爱国者的心灵，或致费尔菲奇金的信》。作品以叶·波波夫和诗人普里戈夫散步为线索，详尽地描述了市中心的每一处文化古迹。两位散步者还联想起相关的国内外知名作家、音乐家、雕刻家、建筑师，如普希金、果戈理、契诃夫、安德烈·别雷、布拉特·奥库贾瓦、弗拉基米尔·维索茨基、阿拉·阿赫玛杜琳娜、海明威、卡夫卡、乔伊斯等，甚至还有一些不被官方承认、作品未能发表的作家。就这样，一个波波夫眼中的莫斯科和莫斯科的文化氛围跃然纸上。同时，叶·波波夫还回忆了作者兼主人公叶

1 钱佼汝：《小写的后现代主义：点点滴滴》，《外国文学评论》1991年第4期，第59页。

甫盖尼·阿纳托里耶维奇·波波夫一家数代自19世纪中期起的历史和他们作为老百姓所感受的俄国历史进程。这部作品在创作方面有以下两个显著特点：一、运用民间故事讽刺的行文风格，戏仿苏联报刊、百科全书等出版物中常用的话语，进行语言游戏，营造喜剧效果；二、借鉴《尤利西斯》的结构，采取漫游的方式组织情节和材料，形成一种空间广阔的、不局限于单一情节的自由开放的叙述方式，扩大了作品的意义容量。

维涅季克特·叶罗菲耶夫的戏剧创作填补了俄罗斯后现代主义文学中戏剧这一空白。这便是《瓦普吉斯之夜，或骑士的脚步》(Вальпургиева ночь, или Шаги Командора，1985)。这部作品的名称充分体现了互文性的特点。前半部分"瓦普吉斯之夜"暗指故事发生的时间，它最初来自中世纪日耳曼神话传说，具体指的是4月30日晚上到5月1日早上的时段，据说这是魔鬼狂欢的时间。后来，歌德的《浮士德》和迈林克的小说《瓦普吉斯之夜》都对这一传说有所描述。标题的后半部分取自莫里哀的《唐璜》一剧中石客骑士惩罚唐璜的情节。维·叶罗菲耶夫继承了俄罗斯古代的狂欢文化传统，把剧情安排在疯人院里，让不正常的病人和因酗酒而直抒胸臆的看护们畅所欲言，用戏仿、反讽、脏话、夸张、荒诞等手法表现苏联僵化的社会政治体制。他的批判直指作为官方文学教条的社会主义现实主义、弄虚作假的社会主义竞赛、整齐划一的大众思维方式、政治化的语言等。

80年代末，后现代主义文学在俄罗斯取得了合法的地位。1988—1989年间，包括上述作品在内的大量后现代主义文学作品都得以出版。但由于长期以来，后现代主义在苏联一直被视为

“资产阶级意识形态的表现”，所以即使在1989年开明的批评家谢·丘普里宁集中介绍这一文学流派时，也不敢直呼其名，而把它称为不同于苏联官方文学的“异样文学”。[1]直到次年春天，在莫斯科召开的一次创作与学术研讨会上，后现代主义这一术语才被人们公开使用和接受。

后现代主义文学“走出地下”、在俄罗斯的合法化、在广大读者中的流传是时代和文学发展的要求和结果，但反对它的也不乏其人，有人称之为“坏文学”，[2]还有人把它叫作“从地下室发出的叫声”、“淫荡的脱衣舞”、虚无主义的“时尚”。[3]其实，如同上面所分析的那样，俄罗斯后现代主义文学并不是不道德的、虚无主义的无根之物，它有着反对虚伪的社会主义现实主义、回归白银时代文学传统的审美指向，有着俄罗斯十九世纪现实主义法学的人道主义精神，有着广采世界文学、文化和生活文本的营养的开放性，这从《从莫斯科到佩图什基》的体裁确定、结构安排、主人公的俄罗斯式癫狂（юродство），从作者普里戈夫与同名主人公德米特里·亚历山德罗维奇·普里戈夫的艺术关系上，从《瓦普吉斯之夜，或骑士的脚步》的罪与罚的主题中，都可看得清清楚楚。

俄罗斯后现代主义文学的第三时期始于1989年，俄罗斯文学的“新时代”也始于1989年。这一时期的文学标志就是后现代主义：除了前面提到的后现代主义作家外，还涌现出吉穆尔·基比

1 Чупринин С. Другая проза. Литературная газета, 8 февраля 1989. С.4.

2 Урнов. Дурная литература. Литературная газета 08.02.1989. С.4.

3 Золотусский Игорь — Максимов. Вл. Диалог. Литературная газета, 05.08.1992. С. 3.

罗夫（Тимур Кибиров）、佩列文（Пелевин）、布依达（Буйда）、德·贝科夫（Д. Быков）等一大批年轻的后现代主义作家。马卡宁（Маканин）、伊斯康德尔（Искандер）、阿纳托里·金（Анатолий Кин）、马克·哈里托诺夫（Марк Харитонов）等作家也参与到后现代主义文学创作中来。因此，后现代主义文学成了90年代俄罗斯文坛的一大景观。

普里戈夫在90年代中期曾高兴地表示，到2000年前，他将写出二万四千行诗。[1]第三时期的后现代主义作家的创作热情由此可见一斑，而佳作也确实可谓层出不穷。其中最重要的小说有马克·哈里托诺夫的《命运线，或米拉舍维奇的小箱子》（Линии судьбы, или Сундучок Милашевича，1992）、维切·皮耶楚赫的《中了魔法的国家》（Заколдованная страна，1991）、彼特鲁舍夫斯卡娅的《夜深时分》（Время ночь，1992）、马卡宁的《铺着呢子，中间放着长颈瓶的桌子》（Стол, покрытый сукном и с графином посередине，1993）和《地下人，或当代英雄》（Андеграунд, или Герой нашего времени，1998）、佩列文的《恰巴耶夫和虚空》（Чапаев и Пустота，1996）及《百氏一代》（Generation "П"，1999）、叶·波波夫的《不成熟音乐家正传》（Подлинная история "Зеленых музыкантов"，1998）等；最重要的剧作有普里戈夫的《黑狗》（Черный пес，1990）、弗·索罗金的《消形狂》（Дисморфомания，1990）、彼特鲁舍夫斯卡娅的《男子监狱》（Мужская зона，1994）等。

苏联解体后，俄罗斯文学彻底走上了自由发展的道路，后现

1 Курицын Вяч. Русский литературный постмодернизм, М.: ОГИ, 2000. С.104.

代主义作家可以自由地发表自己的作品，《新世界》《大陆》等杂志成为后现代主义文学的阵地。1992年，哈里托诺夫的长篇小说《命运线，或米拉舍维奇的小箱子》在《各民族友谊》杂志上发表，并获得第一届俄语小说布克奖。此后，后现代主义作家的作品开始荣膺各类文学奖项。在这一时期，俄罗斯后现代主义文学除了继续之前的颠覆倾向外，出现了明显的通俗化、大众化倾向，更乐于表达不满现实、怀疑现实、否定一切的态度。

这时，读者开始直接接触后现代主义文学作品，而后现代主义小说家和诗人也有了直接向读者展示后现代艺术的机会。同时，罗兰·巴特、丹尼尔·贝尔、利奥塔、福柯、德里达、德勒兹等欧美当代人文学者著作的俄译本也纷纷出版。丘普里宁、弗·诺维科夫、马·利波维茨基、阿尔罕格尔斯基、涅姆泽尔、维切·库里岑等俄罗斯文学批评家用自己的批评实践促进了读者和整个批评界审美观念的转变。渐渐地，后现代主义文学也不像开始时那样使一般读者觉得“异样”和“另类”了。苏联的解体对陈旧的社会主义现实主义文学话语实施了最为彻底的一次打击之后，一时间后现代主义变得无所不在，甚至还走进了儿童读物和中学课本。这一切都说明俄罗斯文坛真正步入了多元、宽容的后现代时期。

第三节　俄罗斯后现代主义文学代表作品与艺术特色

经历了三十年的发展，俄罗斯出现了大量优秀的后现代主义文学作品，无论是小说、诗歌、戏剧都出现了前所未有的繁荣。

纵观这三个时期，我们可以发现俄罗斯后现代主义文学创作逐渐形成了以下几个主要特征：

一、俄罗斯后现代主义文学解构和颠覆的主要对象是以所谓的社会主义现实主义文化为代表的苏联官方文化。后现代主义作家在创作方法上完全摒弃了所谓的社会主义现实主义创作原则，“矫枉过正”地提倡“为艺术而艺术”，主张为文学“减负”，即去掉文学过多承载的行政任务、教育任务、宣传任务，反对文学单一化、意识形态化，同时大胆地对俄罗斯经典作家作品进行解构和重构，打破固定的思维模式和认知方式，从而实现去经典化和去神圣化。

二、互文手法的运用。互文现象几乎出现在俄罗斯后现代主义文学的每一部作品中，而且往往贯穿始终。其引用文本的来源十分广泛：俄罗斯乃至世界古典文学作品的语句、情节或人物；苏维埃时期的官方文学作品；苏联电影、报刊广播用语；民间成语、俗语、俚语，甚至不堪入耳的脏话、禁忌语；苏联当局的宣传用语、口号，等等。运用讽刺、戏仿等手法，打碎以上材料及其与历史的联系，对其碎片进行重新编排，营造出一种陌生化的、滑稽可笑的氛围。

三、杂糅的语言风格。小说中除了文学叙事话语之外，往往会插入文学批评、哲学、文化学等学科术语。借助于这样的语言风格，作家能在多样化的写作中自由发挥、淋漓尽致地表达自己的思想。这样一来，就使得有些作品既像文论又像小说，成为一种风格杂糅的、自由的、近似于散文随笔和学术论著的体裁。比如，《与普希金散步》就综合了文艺理论话语与文学话语，《普希金之家》则掺杂着苏联官方宣传话语、文学话语、文学批评话语等。

四、有利于多元化解读的阅读潜能。巴特曾提出“作者之死”的思想，认为文本一经完成，作者就没有必要继续存在，这时文本就成为一个开放、多元的体系，作者之死就意味着读者的诞生。俄罗斯后现代主义作家也提倡多元化解读，因此他们通过各种文本策略，如碎片化、断裂生硬的叙事，通过形式多样的生动活泼的语言游戏，赋予自己的作品以丰富的内容和巨大的阅读潜能，为读者的多元解读留下了足够的空间。

在小说创作中，哈里托诺夫的名著《命运线，或米拉舍维奇的小箱子》比较集中地体现了俄罗斯后现代主义文学的上述理念和艺术特征，而在诗歌创作中，概念主义诗人普里戈夫的创作可以认为是后现代主义诗歌的代表。通过以下的文本分析，我们可以更清晰地认识俄罗斯后现代主义文学的特征。

《命运线，或米拉舍维奇的小箱子》（下文简称《命运线》）写于20世纪80年代，发表于1991年，并在《各民族友谊》杂志1992年的第一、二期上连载。在1992年俄语小说布克奖的角逐中，这部小说赢得了评奖委员会五位评委的一致好评，从诸多当代作家的作品中脱颖而出，获得首届俄语小说布克奖。这部小说的出现与整个俄罗斯文学传统，特别是近几十年俄罗斯后现代主义文学的发展密不可分，它不仅继承了前人的创作经验，而且还有创新。正如阿拉·拉蒂宁娜所指出的，长篇小说《命运线》既“与世界文化传统接轨，又扎根于俄罗斯文化传统”。[1]

1 转引自高莽：《请注意，俄罗斯文学在崛起》，《世界文学》1993年第4期，第275页。

《命运线》讲述了这样一个故事：年轻的语文学学者利扎文在撰写副博士论文的过程中对一位鲜为人知的外省作家米拉舍维奇留下的文献——一箱背面写满字的糖纸——进行研究，从而梳理出从十月革命到19世纪20年代期间各种人物的人生轨迹。小说的情节线索十分模糊，甚至混乱，但是我们还是可以从中摸索出这样两条主线：一方面是米拉舍维奇的经历，以及与此相关的历史文化背景，主要是十月革命前后到19世纪20年代；另一方面是利扎文的生活经历和他的见闻，即19世纪40年代前后的苏联体制下的社会现实。这两条线索并不是平行的，而是互相交错，混乱无序地缠绕在一起。利扎文在对糖纸的研究和分析过程中，逐渐摸索出米拉舍维奇命运中的悲欢离合，同时又不断地把糖纸上写的感受与自己的日常生活联系起来，用以描绘自己生活的时代。这样，他便与米拉舍维奇一起探索命运与机遇的作用，探索如何对待历史、生与死、文学与游戏等问题。两个不同时代的知识分子仿佛在共同追求人类的永恒道德、美好的希望和自由。

首先，从内容上看，小说以两个知识分子的生平经历为主线，对比了十月革命后俄罗斯社会的变化，借此解构了苏联时代的乌托邦神话。作家没有去描写那些宏大的事件，而是描写了俄罗斯偏远地区组织闹革命的几件趣事，解构了某些革命的严肃性和正义性。接着，作者又运用一种类似于白描的手法来表现苏俄体制下的经济、日常生活、文化乃至人的道德等方面的状况，从一个作家、旁观者的角度思考现实，展示了20世纪初到五六十年代的社会生活，使官方宣传和主流文化所建构的乌托邦理想社会如肥皂泡一般彻底破灭。哈里托诺夫的小说跳出了官方文化叙事的限制，把目光转向小人物、小事、琐事、生活中的细节。作者用以小见大的方法直接挑战传统叙事，将他观察到的真实生活展现在人们面前，以期对社会主义现实主义叙事所构建的美丽谎言进行解构。除了通过直接披露的方法解构乌托邦现实之外，作者还对某些苏联意识形态领域的问题进行质疑，力图更加深刻地理解周围的生活和真相，参悟人的命运与国家之间的关系。

小说塑造了米拉舍维奇和利扎文这两个主要人物形象，让这两位分属两个不同时代、从未谋面的主人公进行精神对话，融合于哈里托诺夫的文本所营造的探索、思考的空气之中。利扎文是一个生长在苏联制度下的知识分子，正是他通过解读糖纸背面的文字来研究米拉舍维奇的时候，才更深刻地认识到自己的命运，确立自己的现实观和世界观。他的生活、思考以及经历折射出苏联体制下的知识分子的生存现实。而米拉舍维奇作为多元论思想的化身，则以一种虚幻的形象出现在利扎文的意识中，解构了传统小说人物形象固定、面孔单一的定势。利扎文和米拉舍维奇这两代知识分子的命运在哈里托诺夫笔下相互联系起来，构成了作品情节发展的两条主线，成功地展示了作品在人物塑造上对文学传统和后现代主义小说手法的综合继承与创新。而其他一些虚化的人物的出现，则更加丰富了小说的人物形象画廊，使得这部作品的意义也更加充实。

小说叙事采用了文中文的结构，在一个文本中对另一个文本进行分析思考，让小说人物利扎文对另一个小说人物米拉舍维奇的作品进行解读。在这里，作者已经不满足于利用他同时代的社会现实及现有的文学作品，于是，生活在十月革命前后的文学家、哲学家米拉舍维奇就在他的虚构之下应运而生；而米拉舍维奇的作品——若干小说和糖纸上的文字显然要比现成的文学作品更加适合作者哈里托诺夫的创作意图和作品的主题表达的需要——也就成为作者在文本中分析解读的对象。而且，作为小说主要人物的利扎文和米拉舍维奇分别生活在不同的时代，构成了小说的两个叙述主体，形成了小说的双重叙述结构。

文中文的结构把文学批评话语自然地带入作品，构成了多元化的叙事语言。该作品中的文学批评话语主要指的是对米拉舍维奇的小说和糖纸上的文字的评论。作为一个文学研究者，利扎文运用自己的专业知识对米拉舍维奇的文本进行点评，不仅可以使读者轻松地抓住被评论作品的要义，还能够带动他对现实生活的思考，从而推动情节的发展。此外，文中还有历史学话语、生物学话语（米拉舍维奇的专业和爱好）。整体看来，这部小说就是对侦探小说、推理小说、书评文章、哲理沉思录等文体的综合融汇，其中类似于侦探推理小说的叙事模式的运用尤其增加了小说的可读性。

许多后现代主义理论家都认为，世界存在的原始状态便是非连续性的、断裂的，而碎片是最能够表现世界这一特征的表达手段之一。[1]打破文本、世界等某种整体的东西的同一性、整体性，

1 福柯试图用非连续性来解构历史研究的真实性、整体性和同一性，用存在着断层的历史研究替代“重建的某一时代的‘总体面貌’”的所谓通史，从而打破权力对历史的控制（福柯：《〈知识考古学〉导言》，让-弗·利奥塔等著《后现代主义》，赵一凡等译，北京：社会科学文献出版社，1999年，第144页）；伊哈布·哈桑概括了后现代主义的十一个特征，并把不确定性和凌乱性列入其中；同样，詹明信也把无深度感、零散化、非连续性等视为后现代文化的特征之一（伊哈布·哈桑：《后现代主义转折》，王岳川、尚水编《后现代主义文化与美学》，北京：北京大学出版社，1992年，第120页）。

使其还原成不可修复的碎片，只有碎片才能消解文本的极权主义倾向，产生文本的多义性，带来多元化解读的可能。在这部小说中，记录人生轨迹的糖纸首先就是一种“碎片”。米拉舍维奇为了记录方便，特意将印刷出来的大张糖纸裁成了巴掌大小的卡片。无论是坐牢也好，工作也好，走路也好，吃饭也好，米拉舍维奇都沉浸在他自己的世界里，糖纸就成了他生活的最真实记录。在他看来，每一片糖纸都是独立的，糖纸之间没有什么必然的联系，所以他从来不为糖纸排序编号。因此，排列的不确定性、非连续性造成了多种组合的可能。这正是世界和生命的不可表述性：人的命运充满了偶然和机遇，哪怕一个微小的事物都可能改变他的一生，就像这些糖纸一样，一张糖纸的位置发生转换就会引起其他糖纸顺序的改变。

另外，小说每章之间都是断裂的，独立的，都可以单独讲述一个相对完整的故事情节，而且章与章之间的联系也不是十分紧密。如果说小说的前五章之间基本是根据情节发展的两条线索相互联系、相互贯通的话，那么，从第六章开始就出现了一种章节独立化的倾向。第六章“病史”主要介绍利扎文的挚友马克西姆生病的前因后果，并且探讨了有关苏联的政治、自由、生活真相等问题。无论是从人物构成，还是从事件间的关系看，这一章的情节与前面都没有必然的联系。而第八章“素食者”则刻画了素食者副教授尼科利斯基的形象，记叙了利扎文与之交往和争论的经过。第十章和第十一章关于利扎文生活和生病的叙述，虽然是小说的中心情节，但是作者却采取了一种不闻不问的态度，不顾章与章之间的对接，直接突兀地插入叙事，这也营造了一种断裂的感觉。

叙述的碎片化使文本变成作者的写作游戏，传统文学作品中受到的来自作者的一元话语的压制消失了。文本不再是一种终极意义的追索，而是一个意义编织的无限的网络，它在不断地诉诸意义的同时又力图消除意义。作者哈里托诺夫采用片断化的叙述组织文本，意在使创作主体沦为文学作品的组织和指导力量，失去对文本意义的统摄。这样，此时的文本就是巴特所谓的可写的文本了。这种文本所关注的是写作过程本身，它着意于文本多重意义的产生，并且对传统的文本模式持颠覆性的批判态度。

此外，这部小说还与其他文本展开对话，构成了互文。比如，小说的第十一、十二章讲述了利扎文生病住院的经过，同时也让利扎文作为叙述者，讲述了病房里其他病人的病情和遭遇。这段情节在人物形象、事件设置等方面与索尔仁尼琴（Солженицын）的长篇小说《癌症楼》（Раковый корпус，1967）十分相像，形成了一种对话关系。主人公完全失去了对时间和日期的知觉，这种时间观与《圣经 · 新约 · 启示录》第十章第六节中的“不再有时日了”形成互文。这个互文经过源文本，又经过“中介”，形成了双重对话，构成了米拉舍维奇的时间哲学。

通过对这部具体作品的分析，我们不仅可以洞悉这一文本的主要思想和形式特点，而且还可以把握俄罗斯后现代主义文学的典型特征。下面，我们来看看概念主义诗歌所展示的俄罗斯后现代主义文学的特征。

概念主义诗歌是俄罗斯后现代主义文学早期的一个重要的文学流派，在整个俄罗斯后现代主义文学中颇具白银时代未来派的先锋作用，它深受概念艺术和西方20世纪70年代流行的具体诗歌的影响。概念主义诗歌极力提倡真实的艺术，他们认为作家的任务应该是使艺术从艺术创造的第二性的真实回到第一性的本真状态。他们常故意使用苏联官方意识形态下产生的大众话语对苏联社会、文化生活现象进行批判和反思。而这时的作家则像一个演员，他与读者进行游戏、交流，并且展示他所记录下来的意象，让读者自己去理解作品，积极地参与文本游戏。他们任意运用社会主义现实主义文化符号，对其进行零散化和重新组合，使其具有新的意义。例如德米特里·普里戈夫的诗句：

从各个方向都可以看见民警
从东方可以看见民警
从南方可以看见民警
从海上可以看见民警
从天上可以看见民警
从地底下可以看见民警
这可是永不消失的民警？[1]

民警是苏联人民大众对警察的称呼，民警形象也早已在社会主义现实主义文学和流行话语中固化为正义守护者的正面形象。而上面这一诗段由数个方位词构成了无所不在的民警监控网络，让我们在这一用大众流行语言记录下的意象中充分体会到苏联体

1 Пригов Д.А. Апофеоз Милицанера. См.: http://modernpoetry.ru/main/dmitriy-prigov-apofeoz-milicanera.

制下民警控制社会生活的能力。这样，苏联官方文化中的民警概念也就随之消解了。

再让我们来看另一位概念主义诗人鲁宾斯坦的一首“卡片诗”。诗人对奥斯特洛夫斯基的小说《钢铁是怎样炼成的》（Как закалялась сталь，1932—1934）中主人公保尔的一段名言进行了改写，使多种声音共声喧哗，营造出讽刺的效果，而社会主义现实主义文化宣扬的崇高理想也随之被解构。例如：

生命给予人，据说，
是为了让他度过，而不是让他浪费……
〈……〉
生命给予人是为了让他生活，
让他思考和痛苦，还有征服……
〈……〉
生命给予人——所以他就
忙着生活和急着感受……
生命给予人一生！
〈……〉
生命给予人，是为了让他生活。[1]

“人最宝贵的东西是生命。生命属于我们只有一次。一个人的生命应当这样度过：当他回首往事的时候，他不因虚度年华而

1 Рубинштейн Л. Всюду жизнь//Лит. обозрение. 1989. № 10. С. 88.

悔恨，也不因碌碌无为而羞耻——这样，在临死的时候，他就能够说：'我整个的生命和全部的精力，都已献给世界上最壮丽的事业——为人类的解放而斗争。'" 保尔·柯察金的这段独白就是他的人生理想的写照，其中充满了"献给""为……而斗争"等带有崇高色彩的话语，却独独缺少了对个人自由、生活权利和生命的尊重。而鲁宾斯坦的"生命给予人，是为了让他生活"的观点与苏联文学经典中弃绝自我的奉献思想形成对话，以个人对生活的朴实、真诚的理解消解了所谓伟大理想的严肃性和崇高性。

20世纪90年代末以来，后现代主义解构乌托邦神话的主题渐渐丧失了往日的声誉。一向以颠覆解构苏联文化著称的俄罗斯后现代主义走入了困境，它将何去何从？当历史的脚步迈入21世纪，很多俄罗斯文学批评家认为，当下的俄罗斯文学已经处在后后现代，其代表特征是虚拟世界的出现、作家与读者的互动性以及超感伤主义。俄罗斯后现代主义文学作为一种文学流派和文化思潮已经终结。这恰恰是它的历史归宿。后现代主义在俄罗斯文坛上不仅仅是一个流派，更主要的是，它是对俄罗斯思想界、文学界和大众生活、大众思维的一场巨大的、无所不在的变革，它推动整个俄罗斯文学走上自由发展的轨道，甚至影响社会思维方式的深层变革。文化永远需要新的思想，需要超越从前。后现代主义消解权威、颠覆中心的特质将会融入人类文化的内在逻辑中，推动人们去发现真理的多面性、多义性。

第十四章
澳大利亚、加拿大后现代主义文学

第二次世界大战以后，后现代主义文学首先在美、英、法等国家崛起，从20世纪60年代开始，在美、英以外的多国英语文学也出现了自己的后现代主义作家和作品，并形成了独特的后现代主义文学潮流。这些国家的后现代主义文学起始时间有先后，发展进程也不同步，并直接或间接受到美国或其他国家、地区后现代主义文学的影响，但最根本的决定因素是本国的社会、历史、文学和文化传统。相对于美国和英国，澳大利亚的后现代主义文学有些“滞后”，但历经“新写作”的实验和创新、“新小说”的崛起、“后现代文学小说”的涌现，也取得了令人瞩目的成就，成为当代澳大利亚小说创作不可或缺的组成部分，并因其独特的个性特点而备受关注。在加拿大，霍金斯、克罗奇、阿特伍德、翁达杰等作家以各自的方式对加拿大现实做出了自己的诠释，后现代主义文学体现出区域性和多元性特点，凸显其文化属性和民族、时代特征。

第一节 澳大利亚后现代主义文学

一、“新写作”的实验和创新

20世纪澳大利亚文学史上最有影响力的人物当然是1973年获得诺贝尔文学奖的帕特里克·怀特（Patrick White）。批评界一致认为，怀特的小说创作一举打破了传统民族主义的现实主义写作模式，将澳大利亚小说塑造成一种具有精神、心理和情感深度的文学表达，他的小说关注时代思潮和脉搏，对现实的澳大利亚生活给予了深刻的批判。1958年，怀特在一篇题为《浪子回头》的文章中激烈指责早先的澳大利亚文学是“枯燥、粪色的新闻体现实主义”，[1]该文被看作澳大利亚文学价值发生重大变化的开始。至20世纪60年代末，在怀特的周围已经形成了一批具有反传统文学思想的作家，其中包括阿斯特里（Thea Astley）、基尼利（Thomas Keneally）、斯托（Randolph Stow）、考奇（Christopher Koch）以及哈罗尔（Elizabeth Harrower）等，他们与怀特一起共同形成了澳大利亚文坛的现代派。与欧美现代主义相比，澳大利亚的现代主义来得较晚，所以，当澳大利亚现代主义文学赫然形成时，一种显著有别于现代主义的后现代主义文学思潮也已经从世界各地传入这个国家，于是，人们普遍觉得，几乎与怀特通过获得诺贝尔奖牢固确立其文学地位和声誉的同时，澳大利亚文学启动了一个崇尚形式改革和创新的新风潮，不论这种改变打

1 转引自Patrick White, *Patrick White Speaks* (Ringwood: Penguin Books, 1992), 16–17。

着现代主义还是后现代主义的旗号，一个崭新的文学时代已经到来。[1]

的确，被文学史家们称为“怀特派”[2]的整个一代小说家所追随的现代派时尚并没有等多久就受到了一种崭新的小说的冲击。[3]从20世纪60年代开始，包括马瑟斯（Peter Mathers）和艾尔兰（David Ireland）在内的一些澳大利亚小说家便零星地开始在拉美魔幻现实主义文学的影响下尝试实验性的小说写作。70年代初，一批年轻作家整体崛起，这个作家群体有自己的理论和作品，他们的活动中心在悉尼，他们倡导小说的实验和创新，把自己的小说笼统地称为“新写作”（New Writing）。70年代澳大利亚“新写作”的主要形式是短篇小说，它的旗手是穆尔豪斯（Frank Moorhouse）和怀尔丁（Michael Wilding）。1972年，穆尔豪斯和怀尔丁为了支持“新小说”的创作，联合凯利（Carmel Kelly）等人创办了《故事小报》（*Tabloid Story*）。《故事小报》每年向澳大利亚政府申请补贴，用来支持“新小说”的出版，由于缺少发行经费，他们将《故事小报》先后夹带在全国各地大学的各种报纸里免费奉送，其先后寻求合作的报纸有《全澳学联报》（*National U*）、莫纳什大学的《罗特的妻子》（*Lot's Wife*）、悉尼大学的《任由评说》（*Honi Soit*）、阿德莱德大学的《传说》（*On Dit*）等，偶尔也打入到更有影响的《国家评论》（*Nation*

1 Susan Lever, "Fiction: Innovation and Ideology," Bruce Bennett and Jennifer Strauss, eds. *The Oxford Literary History of Australia* (Melbourne: Oxford University Press, 1998), 308.

2 黄源深：《澳大利亚文学史》，上海：上海外语教育出版社，1990年，第400—401页。

3 莱弗（Susan Lever）等批评家认为，怀特晚期的作品，如《特莱庞的爱情》（*The Twyborn Affair*，1979）和《许多回忆中的一个》（*Memoirs of Many in One*，1986），已经比较清晰地开始使用诸如反身叙述与开放式解构之类的后现代的叙事手法。

Review）及《国家时报》（*National Times*）的发行体系。整个70年代，《故事小报》坚持年年出版，最多每年出版五次，到20世纪80年代初才停办。《故事小报》的出版为“新小说”开创了一个不小的发表阵地。通过免费奉送这一发行方式，“新小说”在全国读者中，尤其是大学生中，获得了较大影响。围绕《故事小报》的出版宗旨，怀尔丁在《故事小报袖珍集》（*The Tabloid Story Pocket Book*）的前言中指出，70年代初的澳大利亚作家，如果你的小说不表现农村生活，如果你的作品公开表现性，那你只能到一些色情杂志上去寻求发表，《故事小报》那种杂志的编辑常常对新小说有兴趣，他们不仅看新小说，而且相信新小说的价值，因为他们所持的是一种非学术、非主流的观念，不似传统出版社那样讲究正统。[1]《故事小报》在出版过程中坚持的原则是：“绝不发表程式化的丛林故事，不就小说的开头、中段和结尾做出限制，不就小说结构完整性做出严格要求，……我们强调开放，反对限制，反对程式化的丛林故事和有板有眼的叙事，写这种故事的人大有人在，我们不想再去鼓噪，我们希望为那些不为传统期刊重视的其他小说提供发表的园地。”[2]通过怀尔丁对《故事小报》宗旨的描述不难看出，“新小说”所倡导的是一种不同于《公报》（*Bulletin*）和《陆地》（*Overland*）等澳大利亚传统期刊发表的传统现实主义小说，而是一种实验性、寓言性甚至有些惊世骇俗性的作品。以穆尔豪斯和怀尔丁为代表的一批青年作家认为，澳大利亚19世纪的文学并非没有这样的作品，但通

---

1 Michael Wilding, ed. *The Tabloid Story Pocket Book* (Sydney: Wild and Woolley, 1978), 296–297.

2 同上，302。

过重提非现实主义的小说，他们希望澳大利亚文学启动一个小说创新的进程。

穆尔豪斯是澳大利亚整个70年代最多产的短篇小说家。1973年，他的《徒劳与其他动物》（*Futility and Other Animals*）通过著名的安格斯与罗伯逊出版公司再版。此外，他于70年代出版的短篇小说集还包括《美国人呀，宝贝：一些故事与碎片组成的间断叙事》（*The Americans, Baby: A Discontinuous Narrative of Stories and Fragments*，1972）、《触电体验：间断叙事》（*The Electrical Experience: A Discontinuous Narrative*，1974）、《会议城》（*Conference-ville*，1976）、《神秘与浪漫故事》（*Tales of Mystery and Romance*，1977）、《永远的秘密家庭及其他故事》（*The Everlasting Secret Family and Other Stories*，1980）等。在这些作品中，他一方面坚持叙事实验，尝试一种被称为“间断叙事”的形式，并在此后的多部短篇小说中反复使用。穆尔豪斯的短篇小说在形式上同样突破一切限制，大胆采用新方法、新手段。《触电体验：间断叙事》中的一部短篇小说刻画了一个名叫麦克道威尔的某个国际组织成员，表现了整个一代澳大利亚资本家的伦理道德思想，全书大量使用不同的颜色和字体，大量运用二战后报纸上大众常见的醒目标题、清单、书信、笔记、引用文献、图表、插图、插入碎片、轶事、互指。由于小说没有传统的线性时序，上述叙事形式上的大量变化给全书带来一种绝对的“间断”感受。另一方面，他关注社会政治，同时关注个体经验，尤其关注个体私密的经验与公共的历史经验的交叉；他热衷性爱主题，坚持在作品中书写和探讨性爱欲望与日常行为之间的关系，大胆突破传统现实主义小说在此类题材上的一切禁忌。《神秘与浪漫故事》中的一部短篇小说讲述了叙述人与包括其前妻在内的一系列女性的曲折关系，以及他在工作中与同事之间的微妙关系。通过表达自己对上述各色人等的内心感受，叙述人深刻地披露了自己心灵深处的矛盾。穆尔豪斯的上述兴趣至80年代之后部分地得以继续，但他对小说叙事形式和小说主题方面的坚定拓展无疑属于70年代。[1]

怀尔丁生于英国，曾就读于牛津大学，后移居澳大利亚，在悉尼大学任英语文学教授。同穆尔豪斯一样，怀尔丁也是当代澳大利亚最多产的小说家之一，同时还是当代澳大利亚最著名的左翼马克思主义批评家。从英国移民到澳大利亚后，他感觉自己从一个心理现实主义的创作环境来到了一个全新的实验主义的"新写作"世界，在一种崇尚虚构的氛围中，他感到自己一步踏入了当时尚不为人知的后现代主义小说创作之中。他70年代出版的短篇小说集包括《漂染过程面面观》(*Aspects of the Dying Process*, 1972)、《同住》(*Living Together*, 1974)、《中西部地下》(*The West Midland Underground*, 1975)、《短篇小说使馆》(*The Short Story Embassy*, 1975)、《景观大道》(*Scenic Drive*, 1976)、《雄性森林》(*The Phallic Forest*, 1978）等。怀尔丁的短篇小说从题目到内容，都突出地表明他对后结构主义和后现代主义文学理论和思想有浓厚的兴趣。他热衷表现城市生活，重视语言与现实关系；他在小说中表现出对形式的高度自觉，善用戏仿、反

1 Stephen Torre, "The Short Story Since 1950," Peter Pierce, ed. *The Cambridge History of Australian Literature* (Melbourne: Cambridge University Press, 2009), 437–438.

讽、自反性的评论和寓言性的叙事；主题上与穆尔豪斯一样关注性和毒品体验，体现了强烈的“反文化”特征。《漂染过程面面观》的主题之一是主人公与心理、社会、文化以及政治环境的互动关系。在与本集同名的短篇小说中，女主人公运用一种复杂而耗时的办法漂染一条牛仔裤。在英语中，表示“漂染”一词的dye与表示“死亡”一词的die发音相同，一语双关，牛仔裤因此也成了主人公身份的借代物。小说表明，人的个体或者社会身份的获得和改变经常是人为也是虚妄的。另外一部短篇小说集《中西部地下》较之前面的小说更具有奇幻性和元小说特点，一个突出的例子是该短篇小说集中的《感觉迟钝者》(“The Man of Slow Feeling”)，小说主人公遭遇一次车祸，结果失去了即时的身体知觉，即他每次经历肉体的刺激，肉体上都不能即时得到应有的感觉，需等三小时之后才有刺激感。于是主人公感觉自己的生活被分割成了两个世界，一个是刺激的世界，另一个是三小时后的感觉的世界，这种感觉最终将主人公推向了自我的毁灭。[1]

1973年，穆尔豪斯应邀担任安格斯与罗伯逊出版公司连续出版近三十年(1941—1970)的短篇小说选集《从海岸线到海岸线》(*Coast to Coast*)的主编，这一任命标志着“新小说”作为一种截然有别于传统小说的创作方向已经受到来自整个澳大利亚文坛的认可。在此之后，比较全面地关注这种以实验与创新为主要特征的“新小说”的主流出版社是昆士兰大学出版社。

1 Stephen Torre, “The Short Story Since 1950,” Peter Pierce, ed. *The Cambridge History of Australian Literature*, 439.

1974年，该出版社出版了凯里的首部短篇小说集《史上的胖子》（*The Fat Man in History: Short Stories*，1974），次年，又出版了贝尔（Murray Bail）的首部短篇小说集《当代肖像及其他故事》（*Contemporary Portraits and Other Stories*，1975）。1977年，著名文学批评期刊《澳大利亚文学研究》（*Australian Literary Studies*）以“新写作”为题出版专辑，邀请上述作家就自己的创作发表看法。最早关注“新小说”的澳大利亚批评家是悉尼大学的基尔南（Brian Kiernan）。1977年，基尔南以《最美丽的谎言》（*The Most Beautiful Lies*）为题，编辑出版一部短篇小说集，该书共收录包括怀尔丁、穆尔豪斯、贝尔、卢里、凯里五位作家的十多部短篇小说作品。在该书的前言中，基尔南较为详细地论述了上述小说家的创作特点。1981年，昆士兰大学出版社的蒙罗（Craig Munro）编辑出版了《昆士兰大学出版社首部小说选集》（*The First UQP Story Book*），书中全面展示了包括穆尔豪斯、怀尔丁、凯里和贝尔在内的新一代小说家在70年代推出的新作，为“新小说”在澳大利亚文坛上的牢固地位的确立做出了重要贡献。

在接受《澳大利亚文学研究》的访谈中，上述“新写作”的作家们不约而同地指出，自己在创作中深受欧美作家的影响，尤其是拉美作家的影响。穆尔豪斯说自己受到过巴塞尔姆、博尔赫斯、布劳提根、约翰逊和巴拉德（J. G. Ballard）的影响。怀尔丁认为自己受到过科塔萨尔（Julio Cortázar）、色萨雷斯（Adolfo Cesares）、卡尔维诺、凯鲁亚克、布考斯基（Charles Bukowski）、米勒（Henry Miller）、考辛斯基（Jerzy Kosinski）和科恩（Leonard Cohen）的影响。凯里和贝尔则表示自己受到了马尔克斯、巴思、贝克特、库弗和契弗等人的影响。[1]值得注意的是，作为澳大利亚作家，他们当然知道澳大利亚国内有个怀特，但是，他们很少承认自己受到他的影响，有的作家甚至表示，在怀特去世之前，自己坚决不看他的作品。[2]

基尔南在为《最美丽的谎言》一书撰写的前言中指出，70年代澳大利亚“新写作”选择的主要文学样式是短篇小说，“新写作”潮流中的作家在各自的短篇小说创作中共同表现出一种对“虚构”的高度自觉，一种对现实模仿的不屑，一种对人物和社会环境刻画的不屑，他们更加关注风格和形式，视风格与形式为小说内容的一部分，他们的作品没有了传统现实主义，却充斥着寓言和科幻性的叙事。基尔南还指出，在该书收录的五位作家当中，有的喜欢奇想和超现实主义，有的更着迷于语言和写作的本质思考，有的关注叙事实验和性经验的文学表现，有的则兼容并包地在所有这些领域中自由探索；虽然他们之间很难说形成了一种怎样的流派和“运动”，但这些作家的“新小说”作品大多清晰地受到过当代欧美文学的影响，他们写作中常见的奇想、超现实主义、叙事时间和叙事视角的实验，以及对于作者和文学虚构性的自我意识无不让人看到一种崭新的文学认识。他们视小说为“人造品”和“寓言式”故事，作品的主题偏重“反文化”的体验，在写作中喜用互文戏仿，在形式上倾向于呈现断裂和碎片，作品富于游戏性、实验性和跨界特征，所有“新小说”作家都明确无误地声

1 Stephen Torre, “The Short Story Since 1950,” Peter Pierce, ed. *The Cambridge History of Australian Literature*, 435.

2 同上，506–507。

明，“新小说”的基础是他们对于语言与现实生活之间的关系获得的一种不同于传统澳大利亚作家的思考。[1]

基尔南的小说选集的书名《最美丽的谎言》一语源自美国作家马克·吐温，[2]作为编者和批评家，基尔南的本意是说，该书收录的作品重虚构而有悖于事实，因此属于“谎言”一类，但这些作品充满了艺术的魅力和感染力，因此是“最美丽的谎言”。关于70年代“新写作”的评价定位，同时代的澳大利亚批评家和文学史家没有用“后现代”的字眼，批评家莱弗认为，70年代中叶前后的澳大利亚批评界之所以选择用“最美丽的谎言”来描述一种新的文学创作潮流和现象，是因为他们并不知道“后现代主义小说”的说法。[3]在这种情况的影响之下，不仅“新写作”的说法在很长一段时间里得以在批评界继续沿用，就连“谎言”这样的比喻说法一直到80年代后期还在著名文学评论家丹尼尔（Helen Daniel）的著作《谎言家：澳大利亚新小说家》（*Liars: Australian New Novelists*，1988）中得以继续保留。

二、“新小说”的崛起

1988年，丹尼尔在《谎言家：澳大利亚新小说家》中指出，类似于70年代澳大利亚短篇小说中的那种实验主义“新写作”到

1 Kerryn Goldsworthy, “Short Fiction,” Laurie Hergenhan, ed. *New Literary History of Australia* (Ringwood: Penguin Books, 1988), 541.

2 美国作家马克·吐温曾经说：“澳大利亚历史几乎总是美如画中的风景；的确，它如此令人感到好奇和陌生，以至于它本身如澳大利亚自身那般最为新奇……。它读起来不像历史，而像最美丽的谎言。”

3 Susan Lever, “Fiction: Innovation and Ideology,” Bruce Bennett and Jennifer Strauss, eds. *The Oxford Literary History of Australia*, 313.

80年代得以普遍推广，这种传播在80年代的长篇小说中表现得非常清楚。她列举了1980年到1988年部分作家出版的25部作品来支持自己的这一结论，其中包括：

1980年：贝尔的《思乡》（*Homesickness*）和哈斯勒克的《蓝吉他》（*The Blue Guitar*）；

1981年：凯里的《幸福》（*Bliss*）、福斯特的《月光族》（*Moonlite*）和艾尔兰的《女人城》（*City of Women*）；

1982年：莫内恩的《平原》（*The Plains*）和哈斯勒克的《喂你的手》（*The Hand that Feeds You*）；

1983年：乔莉的《斯科比的谜》（*Mr. Scobie's Riddle*）、《皮博迪小姐继承的遗产》（*Miss Peabody*'s *Inheritance*）和福斯特的《铅》（*Plumbum*）；

1984年：哈斯勒克的《伯拉明瓶》（*The Bellarmine Jug*）和乔莉的《牛奶与蜂蜜》（*Milk and Honey*）；

1985年：凯里的《魔术师》（*Illywhacker*）、乔莉的《狐媚娇娃》（*Foxybaby*）、莫内恩的《景观对景观》（*Landscape with Landscape*）和福斯特的《狗摇滚》（*Dog Rock*）；

1986年：福斯特的《基督教蔷薇十字会历险记》（*The Adventures of Christian Rosy Cross*）和乔莉的《井》（*The Well*）；

1987年：哈斯勒克的《懒散状态》（*Truant State*）、福斯特的《睾酮》（*Testostero*）、贝尔的《霍顿的表现》（*Holden's Performance*）和艾尔兰的《生身父亲》（*Bloodfather*）；

1988年：莫内恩的《内陆》（*Inland*）、乔莉的《糖妈妈》（*The Sugar Mother*）和凯里的《奥斯卡和露辛达》（*Oscar and

Lucinda）。

丹尼尔认为，20世纪80年代，包括凯里在内的许多短篇小说家也毅然决然地投身到了长篇小说的创作之中，使70年代的短篇小说“新写作”在澳大利亚的长篇小说中很快推广开来，以至蔚然成风，直接促成了“新小说”（the New Novel）的崛起。[1]

80年代澳大利亚“新小说”的小说家主要包括凯里、贝尔、福斯特、哈斯勒克、莫内恩和乔莉，其中凯里和贝尔是早期“新小说”最得力的干将。凯里生于1943年，70年代出版了两部短篇小说集《史上的胖子》和《战争罪犯》（*War Crimes: Short Stories*, 1979）。蒙罗在其《昆士兰大学出版社首部小说选集》一书的前言中高度评价凯里，称他是“整个70年代崛起的最耀眼的才子”，值得高度关注。[2]80年代，凯里连续出版长篇小说《幸福》、《魔术师》和《奥斯卡和露辛达》。其中《魔术师》连获澳大利亚1985年年度图书奖、国家图书奖以及布克图书奖提名，是一部具有高度实验性的小说。全书分三个部分，每个部分由几十个小章节组成，叙述人巴杰利开宗明义地坦承自己是个139岁的骗子（生于1886年），小说开篇之时应是2025年。小说随处运用元小说和魔幻现实主义的手法，通过一种散漫的风格讲述了他的婚姻、家庭和生活故事：1919年，33岁的巴杰利驾驶着他的飞机，降落在富有的麦克格劳斯的农场上，此后爱上麦克格劳斯的女儿菲比，并与她结婚生子。麦克格劳斯后自杀身亡。菲比学会开飞机后，悄悄地驾驶巴杰利的飞机离开了他。后来，巴杰利先后与麦克格劳

1 Helen Daniel, *Liars: Australian New Novelists* (Victoria: Penguin Books, 1998), 24.

2 Craig Munro ed. *The First UQP Story Book* (Queensland: UQP, 1981), xii.

斯的妻子以及舞蹈演员戈尔德斯坦相恋，后因犯伤害罪入狱，出狱后不久便中风病倒。《魔术师》像很多流浪汉小说一样，时空跨度大，人物众多，小说通过众多的人物故事的连接，较为完整地触及了澳大利亚作为一个社会和国家在建筑、经济、历史等各个方面存在的真与假、现实和虚构。凯里的小说令人想起博尔赫斯、巴塞尔姆、布劳提根、冯内古特以及南美作家马尔克斯。凯里喜欢的作家还有法国的罗伯-格里耶和布托，其他作家有考辛斯基、福克纳、凯鲁亚克、乔伊斯和纳博科夫等。[1]的确，凯里的短篇小说与怀尔丁的小说一样，喜玩结构和主题游戏，多数作品喜欢对人物生活中的物理现实进行出人意料的扭曲和变动，令读者先是迷失方向，接着被全面地带入小说的逻辑中去。他的长篇小说更是公开揭示文学创作的虚构性，通过自觉的虚构叙事揭示一种深刻的艺术和生活逻辑。

贝尔生于1941年。1975年，他出版短篇小说集《当代肖像及其他故事》，可谓一炮打响。贝尔关注澳大利亚传统文学艺术对于澳大利亚现实和民族身份的呈现，对现实主义的澳大利亚文学传统给予了无情的批判。他善用神话、童话、超现实的奇想和元小说的戏仿来讽刺当代澳大利亚社会生活。他的小说充斥着虚构的成分。他自己认为，写作的主要目的是让读者质疑和嘲笑传统小说的现实模仿特征。短篇小说《赶牧人之妻》（“The Drover’s Wife”）中的叙述人将自己离婚的焦虑全部投射到了澳大利亚一幅同名绘画上，小说在两个世界之间制造张力：一方面，叙述人竭

1 Helen Daniel, *Liars*, 152.

力告诉读者那幅画上的情景；另一方面，读者又清楚地知道究竟发生着什么事。当叙述人冲着那张画喊自己妻子的名字时，读者知道，他早已把绘画中的风景想象成了自己的心理世界。与怀尔丁和凯里一样，贝尔否认现实世界本体存在的稳定性，认为那种模仿的文学不是真实的文学。贝尔的创作不多，80年代先后出版了两部较为重要的长篇小说，分别是《思乡》和《霍顿的表现》。《思乡》是贝尔的首部长篇小说。在这部小说中，贝尔彻底抛弃了现实主义，用超现实主义的叙事，刻画了一群前往世界各地游览的澳大利亚观光客。书中，作者无情地鞭挞澳大利亚人的粗野笨拙和狭隘无知。《霍顿的表现》讲述了澳大利亚唯一的本土汽车品牌的创始人霍顿·沙德博尔特（Holden Shadbolt）的故事，小说语言简洁，但充满游戏、双关语和反讽，作者用主人公特有的机械意识和眼睛，将一个具有史诗性的题材处理成一个装满碎片的叙事。

从理论上说，福斯特、哈斯勒克和莫内恩与穆尔豪斯以及怀尔丁属于同一辈作家，但是从各自的创作道路上来看，他们之间还是有区别的。例如，福斯特、哈斯勒克和莫内恩没有像穆尔豪斯与怀尔丁那样实质性地参与到70年代的“新写作”运动当中，但他们的大部分作品，尤其是80年代之后出版的作品，明显地具有后现代的实验性印记。

福斯特（David Foster）生于1944年，他的首部长篇小说出版于1974年，他于80年代出版的重要作品有《月光族》（1981）、《铅》、《狗摇滚》、《睾酮》、《基督教蔷薇十字会历险记》和《淡蓝色的钩针衣架套》（*The Pale Blue Crochet Coathanger Cover*,

1988）。福斯特喜欢写具有喜剧色彩的东西，善于刻画一种对于事物本质的近乎荒诞的探寻。他精力旺盛，痴迷创新到了一种疯狂的地步。他的小说常常是颂扬与戏仿同在，旺盛的精力与彻底的绝望同在，极度的喜悦与深刻的厌恶同在。福斯特荣获1981年年度国家图书奖的小说《月光族》是一部讽刺殖民主义的反话语作品，小说讲述了一群来自苏格兰外岛居民先后移居澳大利亚并在这块殖民地里驱逐当地土著居民的故事。在这部作品中，读者时刻能感觉到美国作家巴思、品钦和冯内古特的那种夸张，更感受到后现代小说特有的力量。[1]

哈斯勒克（Nicholas Hasluck）生于1942年，早年学习法律，1978年出版首部长篇小说《隔离》（*Quarantine*），此后先后出版诗歌和短篇小说，80年代先后出版四部长篇小说，即《蓝吉他》、《喂你的手》、《伯拉明瓶》和《懒散状态》。其中，《伯拉明瓶》采用侦探小说和司法调查的某些手法，讲述了20世纪40年代某大学发生的学生动乱的故事，从中挖掘出该大学创始人曾经参与的一次轮船哗变历史，继而更深刻地挖掘出欧洲白人对澳大利亚的早期殖民史。小说情节广泛涉及荷兰、英国和澳大利亚，涉及的历史事件有英国在太平洋的原子弹试验、印尼的独立运动以及国际法和国际人权合约的早期确立等。小说情节紧凑，引人入胜。丹尼尔认为，哈斯勒克的小说具有英国作家福尔斯和南美作家博尔赫斯的某些特征，它们讲述了一个又一个的海上航行故事。但与同类的传统小说不同的是，哈斯勒克小说中的人物并不能通过这

1 Helen Daniel, *Liars*, 82.

些航程获得任何发现，他们根据地图上的标记去寻找一些岛屿，但航行让他们知道，那些不知什么时候被标上地图的岛屿在现实中根本就不存在，所以反观那些地图所宣示的真实，他们认识到了它们虚妄的本质。在哈斯勒克看来，一切所谓的真实或许不过是一种宣示而已，在万事不确定、充满混沌的世界里，骗子主持一切仪式，决定着什么是真实，但骗子所宣示的真实当然是不可靠的真实，是变色龙般的真实，是在地平线上闪闪烁烁的真实，读者要在小说的世界里寻找真实是徒劳无益的。[1]

莫内恩（Gerald Murnane）生于1939年，从小在澳大利亚墨尔本附近的一个叫本迪戈（Bendigo）的小城长大，他所有小说的背景几乎都设在那里。他的首部长篇小说《撑柳排》（*Tamarisk Row*）出版于1974年，随后出版的作品包括《云中一生》（*A Lifetime on Clouds*，1976）、《平原》、《景观对景观》和《内陆》。小说《内陆》是一部典型的后现代元小说，小说叙述人战战兢兢，不知道自己到底要讲述一个怎样的故事，时时担心自己讲不好，或时时担心自己的叙述会被人误会。他很焦虑，因为他不知道究竟应该写什么；他不停地说话，可好像又什么也没说。从很大意义上说，莫内恩是80年代澳大利亚最大胆创新的后现代“谎言家”之一。在这部元小说里，他不断地让读者看到写作的过程是怎么回事。在他看来，虚构是唯一的现实。莫内恩设计了一种典型的后现代叙述语言，并用这种语言努力建构自己的世界。作为作者，他坚定地站在自己的虚构世界里竭力保卫自己的城堡。莫

1 Helen Daniel, *Liars*, 236.

内恩的小说世界是一个极其孤独的世界，因为在他的周围是对这种小说世界的一片质疑声。[1]

在被丹尼尔称为“谎言家”的新小说家中，乔莉（Elizabeth Jolley）是唯一的女性。从年龄上来说，乔莉是最大的，她生于1923年，2007年去世。从20世纪60年代开始，她在不同的杂志上发表短篇小说，70年代将它们结集成《五亩处女地》（*Five Acre Virgin*，1976）和《行走江湖的喜剧演员》（*The Travelling Entertainer*，1979）两部短篇小说集出版。80年代，她开始出版长篇小说，其中有《帕洛米诺》（*Palomino*，1980）、《克莱门街道的报纸》（*The Newspaper of Claremont Street*，1981）、《皮博迪小姐继承的遗产》、《斯科比的谜》、《牛奶与蜂蜜》、《狐媚娇娃》、《井》和《糖妈妈》。《斯科比的谜》是乔莉的第一部重要长篇小说，出版的同年即荣获《时代报》（*The Age*）年度图书奖。《斯科比的谜》是部黑色喜剧，讲述的是老人斯科比的故事。斯科比85岁，是位退休的音乐教师，小说开始时他住进了一家老人院。老人院内充满各种可笑的事情，但小说似乎除了“喜”外还有悲怆。斯科比一直在问：什么是人生中唯一确定的东西？他给出的答案是：死亡。此答案当然不好玩，它令人感到沉重。斯科比常常沉湎于过去，因为他看不见未来；他的家人不能给他带来丝毫的快乐，老人院里邪恶的人们同样让他如陷囹圄。通过这样一种混杂的形式，乔莉表达了自己对社会的评价。在丹尼尔看来，乔莉的小说创作给人的感觉是一组巨大的赋格曲，每部作品相对独

1 Helen Daniel, *Liars*, 310.

立，但却共同构成一个完美的整体。乔莉刻画的世界往往是流动而变化不居的，在这个世界里，有些地方稀奇古怪，很多东西之间极不吻合。她塑造的人物大多是失去家园的人，他们站在人生的十字路口，时时面对人生的选择。他们在家园与流亡之间，在平庸与荒诞不经之间，在真实与谎言之间，在前景与背景之间，不停地往返。丹尼尔认为，她的作品以一种截然不同于传统澳大利亚女性小说的方法创造了一个近乎哥特式的世界。[1]丹尼尔曾指出，80年代的新长篇小说比较一致的特点是："崇尚智力游戏，嬉戏荒诞，充满意外、悖论、矛盾和不安定，在这样一个世界里，百物诸事不过是表面现象，在它的背后是荒诞不经的现实，或者超现实，小说所呈现的一切不过是覆盖在真实之上的幻影。"[2]

澳大利亚的"新小说"崛起之时，大家反复提到的两个重要影响是法国的新小说和拉丁美洲的魔幻现实主义小说。从"新小说"创作方法来看，它无疑是澳大利亚文学语境中的后现代主义小说创作。丹尼尔在论述80年代澳大利亚"新小说"的时候，以法国"新小说"和拉美"新小说"做参照，但她特别强调，澳大利亚的"新小说"不同于法国的"新小说"。跟后者一样，澳大利亚的"新小说"也志在通过新的文学形式和技巧来探索社会现实，但是，法国的"新小说"给人以贫乏枯燥的感觉，而澳大利亚的"新小说"虽常常不乏荒诞，却更加富有色彩与活力，它表现的是一种量子物理学给我们显示的不稳定世界，在这个世界里，生活中的物件不过是表面现象，其背后潜伏的是一个十足的

1 Helen Daniel, *Liars*, 271.

2 同上，21。

荒诞和奇幻世界，而这个世界不时呈现的一种超现实存在给生活现实投下了阴影。应该说，在澳大利亚的“新小说”中，人物并没有完全失去其地位，虽然他存在的空间备受争议，范围也大不如前；在“新小说”人物的背后，是崇尚“谎言”的作家和读者之间的合作和密谋。在某些方面，澳大利亚的“新小说”更像当代拉美小说；虽然澳大利亚“新小说”家没有通过翻译第一时间了解到马尔克斯、博尔赫斯及富恩特斯等人的作品，但是，当这些拉美作家的作品最终被译成英文并传入澳大利亚之后，澳大利亚小说家惊讶地发现拉美小说和澳大利亚“新小说”之间的相似。[1]

三、后现代主义小说的新进展

2009年，杰尔德（Ken Gelder）和索尔斯曼（Paul Salzman）合作出版《两百年庆之后：澳大利亚小说1989—2007》，在“文学小说”一章里，专辟一节讨论90年代以来的“后现代文学小说”（postmodern literary fiction）。他们认为，从20世纪90年代到现在，后现代主义小说是澳大利亚小说创作的一个亚文类，它与生态-家谱小说、殖民历史小说、欧裔澳大利亚题材小说、伦理现实主义小说、中产阶级趣味女性小说、垃圾时尚小说、乡村启示录小说、妇女性小说、亚裔澳大利亚题材小说、澳大利亚鸡仔文学，共同构成了当代澳大利亚小说创作的今日面貌。[2]杰尔

---

1 Helen Daniel, *Liars*, 21–22.

2 Ken Gelder and Paul Salzman, *After the Celebration: Australian Fiction 1989–2007* (Melbourne: Melbourne University Publishing, 2009), 17.

德和索尔斯曼在其著作的多个地方明确表示，90年代的澳大利亚，对小说创作实验性最执着、成就也最大的是凯里、卡斯特罗（Brain Castro）和库切（J. M. Coetzee），他们对当代澳大利亚严肃文学小说贡献最多，对后现代实验最有兴趣，文学成就也最为突出。[1]

凯里无疑是在20世纪后半叶崛起的一代澳大利亚“新小说”作家中最用功的作家，也是自怀特以来40年中成就最大、在国际上名气最响的澳大利亚作家。1990年后，凯里先后出版小说《税务检查官》（*The Tax Inspector*，1991）、《特里斯坦·史密斯不寻常的生活》（*The Unusual Life of Tristan Smith*，1994）、《杰克·迈格斯》（*Jack Maggs*，1997）、《凯利帮真史》（*True History of the Kelly Gang*，2000）、《我的虚构人生》（*My Life as a Fake*，2003）、《窃：爱情故事》（*Theft: A Love Story*，2006）、《他的非法自我》（*His Illegal Self*，2008）、《帕洛特与奥利维亚在美国》（*Parrot and Olivier in America*，2010）和《眼泪的化学》（*The Chemistry of Tears*，2012）。在这些作品里，凯里基本保持了他在70年代就已形成的创作形态，并努力将一种后现代焦虑情绪与澳大利亚民族的、地方的以及他本人的身份相结合，写出了一批令世人瞩目的优秀作品。凯里的小说细节丰富，叙述方法多变，故事性强。他把在“新小说”时代获得的丰富的写作技巧非常好地反复运用于澳大利亚历史和传说的叙事之上，重写内德·凯利（Ned Kelly），重写厄恩·马利（Ern Malley），重写19世纪英

1 同上，101-110，133-136。

帝国对澳大利亚的殖民，重写澳大利亚本土的文学艺术家，重写往返于澳大利亚与世界各地之间的各种旅行。凯里的叙事模式可谓多种多样。例如，《特里斯坦·史密斯不寻常的生活》采用了一种近乎科幻小说的魔幻现实主义，虽然这部小说受到的好评或许较少，但作者在实验上可谓雄心勃勃，连标题也清晰展示小说与18世纪英国小说家斯特恩的《项狄传》的互文联系。又如《杰克·迈格斯》，它采用的是一种反写经典的叙事模式，一方面生动地描写了19世纪的英国，同时又将殖民时期的澳大利亚写成了一个反抗殖民帝国并获得救赎的自新之地。小说立足后现代的游戏精神，将狄更斯《远大前程》中书写的历史整体地颠覆过来，获得了一种崭新的叙述效果。再如《凯利帮真史》和《我的虚构人生》，它们用一种传统的讲故事的口吻展开叙事，采用第一人称叙述，以一种近乎神奇的方法，将澳大利亚历史上的传奇人物内德·凯利和澳大利亚最著名的文学骗局中的虚构人物重新生动地演绎了一遍。杰尔德和索尔斯曼特别指出，凯里用他特有的方式成就了一个后现代主义文学的奇迹，他40年来始终没有放弃后现代叙事实验，但却通过对民族素材的精彩调动，在读者中保持着很高的人气，他的文学实践证明，后现代主义小说实验性加上澳大利亚的题材完全可以成就一个伟大的当代作家，同时他的成功也证明纯粹的文学小说并没有因为曲高和寡而失去读者。[1]

卡斯特罗1950年出生于中国香港，具有中、英、葡三种血

1 Ken Gelder and Paul Salzman, *After the Celebration*, 105.

统。1982年，他凭借长篇小说处女作《候鸟》（*Birds of Passage*）获澳大利亚沃格尔创作奖（Vogel Prize），开始被人关注。他的主要创作开始于90年代，先后出版长篇小说《珀姆罗伊》（*Pomeroy*，1990）、《双狼》（*Double-Wolf*，1991）、《中国之后》（*After China*，1992）、《飘移》（*Drift*，1994）、《舞者》（*Stepper*，1997）、《上海舞》（*Shanghai Dancing*，2003）、《园书》（*The Garden Book*，2005）、《浴间赋格曲》（*The Bath Fugues*，2009）。卡斯特罗的小说语言浓密凝重，重视形式，智性十足，叙事过程表现出高度的理论自觉，关注的话题包括澳大利亚的历史、族裔、身份以及这三者之间的关系。从某种意义上看，卡斯特罗与凯里有颇多相似之处。首先，卡斯特罗喜欢在小说中融合真实与虚构，所以他的多部小说以真实历史人物为原型来设计叙事。凯里的小说有内德·凯利和厄恩·马利的故事，而卡斯特罗的小说《飘移》讲述了英国实验小说家B.S.约翰逊的故事，《双狼》讲述了弗洛伊德所谓的"狼孩"故事。此外，卡斯特罗还跟凯里一样，喜欢刻画一些不健全甚至有些怪诞的人物。小说《双狼》的叙事围绕两个人物展开：弗洛伊德的"狼人"（Wolf Man）[1]——一个名叫潘克杰夫的俄罗斯贵族——和一个名叫卡特可姆的澳大利亚心理分析学家。小说一方面呈现了一系列真假难辨的人物和事件；另一方面，又以虚构的形式讲述了一个关于心理分析的故事。《双狼》虽然展示了作者对诸多智性事物的浓厚兴趣，但缺少凯里所展示给我们的那种叙事的趣味性。

1 "狼人"是弗洛伊德最著名的一个病人，弗洛伊德在给他诊治的过程中构建了自己的儿童性心理学。

《上海舞》和《园书》同样表现出了高度的实验性和理论性，不过，较之《双狼》，这两部小说多了一些叙事的趣味。《上海舞》以自传的形式，以一个华裔澳大利亚移民的视角，记录了传主一家19世纪30到60年代在上海、香港和澳门的生活经历，融汇着叙述人的个人回忆、轶事、照片和家族秘密。叙述人毫不避讳自己叙事的虚构性，反倒通过多个渠道向读者暗示，所提供的许多所谓的证据实际上是不确定的。虽说历史照片给小说一种历史的真实感，但小说中每一次陈述中所暴露的主观性，却充分说明了这种叙事本质上的虚构特征。同样关注移民故事的《园书》，将故事的背景设在墨尔本东部的丹德农山脉，故事发生在20世纪的经济大萧条到二战的这段时间。小说的不少细节直接借用了历史上的真人真事，但这些真人真事在这里却被赋予了虚构小说的意义。与凯里具有清晰故事线索的小说相比，卡斯特罗的小说更具有一种后现代的羊皮纸效果，小说的情节通过不同形式的写作层层重叠呈现出来，读起来有种现代派小说的严肃效果，表现出被杰尔德和索尔斯曼称作澳大利亚"后现代崇高"（postmodern sublime）的特色。

四、后现代主义小说的式微

当代澳大利亚后现代小说在20世纪70年代"新写作"中含含糊糊地开始，经过80年代的"新小说"和90年代的"后现代文学小说"，至今几近半个世纪。四十多年来，后现代主义给澳大利亚文学带来的影响是巨大的，除了一批小说家娴熟地掌握并在创作中使用后现代主义小说技法，更涌现了诸如凯里这样的具有世界影响的著名作家。就此而言，澳大利亚后现代主义小说不可谓成绩不大。但是，后现代主义小说在澳大利亚文学中始终没有明确地确立一个以“后现代”命名的创作群体和流派，虽然人们有时把70年代的“新写作”和80年代的“新小说”统称为澳大利亚“新小说”，并通过与法国“新小说”的联系，把它笼统地视为澳大利亚后现代主义小说，但是，澳大利亚的文学史家至今仍然拒绝用“后现代主义小说”来指称20世纪70年代启动的澳大利亚实验主义创作潮流，曾经参与其中的小说家也大体上回避这样的命名。此外，作为一种小说创作取向，虽然澳大利亚的后现代小说曾经零星地吸引过作家，但是坚持用后现代主义的手法从事小说创作40年不变者却凤毛麟角。可以说，到21世纪初，曾经的“新写作”小说家中只有凯里金鸡独立。作为一种创作趋势，它在80年代的多元文化主义和90年代激烈的文化战争中逐步消退。

在澳大利亚，无论是七八十年代的“新写作”和“新小说”，还是90年代的“后现代文学小说”，其基调较之欧美后现代主义小说都更严肃。杰尔德和索尔斯曼认为，要理解90年代以来的澳大利亚后现代主义小说，应该首先区分两种后现代：一种是以贝克特为代表的悲观的后现代主义，这种后现代主义小说完全不相信叙事的有效性；另一种后现代主义小说追求一种崇高的目标，它一边对叙述高度自觉，一边高度肯定叙事的重要性，在这种态度下写成的小说往往少了一种游戏，多了一份严肃的“后现代崇高”。总体而言，澳大利亚后现代主义小说选择了后者，它是欧美后现代主义文学移植到澳大利亚并在澳大利亚本土化之后形成的特殊产物。[1]

“后现代文学小说”当然是当代澳大利亚文学中的一个亚文类，在杰尔德和索尔斯曼的《两百年庆之后：澳大利亚小说1989—2007》里，“后现代文学小说”的介绍只占了区区六页。[2]这样的安排从一个侧面表明，后现代主义小说在经历了七八十年代的“新小说”之后，仍然没有成为澳大利亚文学中压倒一切的重要潮流。但作为一种创作手法，后现代的诸多技巧在80年代之后，或许被越来越多的作家所认识、接受甚至采用。从90年代开始，澳大利亚后现代主义小说走向衰落，究其原因恐怕主要在两方面：一方面，随着影视和网络技术的迅猛发展，传统纸质性的文学遇到了前所未有的挑战[3]；另一方面，此时的右翼保守势力对澳大利亚政治的控制日益加强，文学艺术因此失去了往日的单纯，变成了政治斗争的角力场。在短短数年之中，澳大利亚社会连续围绕德米登科（Helen Demidenko）的小说《签署文件的手》（*The Hand That Signed the Paper*，1994）和加纳（Helen Garner）的非虚构文集《第一石》（*The First Stone*，1995）展开了激烈的辩论，文学创作不仅因此以前所未有的频率成为举国关注的焦点，更在不知不觉之中变成了澳大利亚不同文化势力之间角力的战场。[4]在20世纪90年代发生在澳大利亚的“文化战争”[5]中，后现代主义小说被当成了一种“后现

---

1 Ken Gelder and Paul Salzman, *After the Celebration*, 130.

2 同上，130-136。

3 Graeme Turner, “Film, Television and Literature: Competing for the Nation,” Bruce Bennett and Jennifer Strauss, eds. *The Oxford Literary History of Australia* (Melbourne: Oxford University Press, 1998), 351-352.

4 Ken Gelder and Paul Salzman, *After the Celebration*, 214.

5 关于澳大利亚的“文化战争”，请参阅王丽萍、王腊宝的文章《“理论”消退与文化战争》，王守仁、姚君伟主编《华东外语教学论坛》（第三辑），上海外语教育出版社，2008年，第345—357页。

代”文化流行病和一场亟须扑灭的灾难，在这种氛围之下，90年代以后的澳大利亚社会对后现代主义小说的态度悄然发生了改变。

澳大利亚后现代主义小说的成长和发展轨迹或许与澳大利亚社会对待外来思潮的一贯态度有关。早在20世纪40年代，麦考利（James McAuley）和斯图尔特（Douglas Stewart）针对现代主义诗歌刊物《愤怒的企鹅》（*Angry Penguins*）的主编哈里斯（Max Harris）一手导演了著名的“厄恩·马利大骗局”（Ern Malley Hoax），直接导致了现代主义在澳大利亚文学中的长时间停滞。不过，现代主义最终还是浩浩荡荡地来了，不管人们喜欢不喜欢，40年代以后的澳大利亚文学在怀特等人的努力之下最终接受了现代派的写作方法。具有讽刺意味的是，在90年代的澳大利亚一片抵制后现代主义的批评声浪中，澳大利亚的“文化斗士们”反复将怀特视为现代澳大利亚文学的核心经典作家，在反后现代的评论家看来，历史上的现代主义在世界各国曾经承担过革新文学创作方法的使命，因此在当代的澳大利亚文坛，现代主义尚有其独特的作用。今天的澳大利亚需要现代主义，不仅为了抗击现实主义，更为了抗击后现代主义。因为后现代主义怀疑一切宏大叙事对社会和世界的改造作用，所以，澳大利亚需要现代主义特有的价值取向，并用它去抗拒虚无的后现代主义。[1]

20世纪40年代，现代主义被澳大利亚视为一种来自欧洲的、有可能破坏民主平等的有机社会的颓废思潮，一种来自美国的、有可能腐蚀澳大利亚年轻而健康的心灵的商业化思想，所以

1 Ken Gelder and Paul Salzman, *After the Celebration*, 99.

被严格予以抵制。[1]但现代主义最终还是在澳大利亚确立起来，这说明澳大利亚在接受外来现代主义思潮的问题上取得了迟到的进步。的确，“迟到”和“滞后”同样是理解澳大利亚后现代主义小说发展过程的一个关键，正如20世纪前半叶的澳大利亚批评家用现实主义标准抵制现代主义一样，20世纪90年代以来的澳大利亚批评家用现代主义做标准抵制后现代主义。根据这样的规律，我们不妨预测，随着时间的推移，未来的澳大利亚作家和批评家或许也会更多地接受后现代主义，但是，澳大利亚在接受外来思潮的过程中常常会“迟到”和“滞后”一些，这一点应与澳大利亚这个后殖民国家的地理、历史以及国家自我身份的定位密切相关。

第二节 加拿大后现代主义文学

一、加拿大后现代主义文学的出现及其形态

后现代主义与现代主义有着密切的联系，对于后现代主义文学的解读通常是基于后现代主义和现代主义的关系上进行的。无论是源远流长的英国文学还是发展迅速的美国文学，二者的后现代主义文学在文艺思想和创作技巧上都是现代主义文学的延续和发展。然而就加拿大文学而言，情况却不尽然。加拿大文学的发展中没有经历完全成熟的现代主义这一阶段，没有太多既定的文

1 David Carter, “Critics, Writers, Intellectuals: Australian Literature and Its Criticism,” David Carter and Wang Guanglin, eds. *Modern Australian Criticism and Theory*，青岛：中国海洋大学出版社，2010年，第78页。

学传统与规范。现代主义文学在20世纪初的加拿大难以找到成长的土壤。狄佛克（Marta Dvorak）在谈及加拿大小说创作情况时发表了这样的观点："作为《双钩》（*The Double Hook*，1959）的作者，沃森（Sheila Watson）是第一位真正意义上的现代主义加拿大作家。"[1]这个观点已被学界广为接受。但是加拿大的文学远没有发展成充满精神危机的"荒原"，许多加拿大先锋派诗人包括最受人喜爱的诗人曼德尔（Eli Mandel）和韦伯（Phyllis Webb），他们发现无法效仿战后美国诗人庞德和艾略特表达西方一代人精神上的幻灭，他们创作的现代主义作品也不能引起自己民众的共鸣。基于文学现代性的缺失，后现代主义能否被视为完整统一、自成体系的文学流派，在加拿大不是一个没有争议的问题。"像马特·科恩（Matt Cohen）这样的小说家就坚持认为后现代主义只能作为一种理论而存在，而不能成为小说中的现实。"[2]不过，争议并没有影响后现代主义思潮的迅速传播与扩散。

加拿大人接触"后现代的"（postmodern）这一词汇最早可能在20世纪60年代末。加拿大著名的小说家和批评家克罗奇回忆说，他"第一次接触""后现代的"并不是在加拿大，而是在美国纽约，时在1969年，当时他受他的朋友、美国批评家斯帕诺斯之邀，合作创立后现代主义文学杂志《疆界2》。[3]在加拿大国

1 Marta Dvorak, "Fiction," Eva-Marie Kröller, ed. *The Cambridge Companion to Canadian Literature* (New York: Cambridge University Press, 2004), 162.

2 Linda Hutcheon, *The Canadian Postmodern: A Study of Contemporary English-Canadian Fiction* (Toronto: Oxford University Press, 1988), 20.

3 Robert Kroetsch, "An Arkeology of (My) Canadian Postmodern," Hans Bertens and Douwe Fokkema, eds. *International Postmodernism: Theory and Literary Practice* (Amsterdam: John Benjamins Publishing Company, 1997), 307.

内，根据加拿大文论家斯泰西（Robert David Stacey）的考证，加拿大出版界对“后现代主义”一词最早的使用是在1974年。那一年，戴维在他的著作《从那里到这里》中区分了后现代主义写作与现代主义写作，说：“近来我们加拿大文学确认了现代主义的消亡和去中心时代的来临，‘后带电的’后现代，非权力的时代。”[1]两年后，巴伯撰文评论莱昂纳德·科恩的小说《大大方方的输家》（*Beautiful Losers*，1966）时再次使用，说它“就是最当代的后现代作品”。[2]

加拿大著名的后现代主义批评家哈琴认为，人们普遍认为60年代是“见证了加拿大小说大繁荣的年代”，而“促成这繁荣的原因是多方面的：民族主义情绪，政府对出版商和艺术家的支持，还有人们的普遍看法，即从文化上说加拿大终于不再是伯尼（Earle Birney）曾经说的‘高中生的天地/绝对的乳臭未干’。……七八十年代，新的东西开始出现了。在世界其他地方开始称为‘后现代主义’的东西来到了加拿大——不过它的形态却明显地是加拿大的”。[3]

哈琴说这话是在1988年，她虽然指出了加拿大后现代主义文学的形态“明显地是加拿大的”，可就明显在何处却语焉不详。有幸的是，达里亚斯-博特尔对此说得很清楚：

---

1 Frank Davey, *From There to Here: A Guide to English-Canadian Literature Since 1960* (Erin: Porcepic, 1974), 19.

2 Douglas Barbour, “Down with History: Some Notes Towards an Understanding of *Beautiful Losers*,” Michael Gnarowski, ed. *Leonard Cohen: The Artist and His Critics* (Toronto: McGraw-Hill Ryerson, 1976), 146.

3 Linda Hutcheon, *The Canadian Postmodern*, 1.

> 在自觉置换（self-conscious displacement）中，加拿大文本的确以两种重要的方式操作：一种强调具体性，体现在地方和地域文本，如伯塞尔（Sandra Birdsell）的《夜行者》（*The Night Travellers*，1982），门罗（Alice Munro）的《女孩和女人们的生活》（*Lives of Girls and Women*，1971），罗斯（Sinclair Ross）的《至于我和我家》（*As for Me and My House*，1957）；另一种聚焦于多元性，明显见于大量的、描绘人物不停地在不同国别和文化之间移动的文本，如鲍尔林（George Bowering）的《雨水桶》（*The Rain Barrel*，1994），基弗（Janice Kulyk Keefer）的《旅游的女士们》（*Travelling Ladies*，1990），克罗奇的《托辞》（*Alibi*，1984），威伯（Rudy Wiebe）的《中国蓝山》（*The Blue Mountains of China*，1975）。这两种模式常常并置于加拿大后现代主义文本中，从身份的地理、文化、历史角度来谈论建构加拿大主体，借此从移动、空间或差异的角度来重新思考主体性。[1]

换而言之，"明显地是加拿大的"后现代主义文学形态表现在两方面：区域性和多元性。

区域性是指从地理上说，加拿大是独特的。"加拿大地处边缘，与大都市中心无缘，因此一向立于文化、历史、地理的边缘。"[2]依

1 Eva Darias-Beautell, "Displacements, Self-mockery, and Carnival in the Canadian Postmodern," *World Literature Today* 70.2 (Spring 1996): 316.

2 同上。

据施瓦茨沃德的看法，加拿大是“一个别的加拿大，或另一个加拿大，或数个别的加拿大?”。[1]哈琴本人时隔三年后即1991年说：“加拿大是一奇怪的国家实体，这一点，如果加拿大人不明白的话，世界上其他人却可能都清楚。”[2]这种独特性体现在文学文本里，就像前面提到的伯塞尔、门罗、罗斯的文本，就是凸显本土性。

多元性是指从文化上说，加拿大是独特的。这一点尤其体现在语言上，加拿大可分为说英语的加拿大人和说法语的加拿大人。这些人的背后有着不同的文化，合起来就构成了加拿大文化上的多元性。这种多元性的文化，本质上是排斥单一性或说统一性的文化。哈琴指出：

> 加拿大可能喜欢视自己为这样的一个国家，它抗拒更为美国式的统一化，无论这种统一化是地理上的，人口上的，还是意识形态上的。可能事实上并非如此，可还是有很多人珍爱这一形象。比如说，文学上加拿大强调地方主义，后现代主义就把这种强调变为关注不同的、本土的、特别的东西，与一致性、普遍性和中心化相对立。强调归强调，但所指和语境发生了变化。弗莱（Northrop Frye）和克罗奇等很多人，都讨论了加拿大文化异质的重要性和本土传统的重要性。[3]

1 此为其文所示，见 Robert Schwartzwald, “An/Other Canada. Another Canada? Other Canadas.” *Massachusetts Review* 31.1/2 (1990): 9–27。

2 Linda Hutcheon, *Splitting Images: Contemporary Canadian Ironies*(Toronto: Oxford University Press, 1991), 13.

3 Linda Hutcheon, *The Canadian Postmodern*, 19.

克罗奇既是作家又是与哈琴齐名的著名的加拿大后现代主义批评家，他干脆将加拿大的后现代主义文学的独特性与“加拿大性”(Canadianness) 直接联系起来，认为加拿大后现代主义文学因为具有“加拿大性”而“闪烁不定”。他写道：“依据利奥塔的定义，加拿大是个后现代国家”，其特征是拒绝欧洲国家和美国的元叙事，以及“自我定义的水平较低”。[1]哈琴则认为，像“克罗奇这样的作家，他们乐于称自己是后现代的，甚至认为加拿大的国家断裂性特别适合后现代主义的断裂性”，而“加拿大英语小说不像更为激进的美国‘超小说’(surfiction)，也不像魁北克式语言游戏，它有意识地从现实主义那里获取乳汁补充其能量，方式甚至是通过滑稽模仿和颠覆现实主义习俗”。[2]

二、魔幻现实中后殖民与本土性的文化逻辑之争

从历史上看，加拿大是个古老而又年轻的国家。加拿大的土著居民主要是印第安人和因纽特人。1497 年意大利人卡波特 (John Cabot) 为英格兰探索了加拿大大西洋沿岸。直到 16 世纪法国和英国相继在加拿大开辟了殖民地。1867 年加拿大建立了联邦政府，成为英国的自治领。加拿大文化经历了殖民与后殖民的过程。加拿大的文学与文化产生自宗主国的语言文化，因而在促成自己民族的文学与文化的繁荣和发展过程中，势必与宗主国的文学与文化产生一定的张力。在去殖民化的民族主义文化策略中，首先要解决的就是解码在文化和文学作品中的文化殖民主义，但

1 参见 Jennifer Henderson, “Critical Canadiana,” *American Literary History* 13.4 (2001): 795。

2 Linda Hutcheon, *The Canadian Postmodern*, 20.

与第三世界后殖民国家不一样的地方是，加拿大的文学、文化声音，并不是由土著居民为他们的民族独立与文化发展所展开的对抗帝国中心而发出的声音。究其历史原因，是加拿大的土著居民印第安人和因纽特人对本民族的文化继承和发扬相对微弱。发出抗争声音的，是定居加拿大的帝国后裔白种人，他们既是殖民者又是被殖民者。但本土知识分子发现再也不可能回到原初的本土文化，欧洲殖民主义文化已积淀为该民族文化的新传统。加拿大人在后殖民时期对加拿大文学的探讨，更多的不是去恢复或重建某种在殖民地时期被废弃的原有文化，而是要创造自己的本土文化，确立自己的本土性。

在与欧洲文学、文化的对抗中，克罗奇、霍金斯（Jack Hodgins）等加拿大作家绕过欧洲文学中心的统治，而去接触拉丁美洲魔幻现实主义，因为加拿大和拉美国家相似的文化背景，以及文学中相似的审美取向和旨趣，使加拿大的作家对魔幻现实主义倍感亲切。克罗奇和霍金斯提出了后现代后殖民魔幻现实主义观点。克罗奇的《乌鸦的声音》（*What the Crow Said*，1978）便是一部魔幻现实主义作品，意在证明加拿大本土文化历史漫长、蕴藏丰富，表现了这种本土文化有一套殖民者根本无法理解的深层结构。小说中，叙述者讲述了一位名叫薇拉的女孩在大印第安镇受孕于蜜蜂的神奇经历，这事看似荒诞，但却与接下来发生的整个故事串联在因果关系链条上，追溯了大印第安镇25年来发生的历史事件。

除克罗奇外，霍金斯的《世界的发明》（*The Invention of the World*，1977）和斯旺（Susan Swan）的《世界最大的现代女人》（*The Biggest Modern Woman of the World*，1983）也都采用了魔幻现

实主义手法，以表现对现实主义内在原则的挑战。汉考克在他的文章《魔幻现实主义：加拿大小说中的神奇之处》中谈道："作为表达方式，加拿大小说名副其实地表达了一种自成体系的文化。小说的神奇性，可能会回答我们长期以来对自己身份的疑问，帮助我们更准确地为自身定位。小说高度强调淹没于理性之下的品质，帮助我们揭示新的历史真实。魔幻现实主义能够把加拿大的现实和幻想融合在一起。"[1]原本扎根于悠久的现实主义传统的加拿大文学现在与拉美魔幻现实主义传统相糅合，成就了一种能够很好地表达同主流思维方式相悖之观点的叙述手段。创作手法上的这种"混杂""模拟"等"非对抗性"写作策略，为独立民族文化观念的表达创造出更多的空间。

加拿大作家的魔幻现实主义的民族文化特色是逐步形成、演进的，并以穿透时间和空间的维度拆毁帝国中心话语，成为一种抗争意识的表达。真正有成就的加拿大作家，比如莱昂纳德·科恩、芬德利（Timothy Findley）和威伯，都不是单纯模仿英美作家的写作技巧和风格，而是借鉴英美文学的传统作品，将后现代小说的很多技巧呈现在后殖民的作品中。莱昂纳德·科恩的《大大方方的输家》是70年代和80年代后现代主义小说的先声。小说根植于加拿大60 年代的社会和政治现实之中，人物故事化作碎片散落在语无伦次的叙述里，从民族和性别的角度凸显了反对权威的、非中心的意识。威伯的《大熊的诱惑》（*The Temptations of*

1 Geoff Hancock, "Magic or Realism: The Marvellous in Canadian Fiction," Peter Hinchcliffe and Ed Jewinski, eds. *Magic Realism and Canadian Literature: Essays and Stories* (Ontario: University of Waterloo Press, 1986), 40.

Big Bear，1973），毫不隐讳地通过虚构来表现小说，淡化了历史文本与小说文本传统的界限，展示出各种不同的历史视角。威伯还把英国人书面记载的空洞、枯燥的内容，与“大熊”口语中那些意韵深长的话语对立起来，瓦解了以强势权力话语为特征的历史统一性。后现代主义文学的创作手法和写作策略持非本质主义的态度，强调混杂的现状，寓反抗于挪用之中，颠覆了英国殖民主义宗主国的政治和文化霸权，解构了英国殖民主义的殖民版图，描摹出新的加拿大民族文学蓝本。

三、多元文化的碰撞与少数族裔话语表达

加拿大是一个主要使用英语和法语的国家，英裔和法裔群体无论在人口规模还是社会政治利益方面，都居相对的优势地位。与英语密切相系的文化和与法语密切相系的文化是加拿大的两种主要文化。第二次世界大战之后，移民人数增多，南欧人、亚洲人、南美人及加勒比群岛人相继移入，使加拿大的民族成分越发呈现出多样化的特点。他们进入加拿大的许多移民社团，都在不同程度上保留了自己原来的文化习俗和语言。以语言来划分，加拿大有英语文学和法语文学，二者泾渭分明，互相保持相对独立。根据加拿大官方的划分，非英裔和非法裔主流作家均被划入“少数族裔”作家行列。1971年加拿大政府通过《双语框架内的多元文化政策实施宣言》，1988年正式颁布《加拿大多元文化法案》，多元文化成为加拿大的国家象征。

多种民族、多种风俗习惯使加拿大文化变得丰富多彩。民族性和身份意识通过多元文化的碰撞和地区中心的语意表达进行构

想和表述，它既包含那种世界主义的乌托邦理想，同时又是一种对霸权话语的消解。很多著名的加拿大作家的作品是多元文化撞击的结果。加拿大第一位享有世界声誉的作家李科克（Stephen Butler Leacock），其揭露社会弊病和丑恶现象的犀利的笔锋，明显受马克·吐温的影响，他对“小人物”所倾注的同情，又受英国作家狄更斯的影响，而其作品所体现出的孤独感却带有加拿大的地域文化特征。被誉为加拿大最具创造性的当代作家玛格丽特·劳伦斯（Margaret Laurence）的代表作《潜鸟》（*The Loons*，1970）立足于加拿大本土，描写了多元文化下土著民族梅蒂斯人的边缘生存状态。她的“马纳瓦卡小说”追溯了社会发展的线索，探索了苏格兰人与英格兰人之间、欧洲移民与亚洲移民之间和解的途径，以及在多元文化中女性所处的特殊地位和扮演的角色。1982年任加拿大作协主席的阿特伍德对美国文化有较深刻的理解，她作品中主人公的双重倾向性体现了其受美国文化的影响。概括地说，在多元文化碰撞中产生的、倡导多元性和无主导性的文学作品，多以后结构主义为理论基础，张扬一种文化批评的精神，力图打破中心性和整体叙事。

加拿大文学中民族性的流变与传承，在一定程度上预示了加拿大文学创作的价值取向。少数族裔作家的书写，为处于多元文化语境下的加拿大文学构建了一个多样性的文学传统，他们遭受到主流文化和种族的压迫，经历了边缘化过程，但是他们的边缘性没有完全消解他们的主体性。他们的创作视角，聚焦于文化认同、多维文化的协商以及文化的变迁，坚守着祖先文化，将各自祖先文化的元素成功地嵌入加拿大文化，消解了欧洲的中心话语，解构并重构他们的权力话语。处于文化边缘地位的少数族裔作家的“边缘生存”，成了他们创作的一大主题。日裔小说家乔伊·小川（Joy Kogawa）的《欧巴桑》（*Obasan*，1981），表现的即是少数族裔作家诉求自己的身份，是一部再现加拿大籍日本人命运的、充满诗意的作品。小说中的人物在第二次世界大战中，为寻求同化和经济保障，而遭到日本政府的扣留和驱逐。生于犹太家庭的里奇勒（Mordecai Richler）对犹太人作为一种少数民族，生活在加拿大这一多民族地区有较深刻的感受，他的作品生动地反映了犹太人的生活和感情。非裔黑人作家克拉克（Austin Clarke）的作品曾获吉勒文学奖，其创作引起了较多研究者的关注。加拿大籍斯里兰卡裔作家翁达杰（Michael Ondaatje）的《安尼尔的鬼魂》（*Anil's Ghost*，2000），关注移民的现实境遇和身份认同，也同样表现出对边缘与中心等固有界限的质疑。此外，还有美裔加拿大著名作家布莱斯（Clark Blaise）的《外籍居留者》（*Resident Alien*，1986），加拿大著名的土著作家马拉科尔（Lee Maracle）的《旅居者之真和其他故事》（*Sojourner's Truth and Other Stories*，1990），出生于澳大利亚的马拉特（Daphne Marlatt）的小说《安娜的历史》（*Ana Historic*，1988），这些典型的后现代实验性小说，都试图从边缘、弱势的立场出发，对社会主流文化展开批评。少数族裔作家的小说，在形式、语气、主题方面所涉及的领域是相当广阔的。他们的作品，在某种程度上，发挥了文学改变社会族群观念的实践功能，一如达里亚斯-博特尔所言，“自我/他者以及他者/边缘的关系已经发生改变，由于多个主体位置的产生和中心与边缘边界的消融，取而代之的是自我/中心的关系”。[1]

四、从边缘化的欢庆到神秘性表现

加拿大幅员辽阔，可适宜人类居住的栖息地却只占其中的一小部分，而且让人无奈的，是这一小部分也多被山川与河流分割成孤立的区域。加拿大的民族特色是通过区域的特点体现的，比如魁北克省、沿海诸省和西部地区的各自迥异的特点。加拿大人“根本不相信任何向心的倾向，无论在民族意识、政治或文化上都不存在中心的概念”。[2]他们把地域分割看成是加拿大生活中长期存在的现象，“他们有的认为势力的分野以南北为对垒，而另一些人则认为以东西为对垒”。[3]

前面已提到，加拿大文学与地域有着极为密切的关系，文学的发展在很大程度上有赖于地域文化的丰富多样性。早期作家对地理环境有着天然的感受力和敏锐的观察力，特别是对加拿大的自然景观、气候、风物、建筑、环境的描述，很大程度上丰富了加拿大小说的美学表现力。雄伟的落基山脉和前寒武纪的冰盾，给加拿大诗人和画家留下的，不仅有粗犷的色彩和棱角分明的节奏，而且还有不可或缺的美学特征。在殖民地时期，加拿大拓荒者就开始寻求一条独立的加拿大文学之路，他们对地域文化的认识不仅仅停留在撷取那些表浅的人情风貌，更多的是在与自己的故国比较之后，观察和发掘“地方性的基本内容”和“地方性表

1 Eva Darias-Beautell, *Contemporary Theories and Canadian Fiction* (Lewiston: Edwin Mellen Press, 2000f, 127.

2 Linda Hutcheon, *The Canadian Postmodern*, 3.

3 Eli Mandel, *The Family Romance* (Winnipeg: Turnstone Press, 1986), 15.

达”。加拿大文学地域性集中在安大略、南部、西部等地区，作品地域主题为喧闹的都市小镇或自然的农村荒野。文学地域主义在1867年加拿大自治领成立之后达到高潮，是一种自觉的知识分子运动，作家将加拿大的各个地域看成是独特的地理、文化和经济实体，着力确立和颂扬加拿大品质，并从加拿大的自然和历史中挖掘构成加拿大品质的源泉。

第二次世界大战后，文化全球化浪潮日益汹涌澎湃，既凸显又消解地域文化与文学，无论加拿大地域文学的走向如何，它的表达内容由于地域文学包含的文化特性，远远大于文学作品所表现的内容，在后现代语境中，地域文学所凸显的文化属性和民族、时代特征，仍然处在不断地向前发展的过程之中。加拿大地域文学是一种解构形式的诗学，是多种多样的对地域景致的张扬，表达不同和他性。地域主义文学强调差异性，描写局部碎片性经历，它打乱了传统权力和中心的元叙事模式。地域主义文学弘扬边缘性，注重地方艺术表现媒介，作品中常常编织进方言、传说、传奇等地方元素，着重描写对该地方本土风情的眷恋。威伯的《焦林中的人们》（*The Scorched-Wood People*，1977）和戴维·威廉斯（David Williams）的《河上骑马人》（*The River Horsemen*，1981）都表现出对地理和地域的关注。这种关注是他们的精神依托，是对传统价值观念的固守。这些作品充分通过所处地域的独立的话语方式和精神系统，表现出对中心话语的抵抗。

在所有无所不包的“区域性”文学中，出现了两种倾向：一是集中表现都市和乡村两个明显的叙述背景；另一个非常明显的表现形式就是将位于乡村与城市中间的地带作为叙述背景。空间上的“边缘感”成为加拿大人文化身份最具代表性的关键词。以英格兰为代表的商业传统，以苏格兰、爱尔兰、法国为代表的农业传统，很难严丝合缝地将行政区划的每一个角落整合进新的现代性秩序中，西方的主流思想和文化模式始终贯穿着一种强烈的民族优越感，必然要残留出许多无法被整合的中间地带，这个地带既指小镇又指家庭农场，或指加拿大的荒野。对中间地带风景的重构，体现出对中心空间逻辑的藐视。处于英美文化与地域划分夹缝之间的人物归属的边缘性，是自我身份认同危机的根源，也是加拿大文学秩序重构的主要力量。一个多民族国家，一直为自身的认同而苦恼，其民族特色主要通过区域特点来体现，加拿大作家明白，只有中间状态的人物才最能体现民族文化的真实面貌，因此在这类人物身上着墨最多。从李科克的《小镇艳阳录》（*Sunshine Sketches of a Little Town*，1912）到玛格丽特·劳伦斯的《石头天使》（*The Stone Angel*，1964），作家设计了一个没有权威、没有中心与边缘、不存在任何特权位置的小镇，以此为背景突出体现了在夹缝中寻求身份认同的加拿大人的集体意识。另外，描写中间地带的地域主义文学，着力表现被人们遗忘或漠视的街区和社区，以此推翻了大都市叙事模式。翁达杰的《身着狮皮》（*In the Skin of a Lion*，1987），就是对多伦多历史的一个颠覆和崭新解释。他向读者展示了被排斥在城市边缘的多伦多移民建筑工人的历史，把焦点集中在城市中艰苦又危险的几个角落，讲述黑暗边缘那些没有盎格鲁–凯尔特或法兰西血统的移民生活的故事。小说表现出鲜明的后现代主义特色，把被阶级和性别的概念排挤在历史以外的外来者和边缘人物推到了中心位置，强调事件的偶发性，消解和颠覆了官方的“正史”。

从20世纪70年代后期开始，加拿大越来越多的作家摆脱了对地理划分的地域限制过分关注和直接表现，他们的艺术视野开始投向对城市生活中人的孤独、异化的精神描写。孤独异化的内心感受与作家文风在精神上相互照应得以强烈地显示。加拿大地域文学在后现代的语境下发生了从外在化到内在化的主题嬗变。其中最能回应时代问题之一的，便是“神秘的地域主义”观照下的人生世态。神秘地域主义理论把地域的形成归于作家的思维创作，忽略了现实的决定意义，作家不急于追求近距离的及时反应与真切把握，将事实和原因安于一种含糊的、不确定的、神秘的境界中，因此使地域的概念变得模糊而不可捉摸。在后现代话语语境中，加拿大正在分裂为许多意义不同的区域，地域既是一个具有特殊意义的地理概念，同时又脱离了它本来的意义而上升到一个更高层次。神秘地域主义打乱了人们对地域认知的因果关系，它从人类想象活动的结果出发，而不是从现实的地方或地域出发，把地域的切实存在解释为人脑的抽象元素，成了人物心灵世界的艺术外化。文学文本对个人内心世界的观照，导致了影像和影像所指喻的现实之间的滑移。应该特别指出的是，“在探索（和否定）新的地理范围和界线时，女性作家的写作起到了引领作用”。[1] 阿特伍德的《浮现》（*Surfacing*，1972），以没有姓名的叙述者，讲述了女主人公“我”在回到魁北克省的故乡寻找失踪的父亲的故事。借用这个故事，阿特伍德展示了一位艺术家在异化的工业

1 Linda Hutcheon, *The Canadian Postmodern*, 78.

文明下自我找寻的远航。

后现代语境下的边缘化，使得地域主义在加拿大文学里摆脱了局部意义。在从自然书写、边缘化的欢庆到神秘主义的探索中，加拿大文学寻求恰当的表现形式，表达地域文学所表现的内容及其所凸显的文化属性和民族、时代特征。

从上述的讨论中我们可以看到，加拿大的后现代主义文学演绎了时代演化的精神逻辑，是现代工业文明和理性主义发展的危机解救和自我反思的必然结果。加拿大文学所体现出的后现代特点则是解构与重构、多元与民族、殖民与反殖民、本土与世界、边缘与中心的结合，尤其是更新和蜕变，在“去中心”的多元创作体系中蕴含了深刻的加拿大文学的民族性。基于这层意义，它并不仅仅只是狭义后现代主义精神的审美载体，还承载着“民族文学”形式表达的叙事功能。民族意识的发展使加拿大人意识到自身的存在和潜在影响，文学的实践向人们表明，在这种存在和影响下，20世纪60年代以后，玛格丽特·劳伦斯、阿特伍德、韦德·戴维斯（Wade Davis）、翁达杰、加兰特（Mavis Gallant）等享有国际声誉的优秀作家让加拿大文学跻身世界文学之林。2013年诺贝尔文学奖授予加拿大“当代短篇小说大师”门罗，她的获奖是对加拿大文学的充分肯定和赞誉。前瞻未来，跨入21世纪的加拿大社会将是全面实现后工业化的社会，后现代主义对认识加拿大政治实践所带来的人的现实困境具有重要的意义，后现代思潮在民族文学发展中仍具有其存在的现实条件。

第十五章
西班牙后现代主义文学

第一节　后佛朗哥时代与后现代主义

西班牙文学界关于后现代主义的讨论，与欧洲很多国家相比开始得较晚。王军在《20世纪西班牙小说》中指出，20世纪西班牙小说的一个重要特征是“现实主义流派的长期兴盛，但这并不意味着它一枝独秀。……在西班牙小说界，无论是战前30年还是20世纪后30年，各种流派、思潮、团体、观念争奇斗艳，使得这个欧洲现代小说的发源地在小说领域取得了长足的进步”。[1]就西班牙的后现代主义文学而言，其发展背景与其他欧洲国家不同之一，是国家经历了内战（1936—1939），这使西班牙的作家分成两派：流亡海外的作家继续内战前的现代主义文学创作，而留在国内的作家则主要倾向于现实主义文学（不管是存在现实主义、可怖现实主义还是社会现实主义文

---

1 王军：《20世纪西班牙小说》，北京：北京大学出版社，2007年，第1页。

学）。[1]内战结束后，佛朗哥当政，开始了其长达数十年的独裁统治（1939—1975），在此期间政府长期推行新闻审查制度。[2]这些情况使得西班牙的后现代主义文学浪潮相比欧洲其他国家来得晚。

西班牙的后现代主义文化真正到来是在70年代末。[3]它的经济基础来自60年代，那时，佛朗哥统治下的社会经济较之前有了一定的开放性，旅游业也发展起来了。到70年代末和80年代，国家经济迅速发展。1986年1月1日，西班牙正式加入欧洲经济共同体，进一步推动了经济的快速发展。随着经济的发展，西班牙的消费文化也兴旺起来：它始于60年代末，佛朗哥去世时则越来越盛，促使西班牙的文学艺术发生变化，而在佛朗哥死后的十多年里，西班牙从前工业国家转变为后工业国家，文学艺术的变化也更大。

政治方面，佛朗哥专政的最后几年，新闻审查开始松动，而到1975年佛朗哥去世后，新闻审查彻底消失，作家摆脱了长期以来所受的禁锢，获得了无比的创作自由，纷纷努力在文学上寻求创新和突破，后现代主义文学由此而得到长足发展。[4]

此外，各类奖项的设立也大大促进了作家多元化文学创作的积极性，如1972年文化部恢复国家文学奖，1976年文化部又设立了文

1 Ken Benson, “El postmodernismo y la narrativa española actual,” *Semiótica y modernidad: actas del V Congreso Internacional de la Asociación Española de Semiótica*, La Coruña, 3–5 de diciembre de 1992/ coord. por José Angel Fernández Roca, Carlos J. Gómez Blanco, José María Paz Gago, Vol. 2, (1994): 59.

2 “新闻审查制度”在我国国内也被译为“书刊检查制度，报刊检查制度”。沈石岩在《西班牙文学史》中提到“内战结束后大批进步文人流亡国外，佛朗哥为了维护一个统一的思想，实行了高压政策。切断了文化界与欧洲其他国家的自由思想的联系，实行极为严格的书刊检查制度，致使文化界犹如死水一潭”。（沈石岩：《西班牙文学史》，北京：北京大学出版社，2006年，第402页。）

3 Patricia María Riosalido Villar, *Las novelas históricas posmodernas de los ochenta y el problema de la Historia* (Madrid: UNED, 2014), 144.

4 同上。

学大奖塞万提斯奖，西班牙各省和地区也设立了自己的文学奖，还有不少著名出版社甚至某些企业、电台也纷纷设立各种文学奖。[1]

外来文学的影响也不可忽视。国外很多后现代主义作品被翻译成西班牙语在西班牙出版，使后现代主义文学正式进入西班牙人的视野。从80年代开始，西班牙小说的风格、主题和形式越来越呈现多样性，后现代主义文学创作在西班牙越趋兴盛，西班牙文坛出现了百花齐放的繁盛景象，从而使西班牙后现代主义文学创作得到了欧洲文坛乃至世界文坛的关注和肯定。

客观地说，西班牙社会接受后现代主义是有一个渐进的过程的。在佛朗哥时期，由于佛朗哥一直非常严厉地“阻挠”后现代主义，社会上对它持怀疑态度。[2]当时就此话题，更多的是争论与分歧，不能达成共识。[3]甚至在70年代后期和80年代上半叶，还有些西班牙评论家认为后现代主义文学关注普通人和事，关注色情和街头逸事，不关注伟大理想，拒绝先锋派教条，因此对它持反对态度。[4]直至80年代中期，评论家们对它还是存在很大分歧，有的支持，有的反对。但80年代后半叶以来，随着西班牙文学创作多元化趋势越来越明显，绝大多数西班牙评论家认可后现代主义文学的存在，尤其是90年代以来，学者们还出版一些专门研究后现代主义文学的论文或书籍。如批评家温特曾撰文指出后佛朗哥时代和西班牙后现代主义的紧密关系，认为“作为全球的

1 沈石岩:《西班牙文学史》，第505页。

2 Manuel Vázquez Montalbán, *Crónica sentimental de la transición* (Barcelona: Planeta, 1985), 19.

3 Alison Maginn, “La España posmoderna: pasotas, huérfanos y nómadas,” Actas XII. AIH. (1995): 151.

4 María del Mar Langa Pizarro, *Del franquismo a la posmodernidad: la novela española (1975-1999)* (Alicante: Universidad de Alicante, 2000), 54.

文化范式，后现代主义的基础是意识形态的、政治的、文化的和哲学的后极权主义”。[1]温特引证斯派瑞斯（Robert C. Spires）的研究，说斯派瑞斯已经在《后极权主义的西班牙小说》（*Post-Totalitarian Spanish Fiction*，1996）一书中“证明，在西班牙，佛朗哥主义的意识形态威权的终结和民主过渡共同创立了一种历史环境，此环境精确地反映出一种认识论的（美学的）转变，即由‘极权主义认识论’转向民主的‘后极权主义认识论’”。[2]温特还引证了其他人的研究，如史密斯（Paul Julian Smith）、梅纳（José-Carlos Mainer）和维拉罗斯（Teresa Vilarós），这些批评家“更加密切关注西班牙后现代主义的特定性，关注八九十年代各种文化领域中西班牙后现代主义与过去佛朗哥时期的关系”。温特的结论是：“后佛朗哥时代可被视为后现代主义（在西班牙）的历史物质化（historical materialization）。”[3]即是说，西班牙后现代主义文学的发展是在佛朗哥专政消失之后，正如他文章的标题所示，是“由后佛朗哥主义走向后佛朗哥后现代主义”。

第二节　西班牙后现代主义文学发展的两个时期

回顾一下西班牙后现代主义文学的发展，我们可以看到它经历了两个时期：第一个时期为60年代到70年代上半叶的准备期；

1 Ulrich Winter, “From Post-Francoism to Post-Franco Postmodernism: The ‘Powers of the Past’ in Contemporary Spanish Narrative Discourse (1977–1991),” Eloy E. Merino and H. Rosi Song, eds. *Traces of Contamination: Unearthing the Francoist Legacy in Contemporary Spanish Discourse* (Lewisburg: Bucknell University Press, 2005), 178.

2 同上。

3 同上，179。

第二个时期为80年代到90年代的发展与繁荣期。

一、60—70年代：准备时期

20世纪50年代后期，受国外文学思潮的影响，西班牙文学尝试着文化上的现代化，由此在六七十年代出现了实验小说。

体现西班牙文学第一次向后现代主义风格靠拢的是桑托斯（Martín Santos）的小说《沉默的年代》（*Tiempo de silencio*，1962）。该作品情节较传统，对当时的社会文化权威进行了强烈的讽刺，然而叙事手法上却不乏后现代主义的东西。小说结构上不分章节，但却分成63个长短不一的镜头组，叙事上大量运用了拼接手法，并借用当时知识分子文学聚会的一些笑话以及许多科学术语，出现了很多历史和文学的互文。

这个时期的实验小说还包括贝内特（Juan Benet）、胡安·戈伊蒂索洛（Juan Goytisolo）和巴列斯特尔（Gonzalo Torrente Ballester）的作品。

贝内特60年代的作品因其表现不确定性而让评论家判定具有后现代主义的特征。在他的一些作品里，文字和结构呈迷宫状，读者始终找不到谜底，无法解开谜团。从这个意义上说，他的很多小说和文章是对现代主义的解构。[1]如在《你将回到雷希翁》（*Volverás a Región*，1967）中，这种不确定性被凸显，对出入于雷希翁的人物和他们之间的关系交代得模棱两可，现实被扭曲，充满神秘色彩，让读者辨不清真假，叙述风格也很多变，时而采

1 Ken Benson, "El postmodernismo y la narrativa española actual," *Semiótica y modernidad*, Vol. 2, (1994): 60.

用地理术语，时而运用抒情等笔触，叙述时间呈非线性，不同的故事不按时间顺序交代，而是跳跃式地出现。

在胡安·戈伊蒂索洛的代表作之一《身份特征》（*Señas de identidad*，1966）里，我们也看到了多视角叙事，人物的内心独白与作者全知全能的叙述相互交织，叙述人称不断转换，频繁使用拼贴、戏仿，如插入报刊文章、警方文件或旅游宣传品的复印件，引用多个作家的语录、文字；语言表达呈多样化，如采用诗歌文体和斜体字，取消标点符号，嵌入对话等。

巴列斯特尔的《霍塔·贝的神话传说与消失》（*La saga/fuga de J.B.*，1972）被看作是实验主义回归叙述的最早代表作之一。该作品通过对实验小说的“戏仿”以达到讽刺的目的。有中国学者评论道：

> 这部小说通篇采用了诙谐、滑稽的文体模仿，……其模仿范围之广，触及的文化学科的面之宽，确实是前所未有的：从伊比利亚半岛上最早的居民塞尔塔人的传说到荷马，从但丁、塞万提斯、莎士比亚到法朗士、乔伊斯、马尔克斯、巴列-因克兰以及作者同时代的作家塞拉和贝内特，作者对近五十多位作家的叙述方式一一加以戏仿，显示出作者的渊博学识。在这部作品中几乎涉及所有社会学科，从繁琐的经院哲学到结构论，从神学到社会语言学。[1]

1 沈石岩：《西班牙文学史》，第527页。

二、80—90年代：发展和繁荣时期

1975年佛朗哥去世，其继位者胡安·卡洛斯一世国王宣布与佛朗哥专政独裁决裂，开始民主化进程。民主化进程经历了两个历史阶段：1975—1985年的民主过渡期和1985年后的民主重建期。

在过渡时期，随着大量新文化思潮的不断涌入，作家获得的创作自由越来越大，他们思考如何将国外输入的新文学创作方式消化，并将之与本土结合。这时期，作家对小说技巧进行探索，重新寻找"叙述的乐趣"，在"拉美文学爆炸"的影响下，恢复了"享乐主义"和"玩乐"的风格，而这些是当时的欧洲文学所没有的。[1]维亚将这一时期小说的特点概括为："体裁的跨界、对历史的新解读、戏谑和幽默的使用。"[2]皮萨罗指出："这个时期开始出现的风格、主题和形式的多样性，成为当代西班牙文学的特征，而这种'多样性'被评论界认为具备后现代主义文学的特征。"[3]

80年代中期，西班牙进入民主过渡期后的重建时期，大量年轻作家开始发表作品，他们尽量寻求新的东西，但是没有完全摈弃过去的文学，"他们采取的方式与国家发展模式相似，即不与'过去'分裂，而是采取重建的方式"。[4]一如阿隆索所指出的，"回顾西班牙的文学发展历程，每当文学在前人基础上进行改革，它就会取得缓慢的进步；但若将此时的文学彻底与之前的传统割

1 María del Mar Langa Pizarro, *Del franquismo a la posmodernidad*, 54.

2 转引自Patricia María Riosalido Villar, *Las novelas históricas posmodernas de los ochenta y el problema de la Historia*, 145。

3 转引自María del Mar Langa Pizarro, *Del franquismo a la posmodernidad*, 55。

4 同上，56。

裂，让其发生急剧的变化，那么，文坛只会产生平庸的作品”。[1]因此关于佛朗哥主义、内战和流亡的主题仍然出现在80年代的小说创作中。这时文学作品的叙述变化主要出现在短篇小说中，文学不再千人一面，不再聚焦于社会问题，作品中的人物开始审视自己的内心，他们往往是垂死的，对身份进行质疑，甚至抹杀梦和现实的界限。事实上，作品人物的这种心理与后佛朗哥时代的社会特征紧密相连。佛朗哥主义使社会患上“精神分裂症”，在后佛朗哥时代的民主过渡期，“回忆的不可能性”和自我主体身份的不确定性困扰着西班牙人。[2]这些体现在文学作品中就凸显出后现代主义文学的特征了。米亚斯（Juan José Millás）和格本苏（José María Guelbenzu）等的作品都是例证。在米亚斯很多作品中，如在《你的名字无序》（*El desorden de tu nombre*，1987）里，主人公就不能面对过去。

80年代后期，西班牙小说开始呈现多元化，频繁使用历史重构和讽刺。作家们深谙文学理论和技巧，但是只挑他们认为需要的来使用，他们沿袭巴列-因克兰和米盖尔·米乌拉[3]的传统，将对话和幽默的手段发挥到极致。同时他们坚持认为：文学必须来自生活，而不是来自文学本身。[4]

总的来说，1975年后，国外文学在西班牙传播得越来越广，

1 *Santos Alonso*, “La novela en la transición, transición en la novela,” Nueva Estafeta, num. 31–32 (junio-julio de 1981): 88.

2 Ulrich Winter, “From Post-Francoism to Post-Franco Postmodernism,” Eloy E. Merino and H. Rosi Song, eds. *Traces of Contamination*, 179.

3 巴列-因克兰（Ramón María del Valle-Inclán，1866—1936），为西班牙“98年一代”著名作家、戏剧家。米盖尔·米乌拉（Miguel Mihura Santos，1905—1977），西班牙作家、记者。他革新了西班牙的喜剧，创作了荒诞戏剧。

4 María del Mar Langa Pizarro, *Del franquismo a la posmodernidad*, 54.

意识形态逐渐被去除，出现了大量的多形式的文学创作。这一时期西班牙文学创作最大的特征是集体性的标签化的东西已不复存在，主题、形式呈现最大自由化。正如阿辛（Ramón Acín Fanlo）指出，西班牙的一些情况与欧洲其他国家的情况相似："社会和技术快速更迭，意识形态不复存在，媒体的作用越来越大，作家不需要反对什么，读者们也熟悉了国外的文学作品。"[1]在20世纪的最后25年里，西班牙后现代主义文学得到了发展并达到了繁荣期，也引起了国际文坛的关注。这一时期的文学呈现百花齐放的态势，尤其是80年代中后期以来。

第三节　西班牙后现代主义小说的几种常见形态

一、元小说

元小说是西班牙后现代文学中最为作家们热衷并取得最大成果的创作形式之一。元小说是关注小说的虚构身份及其创作过程的小说。西班牙的元小说源头可以上溯至塞万提斯的《堂吉诃德》（1605，1615），而西班牙"98年一代"[2]著名作家乌纳穆诺（Miguel de Unamuno）的小说《迷雾》（*Niebla*，1914），也为数十年后在西班牙盛行的"元小说"创作提供了范本。在佛朗哥专

1 转引自María del Mar Langa Pizarro, *Del franquismo a la posmodernidad*, 58。

2 西班牙"98年一代"是西班牙文学史上非常重要的一个文学团体。1898年，西班牙在与美国的战争中战败，丧失了古巴、波多黎各和菲律宾等最后几个殖民地，故1898年有"灾难之年"之称谓，"98年一代"与此称谓联系在一起。其代表作家大多出生在1864—1875年间，他们关注祖国的命运，同时接受了欧洲的文艺和哲学思潮，进行小说、诗歌、散文、戏剧等创作。他们的作品对20世纪西班牙文学和哲学产生了深远的影响。

政的最后几年里，“元小说”元素逐渐出现在文学创作中，成为西班牙实验小说的一个探索方向。贝内特致力于终结社会现实主义文学，于是从1966年开始，他在小说中加入关于语言学和创作概念的讨论。路易斯·戈伊蒂索洛（Luis Goytisolo）将自己的文学理论直接放入自己的小说中表达，甚至让这些理论成为某些小说的中流砥柱，如在小说《清单》（*Recuento*，1973）中，主人公（一位作家）因不能将自己的理想付诸实施，故而痛苦地思索该如何对待生活。他最终得出的结论是：对于一个艺术家来说，要让生活有意义，就该创作出一部传世之作。在这里，对写作意义的寻求变成了关于人生存方式的思考。在70年代，当社会现实主义走到了尽头，元小说的创作就开始升温；80年代，在西班牙盛行各种形式的小说：历史小说、心理小说、现实主义小说、文化小说、侦探小说等等，但是最典型的是思考写作过程的小说，即元小说。

在八九十年代，西班牙大量小说都具有元小说元素：作品中主人公往往是知识分子或作家，如莫利纳（Antonio Muñoz Molina）的《那块福地》（*Beatus Ille*，1986），马尼亚斯（José Ángel Mañas）的《我是一个失败的作家》（*Soy un escritor frustrado*，1996）；一些小说中包含着关于文学的研究，如在隆加雷斯（Manuel Longares）的《关于胸衣的小说》（*La novela del corsé*，1979）中，作者分析了很多20年代的伟大作品。这些作品事实上都只是含有元小说元素，而真正意义上的元小说实际上拥有的读者群较窄，对此，索贝哈诺（Gonzalo Sobejano）这样评论：“那些喜欢在文学作品中寻求乐趣的读者，远比那些会体会和分析写作过程乐趣的读者多得多。"[1]在《西班牙的小说和元小说》一文中，索贝哈诺提到元小说可分为自我意识小说（或称自我反省小说）和自我指涉小说两类。[2]斯派瑞斯在分析了《堂吉诃德》、《迷雾》和20世纪八九十年代的一些元小说后认为，西班牙的元小说应该被称为自我指涉小说，因为它们主要聚焦于作品的写作过程、阅读行为以及写作方式，有时通过人物的对话来表达作者关于小说的思考。[3]

很多西班牙元小说作品都把焦点聚集在小说虚构人物创作作品的情景上。如在胡安·戈伊蒂索洛的《没有祖国的胡安》（*Juan sin tierra*，1975）中，身穿阿拉伯服装的叙述者在阁楼上翻阅剪报和资料，撰写小说。在梅里诺（José María Merino）的《安德列斯·乔斯的小说》（*La novela de Andrés Choz*，1976）中，得病的主人公安德列斯撰写小说来与死亡对抗，重拾逝去的岁月，他自己也成为自己作品中的主人公。《安德列斯·乔斯的小说》用第三人称书写，但是穿插安德列斯写给朋友的信件，及他关于文学的思考等。路易斯·戈伊蒂索洛的《远去的火的余光》（*Estela del fuego que se aleja*，1984）使用了中国套盒的手法："A决定用他积累的笔记写一部小说，把话语权让给这部小说的主人公B，B的经历即A的翻版，尽管他的语调更加思辨（其中心主题是文学创作和写作的成型，还经常对生活、时间的流逝、文化、政治进行反思）。B计划写一本能够使他摆脱

---

1 转引自María del Mar Langa Pizarro, *Del franquismo a la posmodernidad*, 70。

2 Gonzalo Sobejano, "Novela y metanovela en España," *Ínsula* 512–513 (agosto-septiembre 1989): 5.

3 转引自María del Mar Langa Pizarro, *Del franquismo a la posmodernidad*, 71。

耻辱和孤独的书，而这本书又基于其主人公V的一部手稿，V一直在翻译一部希腊文本（而它又是一个希伯来人W手稿的抄本）……。”[1]小说还深入探讨了现实与文学、作家与作品、小说与读者等的关系。还有巴列斯特尔，他的《启示录片段——怎么写小说》（*Fragmentos de Apocalipsis*，1977），前言就明确了创作小说的目的，即“通过写一部小说来解释如何创作小说”：

> 准确地讲，这不是一部小说，至少按照我构思和创作这个体裁的方式来看。在此作为本人解释的出发点，我认为值得提醒的是，一部小说的作者和它的读者之间建立了一种私下协议，可以用三言两语来概括它：在阅读过程中你要把所读到的东西看成是真实的，因为如果你无法相信这是真实的，那我就失败了。[2]

这类元小说中更值得一提的恐怕是诺贝尔文学奖得主塞拉（Camilo José Cela）的《为亡灵弹奏玛祖卡》（*Mazurca para dos muertos*，1983），德利贝斯（Miguel Delibes）的《一个六十岁花哨老头的情书》（*Cartas de amor de un sexagenario voluptuoso*，1983），米亚斯的《一纸空文》（*Papel mojado*，1983）和《你的名字无序》。《为亡灵弹奏玛祖卡》的叙述者附身于几个人物，其中一个不时地以小说撰写者的身份出现，在混乱的回忆中理清头绪，还在深夜起床修改之前写的内容。《一个六十岁花哨老头的

1 王军：《20世纪西班牙小说》，第86页。

2 转引自王军：《20世纪西班牙小说》，第86页。

情书》的叙述者为了吸引一个女人才写这部作品，并在文中思考是将它写成一封情书、一个忏悔录、一部连载小说还是一个秘密的日记。米亚斯特别偏爱这类元小说，在《一纸空文》中，他让叙述者对自己的写作进行评论，而在《你的名字无序》中，主人公化身为作者伏案写作，小说结尾之际，一本已完成的、名为《你的名字无序》的小说放在桌子上。

也有一些西班牙元小说在关注作家的同时，创造一个虚拟读者，此读者会阅读别人写的作品。在马尔塞（Juan Marsé）的《穿金色短裤的姑娘》（*La muchacha de las bragas de oro*，1978）中，作家路易斯以前是长枪党人，如今在一个海边小镇撰写回忆录以重塑过去，一个名叫玛丽安娜的年轻姑娘来到他家，被他写的回忆录所吸引。在米亚斯的《别向床下窥视》（*No mires debajo de la cama*，1999）中，主人公埃莱娜总是在地铁里看一本小说，而该书书名就是《别向床下窥视》。当然，也有一些小说，书中的人物在读自己写的小说，这当中最具代表性的作品是路易斯·戈伊蒂索洛的《阿基里斯的愤怒》（*La cólera de Aquiles*，1979），主人公马蒂尔德审阅几年前自己创作的自传，并对此作品进行评论。这类元小说让现实中的读者对作者、作品人物与读者之间的全新关系进行思考。

元小说创作在西班牙发展得非常好，它已成为西班牙后现代主义文学中最重要的创作方式之一。究其原因主要有二：一是前面提及的在西班牙很早就有元小说的传统；二是元小说抹杀了真实和虚幻、作者和作品人物间的界限，也反映出作家及作品人物对自我主体身份的否定、探索或思考，这种情况与前面所提及的后佛朗哥时代的社会政治背景、知识分子的心理变化与困惑有关。90年代以后，西班牙的元小说创作数量则开始减少。

二、反侦探小说

50年代末到60年代，西班牙的侦探小说开始发展，从70年代后期开始到80年代出现创作高潮。侦探小说这一文类在西班牙后现代小说创作中占有非常重要的地位。阿辛在《叙述和文学消费》(*Narrativa o consumo literario: 1975—1987*，1990）一书中指出，侦探小说在西班牙的广泛传播与1981年前后西班牙一些出版社陆续推出侦探小说集有关。[1]这些书的出版为此类型小说在西班牙的盛行起到了推波助澜的作用。

与侦探小说的风生水起相对应的是“反侦探小说”的大量涌现。反侦探小说亦可称为玄学侦探小说或后现代侦探小说，它们力求颠覆和反叛传统的侦探小说模式，凸显后现代主义特征，结尾往往没有穷凶的释然，只剩下传统侦探小说的架子。林玉珍、胡全生在《后现代主义小说中的通俗性——通俗小说类型在后现代主义小说中的使用》一文中提到，斯特芬诺·塔尼（Stefano Tani）“区分了两类反侦探小说：‘解构式反侦探小说’和‘元小说式反侦探小说’”。[2]

西班牙反侦探小说大多具有第二类的特征。如蒙特罗（Issac Montero）的《真实的艺术》(*Arte real*，1979)，借助“一个表面

1 María del Mar Langa Pizarro, *Del franquismo a la posmodernidad*, 79.

2 林玉珍、胡全生：《后现代主义小说中的通俗性——通俗小说类型在后现代主义小说中的使用》，《当代外国文学》2006年第3期，第53页。

的事故”来“阐明干一件无懈可击的罪行所必备的原则和标准”，即“披上研究犯罪的外衣”，但“最后的结果是叙述者坦白自己就是罪犯。……这部作品看似探讨侦探小说的理论和实践过程，实际上是对现实和现实主义文学的反思”。[1]

莫利纳的《那块福地》被认为是典型的反侦探小说。大学生米纳亚回到故乡马希纳，考察被认为死于1947年的著名诗人哈辛托·索拉纳的生平。他无意中发现叔叔的妻子玛丽亚娜于1937年被谋杀，而凶手却未找到。米纳亚成功找出了杀害玛丽亚娜的凶手，这似乎跟传统侦探小说有点相似，但是，出乎读者意料的是，诗人索拉纳没有死，而且从一开始他就是整部小说的叙述者。因此，对于读者来说，小说存在两条被侦查的线索：谁杀了玛丽亚娜？作品第一人称的叙述者到底是谁？在这里，作者和读者的关系像罪犯和侦探的关系一样。小说最后，索拉纳对米纳亚说：“或许您找到的这个答案只是好几种可能性中的一个。”[2]这强化了该作品反侦探小说的特征，即拒绝给出侦查的结论，这样开放式的结局是对读者期待模式的背离，也赋予作品明显的后现代主义色彩。

具有反侦探小说特征的还有路易斯·戈伊蒂索洛的《不可思议的候鸟》（*La paradoja del ave migratoria*，1987），门多萨（Eduardo Mendoza）的《萨沃达兵工厂一案的真相》（*La verdad sobre el caso Savolta*，1975），莫利纳的《贝尔特内布鲁斯》（*Beltenebros*，1989）和佩雷斯-雷维特（Arturo Pérez-Reverte）的《佛兰德斯棋盘》（*La tabla de Flandes*，1990）。

---

1 王军：《20世纪西班牙小说》，第132页。

2 Antonio Muñoz Molina, *Beatus ille* (Barcelona: Seix Barral, 1990), 277.

三、后现代主义历史小说

80年代，世界文学呈现出回归叙述及抹杀各种文类界限的大趋势，西班牙文学也不例外，这使新历史小说呈现井喷的发展态势。新历史小说或称后现代主义历史小说，或质疑官方版本的历史，亲近被官方历史和传统历史小说避而远之的事件；或颠覆传统历史小说的写法，在叙事策略上赋予了后现代主义特征。此外，对自我主体的否定或追寻、回忆的不可能性，以及为重现历史所做的努力，也是作品探索的主题。

格本苏的《在家的那晚》(*La noche en casa*，1977)，主人公切斯比尔被派往圣塞巴斯蒂安与一个地下组织接头，此时他的妻子在佛朗哥时代结束后决定离开丈夫去证明自己的存在价值。在圣塞巴斯蒂安，切斯比尔意外见到他的初恋帕乌拉，并与之共度一晚，次日帕乌拉赴丹麦与其男友会面。小说中，主人公的政治理想的实现似乎弥补了他情感上的失败，但事实是，在后佛朗哥时代，“政治理想和对个人幸福的追求，都不能为主体提供稳定的支撑，因为理想主义也是佛朗哥教育的一部分”。[1]正如小说主人公的独白所示：“(佛朗哥主义教育造成的）最大的伤害并非直接压抑身体，而是愿望被导向一种理想……。我们的理想和祖国的腐败形成巨大冲突，更和已侵入我们骨髓的佛朗哥主义的不团结理念相冲突。”[2]这样的冲突使人们无法面对过去，回忆成为

---

1 Ulrich Winter, “From Post-Francoism to Post-Franco Postmodernism,” Eloy E. Merino and H. Rosi Song, eds. *Traces of Contamination*, 181.

2 转见于Ulrich Winter, “From Post-Francoism to Post-Franco Postmodernism,” Eloy E. Merino and H. Rosi Song, eds. *Traces of Contamination*, 181。

不可能，而人的自我主体也无法确立。

很多历史小说的主人公在西班牙内战中属于战败者行列，佛朗哥时代对他们来说是“过去的鬼魂”，[1]但小说《穿金色短裤的姑娘》，主人公路易斯在内战中是长枪党人，属于胜利者阵营。他想通过撰写回忆录来证明自己的存在，但是他采取虚构的手法，并没有真正去记录自己的过往，而是杜撰另一个自己，另一种历史。小说开篇之际，他自信满满，以为能成功杜撰自传，因为他清楚真相。但后来他被迫承认，他只能去面对过去。最后他连自杀的勇气都没有。他充满矛盾地说：“我记得更准确的是那个我曾经想要成为的我，而不是那个曾经的我。”[2]这样，一开始很活跃的自我主体，在重构过去的过程中逐渐变成了客体。

真实与虚构、历史与叙事的关系是西班牙后现代主义历史小说最常探索的一个主题。在这类小说中，历史的真实和小说的虚构关系导致信息呈现不确定性。它最典型的例子之一，恐怕就是奥尔蒂斯（Lourdes Ortiz）的作品《乌拉卡》（*Urraca*，1982）。它是一部虚构的自传，传主为卡斯蒂亚王国第一位女王乌拉卡（1080—1126）。读者在阅读过程中会发现，女王本想通过写自传来还原历史，想将真实的历史版本呈现给读者，然而她自己发觉，不可能给出一个完全符合真实历史的版本，她的回忆有不可信的成分。为了填补她回忆里的空白，她只能想象或编造一些她不确定的信息。这就对应了后现代主义提出的客观重现历史的不可能性。

1 Ulrich Winter, “From Post-Francoism to Post-Franco Postmodernism,” Eloy E. Merino and H. Rosi Song, eds. *Traces of Contamination*, 178.

2 Juan Marsé, *La muchacha de las bragas de oro* (Barcelona: Planeta, 1988), 170.

莫利纳的《波兰骑士》(*El jinete polaco*，1991）也是西班牙后现代主义历史小说的代表作。对自我的追寻，对西班牙19世纪最后几十年及20世纪历史的展现，是作品的两大主题。主人公曼努埃尔出生在西班牙安达卢西亚地区的一个农村，因家乡的贫穷和闭塞，只身离家闯荡，实现了梦想——担任联合国同声传译工作。他离开了西班牙，常年穿梭于欧美国家的国际会议——这里呈现的是他的无根和迷失于时间和空间之中。海湾战争时，曼努埃尔遇到同乡兼前女友纳迪亚，他俩在纽约的一个旅馆，边翻看纳迪亚父亲留给她的一箱反映父辈和家乡风貌的老照片，边回忆过去。逐渐地，曼努埃尔从原先的无法面对过去到开始寻找自我。小说中，历史以“多种去中心化的方式”[1]被展现。小说让主人公以第一人称来叙述，但其他的叙述声音会替代它，如曼努埃尔祖先的声音。曼努埃尔自己评论道：“我听到那些声音在叙述，讲的那些话不是来自我的意识，而是来自一个并不属于我的记忆。”[2]本森认为这是一种后现代主义的体现：“‘我’被质疑，甚至变成了一个空白，它由其他不同的‘我’来填补，他们使主人公分辨不清。”[3]

《在家的那晚》和《穿金色短裤的姑娘》的主人公都无法确立自我主体，而《波兰骑士》的主人公却在女友的帮助下最终逐渐寻找到自我。温特认为其原因在于，[4]前两个作品写于后佛朗哥

1 Ulrich Winter, “From Post-Francoism to Post-Franco Postmodernism,” Eloy E. Merino and H. Rosi Song, eds. *Traces of Contamination*, 187.

2 Antonio Muñoz Molina, *El jinete polaco* (Barcelona: Planeta, 1991), 27.

3 Ken Benson, “El postmodernismo y la narrativa española actual,” *Semiótica y modernidad*, Vol. 2, (1994): 64.

4 Ulrich Winter, “From Post-Francoism to Post-Franco Postmodernism,” Eloy E. Merino and H. Rosi Song, eds. *Traces of Contamination*, 192.

时代初期，在佛朗哥统治突然消失的情况下，已习惯此统治体系的主人公们无所适从，因此无法确立自我主体，同时历史被质疑；而在《波兰骑士》中，虽然主人公一开始无根、无自我主体，而且没有时空来安置自己的身份，但是后来在他承担起自己的责任时，他的自我主体、世界及历史也逐渐被建立，这是因为90年代的历史小说在关于建构主体身份和历史的可能性问题上已充满信心。从中可以看出，不同时期的历史小说在对待历史和自我主体的问题上，经历了解构和建构的过程。

从以上的讨论中我们可以看到：(1) 西班牙的后现代主义文学发展比欧洲其他一些国家晚；(2) 西班牙后现代主义文学是后佛朗哥时代的文学，它经历了60—70年代的准备期和80—90年代的发展、繁荣期；(3) 元小说创作在西班牙后现代主义文学中占有突出的地位，这与西班牙的文学传统有关；(4) 西班牙后现代主义文学大量表现重塑历史的不可能性、自我主体的否定、主体身份的不确定以及自我主体的追寻，这与后佛朗哥时代的社会、政治、历史和文化背景等密切相关。

第十六章
拉美后现代主义文学

第一节　拉丁美洲的独特区域性

拉丁美洲具有独特的区域性，这种独特表现在其四多：族裔多，移民多，语言多，岛屿多。

从族裔来说拉美是世界上最多样化的地区之一，主要有欧裔拉美人，其次是拉美印第安人、非裔拉美人和亚裔拉美人。从哥伦布发现美洲开始，大量移民进入拉美，起先是西班牙人和葡萄牙人，后来有其他的欧洲移民（包括意大利人、法国人、德国人、乌克兰人等），还有被当作奴隶陆续从非洲运进的黑人，外加相当数量的日本人、印度人、华人以及亚洲其他民族的移民。由于多族裔、多移民的缘故，拉美的语言也呈现多元。有60%的拉美人说西班牙语，34%说葡萄牙语，大约6%说其他语言，如英语、法语、荷兰语、意大利语、盖丘亚语、玛雅语、瓜拉尼语、艾马拉语、纳华特尔语等。外界人的到来——无论是为殖民还是为移民而来，或者被贩运而来，都将自己的文化，即欧洲殖民者的文化、非洲文化、亚洲文化也带到拉美，与拉美的本土文化如玛雅文化融合在一起，使得拉美文化成了世界多文化表现的混合物。

拉美地区岛屿较多，岛屿面积约39万平方公里，主要分布在加勒比海北部、东部和南美洲大陆南端的沿海地区。加勒比地区岛屿由大安的列斯群岛、小安的列斯群岛和巴哈马群岛组成，其中最大的岛为古巴岛。这种绝缘或“水上”状况或说状态，成了大大影响这些地区后现代主义形成的因素之一。[1]

墨西哥著名小说家富恩特斯在一次采访中谈到墨西哥（含拉美）与美国的不同时认为：(1)“较之任何拉美国家，美国的单一性更多”，[2]而拉美人较之其他国家“更不容易被同化，原因很简单，即他们在自己的疆土上，或50英里外的岛屿上，有自己的文化，他们不会轻易放弃自己的文化或语言。瑞典人、波兰人、意大利人甚或非洲人则非常不同，他们与主流同化。但拉美人却困难得多”。[3] (2)美国这个“大熔炉”趋于培育单一文化，因为“美国的统治阶级趋于相信，正是在一致化（uniformization）中，并在一致化中的原子化（atomization）里，你获取了权力”，但是墨西哥却“非常注意与很多文化、很多时期共存。它是个多历史时期、多不同文化共存的国家”。[4] (3)在墨西哥，“西班牙人不仅征服印第安人，而且还培育他们”。[5]另一方面，墨西哥尊奉失败者而不是征服者为英雄。韦斯

1 “水上”为威廉姆斯的描述。见Joel Hancock, “Review on *The Postmodern Novel in Latin America: Politics, Culture, and the Crisis of Truth*,” *Symposium* 52.1 (Spring 1998): 61。

2 Jason Weiss, “An Interview with Carlos Fuentes,” *The Kenyon Review* 5.4 (Fall 1983): 109.

3 同上，110。

4 同上，111。

5 同上。

说："(秘鲁首都）利马中央广场有皮萨罗[1]的雕像，墨西哥城却有卡奥特莫克的雕像，没有科尔特斯的雕像[2]，我以为这是个错误。因为我们是科尔特斯的后裔，是西班牙的后裔，是西班牙文化的后裔。但是，墨西哥一向选择歌颂失败者，歌颂印第安人。"[3]

拉美的另一个独特区域性是从哥伦布发现美洲到18世纪末，拉丁美洲的历史可谓一部被殖民史。几乎没有哪个国家没有被殖民过，先有西班牙和葡萄牙殖民者，后有其他欧洲殖民者，他们的侵略从东边开始，用枪炮野蛮征服了当地古代文明：阿兹特克、玛雅和印加。但哪里有压迫哪里就有反抗。拉美人民为争取自由和独立解放，进行了长期的英勇斗争。即使像卡奥特莫克这样的战败者，被征服后依然进行反抗。从19世纪开始，拉美国家开始获得独立，第一个获得独立的是海地，时在1804年，可谓"星星之火"。到1825年，所有西语拉美国家，除波多黎各和古巴外，都从西班牙那里获得独立。整个拉美，19世纪上半叶都相继获得独立。但是独立后的拉美，军事独裁迭起，政治动荡不停。这也影响着拉美后现代主义的形成。

第二节　拉美对待后现代主义的态度

对待后现代主义或说后现代性通常认为有两种态度：一种是狂热型的，一种是温和型的。狂热型"宣称现代性崩溃了，它的

1 皮萨罗（Francisco Pizarro，1476—1541），西班牙殖民者，1532年在秘鲁建立西班牙殖民统治。

2 科尔特斯（Hernán Cortés，1485—1547），西班牙殖民者，1521年打败阿兹特克帝国的末位君王卡奥特莫克（Cuauhtémoc，1497—1525），在墨西哥建立起西班牙殖民统治。

3 Jason Weiss, "An Interview with Carlos Fuentes," *The Kenyon Review* 5.4 (Fall 1983): 110.

文化基础崩溃了，它的社会科学、政治、艺术、哲学的范式崩溃了”；温和型“承认现代性危机是个转折点，但此转折点并不支持现代性已过时的观点，相反倒是构成其部分内在动力”。[1]换而言之，狂热型视后现代主义与现代主义彻底决裂，温和型视后现代主义为现代主义的延续。以这种态度来衡量，拉美国家与地区表现出的更多的是温和型，即“不支持现代性已过时的观点”，认为“后现代主义只不过是反映现代性自身并解释现代性尚未解决的冲突”。[2]这是拉美的历史和文学进程所决定的。

首先，“拉丁美洲是个碎片化的矛盾现实体”。[3]在拉美，“有些国家尚未进入现代时代，或有些国家在某些领域（如政治、经济）是现代的，在另一些领域（如文学、艺术）却是后现代的，或者（如在教育、宗教领域）是反现代的”，在这种情形下，“谈论后现代主义是成问题的”。[4]

其次，依据阿隆索的看法，拉美（尤其是西语拉美）的文化话语“向来无法不与现代性概念和对现代性的体验联系在一起”。[5]他这么看是因为他认为“如今人们都相信，西语拉美对现代性的体验是种修辞现象（rhetorical phenomenon），一种话语行为，没有现代性的外在装饰”。[6]说得直白些，就是他认为西语拉美没有物质上的

---

1 Martin Hopenhayn, “Postmodernism and Neoliberalism in Latin America,” *Boundary 2* 20.3 (Fall 1993): 93.

2 同上。

3 Daniel Chiquete, “Latin American Pentecostalisms and Western Postmodernism: Reflections on a Complex Relationship,” *International Review of Mission* 92.364 (January 2003): 29.

4 同上，31。

5 Carlos J. Alonso, “The Mourning After: García Márques, Fuentes and the Meaning of Postmodernity in Spanish America,” *Modern Language Notes* 109.2 (March 1994): 253.

6 同上，257。

现代性，他们的现代性只停留在口头上，所以其体验也只是在话语上。阿隆索虽然说的是西语拉美，但实际整个拉美都是这种状况，且不说西语拉美在拉美中占有很大分量，在文学上尤甚。[1]

再次，西语拉美20世纪小说表现出“渴求现代的欲望”，此乃现代主义持续性的明证。雷蒙·威廉斯2002年写的文章《现代主义的持续性：西语拉美20世纪小说中渴望现代的欲望》说的就是这一层意思。[2]雷蒙·威廉斯认为，这种欲望19世纪末就有，在20世纪，无论是现代主义概念还是后现代主义概念，都不过是表现这一欲望的不同方式而已。[3]他指出，“在四五十年代，拉美小说中‘渴求现代的欲望’主要由运用现代主义小说的技巧来体现”，[4]在拉美文学大“爆炸”时期的60年代，富恩特斯、略萨（Mario Vargas Llosa）、马尔克斯和科塔萨尔[5]的作品中，这一欲望也表现得分外明显，到了七八十年代，这一欲望“发生了后现代转向”。[6]但是这种由现代主义向后现代主义的转向却“更像温柔的滑动”（a gentle slide），[7]二者间的不同“只是程度与强调的

1 西班牙语在拉美占据主导地位，如前所提到的，有60%的拉美人说西班牙语。拉美的六位诺贝尔文学奖获得者，即米斯特拉尔（Gabriela Mistral，1945年）、聂鲁达（Pablo Neruda，1971年）、阿斯图里亚斯（Miguel Ángel Asturias，1967年）、马尔克斯（1982年）、帕斯（Octavio Paz，1990年）和略萨（2010年），均用西班牙语创作。

2 这层意思，文章的标题就显示得清清楚楚。详见Raymond L. Williams, “Modernist Continuities: The Desire To Be Modern in Twentieth-century Spanish-American Fiction,” *Bulletin of Spanish Studies* 79.2/3 (March 2002): 369–393。

3 Raymond L. Williams, “Modernist Continuities,” *Bulletin of Spanish Studies* 79.2/3 (March 2002): 370–371.

4 同上，381。

5 他们是拉美“爆炸”文学的四杰，分别代表墨西哥、秘鲁、哥伦比亚和阿根廷。

6 Raymond L. Williams, “Modernist Continuities,” *Bulletin of Spanish Studies* 79.2/3 (March 2002): 385.

7 此为乔雷德（Catherine Jrade）在他的《现代主义、现代性和西语拉美小说的发展》（*Modernismo, Modernity and the Development of Spanish American Literature*，1998）一书中提出的观点。见Raymond L. Williams, “ Modernist Continuities,” *Bulletin of Spanish Studies* 79.2/3 (March 2002): 385。

不同”。[1]雷蒙·威廉斯的结论是，“读一读拉美的后现代主义作家就能看到，现代主义和后现代主义写作没有决然的分界线，相反，后现代主义小说只是现代美学的激进类别”，在拉美，作家“有时更多在现代主义传统里创作，有时更多在后现代主义里创作”。[2]曾几何时，我们将博尔赫斯视为现代主义作家，可如今，我们又将他视为“后现代主义小说之父”，对后现代主义小说有“首创之功”。[3]我们曾经、现在依然将马尔克斯视为现代主义作家，将魔幻现实主义、拉美“爆炸”文学也看作现代主义之典型，可细读下来，其作品都分明表现出后现代主义的特征。富恩特斯是拉美“爆炸”文学的四杰之一，雷蒙·威廉斯就将他视为既是现代主义的又是后现代主义的作家。[4]

有人认为拉美是（后）现代性的补充或说立于（后）现代性之外，门迪塔（Eduardo Mendieta）批驳了这种观点，认为“不是”，“相反它是构成（后）现代性的整体部分”。[5]雷蒙·威廉斯也批驳了拉美后现代主义文学与理论是“外来模式”之说，[6]因为如前所述，他认为现代主义转向后现代主义“更像温柔的滑动”，也就是说，在拉美，后现代主义的文学之源就在现代主义文学。博尔赫斯、魔幻现实主义和拉美“爆炸”文学，都是后现代主义

1 Raymond L. Williams, “Modernist Continuities,” *Bulletin of Spanish Studies* 79.2/3 (March 2002): 373.

2 同上，392。

3 参见王钦峰：《谁是后现代主义小说之父？——论博尔赫斯对后现代主义小说的首创之功》，《国外文学》2011年第1期，第41—49页。

4 详见Raymond L. Williams, “Fuentes the Modern; Fuentes the Postmodern,” *Hispania* 85.2 (May 2002): 209–218。

5 门迪塔是在与兰格-丘里翁所主编的论文集《拉丁美洲和后现代性》（*Latin America and Postmodernity: A Contemporary Reader*，2001）中提出这一观点的。见Timothy J. Smith, “Views from the ‘South’: Intellectual Hegemony and Postmodernism in Latin America,” *Reviews in Anthropology* 35 (2006): 69。

6 Raymond L. Williams, “Modernist Continuities,” *Bulletin of Spanish Studies* 79.2/3 (March 2002): 371.

文学的先声。2001年兰格–丘里翁（Pedro Lange-Churrión）和门迪塔所主编的论文集《拉丁美洲和后现代性》所做的“主要贡献”，是指出了“早在北美学界开始用他们的后现代主义版本来描写谈论后现代主义之前，后现代主义就是拉美学者辩论和关注的主题了”。[1]而且，我们还完全可以加上一句：“拉美学者就在创作后现代主义文学了。”

早在1934年，西班牙人德奥尼斯出版的《西班牙暨西语美洲诗歌集1882—1932》（*Antología de la Poesía Española e Hispanoamericana 1882—1932*）中就出现了“后现代主义”这一术语，不过那时是用来指涉拉丁美洲现代主义诗歌[2]之后过渡时期的诗歌，与欧洲的后现代主义及我们现在所论的文类无甚关系。而且，我们也不能因德奥尼斯的这种说法而断定拉美后现代主义文学始于那个时期。实际上，拉美后现代主义文学的起始时间说法不一。比如，科拉斯（Santiago Colás）在《拉丁美洲的后现代性》（*Postmodernity in Latin America: The Argentine Paradigm*，1994）一书中就指出，“后现代性在拉美出现，是对1973—1975年世界经济危机后全球资本重组的反应”，[3]而雷蒙·威廉斯却认为，拉美后现代主义文学出现在20世纪60年代末70年代初。[4]虽然，与其他地区和国家的后现代主义文学一样，

1 Timothy J. Smith, “Views from the ‘South’,” *Reviews in Anthropology* 35 (2006): 69.

2 在拉丁美洲文学史上存在两种“现代主义文学”，一种与欧洲的现代主义文学相对应；另一种以尼加拉瓜诗人鲁文·达里奥的作品为代表，始于其诗集《蓝》的发表年份1888年，终止于1915年。本章指后者。

3 转引自Donald L. Shaw, *Nueva narrativa hispanoamericana: Boom. Posboom. Posmodernismo* (Madrid: Ediciones Cátedra, 2008), 369。

4 Raymond L. Williams, *Postmodernidades latinoamericanas: La novela postmoderna en Colombia, Venezuela, Ecuador, Perú y Bolivia* (Santafe de Bogotá: Fundación Universidad Central, 1998), 36.

拉美的后现代主义文学始于何时也不能有定论，然而从其产生的背景，我们却可窥见一些拉美后现代主义文学的特征。

第三节　拉美后现代主义文学的特征

一、多样性

由于拉美具有独特的区域性，加之它曾遭受多种殖民统治，这使得拉美的文化和文学呈多元态势，拉美的后现代主义文学也不例外。为此，雷蒙·威廉斯认为应用“复数形式”来表述拉美的后现代主义文学。[1]

在拉美的后现代主义文学中，墨西哥的后现代主义文学位居最活跃之列。它涵盖了20世纪60年代中期到90年代中期这段时间。它的始末正好跟墨西哥两大事件相对应：1968年发生的特拉特洛尔科事件[2]和1994年的萨帕塔起义[3]。此外，在经济方面，60年代的墨西哥经济非常繁荣，但到80年代，经济则显疲软，1994年12月至1995年3月期间，还出现了严重的金融危机；在文化领域，60年代到90年代，后现代主义是墨西哥最重要的文化现象。这些政治、经济和文化的因素对墨西哥的后现代主义文学创作产生了很大的影响。

---

1 Raymond L. Williams, *Postmodernidades latinoamericanas*, 48.

2 1968年10月2日，墨西哥奥运会举办前10天，在墨西哥城特拉特洛尔科区的一个广场，数千名墨西哥学生参加游行，要求政府进行民主的改革。为避免游行对奥运会举办造成影响，军队和警察在政府命令下，对游行学生进行了镇压。

3 1994年元旦，墨西哥东南部恰帕斯的原住民农民发动起义，维护当地印第安人利益，反对《北美自由贸易协定》的生效。

墨西哥后现代主义文学的第一批作品包括：帕切科（José Emilio Pacheco）于1967年出版的《你将死于遥远之地》（*Morirás lejos*）；富恩特斯于同年出版的小说《神圣的土地》（*Zona sagrada*）和《换皮》（*Cambio de piel*）；阿古斯丁（José Agustín）于1968年出版的《我虚构我在做梦》（*Inventando que sueño*）。此外，艾里松多（Salvador Elizondo）和塞因斯（Gustavo Sainz）也位于墨西哥后现代主义文学第一批作家行列。1968年后，后现代主义文学第二波创作浪潮更加汹涌，包括富恩特斯、阿古斯丁、艾里松多和塞因斯等的作品，其他作家还有：索拉雷斯（Ignacio Solares）、博约萨、拉莫斯（Samuel Ramos）、普卡（María Luisa Puga）、皮多尔（Sergio Pitol）等。随着1975年富恩特斯的《我们的土地》（*Terra Nostra*）的出版，后现代主义文学成为墨西哥文坛的主流。

与墨西哥相比，加勒比海地区国家[1]因其地缘及文化背景的缘故而具多重身份。帕斯（Octavio Paz）认为，如果说拉美后现代主义先于欧洲和美国出现，那么加勒比海地区是最明显的体现，因为这个地区最能体现“异质性”。[2]18世纪多米尼加共和国的一个牧师曾写道：“昨天我出生时是西班牙人，到中午我是法国人，晚上我是埃塞俄比亚人，今天我是英国人，我将来会是什么身份呢？”[3]殖民的变更、社会和文化的不断更替在上述话语中展露无遗。社会学家用以下词汇来定义该地区：“碎片化、不稳定、边缘性、无根

1 该地区曾为西班牙、法国、荷兰、英国等国家的殖民地。其中讲西班牙语的国家有古巴、多米尼加、波多黎各等。

2 转引自 Raymond L. Williams, *Postmodernidades latinoamericanas*, 53。

3 同上，52。

性、具有复杂文化及分散历史、偶然性、临时性。”[1]这些特性很明显也都是用来描述后现代主义文化特征的。古巴作家洛豪（Antonio Benitez-Rojo）更是将这个地区称为“水域”以突出它的“流动性”，并且指出：“它的文化是曲折的，时间在这里被不规则地折叠，它拒绝被时钟和日历所控制。”[2]水的流动性正是后现代主义的一个表现特征。在加勒比海地区，最被熟知的后现代主义代表作家有古巴的因方特（Guillermo Cabrera Infante）、萨杜伊（Severo Sarduy），波多黎各的桑切斯（Luis Rafael Sánchez）等。

拉美南锥地区[3]的后现代文化非常活跃，在拉美居于前列，尽管该地区的评论家认为它是西方的边缘，是后现代主义的边缘。该地区不同国家的后现代主义文化兼具相似性和差异性。在阿根廷、智利和乌拉圭，军事独裁[4]都给其后现代主义文化打上了烙印。智利的后现代主义因其社会兼具高度的欧洲化和拉美化而呈现明显的异质性。除了小说，智利的诗歌和戏剧也都有明显的后现代主义风格。阿根廷的后现代主义主战场在其首都布宜诺斯艾利斯。该地区的后现代主义代表作家有：皮格利亚（Ricardo Piglia）、埃尔迪特（Diamela Eltit）、莫约伊（Sylvia Molloy）等。在巴西，“后现代主义的”（postmodernist）这一术语早在1956年巴西的文学批评中就出现了，见于利马（Alceu Anmoroso Lima）的《巴西文学综述》（*Quadro sintético da literature brasiliera*），但

1 转引自 Raymond L. Williams, *Postmodernidades latinoamericanas*, 53。

2 同上。

3 该地区主要指智利、阿根廷、乌拉圭和巴西，它们在拉美地区位于经济最发达国家之列。

4 从20世纪60年代后期开始，阿根廷（1966）、智利（1973）、乌拉圭（1973）的文人政权相继被军人独裁政权推翻。如1973年9月11日，担任智利陆军总司令的皮诺切特发动军事政变，推翻时任总统阿连德，建立军政府，次年正式出任总统，任内实行独裁统治，直至1990年卸任。

却纯粹只是时间上的含义，是相对于现代主义而言，而现代主义那时正在衰退。但后现代主义文学却“发展在后——在70年代，尤其是在80年代”。[1]巴西七八十年代的小说“表现出多元趋向的特征，尽管这些趋向大多数与所谓的后现代主义美学有相同的方方面面”，比如“80年代就有碎片化的叙事，与媒体融合起来，自我意识和自我反射的性质占据主导地位”。[2]

二、非模仿性

巴西的后现代主义文学不可与北美的同日而语：若用北美的后现代主义文学之含义来讨论巴西的后现代主义文学，这“标志着一种粗暴的跨文化过程”，因此谈论巴西的后现代主义文学是件须“仔细用心的任务”，只有考虑巴西的具体情况，用“非等级对话的方式”，方可研究，因为“巴西的现代主义有其独特的模式，……无论我们称这种艺术为后现代主义与否，……重要的是辨认差异何在”。[3]

库廷河的这番话虽然说的是巴西的后现代主义文学，实际也可用于拉美。拉美无疑存有后现代主义文学，但却不可用北美的标准来衡量。虽然说巴西和其他拉美国家的后现代主义来得晚，但绝非是对美国和欧洲后现代主义文学的模仿。客观地说，拉丁美洲的后现代主义文学与欧美后现代主义文学相互影响。君不见

1 Eduardo F. Coutinho, “Postmodernism in Brazil,” Hans Bertens and Douwe Fokkema, eds. *International Postmodernism: Theory and Literary Practice* (Amsterdam: John Benjamins Publishing Company, 1997), 329.

2 同上。

3 Eduardo F. Coutinho, “Postmodernism in Brazil,” Hans Bertens and Douwe Fokkema, eds. *International Postmodernism*, 333–334.

“后现代主义文学之父”是博尔赫斯而非欧美哪个作家？君不见“魔幻现代主义”对美国后现代主义文学的影响巨大？君不见巴思说文学“枯竭”时可到博尔赫斯那里寻找灵感、寻找“补充”，[1]因为他“创立了（后现代主义）‘运动’的精神”[2]？

诺贝尔文学奖获得者墨西哥诗人帕斯的著作《孤独的迷宫》（*El laberinto de la soledad*，1950）中有这样的一句：“我们所有人都处在边缘，因为已经不存在中心。”[3]正是这种“边缘性”使得拉美的文学表现出它的独特性。赫尔穆斯指出，拉美后现代主义文学，是在20世纪中期拉美“爆炸”文学的传统上发展出的具有原创性的文学。[4]莱斯利·肖也认为，“拉美后现代主义文学可被看成是拉美‘爆炸’文学的延续，也就是说，在后现代主义中我们看到在‘爆炸’文学中出现的反现实主义和模仿的趋势被彻底加强了”。[5]博尔赫斯在欧美被认为是后现代主义文学的代表，[6]他不仅对拉美后现代主义文学的出现和发展起到了极大的作用，而且也启发了欧洲一些理论家和作家。如法国著名哲学家福柯在其著作《词与物》（*Les mots et les choses: Une archéologie des sciences humaines*，1966）的前言中指出，该书的创作受到博尔赫斯作品的影响。又如法国著名文艺理论家巴特（Roland Barthes）和意大利著名作家卡尔维诺等，都承认其作品受到博尔赫斯的影响。

---

1 参见 John Barth, “The Literature of Exhaustion,” *The Friday Book: Essays and Other Non-Fiction* (London: Johns Hopkins University Press, 1984), 62–76。

2 John Barth, “The Literature of Replenishment: Postmodernist Fiction,” *The Friday Book*, 195.

3 引自 Raymond L. Williams, *Postmodernidades latinoamericanas*, 45。

4 Chalene Helmuth, *The Postmodern Fuentes* (Bucknell: Bucknell University Press, 1999), 13.

5 Donald L. Shaw, *Nueva narrativa hispanoamericana*, 326.

6 同上。

在一次采访中，韦斯问富恩特斯："你是否感到拉美作家影响了北美作家？"富恩特斯回答道："哦，我讨厌'影响'二字，但我认为我们都是一种传统的一部分，……我们都属于一种传统，在这种传统里，有很多共同的东西。这很好。……但是没有贡戈拉（Góngora）的诗学体验，也许北美作家甚至美国南方作家福克纳也写不出他的小说，而没有福克纳的小说，我们中很多人也写不出我们的小说。正是从这个意义上说，文学的好处是开拓了它的传统，并开拓了它的几个支流。当然，谁能不受影响！书是其他书的产物，这是肯定的。"[1]显然，富恩特斯想说的就是各国各地区的文学是相互影响的。然而，当韦斯又问他"你特别喜欢哪些作家？"时，他又说："以前，我是塞万提斯的忠实读者。他的那本书（指《堂吉诃德》。——引者注），我现在每年还读，没有这本书我无法生活。"[2]是的，文学都相互影响，但是根还是深深地埋在心底里。[3]

三、政治性和历史性

有人认为后现代主义是去政治的，这实是一管之见（请参阅本卷第四章）。拉美的后现代主义文学正好是对此论的有力批驳。早在1995年，雷蒙·威廉斯就在他的《拉丁美洲的后现代主义小说》（*The Postmodern Novel in Latin America: Politics, Culture, and the Crisis of Truth*）中明确提出："拉丁美洲的后现代主义绝对是历

---

1 Jason Weiss, "An Interview with Carlos Fuentes," *The Kenyon Review* 5.4 (Fall 1983): 115.

2 同上，118。

3 如前所述，富恩特斯承认自己是西班牙后裔。从语言上说，他的确是。

史的，不可避免地政治的。”[1]他“断定拉美的后现代主义话语部分受到具体事件和环境的影响”。[2]比如在墨西哥，1968年特拉特洛尔科事件，1994年恰帕斯州的萨帕塔起义，墨西哥的恶劣经济和社会环境出现危机，及墨西哥城支配全国等状况，都影响了墨西哥的后现代主义的导向；在安第斯地区（哥伦比亚、委内瑞拉、厄瓜多尔、秘鲁和玻利维亚），毒品和石油工业一起影响所谓的“安第斯后现代性”，使该地区的城区具有高科技和后工业的文化，但是其边缘地区却依旧相当落后；在南锥地区，令人窒息的军事独裁“给该地区的后现代状态留下了特别的印记”，迫使一些作家转入地下或流亡他国进行具有“浓厚政治色彩的”文学创作；而古巴革命则在加勒比海地区（古巴、波多黎各和多米尼加）最具政治影响。基于这些原因，雷蒙·威廉斯认为，相比于欧美的后现代主义文学，拉美的后现代主义文学具有较强的政治性和历史性。汉考克评论说，这一观点“令人信服”。[3]

前面已经提到，拉丁美洲的历史基本是部被殖民史。可是有殖民就有反殖民。反殖民是为了争取民族独立、获得自己的国家身份，而民族独立后便须建设自己的国家。所以“国家身份和国家建设”是“拉丁美洲的特别之处”。[4]然而拉美国家在民族独立后，在国家的建设过程中，政治动荡此起彼伏，独裁与反独裁持续不断。身处这种环境下的作家，自然无法置身其

1 转引自Joel Hancock, “Review on *The Postmodern Novel in Latin America*,” *Symposium* 52.1 (Spring 1998): 61。

2 同上。

3 同上，60。

4 Raymond L. Williams, “Modernist Continuities,” *Bulletin of Spanish Studies* 79.2/3 (March 2002): 370–371.

外，所创作的作品必系之于此过程。富恩特斯在接受韦斯的采访时就明确表示："文学一向存有政治元素，因为我们是政治动物，因为我们生活在社会里。……因此，对于我来说，我的政治关注是真实的，是种聚集人民的方式，与人民建立关系。"当韦斯问他："就你的政治关注而言，这是否好像就是拉美文化身份的主线？"他回答说："是的，是的，是的。"[1]对于历史，他说："门后的东西也可以是历史。……在现实的表象背后，在世界也在拉美背后，存有另一种现实。这种现实基本上就是马尔克斯、卡彭铁尔（Alejo Carpentier）和诗人们也在说的东西。因为发现真正的现实就是我们的问题了。努力发现真正的现实之过程，就是给那现实增加些东西，增加点新的东西。不是复制现实，而是给现实增加点什么。"[2]富恩特斯的意思显然是说，历史与现实一样，都不是大写的、唯一的，而作家的任务就是要发现和反映立于历史和现实背后的东西。这不能不说是后现代主义的历史观和现实观了。

四、没有现代主义和后现代主义的明确分界线

从时间上说，40年代尚属现代主义时期，因而博尔赫斯40年代的作品可谓是现代主义的。可在现在的实际解读中，它们多被视为后现代主义的。他那个时期的作品同样有不确定性，有文类混用和戏仿，有元小说的特征。

在他的《小径分岔的花园》中，时间不再是线性的、单一

1 Jason Weiss, "An Interview with Carlos Fuentes," *The Kenyon Review* 5.4 (Fall 1983): 112–113.

2 同上，113—114。

方向的，而是网状、交错的，包含了无限可能性，作品借主人公（汉学家艾伯特博士）之口道出了此观点："您的祖先和牛顿、叔本华不同的地方是他认为时间没有同一性和绝对性。他认为时间有无数系列，背离的、汇合的和平行的时间织成一张不断增长、错综复杂的网。由互相靠拢、分歧、交错，或者永远互不干扰的时间织成的网络包含了所有的可能性。"[1]艾伯特博士在评论中国古代作家彭冣创作的小说时，也提到了情节的无限可能性："在所有的虚构小说中，每逢一个人面临几个不同的选择时，总是选择一种可能，排除其他；在彭冣的错综复杂的小说中，主人公却选择了所有的可能性。"[2]

在《阿莱夫》（"El Aleph"，1949）中，叙述者描述了自己亲眼看到的阿莱夫，但是在最后，叙述者认为原先看到的阿莱夫是假的，应该另有一个阿莱夫，但是又不去证实。事实上，小说情节的可能性与时间所包含的无限可能性是博尔赫斯众多作品所探求和体现的话题。

短篇小说《另一种死亡》（"La otra muerte"，1949）采用第一人称叙述。叙述者通过自己的记忆和朋友们的叙述，呈现给读者关于主人公达米安及其死亡的两个截然不同的版本：一个是在战场上胆小懦弱的战士，死于1946年；另一个是在战场上牺牲的勇士，死于1904年。读者搞不清哪个是真哪个是假。在小说倒数第四段，叙述者道出自己的解释来试图揭开谜底：达米安死于1946年，但是死前他如愿做了个梦，梦里他在1904年的战役中

1 博尔赫斯：《博尔赫斯小说集》，王永年、陈泉译，杭州：浙江文艺出版社，2005年，第79页。
2 同上，第77页。

表现英勇，战死沙场。然而小说并没有结束，叙述者又强调自己不确定所写的是否是真事，故事里是否存在虚假的回忆。这样，读者一次次面对情节的不确定，始终得不到一个确切的答案和结局。

在博尔赫斯的大量作品中，文类界限被抹杀，很多小说兼具散文特色。此外，戏仿是博尔赫斯众多作品的特点。《特隆、乌克巴尔、奥比斯·特蒂乌斯》（“Tlön, Uqbar, Orbis Tertius”，1944）对百科全书进行了戏仿；《布洛迪的报告》（*Dr. Brodie's Report*，1970）戏仿了《一千零一夜》；《永生》（“El inmortal”，1947）戏仿了《伊利亚特》和《奥德赛》；《阿莱夫》和很多世界名著产生戏仿关系，如主人公（诗人卡洛斯）读给叙述者“我”听的自己创作的诗作中，每一句诗分别戏仿了《奥德赛》和《工作与时日》等作品，另外，叙述者“我”的经历，可被认为戏仿了但丁《神曲》的《地狱篇》。类似的例子在其很多作品中举不胜举。

再者，元小说的特征在博尔赫斯的作品中也异常明显，很多小说直接讨论文学创作并提醒读者所述故事的虚构性。如《小径分岔的花园》就有这样的情节：在古代作家彭冣的作品中，其主人公选择了所有的可能性，这是对文学创作的讨论。在《阿莱夫》中，主人公卡洛斯在做两件事情：一是创作一首描绘地球的诗，二是发现了一个包罗万象的点——阿莱夫。作者将两者放在一文中想要说明，诗歌与阿莱夫一样也能包罗万象；另外，如前文提到，主人公创作的诗歌戏仿了很多名著，而绝妙的是这些戏仿的手段被主人公自己逐一点出：“我不必谈韵脚和功力了，不是卖弄，四句诗里包含了上下三千年浓缩文学的三个精辟的隐喻：

第一个指《奥德赛》，第二个指《工作与时日》……。”[1]主人公很清楚自己在创作时运用了“戏仿”手法，而这也可以理解成小说作者博尔赫斯对于“‘滑稽模仿’这种写作手法的迫切需要和肯定性评价”。[2]在《永生》（1949）倒数第四段中，叙述者开始对前文所述的故事进行分析和评论，一方面他点出该故事对《伊利亚特》和《奥德赛》的戏仿部分，另一方面指出其虚构性：

> 我叙说的故事看来不真实，原因在于故事里混杂了两个不同的人的事情。……这些话都不像是出自鲁福[3]，而应出自荷马之口……。第二章里，罗马人喝永生之河的水时，用希腊文说了一句话；这句话出自荷马笔下，在著名的船舶名单的结尾处可以找到。随后，在那座叫人眼花缭乱的宫殿里，鲁福谈到“近乎内疚的责怪”；这也是荷马的话，他设计了那个可怕的场景。这些异常现象使我感到不安，另一些属于美学范畴，使我有可能披露真实。……至于那段以比卡尼尔名义说的话，显然是一个渴望卖弄辞藻的文人（正如船舶清单的作者）杜撰的。[4]

在作品倒数第二段，作者又以“后记”的形式杜撰了关于该作品的评论，借杜撰的评论家内厄姆·科尔多韦罗博士之口指出该作

---

1 博尔赫斯：《博尔赫斯小说集》，第189页。

2 王钦峰：《论博尔赫斯对互文手法的创造性使用》，《三峡大学学报》（人文社会科学版）2002年第3期，第25页。

3 鲁福是小说假借的叙述者。——引者注

4 博尔赫斯：《博尔赫斯小说集》，第124—125页。

品的虚构性：

> 他（即科尔多韦罗博士）指出第一章插进了普林尼的话（《自然史》第五章第八节）；第二章有托马斯·德·昆西（《著作集》第三卷第四百三十九页）；第三章有笛卡特致比埃尔·夏努大使信里的话；第四章有萧伯纳（《回归梅杜塞拉》第五幕）。他根据这些插入，或者剽窃，推论说整篇文章都是伪撰。[1]

或许博尔赫斯是特例。但是，若去读拉美“爆炸”文学的四杰——富恩特斯、略萨、马尔克斯和科塔萨尔——的作品，甚至读获得诺贝尔文学奖的“现代派前辈”阿斯图里亚斯（Miguel Ángel Asturias）的作品，同样可以发现他们既是现代主义的又是后现代主义的。

阿斯图里亚斯的《总统先生》（*El Señor Presidente*，1933）就是部超现实主义作品，也是部魔幻现实主义的典型之作。他曾对他的朋友说，“在‘真实的’与‘魔幻的’之间存有第三种现实”。[2]他的《玉米人》（*Hombres de maíz*，1949）就带有很强的实验性。小说基于印第安人的神话，所谓玉米人是指印第安人相信人之肌肉就是用玉米做成的。小说分六部分，每部分都探索印第安人的传统习俗与正在现代化的社会之间的对立。在小说的后半部分，小说主人公尼科居然变成了一头森林狼。小说还采用一种

1 博尔赫斯：《博尔赫斯小说集》，第125—126页。

2 Robert G. Mead, “Miguel Ángel Asturias and the Nobel Prize,” *Hispania* 51. 2 (May 1968): 330.

神秘时间，将几千年压缩为可见的片刻。

如前面提到的，拉美“爆炸”文学四杰之一富恩特斯被雷蒙·威廉斯评为既是现代主义的又是后现代主义的。即使在他50年代创作、被雷蒙·威廉斯评为现代主义的作品也有后现代主义叙事技巧。如他的第一部小说《最明净的地区》（*La región más transparente*，1958）就运用了多重叙事角度和拼贴画。他1975年发表的《我们的土地》，被公认为拉美后现代主义文学的典范之作。在这部小说中“身份认同”不再是一成不变，[1]而是存在很多可能性。在《我们的土地》中，主人公除了历史人物菲利普二世外，还有三个海上遇难青年，他们每只脚都有六个脚趾、背上都有十字印，他们的身世在小说最后一部分（即第三部分）中需要读者抽丝剥茧从纷繁复杂的情节中才整理挖掘出来，明白他们是菲利普二世同父异母的兄弟。然而确如赫尔穆斯所指出的，这三个年轻人是菲利普二世的三个不同形态的“自我”。[2]三人在不同的地方经历着不同的事情，这些经历形成很多碎片，共同填补小说中原本不完整的菲利普二世的形象。这样，“作为一成不变的实体的自我在小说中被质疑”。[3]也在这部小说里，历史事实和想象的情节穿插在一起，主人公与塞万提斯、唐璜及塞莱斯蒂娜等共处。读者在梦境和真实历史间逡巡，每当他们感觉走入梦境时很快又回到了历史。这里，历史和文学是相互混淆的：历史可以当作文学来读，反之亦然。于是真相呈现出多样性。小说中的时间

1 Chalene Helmuth, *The Postmodern Fuentes*, 128.

2 同上，49。

3 同上，128。

是混乱的，不仅小说情节不按时间顺序展开，而且不同历史时期发生的事情被安排在小说营造的同一个时间内，如菲利普二世在位的真实年代比哥伦布发现新大陆晚了近一百年，可是小说中后者与前者同时发生了，即历史上相隔近一百年的两个事件被作家投掷在同一个时期，时间的间隔被抹杀了。小说的结局是开放式的，或者说没有结局，赋予读者想象的空间，让他们体会小说情节发展的无限可能性。小说还将多种文类糅合在一起：编年史、绘画、传说、科学、神话等等。当然，其中的编年史不是大家所认识的那种，而是变了形的，其年代是被打乱后重组的。

阿根廷作家科塔萨尔被称为博尔赫斯精神之子。他的《跳房子》（*Rayuela*，1963）的第三章有明显的后现代主义特征。该小说分为三大部分，第一和第二部分分别写主人公在巴黎的经历和回到阿根廷首都布宜诺斯艾利斯后的生活，第三部分题为"可以放弃阅读的各章"，是对第一部分情节的补充，有各种报刊、文学作品、哲学作品的引文，主人公的自我剖析，以及作者的理论代言人莫莱里的思考。另外，小说开篇提供给读者一个"导读表"，告诉读者这部小说有很多种读法，其中一种是遵循"导读表"列出的次序，将第三部分打散后穿插到第一部分的各个章节中进行跳跃式的阅读。此外，该书第三部分有很大篇幅围绕小说创作展开讨论，在书中评论该书。显然，《跳房子》展示了后现代主义元小说的特征。

秘鲁作家略萨是四杰中最年轻的。他的《绿房子》（*La casa verde*，1965）共有四部分，每部分以印象派叙事开篇（不分段落），然后分成章（一、三部分四章，二、四部分三章），每章分成五个独立的叙事，小说末尾有个四章尾声。叙事完全不按时间顺序进行，时间相隔几十年叙事却平行而为之，各章之间没有明确的分界线，借此创造了所谓的“双重叙事”（double narratives），获得过去与现在相互交织的效果。

哥伦比亚作家马尔克斯的著名之作当属《百年孤独》。《百年孤独》被尊为魔幻现实主义的化身，而魔幻现实主义的技巧又被后现代主义作家所用。麦克黑尔认为魔幻现实主义作家“一只脚在家乡的土壤，一只脚在欧洲或北美：富恩特斯的一只脚在墨西哥城，一只脚在华盛顿特区；科塔萨尔一只脚在布宜诺斯艾利斯，一只脚在巴黎；马尔克斯一只脚在哥伦比亚，一只脚在欧洲。……魔幻现实主义就是这种双重体验的产物”。[1]法里斯（Wendy Faris）认为魔幻现实主义构成“后现代主义和后殖民主义的会合点”，而麦克黑尔干脆就认为“魔幻现实主义同化于国际后现代主义”，并且这种同化“在1967年就开始了”。麦克黑尔还指出，在巴思那里《百年孤独》成了“‘补充文学’的典范”。[2]

拉美后现代主义文学因其所处的地缘不一样，其历史进程不一样，故而其后现代主义文学具有多元性、政治性和历史性，它不是对欧洲和北美后现代主义文学的模仿，没有明确的现代主义和后现代主义的界限，在欧洲和北美谈论后现代主义文学之前就已经创作了。它的确是世界后现代主义文学这个整体的一部分。

1 Brian McHale, *The Cambridge Introduction to Postmodernism* (New York: Cambridge University Press, 2015), 78.

2 同上。

第十七章
日本、韩国后现代主义文学

第一节　日本后现代主义文学

自20世纪70年代起，后现代主义文学，这个当代日本文坛上的“先锋”现象就已经成为国内外日本文学研究者关注的对象和重要研究命题，对日本后现代主义文学的争论、批判、抵制乃至死亡宣判一直不绝于耳。看看近50年来的相关争论和研究不难发现：在距离日本后现代主义文学诞生已近半个世纪的今天，在这个后现代主义似乎已经尘埃落定的时代，与日本后现代主义文学相关联的关键问题并未得到系统梳理，很多讨论往往热闹一时却难有定论，甚至被争论成假问题或伪命题。原因大概在于后现代主义在文学、文学批评和美学思想上都是非规范的、非经典的，它们显得突兀、怪异、费解、陌生，传统经典的审美理念难以与之完全对接，其内在逻辑研究的框架也未能真正确立，而日本学者对后现代词汇极力回避的态度也增加了我们认知的难度。本节将从更大的角度对日本后现代主义文学状态进行探究，不仅阐释其发生、鼎盛到普泛化嬗变的历史进程，更想从与每一阶段的变化存在表里互动关系的日本社会、经济、文化等现实语境切入，结合日本后现代文化思潮史的学术梳理，对日本后现代主义文学相关问题进行客观的审视与清理，力求获得理性的、深入的、全景式的认识。

一、历史进程与后现代意识

法国后现代主义理论家利奥塔在《后现代状态：关于知识的报告》（1979）中强调，“后现代”乃是“对宏大叙事的怀疑”，因而应对宏大叙事的霸权予以批判。他宣告：元话语已经过时，元叙述的社会语境如英雄圣贤、拯救解放、伟大胜利等已散入了后现代知识的杂乱的星空中，人们不再相信伟大“推动者”、伟大“主题”，只运用“小型叙事”，只相信后现代世界是一个“凡人”的世界。[1]就日本而言，正如范沃福伦（Karel Van Wolferen）所说，虽然“1945年（二战结束）并没有成为时代的分水岭，权威体系（天皇制）仍然牢牢地影响着战后日本”。[2]但是，“天皇”这一延续两千余年的宏大叙事霸权，在二战结束后也无法逃脱动摇与改变的命运，而这一历史进程直接关联着日本后现代主义思潮的兴起。1945年8月15日，昭和天皇通过广播向日本民众宣读了《终战诏书》，这被看作是日本正式接受波茨坦公告，宣布终止战争的标志。这也是日本天皇制历史上天皇第一次以“肉声”的形

1 Jean-François Lyotard, *The Postmodern Condition: A Report on Knowledge*, Geoff Bennington and Brian Massumi, trans. (Minneapolis: University of Minnesota Press, 1993), 1–40.

2 Karel van Wolferen, *The Enigma of Japanese Power* (London: Papermac, 1990), 347.

式出现在大众面前，开始了去神化的第一步。战后美国占领当局在日本政治、经济和教育等方面实行“民主化”改革，首当其冲便是彻底废弃“天皇制”。1945年10月，盟军最高司令官麦克阿瑟指示日本政府修改1889年制定的《明治宪法》，次年1月1日，昭和天皇发表皇室诏书《人间宣言》，正式否定了天皇作为“现代人世间的神”的地位，宣告天皇也仅是具有人性的普通人。[1]1946年11月公布的新宪法即《日本国宪法》，取消了天皇总揽国家一切统治权的权力。宪法第1条规定，天皇只是“日本国的象征，是日本国民整体的象征，其地位，以主权所属的全体国民的意志为依据”。宪法第3、4条规定，“天皇关于国家的一切行动须有内阁的建议和承认，由内阁负其责任”。他“只能行使宪法所规定的有关国事行为，并无关于国政的权能”。[2]这一系列的文件、法规，为“天皇”元话语的崩溃提供了政治和法律依据，也暗中开启了日本人对“权威”迷思的怀疑与反省。

1965年以后，沿袭千年、以天皇年号纪年的方式被逐渐废弃，日本人更多地愿意使用公元西历来标注年份，“昭和”也渐渐失去了它原本被赋予的“天皇”体系的内涵。1966年，罗兰·巴特访问日本，他发现，皇居变成东京中心一个巨大的空洞，[3]似乎暗示曾经作为日本人的信仰以及社会价值体系的天皇制，正被逐步瓦解。1970年，作家三岛由纪夫冲进日本自卫队总部，发表复

---

1 《人间宣言》于1946年1月1日发表于『官報号外』，现存于日本国立国会图书馆。<http://www.ndl.go.jp/constitution/shiryo/03/056/056_001r.html>.

2 《日本国宪法》于1946年11月3日公布，于1947年5月3日正式施行。<http://www.ndl.go.jp/constitution/etc/j01.html>.

3 Roland Barthes, *Empire of Signs* (New York: Hill and Wang, 1970), 32.

辟天皇制演说，但却无人响应，最后切腹自杀。后现代主义评论家柄谷行人在《关于终焉》（1995）中认为，虽然昭和天皇病逝于1989年，但昭和时代实际于1970年伴随三岛的自杀结束了，同时“日本现代文学［也］终结了”。[1]当然，以一个作家的死来判断一个文学时代的结束是否合适尚有待商榷，但这事件本身却标志着天皇崇拜的传统正在不断被瓦解，日本人对待历史的态度也在改变。

对于战后的日本而言，1970年确实是一个极为重要的年份。据美国《总统经济报告》（1977年）统计，日本国民生产总值的世界排名，1970年首次超过西德、法国和英国，仅次于美国，这被视为世界经济的奇迹。[2]奇迹受惠于60年代期间，池田勇人政府推行“国民收入倍增计划”，日本的经济开始复苏并飞速发展。随着经济发展，人们收入提高，白领阶层开始扩大，中产阶级出现，后现代社会的经济基础基本成形，日本开始向消费社会过渡，而后现代主义思潮在人们的潜意识空间中也开始暗自涌动。

前京都大学教授大泽真幸在他的《虚构时代的结束》（1996）与《战后日本的思想空间》（1998）中，把战后日本社会的发展区分为1945年到1970年的“理想时代”和1970年之后的“虚构时代”。在“理想时代”经济高度发展之下，日本从战败中重新站起来；1970年以后，日本从工业化社会进入后工业社会。在所谓的“虚构时代”，虚构的历史取代真实，边缘叙事取代中心，亚文化取代主流权威，消费取代生产，解构取代结构，“后现代言论刮起

1 柄谷行人:『終焉をめぐって』、東京：講談社、1990年、14頁。

2 转引自Yamada Riichi: Daily Documents in the Twentieth Century、東京：講談社、1997年、27頁。

的风暴已经超越少数学者、批评家的范围”。[1]在学者三好将夫对日本小说史的划分中，1970年再次登场，作为日本现代文学与后现代文学的分割线，担当重要角色。[2]

然而对于这样的划分，日本学者有的不置可否，因为他们从根本上就不认同“日本后现代主义文学”这样的说法。日本文学从明治维新开始，曾一次又一次地接受欧美文学的洗礼，对各种文艺思潮，日本作家、文学评论家的敏锐度很高。很多时候，他们甚至以革命前驱者的姿态，来翻译、阐释并在创作中实践这些外来理论。然而，对后现代主义思潮，日本文学评论界却显得格外保守、谨慎，有意无意地回避后现代批评话语，不承认日本存在后现代主义文学流派，拒绝使用后现代术语来定义、评论具有后现代创作风格的作家。一方面是因为“老一代作家、批评家的创作标准、批评标准业已定型化、权威化，他们对70年代以来出现的诸多文学现象不理解，不满意，不推崇”；[3]另一方面，日本理论界非常警惕西方的文化殖民主义，顽强地力求保持自己独特的“批评话语”。如桑原武夫就在《文学序说》中写道：“日本的文学批评完全没有必要以外国为模式，也许法国用法国方式，日本还是按日本方式发展为好。”[4]这种见解成了战后，特别是60年代以来日本文学评论界的主导思想，使许多人与西方新理论总保持着一定的距离。

但是，这种抵制态度引起了年轻一代作家的强烈不满。如村

1 大澤真幸：『戦後の思想空間』、東京：ちくま新書、1998年、13頁。

2 三好将夫：『日本とアメリカの文化関連』、東京：新潮社、1991年、19—27頁。

3 王向远：《后现代文化语境中的中国文学和日本文学》，《国外文学》1996年第1期，第103页。

4 桑原武夫：『文学序説』、東京：講談社、1954年、3頁。

上春树在与美国作家杰伊·麦金纳尼谈话时，就曾怒斥“这些老家伙，多数生活在封闭褊狭的世界中，外面世界正在发生变化，他们却毫无兴趣”。[1]更年轻一些的岛田雅彦也愤愤不平，毫不客气地指责“日本已经回到陈腐发臭的时代”，“恢复了保守和复古的趣味”。他明确提出“必须在所有领域里进行异种交配”，并决心“将自己的肉体、自己的生活全部投入世界之中，进行全方位的交流”。[2]

除了前面提到的两方面的原因外，日本后现代文学批评本身也存在一定问题。伴随着70年代以后日本学界兴起“东方主义”“后殖民主义”的研究热潮，在对日本现代与后现代关系进行梳理时，很多学者对日本的“现代化”“近现代文学的起源”等这些曾经不证自明的问题提出了质疑。如文学评论家富冈幸一郎就认为，日本既没有“现代”也没有“后现代”；[3]柄谷行人也认为，“我们所说的后现代乃是现代，我们在说的现代乃是后现代”。[4]

日本文学批评界的这种状况，导致了“日本后现代概念”在界定和描述上难以达成统一，增加了讨论日本后现代主义文学的复杂性和艰难。但是，后现代相关术语和概念仍具有理论和实践上的有效性却是不争的事实，后现代思潮在理论领域仍是研究的重要对象，并已成为文学研究的理论视野、阐释模式与工具方法的组成部分，也涌现出许多形形色色的后现代主义风格的作家和作品。

---

1 村上春樹:「ジェイ・メキンナニと対談」、『昴』1993年3月号、209頁。

2 島田雅彦:『永劫回帰機械の華麗』、東京：岩波書店、1988年、128頁。

3 富岡幸一郎:『臓器の楽しみ』、東京：講談社、1986年、173頁。

4 柄谷行人:『批評とポスト・モダン』、東京：福武書店、1985年、15頁。

二、日本后现代主义文学的初始阶段

虽然日本评论界极力避免使用“后现代主义作家”这样的标签，但是对于这些新的、具有后现代主义风格的作家群体，还是给予了相应的命名。中国研究者借用这些命名对日本后现代主义文学流派进行了划分。如王向远认为，属于后现代主义的文学流派有：(1) 内向派；(2) 都市文学派；(3) 儿童派。[1]何少贤将具有后现代主义特征的日本作家区分为“战中派”和“战后派”。后者指第二次世界大战以后出生、未经历过战争的一代人。他们又可被细分为两类：一类人参加过学潮，可称之为“学潮派”；另一类人没有参加过学潮，被戏称为“儿童派”。[2]王琢则认为日本80年代以后作家包括“都市文学派”、“儿童派”以及“新锐作家”。[3]这些称谓，不管是日本评论界还是中国学者命名的，都只能是一厢情愿，后现代作家去中心的风格取向，决定了他们没有固定的文学目标使得流派可以成立，但出于叙述便利的考虑，本章将沿用日本文坛当时对这些作家群的命名来进行梳理，以求接近历史真实。

所谓“内向派”和“战中派”，实际是指70年代崭露日本文坛的“内向的一代”作家群。代表作家有古井由吉、黑井千次、后藤明生等人。“内向的一代”这一名称，最初是由日本著名文学评论家小田切秀雄提出来的。他指出，这些作家“沉醉于自己的内心世界，有逃避现实社会的倾向”，他们作品的主要风格就是

---

1 王向远：《日本后现代主义文学与村上春树》，《北京师范大学学报》（社会科学版）1994年第5期，第69页。

2 何少贤：《试论日本的后现代主义小说》，《国外文学》2000年第1期，第43页。

3 王琢、罗晓红：《日本当代小说述评（1980—2000）》，《暨南学报》（哲学社会科学版）2010年第5期，第106—108页。

“在自我与个人的生存状态中寻找作品的真实性”。[1]在日本大力发展经济、社会逐渐安定繁荣的时代背景下，他们发现日本的现实“是畸形怪状的幻觉世界，是变化莫测的迷津，是在白天睁着两眼做的噩梦，是神经错乱的不可思议的国度”。[2]所以“内向的一代”并不积极表现社会问题，而追求从日常生活来描写真实的内心世界，从微观上表达艺术感觉。

比如后藤明生1973年曾发表过一部长篇小说《夹击》。主人公赤木在出生并长大的朝鲜永兴迎来了日本投降，被遣送回国后，在故乡九州颠沛流离。小说开头，主人公“我”（赤木）突然出现在御茶水的桥上。“我”丢失了以前进京赶考时穿的陆军军大衣，找了整整一天也没能找到。“我”站在桥上苦苦思索：这桥叫什么名字，“我”不了解周围的人，如果有什么东西能引起过路人的注意，想知道“我”是何许人，那也不过是因为“我”丢失了一件大衣而已。“我”只不过是无数次出现的事物中的一个微小的粒子而已。这样的故事情节明显是日本传统文学私小说的叙述套路，但却丝毫没有以前知识分子式的学究味，而是用最直接、最简单、最单纯的语言来表达普通人的生活感受和感觉：小说主人公回避生活，逃避现实，厌恶周围的一切，成了“无意义的人，在无意义的场所，过着无意义的生活”。[3]这种思考模式突出表现了“内向的一代”作家以虚幻的观念代替社会生活。

“内向的一代”在保留私小说模式的同时，还注入了西方现

---

1 松原新一、磯田光一、秋山駿：『戦後日本文学史・年表』、東京：講談社、1979年、411—431頁。
2 李德纯：《私小说的解构与重建——论日本“内向的一代”》，《外国文艺》2008年第3期，第17页。
3 松原新一、磯田光一、秋山駿：『戦後日本文学史・年表』、411—431頁。

代主义的风格，借鉴意识流和超现实主义，“使之交叉重叠，寻找一个富于弹性的衔接点”。[1]这一点在古井由吉的代表作《杳子》(1970) 中有比较明显的体现。书中男主人公S遇见了女主人公杳子，杳子患有精神分裂症，S通过杳子的病态心理，去追求一个幻想的内心世界。S与杳子的异性关系不是建立在现实社会中人与人关系的基础上，而是一种日常生活之外的，一种想象的、幻想的异性心灵的结合。“用超现实主义的手法，把非现实领域的东西引入到日常生活中，使小说出现了许多不易理解的地方”，[2]从这儿可以折射出“内向的一代”文学有意回避现实生活、厌恶现实社会以及由此产生的失落感。

与传统的现代派作家气质不同，内向派在思想空间已敏锐地捕捉到了后工业时代人们精神变化的动态，比如孤独、迷惘、分裂等，但也仅局限于意识层面的表达。由于受到时代、社会发展的限制，他们的作品鲜见对高度资本主义消费氛围的表达。典型的日本后现代文学作品常常出现啤酒、威士忌、咖啡、外国音乐等词汇，这些成了主人公们日常生活中必不可少的消费品，他们经常出入咖啡厅、舞厅等，以消费者的姿态悠闲地享受着当代社会所提供的这些东西，既有精神上的，也有物质和肉体上的。和他们相比，“内向的一代”似乎只有头脑、意识进入了后现代，而身体和衣装还停留在现代。这成为判断他们是否已经进入后现代流派的一个障碍。但是不可否认的是，后现代主义创作风格已经在“内向的一代”作家身上初露端倪，他们的作品都带有后

1 李德纯:《私小说的解构与重建——论日本“内向的一代”》,《外国文艺》2008年第3期，第18页。

2 秋山駿:『生の磁場』、東京：小沢書店、1982年、410頁。

现代主义的倾向。美国后现代主义理论家哈桑认为，后现代主义有别于现代主义的特征有很多，但最根本的两个特征是“不确定性”和“内向性”（又译“内倾性、内在性”）。在哈桑看来，所谓“内向性”就是人对社会环境的适应，是主体的内缩，它不再具有超越性，不再对精神、价值、真理、终极关怀、善恶等问题感兴趣，而是退缩到个人的生活和感觉中。[1]而这些与森健二于1978年末在《群像》杂志中指出的日本“内向的一代”作家的主要特点，即“脱离社会意识的、具有内向文学倾向的一代”，[2]是不谋而合的。柄谷行人在《日本文学的起源》（1980）中讲到风景的发现必须是由“对周围外部的东西没有关心的inner man（内在的人）”[3]来完成。是否可以借此来说，“内向的一代”正是发现后现代风景的inner man？作为后现代文学（无意识的）先知先觉者，他们这种内向的气质一直延续并影响到后面的作家。也许这样看更合适吧：他们出现在传统文学史教科书的结尾处，不是作为日本近现代文学最后一个派别，而是作为日本战后文学“第三批新人”的延续与发展，作为现代向后现代流变过渡的一个派别的身份而出现。

三、日本后现代主义文学的繁盛阶段

日本经过六七十年代的经济高速成长期，进入80年代后，已经成为经济高度繁荣、发达的资本主义国家，而相应地，就更加

---

1 转见Yoshio Iwamoto, “Something New in Japan,” *World Literature Today* 67.2 (1993): 135。

2 森健二：「今文壇の動き」、『群像』1978年12月号、63—78頁。

3 柄谷行人：『日本近代文学の起源』、東京：講談社、1980年、6頁。

需要有一种文学，能以全新的视角、全新的态度来描写这种发达繁荣的工业社会、消费社会，这种文学就是后现代主义文学。于是在日本，我们就看到了“都市文学派”、“儿童派”、女性作家群的粉墨登场。

（一）都市文学派

1980年，田中康夫发表小说《不知不觉、水晶》，销量超过百万，成为当年年度销售冠军，获得第十七届日本文艺奖。小说以生活在东京的女大学生兼时尚模特由利的生活为中心，运用独特的视角和文体，描写了那个年代风靡日本的时尚。女主人公由利和男朋友淳一，虽然都还是大学生，但经济上却非常宽裕。由利做兼职模特，淳一是视觉系乐团的键盘手；他们住的是昂贵的南青山公寓，穿的是时髦品牌，听的是时髦的西洋音乐，买的是高档百货商店的奢侈进口商品，出入的是时髦的迪斯科舞厅，追求的是没有束缚的感情，过的是完美如水晶般的生活，俨然就是“水晶族”。这部小说被称为名牌小说，文中出现了大量只有在东京长大、相对富裕的年轻人才知道的名牌、饭店、学校、地名等固有名词，作者还不厌其烦地为这些固有名词加上了注解和分析，共计422个。小说最后还从1980年度《日本厚生劳动省白皮书》以及人口问题委员会《出生率动向特别委员会报告》中，摘取了相关数据，作为特别附录来讨论日本少子高龄化问题。《不知不觉、水晶》肆意颠覆既定的小说文体，破坏既定的语言程序，故意无节制地滥用音译的外来语和堆砌大量的商品广告，像纳博科夫那样采用几乎与正文字数相等的注释。这种独特的文体在当时的文坛毁誉参半，江藤淳盛赞它为“泡沫经济时代名牌热潮的先驱小说”，评论界认为它是“头脑空空的女大学生拎着名牌包包边走边看”的小说，“人物描写空洞，不鲜活”，完全被“名牌=自我价值”的观念洗脑，追求过剩的自我意识。[1]经常来往于日本的后现代理论大家哈桑却非常认可这部作品，认为“田中康夫是日本自然流露的后现代作家”，他的作品深刻地反映了“日本是一个东西方文化交汇的混杂物”。[2]当时日本社会文化的实际状况是：一方面，随着社会生产力和劳动生产率的提高，人们可以支配更多的金钱和业余时间；另一方面，随着“汽车文化”的普及，人们更方便出入于高尔夫球场、网球场、棒球场、餐厅、咖啡厅、舞厅、歌厅等这些消费场所，日本的汽车产量在1980年超过700万辆，成为全球第一生产大国，一种高层次的消费文化已经形成。于是，充斥着品牌、消费观念的《不知不觉、水晶》，准确地反映了日本后现代都市文化、消费性，“不知不觉”中暗合了大众自我定位于“中产阶级”的心理，也“不知不觉”中掀开了日本文学新的篇章。应该说进入80年代，与消费社会现象一起，后现代主义风靡日本，而《不知不觉、水晶》正是日本后现代主义文学一部极具代表性的作品，也宣告所谓的“都市文学派”[3]真正地登上了文坛。

然而“都市文学”的中流砥柱却是村上春树。早在1979年，他就发表处女作《且听风吟》，获得《群像》新人文学奖。当时的评委之一丸谷才一认为，“二十九岁的年轻人能写出这样的作品，不禁让人感觉如今日本文学有了很大的改变……但这部作品更让

1 江藤淳 :『江藤淳文集』、東京 : 新潮社、1990年、19—30頁。

2 Yoshio Iwamoto, “Something New in Japan,” *World Literature Today* 67.2 (1993): 134.

3 评论家川本三郎在1981年发表了《都市中的作家群——以村上春树和村上龙为中心》（『都市の作家群—村上春樹と村上龍を中心に』）一文，正式地提出了“都市文学派”这一概念。

人印象深刻的，是作家背后所代表的日本文学趣味的变革”。[1]这部小说人物场景设置简单，故事情节也无太多跌宕起伏，多是人物在酒吧喝酒聊天，对话几乎贯穿整部作品，可看似无意义又散漫的对话却有微妙的趣味。请听：

> “这是什么呀？”
> “给你的生日礼物。”
> “我的生日可是下个月哦。”
> “下个月我就不在这儿了。”
> “是吗？那我会很孤独吧，你不在的话。”[2]

这里，外表慵懒内里孤独、彷徨的气息透过简短的对话扑面而来。

村上春树1980年的《一九七三年的弹子球》，延续了他处女作的风格，无处不令人感受到主人公对已逝青春充满诗意的依恋和思索，以及对往日故乡的守望、牵挂与伤怀。1987年，他发表《挪威的森林》，引起轰动，次年又发表《舞！舞！舞！》。比起前作，《舞！舞！舞！》对“高度发达的资本主义社会”的透视和挖掘更加系统，批判也更加激烈。“一切都是在周密的计划下进行的，这就是所谓高度发达的资本主义社会。投入最大量的资本掌握最关键的情报，攫取最丰厚的利润。这并非某个人缺德，投资这一行为本身就必须包含这些内容……。投入一千

1 山田詠美：『ひざまずいて足をお舐め』、東京：講談社、2000年、14頁。
2 村上春树：《舞！舞！舞！》，林少华译，上海：上海译文出版社，2007年，第187页。

亿日元资本的人必然对投资后的经济效益进行周密研究，同时搞一些幕后动作。在这一世界里公正云云均无任何意义……。”[1]这些直白的文字既是对小说中出现的、以新海豚宾馆为代表的房地产业罪恶的揭露，更是对资本主义追求利润的最大化本质的赤裸裸的批判。在资本主义体系中，“要从所有的空隙中发掘出商品来……，买春也罢，卖身也罢，只要附以漂亮的包装，贴上漂亮的标签，便是堂而皇之的商品。再过不久，说不定可以通过商品目录在西武百货店订购应征女郎”。[2]人失去了作为人的意义而成为一种商品而存在。最典型的例子就是小说中主人公的高中同学五反田，即使成为电影明星，他“就连领带的花纹都几乎不能选择。那些自作聪明的蠢货和自以为高雅的俗物随心所欲的对我指手画脚”。[3]五反田因不堪忍受这些而自杀后，媒体仍不放过他的商品性，在他的死上大做文章，把他的死作为猎物肆无忌惮地大嚼特嚼，“如同鼻虫咀嚼腐肉那样咀嚼得津津有味”。[4]村上春树借此表达了对人际关系市场化的忧虑：“人们崇拜资本所具有的勃勃生机，崇拜其神话色彩，崇拜东京地价，崇拜奔驰汽车那闪闪发光的标志。除此之外，这个世界再不存在任何神话。这就是所谓高度发达的资本主义社会……。在这样的世界上，哲学愈发类似经营学，愈发紧贴时代的脉搏。”[5]村上春树通过这部小说，提示了资本主义所建立的现代都市神话的危机面，人们在商品的

1 村上春树：《舞！舞！舞！》，林少华译，上海：上海译文出版社，2007年，第340页。
2 同上，第278页。
3 同上，第189页。
4 同上，第220页。
5 同上，第230页。

汪洋大海中日渐迷失，因缺乏自己的内心世界而物化为喧嚣尘世的附属品，或隐晦或直白地对未来表现出不安与忧虑。

对于自己的文学语言，村上春树于2001年在《再袭面包店》中作了概括："将贴裹在语言周身的各种赘物冲洗干净，使其一丝不挂，然后再排列好、抛出去。"[1]这一概括也非常贴合后现代语言观，在貌似简单的形式中呈现出独特的魅力，语言形式变化多样、语义特征多重，形成了一个处于运动状态的语义场，在这个语义场中各种意象纷纷出场。

"都市文学派"的另一位代表作家村上龙，于1976年发表处女作《无限近似于透明的蓝》。该小说以作者亲身经历为素材，描写福生地区美军基地附近的一群青年男女荒唐放荡却又迷茫无助的生活。这部作品作为当代日本文学进入亚文化即颓废化的象征，以其全新的、透明清澈的文学风格，获得第19届《群像》新人文学奖，被授予第75届芥川奖，还创造了当月销售100万册的空前纪录，引起全日本轰动，被视为重大的社会事件，而非单纯的文学事件。而村上龙本人，也由此作为一个新人作家一举成名，受到文坛瞩目。村上龙的创作题材丰富，涉及暴力、多重性格、毒品、买卖淫、性虐待、少年犯罪以及快乐杀人等等，大多是对日本现行体制进行探究和批判，对现有文学传统发出挑战。他的作品虽然涉及面非常广，但反映的主要是都市生活给人类带来的负面影响，特别是年轻人在战后日本经济高速发展时期的资本主义社会结构面前的困惑、压抑和无奈。比如小说《超导体夜总会》

---

1 村上春树：《再袭面包店》，林少华译，上海：上海译文出版社，2001年，第5页。

(1986）描写一群来自各行各业并熟练掌握高科技的英才聚集在一个小酒吧，试图运用现代科技解决人类情感难题。小说情节荒诞，但笑过之后却发人深省。村上龙作为后现代文学作家，其反传统风格特征集中表现为小说主人公多为被社会排斥在外的社会边缘人物，大量使用常态生活以外的词汇，比如血腥、污秽、放荡、暴力、噪音、力量的撞击等。这种逼真、露骨、具有高度冲击力和刺激力的描写风格，使得他成为亚文化舞台至关重要的一员，作品具有亚文化时代的显著特征：另类、肤浅、夸张以及多变。在文体表现上，村上龙也力求突破，以不规范的口语、短句并以假名（日本字母）来拼写专有名词，如在《无限近似于透明的蓝》中，主人公“我”的名字没有按照常规使用汉字“龙”，也没有使用片假名“リュウ”，而是标注成罗马字发音“Ryu”。其文体对日本文字的渎犯对当时的文坛产生了巨大影响，岛田雅彦在中学时代读后狂喜不已，后来回忆说：“知道了可以用如此不规则的日本语写小说，感到茅塞顿开。”[1]

除了两位村上，“都市文学派”还包括中上健次、冈松和夫、桐山袭等作家。他们大都出生于20世纪50年代，成长于60年代，受美国文化影响很大，经历过六七十年代学生运动失败的冲击，政治信仰淡泊，70年代中后期进入主要创作期，身处经济高度繁荣的城市生活之中，对资本主义因素以及由此所带来的消费观念，心理上和人格上的变化感同身受。他们的作品所体现的，不仅有对人的精神状态、生存环境的关注，对后现代主义元素的运用更

1 島田雅彦：「村上龍論」、『国文学』1987年5月号、44頁。

加充分，符号性、无机性、断片性信手拈来。

（二）儿童派

在“都市文学派”方兴未艾时，另一个新的后现代主义创作群体“儿童派”[1]又粉墨登场，这些作家包括小说家高桥源一郎、岛田雅彦、小林恭二等。说他们是“儿童派”，本含有当时主流文坛对这群年轻稚嫩作家的轻蔑之意。“儿童派”作家大都出生于20世纪60年代，成长于经济高速发展的70年代，登上文坛已是80年代。他们的作品大都没有沉重的历史主题，对现实的描写也很轻松幽默，表现形式更为开放自由，甚至流露出儿童般非理性的气质。比如，岛田雅彦的处女作《献给温柔左翼的嬉游曲》(1983)，描写了50至70年代席卷日本的学生运动的“愤青”们“不愿长大的成长故事”，所谓的民主游行不过是“体育活动”，是一场“时装秀”，纯属剥离了意识形态的左翼运动所追求的“时尚性、娱乐性”，无异于行为艺术表演。他在《天国降临》(1985)里写道：“天皇陛下是日本的象，动物园里有天皇。”[2]其文字之天真、大胆可见一斑。而高桥源一郎在《再见，匪帮》(1982)中，插入几何图形和漫画，以此来代替具体描写。还有小林恭二，他的《小说传》(1986)，以未来小说的形式反讽了当代日本文坛的弊病；他的《宇田川心中》(2004)，则描写了一对年轻男女横跨现代、江户时代、镰仓时代的穿越式爱情，文体表现故意将现代口语与歌舞伎台词穿插使用，令读者产生坠入时空黑洞的混乱之

1 80年代中期，《东京新闻》上的一篇评论文章把60年代以后出生的、一些具有创新精神的年轻作家称为“儿童派”。

2 島田雅彦:『天国が降ってくる』、東京：講談社、1985年、33頁。

感。这些貌似颠三倒四、毫无章法、奇异怪诞的表象，是“儿童派”作家应对后现代洪流所采取的写作策略。从某种意义上来说，他们对自身作为这个时代作家的身份定位，较之之前的作家更为明确。此时的日本社会已经进入高度发达的资本主义时代，货币这样一个无实体的存在已经变成了这个社会真正的支配者。在货币经济主导的巨大的商业共同体中，作家们更加自觉地意识到资本主义商品社会的本质，以及自己作为待售商品在市场上寻找买手的事实。比如岛田雅彦在《颓废礼赞》（1993）中写道，“我也想在市场里出售自己”。[1]在《献给温柔左翼的嬉游曲》中，他又写道，“政治运动不过是商品行为的一种……，［最重要的是］设计出人人都爱买的徽章”。[2]另一方面，对高科技感到不安也表现在儿童派作家的文体变化上：在他们的作品中，传统小说的直线式时间轴不复存在，时常可见的，是录音机、录像机、电脑等现代技术产物将我们的生活空间变成反复复制的世界；而他们对以往文学作品大量的引用、改写，反映的则是信息社会对原创神话的消解。比如岛田雅彦的《彼岸先生》（1992），就是以日本近代作家夏目漱石的名作《心》（1914）为范本改写出来的，它体现了后现代主义作品的所谓“互文性”，用他自己的话来说，《彼岸先生》是对《心》的“渎犯”，是对原有文本的“解体”。又如高桥源一郎的《优雅感伤的日本棒球》（1988），篡改的是《马可·波罗游记》，高桥源一郎煞有介事地把日本棒球的故事硬塞进名作，戏弄读者。高桥源一郎的另一部作品，长篇小说《日本文学盛衰

1 島田雅彦：『退廃禮賛』、東京：読売新聞社、1998年、13頁。
2 島田雅彦：『優しいサヨクのための嬉遊曲』、東京：講談社、1983年、25頁。

史》(2001)，以石川啄木、田山花袋等先辈文豪的作品以及私生活为素材，破天荒地将这些大名鼎鼎的作家以及耳熟能详的作品，以饶舌rap、留言电话、成人录影带、bbs论坛评论等当代文化形式，重装组合，将它们巧妙地融为一炉，其大胆之想象力令人瞠目。高桥源一郎还在《官能小说家》(2002)中，将日本文坛大家夏目漱石、森鸥外、川端康成等，统统变身为官能小说作家，写作只是他们谋生的手段，毫无价值和节操可言，戏仿之意跃然纸上。总的来说，与“都市文学派”作家那种以个人感受为中心的自传式写法不同，“儿童派”作家作品的取材和描写的范围要宽广一些，他们试图描写出当代消费社会、信息社会、高科技社会中人的心理和行为，在表达手法上，多元化、去中心倾向更加明显，文本间性、戏仿性等后现代主义特征更加清晰，对后现代主义的表现已经变成了无须意识形态的他律约束的自律性行为。

(三)女性作家群

20世纪70年代开始，随着后现代风潮席卷全球，日本国内出现了一系列围绕妇女问题的活动和相关事件：1975年11月，国际妇女年日本大会召开；同年12月，联合国宣布自1976年至1985年的十年为“联合国妇女十年”，为世界范围内提高女性地位提供了契机；1986年，日本实施男女雇佣机会均等法；等等。以此为背景，人们开始要求以积极的态度来改善由性别造成的差异。与此同时，日本由性骚扰引发的官司越来越多，批评界关于女权主义以及性学的批评，也逐渐呈现出繁荣的景象。大学里，开设女性学课程的学校急剧增加，进而相继设立了女性学中心和性学研究所。在西方后现代文艺思潮和后现代女性主义理念的影响下，日本女作家们尝试着对形成日本宏大叙事霸权的传统文化进行多角度、多层面的剖析和反思。比起男性作家，日本女性作家群体对于“神”“国家”“家族制”“父权制”等元叙述的社会语境的反抗和批判更为自觉和彻底，对于“小型叙事”的运用也更加娴熟自如。作为日本后现代主义文学作家群中一支不可忽视的力量，她们是值得讨论和研究的。

1978年，中泽惠发表处女作《感受大海的时候》，“用超越年纪的冷静观察力”描写了“洁净的子宫感觉”，[1]通过挖掘日常生活中幻觉般的感受来探究女性生理和心理的描述，给阅读界和评论界带来了一股清新的气息。《感受大海的时候》以60万本的销量，刷新了当年年度小说最高销售纪录，并一举获得第21届《群像》新人文学奖。18岁少女作家，第一部作品就取得如此大的成绩，在当时的日本文坛引起了轩然大波，甚至成为民众津津乐道的话题。这部并不全是虚构的作品，几乎预演了日本后现代女性书写的重要主题：两性、身体感觉、母女关系、家族批判等等。除此之外，突出的后现代女性写作策略也是这部作品成为划时代之作的重要原因。川村二郎认为，中泽惠“似乎在利用私小说这种体裁来进行另一种实验，以便创造出一种新的文学……。而且这种实验也确实获得了相当大的成功”。[2]“这种实验”具体来说就是在创作《感受大海的时候》时作者采用了个人型叙述声音策略，“我”——中泽惠美子是故事绝对的主角，故事围绕“我”展开颠覆日本传统男性作家对于女性话语权长久以来的霸占。这种将女

1 吉行淳之介：『女性の力』、『国文学』1979年1月号、193頁。

2 川村二郎：『中沢恵の策略』、『国文学』1984年9月号、234頁。

性私人声音公开化的策略，使得传统上难以进入文学正史的女性自传、日记和书信成为重要文本，通过对它们的解读，可以重构出女性自己书写的故事，从而反驳和瓦解男性文本“伪造”的卑微的日本女性历史。

进入80年代以后，日本的女性地位提高，职业选择自由，家庭生活中男女平等，等等，说明日本社会发生了很大变化。不言而喻，在通常意义上，女性的地位提高了，而且在文化方面女性的感受也得到重视。但是，社会一方面主张女性应该追求从传统的生活伦理解放出来的特有的感受性，另一方面又要求女性的感受与保守的私生活所产生的情感表达是同义语。所以，当后现代风潮在日本高涨之际，一些女作家更加自觉地挖掘和探索“后现代女性感受”，她们的作品展现出前所未有的多元化倾向，充满蓬勃的生命力，新鲜大胆，可谓色彩斑斓。松浦理英子和山田咏美聚焦都市生活中的两性关系，在性爱表现方面不惜笔墨，堪称大胆，但同时也注重对女性心理的挖掘。比如，山田咏美在《跪下来舔我的脚》（2000）中就有这样的描写：“虽然我觉得自己很可怜，心里的某一些地方却还告诉自己，没关系，我还有再承受坏牌的能力，因此，我还是继续玩下去……。”[1]其实早在1985年，她的《做爱时的眼神》就有这样的文字：“斯彭很疼爱我，但他只是疼爱我的身体，而绝不是疼爱我的心灵。我也只能被动地接受他的搂抱，而不能主动去搂抱他，尽管我也曾尝试过很多次。”[2]这些都表明了作者所关注的对象不再仅仅是男性和女性这个对立关系，

---

1 山田詠美：『ひざまずいて足をお舐め』、14頁。

2 山田詠美：『ベッドタイムアイズ』、東京：河出書房、1985年、32頁。

而是更为广泛地关注诸如精神与身体、现实与幻想、日常与非日常等对立关系，在新的小说里追求表现的各种可能性。又如松浦理英子，她在《拇指P的修行》（1993）中描写了22岁的女性主人公真野一实，在好友自杀后右脚拇指变成了男性生殖器，由此展开了一系列荒诞的故事。对待性和性特征的看法，由单一、固守转变为多样、宽容，从认为同性恋“变态”到逐渐接受，以至于亲身经历，这体现了女作家对男性优先权的质疑，对男根主义的反抗。在女性的身体写作方面，小川洋子和金原瞳可谓发挥到极致，无论是《妊娠日记》（1991）中女主人公对姐姐身体近似“犯罪”般的观察，还是《裂舌》（2004）中女主人公对自我身体变态的改造，均体现了后工业时代女性对自我与他人身体新的发现和认知。津岛佑子的《宠儿》（1978）与笙野赖子的《母系的发达》（1994—1996），表现的都是对妊娠与母性以及母女关系的重新梳理。笙野赖子作品的情节充满了奇思怪想和魔幻，在《穿越时空·工业地带》（1994）中，作者使用虚实结合的叙事手法，使时空倒错，包容了过去与现在，现实与妄想，荒诞的幻象与意念的真实。笙野在《水晶内制度》（2003）里，描写了一个没有自由、伦理，也没有性爱的乌托邦女人国，在《二百年祭祀》（1994）中虚构了一个亡者与活人共存的空间，直接将矛头对准父权和家族制。这些作品延续了她一贯的主题：反叛现实世界，追求女性解放。

怀疑和抨击父权和家族制也体现在柳美里的创作当中。柳美里作为在日本的韩国人，特殊的国籍身份给了她特殊的人生经历，《家族电影》（1997）、《命》（2000）等作品无不投射了她自己的生活体验和对东方社会父权家族制的控诉。和她相类似，多和田叶子和水村美苗也是拥有跨越国籍身份的作家。多和田叶子长期旅居德国，用日语和德语双语写作，异国文化冲突和多年双语写作造就的特殊文字感受当然会在作品中呈现出来。《狗女婿上门》(1993) 以西方冷静诙谐的笔调，描述了一个东方民间异类通婚的故事。在情节、文体背后，体现出来的是东西方文化嫁接，这一新颖尝试给了读者更多的遐想空间和解读可能。水村美苗是旅美作家，12岁随家人赴美，其后在耶鲁大学法语专业学习，并修完博士课程。1990年，她为夏目漱石的名作《明暗》(1917) 写作续篇《续明暗》，文体和内容都达到相当高的水准。1995年她的小说《私小说：从左至右》出版，在日本文坛引起了不小的轰动。她用夹杂英语的文体描述了自己的成长历程，对于习惯从右向左书写，已经渐渐失去活力的传统私小说，这不啻是一种颠覆和挑战。

日本女性作家群中值得关注的女作家还有川上弘美和吉本芭娜娜。川上弘美试图在作品中模糊真实与虚幻的界限，以人与自然、人与动物之间发生的超现实故事，反映普通人际交往与家庭关系中隐含的复杂而微妙的关系。她的《神》(1994)、《踩蛇》(1996)、《沉溺》(1999) 等作品获奖无数，表明了这种尝试的成功。吉本芭娜娜是日本后现代女作家代表人物，她以通俗细腻的笔调，精心描绘了后现代语境下人们的生活和体验。人物内部的精神世界是她关注的焦点，自我身份失落，死亡与孤独是作品中最常出现的主题，尽管她的作品呈现的情感往往呈纤细、哀伤的病态。但是吉本芭娜娜的作品并不仅仅表现青年男女在后工业文明中的困惑迷茫、无处可逃、自我失落的精神状态，还让男女主人公通过自身的努力，正视现实、走出困境，完成自我的回归。这正是她作为“治愈系”作家最值得称道的地方。《厨房》(1988)、《哀愁的预感》(1988)、《泡沫》(1988)、《甘露》(1989)等作品中对无血缘家族、同性爱、神秘梦境、异世界的呈现，把长期以来没有机会得到表达的日本女性经验和视角都书写出来。而这种女性写作包涵了日本传统男性写作所不能达到的空间，具有更多样的可能性。

综上所述，日本后现代女作家们立意创新，善于以独特的叙事视角和别致的叙事策略，如多元的、非线性的叙述，干扰并拆除了长久以来日本文坛父权文本线性结构的独白权威。在题材表现上，她们既有根源于生活经验的书写，也不乏高扬女性意识的创作；既有大胆的身体表露，也有平凡的日常化生活表述，以此代替宏大叙事的作品。特别是对家庭题材的反思和探究，表现出日本女性作家对后现代社会鲜明的时代共性的感知与挖掘。我们完全有理由相信，“不远的将来，在日本，能够构建新小说思想或思想性小说这种文学世界的，唯有［日本的］年轻女性”。[1]

四、日本后现代主义文学的变化阶段

20世纪80年代末90年代初，全球相继发生一系列重大事件——柏林墙倒塌(1989)、苏联解体(1991)、海湾战争爆发(1991)等——引发了国际政治经济秩序以及价值观念的大调整。日本国内也经历了一系列的变化：1989年，昭和天皇离世，日本改年号为平成；1990年日本泡沫经济开始崩溃，留下难以自愈的

1 此为日本著名作家大江健三郎先生在日本纯文学期刊《昴》举办的一次文学座谈会上的发言。见大江健三郎:「女性作家の雑談会」、『昴』1994年1月号、23頁。

后遗症；此外由大选造成的“五五年体制”的“破坏”使内阁频繁更替，政局不稳，加之阪神大地震、亚洲金融危机、邪教的泛滥、地铁毒气事件以及人口老龄化带来的种种社会问题，都使日本社会危机四伏。所以进入90年代以后，伴随着社会的价值体系、新一代日本人的价值观和生活方式的改变，日本文学也相应地发生了改变。1996年文艺杂志『ヘルスメ』举办了《21世纪、文化方位》的专题座谈会，島田雅彦、福田和也、筒井康隆这些曾经作为后现代主义文学的旗手，如今不约而同地提出了“后现代作为一种游戏该结束了”的观点。島田雅彦提到，后现代是空洞的骚动，是时候必须探究伦理、道德、良心这些词的本源意义了。[1]也有评论家认为，此时的日本已经进入“后后现代”阶段，比如保坂和志的小说《季节的记忆》(1996)，以貌似平实的手法描写了过去的记忆（历史）与现在空间之间的裂痕，成了宣告日本后后现代主义小说开始的代表作品。然而日本后现代主义文学是否宣告终结，日本文坛如同当初无人宣告它的开始一样，依然态度暧昧，讨论甚少，这也符合日本文坛对后现代文学一贯“从未承认亦从未否认”的回避态度。笔者认为，以一次发言或者几部作品的变化来判断日本后现代主义文学时代是否结束，似乎过于草率、有失妥当，特别是在当代世界愈发处于缺乏整合性的“混沌”(chaos)状态或多元、多极形势的时候，回到作家作品本身，具体分析其是否呈现后现代主题，是否表达后现代风格，是否延续后现代气质，唯有如此才能得出更具说服力的结论。更何

1 島田雅彦:「ポスト・モダンの終焉」、『ヘルスメ』1996年5月号、37頁。

况是在跨进21世纪第二个十年已经过半的现在，距离20世纪90年代中期已二十余年，这样的时间跨度也足够我们对那时以来的文坛进行客观的审视，探究日本后现代主义文学是否结束。

先以岛田雅彦为例。他发表“后现代转向”宣言之后，便立刻投身于小说《燃烧的尤利西斯》（1998）的创作。但该小说具有明显的后现代主义风格。首先，它戏仿了古希腊尤利西斯神话和日本民间传说浦岛太郎物语，将东西方的神话传说乱炖于反映日本现实的小说之中。小说的主人公因纵火而坐了29年牢，大赦出狱时已成了胡子花白的老头，沦为街头流浪汉。他的命运，与“浦岛太郎”几乎如出一辙，只是颇具讽刺意义的，是他年少时就梦想当“浦岛太郎”，这与古希腊神话中的奥德赛（即尤利西斯），“既相似又不同，读者在神话传说与现实故事之中，感到扑朔迷离，分不清现实与幻觉”。其次，它在戏仿乔伊斯的《尤利西斯》的意识流手法的同时，还“采用了后现代的媒体手段”，[1]主人公的“意识”变成了电视机的天线，在关押他的单人牢房的墙壁上转播出了模糊的影像，拼贴画般的投影将幻觉中的故事与现实发生的故事混为一谈，多重时空交叉复叠，凸显了这部作品的后现代文本质感，反映了岛田雅彦炉火纯青的后现代写作技法，延续了后现代解构中心、反对权威的主题。岛田雅彦借作品人物之口指出，日本所谓的和平年代是一种在美国保护伞下度过的畸形时代：“可是我们这个国家，把一切都委托给了太平洋的彼岸，自己只是一味地贪睡，仿佛一只大熊猫生活在世界上待遇最好的监狱里。”[2]小

1 王成：《日本后现代主义文学的旗手——岛田雅彦》，《外国文学》2001年第2期，第23页。

2 島田雅彦：『やけっぱちのアリス』、東京：新潮社、1996年、34頁。

说除了一针见血地揭露日美军事同盟的荒谬外，还涉及阪神大地震给日本带来的灾难、“奥姆真理教”对日本人的冲击、泡沫经济崩溃使日本社会走向衰落等现实危机。“刚好在这个国家放弃战争的第50个年头，大地震发生了，毒气杀人事件也发生了。自此以后经济滑坡，市场萧条，大街小巷像我们这样的垃圾越来越多。不大点的孩子就开始四处杀人。表面上我们过着和战争无缘的生活，但如果我们听之任之，人们出于本能就要互相厮杀，由此，顷刻之间士兵也胡乱杀起人来。最为困惑的是究竟谁有理智谁神经错乱，我们依然分不清楚。”[1]对权威的质疑与批判，是基于岛田雅彦对当代日本社会关切的透视，这其实与清水良典对岛田雅彦的文学后现代性的概括是高度吻合的：“所有作品都是混沌胜于秩序、不安胜于满足、痛苦胜于喜悦。与度过不稳定的青春的烦恼后确立起坚定信念和自信的青春文学完全相反，他的小说向扩散和混沌逆向前进。”[2]

继《燃烧的尤利西斯》之后，岛田雅彦次年发表的短篇小说集《我是仿制品》，也充满了后现代的风格和手法，三岛由纪夫的《假面自白》(1949)，安部公房的《墙》(1951)，甚至连他自己的作品，也都成了他戏仿的对象。2000年后，岛田雅彦还发表了好几部主题围绕“批判天皇制”的作品，如《无尽的卡农》(2003)、《徒然王子》(2009)，去中心主题和天马行空的表现手法，与其前期作品一脉相承，依旧没有太大改变，也许只要天皇制不结束，岛田文学中对这个霸权的批判便不会结束，他作品中的后现代气

1 島田雅彦：『やけっぱちのアリス』、54頁。

2 清水良典：『餓鬼大将の成熟』、東京：新潮文庫、2004年、133頁。

质依旧不会改变。现在回顾起来，他1996年的所谓“转向发言”事件，倒更像一场后现代行为艺术表演：他试图在“文学消亡论”盛行的20世纪末，用叫嚷的“策略”，让更多人来关注日本文学，特别是关注被他宣告“死亡”的后现代主义文学，“策略”仿佛在说：“看看，死后幽灵不是还在吗？”

与岛田雅彦的依然故我不同，村上龙的创作却发生了一些变化。2000年，他发表了与之前风格迥异的长篇小说《希望之国》。这部作品以日本经济大萧条和日元崩溃为背景，写80万中学生舍弃学校，建立自己的网络组织，实施信息战略，在日本各地建立职业培训中心和研究中心，发行自己的货币，在北海道建立独立的市镇。这等于是建造了脱离日本、拥有独立行政体系的国家。台湾评论家成英姝指出：“如果说村上龙的小说一再铺陈的暴力就是小说的主题，那么村上龙的立场无疑是反秩序、反社会、反体制倾向的，但是《希望之国》很明确地表达了相反的讯息……。乍看之下，因为对教育现状不满，便抛弃现有的教育制度，是村上龙一贯的破坏性想法，不过，一反常态，他在《希望之国》中完整地呈现了他这一集体弃学以达到教育改革的答案全貌，也就是破坏现有教育制度后的重新建设……。也就是说，村上龙的诉求并非只是表面上的暴力与破坏，而是富有压倒性能量的行动力。”[1]继此小说之后，村上龙在《最后的家庭》(2001) 和《十三岁孩子的职业大全》(2003) 中，将焦点依然对准了孩子的教育问题。必须注意到的，是村上龙在这些作品中，既有对现有制度的破坏，也有破坏后的重建，换言

1 成英姝：《地狱在我身体里，寂寞国的阿修罗》，《印刻文学社会志》2004年第10期，第74页。

之，是解构与建构并存，从文学的完整性角度来看，可以说这是他在后现代文学创作上的一次进化。

在村上春树发表《奇鸟行状录》的当年，即1995年，日本发生了阪神大地震和东京地铁毒气事件，这两件悲剧给村上春树的冲击很大，他此后的作品如《地下》（1997）、《海边的卡夫卡》（2002）、《1Q84》（2009）等，风格较之以前更加洗练冷静，情节铺陈更加成熟，对日本社会要往哪里去，以及作为社会人可以为这个生存的世界做些什么等问题的思考，也相应增多了。他在《地下》的“解题”中是这样说的：“我是想通过这次采访来邂逅在日本社会生活的普通人，想尽情听他们倾诉。”[1]有人因此判断村上春树作为曾颇具后现代倾向和大体游离于社会主流之外的作家，已经转型了，不再是日本后现代风格的作家了。不过村上本人似乎不甚接受转型之说。2009年2月15日，他在耶路撒冷文学奖获奖演讲中说道：“我写小说的理由，归根到底只有一个，那就是为了让个人灵魂的尊严浮现出来，将光线投在上面。经常投以光线，敲响警钟，以免我们的灵魂被体制纠缠和贬损。这正是物语的职责，我深信不疑。”[2]这里，村上似乎在暗示自己没有转型，只是将批判的焦点明确指向“体制（system）=高墙=权威”这一体系。这种对权威的质疑、批判与解构，其实就是后现代主义精神内核所在。

除了上述这些已经成名的作家外，20世纪末以来一批新锐作家的文学实践也引人注目。他们虽未必可明确标签为“后现代主

1 村上春樹：『村上春樹全作品1990—2000』、東京：講談社、2003年、680頁。

2 村上春树：《村上春树演讲：高墙与鸡蛋》，林少华译，《三联生活周刊》2013年23期，第123页。

义作家”，但却深受后现代主义的影响：他们的作品明显地表现出后现代主义风格。其中町田康、利比英雄、目取真俊最为引人注目。

町田康生于大阪，高中毕业后曾以町田町藏的名字作为摇滚歌星一度走红，写小说之前还当过演员，写过诗。他1996年以《楠木大黑》开始正式进入文坛，2000年凭借小说《破碎》获得第123届芥川奖。这部小说用第一人称描写了一家老陶器店店主儿子放荡、堕落的生活经历，作者以其独特的文体将读者带入主人公充满愤怒和自虐的内心世界。2005年，町田康发表小说《告白》，此乃改编自河内音头的经典故事《河内十人斩》。小说主人公是臭名昭著的杀人犯熊太郎，他看破红尘，试图脱离社会，可是在现实生活中却选择了杀戮之路，这种思想与言行的背道而驰令他痛苦不堪。小说中，作者运用独特的文风，探讨了杀戮的根源与出路，表达了对人生非凡的思考。

利比英雄出生于美国加利福尼亚州，因父亲为外交官，他从小在世界各地不断移居并接受教育。他的作品往往以一种“超越国境”的视角来表现世界“地球村”。比如小说《摔得粉碎》(2005)，通过一段主人公在加拿大机场的经历，描写了“9·11”事件所造成的破坏，以及事件发生后世界的走向。作品通过一个少年时代就旅居世界各地的西方人的视角，以细腻精致的笔调，反映了以西欧为中心的价值观的崩溃，以及各种世界观在新世纪的交汇。利比英雄的作品，如《国民歌曲》(1998)、《新宿万叶集》(1999)、《写日语的房间》(2001)等，展现出来的后现代人文思考，多令读者耳目一新，而《来自日本国》(2000)、《通往最后的国境的旅程》（2000）等小说，则采用了纪行风格，呈现出“国际化”背景下的异质民族文化之间的包容与融合。

目取真俊通过个人记忆和集体记忆的方式，具体地向世界展示了冲绳人丰富的精神世界，特别是在表现第二次世界大战对冲绳人的影响以及对战争的反思等方面，构思独特，立意深远。《水滴》（1997）描写了主人公德正在冲绳战50周年纪念日来临之前，右脚突然肿得如冬瓜一样大，从右脚的大拇指开始滴水。夜晚，一群当年参加冲绳战的伤兵幽灵从德正房间的墙壁里走出来，抱着德正的大腿喝脚趾滴下的水止渴。这看似超现实的故事，其实隐含了二战冲绳战中那段不光彩的战争记忆。从脚拇指滴出来的水，比普通的水多了些石灰成分。这含有石灰成分的水恰好和50年前发生在石灰岩的洞穴的记忆相连在一起。作为“铁血勤皇队”队员的主人公喝光了队友的“救命水”，弃友逃亡。这种回忆，是对“为国奋战的冲绳县民被誉为优秀的日本国民”这一集体记忆的背叛，更是对军国主义的欺瞒性做了彻底的揭露。特别值得一提的是，“洞穴”作为冲绳特有的风物对冲绳人来说意义重大：战前作为汲水、风葬、祭祀的场所，战争中被当作日军的战壕和野战医院。同时，它也是冲绳人躲避弹火的藏身之处。但是，在与日本军队同居时，说方言的冲绳人被当作间谍杀害，哭泣的婴儿被丢弃，日军强制“集体自决”，洞穴成了承载冲绳人悲惨战争记忆的场所。目取真俊的另一部小说《叫魂》（1999），对冲绳人悲惨的洞穴记忆的描写尤为深刻。死去的“母亲”化身为寄居蟹，寄居在儿子的口中。一天，寄居蟹由于受到惊吓钻到喉咙处，导致儿子死亡，而自己也因此被人打死。

看似离奇的故事情节，却巧妙地喻示了战争时期的“集体自决”。“集体自决”的记忆是与洞穴的记忆紧密相连的。发生在洞穴中的“集体自决”、亲人互残事件，使得被害与加害的界限变得模糊不清。目取真俊的作品，多以冲绳战历史为基础，以后现代的表现手法，再现了战争的残酷，对日本政府及外界强加给冲绳的历史重负和战争的苦难，进行了控诉。在文体表现方面，他刻意强调冲绳方言特色，几乎每一个单词都标注了冲绳话的“ルヒ”（发音），日本读者几乎可以将之视为外国作品来阅读，与传统官方标准日语形成了微妙的对立之势。这种策略既是作者冲绳意识的一种体现，也不能不说是后现代文本对传统写作规范的一种挑战与突破。

从上文讨论中，我们看到无论是成名较早的作家还是新锐作家，在所谓的后现代主义“终结”后，他们对后现代创作的激情或依旧未退，或不自觉中流露出后现代主义的痕迹。这种现象说明，后现代主义在日本文学领域并不是结束了，而是以更潜移默化和成熟自律的形式潜伏于作品的骨髓和血液里。

五、对美国态度复杂

伊斯兰后现代批评家萨达认为，从非西方文化圈的视点来看，后现代不过是在西方殖民地主义与现代化达到顶点时出现的一种新的统治动态。[1]而艾伦·沃尔夫认为：“与西方后现代相比，日本后现代化有着不同的性格，尽管它与西方一样包含着激进的过程，

1 Ziauddin Sardar, *Postmodernity and the Other* (London: Pluto Press, 1997), 13.

但它对西方世界并没有极端抵抗的态度。”[1]所以日本的后现代主义进程基本上没有出现反西方化的倾向，只不过霸权领导者由欧洲转为美国。在第二次世界大战以后，美国在发达国家中表现出强大的领导力。那么日本后现代主义文学中对代表西方霸权的美国究竟是何态度就变得尤为值得玩味了。如果说“日美关系”早已成为日本文学若隐若现背负的传统主题，那么在“全球化”视域的当下，日本后现代作家针对这一主题该何去何从？是否真如有些学者争论的那样，他们对美国的态度已分裂为“亲美”与“反美”？下面将从日本的两次美国热潮切入，分析后现代代表作家如村上春树、村上龙、岛田雅彦等作品中流露出的美国观，并就日本后殖民主义研究等内容进行具体论述。

村上春树受美国文化影响很深，他作品中大量对美国音乐、电影如数家珍般的引用便是例证，对美国小说的模仿也形成文本间有趣的互动。如在《且听风吟》（1979）里，当主人公谈及他虚构的“哈特费尔德”，说其战斗姿态时，就拿菲茨杰拉德（F. Scott Fitzgerald）来做比照。小说结尾处，主人公离开爵士酒吧，登上长途车，一切杳然、无人可捕获的那段描写，风味和《了不起的盖茨比》（*The Great Gatsby*，1925）结尾的海滩独白决然相似。实际上，在《且听风吟》《一九七三年的弹子球》《寻羊冒险记》（1982）里，村上春树一直在重复着菲茨杰拉德的一个主题。菲茨杰拉德在告别他的南方，村上春树在告别他的海边故乡，告别“20年代”和过往的记忆。《舞！舞！舞！》中，主人公被“渔

1 Alan Wolfe, *Suicide of Japanese Postmodernity* (London: Duke University Press, 1989), 228.

夫”和“文学”两警察带去讯问的经典黑色幽默段落，可以类比美国小说家钱德勒（Raymond Chandler）《漫长的告别》（*The Long Goodbye*，1953）中主人公伦诺克斯刚失踪时，两个警察闯到马洛家来敲门的情节。实际上，这个伦诺克斯甚至可以说就是《舞！舞！舞！》中五反田的原型，他们同样富贵但同样对富贵厌倦不堪，喜欢没事就喝酒发牢骚。除了这些致敬式的引用之外，菲茨杰拉德那种缱绻、温柔、细腻的文笔，钱德勒那种略带黑色气息的冷幽默，卡佛那种荒诞虚空的极简感，都能在村上春树的作品中窥见。

如果说村上春树对美国文学、文化的吸收与借鉴让他对美国的态度稍显亲密，那么村上龙的反美情绪则明显很多，这或许与他个人的经历有关。他1952年出生于日本长崎县佐世保市。佐世保是依山傍海的天然良港。朝鲜战争爆发后，佐世保成为美军的海军基地，随后日本海上警备队（海上自卫队的前身）也进驻此地，于是，佐世保又重新蒙上了军港的色彩。青年时代的村上龙来到地处东京都福生地区的美军横田基地，开始了放浪生活。横田基地是美军驻远东和太平洋地区的第五空军司令部所在地，也是驻日美国空军的核心。村上龙在此地和美军士兵的交往，涉及性、毒品等各方面的人生经历，构成了他日后文学作品的基础。《战争在海对岸开始》（1977）是由数个观念性的情节组成的实验性作品，暗示战争将要爆发，寓意性极强。1983年开始连载的长篇小说《极端的爱与幻想》、自传体青春小说《69》（1984年连载）、《五分钟后的世界》（1994）、《寂寞之国的杀人》（1998）等都涉及日美关系的探讨，有着挥之不去的对美军基地憎恶的感情。村上龙自出道以来就偏爱“战争”、“基地”和“幸存者”等题材。2005年他长达1650页的长篇力作《滚出半岛》就是以日益紧迫的半岛局势为背景，以一种想象的手法，描绘了外国军队入侵并统治福冈之际，日本出现“国家危机”的情景。其中最为引人注目的，是他于1976年发表的处女作《无限近似于透明的蓝》。该小说以村上龙的亲身经历为素材，描写福生地区美军基地附近的一群青年男女，最初沉溺于放浪生活，在毒品、滥交、酗酒、暴力、摇滚乐中寻找刺激，但狂热过后，他们对前途的迷茫感依然如故。其中对于美军基地的批判最为赤裸和深刻，富有寓意。富冈幸一郎在专著《器官的愉悦》中点破其中寓意，说：“村上龙作品背后是美军基地巨大的存在，黑人士兵与日本人‘我’都无法逃离这个空间。”[1]

作为日本后现代文学旗手之一的岛田雅彦在进入新世纪之后，其作品对美日关系、天皇制的讨论日益凸显起来。2000年长篇小说三部曲《无尽的卡农》开始出版发行。主人公文绪是“蝴蝶夫人”家族的第五代，她千里迢迢从美国到日本寻父，为的是解开一百多年来萦绕整个家族的谜团。19世纪末，年轻的“蝴蝶夫人”爱上了一位美国海军士官，但遭到对方无情的抛弃，最终饮恨自尽。他们的儿子夹在美国和日本两个敌对国之间，感到痛苦不堪。孙子藏人爱上了美丽温柔的女明星，可她竟是美国占领军总司令麦克阿瑟的秘密情人。曾孙阿熏更是卷入了一场“违禁之恋”。显然，这部前后跨越数代人的凄苦的爱情物语，通过将皇室里的宫闱传奇精巧地设置成小说的情节道具，实现了对探寻日本与美国

1 富岡幸一郎：『臓器の楽しみ』、173頁。

历史关系以及天皇制等重大主题的践行。而这部小说中涉及的海湾战争、“9·11”恐怖袭击、伊拉克战争等敏感话题，表达了作者对日美关系的质疑与反省，呈现出当代日本人对于美国复杂的心理状态。

上述三位作家并不能完全代表日本后现代文学对美国的态度，因为它本身就是极其复杂的存在，充满了矛盾：日本的后现代进程基本上没有出现反西方化的倾向，对美国价值的全盘接受可以视为日本后现代化的性格之一；然而为反权威、反霸权发声的文学又免不了对美国霸权开炮。因此，日本后现代主义作家对待美国的态度是极其复杂的，既有传统历史影响的因素在，又有新形态社会所带来的新反映。

日本后现代主义文学是20世纪下半叶日本文学发展的一个重要现象，是世界后现代主义文学的一个独特分支。它深受西方后现代主义思潮的影响，同时却又有其独特的社会历史风貌。在艺术形式上，它用全新的书写方式，更新了传统文学的题材和风格；在内容上，它通过对日本传统文学“言文一致”等经典形式和“天皇制”“家族父权制”等社会体系的颠覆，表达了对影响人们集体无意识的元叙事的质疑，用全新的观念，阐释了日本文化和社会生活。事实上，其每一个阶段的变化都与今日日本社会存在着表里互动的关系。它在20世纪60年代末70年代初的萌动，是试图对传统文化的抗争、突破与超越，为日本文学带来了新声。它70年代后的兴盛繁荣，表明了其试图摈弃传统、用新的文学话语清除沉重因袭的努力，同时收获了其理直气壮地以“审智、审美实验”为目的的文学与文化探索的成果。它在90年代末新世纪初的变化，见证了后现代主义在日本文学领域并不是结束了，而是以更潜移默化和成熟自律的形式潜伏于作品的骨髓和血液里。毋庸否认，日本后现代主义文学已成为日本文学史上一道独具魅力的风景线，它对传统和经典的解构，以及其独具特色的美学实践，不仅丰富了文学创作技法，而且还拓展了文学疆域，开启了多元共存、相互交融的日本文学新纪元。

第二节　韩国后现代主义文学

一、韩国的“现代”

韩国是否有过“后现代”时代?

或许可以换一种提问法：韩国的“后现代主义”是否具有问题意识?换言之，韩国的“后现代主义”是否只是作为一种思潮或方法的“后现代主义”?

关于这一问题，可谓见仁见智，众说纷纭。韩国“后现代主义”的倡导者，如金圣坤[1]，他曾认为韩国的“后现代主义”虽不是自生的，也不是当代韩国社会具有支配性的思潮，但却越来越发挥更强大的影响力，证明韩国社会正在发生着后现代现象。

然而，与那些现代初期韩国的诸多外来思潮一样，作为伴随

1 金圣坤（1949—　）：文学评论家，在纽约大学取得博士学位，曾任首尔大学英文系教授。作为韩国后现代主义文学的早期倡导者，他20世纪80年代中后期便发表了《后现代主义与叙事的危机》（1985）、《西欧的后现代主义》（1989）、《后建构的认识与战略》（1989）、《后现代主义与后现实主义》（1989）等论文。

“殖民地现代”涌入的时髦的舶来品，“后现代主义”也很难摆脱“缺乏问题意识，且只是作为方法”这样的怀疑。

而如果将“后工业时代”“去意识形态”“大众性”等作为“后现代”的基本特征，韩国最晚也应该在20世纪80年代末开始呈现这些社会特征。然而，韩国的前现代、现代等“后现代”之前的社会历史阶段有其自身的独特性，所以有关韩国的后现代的问题也无法做出明晰的解答。

因此，要讲述韩国后现代主义的渊源，就必须提及韩国的后现代之前。这是因为韩国的后现代状况、后现代主义与韩国作为“分断”国家的社会文化状况有着密不可分的关系。

1910年，韩国被日本吞并。直到1945年日本战败，韩国一直是日本的殖民地。韩国的现代化就是在日本的殖民统治下起步的，因此具有独特性。

首先，韩国的现代化并非主动的选择。韩国是被日本帝国强制编入资本主义世界体制之内的，韩国的现代化是以丧失主权为代价的“殖民地现代化”。因此，克服日本帝国主义、建设现代国家成为韩国首要的时代命题。启蒙主义、民族主义等多方探寻及实践，为解决这一问题提供了“参考答案”。“3·1”运动[1]之后，韩国知识界对马克思主义或列宁主义表现出空前的关注。20世纪20年代中期以后，殖民地劳工运动在韩国得到迅猛的发展。

在此社会进程中，现实主义作为文学运动的主要“武器”或“工具”，登上了韩国现代文学的舞台。1925年8月，“朝鲜无产阶

1“3·1”运动：指1919年3月1日，在韩国爆发的民族主义的民众反日独立运动。

级艺术家同盟”［简称“卡普”（KAPF）］的成立，宣告无产阶级文学正式登场。“卡普”在其“纲领”中表明：“与一切专制势力抗争”，“我们以艺术为武器，以朝鲜民族的阶级解放为目标”。[1]“卡普”旗帜鲜明地主张文学的功利性和现实主义，将民族主义文学、纯粹文学等统统斥为“资产阶级文学”。

同时，民族主义文学、纯粹文学、“现代主义文学”等也寻求自己的发展道路。它们没有形成像“卡普”那样的文学团体，也没有提出明确的文学主张，文学理念和追求也各不相同，但却有一个鲜明的共同特征，即反对文学的阶级性、功利性。尤其是被称为“国民文学派”的一干文人，以“民族”这一概念对抗“卡普”的“阶级”，试图以复古主义式的所谓“传统文学”作为韩国文学前进的方向。

“卡普”与非“卡普”系之间的论战成为当时韩国文学的一大风景线。韩国文坛形成了“卡普”与非“卡普”的二元对立。“卡普”通常被称为韩国的“左翼”文学，非“卡普”则统称为“右翼”文学。“卡普”与属于“右翼”的民族主义文学、纯粹文学等就文学的阶级性、文学的自律性、文学的内容与形式的关系等问题展开过多次论战。

自20世纪20年代成形之后，韩国文学的“左右”对立时断时续地一直延续到二战结束乃至当代。

1945年8月15日，日本宣布“无条件投降”。朝鲜半岛被“三八线”分割为南北两部分，北半部暂时由苏联“托管”，南半

1“朝鲜无产阶级艺术家同盟纲领”，1927年9月1日在盟员总会上颁布。

部则由美国“托管”。韩国的“左翼”文学率先行动起来。1945年8月16日，曾经为“卡普”主要成员的林和[1]等人在首尔组建了名为“朝鲜文学建设本部”的文学团体。不久后即9月17日，同为“卡普”出身的李箕永[2]等人组建了“朝鲜无产阶级文学同盟”。12月13日，两家团体在朝鲜共产党的劝导下合并，成立“朝鲜文学同盟”，后改名为“朝鲜文学家同盟”。1946年2月8日至9日，“左翼”文学召开学者大会，对外阐明基本路线并将《文学》《文学战线》等杂志纳入自己的影响圈之内，积极地开展创作活动。“朝鲜文学家同盟”的纲领中明确提出：扫荡日本帝国主义残余；扫荡封建主义残余；排斥国粹主义；建设进步的民族文学；携手朝鲜文学与国际文学。

曾经与“卡普”形成对立关系的“右翼”文学也于1945年9月8日组建“朝鲜文化协会”，后改名为“中央文化协会”。1946年3月16日，以“中央文化协会”为中心，组建了“朝鲜文笔家协会”。金东里[3]等“右翼”文学的少壮派不满于“朝鲜文笔家协会”过于松散的约束力和活动，于1946年4月4日组建“朝鲜青年文学家协会”。此协会之纲领可谓代表当时韩国“右翼”文学的核心理念。他们主张：期待为促成自主独立做出文化的贡献；完成民族文学之于世界文学史中的使命；排斥一切公式的、奴隶的

1 林和（1908—1953）：原名林仁植，文学评论家，“卡普”的主要理论家，也是韩国无产阶级文学的主要理论家之一。

2 李箕永（1895—1984）：小说家，1925年加入“卡普”之后成为无产阶级文学的代表作家之一，著有长篇小说《故乡》（1933年11月15日至1934年9月21日连载于《朝鲜日报》）等。朝鲜半岛分裂后，李箕永选择朝鲜，成为朝鲜文艺界的核心人物。后期的代表作有长篇小说《土地》（1948年）等。

3 金东里（1913—1995）：小说家，韩国现代纯文学的代表作家，著有《巫女图》（《中央》1936年5月号）、《驿马》（《白民》1948年11月号）、《等身佛》（《思想界》1961年11月号）等。

倾向，拥护真正的文学精神。

然而，朝鲜半岛南北部的意识形态分裂渐渐加深。北半部在金日成及“北朝鲜劳动党”（后更名为“朝鲜劳动党”）的领导下开展社会主义国家建设，南半部李承晚的“反共”路线也渐渐加重。“左翼”文学在首尔的活动日渐受限，文人们纷纷离开首尔，转移到北半部的平壤。同样，难以认同无产阶级文学的文人们也离开平壤来到首尔。文学的“左右”分裂最终演变成以“三八线”为界的“南北”分裂。

“朝鲜战争”（1950—1953）结束后，韩国的李承晚政权将“反共”作为治国理念之核心，借“反共”之名采取专制独裁统治，从根本上封闭了韩国作家对当代现实的批判或省察。“分裂和朝鲜战争使得解放之初流动性的意识形态选择成为绝对的东西，并且加速了体制的绝对化。其结果是限制了作家们可写之领域。”[1]换言之，朝鲜半岛南半部，即韩国，成为“左翼”文学的真空，亦即文学之现实意识或历史意识的真空。结果迫使20世纪50年代韩国的文学活动一边倒，涌向从西方引进的非现实性、非历史性的存在主义或“现代主义”，纯粹文学成了占据统治地位的意识形态。[2]

这种状况一直持续到20世纪60年代初。1960年的“4・19”革命[3]虽然很难被称为“成功的市民革命”，而且遭遇到“5・16”军事

---

1 홍정선:「4.19와 한국문학의 방향」,『민족문학사연구』제8집, 1995, 50쪽.

2 崔元植：《文学的回归》，崔一译，延吉：延边大学出版社，2012年，第30页。

3 “4・19”革命：指1960年4月19日达到顶点的韩国市民的反政府运动。李承晚政权的专制、腐败、非法选举等，在1960年4月引发了以学生为中心的抗议活动。李承晚政权动用警力残酷镇压学生运动，使得反政府学生运动演变、扩大为市民运动。结果，李承晚被迫在各方压力下最终宣布下台。

政变[1]的践踏，给韩国的社会文化带来了重大且深远的影响。概而言之，“4 · 19”革命是一场以市民的意志改变历史的现实变革。由一场学生运动引发大学教授乃至普通市民参与的市民运动，进而导致专制政权的倒台。

“4 · 19”革命之后，“参与”成为韩国文学新的关键词。20世纪50年代以来，强加在韩国作家身上的“意识形态枷锁”被打破，作家重获表现自由。非现实性、非历史性的纯粹文学受到“4 · 19”革命的影响，作家被潜藏或禁锢的社会参与乃至社会批判的意识开始得到复苏。正如“民族文学”的核心理论家白乐晴[2]所言，“免于历史的、社会的关心与制约的自律性是不可能存在的”。[3]

概而言之，“4 · 19”革命以后，韩国文学的新变化就是强调文学的现实性而否认文学的所谓“自律性”。相反，纯粹文学一方则主张“对于文学而言，艺术的层面终究只有在作为伦理的、逻辑的世界的人的现实中才可能实现”。[4]

20世纪60年代的“4 · 19”革命后引发的“参与文学”（亦即“左翼”文学）与“纯粹文学”（亦即“右翼”文学）的并立乃至对峙，一直持续到80年代。60年代的“参与文学”演变为七八十年代的“民族文学”，它所关心的主题紧扣军事独裁统治下的韩国

1 “5 · 16”军事政变：指1961年5月16日以少将朴正熙为首的少壮派军人实施的军事政变。政变军人推翻“4 · 19”革命，成立过渡政府。之后，韩国陷入漫长的军事独裁体制，“4 · 19”革命所取得的民主化成就也付之东流。

2 白乐晴（1938—　）：韩国文学评论家、英美文学专家，著有《民族文学与世界文学》（1985）、《全球化时代的文学与人》（1998）等评论集。

3 백락청 :「새로운 창작과 비평의 자세」,『창작과 비평』1966.1, 5쪽.

4 원형갑 :「소설의 제 문제」,『현대문학』1963.9, 271쪽.

社会问题，从反独裁、反民族分裂到民众、民主等问题都涉及。“参与文学”与“纯粹文学”的论战，议题多有变化，但万变不离其宗——不脱离文学的社会参与或文学的自律性。在南北分裂后受军事专制政权统治的韩国，“参与文学”的争取民族统一、争取民众的民主权益等主张，可谓符合文学的时代需求。因此，“参与文学”在声势上要大于“纯粹文学”。创刊于1966年1月的《创作与批评》和创刊于1970年8月的《文学与知性》成为“参与文学”（亦即现实主义文学）与“纯粹文学”（亦即现代主义文学）的两大阵营。

二、韩国的“后现代”

1987年是韩国当代史上的一个“转折点”。韩国的“后现代主义”文学也要从1987年开始说起。

通过1961年的“5·16”军事政变上台的朴正熙于1979年10月26日遭到刺杀。时隔不足两月，全斗焕于12月12日趁乱发动军事政变夺取政权，并于翌年就任总统。全斗焕登台后，虽然采取了诸如限定总统任期和加强国会权力及司法独立等措施，却依旧强力镇压韩国民众的民主化运动。韩国各界的反独裁民主化运动持续不断，且愈演愈烈。1987年，面临即将于12月份开始的大选，韩国各界要求修改宪法以采取总统直接选举制的要求日渐高涨。4月13日，全斗焕政权发布“护宪措施”，拒绝修改宪法，即拒绝总统直接选举制。于是，韩国民众对军事政权的不满及反独裁斗争全面爆发。全斗焕政权则动用警力，试图镇压民主化运动，并制造了首尔大学学生被警察刑讯致死以及延世大学学生被警察发射的催泪弹击中致死等多起伤亡事件。6月，韩国各界反独裁民主化运动全面升级，数百万韩国各地民众参与其中，史称“六月抗争”。迫于压力，全斗焕政权于6月29日宣称，承诺接受总统直接选举制以及民众的其他民主化要求。

同年年末，在直接选举总统中当选为总统的卢泰愚，虽然也是军人出身，还是全斗焕发动军事政变时的得力助手，但却是通过“民主主义”的方式选出的“民选总统”。不仅如此，卢泰愚当选后，解除了不少军事独裁政权时期的禁令和限制，韩国实现了“外观民主主义”或“形式民主主义”。1988年举办的首尔奥运会，堪称韩国“外观民主化”的一次“狂欢”。韩国外观上跻身“现代国家”的行列。保守学者的代表人物安秉直就曾主张，韩国社会已经进入“中等发达资本主义”，民众的社会革命，其可行性已经大为降低。[1]

与此同时，外面的世界也在悄然发生变化。1989年以来接连爆发出柏林墙倒塌、东欧剧变等一系列重大事件。韩国的进步势力一下子失去了方向和坐标。几乎同时发生的内外变化，很大程度上削弱了韩国民主化运动的斗志。政治民主化开始在韩国社会里落地生根，选举、言论的自由渐渐扩大，民主化运动的诉求至少在表面上开始一一得到落实。然而正在此刻，一直伴随在身边的斗争对象却突然消失了。于是，韩国社会陷入一种茫然、焦躁、恐慌、兴奋等多种情绪混杂在一起的“失语”现象当中。

“六月抗争”以后的韩国文学呈现出两种截然相反的倾向：一

1 안병직,「90년대를 전망한다: 운동권④」,『조선일보』, 1990.1.17.

是意识形态的过剩；二是“去意识形态化”。首先，“六月抗争”的“成果”——“外观民主主义”——使得20世纪70年代以来一直作为进步阵营唯一的文学路线的“民族文学论”[1]失去了立足之地，“民众的民族文学论”“民族解放民族文学论”“劳动解放民族文学论”等激进的文学论纷纷登场，韩国的进步文学随之呈现出众声喧哗的局面。然而，这些文学论“虽然披着文学论的外衣，就广义而言却是现实变革论”。[2]这些激进的马克思主义文学主张，对现实的认识远比文学本身重要得多，从而导致批评高于创作以及将文学视为社会科学认识之产物等现象。

“民族文学论”的反对者则主张，“民族文学论”未能与时俱进地把握20世纪90年代韩国的现实，“民族文学论”的基本方法论——现实主义——应该接纳和包容现代主义。实际上，反对者的真实意图并非补充和完善现实主义，而是否定现实主义文学的意识形态。换言之，就是要废弃现实主义，即主张文学的去意识形态化。

三、韩国的后现代主义文学

后现代主义在韩国文学的悄然兴起，是在20世纪80年代和90年代的交替之际。“后现代主义”一词最早出现在韩国，首先见于建筑和电影领域（如《星球大战》等电影被称为“后现代主义

1 70年代韩国的“民族文学论”主要由白乐晴倡导。白乐晴主张：民族主义是“民族的危机意识之产物”，是“其民族的主体生存与人的发展所要求的文学”，是“为了那些以‘民族’为单位结合在一起的全部或大多数人真正像人的生活而存在的文学”。请参阅崔元植：《民族文学论的反省与展望》，载《文学的回归》，第90页。

2 이명원 :「문학의 탈 정치화와 ‘포스트담론’ 의 파장」,『민족문화연구』제57호, 2012.12, 121쪽.

电影”），时在20世纪70年代末。文学领域的后现代主义话语始于1982年。当年，哈桑到首尔大学作后现代主义的演讲。随后，金圣坤等英美文学研究专家接连翻译西方后现代主义文学系列的作家作品，竭力推介后现代主义文学。他们认为，后现代主义赞美本我（id）的全能性、历史进步的虚构性、幻灭的浪漫主义、性（sexuality）的挑衅和享受，这些正是新时代的美学先锋。而民族文学阵营的白乐晴等则批判性地介绍詹明信的后现代主义理论，认为所谓的后现代主义是西方帝国主义文化出口战略的一环。后现代主义在韩国最受关注的时期是在1988年前后。那时，包括詹明信在内的后现代主义理论家和作家先后访问韩国，发表论文并与韩国的理论家对话。

80年代末，韩国后现代主义论战的双方，围绕“后现代主义是现代主义的延续还是断裂”以及随之而来的“韩国社会是否进入后现代”等问题展开讨论，场面不可谓不热闹。但有评论家指出韩国的后现代主义论战具有“现象”性，即是在没有后现代主义之实体的情况下谈论后现代主义。[1]

1992年是韩国后现代主义文学历史值得记上一笔的年份。当年，文学季刊《作家世界》将韩国“首届作家世界文学奖”颁发给了李仁华[2]的长篇小说《谁能说出我是谁》（1991）。这部小说讲述历经20世纪80年代韩国学生运动的一代人，在苏联解体和东欧剧变后，逐渐丧失希望并沉沦和堕落的过程。然而小说获奖消

1 강내희 :「포스트 모더니즘과 대중문화 이론」,『사회와 사상』제23권, 1990.7, 280쪽.

2 李仁华（1966— ）：小说家、评论家，原名柳哲钧，李仁华为笔名。

息公布后不久，评论家李盛旭[1]撰文指出，李仁华的这部小说剽窃了村上春树、吉本芭娜娜、孔枝泳[2]等国内外作家的作品多达数百处。文章还强烈地抨击李仁华的这部作品，认为这是对社会变革运动的冷笑，也是对20世纪80年代韩国社会运动的清算，可谓"幻灭的冷笑主义"和"历史清算主义"。[3]李仁华则抗辩道：自己的作品绝非剽窃，而是先驱性的后现代主义作品，运用了后现代主义文学的核心技法"合成模仿"（pastiche）。[4]随后有一些评论家们表态支持李仁华。[5]

这场论战引发了韩国文坛内外对后现代主义的关注。原本只是作为"舶来品"文论、没有实体的"现象"的后现代主义，突然间与韩国的当代文学作品扯上了关系。与李仁华相类似，以20世纪80年代的韩国社会为主要素材的朴一文[6]、蒋正一[7]等一批年轻的畅销小说家，开始备受关注。时事刊物《语》1992年11月号刊登了一篇文章，题为《韩国的村上春树，新一代小说家们》，介绍了李仁华、朴一文、蒋正一的小说。《朝鲜日报》等韩国的右翼保守媒体连篇累牍地推介和赞扬这些小说家为"引导时代进程的作家"。相反，进步文学阵营则批判这些年轻作家们不仅涉嫌剽窃，还过度地凸显学生运动非本质的层面，并将其利用于文学的商业化。

---

1 李盛旭（1960—2002）：评论家，20世纪90年代韩国文学界具有代表性的评论家之一。

2 孔枝泳（1963— ）：小说家，著有《像犀牛角一样独行》（1993）、《我们的幸福时间》（2005）等。

3 이성욱 :「심약한 지식인에 어울리는 파멸」，『한길문학』，1992년 여름호，270쪽.

4 이인화 :「새 기법 관행으로 평가 말자」，『중앙일보』，1992.5.18.

5 如英语文学专业出身的评论家金旭东（1948— ）主张，不要用现实主义文学的标准评价后现代主义文学作品。参见김욱동 :「리얼리즘의 잣대를 버려라」，『중앙일보』，1992.5.28。

6 朴一文（1961— ）：小说家，著有《幸存者的悲哀》（1995）、《共度的日子》（1997）等。

7 蒋正一（1962— ）：诗人、小说家，著有《当亚当睁眼时》（1990）、《要你对我说谎言》（1996）等。

年轻作家辩解、反驳时运用了“后现代主义”等语词。概而言之，他们所说的“后现代主义”类似乃至等同于“大众主义”和“去（反）现实主义”，亦即“去意识形态主义”。如李仁华就主张：“小说应该是通俗的。需要美学的大众主义。……我不认为所谓后现代的现象是一种具有价值论意义的东西。然而，我将与这一时代的进程——后现代同行。严格地说，我不是后现代，而是反现代，亦即反近代。”[1]确切地说，他们所反对的“现代”指的是20世纪80年代韩国的反独裁民主化运动。

20世纪90年代初期，韩国可谓进入后现代主义的“井喷”时期。有报道称，仅在1990年、1991年两年间，韩国就出版了200余本有关后现代主义的书籍。[2]相比于80年代（以及之前的）韩国文学的意识形态化和政治诉求化，90年代韩国的后现代主义文学在一定程度上更具“去意识形态化”的解构倾向，具有“去历史化”即消解历史的深度模式，对历史加以个人化和表面化，从而将历史命题世俗化为个人问题。如小说《谁能说出我是谁》，主人公是一名医科大学毕业生，曾经积极进取，关注社会现实与变革。然而经历“柏林墙的倒塌”、“三党合并”[3]、苏联解体等一系列事件之后，却日渐消沉，放弃医生职业，转而选择被自己视为“就像

---

1 转见장필선:「한국의 무라카미 하루키, 신세대 소설가들」, 월간『말』, 1992.11, 219쪽。

2 参见「포스터모더니즘연구서 출간 활기, 사회과학분야 파급」,『동아일보』, 1992.1.28.

3 “三党合并”：指1990年1月，韩国的执政党“民主正义党”与两大在野党“统一民主党”和“新民主共和党”间的战略性合并。当时，韩国宪政史上首次出现执政党的国会议席少于在野党的情况。为扭转不利的政局以及争取下届大选的胜利，“民主正义党”策划党派合并。早在1987年的大选中，韩国左翼进步势力的两大巨头金泳三与金大中分道扬镳，导致军人独裁势力的卢泰愚渔翁得利当选总统。之后，金泳三的“统一民主党”与金大中的“和平民主党”并列为左翼进步在野党。金泳三为牵制金大中并取得下届大选的胜利，选择与军人出身的保守执政党的党派合并，最终成功地当选下届总统。

陈旧的女性刊物封面一样浅薄的故事”的小说写作。《谁能说出我是谁》的主题是对自我的生存价值及意义的怀疑：我是谁？在一个世界死去却又不得不在另一个世界诞生的我是谁？站在废墟中，站在荒诞、空虚、沉默中的我是谁？谁能说出我是谁？

另一部小说《谁都不知道》（1988）也被评价为后现代主义小说。作者蒋正一称写此小说的目的就是写一部“非色情文学的色情文学”“非小说的小说”。小说具有双重结构：一是有关主人公的故事，二是作家蒋正一自己讲述写作过程以及他对文学、政治等发表的观点。主人公是位名叫海利的少年。海利曾在某个圣诞夜强奸一位少女，之后就失去了男性能力。从少年犯监狱刑满释放后，海利成了一个同性恋者并患上艾滋病。而被海利强奸的少女后来当了修女。她要将海利带到美国去治疗。小说的结尾描写了作者所说的“最世俗的东西被最神圣的东西所救赎”的场面。

从以上两位20世纪90年代韩国后现代主义文学中备受关注的作家的两篇代表作中可以看到，在李仁华的小说中，历史与个人的深度模式被消解；在蒋正一的小说里，俗与圣的二元对立同样被消解。经过这一蜕变（或曰退化），在90年代的韩国后现代主义文学中，意识形态与娱乐、文学与非文学、叙事与反叙事、严肃与通俗等一系列二元对立被边缘化。仅就文学而言，这一变化的终点是“反现实主义”。

除李仁华和蒋正一外，李仁星[1]、卜钜一[2]、崔秀哲[3]等的作品被

1 李仁星（1953—　）：小说家，著有《走进陌生的时间》（1980）、《想要疯狂，却又不得疯狂》（1995）等作品。

2 卜钜一（1946—　）：小说家，著有《寻找碑铭》（1987）、《历史中的旅人》（1991）等。

3 崔秀哲（1958—　）：小说家，著有《裸体与育成》（1991）、《冰的坩埚》（1993）等作品。

评价为是“元小说”（metafiction）或后现代主义小说，他们以杂乱的叙事、杂糅的文体等方式对传统小说技法，即现实主义加以解构。在诗歌领域，李昇勋[1]、李晟馥[2]、黄芝雨[3]等诗人被评价为“后现代主义诗人”。评论家认为，他们的诗歌是对诗歌语言、诗歌形态的解构，也是对作品/世界、作品/作家、作品/读者、作家/读者等二元对立关系的解构。如黄芝雨就有这样的诗句：

我将诗作为对于当代的、为了当代的、属于当代的遗言
　　而写
上述陈述过于傲慢（　　）
威风凛凛（　　）
万分危险（　　）
天真烂漫（　　）
请读者们在（　　）中打〇号。
而对于我是否危险（　　）
有多么危险（　　）
果真危险（　　），我分不清？号！号。
由于涉嫌不在，我一直难过。
你正在被我监视（　　）
你正在监视我（　　）
读者们，当今这片土地上的诗人属于哪一方（　　）

---

1 李昇勋（1942—　）：诗人，评论家，著有诗集《你们的肖像》（1981）、《事物们》（1983）等。
2 李晟馥（1952—　）：诗人，著有《滚动的石头何时梦醒》（1980）、《南海金山》（1987）等。
3 黄芝雨（1952—　）：诗人，著有《鸟儿们也离开世界》（1989）、《螃蟹眼中的莲花》（1991）等。

本应属于哪一方（　　）请打○号，也请就这一问题的

方式二选一。

——《到底诗是什么》[1]

这里我们看到，对于“到底诗是什么”这一文学的“元问题”，诗人显然是放弃作答。诗人一而再，再而三地向读者提问，却就是不作任何解答，表明这一问题是无可解答的，任何企图作答的努力都是无意义的。诗人主动放弃对诗歌，抑或对诗之本质的任何追问，而以文字游戏的方式对诗歌本身加以解读。

在韩国，后现代主义文学虽然在20世纪90年代初期和中期备受关注、广受议论，但是其影响力却并不强大，也未能持续长久。除了公然给自己的作品冠以“后现代主义”名号的李仁华等少数作家之外，很多被后现代主义提倡者评论的小说家、诗人从未给自己冠以“后现代主义”名号，也很少参与后现代主义论战。一言以蔽之，韩国的后现代文学并非“反现代主义”，亦非“现代主义之后”，而是对现实主义的否定和叛逆。韩国文学从80年代的一个极端——对意识形态追求和现实政治诉求的过剩导致的“极端现实主义”，走到了90年代的另一个极端——政治诉求在形式上得到满足导致“去现实主义”，其结果是文学的市场化。

概括地说，在韩国，后现代主义文学的登场，其最大的效应应该是打破了由“现实主义文学”与“现代主义文学”二分天下

1 황지우 :『새들도 세상을 떠나는구나』, 문학과 지성사, 1989, 82쪽.

的局面。提倡者认为后现代主义足以抗衡或取代现实主义文学的功利性，进而拉开了文学与现实（政治）的距离。另一方面，后现代主义文学的“大众化”还被认为可以消解现代主义文学的精英性。然而，到了20世纪90年代后期，韩国文学一方面受到当时方兴未艾的数字文化的侵染，另一方面又广泛地接受和复制女性主义、生态主义、新殖民主义等来自西方的话语。遇到这些更具破坏力或说消解力的社会“症候”时，韩国的后现代主义文学的脆弱性——“现象性”——便显露无遗。在数字化的网络时代，无论是技术的开发还是应用，韩国都走在了世界的前列。韩国成为世界信息技术和网络技术的强国。网络时代的到来给韩国文学带来了又一次冲击。互联网以及后来的智能手机使得文学的语言从文字转向影像，在文学作品的生产、传播、接受等方面带来了全方位的变化乃至颠覆。文学创作不再是所谓“作家”的专有职业，文学阅读不再是翻开书页一字一行地审阅，而是一种利用数字终端随时随地浏览、摘抄甚至重构文本的行为。在这样的变化面前，后现代主义文学也显得过于深刻、过于认真、过于“人性”。“主义”本身就太过沉重时，韩国文学就变成了徘徊在日常（抑或市场）周围的消费品。

参考文献

Acker, Kathy. "A Few Notes on Two of My Books." *The Review of Contemporary Fiction* 9.3 (Fall 1989): 117–122.

Adams, Rachel. "The Ends of America, the Ends of Postmodernism." *Twentieth-Century Literature* 53.3 (Fall 2007): 248–272.

Agar, Jon. "What Happened in the Sixties?" *BJHS* 41.4 (December 2008): 567–600.

Ahmed, Akbar S. "Postmodernism and Islam; Where to After September 11?" *Postmodernism: What Moment?* Ed. Pelagia Goulimari. Manchester: Manchester University Press, 2007. 140–145.

Allen, Amy. "Discourse, Power, and Subjectivation: The Foucault/ Habermas Debate Reconsidered." *The Philosophical Forum* 40.1 (2009): 1–28.

Alonso, Carlos J. "The Mourning After: García Márques, Fuentes and the Meaning of Postmodernity in Spanish America." *Modern Language Notes* 109.2 (March 1994): 252–267.

Alonso, Santos. "La novela en la transición, transición en la novela." Nueva Estafeta, num. 31–32 (junio-julio de 1981): 86–91.

Anderson, Perry. *The Origins of Postmodernity*. London: Verso, 1998.

Arac, Jonathan, ed. *Postmodernism and Politics*. Minneapolis: University of Minnesota Press, 1986.

Aristotle. *The Politics*. Trans. Carnes Lord. Chicago: University of Chicago Press, 1984.

Aubry, Timothy. "Erica Jong's Textual Bulimia: *Fear of Flying* and the

Politics of Middlebrow Consumption." *The Journal of Popular Culture* 42.3 (2009): 419–441.

Ayan, Meryem. "Weaving Modernist and Postmodernist Intertextual Narrative." *BULETINUL* 62.1 (June 2010): 133–140.

Baldick, Chris. *Oxford Concise Dictionary of Literary Terms*. 上海：上海外语教育出版社，2000年。

Barbour, Douglas. "Down with History: Some Notes Towards an Understanding of *Beautiful Losers*." *Leonard Cohen: The Artist and His Critics*. Ed. Michael Gnarowski. Toronto: McGraw-Hill Ryerson, 1976. 136–149.

Barner, Wilfried, ed. *Geschichte der deutschen Literatur von 1945 bis zur Gegenwart*. München: Verlag C. H. Beck, 2006.

Barry, Peter. "Biography and Influence of Marjorie Perloff." *The Encyclopedia of Literary Critics and Criticism*. Ed. Chris Murray. <http://epc.buffalo.edu/authors/perloff/articles/encyclopedia.html>.

Barth, John. "The Literature of Exhaustion." *The Friday Book: Essays and Other Non-Fiction*. London: Johns Hopkins University Press, 1984. 62–76.

—. "The Literature of Replenishment: Postmodernist Fiction." *The Friday Book: Essays and Other Non-Fiction*. London: Johns Hopkins University Press, 1984. 193–206.

—. "Postmodernism Revisited." *The Review of Contemporary Fiction* 8.3 (1988): 16–24.

Barthes, Roland. *Empire of Signs*. New York: Hill and Wang, 1970.

Bartholomew, Craig. "Post/Late? Modernity as the Context for Christian Scholarship Today." *Themelios* 22.2 (January 1997): 25–38.

Baudrillard, Jean. "The Precession of Simulacra." Trans. Sheila Faria Glaser. *Postmodernism and the Contemporary Novel: A Reader*. Ed. Bran Nicol. Edinburgh: Edinburgh University Press, 2002. 91–109.

Bauman, Zygmunt. "The Fall of the Legislator." *Postmodernism: A*

Reader. Ed. Thomas Docherty. New York: Harvester Wheatsheaf, 1993. 128–140.

Beauvoir, Simone de. *The Second Sex*. Trans. H. M. Parshley. New York: Vintage, 1989.

Beidler, Paul G. "The Postmodern Sublime: Kant and Tony Smith's Anecdote of the Cube." *The Journal of Aesthetics and Art Criticism* 53.2 (Spring 1995): 177–186.

Bell, Michael. "The Metaphysics of Modernism." *The Cambridge Companion to Modernism*. Ed. Michael Levenson. 上海：上海外语教育出版社，2000年。

Beller, Mara. "The Sokal Hoax: At Whom Are We Laughing." *Physics Today* 29 (September 1998): 29–34.

Benson, Ken. "El postmodernismo y la narrativa española actual." *Semiótica y modernidad: actas del V Congreso Internacional de la Asociación Española de Semiótica*, La Coruña, 3–5 de diciembre de 1992/coord. por José Angel Fernández Roca, Carlos J. Gómez Blanco, José María Paz Gago Vol. 2 (1994): 55–72.

Berardinelli, Alfonso. "From Postmodernism to Mutation: How the Twentieth Century Draws to a Close." Trans. Juliet Vale. *Diogenes* 47.186 (1999): 93–105.

Berger, Arthur Asa. "The Day the World Changed: A Pomo Primer." *Society* 49.4 (July 2012): 317–322.

Bertens, Hans. "The Detective." *International Postmodernism: Theory and Literary Practice*. Ed. Hans Bertens and Douwe Fokkema. Amsterdam: John Benjamins Publishing Company, 1997. 195–202.

—. *The Idea of the Postmodern: A History*. London: Routledge, 1995.

—, and Douwe Fokkema. "Foreword." *Approaching Postmodernism*. Ed. Douwe Fokkema and Hans Bertens. Amsterdam: John Benjamins Publishing Company, 1986. viii–x.

—, and Douwe Fokkema, eds. *International Postmodernism: Theory and Literary Practice*. Amsterdam: John Benjamins Publishing Company,

1997.

Best, Steven and Douglas Kellner. "Postmodern Politics and the Battle for the Future." *New Political Science* 20.3 (1998): 283–299.

Booker, M. Keith. "Postmodern and/or Postcolonial?: The Politics of *At Swim-Two-Birds*." <www.dalkeyarchive.com/resources/download.cfm?.Booker>.

Borradori, Giovanna. "'Weak Thought' and Postmodernism: The Italian Departure from Deconstruction." *Social Text* 18 (Winter 1987–1988): 39–49.

Bortolussi, Marisa, and Peter Dixon. *Psychonarratology: Foundations for the Empirical Study of Literary Response*. Cambridge: Cambridge University Press, 2003.

Bradbury, Malcolm. *The Modern American Novel*. Oxford: Oxford University Press, 1984.

—. *The Modern British Novel 1878–2001*. 北京：外语教学与研究出版社，2005年。

Bradford, Richard. *The Novel Now: Contemporary British Fiction*. Oxford: Wiley-Blackwell, 2007.

Brass, Paul R. "False Dichotomies: Truth, Reason, and Morality in Nietzsche, Foucault, and the Contemporary Social Sciences." *Ritsumeikan Annual Review of International Studies* 7 (2008): 1–34.

Bray, Joe, Alison Gibbons, and Brian McHale, eds. *The Routledge Companion to Experimental Literature*. London: Routledge, 2012.

Brooker, Peter, ed. *Modernism/Postmodernism*. New York: Pearson Education, 1992.

Brown, Callum. *Postmodernism for Historians*. New York: Longman, 2005.

Brown, Doug. "Institutionalism and the Postmodern Politics of Social Change." *Journal of Economic Issues* 26.2 (June 1992): 545–552.

Buckwalter, Elvis. "Lacan: An Adapted Approach to Postmodern

Language." *Essays in Philosophy* 8.1 (January 2007): 1–15.

Burbach, Roger. *Globalization and Postmodern Politics: From Zapatistas to High-Tech Robber Barons*. London: Pluto Press, 2001.

Butler, Christopher. *Postmodernism: A Very Short Introduction*. Oxford: Oxford University Press, 2002.

Campañón, Carlos Silva. "Through the Looking Glass: America in Martin Amis's *Money: A Suicide Note*," *Atlantis* 26.2 (December 2004): 87–96.

Carpenter, Lucas. "'It Don't Mean Nothin': Vietnam War Fiction and Postmodernism." *College Literature* 30.2 (Spring 2003): 30–50.

Carroll, Noël. "Periodizing Postmodernism?" *CLIO* 26.2 (1997): 143–165.

Carter, Angela. "The Bloody Chamber." *The Bloody Chamber and Other Stories*. London: Penguin Books, 1981. 7–41.

Carter, David. "Critics, Writers, Intellectuals: Australian Literature and Its Criticism." *Modern Australian Criticism and Theory*. Ed. David Carter and Wang Guanglin. 青岛：中国海洋大学出版社，2010年。

Carvalho, Alberto. "Modernism and Postmodernism in African Literature in Portuguese." *International Postmodernism: Theory and Literary Practice*. Ed. Hans Bertens and Douwe Fokkema. Amsterdam: John Benjamins Publishing Company, 1997. 478–481.

Chandler, Daniel. "An Introduction to Genre Theory." (WWW document, 1997) URL 1–15 <http://www.aber.ac.uk/media/Documents/intgenre/intgenre.html>.

Childs, Peter. *Modernism*. London: Routledge, 2000.

Chiquete, Daniel. "Latin American Pentecostalisms and Western Postmodernism: Reflections on a Complex Relationship." *International Review of Mission* 92.364 (January 2003): 29–39.

Chute, Hillary. "The Popularity of Postmodernism." *Twentieth-Century Literature* 57.3–4 (Fall/Winter 2011): 354–363.

Cioffi, Frank L. "Postmodernism, Etc.: An Interview with Ihab Hassan."

Style 33.3 (Fall 1999): 357–371.

Cohen, Ralph. "Do Postmodern Genres Exist?" *Genre* 20.3–4 (Fall-Winter 1987): 241–258.

Cohen, Samuel. "The Novel in a Time of Terror: *Middlesex*, History, and Contemporary American Fiction." *Twentieth-Century Literature* 53.3 (Fall 2007): 371–393.

Conner, Marc C. "Postmodern Exhaustion: Thomas Pynchon's *Vineland* and the Aesthetic of the Beautiful." *Studies in American Fiction* 24.1 (Spring 1996): 65–85.

Connor, Steven. *The English Novel in History 1950–1995*. London: Routledge, 1996.

Cook, William. "Novel Man." *New Statesman* (28 June 2004): 40–42.

Coover, Robert. *The Public Burning*. New York: Viking Press, 1977.

Coutinho, Eduardo F. "Postmodernism in Brazil." *International Postmodernism: Theory and Literary Practice*. Ed. Hans Bertens and Douwe Fokkema. Amsterdam: John Benjamins Publishing Company, 1997. 327–334.

Couturier, Maurice. "Nabokov in Postmodernist Land." *Critique* 34.4 (Summer1993): 247–260.

Cowart, David. "Attenuated Postmodernism: Pynchon's *Vineland*." *Critique* 32.2 (Winter 1990): 67–76.

Crawford, Donald W. "Kant." *The Routledge Companion to Aesthetics*. Ed. Berys Gaut and Dominic McIver Lopes. London: Routledge, 2001. 51–64.

Crew, Hilary S. "Spinning New Tales from Traditional Texts: Donna Jo Napoli and the Rewriting of Fairy Tale." *Children's Literature in Education* 33.2 (June 2002): 77–95.

Crowell, Steven. "Existentialism." *The Stanford Encyclopedia of Philosophy* (Winter 2010 Edition). Ed. Edward N. Zalta. <http://plato.stanford.edu/archives/win2010/entries/existentialism/>.

Daddow, Oliver J. "The Ideology of Apathy: Historians and Postmodernism." *Rethinking History* 8.3 (September 2004): 417–437.

Daniel, Helen. *Liars: Australian New Novelists*. Victoria: Penguin Books, 1998.

Darias-Beautell, Eva. "Displacements, Self-Mockery, and Carnival in the Canadian Postmodern." *World Literature Today* 70.2 (Spring 1996): 316–320.

—. *Contemporary Theories and Canadian Fiction*. Lewiston: Edwin Mellen Press, 2000.

Davey, Frank. *From There to Here: A Guide to English-Canadian Literature Since 1960*. Erin: Porcepic, 1974.

del Río-Álvaro, Constanza. "Genre and Fantasy: Melodrama, Horror, and the Gothic in Martin Scorsese's *Cape Fear* (1991)." *Atlantis: Revista de la Asociación Española de Estudios Anglo-Norteamericanos* (June 2004) 26.1: 61–71.

Deleuze, Gilles. The Logic of Sense. Trans. Mark Lester. New York: Columbia University Press, 1990.

Derrida, Jacques. "The Law of Genre." Trans. Avital Ronell. *Critical Inquiry* 7.1 (Autumn, 1980): 55–81.

D'haen, Theo. "Empire's Ebb." *The Cambridge History of Postmodern Literature*. Ed. Brian McHale and Len Platt. New York: Cambridge University Press, 2016. 52–66.

—. "European Postmodernism: The Cosmodern Turn." *NARRATIVE* 21.3 (October 2013): 271–283.

Di Martino, Loredana. "Between 'New Realism' and 'Weak Thought': Umberto Eco's 'Negative Realism' and the Discourse of Late Postmodern *Impegno*." *Quaderni d'italianistica* 33.2 (2012): 189–218.

Dimock, Wai-Chee. "Genre as World System: Epic and Novel on Four Continents." *NARRATIVE* 14.1 (January 2006): 85–101.

Dix, Hywel. *Postmodern Fiction and the Break-Up of Britain*. New York: Continuum, 2010.

Docherty, Thomas, ed. *Postmodernism: A Reader*. New York: Harvester Wheatsheaf, 1993.

Doctorow, E. L. *Welcome to Hard Times*. New York: Random House Trade Paperbacks, 2007.

Domanska, Ewa. "Universal History and Postmodernism." *Storia della Storiografia* 35 (1999): 129–139.

Donoghue, William. "Pynchon's 'Hysterical Sublime'." *Critique* 52.4 (2011): 444–459.

Du Toit, Stephanus F. "Revelation or Reveilation? Barth and Postmodernism." *The Heythrop Journal* 40.1 (1999): 1–18.

Dubey, Madhu. "Post-Postmodern Realism?" *Twentieth-Century Literature* 57.3–4 (Fall/Winter 2011): 364–371.

Duff, David, ed. *Modern Genre Theory*. London: Longman, 2000.

Dutton, Denis. "Aesthetic Universals." *The Routledge Companion to Aesthetics*. Ed. Berys Gaut and Dominic McIver Lopes. London: Routledge, 2001. 203–214.

Dvorak, Marta. "Fiction." *The Cambridge Companion to Canadian Literature*. Ed. Eva-Marie Kröller. New York: Cambridge University Press, 2004. 155–176.

Dybicz, Philip. "Anything Goes? Science and Social Constructions in Competing Discourses." *Journal of Sociology & Social Welfare* 38.3 (September 2011): 101–122.

Eagleton, Terry. *Illusions of Postmodernism*. Oxford: Blackwell, 1996.

Eco, Umberto. "Postscript to *The Name of the Rose*." *Postmodern American Fiction: A Norton Anthology*. Ed. Paula Geyh, Fred G. Leebron, and Andrew Levy. New York: W. W. Norton and Company, 1998. 622–624.

—. *Confessions of a Young Novelist*. Cambridge: Harvard University

Press, 2011.

Elliott, Emory. “Society and the Novel in Twentieth-Century America.” *The Cambridge Companion to Modern American Culture*. Ed. Christopher Bigsby, Cambridge: Cambridge University Press, 2006. 430–449.

Engström, Timothy H. “The Postmodern Sublime?: Philosophical Rehabilitations and Pragmatic Evasions.” *Boundary 2* 20.2 (1993): 190–204.

Ерофеев Вик. Поминки по советской литературе. Литературная газета, 4 июля 1990 г.

Ершов Л.Ф. История русской советской литературы. М., Высшая школа, 1988.

Fasolini, Diego. “The Intrusion of Laughter into the Abbey of Umberto Eco’s *The Name of the Rose*: The Christian Paradox of Joy mingling with Sorrow.” *Romance Notes* 46.2 (Winter 2006): 119–129.

Featherstone, Mike. *Consumer Culture and Postmodernism*. London: SAGE Publications, 2007.

Federman, Raymond. “Before Postmodernism and After.” *The End of Postmodernism: New Directions*. Ed. Heide Ziegler. Stuttgart: M & P Verl. für Wiss. und Forschung, 1993. 153–170.

—. “Critifiction: Imagination as Plagiarism.” *New Literary History* 7 (1976): 563–578.

Fiedler, Leslie. “Cross the Border — Close that Gap: Post-Modernism.” *American Literature since 1900*. Ed. Marcus Cunliffe. London: Sphere Books, 1975. 344–366.

—. “Cross the Broder — Close that Gap.” *Wege aus der Moderne: Schlüsseltexte der Postmoderne Diskussion*. Ed. Wolfgang Welsch. Berlin: Akademieverlag, 1994. 57–74.

—. “The New Mutants.” *Partisan Review* 32.4 (1965): 505–525.

Fink, Inge. “The Power behind the Pronoun: Narrative Games in Calvino’s

If on a Winter's Night a Traveler." *Twentieth Century Literature* 37.1 (Spring 1991): 93–104.

Finney, Brian. "A Worm's Eye View of History: Julian Barnes' *A History of the World in 10 1/2 Chapters*." *Papers on Language & Literature* 39.1 (Winter 2003): 49–70.

Firat, A. Fuat, and Nikhilesh Dholakia. "Theoretical and Philosophical Implications of Postmodern Debates: Some Challenges to Modern Marketing." *Marketing Theory* 6.2 (2006): 123–162.

Fishelov, David. "The Birth of a Genre." *European Journal of English Studies* 3.1 (April 1999): 51–63.

Flor, Carlos Villar. "Flann O'Brien: A Postmodernist Who Happens to Be a Thomist." *The Review of Contemporary Fiction* 31.3 (Fall 2011): 62–77.

Fokkema, Douwe. "Chinese Postmodernist Fiction." *Modern Language Quarterly* 69.1 (March 2008): 141–165.

—, and Hans Bertens, eds. *Approaching Postmodernism*. Amsterdam: John Benjamins Publishing Company, 1986.

Foucault, Michel. *Discipline and Punish: The Birth of the Prison*. Trans. Alan Sheridan. New York: Vintage, 1979.

Francese, Joseph. "The Refashioning of Calvino's Public Self-image in the 1950s and Early 1960s." *The Italianist* 27 (2007): 125–150.

Frow, John. "What Was Postmodernism?" *Time and Commodity Culture: Essays in Cultural Theory and Postmodernity*. Oxford: Clarendon Press, 1997. 13–63.

Gabardi, Wayne. *Negotiating Postmodernism*. Minneapolis: University of Minnesota Press, 2001.

Gallego, Carlos. "Coordinating Contemporaneity: (Post)modernity, 9/11, and the Dialectical Imagery of *Memento*." *Cultural Critique* 75 (Spring 2010): 31–64.

Gartman, David. "Postmodernism; Or, the Cultural Logic of Post-

Fordism?" *The Sociological Quarterly* 39.1 (1998): 119–137.

Gass, William H. *Fiction and the Figures of Life*. Boston: Nonpareil Books, 1971.

Gehlawat, Monika. "Myth and Mimetic Failure in *The Remains of the Day*," *Contemporary Literature* 54.3 (Fall 2013): 491–519.

Gelder, Ken, and Paul Salzman. *After the Celebration: Australian Fiction 1989–2007*. Melbourne: Melbourne University Publishing, 2009.

Geyh, Paula, Fred G. Leebron, and Andrew Levy, eds. *Postmodern American Fiction: A Norton Anthology*. New York: W. W. Norton & Company, 1998.

Gibson, William. *Neuromancer*. New York: Ace Books, 1984.

Gladilin, Nikita. *Postmoderne deutschsprachige Literatur: Genese und Haupttendenzen der Entwicklung*. Würzburg: Königshausen & Neumann, 2015.

Gladstone, Jason, and Daniel Worden. "Introduction: Postmodernism, Then." *Twentieth-Century Literature* 57.3–4 (Fall/Winter 2011): 291–308.

Gloag, Kenneth. "Situating the 1960s: Popular Music — Postmodernism — History." *Rethinking History* 5: 3 (2001): 397–410.

Goldsworthy, Kerryn. "Short Fiction." *New Literary History of Australia*. Ed. Laurie Hergenhan. Ringwood: Penguin Books, 1988.

Grabes, Herbert. *Making Strange: Beauty, Sublimity, and the (Post) Modern "Third Aesthetic"*. Amsterdam: Rodopi, 2008.

Gray, Richard. *A History of American Literature*. West Susses: Wiley-Blackwell, 2012.

Green, Jeremy. *Late Postmodernism: American Fiction at the Millennium*. New York: Palgrave Macmillan, 2005.

Greiffenhagen, Martin, and Sylvia Greiffenhagen. "Der Schock der Vereinigung." *Der Spiegel* (Dokument 2, 03.1994): 7.

Guppy, Shusha. "Julian Barnes: The Art of Fiction No. 165," *The Paris Review* 157 (Winter 2000): 55–84.

Habermas, Jürgen. "Modernity — An Incomplete Project." *Postmodernism: A Reader*. Ed. Thomas Docherty. New York: Harvester Wheatsheaf, 1993. 98–109.

—. "The Entry into Postmodernity: Nietzsche as a Turning Point." *Postmodernism: A Reader*. Ed. Thomas Docherty. New York: Harvester Wheatsheaf, 1993. 51–61.

—. "Über Titel, Texte und Termine oder Wie man den Zeitgeist reflektiert. Beim Lesen eines alten Prospekts der, edition suhrkamp." *Der Autor, der nicht schreibt. Versuche über den Büchermacher und das Buch.* Ed. Rebekka Habermas and Walter H. Pehle. Frankfurt a. M.: Fischer Taschenbuch, 1989. 3–6.

Habers, Henk, ed. *Postmoderne Literatur in deutscher Sprache: eine Ästhetik des Widerstands?* Amsterdam: Atlanta. GA, 2000.

Halliwell, Martin. *American Culture in the 1950s*. Edinburgh: Edinburgh University Press, 2007.

Hancock, Geoff. "Magic or Realism: The Marvellous in Canadian Fiction." *Magic Realism and Canadian Literature: Essays and Stories*. Ed. Peter Hinchcliffe and Ed Jewinski. Ontario: University of Waterloo Press, 1986. 30–48.

Hancock, Joel. "Review on *The Postmodern Novel in Latin America: Politics, Culture, and the Crisis of Truth*." *Symposium* 52.1 (Spring 1998): 60–62.

Handke, Peter. "Deutsche Akademie für Sprache und Dichtung," 1973. <http://www.deutscheakademie.de/de/auszeichnungen/georg-buechner-preis/peter handke/dankrede>.

Haraway, Donna. "A Cyborg Manifesto: Science, Technology, and Socialist-Feminism in the Late Twentieth Century." *Simians, Cyborgs and Women: The Reinvention of Nature*. New York: Routledge, 1991. 149–181.

Harris, David. *From Class Struggle to the Politics of Pleasure: The Effects of Gramscianism on Cultural Studies*. London: Routledge, 1992.

Harvey, David. *The Condition of Postmodernity: An Enquiry into the Origins of Cultural Change*. Oxford: Basil Blackwell, 1990.

Hassan, Ihab. *The Postmodern Turn: Essays in Postmodern Theory and Culture*. Columbus: Ohio State University Press, 1987.

—. "Beyond Postmodernism: Toward an Aesthetic of Trust." *ANGELAKI* 8.1 (April 2003): 3–11.

—. "Realism, Truth, and Trust in Postmodern Perspective." *Third Text* 17.1 (2003): 1–13.

Hatchard, Luis de Juan. "Generic Multiplicity in Alasdair Gray's *Lanark: A Life in 4 Books*." *Revista Alicantina de Estudios Ingleses* 15 (2002): 109–122.

Heller, Agnes, and Ferenc Fehér. *The Postmodern Political Condition*. New York: Columbia University Press, 1988.

Helmuth, Chalene. *The postmodern Fuentes*. Bucknell: Bucknell University Press, 1999.

Henderson, Jennifer. "Critical Canadiana." *American Literary History* 13.4 (2001): 789–813.

Hilzinger, Sonja. *Christa Wolf.* Stuttgart: J. B. Metzler, 1986.

Hindrichs, Cheryl. "Late Modernism, 1928–1945: Criticism and Theory." *Literature Compass* 8.11 (November 2011): 840–855.

Hirschkop, Ken. "Culture, Class and Education." *The Cambridge History of Twentieth-Century English Literature*. Ed. Laura Marcus and Peter Nicholls. Cambridge: Cambridge University Press, 2004. 455–473.

Hoberek, Andrew. "Introduction: After Postmodernism." *Twentieth-Century Literature* 53.3 (Fall 2007): 233–247.

Hodge, Robert. "Towards a Postmodern Science of Language." *Social Semiotics* 13.3 (2003): 241–262.

Holland-Toll, Linda J. "From Disturbance to Comfort Zone: Cross-Generic

Strategies in Dean R. Koontz." *The Journal of Popular Culture* 37.4 (2004): 662–682.

Holmes, Frederick M. "The Reader as Discoverer in David Lodge's *Small World*." *Critique* 32.1 (Fall 1990): 47–57.

Holton, Robert. "Kerouac Among the Fellahin: On the Road to the Postmodern." *Modern Fiction Studies* 41.2 (1995): 265–283.

Hopenhayn, Martin. "Postmodernism and Neoliberalism in Latin America." *Boundary 2* 20.3 (Fall 1993): 93–109.

Hopper, Keith. *Flann O'Brien: A Portrait of the Artist as a Young Post-Modernist*. Cork: Cork University Press, 1995.

Horton, Rod W., and Herbert W. Edwards. *Backgrounds of American Literary Thought*. New York: Appleton-Century-Crofts, Inc., 1952.

Howe, Irving. "Mass Society and Post-Modern Fiction." *Partisan Review* 26 (1959): 420–436.

Hu, Quansheng. "Marjorie Perloff's View on Postmodernist Poetry and Her Critical Formula: An Interpretation of *Poetic License*." *Foreign Literature Studies* 33.4 (2011): 1–12.

Hume, Kathryn. *American Dream, American Nightmare: Fiction Since 1960*. 北京：外语教学与研究出版社，2006年。

Humm, Maggie. *The Dictionary of Feminist Theory*. Columbus: Ohio State University Press, 1990.

Hutcheon, Linda. *Splitting Images: Contemporary Canadian Ironies*. Toronto: Oxford University Press, 1991.

—. *The Canadian Postmodern: A Study of Contemporary English-Canadian Fiction. Toronto: Oxford University Press, 1988.*

—. *The Politics of Postmodernism*. London: Routledge, 1989.

—. "The Politics of Postmodernism: Parody and History." *Cultural Critique* 5 (Winter, 1986–1987): 179–207.

Huyssen, Andreas. *After the Great Divide: Modernism, Mass Culture,*

Postmodernism. Bloomington: Indiana University Press, 1986.

—. "Mapping the Postmodern." *New German Critique* 33 (Fall 1984): 5–52.

—. "The Search for Tradition: Avant-Garde and Postmodernism in the 1970s." *New German Critique* 22 (Winter 1981): 23–40.

Isserman, Maurice, and Michael Kazin. *America Divided: The Civil War of the 1960s*. New York: Oxford University Press, 2000.

Iwamoto, Yoshio. "Something New in Japan." *World Literature Today* 67.2 (1993): 134–135.

Jameson, Fredric. "The Politics of Theory: Ideological Positions in the Postmodernism Debate." *New German Critique* 33 (1984): 53–65.

—. "Postmodernism, Or the Cultural Logic of Late Capitalism." New Left Review I/146 (July-August 1984): 53–92.

—. *Postmodernism, or, The Cultural Logic of Late Capitalism*. Durham: Duke University Press, 1991.

Jameson, Misty L. "The Haunted House of American Fiction: William Gaddis's *Carpenter's Gothic*," *Studies in the Novel* 41.3 (Fall 2009): 314–329.

Jansen, Monica. "Postmodernism in Italy." *International Postmodernism: Theory and Literary Practice*. Ed. Hans Bertens and Douwe Fokkema. Amsterdam: John Benjamins Publishing Company, 1997. 387–395.

Jefferson, Ann. *The Nouveau Roman and the Poetics of Fiction*. Cambridge: Cambridge University Press, 1980.

Jencks, Charles. *What Is Post-Modernism?* New York: St. Martin's Press, 1986.

Johnson, B. S. "Broad Thoughts from a Home." 胡全生编《英美后现代主义小说选读》，上海：上海外语教育出版社，2014年，第147—162页。

Johnson, Ronna C. "'You're Putting Me on': Jack Kerouac and the Postmodern Emergence." *College Literature* 27.1 (Winter 2000): 22–38.

Johnston, Allan. "Consumption, Addiction, Vision, Energy: Political Economies and Utopian Visions in the Writings of the Beat Generation." *College Literature* 32.2 (Spring 2005): 103–126.

Johnston, John. "Generic Difficulties in the Novels of Don DeLillo." *Critique* 30.4 (Summer 1989): 261–275.

Jong, Erica. *Fear of Flying*. New York: Berkley Books, 2003.

Kainulainen, Teppo. "Deconstruction of Genre in John Hawkes's *Whistlejacket*." *Critique* 37.4 (Summer 1996): 289–299.

Karson, Jill, ed. *The Civil Rights Movement*. New York: Greenhaven Press, 2005.

Kaufman, Will. *American Culture in the 1970s*. Edinburgh: Edinburgh University Press, 2009.

Kellner, Douglas. *Media Culture: Cultural Studies, Identity and Politics between the Modern and the Postmodern*. London: Routledge, 1995.

—. "The Postmodern Turn: Positions, Problems, and Prospects." *Frontiers of Social Theory: The New Synthesis*. Ed. George Ritzer. New York: Columbia University Press, 1990. 255–286.

Kieran, Matthew. "Value of Art." *The Routledge Companion to Aesthetics*. Ed. Berys Gaut and Dominic McIver Lopeseds. London: Routledge, 2001. 215–225.

King, Bruce. *The Internationalization of English Literature*. 北京：外语教学与研究出版社，2007年。

Krause, James Remington. "Translation and the Reception and Influence of Latin American Literature in the United States." PhD diss., Vanderbilt University, 2010.

Krause, Tilman, "In Berlin fehlt es an Bürgersinn: Interview mit Bernhard Schlink." *Die Welt* (14.10.1999).

Kravitz, Bennett. "The Truth Is Out There: Conspiracy as a Mindset in American High and Popular Culture." *Journal of American Culture* 22.4 (Winter 1999): 23–29.

Kroetsch, Robert. "An Arkeology of (My) Canadian Postmodern." *International Postmodernism: Theory and Literary Practice*. Ed. Hans Bertens and Douwe Fokkema. Amsterdam: John Benjamins Publishing Company, 1997. 307–311.

Курицын Вяч. Русский литературный постмодернизм, М.: ОГИ, 2000.

Kušnír, Jaroslav. "Postmodern Literature and Its Background." *Postmodernism in American and Australian Fiction*. 27–53. <http://www.pdfdrive.net/3-postmodern-literature-and-its-background-e25719.html>.

Lauzen, Sarah E. "Notes on Metafiction: Every Essay Has a Title." *Postmodern Fiction: A Bio-Bioliographical Guide*. Ed. Larry McCaffery. New York: Greenwood Press, 1986. 93–116.

Le Clézio, Jean-Marie Gustave. *L'Extase matérielle*. Paris: Gallimard, 1967.

LeClair, Tom. "A Debate: William Gass and John Gardner." *Anything Can Happen: Interviews with Contemporary American Novelists*. Ed. Tom LeClair and Larry McCaffery. Urbana: University of Illinois Press, 1988. 20–31.

Lernout, Geert. "Postmodernism in France." *International Postmodernism: Theory and Literary Practice*. Ed. Hans Bertens and Douwe Fokkema. Amsterdam: John Benjamins Publishing Company, 1997. 353–357.

Lever, Susan. "Fiction: Innovation and Ideology." *The Oxford Literary History of Australia*. Ed. Bruce Bennett and Jennifer Strauss. Melbourne: Oxford University Press, 1998.

Leypoldt, Günter. "Recent Realist Fiction and the Idea of Writing 'After Postmodernism'." *Amerikastudien* 49.1 (Winter 2004): 19–34.

Light, Alison. "Writing Lives." *The Cambridge History of Twentieth-*

Century English Literature. Ed. Laura Marcus and Peter Nicholls. 751–767.

Липовецский М. Русский постмодернизм, Екатеринбург: Урал. гос. пед. ун-т, 1997.

Lloyd-Smith, Alan. *American Gothic Fiction: An Introduction*. 上海：上海外语教育出版社，2009年。

Lodge, David. *Small World: An Academic Romance*. London: Penguin Books, 1985.

—. "The Novelist at the Crossroads." *Critical Quarterly* 11.2 (1969): 105–132.

—. "The Novelist Today: Still at the Crossroads?" *The Practice of Writing*. Auckland: Penguin, 1997. 3–19.

Lokke, Kari E. "*Bluebeard* and *The Bloody Chamber*: The Grotesque of Self-Parody and Self-Assertion." *A Journal of Women Studies* 10.1 (1988): 7–12.

Luckscheiter, Roman, "Literatur um 1968—politischer Protest und postmoderner Impuls." Ed. Martin Klimke and Joachim Scharloth. *1968 Handbuch zur Kultur- und Mediengeschichte der Studentenbewegung* (Stuttgart: J. B. Metzler), 151–159.

Luo, Lianggong. "Poetics, Poetry, Language Poetry: An Interview with Professor Marjorie Perloff." *Foreign Literature Studies* 29.3 (2007): 1–8.

Lyotard, Jean-François. "Answering the Question: What Is Postmodernism?" Trans. Régis Durand. *The Postmodern Condition: A Report on Knowledge*. Trans. Geoff Bennington and Brian Massumi. Minneapolis: University of Minnesota Press, 1993. 71–82.

—. *The Postmodern Condition: A Report on Knowledge*. Trans. Geoff Bennington and Brian Massumi. Minneapolis: University of Minnesota Press, 1993.

MacPhee, Graham. "Escape from Responsibility: Ideology and Storytelling in Arendt's *The Origins of Totalitarianism* and Ishiguro's

The Remains of the Day," *College Literature* 38.1 (Winter 2011): 176–201.

Maginn, Alison. "La España posmoderna: pasotas, huérfanos y nómadas." Actas XII. AIH. (1995): 151–159.

Malpas, Simon. *The Postmodern*. London: Routledge, 2005.

—. *Jean-François Lyotard*. New York: Taylor and Francis, 2005.

Maltby, Paul. "From Dissident Postmodernists." *Postmodernism and the Contemporary Novel*. Ed. Bran Nicol. Edinburgh: Edinburgh University Press, 2002. 371–389.

Mandel, Eli. *The Family Romance*. Winnipeg: Turnstone Press, 1986.

Маньковская Н. Эстетика постмодернизма, СПб.: Алетейя, 2000.

Marcus, Laura, and Peter Nicholls, eds. *The Cambridge History of Twentieth-Century English Literature*. Cambridge: Cambridge University Press, 2004.

Margolis, Joseph. "Medieval Aesthetics." *The Routledge Companion to Aesthetics*. Ed. Berys Gaut and Dominic McIver Lopes. London: Routledge, 2001. 27–36.

Marsé, Juan. *La muchacha de las bragas de oro*. Barcelona: Planeta, 1988.

Marsh, Kelly A. "The Neo-Sensation Novel: A Contemporary Genre in the Victorian Tradition." *Philological Quarterly* 74.1 (Winter 1995): 99–121.

Marwick, Arthur. *The Sixties: Cultural Revolution in Britain, France, Italy and the United States, c.1958–c.1974*. London: Bloomsbury Reader, 2012.

Masson, Nicole. *Panorama de la littérature française*. Paris: Marabout, 1991.

Matthews, Patricia M. "Kant's Sublime: A Form of Pure Aesthetic Reflective Judgment." *The Journal of Aesthetics and Art Criticism* 54.2 (Spring 1996): 165–180.

May, Todd. *Gilles Deleuze: An Introduction*. New York: Cambridge University Press, 2005.

Mazurek, Raymond A. "Metafiction, the Historical Novel, and Coover's *The Public Burning*." *Critique* 23.3 (Spring 1982): 29–42.

McBride, Sam. "Un-Reason and the Ex-Centric Text: Methods of Madness in Kathy Acker's *Great Expectations*." *Critique* 40.4 (Summer 1999): 342–354.

McCaffery, Larry. "An Interview with David Foster Wallace." *The Review of Contemporary Fiction* 13.2 (Summer 1993): 127–150.

—, ed. *Postmodern Fiction: A Bio-Bibliographical Guide*. New York: Greenwood Press, 1986.

—. "The Art of Metafiction." *Critique* 18.1 (1976): 21–35.

—. *The Metafictional Muse: The Works of Robert Coover, Donald Barthelme, and William H. Gass*. Pittsburgh: University of Pittsburgh Press, 1982.

McCracken, Scott. "The Half-Lives of Literary Fictions: Genre Fictions in the Late Twentieth Century." *The Cambridge History of Twentieth-Century English Literature*. Ed. Laura Marcus and Peter Nicholls. Cambridge: Cambridge University Press, 2004. 618–634.

McElroy, Davis Dunbar. *Existentialism and Modern Literature: An Essay in Existential Criticism*. New York: Philosophicl Libeary, 1963.

McGuirk, Carol. "Drabble to Carter: Fiction by Women, 1962–1992." *The Columbia History of the British Novel*. Ed. John Richetti. 北京：外语教学与研究出版社，2005年，第939—965页。

McHale, Brian. "Afterword: Reconstructing Postmodernism." *Narrative* 21. 3 (October 2013): 357–364.

—. "Break, Period, Interregnum." *Twentieth-Century Literature* 57.3–4 (Fall/Winter 2011): 328–340.

—. "Change of Dominant from Modernist to Postmodernist Writing." *Approaching Postmodernism*. Ed. Douwe Fokkema and Hans

Bertens. Amsterdam: John Benjamins Publishing Company, 1986. 53–79.

—. *Constructing Postmodernism*. New York: Routledge, 1992.

—. "Elements of a Poetics of Cyberpunk." *Critique* 33.3 (Spring 1992): 149–175.

—. *Postmodernist Fiction*. New York: Methuen, 1987.

—. "Science Fiction." *International Postmodernism: Theory and Literary Practice*. Ed. Hans Bertens and Douwe Fokkema. Amsterdam: John Benjamins Publishing Company, 1997. 235–239.

—. *The Cambridge Introduction to Postmodernism*. New York: Cambridge University Press, 2015.

—. *The Obligation toward the Difficult Whole: Postmodernist Long Poems*. Tuscaloosa: University of Alabama Press, 2004.

—. "What Was Postmodernism? or, The Last of the Angels." *Thamyris/ Intersecting: Place, Sex & Race* 15.1 (2007): 39–56.

—. "1966 Nervous Breakdown; or, When Did Postmodernism Begin?" *Modern Language Quarterly* 69.3 (2008): 391–413.

—, and Len Platt, eds. *The Cambridge History of Postmodern Literature*. New York: Cambridge University Press, 2016.

McIlwain, Charlton D. "Time, Timing and Being On Time: The Play of Race and Ideology in the Postmodern Political Organization." *Thamara* 3.1 (2004): 14–25.

McKinlay, Patrick F. "Postmodernism and Democracy: Learning from Lyotard and Lefort." *The Journal of Politics* 60.2 (May 1998): 481–502.

McLaughlin, Rober L. "After the Revolution: US Postmodernism in the Twenty-First Century." *Narrative* 21.3 (October 2013): 284–295.

—. "Post-postmodernism." *The Routledge Companion to Experimental Literature*. Ed. Joe Bray, Alison Gibbons and Brian McHale. London: Routledge, 2012. 212–223.

Mead, Robert G. "Miguel Ángel Asturias and the Nobel Prize." *Hispania* 51. 2 (May 1968): 326–331.

Mihalache, Stefania. "The Romanian Side(s) of Postmodernism." *Anthropology of East Europe Review* 22.2 (2004): 31–36.

Miller, Tyrus. *Late Modernism: Politics, Fiction, and the Arts between the World Wars*. Berkeley: University of California Press, 1999.

Modick, Klaus. "Gähnende Leere oder üppiges Tableau? 10 Thesen über Literatur und Kritik in der Gegenwart," *Rheinischer Merkur* (04.05.1990).

Molina, Antonio Muñoz. *Beatus ille*. Barcelona: Seix Barral, 1990.

—. *El jinete polaco*. Barcelona: Planeta, 1991.

Montalbán, Manuel Vázquez. *Crónica sentimental de la transición*. Barcelona: Planeta, 1985.

Monteith, Sharon. *American Culture in the 1960s*. Edinburgh: Edinburgh University Press, 2008.

Morador, Fernando Flores. *Postmodernism and the Digital Era*. Tryck: Lund University, 2007.

Moramarco, Fred. "Postmodern Poetry and Fiction: The Connective Links." *Postmodern Fiction: A Bio-Bibliographical Guide*. Ed. Larry McCaffery. New York: Greenwood Press, 1986. 129–141.

Morshedizad, Ali. "A Review on Postmodernism Ideas and the Political Development." <www.Int-politics.com>.

Mothersill, Mary. "Sublime." *A Companion to Aesthetics*. Ed. Stephen Davies, et al. Hong Kong: Wiley-Blackwell, 2009. 547–551.

Moyle, David. "Beyond the Black Hole: The Emergence of Science Fiction Themes in the Recent Work of Martin Amis." *Extrapolation* 36.4 (1995): 305–315.

Munro, Craig, ed. *The First UQP Story Book*. Queensland: UQP, 1981.

Murphet, Julian. "Fiction and Postmodernity." *The Cambridge History of*

Twentieth-Century English Literature. Ed. Laura Marcus and Peter Nicholls. Cambridge: Cambridge University Press, 2004. 716–735.

Napelee, Dan. "*On the Road*: The Original Scroll; Or, We're Not Queer, We're Just Beats." *The Explicator* 69.2 (2011): 72–75.

Neale, Steve. "Questions of Genre." *Screen* 31.1 (Spring 1990): 45–66.

Nicol, Bran, ed. *Postmodernism and the Contemporary Novel: A Reader*. Edinburgh: Edinburgh University Press, 2002.

—. *The Cambridge Introduction to Postmodern Fiction*. New York: Cambridge University Press. 2009.

Nieragden, Göran. "Focalization and Narration: Theoretical and Terminological Refinements." *Poetics Today* 23.4 (Winter 2002): 685–697.

Norris, Christopher. *Deconstruction: Theory and Practice*. London: Methuen, 1982.

Nünning, Anssgar. "Crossing Borders and Blurring Genres: Towards a Typology and Poetics of Postmodernist Historical Fiction in England since the 1960s." *European Journal of English Studies* 1.2 (1997): 217–238.

Nünning, Vera. "Beyond Indifference: New Departures in British Fiction at the Turn of the 21st Century." *Beyond Postmodernism: Reassessments in Literature, Theory, and Culture*. Ed. Klaus Stierstorfer. Berlin: Walter de Gruyter, 2003. 235–254.

O'Brien, Flann. *At Swim-Two-Birds*. New York: Walkner and Company, 1966.

O'Hara, Daniel T. "And All the Ceremonies to Come: Of High Modernism and Visionary Violence." *Boundary 2* 38.3 (Fall 2011): 147–164.

Orr, Leonard. "Modernism and the Issue of Periodization." *Comparative Literature and Culture* 7.1 (March 2005): 1–7.

Ortheil, Hans-Josef, "Perioden des Abschieds. Zum Profil der neuen und jüngsten deutschen Literatur." *Schauprozesse. Beiträge zur Kultur der 80er Jahre*. Ed. Hans-Josef Ortheil. München: Piper, 1990. 188–205.

—. "Postmoderne in der deutschen Literatur."*Postmoderne in der deutschen Literatur*. Ed. Uwe Wittstock. Göttingen: Wallstein Verlag, 2015. 232–244.

Ostheimer, Michael, and Arne Klawitter. *Einführung in die Literaturtheorie*. 北京：外语教学与研究出版社，2008年。

Perloff, Marjorie, ed. *Postmodern Genres*. Norman: University of Oklahoma Press, 1989.

—. *21st-Century Modernism: The "New" Poetics*. Massachusetts: Blackwell Publishers, 2002.

Perrault, Charles. "Bluebeard." *Little Red Riding Hood, Cinderella, and Other Classic Fairy Tales of Charles Perrault*. Trans. Angela Carter. New York: Penguin Books, 2008. 5–10.

Petry, Mike. *Narratives of Memory and Identity: The Novels of Kazuo Ishiguro*. Frankfurt a. M.: Peter Lang Publishing Inc., 1999.

Pfister, Andreas. "*Der Autor in der Postmoderne: Mit Fallstudie zu Patrick Süskind*." PhD diss., Universität Fribourg, 2005.

Pilling, John, ed. "Preface." *The Cambridge Companion to Beckett*. 上海：上海外语教育出版社，2000年，第xiii–xiv页。

Pilz, Kerstin. "Italo Calvino: An Author between Modernity and Postmodernity." *Twentieth-Century Literary Criticism, Vol. 183*. Ed. Thomas J. Schoenberg and Lawrence J. Trudeau. Detroit: Gale, 2007. 236–250.

Pizarro, María del Mar Langa. *Del franquismo a la posmodernidad: la novela española (1975–1999)*. Alicante: Universidad de Alicante, 2000.

Plumley, William. "An Interview with John Barth." *Chicago Review* 40 (1994): 6–18.

Puschmann-Nalenz, Barbara. *Science Fiction and Postmodern Fiction: A*

Genre Study. New York: Peter Lang Publishing Inc., 1992.

Rabinovitz, Rubin. "The Reaction against Modernism: Amis, Snow, Wilson." *The Columbia History of the British Novel*. Ed. John Richetti. 北京：外语教学与研究出版社，2005年，第895—917页。

Rebein, Robert. "Turncoat: Why Jonathan Franzen Finally Said 'No' to Po-Mo." *The Mourning After: Attending the Wake of Postmodernism*. Ed. Neil Brooks and Josh Toth. Amsterdam: Rodopi, 2007. 201–222.

Reeves, Thomas C. *Twentieth-Century America: A Brief History*. New York: Oxford University Press, 2000.

Richetti, John, ed. *The Columbia History of the British Novel*. 北京：外语教学与研究出版社，2005年。

Rieder, John. "Life Writing and Science Fiction: Constructing Identities and Constructing Genres." *Biography* 30.1 (Winter 2007): v–xvii.

Riichi, Yamada. *Daily Documents in the Twentieth Century*. 東京：講談社、1997年。

Rimmon-Kenan, Shlomith. *Narrative Fiction: Contemporary Poetics*. London: Methuen Publishing, 1983.

Riva, Massimo, ed. *Italian Tales: An Anthology of Contemporary Italian Fiction*. New Haven: Yale University Press, 2004.

Riviere, Francesca. "Martin Amis, The Art of Fiction No. 151." *The Paris Review* 146 (Spring 1998): 109–135.

Robbe-Grillet, Alain. *Pour un Nouveau Roman*. Paris: Minuit, 1963.

Rodríguez, Francisco Collado. "Pynchon's *Vineland*: From the Text to the Story and Back Again." *Atlantis* 12.2 (November 1991): 95–105.

Rodríguez, Laura María Lojo. "Parody and Metafiction: Virginia Woolf's 'An Unwritten Novel'." *Links & Letters* 8 (2001): 71–81.

Rosmarin, Adena. *The Power of Genre*. Minneapolis: University of Minnesota Press, 1985.

Rosso, Stefano. "A Correspondence with Umberto Eco." Trans. Carolyn Springer. *Boundary 2* 12.1 (Fall 1983): 1–13.

—. "Postmodern Italy: Notes on the 'Crisis of Reason', 'Weak Thought', and *The Name of the Rose*." *Exploring Postmodernism*. Ed. Matei Calinescu and Douwe Fokkema. Amsterdam: John Benjamins Publishing Company, 1990. 79–92.

Roszak, Theodore. *The Making of a Counter Culture: Reflections on the Technocratic Society and Its Youthful Opposition*. New York: Doubleday & Company, Inc., 1969.

Rubinson, Gregory J. "'On the Beach of Elsewhere': Angela Carter's Moral Pornography and the Critique of Gender Archetypes." *Women's Studies* 29 (2000): 717–740.

Ruiter, Frans. "Postmodernism in the German- and Dutch-Speaking Countries." *International Postmodernism: Theory and Literary Practice*. Ed. Hans Bertens and Douwe Fokkema. Amsterdam: John Benjamins Publishing Company, 1997. 359–373.

Rushing, Robert A. "From *Monk* to Monks: The End of Enjoyment in Umberto Eco's *The Name of the Rose*." *Symposium* 59.2 (Summer 2005): 116–128.

Ruttkamp, Emma. "On Truth and Reference in Postmodern Science." *South African Journal of Philosophy* 22.3 (2003): 220–235.

Ryan, Judith. "Patische und Postmoderne." *Spätmoderne und Postmoderne*. Ed. Paul Michael Lützeler. Frankfurt a. M.: Fischer Verlag, 1991. 91–103.

Salami, Mahmoud. *John Fowles's Fiction and the Poetics of Postmodernism*. London: Associated University Press, 1992.

Sanehide, Kodama, and Inoue Ken. "Postmodernism in Japan." *International Postmodernism: Theory and Literary Practice*. Ed. Hans Bertens and Douwe Fokkema. Amsterdam: John Benjamins Publishing Company, 1997. 511–515.

Sardar, Ziauddin. *Postmodernity and the Other*. London: Pluto Press, 1997.

Saussure, Ferdinand de. *Course in General Linguistics*. Trans. Roy Harris. 北京：外语教学与研究出版社，2001年。

Scarparo, Susanna. "A Review on *Italian Pulp Fiction: The New Narrative of the Giovani Cannibali Writers*." *Italian Culture* 19.2 (2001): 155–158.

Schröder, Richard. "Sind wir ein Volk?" *Der Spiegel* (Dokument 2, 03.1994): 9.

Schütte, Wolfram. "Parabel u. Gedankenspiel." *Frankfurter Rundschau*, (05.04.1985).

Schwab, Gabriele. *Subjects without Selves: Transitional Texts in Modern Fiction*. Cambridge: Harvard University Press, 1994.

Schwartzman, Roy. "Debating Postmodernism." *Contemporary Argumentation and Debate* 17 (1996): 1–18.

Schwartzwald, Robert. "An/Other Canada. Another Canada? Other Canadas." *Massachusetts Review* 31.1/2 (1990): 9–27.

Seixo, Maria-Alzira. "Postmodernism in Portugal." Trans. Mick Greer and Graça Margarido. *International Postmodernism: Theory and Literary Practice*. Ed. Hans Bertens and Douwe Fokkema. Amsterdam: John Benjamins Publishing Company, 1997. 405–410.

Sellin, Eric. "Postmodernism and African Francophone Literature." *International Postmodernism: Theory and Literary Practice*. Ed. Hans Bertens and Douwe Fokkema. Amsterdam: John Benjamins Publishing Company, 1997. 469–476.

Sharma, Ramen, and Dr. Preety Chaudhary. "Common Themes and Techniques of Postmodern Literature of Shakespeare." *International Journal of Educational Planning & Administration* 1.2 (2011): 189–198.

Shaw, Donald L. *Nueva narrativa hispanoamericana: Boom. Posboom. Posmodernismo*. Madrid: Ediciones Cátedra, 2008.

Sheets, Robin Ann. "Pornography, Fairy Tales, and Feminism: Angela Carter's 'The Bloody Chamber'." *Journal of the History of Sexuality*

1.4 (April 1991): 633–657.

Shelley, James. “Empiricism: Hutcheson and Hume.” *The Routledge Companion to Aesthetics*. Ed. Berys Gaut and Dominic McIver Lopes. London: Routledge, 2001. 37–49.

Simons, Jon. *Foucault & the Political*. London: Routledge, 1995.

Sinding, Michael. “Framing Monsters: Multiple and Mixed Genres, Cognitive Category Theory, and *Gravity's Rainbow*.” *Poetics Today* 31.3 (September 2010): 465–505.

Sinfield, Alan. *Literature, Politics and Culture in Postwar Britain*. London: Continuum, 2004.

Skerl, Jennie. “Introduction: The Unspeakable Visions of the Individual in Academe.” *College Literature* 27.1 (Winter 2000): 1–7.

Скоропанова И.С. Русская постмодернистская литература, М.: Флинта: Наука, 1999.

Skowroński, Krzystof Piotr. “Facial Images as a Way for the Articulation of Values in the Avant-garde's Aesthetics of Deformation.” *Value Inquiry Book Series* 264 (2013): 71–93.

Slaymaker, William. “An Interview with Iris Murdoch.” *PLL* 18 (1983): 425–432.

Slotkin, Richard. “Fiction for the Purposes of History.” *Rethinking History* 9.2/3 (June/September 2005): 221–236.

Smith, Frederik N. “The Endings of *The French Lieutenant's Woman*: Another Speculation on the Manuscript.” *Journal of Modern Literature* 14.4 (Spring 1988): 579–584.

Smith, Timothy J. “Views from the ‘South’: Intellectual Hegemony and Postmodernism in Latin America.” *Reviews in Anthropology* 35 (2006): 61–78.

Sobejano, Gonzalo. “Novela y metanovela en España.” *Ínsula* 512–513 (agosto-septiembre 1989): 4–6.

Southgate, Beverley. *History Meets Fiction*. Harlow: Longman, 2009.

Spires, Robert C. *Post-Totalitarian Spanish Fiction.* Columbia: University of Missouri Press, 1996.

Steinbrück, Lutz. "Finger in den Wunden. Rolf Dieter Brinkmanns Spurensuche im Labyrinth der Städte. " *Die Berliner Literaturkritik* (08.02.2006).

Stevenson, Randall. *The British Novel since the Thirties: An Introduction.* London: B.T. Batsford, 1986.

—. *Modernist Fiction: An Introduction.* New York: Harvester Wheatsheaf, 1992.

—. *The Last of England? Vol. 12 1960–2000.* 北京：外语教学与研究出版社，2007年。

Stevick, Philip. "Literature." *The Postmodern Moment: A Handbook of Contemporary Innovation in the Arts.* Ed. Stanley Trachtenberg. Westport: Greenwood Press, 1985. 135–156.

Stierstorfer, Klaus, ed. *Beyond Postmodernism: Reassessments in Literature, Theory, and Culture.* Berlin: Walter de Gruyter, 2003.

Strauβ, Botha. *Paare, Passanten.* München: dtv Verlagsgesellschaft, 1984.

Strinati, Dominic. "The Taste of America: Americanization and Popular Culture in Britain." *Come On Down?: Popular Media Culture in Post-War Britain.* Ed. Dominic Strinati and Stephen Wagg. London: Routledge, 1992. 46–81.

Summit, Jennifer, and David Wallace. "Rethinking Periodization." *Journal of Medieval and Early Modern Studies* 37.3 (Fall 2007): 447–451.

Süskind, Patrick. *Das Parfum: Die Geschichte eines Mörders.* Zürich: Diogenes, 1994.

Swales, John M. *Genre Analysis: English in Academic and Research Settings.* Cambridge: Cambridge University Press, 1990.

Tanner, Tony. *City of Words: American Fiction 1950–1970.* London: Jonathan Cape Ltd., 1971.

Taylor, Victor E., and Charles E. Winquist, eds. *Encyclopedia of*

Postmodernism. London: Routledge, 2001.

Teske, Doris. "Beyond Postmodernist Thirdspace? — The Internet in a Post-Postmodern World." *Beyond Postmodernism: Reassessments in Literature, Theory, and Culture*. Ed. Klaus Stierstorfer. Berlin: Walter de Gruyter, 2003. 101–117.

Thiher, Allen. *Words in Reflection: Modern Language Theory and Postmodern Fiction*. Chicago: University of Chicago Press, 1984.

Thompson, Graham. *American Culture in the 1980s*. Edinburgh: Edinburgh University Press, 2007.

Tindall, George Brown, and David E. Shi. *America: A Narrative History*. Vol. 2. New York: W. W. Norton & Company, 1996.

Todorov, Tzvetan. "Postmodernism, a Primer." Trans. Carol Cosman. *The New Republic* (May 21, 1990): 32–35.

—. *The Poetics of Prose*. Trans. Richard Howard. Oxford: Basil Blackwell, 1977.

Torre, Stephen. "The Short Story Since 1950." *The Cambridge History of Australian Literature*. Ed. Peter Pierce. Melbourne: Cambridge University Press, 2009.

Toth, Josh, and Neil Brooks. "Introduction: A Wake and Renewed?" *The Mourning After: Attending the Wake of Postmodernism*. Ed. Neil Brooks and Josh Toth. Amsterdam: Rodopi, 2007. 1–12.

Toussaint, Jean-Philippe. *Fuir*. Paris: Minuit, 2005.

Turner, Graeme. "Film, Television and Literature: Competing for the Nation." *The Oxford Literary History of Australia*. Ed. Bruce Bennett and Jennifer Strauss. Melbourne: Oxford University Press, 1998.

Unsworth, John M. "The Book Marketplace II." *The Columbia History of the American Novel*. Ed. Emory Elliott, et al. 北京：外语教学与研究出版社，2005年。

Урнов. Дурная литература. Литературная газета. 08.02.1989. С. 4.

van Elferen, Isabella. "Dances with Spectres: Theorising the Cybergothic."

Gothic Studies 11.1 (2009): 99–112.

van Wolferen, Karel. *The Enigma of Japanese Power.* London: Papermac, 1990.

Varade, Kristina Rose. "Reexamining 'The Dancer and the Dance': Postmodern Considerations in Contemporary Irish and Italian Literature." PhD diss., The City University of New York, 2012.

Vattimo, Gianni, and Santiago Zabala. "'Weak Thought' and the Reduction of Violence: A Dialogue with Gianni Vattimo." Trans. Yaakov Mascetti. *Common Knowledge* 8.3 (Fall 2002): 452–463.

Villar, Patricia María Riosalido. *Las novelas históricas posmodernas de los ochenta y el problema de la Historia*. Madrid: UNED, 2014.

Wakchaure, Suresh. "What is Postmodernism?" *Proceedings of National Seminar on Postmodern Literary Theory and Literature*, Jan. 27–28, 2012, Nanded. 1–8.

Walser, Martin. "Über die Neueste Stimmung im Westen." *Kursbuch 20*. Ed. Hans-Magnus Enzensberger and Karl Markus Michel. Frankfurt a.M.: Suhrkamp Verlag, 1970. 19–41.

Wandler, Steven. "What Was Postmodernism?" *Twentieth-Century Literature* 55.3 (Fall 2009): 416–422.

Watters, John G. "The Control Machine: Myth in *The Soft Machine* of W. S. Burroughs." *Connotations* 5.2–3 (1995/1996): 284–303.

Waugh, Patricia. "Feminism and Writing: the Politics of Culture." *The Cambridge History of Twentieth-Century English Literature*. Ed. Laura Marcus and Peter Nicholls. Cambridge: Cambridge University Press, 2004. 600–617.

—. *Practising Postmodernism, Reading Modernism*. London: Arnold, 1992.

—. "Postmodernism." *The Cambridge History of Literary Criticism, Vol. 9: Twentieth-Century Historical, Philosophical and Psychological Perspectives*. Ed. Christa Knellwolf and Christopher Norris. Cambridge: Cambridge University Press, 2001. 289–305.

—. "The New Prometheans: Literature, Criticism, and Science in the Modern and Postmodern Condition." *European Journal of English Studies* 1.2 (1997): 139–164.

Weaver, William, and Damien Pettigrew. "Italo Calvino, The Art of Fiction No. 130." *Paris Review* 34.124 (Fall 1992): 57–81.

Webber, Robert E. *The Younger Evangelicals: Facing the Challenges of the New World*. Grand Rapids: Baker Books, 2002.

Weedon, Chris. *Feminist Practice and Poststructuralist Theory*. Oxford: Blackwell, 1987.

Wegner, Phillip E. *Life Between Two Deaths, 1989–2001: U.S. Culture in the Long Nineties*. Durham: Duke University Press, 2009.

Weiss, Jason. "An Interview with Carlos Fuentes." *The Kenyon Review* 5.4 (Fall 1983): 105–118.

Wellbery, David E. "Postmodernism in Europe: On Recent German Writing" (as Appendix I). *The Postmodern Moment: A Handbook of Contemporary Innovation in the Arts*. Ed. Stanley Trachtenberg. Westport: Greenwood Press, 1985. 229–249.

Welsch, Wolfgang. "Was war die Postmoderne — und was könnte aus ihr werden?" *Die Revision der Postmoderne*. Ed. Ingeborg Flagge and Romana Schneider. Hamburg: Junius, 2009. 32–39.

Wermer-Colan, Alex. "Implicating the Confessor: The Autobiographical Ploy in William S. Burroughs's Early Work." *Twentieth-Century Literature* 56.4 (Winter 2010): 493–529.

White, Curtis. "I Am an Artist; I Make Beautiful Things: A Credo of Sorts Concerning the New Beauty." *The Review of Contemporary Fiction* 18.2 (Summer 1998): 37–46.

White, Hayden. *Metahistory: The Historical Imagination in Nineteenth-Century Europe*. Baltimore: Johns Hopkins University Press, 1973.

White, Patrick. *Patrick White Speaks*. Ringwood: Penguin Books, 1992.

Wilding, Michael, ed. *The Tabloid Story Pocket Book*. Sydney: Wild and Woolley, 1978.

Williams, Carolyn. "Genre Matters: Response." *Victorian Studies* 48.2 (Winter 2006): 295–304.

Williams, Raymond L. "Fuentes the Modern; Fuentes the Postmodern." *Hispania* (May 2002): 209–218.

—. "Modernist Continuities: The Desire To Be Modern in Twentieth-century Spanish-American Fiction." *Bulletin of Spanish Studies* 79.2/3 (March 2002): 369–393.

—. *Postmodernidades latinoamericanas: La novela postmoderna en Colombia, Venezuela, Ecuador, Perú y Bolivia*. Santafe de Bogotá: Fundación Universidad Central, 1998.

Winter, Ulrich. "From Post-Francoism to Post-Franco Postmodernism: The 'Powers of the Past' in Contemporary Spanish Narrative Discourse (1977–1991)." *Traces of Contamination: Unearthing the Francoist Legacy in Contemporary Spanish Discourse*. Ed. Eloy E. Merino and H. Rosi Song. Lewisburg: Bucknell University Press, 2005. 177–198.

Wittstock, Uwe. *Nach der Moderne: Essay zur deutschen Gegenwartsliteratur in zwölf Kapiteln über elf Autoren*. Göttingen: Wallstein, 2009.

—, ed. *Postmoderne in der deutschen Literatur: Lockerungsübungen aus fünfzig Jahren*. Göttingen: Wallstein Verlag. 2015.

Wolfe, Alan. *Suicide of Japanese Postmodernity*. London: Duke University Press, 1989.

Wood, Daniel Davis. "Rebirth of the Nouveau Roman: 9/11 as a Crisis of Confidence in American Literary Aesthetics." *Altre Modernità* (9/11/2011): 134–145.

Wood, Rupert. "An Endgame of Aesthetics: Beckett as Essayist." *The Cambridge Companion to Beckett*. Ed. John Lipping. 上海：上海外语教育出版社，2000年，第1—16页。

Woods, Tim. "Postcolonial Fictions." *The Cambridge History of*

Twentieth-Century English Literature. Ed. Laura Marcus and Peter Nicholls. Cambridge: Cambridge University Press, 2004. 736–750.

Zabus, Chantal. "Postmodernism in African Literature in English." *International Postmodernism: Theory and Literary Practice*. Ed. Hans Bertens and Douwe Fokkema. Amsterdam: John Benjamins Publishing Company, 1997. 463–467.

Zagorin, Perez. "History, the Referent, and Narrative: Reflections on Postmodernism Now." *History and Theory* 38.1 (1999): 1–24.

Zima, Peter V. "Why the Postmodern Age Will Last." *Beyond Postmodernism: Reassessments in Literature, Theory, and Culture*. Ed. Klaus Stierstorfer. Berlin: Walter de Gruyter, 2003. 13–27.

—. *Moderne Postmoderne: Gesellschaft, Philosophie, Literatur.* Tübingen: A. Franke Verlag, 2001.

Žižek, Slavoj. "From Proto-Reality to the Act: A reply to Peter Dews." *ANGELAKI* 5.3 (December 2000): 141–148.

Золотусский Игорь — Максимов. Вл. Диалог. Литературная газета. 05.08.1992. С.3.

Чупринин С. Другая проза. Литературная газета, 8 февраля 1989. С.4.

강내희 :「포스트모더니즘과 대중문화 이론」, 『사회와 사상』 제23권, 1990.7.

김욱동 :「리얼리즘의 잣대를 버려라」, 『중앙일보』, 1992.5.28.

백락청 :「새로운 창작과 비평의 자세」, 『창작과 비평』, 1966.1.

안병직 :「90년대를 전망한다: 운동권」, 『조선일보』, 1990.1.17.

홍정선 :「4.19와 한국문학의 방향」, 『민족문학사연구』 제8집, 1995.

황지우 :『새들도 세상을 떠나는구나』, 문학과 지성사, 1989.

원형갑 :「소설의 제 문제」, 『현대문학』, 1963.9.

이명원 :「문학의 탈 정치화와 “포스트담론” 의 파장」, 『민족문화연구』 제57호, 2012.12.

이성욱 :「심약한 지식인에 어울리는 파멸」, 『한길문학』, 1992.

이인화 :「새 기법 관행으로 평가 말자」, 『중앙일보』, 1992.5.18.

장필선 :「한국의 무라카미 하루키, 신세대 소설가들」, 월간 『말』, 1992.11.

秋山駿 :『生の磁場』、東京 : 小沢書店、1982年。

江藤淳 :『江藤淳文集』、東京 : 新潮社、1990年。

大江健三郎 :「女性作家の雑談会」、『昴』1994年1月号。

大澤真幸 :『戦後の思想空間』、東京 : ちくま新書、1998年。

柄谷行人 :『日本近代文学の起源』、東京 : 講談社、1980年。

柄谷行人 :『批評とポスト・モダン』、東京 : 福武書店、1985年。

柄谷行人 :『終焉をめぐって』、東京 : 講談社、1990年。

川村二郎 :「中沢恵の策略」、『国文学』1984年9月号。

清水良典 :『餓鬼大将の成熟』、東京 : 新潮文庫、2004年。

桑原武夫 :『文学序説』、東京 : 講談社、1954年。

島田雅彦 :「ポスト・モダンの終焉」、『ヘルスメ』、1996年5月号。

島田雅彦 :「村上龍論」、『国文学』1987年5月号。

島田雅彦 :『やけっぱちのアリス』、東京 : 新潮社、1996年。

島田雅彦 :『天国が降ってくる』、東京 : 講談社、1985年。

島田雅彦 :『退廃禮賛』、東京 : 読売新聞社、1998年。

島田雅彦 :『優しいサヨクのための嬉遊曲』、東京 : 講談社、1983年。

島田雅彦 :『永劫回帰機械の華麗』、東京 : 岩波書店、1988年。

『人間宣言』:『官報号外』1946年1月1日。<http://www.ndl.go.jp/constitution/shiryo/03/056/056_001r.html>.

『日本国憲法』: 1946年11月3日公布。<http://www.ndl.go.jp/constitution/etc/j01.html>.

富岡幸一郎 :『臓器の楽しみ』、東京 : 講談社、1986年。

松原新一、磯田光一、秋山駿 :『戦後日本文学史・年表』、東京 : 講談社、1979年。

三好将夫 :『日本とアメリカの文化関連』、東京 : 新潮社、1991年。

村上春樹 :『村上春樹全作品1990—2000』、東京 : 講談社、2003年。

村上春樹 :「ジェイ・メキンナニと対談」、『昴』1993年3月号。

森健二 :「今文壇の動き」、『群像』1978年12月号。

山田詠美 :『ひざまずいて足をお舐め』、東京 : 講談社、2000年。

山田詠美 :『ベッドタイムアイズ』、東京 : 河出書房、1985年。

吉行淳之介 :『女性の力』、『国文学』1979年1月号。

M. H. 艾布拉姆斯：《文学术语词典》(中英对照)，吴松江译，北京：北京大学出版社，2009年。

埃柯，安伯托：《玫瑰的名字》，谢瑶玲译，北京：作家出版社，2001年。

奥顿：《克洛德·西蒙的我(眼睛)》，戴侃译，《国外社会科学》1986年第4期。

萨缪尔·贝斯曼：《真理的衰变：事实也有半衰期》，马猛编译，《世界科学》2012年第11期，第47—49页。

波德里亚：《消费社会》，刘成富、全志钢译，南京：南京大学出版社，2001年。

博尔赫斯：《博尔赫斯小说集》，王永年、陈泉译，杭州：浙江文艺出版社，2005年。

布吕奈尔等：《20世纪法国文学史》，郑克鲁译，成都：四川文艺出版社，1991年。

车尔尼雪夫斯基：《艺术与现实的审美关系》，周扬译，北京：人民文学出版社，1979年。

陈后亮：《琳达·哈琴论后现代艺术的政治性——兼与新马克思主义论点作对比》，《湖北大学学报》（哲学社会科学版）2011年第3期，第28—33页。

陈嘉映：《海德格尔哲学概论》，北京：生活·读书·新知三联书店，1995年。

陈骏：《科研转型升级刻不容缓》，《人民日报》2015年10月18日 <http://scitech.people.com.cn/n/2015/1018/c1007-27710514.html>。

陈俊松：《当代美国编史性元小说中的政治介入》，天津：南开大学出版社，2013年。

陈黎：《后现代语境下的“新小说”》，《吉林大学社会科学学报》2000年第4期，第54—59页。

陈荣波：《哲学分析的天才：维根斯坦》，台北：允晨文化实业股份有限公司，1982年。

陈焘宇、何永康主编：《外国现代派小说概观》，南京：江苏文艺出版社，1996年。

成英姝：《地狱在我身体里，寂寞国的阿修罗》，《印刻文学社会志》2004年第10期。

崔元植：《文学的回归》，崔一译，延吉：延边大学出版社，2013年。

村上春树：《高墙与鸡蛋》，林少华译，《三联生活周刊》2013年23期，第123页。

村上春树：《舞！舞！舞！》，林少华译，上海：上海译文出版社，2007年。

村上春树：《再袭面包店》，林少华译，上海：上海译文出版社，2001年。

戴建忠：《后现代主义艺术的政治观——评琳达·哈琴的艺术政治思想》，《社会科学战线》2005年第2期，第190—192页。

段炼：《后现代主义艺术的政治观》，《世界美术》1996年第2期，第44—48页。

段炼：《艺术的解构与重建——读琳达·哈琴〈后现代主义的政见〉》，《外国文学评论》1992年第2期，第130—135页。

J. 多尔蒂：《后现代政治学》，纪万斌译，《国外社会科学》1994年第5期，第40—43页。

玛丽·弗尔布鲁克：《德国史：1918—2008》，卿文辉译，上海：上海人民出版社，2011年。

J.弗拉克斯：《后现代的主体性概念》，王海平译，《国外社会科学》1994年第1期，第11—16页。

福柯：《权力的眼睛——福柯访谈录》，严锋译，上海：上海人民出版社，1997年。

高莽：《请注意，俄罗斯文学在崛起》，《世界文学》1993年第4期，第275页。

高中甫、宁瑛：《20世纪德国文学史》，青岛：青岛出版社，1999年。

郭贵春、殷杰：《论真理观的后现代走向》，《自然辩证法研究》1998年第7期，第13—23页。

何少贤：《试论日本的后现代主义小说》，《国外文学》2000年第1期，第42—48页。

莲达·赫哲仁：《后现代主义的政治学》，刘自荃译，台北：骆驼出版社，1996年。

胡全生：《后现代主义小说中的人物与人物塑造》，《外国语》（上海外国语大学学报）2000年第4期，第52—58页。

胡全生：《后现代主义小说的文类混用》，《江西社会科学》2014年第10期，第90—96页。

胡全生：《文类、读者与后现代小说》，《英美文学研究论丛》2008年第2期，第295—311页。

胡全生：《英美后现代主义小说叙述结构研究》，上海：复旦大学出版社，2002年。

胡全生：《在封闭中开放：论〈玫瑰之名〉的通俗性和后现代性》，《外国文学评论》2007年第1期，第96—103页。

黄秦安：《论数学真理观的后现代转向》，《南京大学学报》（哲学·人文科学·社会科学）2003年第5期，第69—77页。

黄裕生：《真理的本质与本质的真理——论海德格尔的真理观》，《中国社会科学》1999年第2期，第104—116页。

黄源深：《澳大利亚文学史》，上海：上海外语教育出版社，1990年。

安东尼·吉登斯：《现代性的后果》，田禾译，南京：译林出版社，2011年。

蒋孔阳：《德国古典美学》，北京：商务印书馆，2014年。

杰姆逊：《后现代主义与文化理论》，唐小兵译，西安：陕西师范大学出版社，1986年。

伊塔洛·卡尔维诺：《如果在冬夜，一个旅人》，萧天佑译，南京：译林出版社，2012年。

克莱门斯·卡姆勒：《转折期——90年代的德国文学》，安娅译，《外国文学动态》2002年第1期，第15页。

道格拉斯·凯尔纳；斯蒂文·贝斯特：《后现代理论——批判性的质疑》，张志斌译，北京：中央编译出版社，2011年。

康德：《康德著作全集第5卷：实践理性批判；判断力批判》，李秋零主编，北京：中国人民大学出版社，2006年。

查理·莱利：《讲不完的故事——约翰·巴思访谈录》，沈黎霞、王育平译，舒程校，《当代外国文学》2002年第2期，第144—156页。

李昌珂：《德国文学史：第5卷》，南京：译林出版社，2008年。

李德纯：《私小说的解构与重建——论日本"内向的一代"》，《外国文艺》2008年第3期。

李维屏：《乔伊斯的美学思想和小说艺术》，上海：上海外语教育出版社，2000年。

让-弗·利奥塔等：《后现代主义》，赵一凡等译，北京：社会科学文献出版社，1999年。

廖星桥：《荒诞与神奇——法国著名作家访谈录》，深圳：海天出版社，1998年。

林玉珍、胡全生：《后现代主义小说中的通俗性——通俗小说类型在后现代主义小说中的使用》，《当代外国文学》2006年第3期，第51—58页。

刘成富：《影响未来，观照过去——试论米歇尔·布托的创作手法与艺术观》，《国外文学》2001年第2期，第110—116页。

刘成富：《20世纪法国“反文学”研究》，南京：江苏文艺出版社，2002年。

刘绪贻、杨生茂主编：《战后美国史1945—1986》，北京：人民出版社，1989年。

柳鸣九：《从选择到反抗——法国二十世纪文学史观》，上海：文汇出版社，2005年。

柳鸣九编选：《新小说派研究》，北京：中国社会科学出版社，1986年。

阿兰·罗伯-格里耶：《快照集：为了一种新小说》，余中先译，长沙：湖南美术出版社，1998年。

阿兰·罗伯-格里耶：《人和物的两种不同关系》，张连奎译，《国外文学》1987年第4期，第115—124页。

阿·罗布-格里耶：《橡皮》，林青译，上海：上海译文出版社，1981年。

理查德·罗蒂：《哲学和自然之镜》，李幼蒸译，北京：商务印书馆，2003年。

罗媛：《追寻真实——解读朱利安·巴恩斯的〈福楼拜的鹦鹉〉》，《当代外国文学》2006年第3期，第115—121页。

吕同六：《在意大利文学的世界》，《新京报》，2005年3月5日（口述：吕同六；采写：本报记者刘晋锋）。

马克思：《路易·波拿巴的雾月十八日》，中共中央马克思恩格斯列宁斯大林著作编译局译，《马克思、恩格斯全集》第8卷，北京：人民出版社，1961年，第117—227页。

马克思、恩格斯：《共产党宣言》，中共中央马克思恩格斯列宁斯大林著作编译局译，北京：人民出版社，2009年。

布莱恩·麦克黑尔：《后现代主义曾为何物?》，胡全生译，《上海交通大学学报》2009年第7期，第78—88页。

倪梁康主编：《面对实事本身——现象学经典文选》，北京：东方出版社，2000年。

牛宏宝：《现代西方美学史》，北京：北京大学出版社，2014年。

欧阳谦：《福柯的新政治观：一种微观权力的谱系学建构》，《中国人民大学学报》2012年第2期，第57—64页。

钱佼汝：《小写的后现代主义：点点滴滴》，《外国文学评论》1991年第4期，第58—63页。

阮炜：《巴恩斯和他的〈福楼拜的鹦鹉〉》，《外国文学评论》1997年第2期，第51—58页。

沈萼梅、刘锡荣编著：《意大利当代文学史》，北京：外语教学与研究出版社，1996年。

沈石岩：《西班牙文学史》，北京：北京大学出版社，2006年。

盛宁：《人文困惑与反思——西方后现代主义思潮批判》，北京：生活·读书·新知三联书店，1997年。

孙周兴：《语言存在论——海德格尔后期思想研究》，北京：商务印书馆，2011年。

克洛德·托马塞：《新小说·新电影》，李华译，天津：天津人民出版社，2002年。

瓦莱里：《瓦莱里散文选》，唐祖论、钱春绮译，天津：百花文艺出版社，2006年。

王成：《日本后现代主义文学的旗手——岛田雅彦》，《外国文学》2001年第2期。

王军：《20世纪西班牙小说》，北京：北京大学出版社，2007年。

王丽萍、王腊宝：《“理论”消退与文化战争》，王守仁、姚君伟主编《华东外语教学论坛》（第三辑），上海：上海外语教育出版社，

2008年，第345—357页。

王钦峰：《论博尔赫斯对互文手法的创造性使用》，《三峡大学学报》（人文社会科学版）2002年第3期，第23—28页。

王钦峰：《谁是后现代主义小说之父？——论博尔赫斯对后现代主义小说的首创之功》，《国外文学》2011年第1期，第41—49页。

王向远：《后现代文化语境中的中国文学和日本文学》，《国外文学》1996年第1期，第102—107页。

王向远：《日本后现代主义文学与村上春树》，《北京师范大学学报》（社会科学版）1994年第5期，第68—73、91页。

王岳川：《后现代主义文化美学景观》，《北京大学学报》1992年第5期，第40—55页。

王岳川、尚水编：《后现代主义文化与美学》，北京大学出版社，1992年。

王治河：《作为一种思维方式的后现代哲学》，《中国社会科学》1995年第1期，第145—147页。

王琢、罗晓红：《日本当代小说述评（1980—2000）》，《暨南学报》（哲学社会科学版）2010年第5期。

王佐良、周珏良主编：《英国二十世纪文学史》，北京：外语教学与研究出版社，1994年。

沃尔夫冈·韦尔施：《我们的后现代的现代》，洪天富译，北京：商务印书馆，2004年。

温玉霞：《解构与重构：俄罗斯后现代小说的文化对抗策略》，北京：中国社会科学出版社，2010年。

文楚安：《“垮掉一代”及其他》，成都：四川大学出版社，2002年。

吴颉、胡全生：《“提高觉悟”之歌：析卡特的童话〈血腥密室〉之改写与叙述策略》，《当代外国文学》2016年第1期，第75—81页。

吴元迈主编：《20世纪外国文学史》（第一卷），南京：译林出版社，2004年。

伍蠡甫、胡经之主编：《西方文艺理论名著选编》，北京：北京大学出版社，2000年。

克洛德·西蒙：《论新小说——1982年西蒙在纽约大学的讲话》，戴侃译，《国外社会科学》1986年第4期。

夏春丽：《浅谈法国新小说》，《外交评论》1985年第3期。

肖明翰：《序言》，文楚安著《“垮掉一代”及其他》，成都：四川大学出版社，2002年，第1—4页。

谢建文：《后现代写作之于德国文学》，《德国研究》2004年第4期，第46—51页。

杨黎红：《论卡尔维诺小说诗学》，博士学位论文，山东师范大学，2008年。

姚君伟：《小说，抑或传记？——〈女勇士〉文类之辨析》，《外国语》（上海外国语大学学报）2001年第4期，第56—60页。

余一中：《90年代上半期俄罗斯文学的新发展》，《当代外国文学》1995年第4期。

余一中：《90年代下半期俄罗斯文学的新发展》，《当代外国文学》2001年第4期。

袁洪庚：《后现代主义文学：琳妲·哈琴笔谈录》，《当代外国文学》2000年第3期，第122—126页。

曾志：《真理符合论的历史与理论》，《北京大学学报》（哲学社会科学版）2000年第6期，第53—61页。

詹明信：《后现代主义，或晚期资本主义的文化逻辑》，张旭东编《晚期资本主义的文化逻辑：詹明信批评理论文选》，陈清侨等译，北京：生活·读书·新知三联书店，1997年，第420—515页。

詹明信：《60年代：从历史阶段论的角度看》，张旭东编《晚期资本主义的文化逻辑：詹明信批评理论文选》，陈清侨等译，北京：生活·读书·新知三联书店，1997年。

张和龙：《颠覆性的后现代游戏——论马丁·艾米斯的“后现代招式”》，《外国文学》2006年第2期，第13—20页。

张建华：《论俄罗斯小说转型期的美学特征》，《当代外国文学》1995年第4期。

张容：《法国新小说派》，台北：远流出版事业股份有限公司，1992年。

张世华：《意大利文学史》，上海：上海外语教育出版社，2013年。

赵丹：《多重的写作与解读》，哈尔滨：黑龙江人民出版社，2005年。

赵丹：《后现代主义文学在俄罗斯的命运》，《当代外国文学》2001年第4期，第75—83页。

赵毅衡：《后现代派小说的判断标准》，《外国文学评论》1993年第4期，第12—19页。

周敏：《什么是后现代主义文学》，上海：上海外语教育出版社，2014年。

朱刚、刘雪岚：《琳达·哈钦访谈录》，《外国文学评论》1999年第1期，第124—128页。

朱立元主编：《后现代主义文学理论思潮论稿》（上），上海：上海人民出版社，2015年。

朱立元主编：《美学大辞典》（修订本），上海：上海辞书出版社，2014年。

G. 佐尔丹：《意大利六十—七十年代文学概况》，吕同六、吴正仪译，《国外社会科学》1984年第10期，第33—37页。

索　引

A

B

D

E

F

G

H

J

K

L

M

N

P

Q

R

S

T

W

X

本卷主编

胡全生　印芝虹

本卷撰稿人

总　序　王守仁

绪　论　胡全生　印芝虹

第一章　胡全生

第二章　胡全生

第三章　胡全生

第四章　胡全生

第五章　苏　坤　胡全生

第六章　陈　启　胡全生

第七章　胡全生　吴　颉

第八章　苏　坤　胡全生

第九章　汪筱玲　胡全生

第十章　陈　蕊　刘海清

第十一章　刘　健　印芝虹

第十二章　胡全生

第十三章　赵　丹

第十四章　王腊宝　赵晶辉

第十五章　归　溢

第十六章　归　溢　胡全生

第十七章　沈　俊　崔一